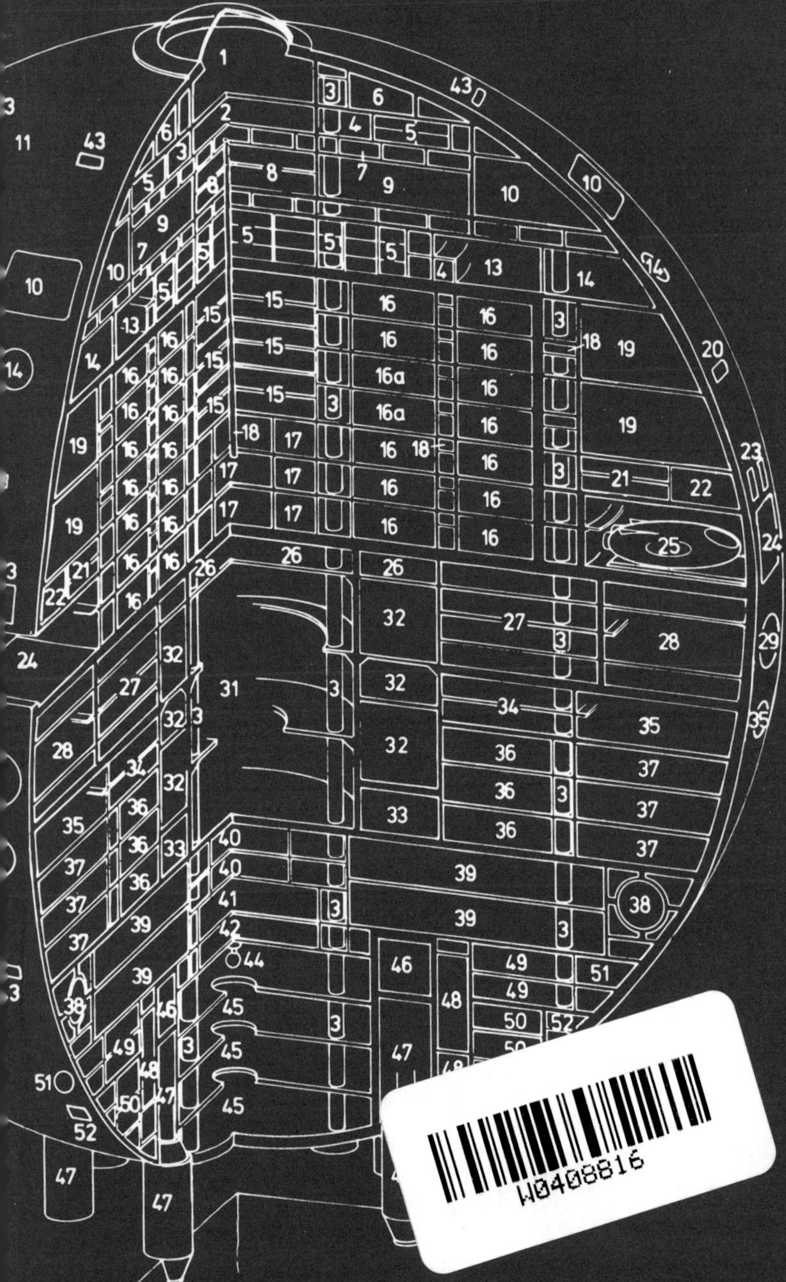

Perry Rhodan

# Magellan

# Perry Rhodan

# Magellan

Verlagsunion Erich Pabel-
Arthur Moewig KG, Rastatt

Redaktion: Horst Hoffmann
Beratung: Franz Dolenc
Druck und Bindung: Mohndruck
Graphische Betriebe GmbH, Gütersloh
Printed in Germany
ISBN 3-8118-2050-8

# *Vorwort*

Sollte sich eines Tages ein Kritiker hinsetzen und einen neuen schlauen Verriß der PERRY RHODAN-Serie schreiben, und sollte dieser Kritiker (a) tatsächlich einmal einen Roman gelesen haben, und (b) sogar in der Buchausgabe – dann würde er sich wahrscheinlich genüßlich diesen 35. Band der PR-Bibliothek nehmen und mit Lust zerpflücken. Man könnte ihm auch gar nicht böse sein, denn hier findet er leider so ziemlich alles, was der Serie immer wieder vorgeworfen wurde. Ich muß ehrlich gestehen, bei der Arbeit hieran ein kontinuierlich flaues Gefühl gehabt zu haben.

Es war der Zeitgeist, der terranische Raumsoldaten wie GIs auf fremde Welten abregnen ließ, um den bösen Feind zu stellen und zu zeigen, was eine Harke ist. Es ist auch klar, daß eine neue Gefahr nur dann glaubhaft ist, wenn sie drastisch geschildert wird und wenn man sich mit drastischen Mitteln gegen sie wehrt.

Dieses Buch ist also eher etwas für Leser, die die Action lieben, und weniger für jene, die in der PR-Serie eine Vision sehen möchten. Die große Geheimnisse aufgerollt haben möchten und den roten Faden lieben, dem die Menschheit folgen wird, um eines Tages mit Perry Rhodan ihre kosmische Bestimmung zu finden.

In Richtung Geheimnis und Exotik geht es im nächsten Band ein gutes Stück weiter, das zum Trost. Es kann bei den PR-Büchern nicht immer nur Highlights geben. Und das ist ganz richtig so.

Die diesem 35. Buch zugrunde liegenden Originalromane sind: *Chaos über Modula* und *Kreuzfahrt durch Magellan* von *H.G.Ewers; Die Zentrale der Freischärler* und *Der Phantomsender* von *Conrad Shepherd; Operation Blitz* von *Clark Darlton* und *Zwischenfall im Tiger-Sektor* von *H.G.Ewers*.

Gaggenau, im Frühjahr 1989 Horst Hoffmann

# *Zeittafel*

1971 Perry Rhodan erreicht mit der STARDUST den Mond und trifft auf die Arkoniden Thora und Crest.
1972 Mit Hilfe arkonidischer Technik Aufbau der Dritten Macht und Einigung der Menschheit.
1976 Das Geistwesen ES gewährt Perry Rhodan die relative Unsterblichkeit.
1984 Galaktische Großmächte versuchen, die aufstrebende Menschheit zu unterwerfen.
2040 Das Solare Imperium ist entstanden. Der unsterbliche Arkonide Atlan taucht auf.
2326 ES verstreut 25 Zellaktivatoren in der Galaxis; Jagd nach dem ewigen Leben. Rhodans wichtigste Mitarbeiter werden mit Aktivatoren ausgerüstet – Rhodan selbst und Atlan tragen bereits spezielle Zellaktivatoren.
2400/2 Nach Friedensabkommen mit den Blues aus der galaktischen Eastside Entdeckung der Transmitterstraße nach Andromeda. Abwehr von Invasionsversuchen aus der Nachbargalaxis.
2404/6 Direkter terranischer Vorstoß nach Andromeda und Begegnung mit den Tefrodern – wie die Terraner Nachkommen der Lemurer, die vor 50.000 Jahren die Milchstraße beherrschten. Die geheimnisvollen Herren Andromedas – die »Meister der Insel« – sind mit Zellaktivatoren ausgerüstete Überlebende aus jener Zeit. Als letzter von ihnen wird als »Faktor I« Mirona Thetin Opfer ihrer eigenen Machtgier.
2435 Der Riesenroboter OLD MAN erscheint in der Galaxis und wird durch eine Fehlschaltung zum übermächtigen Gegner Terras. Er gerät unter die Kontrolle der Hypnokristalle. Diese »Kristallagenten« verwandeln Menschen im Auftrag einer unbekannten Macht in willenlose Sklaven. Ihre Spur führt Perry Rhodan in die Große Magellansche Wolke.

# Prolog

Ende August 2435, nach fast dreißig Jahren friedlicher Konsolidierung, wird das Solare Imperium durch das Auftauchen des Riesenroboters OLD MAN jäh überrascht. Der Gigant, vor mehr als 50.000 Jahren von Menschen als Geschenk an die Menschheit der Realzeit erbaut, zieht aus der Beobachtung eines Scharmützels zwischen Terranern und Kosmischen Freihändlern auf dem Planeten Rubin einen fatalen Fehlschluß. Er kommt zu der Folgerung, daß sich die Menschheit – infolge eines Sieges der Meister der Insel – aufgesplittert habe. Und für diesen Fall existiert eine uralte Programmierung mit dem Befehl: Angriff auf alle terranischen Einheiten, wo immer man sie trifft!

So beginnt OLD MAN mit seinen über 15.000 Ultraschlachtschiffen, sein ultimates Vernichtungsprogramm zu befolgen. Doch da erscheinen aus dem intergalaktischen Leerraum ebenso unverhofft die Werkzeuge einer anderen, unheimlichen Macht: die Kristallagenten. Es sind Ballungen winziger Hypnokristalle, die jeden geistig versklaven, der in ihren Bann gerät, selbst die über 50.000 Jahre alten Kommandogehirne von OLD MAN.

Die Kristalle übernehmen den Raumgiganten, der vorerst im System von Jellicos Stern Position bezogen hat und dort von 20.000 Einheiten der Solaren Flotte bewacht wird.

Vier Robotraumschiffe allerdings, besetzt mit geistig versklavten Terranern, haben Kurs auf die Große Magellansche Wolke genommen und werden von Perry Rhodan verfolgt. Die Stationen in der fremden Sternenballung sind Keegans Stern, der Planet Danger I, die Produktionsstätte der Kristallagenten, und danach Modula II, die zweite Welt von Keegans System. Ein Kommando unter Major Hole Hohle landet auf der Regenwelt, um deren Geheimnis zu erkunden. Hierher wurden die Kristalle von Danger I gebracht, und Hohles Männer finden heraus, daß sie auf Modula darauf programmiert werden, ihre Versklavungsmission antreten zu können.

Die Terraner treffen dabei, nachdem sie schon die »Generäle« und die Gurrads als die ehemaligen Beherrscher von Magellan kennenlernten, auf ein weiteres unbekanntes Volk – die Perlians. Und sie geraten mitten hinein in die Kämpfe zwischen Perlians und rebellischen Gurrads, die vom Weltraum aus angreifen. Am Ende sind sie Gefangene der Perlians in einer von deren Unterwasserstädten.

Mittlerweile sind die vier Ultraschlachtschiffe von OLD MAN in Keegans System eingetroffen, wo die CREST IV und die FRANCIS DRAKE, Roi Dantons Flaggschiff, auf Unterstützung durch einen starken terranischen Schiffsverband hoffen. So lange will Perry Rhodan aber nicht tatenlos abwarten, denn von Major Hohles Gruppe kommt kein Lebenszeichen mehr zur CREST.

Perry Rhodan entschließt sich zum Handeln . . .

# 1.

Ein gequälter Ausdruck erschien auf Perry Rhodans Gesicht, als ihm die Ankunft Roi Dantons gemeldet wurde.

Atlan bemerkte es und lächelte ironisch.

Der Großadministrator sah den Arkoniden stirnrunzelnd an. Vorwurfsvoll sagte er: »Das Lächeln wird dir eines Tages vergehen, dann nämlich, wenn dieser verrückte Gauner dir das Fell über die Ohren zieht.«

Atlan winkte ab. Er lächelte noch immer.

»Er mag ein Gauner sein, aber er ist niemals ein Schurke, Perry. Ich halte ihn für eine gelungene Mischung zwischen Gentleman, Forscher und Händler.«

»Ich weiß«, gab Rhodan unwirsch zurück. »Du hast den Wunderknaben ins Herz geschlossen.« Um seine Mundwinkel zuckte die Andeutung eines Lächelns. »Leider habe ich ebenfalls eine Schwäche für ihn. Ich kann ihm einfach nie lange böse sein. Dabei hatte ich bisher immer geglaubt, meine Handlungen basierten auf streng logischen Überlegungen . . .«

Am Doppeltor des Achsliftschachtes entstand Bewegung. Die beiden dort postierten Leutnants legten die Hände grüßend an die Schilder ihrer Dienstmützen.

Eine riesenhafte Gestalt im silbergrauen Kampfanzug erschien. Der Helm war zurückgeklappt und hing als schlaffes, kapuzenähnliches Gebilde auf dem Rücken, so daß man das Gesicht erkennen konnte.

Oro Masut, der ertrusische Leibwächter Roi Dantons, grinste über das ganze Gesicht. Gegen seine sonstige Gewohnheit führte er keinen Parfümzerstäuber bei sich, und er schrie auch nicht ein stereotypes »Platz für den König!«.

Oro Masut machte zwei Schritte und trat dann respektvoll zur Seite.

Der König der Freihändler von Boscyks Stern stieg aus dem Aufwärtsschacht.

Neben Atlan pfiff plötzlich Melbar Kasom durch die Zähne, brach aber nach einem verweisenden Blick seines Chefs sofort wieder ab.

Allerdings vermochten selbst Atlan und Rhodan ihre Überraschung kaum zu verbergen.

Roi Danton hatte alles Stutzerhafte abgelegt. Er trug einen schmucklosen Kampfanzug mit dem Emblem der Freihändler auf der Brust. Mit festem Schritt näherte er sich der Seite des Kartentisches, an der der Großadministrator saß. Oro Masut folgte ihm in etwa zwei Metern Entfernung.

Erst als der Freihändler näher kam, entdeckte Perry Rhodan den bekannten Zierdegen am breiten Waffengürtel.

Ganz hatte Danton also doch nicht auf seine antiquierte Ausrüstung verzichten wollen. Immerhin aber wußte Rhodan, daß der Degen einige geheime Ausrüstungsgegenstände enthielt, um die jeder Agent der Galaktischen Abwehr den Freihändler beneidet hätte.

Drei Schritte vor Rhodan blieb der Freihändler stehen und grüßte.

Seine Worte allerdings straften sein Äußeres Lügen.

»Bonjour, Messieurs!« sagte er in dem singenden, näselnden Tonfall, der charakteristisch für seine Rolle als Stutzer aus dem Frankreich des 18. Jahrhunderts war. »Sie haben mich rufen lassen, und ich bin gekommen!«

Er neigte den Kopf in Rhodans Richtung.

»Grandseigneur! Ich stehe ganz zu Ihrer Verfügung.«

Mit kaum merkbarem Lächeln wandte er sich dem Lordadmiral zu.

»Sire! Es ist mir ein Vergnügen, Sie anzutreffen.«

»Bitte, nehmen Sie Platz!« sagte Perry Rhodan knapp.

Die beiden Freihändler hatten inzwischen schon ihre Stammplätze am Kartentisch der Kommandozentrale, so daß sie nicht erst eingewiesen werden mußten. Sie ließen sich in ihre Sessel sinken.

Danton schnippte mit den Fingern, und Oro Masut überreichte ihm ein Bündel Plastikfolien.

Roi legte die Symbolstreifen auf den Tisch.

»Die Wissenschaftler an Bord der FRANCIS DRAKE schlagen vor, wir sollten versuchen, die Schwingungsfrequenz des von Major Hohle entdeckten Anti-Modulatorfeldes herauszufinden, das die hypnosuggestive Beeinflussung der Kristalle kompensiert. Dazu müssen wir wenigstens einen Anti-Modulatorprojektor in unseren

Besitz bringen und genauestens untersuchen. Ich schlage deshalb vor, nicht erst auf das Eintreffen der hundert terranischen Schiffe zu warten, sondern sofort ein Kommandounternehmen nach Modula II zu entsenden. Vielleicht gelingt es diesem Unternehmen auch, Major Hohle und seine Leute zu finden und zu retten.«

Atlan und Rhodan wechselten einen raschen Blick. Major Tschai Kulu, ein großer Afroterraner und Kommandant der Dritten Beibootflottille, grinste.

»Die Wissenschaftler der CREST IV kamen zum gleichen Ergebnis«, sagte der Großadministrator bedächtig. »Für unseren Kampf gegen die Hypnokristalle und ihre Herren ist es eminent wichtig, herauszufinden, welche Art von Energiefeld die Eigenschaft besitzt, die natürlichen Ausstrahlungen der Kristalle zu kompensieren. Wenn uns das gelingt, dürfte es nicht mehr schwer sein, gleichwertige Feldprojektoren zu entwickeln.«

»Wir sind uns also im Prinzip einig«, stellte Danton fest. »Wie denken Sie über meinen Vorschlag, einen Kommandotrupp auf Modula II abzusetzen?«

Perry Rhodan sah den Chef der Dritten Beiboot-Flottille fragend an.

»Major . . .?«

»Die KC-31 steht startbereit und mit voller Ausrüstung im Schleusenhangar!« meldete der Major.

»Danke!«

Rhodan blickte zum Chef des Landungskommandos.

»Captain Alcara . . .?«

»Das Spezialkommando von neunundneunzig Mann wartet abrufbereit im Bereitstellungsraum 3001, Sir.«

Rhodan bedankte sich und blickte wieder zu Roi Danton.

»Mit Ihnen, Masut, Kasom und mir wären das genau 103 Mann, die zur Stammbesatzung der KC-31 hinzukämen, Monsieur Danton. Das heißt, falls Sie bereit sind, uns bei diesem Unternehmen zu begleiten.«

Sekundenlang malte sich Überraschung auf Dantons Zügen, dann hatte der Freihändler sich wieder gefaßt. Er lachte trocken.

»Mein Kompliment, Grandseigneur! Bitte, verfügen Sie über mich. Ich habe das Kommando über die FRANCIS DRAKE bereits an Rasto Hims übergeben und ihm befohlen, sich dem Oberkommando des edlen Lordadmirals zu unterstellen.«

Nun war die Reihe, überrascht zu sein, an Perry Rhodan.
Er beugte sich weit vor.
»Woher wußten Sie, daß Atlan als Kommandeur der beiden Raumschiffe zurückbleiben soll?«
Roi lächelte hintergründig.
»Einer von Ihnen beiden muß zurückbleiben, Grandseigneur. Und da Sie selbst in der Rolle des passiv Abwartenden keine glückliche Figur machen würden . . .«
Rhodan errötete.
Alcara, Kulu und sogar Atlan aber mußten unwillkürlich lachen. Dieser Freihändler hatte das Temperament des Großadministrators wieder einmal treffend definiert.
Als sich Perry Rhodan räusperte, kehrte wieder Ruhe ein.
Er verzichtete darauf, einen Kommentar zu Dantons Bemerkung zu geben. Er machte ein völlig ernstes Gesicht, und nur ein kurzes Funkeln im Hintergrund seiner Augen bewies seinem Sohn Michael – alias Roi Danton –, daß der Vater den Seitenhieb gegen seine Angewohnheit, die gefährlichsten Unternehmungen meist persönlich auszuführen, mit Humor hingenommen hatte.
»Wir brechen in einer halben Stunde auf, meine Herren«, gab Rhodan bekannt. »Atlan, du übernimmst auch das Oberkommando über die hundert angeforderten Schiffe, sobald sie eintreffen. Wenn sich Major Hohle noch einmal melden sollte, unterrichtest du ihn von unserem Unternehmen. Aber ich fürchte, das plötzliche Abbrechen der Hyperfunkverbindung weist darauf hin, daß Hohles Space-Jet zerstört wurde – kein Wunder bei dem schweren Bombardement, das auf den betreffenden Raumhafen niedergegangen ist.«
Er erhob sich.
»Hoffentlich leben die Leute wenigstens noch!«

Major Tschai Kulu flog die KC-31 selbst, da es sich um das Flaggschiff seiner Korvetten-Flottille handelte.
Seine größte Sorge waren noch immer die vier Ultraschlachtschiffe von OLD MAN. Wenn die Korvette von ihnen geortet würde, wäre sie so gut wie verloren. Im günstigsten Fall konnte die Flucht in den Linearraum gelingen, doch dann würden die Robotschiffe gewarnt sein und dem terranischen Kommandotrupp bestimmt keine zweite Chance geben, auf Modula II zu landen.

Doch dann geschah etwas, das die Aufmerksamkeit der feindlichen Ortungszentralen von der KC-31 wirkungsvoll ablenkte. Etwa dreihundert Birnenraumschiffe der Guerillas, der »Gurrads«, wie die Löwenmenschen sich nach den Angaben von Major Hohle selbst nannten, warfen sich den zurückgekehrten Robotschiffen entgegen.

Aber im Unterschied zu ihrem ersten Angriff wurden sie nicht mehr durch das Überraschungsmoment unterstützt.

Schaudernd beobachteten die Männer in der Korvettenzentrale, wie sich die vier Ultragiganten zu einem dichten Pulk zusammenschlossen und, aus allen Transformgeschützen feuernd, gegen die Gurrad-Schiffe vorrückten. Das Feuer der Gigasalven wirkte wie ein gewaltiger Halbkreis explodierender Sonnen, der sich in gleichbleibender Entfernung vor den Robotschiffen herschob.

Die erste Formation der Birnenraumschiffe konnte nicht mehr ausweichen. Die Schiffe vergingen in dem gigantischen Explosionsring. Die anderen schossen gleich silbern schimmernden Tropfen davon, kurvten teils über den vier Robotraumschiffen, teils versuchten sie, den Gegner zu umgehen und ihn von hinten anzugreifen.

Es war, als wollte ein Mückenschwarm in einen Hochofen vordringen. Die Ultraschlachtschiffe des Riesenroboters OLD MAN legten eine Kugelschale von Transformexplosionen um sich. In diesem Glutwall verdampfte jedes angreifende Raumschiff.

Innerhalb weniger Minuten hatten sich die Reihen der Guerillaschiffe beträchtlich gelichtet. Die anderen flüchteten in panischer Hast, von Besatzungen gesteuert, die halb wahnsinnig vor Furcht waren, gelähmt von dem Grauen, das sie hatten mit ansehen müssen.

Perry Rhodan hatte den Kampf mit zusammengepreßten Lippen beobachtet. Sein Gesicht war sehr blaß geworden. Er mußte daran denken, daß in den Gurradschiffen potentielle Freunde der Menschheit gesessen hatten und daß es Menschen gewesen waren, die mit den Erzeugnissen menschlicher Technik zugeschlagen hatten – zwar hypnosuggestiv beherrschte Menschen, aber eben doch die eigenen Leute.

Aber diese Raumschlacht hatte es der KC-31 ermöglicht, unbemerkt von den Robotschiffen den Planeten Modula II anzufliegen.

Doch auch dort tobte der Kampf.

Hatten die Birnenraumschiffe der Gurrads anfänglich gute Erfolge erzielt, weil sie die Abwehr des Planeten überraschen konnten, so wurden ihre Landeanflüge nun mehr und mehr zerschlagen. Ununterbrochen blitzten die Schüsse der Planetenforts auf, stürzten sich Robotbomben auf die Angreifer und dezimierten ihre Reihen.

Todesmutig steuerten die Piloten der Gurrads ihre Schiffe durch das Abwehrfeuer. Sie ließen ihre birnenförmigen Giganten senkrecht durch die Atmosphäre fallen und fingen sie erst wenige hundert Meter über dem Boden wieder auf. Ihre Bordgeschütze schossen die meisten der anfliegenden Robotbomben ab. Dennoch erzielten die Planetenforts zahlreiche Treffer. Trümmer regneten torkelnd herab und bedeckten viele Quadratkilometer Land. Auf die Schiffe, denen eine ordnungsgemäße Landung gelang, konzentrierte sich sogleich das Feuer der Bodentruppen.

Doch auch die planetare Abwehr erlitt starke Verluste. Zu Tausenden schlugen die Raketenbomben und Energieschüsse der Guerillas unten ein. Die Rauchpilze atomarer Explosionen schossen bis in die Stratosphäre, glutflüssige Schmelze breitete sich an manchen Stellen des Bodens aus, Munitionsdepots flogen in die Luft, und oft wurde der Boden von Atomexplosionen drei- und vierfach umgewühlt.

»Es ist fast ein Wunder, daß die da unten sich überhaupt noch wehren können«, bemerkte Major Tschai Kulu grimmig.

»Roboter!« entgegnete Roi Danton. »Die Besatzungen der Forts bestehen meiner Ansicht nach aus Robotern, und nur ein Volltreffer kann diese Kampfmaschinen ausschalten. Menschen hätten längst den Verstand verloren.«

»Ich fliege jetzt in die Atmosphäre ein«, gab Tschai Kulu bekannt.

»Einverstanden«, sagte Rhodan.

Die Triebwerksaggregate der KC-31 steigerten ihren Arbeitslärm, als die Korvette die wahnwitzige Geschwindigkeit herabsetzte.

Dann stieß das Kugelschiff mitten in das Chaos über Modula II hinein.

»Ich muß wahnsinnig gewesen sein, diesem Plan zuzustimmen!«

Atlan preßte stöhnend die Fäuste gegen die Schläfen und starrte mit feuchten Augen auf den Spezialbeobachtungsschirm vor seinem Platz, auf dem die KC-31 als runder, grüner Ortungsreflex zu erkennen war. Die unregelmäßig geformten Flecke und Spiralen in unmittelbarer Nähe der Korvette deuteten die Energieausbrüche auf und dicht über dem Planeten Modula II an.

*Unsinn! Rhodan hätte sich auch durch massiven Widerstand nicht von seinem Vorhaben abhalten lassen!*

Es war der Logiksektor seines vor mehr als zehntausend Jahren irdischer Zeitrechnung aktivierten Extrahirns, der zu ihm »gesprochen« hatte.

Der Arkonide beruhigte sich wieder etwas.

*Immerhin verfügt die KC-31 nicht nur über bessere Waffen und Triebwerke als die Guerillaschiffe, sondern auch über den Hochenergie-Überladungsschirm.*

Atlan drückte auf die Aktivierungstaste des Interkoms.

Auf dem kleinen Bildschirm erschien das vierkantige Gesicht von Oberst Merlin Akran, des Kommandanten der CREST IV.

»Halten Sie sich zu einem Blitzmanöver bereit, Oberst!« befahl Atlan. »Unter Umständen müssen wir im Linearraum bis dicht über die Oberfläche des Planeten vorstoßen und der KC-31 Feuerschutz geben!«

»Blitzmanöver ist vorbereitet, Sir«, entgegnete der Epsaler wie beiläufig. »Die Steuerpositronik der FRANCIS DRAKE wurde zu diesem Zweck simultan geschaltet.«

Einen Moment starrte ihn der USO-Chef verblüfft an, dann lachte er rauh.

»Danke, Oberst!« sagte er knapp.

Er schaltete ab und wunderte sich, daß die Ruflampe im nächsten Augenblick rot aufglühte. Gleichzeitig schrillte der Interkommelder in höchstem Diskant.

*Höchste Dringlichkeitsstufe!*

Unwillkürlich blickte Atlan auf das Hyperortungsschild der Korvette. Aber dort hatte sich nichts geändert. Die KC-31 war dabei, in die obersten Schichten der wasserdampfgesättigten Atmosphäre einzutauchen.

Ganz mechanisch schalteten seine Hände das Bildsprechgerät ein; seine Kehle und sein Mund reagierten ebenfalls ohne bewußte Willensanstrengung.

»Atlan!«

»Hier Ortung, Major Konitzki, Sir! Ein Verband von etwa hundert Raumschiffen unterschiedlicher Größenordnung ist vor anderthalb Minuten aus dem Linearraum aufgetaucht.«

Der Arkonide holte tief Luft.

*Das konnte nur der erwartete terranische Schiffsverband sein!*

»Danke, Major!« schrie er.

Es klang wie ein Triumphschrei.

Er schaltete um auf die Funkzentrale.

»Major Wai! Verlangen Sie Identifikation und Parole von aufgetauchten Schiffen!«

Wai Tongs Gesicht verschwand einen Augenblick aus dem Aufnahmesektor des Interkoms, dann tauchte es wieder auf.

»Identifikationssymbolspruch läuft soeben ein, Sir. Soviel ich bis jetzt sehen kann, handelt es sich um den 82. Gemischten Stabilisierungsverband!«

Erneut verschwand sein Gesicht nach der Seite. Als es wieder auftauchte, war das übliche verbindliche Lächeln Wai Tongs einem befreiten Grinsen gewichen.

»IDS positiv, Sir. Parole ebenfalls. Zusatzspruch lautet: ›Kleiner Adler‹. – Das ist der ›Heitere‹, Sir!«

»Danke, Major«, erwiderte Atlan mit undurchdringlichem Gesicht.

Aber nachdem er abgeschaltet hatte, ließ er seine künstliche Beherrschung fallen. Er atmete tief auf, dann rief er durch die Zentrale, so daß sämtliche anwesenden Offiziere es ebenfalls hören mußten:

»Verlassen Sie den Ortungsschutz der Sonne, Oberst! Der 82. GSV unter General Kastori ist soeben eingetroffen!«

Er lächelte still vor sich hin, als die Männer – je nach Temperament – ihrer Freude mehr oder weniger lautstark Ausdruck gaben.

General Kastori – oder der »Heitere«, wie er offiziell genannt wurde – war einer der fähigsten und erfahrensten Flottenkommandeure des Solaren Imperiums. Nur 1,58 Meter groß, schmächtig gebaut und mit einem riesigen Kahlkopf, wirkte er meist wie ein allzeit vergnügter und optimistischer Pensionär, der genügend Geld besaß, um sich ein angenehmes Leben ohne Arbeit leisten zu können. Dieser Eindruck täuschte allerdings gewaltig – und es gab niemanden an Bord der CREST IV, der das nicht wußte.

Hinzu kam, daß der 82. GSV einer der berühmtesten Eliteverbände der Solaren Flotte war.

Atlan spürte, wie die Schiffszelle vibrierte, als die Triebwerke auf maximale Leistung hochgeschaltet wurden. Es kostete einen ungeheueren Energieaufwand, aus dem unmittelbaren Anziehungsbereich der Sonne herauszukommen.

Auf den Panoramabildschirmen war die beschleunigende FRANCIS DRAKE zu erkennen.

Drei Minuten später kam die erste Hyperkomverbindung zwischen dem Flaggschiff der Solaren Flotte und der VESPASIAN, Kastoris Flaggschiff, zustande.

Atlan blickte in die großen blauen Augen des »Heiteren«.

Ems Kastori erstattete vorschriftsmäßig Meldung. Lachend fügte er hinzu:

»Wie ich sehe, sind wir noch rechtzeitig gekommen, Sir. Welche Befehle haben Sie?«

Atlan brauchte nicht lange zu überlegen. Er wußte, daß der 82. GSV aus fünfzig Leichten Kreuzern der Städteklasse, dreißig Schlachtkreuzern, fünfzehn Superschlachtschiffen der Imperiumsklasse und fünf Ultraschlachtschiffen der Galaxisklasse bestand.

»Lassen Sie Ihre Ultra- und Superschlachtschiffe einen Riegel zwischen den vier Robotschiffen OLD MANS und dem zweiten Planeten errichten. Den Rest des Verbandes setzen Sie zur Deckung des Anfluges der KC-31 ein, mit dem der Großadministrator den zweiten Planeten angesteuert hat. Nach eigenem Ermessen kann dabei Wirkungsfeuer auf erkannte feindliche Abwehrforts, Industrieanlagen und Konzentrierungen von robotischen Bodentruppen eröffnet werden. Gegenüber den fremden Birnenraumschiffen aber müssen Sie sich unbedingt passiv verhalten!«

»Habe verstanden, Sir. Aktion läuft an.«

Kurz darauf meldeten die Ortungszentralen der CREST und der DRAKE, daß die vier Ultragiganten von OLD MAN den beiden Schiffen den Weg abzuschneiden versuchten.

Gleich darauf blähten sich vor den heranrasenden vier Robotschiffen Hunderte künstlicher Sonnen auf. Die fünf Ultraschlachtschiffe und fünfzehn Raumer der Imperiumsklasse unter General Kastori schossen Sperrfeuer aus ihren Transformgeschützen.

Dicht vor dem Feuerriegel konnten die vier Giganten ihre Fahrt aufheben und zum Wendemanöver ansetzen. Ebenfalls aus allen Transformgeschützen feuernd, zogen sie sich zögernd zurück.

Kastoris Schiffe folgten ihnen in gleichbleibendem Abstand.

Atlan nickte befriedigt.

Der »Heitere« verhielt sich absolut richtig. Er wollte ja die Robotschiffe nicht vertreiben, sondern nur von Modula II fernhalten, damit sie seinen Schiffen nicht gefährlich werden konnten.

Der Arkonide befahl das Annäherungsmanöver an Modula II. Nach einer kurzen Linearetappe kehrten die CREST und die FRANCIS DRAKE im gerade noch zulässigen Sicherheitsabstand nahe dem Planeten in den Normalraum zurück. Im nächsten Augenblick erschienen auch die restlichen achtzig Raumschiffe des 82. GSV. Als die Schiffe bis auf 1000 Kilometer an Modula II herangekommen waren, eröffneten sie das Feuer.

Ein gewaltiger Feuerschlag aus leichten Transformkanonen, Desintegratoren und Impulsgeschützen deckte die Abwehrstellung auf dem großen Äquatorkontinent ein. Der Verband schwärmte aus. Einzeln griffen die Leichten Kreuzer und die Schlachtkreuzer die erkannten Planetenforts an und kämpften sie in erbitterten Gefechten nieder.

Der Lordadmiral überlegte bereits, ob er – entgegen der Abmachung mit Perry Rhodan – nicht doch den Landebefehl geben sollte, als etwas geschah, das nicht nur diesen Plan, sondern auch alle anderen Pläne wieder umstieß.

Von einem der anderen beiden Kontinente erhoben sich plötzlich vier gigantische Kristallkugeln . . .

# 2.

Atlan verfolgte das Geschehen durch die Sonden-Fernortung.

Vier grünlich leuchtende, kompakte Kristallkugeln von jeweils exakt vierhundert Metern Durchmesser, deren natürliche Fähigkeiten künstlich verstärkt worden waren, stießen durch die aufgewühlte Wasserdampfatmosphäre von Modula II. Mit hohen Beschleunigungswerten rasten sie in den freien Raum.

Die Energieortung registrierte die typischen Emissionen von Antigravitations- und Traktorstrahlprojektoren.

Gleichzeitig empfingen die Funkzentralen der terranischen Schiffe kodierte Hyperfunksymbole. Die Bordpositroniken der CREST IV und der FRANCIS DRAKE begannen sofort mit der Entschlüsselung und leiteten den erkannten Kode weiter an die Dekodiermaschinen der Funkzentralen.

Noch bevor der entschlüsselte Text der geheimnisvollen Funksprüche vorlag, erreichte eine andere Meldung das Flaggschiff der Solaren Flotte.

Die vier Ultraschlachtschiffe von OLD MAN hatten Fahrt aufgenommen und flogen mit einer Beschleunigung von nahezu siebenhundert Kilometern pro Sekundenquadrat ein Umgehungsmanöver, das sie über die eine Flanke von Kastoris schwerem Verband hinausbringen mußte.

Atlan ließ sich mit der Kybernetischen Auswertungszentrale verbinden.

Die Froschaugen des Chefmathematikers Dr. Josef Lieber starrten ihm von dem kleinen Interkombildschirm scheinbar desinteressiert entgegen.

»Analysieren Sie die letzten Feindbewegungen!« befahl Atlan. »Ich möchte wissen, ob zwischen dem Start der Kristallballungen von Modula II und dem Umgehungsmanöver der Robotschiffe ein Zusammenhang besteht! «

Dr. Lieber legte den Kopf schief.

»Lassen Sie mich bitte nachdenken, Sir!«

Er preßte die Fingerspitzen gegeneinander und schloß die Augen, wodurch sein Gesicht beinahe menschliche Züge erhielt. Vorher hätte man Josef Lieber für ein extraterrestrisches Scheusal halten können.

Der Arkonide mußte sich gewaltsam bezwingen, um den Chefmathematiker nicht anzuschreien.

Dr. Lieber schien nicht daran zu denken, eine kybernetisch fundierte Analyse zu erarbeiten. Statt dessen verließ er sich offenbar auf seine Intuition, einen Geistesblitz, der bei der Schnelligkeit der Ereignisse draußen im Raum äußerst fragwürdig sein mußte.

Aber Atlan kannte den Mathematiker inzwischen. Er wußte, daß Dr. Lieber niemals etwas Sinnloses tat. Aus diesem Grunde wartete er, wenn auch mit steigender Ungeduld.

Aus dem Interkomlautsprecher drang ein schnalzender Laut.

Ruckartig hob Dr. Josef Lieber den Kopf. Seine Finger glitten über eine Schalttastatur, die Atlan verborgen blieb.

Als sich der Blick des Chefmathematikers wieder auf den Lordadmiral richtete, erschrak Atlan fast vor der Kälte, die aus den hervorquellenden Augen strahlte.

»Nun . . .?« fragte er beklommen.

»Es ist mit einem baldigen Kurswechsel der Robotschiffe zu rechnen. Die Perlians von Modula II sind offensichtlich nicht durch die schweren Angriffe auf den Planeten zermürbt worden. Sie haben erkannt, daß sie das aufbereitete Material in Sicherheit bringen müssen. Folglich werden die Robotschiffe alles daransetzen, die Kristallballungen im Raum zu treffen und aufzunehmen.«

Der Arkonide fuhr erschrocken zurück.

»Wissen Sie, was das bedeutet, Doktor Lieber?«

Josef Lieber rieb sich die Augen.

»Einen bevorstehenden Großangriff auf die Menschheit, Sir. Ich schlage vor, die vier Ultraschlachtschiffe von OLD MAN und die vier Kristallballungen sofort zu vernichten.«

Atlan war es, als griffe eine eiskalte Hand nach seinem Herzen.

»Sind Sie wahnsinnig?« ächzte er. »Auf den Schiffen befinden sich Terraner!«

Der Mathematiker seufzte.

»Wissen Sie eine bessere Lösung, Sir?«

Wortlos unterbrach Atlan die Verbindung.

Er stand auf und überlegte.

Es gab keine Möglichkeit, der Verantwortung zu entgehen. Er mußte sich entscheiden – und zwar schnell.

Langsam kehrte er an seinen Platz zurück, ließ sich in die Konturpolster sinken und schloß die Augen.

»Hyperfunksymbole dekodiert, Sir«, klang wie aus weiter Ferne die Stimme des Cheffunkers aus dem Interkomlautsprecher. »Es handelt sich um Befehle an die vier Robotschiffe OLD MANS, die vier Kristallballungen aufzunehmen und anschließend auf Zielkurs zu gehen.«

Atlan schrak wie aus einer Trance auf. Seine Rechte tastete sich zur Schaltleiste des Hyperkomanschlusses.

»Blitzverbindung mit der VESPASIAN, General Kastori!« befahl er.

Seine Stimme erschien ihm fremd, als hätte nicht er, sondern ein anderer seine Gedanken ausgesprochen.

Während er auf die Blitzverbindung wartete, wog er noch einmal das Für und Wider von Liebers Vorschlag ab.

*Besaß er – oder ein anderer – überhaupt das Recht, einen Befehl zu erteilen, der Hunderte von Terranern zum sicheren Tod verurteilte?*

*Mußte man nicht vielmehr die Versklavung von Millionen oder Milliarden Menschen in der heimatlichen Galaxis riskieren, anstatt den Vernichtungsbefehl für die menschlichen Besatzungen der vier Robotschiffe zu erteilen?*

*Waren diese versklavten Raumfahrer nicht völlig unschuldig daran, daß sie praktisch gegen ihr eigenes Volk kämpften? Durften Unschuldige zum Tode verurteilt werden?*

Er stöhnte. Es war ihm, als müßte er ersticken. Mit zitternden Fingern riß er den Magnetverschluß seines Kampfanzuges auf.

Ein flackerndes Rufzeichen brachte ihn wieder zur Besinnung.

»Ihre Blitzverbindung mit der VESPASIAN; General Kastori am Hyperkom, Sir!« schallte es aus dem Lautsprecher.

»Durchhalten!« befahl der Arkonide.

Es klickte, dann sah das Abbild des Generals von der Bildscheibe herab.

»Sir . . .?«

Atlan unterrichtete ihn über die veränderte Lage.

»Ich sehe keine andere Möglichkeit, die Menschheit vor dem drohenden Untergang zu bewahren, als die versklavten Besatzungen der vier Ultraschlachtschiffe zu opfern, General«, schloß er.

Ems Kastoris Lächeln war wie weggewischt.

Der General zögerte nur den Bruchteil einer Sekunde mit der Antwort.

»Es gibt keine andere Möglichkeit, Sir. Ich greife an. Aktionsbeginn in sieben Minuten!«

Damit schaltete der General ab.

Atlan saß sekundenlang wie erstarrt, dann rief er den Kommandanten der CREST IV über Interkom an und erteilte ihm seine neuen Befehle.

Während der gesamte 82. Gemischte Stabilisierungs-Verband sich im freien Raum zum Angriff formierte, näherten sich die vier Ultragiganten OLD MANS den Kristallkugeln bis auf Traktorstrahlreichweite.

Gleichzeitig trat eine neue Schwierigkeit auf.

Etwa hundert Birnenraumschiffe der Gurrads hatten die Kristallballungen verfolgt und lagen nunmehr genau im geplanten Angriffskurs des 82. GSV.

General Ems Kastori blieb nichts anderes übrig, als seinen Angriffsplan innerhalb von Sekunden umzustoßen und zu improvisieren. Mit seinem Flaggschiff VESPASIAN und den anderen vier Riesen der Galaxis-Klasse löste er sich aus dem geschlossenen Verband und raste auf die Reihen der Birnenraumschiffe zu. Die fünfzehn Superschlachtschiffe der Imperiumsklasse folgten etwas langsamer und relativ zu den Ultragiganten nach unten versetzt.

An Bord der VESPASIAN wurde inzwischen in hektischer Eile ein Symbolprogramm vorbereitet und auf der Hyperfunkfrequenz der Gurrads abgestrahlt. Die Bildsymbole würden auf den Empfangsschirmen der Birnenschiffe erscheinen und ihren Kommandanten klarmachen, daß die anfliegenden terranischen Schiffe nicht sie angreifen wollten, sondern den gemeinsamen Feind – und daß es besser wäre, wenn sie schnellstens auswichen.

Es konnte nie einwandfrei geklärt werden, ob die Kommandanten der Guerillaschiffe die Symbolbotschaft verstanden oder nicht. Tatsache war, daß ihre Schiffe sich überstürzt vor den heranrasenden terranischen Einheiten zurückzogen – aber das konnte auch von der Furcht bestimmt sein, vernichtet zu werden.

General Kastori kümmerten die Motive der Gurrads im Augenblick nicht. Für ihn war es einzig und allein wichtig, freie Bahn für den Angriff auf die Kristalle und die Robotschiffe OLD MANS zu bekommen. Die Zeit drängte, denn unterdessen hatten die vier Ultragiganten die Kristallkugeln durch Traktorstrahlen fest an sich gekettet. Jede Sekunde konnten sie mit dem Verlademanöver beginnen.

»Ausschwärmen!« befahl Kastori, als die Robotschiffe Sperrfeuer zu schießen begannen.

Seine fünf Einheiten der Galaxisklasse zogen sich zu einer leicht nach innen gekrümmten, weit auseinandergezogenen Kette auseinander. In drei Millionen Kilometern Abstand folgten die fünfzehn Superschlachtschiffe, leicht nach unten versetzt, und in zehn Millionen Kilometern Entfernung zogen die zu Fünferpulks gruppierten Kreuzer steil nach oben.

Ungerührt beobachtete der »Heitere«, wie die grell leuchtenden Kunstsonnen des feindlichen Sperrfeuers immer näher an seinen Schiffen lagen. Er hielt das Mikrophon der Hyperkomanlage in der Faust und wartete auf den entscheidenden Augenblick.

»Falken an Adler«, ertönte es aus dem Hyperkomlautsprecher. »Höhe X und Y erreicht, beginnen mit Horizontalflug.«

»Adler an Falken!« sagte Kastori ruhig. »Beginnen mit Paukenschlag. Ende!«

Das war gleichzeitig das vereinbarte Signal für die Kommandanten der fünf Ultraschlachtschiffe. Die Riesengebilde verzögerten und ließen die Gruppe der »Geier« – die fünfzehn Superschlachtschiffe – unter sich vorziehen.

Notgedrungen verlagerten die Robotschiffe ihr Sperrfeuer teilweise an diese Stelle.

Darauf aber hatte General Kastori nur gewartet.

»Pauke, Pauke!« schrie er in sein Mikrophon.

Die VESPASIAN machte einen ungeheuren Satz nach vorn, als die Triebwerke mit hundertzehn Prozent belastet wurden. Das ganze Schiff bebte. Aber eine Überlastung von zehn Prozent ließ sich kurzfristig ertragen.

Alle fünf Einheiten stießen durch das spärlicher gewordene Sperrfeuer und rasten zwischen den Robotschiffen hindurch, während ihre Transformgeschütze Salve auf Salve abfeuerten.

Einige Sekunden lang war der Gegner verwirrt. Bevor er begriff, was geschah, explodierte eines der Ultraschlachtschiffe OLD

MANS. Die Männer auf den anderen Schiffen schlossen geblendet die Augen.

Dann waren die »Adler« hindurch.

Jenseits der gegnerischen Formation schwenkten drei der Schiffe nach Backbord und zwei nach Steuerbord. Sie rasten auf einer Ellipsenbahn zurück und beschossen nunmehr die restlichen drei Robotschiffe von zwei Seiten zugleich.

»Adler an Falken«, sprach Kastori ins Mikrophon, »Deckel schließen!«

»Verstanden!« antwortete der Führer der Kreuzer. »Deckel wird geschlossen.«

Kurz darauf senkte sich der »Deckel« aus Gigaexplosionen rasend schnell auf die »Pfanne« herab, deren »Boden«, von den fünfzehn Superschlachtschiffen und deren »Rand« von den fünf Ultragiganten des 82. GSV gebildet wurde.

Die drei Robotschiffe mit ihren Kristallen saßen in der Falle.

Aus großer Überhöhung stürzten fünfzig Leichte Kreuzer und Schlachtkreuzer herab.

Unterdessen jedoch hatten auch die Robotschiffe Fahrt aufgenommen. Sie schossen mit einer Beschleunigung von etwa sechshundert Kilometern pro Sekundenquadrat aus dem Sonnensystem hinaus und zogen die Kristallkugeln innerhalb ihrer HÜ-Schirme hinter sich her.

Der General fragte sich, warum keiner der Männer drüben und keine Positronik auf den Gedanken kam, mit den Kristallkugeln im Schlepp in den Linearraum zu gehen. Wahrscheinlich, folgerte er, lag das daran, daß von Modula II noch keine entsprechenden Befehle eingegangen waren. Hier offenbarte sich die Schwäche eines Gegners, der seine Schiffsbesatzungen aus Hypnosklaven rekrutierte.

Längst waren die Bildschirme der Panoramagalerie auf Impulserfassung umgeschaltet worden. Die Tausende und aber Tausende riesiger Kunstsonnen hätten die Männer trotz der Polarisationsfilter geblendet. Von den Navigationspositroniken gelenkt, rasten die Schiffe mit einer Beschleunigung von siebenhundert Kilometern pro Sekundenquadrat durch den Raum. Sie mußten mit den drei Robotraumern Schritt halten und gleichzeitig in ihren Kampfpositionen verbleiben. Die schwerste Aufgabe oblag den fünf Giganten der Galaxisklasse, denn sie hatten ihre Ellipsenbahnen exakt einzuhalten.

Nach einer halben Minute explodierte das zweite Robotraumschiff. Eine Viertelminute später das dritte und dann das vierte.

Ems Kastoris Gesicht wirkte wie versteinert. Er wußte, daß er mit seinem Angriffsbefehl die terranischen Besatzungen der OLD MAN-Schiffe zum Tode verurteilt hatte. An dieser Last würde er sein Leben lang tragen; das war sein Teil des Opfers, das der gesamten Menschheit dargebracht werden mußte.

# 3.

Die Wasserfläche des großen Urmeeres war getrübt von aufgewirbeltem Schlamm. Ölflecken, Trümmer und Tote kennzeichneten die Stellen, an denen das Bombardement der Gurrads die unterseeischen Städte der Perlians getroffen hatte.

Und immer wieder stießen die Birnenraumschiffe der Guerillaflotte bis dicht über die Wasseroberfläche herab und schossen ihre Raketenbomben ab.

In die relativ leichten Explosionen brennender Kraftwerke und Versorgungsdepots mischten sich die gigantischen Glut- und Wasserdampfsäulen explodierender Kernbomben.

Major Tschai Kulu steuerte die KC-31 mit geradezu schlafwandlerischer Sicherheit zwischen den Explosionssäulen hindurch. Die Korvette huschte dicht über den aufgewühlten Ozean dahin; ab und zu leckten die Gischtzungen an ihrer Unterseite.

»Haben Sie schon bemerkt, daß die überwiegende Anzahl der Fernraketen und Bomben auf die Unterwasserstädte abgefeuert werden, Sir?« fragte Melbar Kasom.

Perry Rhodan nickte.

»Die Gurrads müssen die Perlians fanatisch hassen. Jeder Flottenoffizier Terras könnte sich ausrechnen, daß eine Konzentration der Angriffe auf die Industriezentren des Planeten die Perlians und die Kristallagenten entscheidender schwächen würde als reine Terrorangriffe auf Wohnstätten. Dennoch ist der Angriff aus dem Raum hauptsächlich gegen die Unterwasserstädte gerichtet.«

Die Korvette machte einen gewaltigen Ruck zur Seite, als einen halben Kilometer an Backbord eine Kernrakete dicht über dem Wasser explodierte. Der Glutball der atomaren Explosion erreichte das terranische Beiboot und wehte es davon, als wäre es ein welkes Blatt.

Aber der Hochenergie-Überladungsschirm hielt die thermischen und kinetischen Einwirkungen einwandfrei vom Schiff selbst und der Besatzung fern.

Sechs Kilometer vom Explosionsherd entfernt gelang es Tschai Kulu, die KC-31 wieder zu fangen und erneut dicht über die Wasseroberfläche hinabzudrücken.

Mit flammenden Triebwerken raste das Beiboot weiter auf die Küste des Äquatorkontinents zu.

Rhodan sah sich um, als das Schott hinter seinem Rücken sich surrend öffnete.

Roi Danton stand im Rahmen des Schotts. Er hielt eine Symbolfolie in der Hand. Sein Gesicht war kalkweiß.

Leicht schwankend kam er auf den Großadministrator zu.

Perry Rhodan begriff. Er preßte die Lippen zusammen. Dennoch wollte er Gewißheit haben.

»Hat man die Robotschiffe . . .?«

Er stockte, als er Rois gequälten Gesichtsausdruck bemerkte.

»Ja, man hat!« erwiderte der Freihändler rauh. »Die Analyse der letzten Fernortungsergebnisse beweist, daß der 82. GSV inzwischen eingetroffen ist. Außerdem beweist sie, daß vier Raumschiffe von der Größe terranischer Ultraschlachtschiffe in den letzten zehn Minuten explodierten. Das bedeutet: Der 82. GSV hat die vier OLD MAN-Schiffe vernichtet – mitsamt ihren terranischen Sklavenbesatzungen!«

Rhodan antwortete nicht.

Schweratmend ließ sich Roi Danton in seinen Sessel fallen.

»Nun, Grandseigneur?« fragte er mit Bitterkeit in der Stimme. »Was sagen Sie dazu?«

»Atlan wird seine Gründe dafür gehabt haben, die Vernichtung der Robotschiffe zu befehlen«, mischte sich Melbar Kasom ein.

»Es müssen sehr schwerwiegende Gründe gewesen sein«, sagte Perry Rhodan nachdenklich. »Ohne Not würde Atlan einen solchen Befehl niemals geben.«

Tschai Kulu wandte sich halb um und sagte leise:

»Ich möchte Sie daran erinnern, daß die Ortung vor einer halben Stunde vier unidentifizierbare große Objekte erfaßte, die vom Planeten aufstiegen und im Weltraum verschwanden. Infolge der Energieentladung über Modula II konnten wir nicht feststellen, was für Objekte das waren. Jetzt – nachdem ich gehört habe, daß die vier Robotschiffe vernichtet wurden, habe ich eine Theorie.«

»Lassen Sie sie hören!« befahl Rhodan.

Der Major nickte.

»Die Perlians werden in erster Linie bestrebt sein, die fertig behandelten Hypnokristalle in Sicherheit zu bringen. Zweifellos waren die Schiffe von OLD MAN dazu bestimmt, mit einer Ladung solcher Kristalle in unsere Galaxis zurückzufliegen. Ich vermute, die vier unbekannten Objekte waren nichts anderes als Kristallballungen, die von den Robotschiffen aufgenommen werden sollten. In diesem Fall wäre die Opferung der hypnosuggestiv versklavten terranischen Mannschaften gerechtfertigt gewesen.«

Roi Danton zog die Luft scharf durch die Nase.

»Wenn Ihre Vermutung stimmt, liegt der Fall natürlich anders, Major. Obwohl es mir dennoch unmenschlich erscheint, Unschuldige zu opfern.«

»Es ist unmenschlich, Monsieur Danton«, erklärte Perry Rhodan hart. »Aber manchmal muß man unmenschlich handeln, um der Menschlichkeit willen. Ich glaube, Major Kulus Vermutung trifft zu. Es ist der einzig denkbare Fall, in dem Atlan die Vernichtung der Robotschiffe befehlen würde. Stellen Sie sich vor, was geschähe, wenn vier gigantische Kristallballungen die heimatliche Galaxis erreichten. Ein Chaos unvorstellbaren Ausmaßes wäre die Folge.«

Roi Danton erschauerte.

»Dennoch ist es furchtbar.«

Die Küste des äquatorialen Kontinents kam in Sicht, wurde überflogen – und dann schwebte die Korvette über dem großen Raumhafen.

Durch den Dunst und den Wasserdampf, den fettigen Qualm der zahlreichen Brände und den blendenden Feuerschein hindurch blickten die Männer in der Beibootzentrale auf das von riesigen Kratern umgepflügte Start- und Landefeld. Dieser Raumhafen war für lange Zeit unbrauchbar gemacht worden.

»Von hier aus kam Major Hohles Funknachricht«, flüsterte Perry Rhodan beklommen. »Demnach müßte hier seine Space-Jet gestanden haben.«

»Wenn sie hier stand, ist von ihr nichts mehr übrig«, sagte Roi Danton tonlos. »Auf dem Raumfeld sind schätzungsweise dreißig Kernbomben explodiert. Der atomare Feuersturm muß jedes kleine Raumschiff innerhalb eines Sekundenbruchteils verdampft haben.«

Rhodan zog das Mikrofon des Bordtelekoms an seine Lippen.

»Hier Perry Rhodan! Ich rufe die Gruppe Hohle! Bitte, melden Sie sich! Wir wollen Sie abholen. – Hier Perry Rhodan! Ich rufe die Gruppe . . .«

Zehnmal wiederholte er seinen Spruch.

Danach wartete er.

Es kam keine Antwort.

Perry Rhodan befahl dem Funker, den Spruch auf Band zu nehmen und pausenlos abzuspielen. Wenn die fünf Männer noch lebten, würden sie sich irgendwann einmal melden.

Danach wandte er sich an Tschai Kulu.

»Kreisen Sie über dem Raumhafengelände, Major. Wir müssen jetzt vordringlich nach einem unzerstörten Anti-Modulatorprojektor suchen. Inzwischen empfängt Major Hohle vielleicht unseren Funkspruch und antwortet uns. Solange das nicht der Fall ist, können wir ihm und seinen Leuten ohnehin nicht helfen.«

Major Kulu bestätigte den Befehl.

Die Korvette stieg einen Kilometer empor und begann den gigantischen Raumhafen zu umkreisen.

Aus dieser Höhe offenbarte sich erst das ganze Ausmaß der Zerstörung. Die Abfertigungshallen, Reparaturwerften und die Verlademaschinen von der Ausdehnung terranischer Kleinstädte waren zu skurrilen Gebilden zusammengeschmolzen. Hier und da tobten Brände. Der pulverisierte Panzerplastbelag der Lande- und Startfelder wurde vom Wind abgetragen.

Rhodan richtete sein Augenmerk auf einen wirren Haufen halbzerschmolzener Trümmer am Ostrand des Raumhafens.

»Dort müssen nach Major Hohles Angaben die sieben gelandeten Birnenraumschiffe gestanden haben«, sagte er.

»Erstaunlich, wie die Thermostrahlschüsse der Guerillaschiffe gewirkt haben«, warf Oro Masut ein. »Diese zusammengeflickten Birnenraumer scheinen innen in viel besserer Verfassung zu sein als die Kristalltransporter.«

Er deutete auf eine in den Feldbelag geschmolzene Furche. Die Ränder klafften mindestens zehn Meter auseinander, und der Boden der Schmelzrinne verlief in etwa fünf Metern Tiefe schnurgerade bis in die Überreste der Birnenschiffe. Einer der weniger schwer zerstörten Kristalltransporter lag auf der Seite. Ein Thermostrahl hatte ihn mittschiffs auseinandergeschnitten, und eine kleinere Raketenbombe war im stielförmigen Bug explodiert.

»Ja, das ist wirklich bemerkenswert«, murmelte Perry Rhodan. »Ich wollte, wir könnten die Gurrads zu unseren Verbündeten machen. Sicherlich wissen sie bedeutend mehr über die Kristalle als wir.«

Er betrachtete die zerstörten Kristalltransporter. Dann rief er die Feuerleitzentrale an.

»Geben Sie Desintegratorfeuer auf die Schiffswände!« befahl er. »Ich möchte hundertprozentige Sicherheit haben, daß die Ladung vernichtet ist.«

Sekunden später huschten grünlich flimmernde Strahlenbündel von der KC-31 zum Raumfeld hinab. Die Trümmer der sieben Birnenraumschiffe lösten sich in rasch verwehende Wolken molekularen Gases auf.

Plötzlich schrillte ein Alarm. Gleich darauf meldete sich die Ortungszentrale.

»Achtzehn kleinere Flugkörper achteraus mit Kollisionskurs!«

Das Ortungsbild erschien auf dem Übertragungsschirm.

»Robotgesteuerte Abwehrraketen!« stellte Rhodan sachlich fest. »Feuer frei!«

Tschai Kulu drückte die Korvette tiefer und ließ sie eine enge Kurve beschreiben. Zugleich begannen die Impuls- und Desintegratorkanonen im Beiboot zu feuern. Die Zielerfassungsautomaten ließen den Robotflugkörpern keine Chance, ihr Ziel zu erreichen oder den Schüssen auszuweichen. Eine Abwehrrakete nach der anderen explodierte in großer Entfernung. Die atomaren Glutbälle verwüsteten weitere technische Anlagen des Raumhafens.

Andere Robotflugkörper tauchten vorläufig nicht auf. Die gegnerischen Feuerstellungen waren ganz offensichtlich ebenfalls robotgesteuert. Sie erkannten sicherlich, daß der angerichtete Schaden an eigenen Einrichtungen größer war als der Schaden, den sie dem feindlichen Schiff bei seiner derzeitigen Position zufügen konnten, und wogen die Fakten streng logisch gegeneinander ab.

Perry Rhodan blickte aus rotgeränderten Augen auf den verwüsteten Raumhafen hinab. Er fragte sich, warum Major Hohle und Fellmer Lloyd nichts von sich hören ließen. Beide Männer waren erfahren und intelligent genug, sich rechtzeitig aus einer unhaltbaren Stellung abzusetzen. Rhodan konnte nicht glauben, daß sie geblieben waren, bis die Angriffe aus dem Raum sie getötet hatten.

Andererseits wußte er, daß jeder Mann der Einsatzgruppe Hohle in seinem leichten Kampfanzug ein leistungsstarkes Normalfunkgerät bei sich trug. Der laufend hinausgehende Funkruf der KC-31 mußte gehört werden.

Es gab nur eine einzige Erklärung dafür, daß keine Antworte erfolgte – vorausgesetzt immer, mindestens einer der Männer war noch am Leben: Die Einsatzgruppe Hohle befand sich in einer Lage, in der die Benutzung der Funkgeräte sie feindlichen Suchtrupps verraten hätte . . .

Die Untersuchung des Raumhafens ergab, daß sämtliche vorhandenen Energietürme mit Antimodulatoren restlos zerstört waren.

Perry Rhodan zögerte nicht länger. Er war in erster Linie gekommen, um einen noch unzerstörten Energieturm zu finden und zu untersuchen. Die Rettung der Einsatzgruppe hatte am Rande des Geschehens erfolgen sollen, weil das bedeutend unproblematischer erschienen war. Im Gegensatz zu diesem Plan hatte man bisher fast alle Aufmerksamkeit auf den Verbleib der Einsatzgruppe gerichtet. Rhodan wollte ganz einfach nicht wahrhaben, daß die Männer gefallen sein könnten.

Doch nun, da sie sich nach so langer und intensiver Suche immer noch nicht gemeldet hatten, mußte man an die Hauptaufgabe denken.

Perry Rhodan gab den Befehl, den Raumhafen zu verlassen und tiefer in den Kontinent einzufliegen. Dort mußte es noch mehr Raumhäfen geben – und wahrscheinlich auch noch mehr Energietürme.

Er befahl es schweren Herzens, und an den Gesichtern Roi Dantons, Tschai Kulus und der beiden Ertruser erkannte er, daß es auch ihnen nicht leichtfiel, den Ort zu verlassen, von dem aus sich Hole Hohle und seine Männer zuletzt gemeldet hatten.

Major Kulu steuerte die Korvette dicht über dem zerbombten Boden westwärts. Sobald die Umgebung des Raumhafens hinter dem Beiboot zurückblieb, tauchten wieder robotgesteuerte Abwehrflugkörper auf. Sie kamen von drei Seiten und in verschiedenen Höhen, und die Feuerleitzentrale schaffte es kaum, sich der kleinen, gefährlichen Angreifer zu erwehren. Die Flugbahn der KC-31 wurde von den Explosionswolken abgeschossener Boden-Luft-Raketen gesäumt.

Unter dem Beiboot lag jetzt dampfender Dschungel und bildete einen beklemmenden Kontrast zu den technischen Anlagen der übrigen Gebiete des Planeten. Hier hatten die Perlians völlig darauf verzichtet, die unbändige Natur der Urwelt zu zähmen; ihre Wohngebiete lagen ja ausschließlich unter Wasser.

Plötzlich, während eines besonders heftigen Angriffs von feindlichen Abwehrraketen, schrillte der Interkommelder. Der Funker meldete sich mit aufgeregter Stimme und teilte mit, er habe soeben schwache Funksignale empfangen.

Rhodan horchte auf.

Seinem scharfen Verstand fiel die Formulierung der Meldung sofort auf. Der Funker hatte nicht von einem Notruf oder einer Meldung der Einsatzgruppe Hohle gesprochen, sondern ganz allgemein von Funksignalen!

Der Unterschied charakterisierte die Entdeckung ziemlich eindeutig!

»Gehen Sie in eine enge Kreisbahn um den derzeitigen Standort!« befahl er dem Major.

Die Steuerbordtriebwerke donnerten los, als Tschai Kulu die KC-31 in eine enge Linkskurve zwang. Zwei Schwärme anfliegender Abwehrraketen gerieten durch den abrupten Kurswechsel in Frontstellung und flogen plötzlich aufeinander los. Ihre Robotsuchknöpfe waren nicht in der Lage, die entgegenkommenden anderen Flugkörper als freundlich einzustufen. Dutzende gewaltiger Explosionen erschütterten die Luft.

Durch den Zwischenfall begünstigt, konnte Tschai Kulu die befohlene Kreisbahn um den vermutlichen Standort des unbekannten Senders ohne Ausweichmanöver einhalten.

Als die Funkzentrale kurz darauf wiederum Signale auffing, konnte deren Quelle einwandfrei angemessen werden.

Sie mußte sich inmitten einer vulkanischen Bergkette befinden!

»Auf Bodennähe gehen und Ziel ansteuern!« befahl Rhodan.

Er rechnete damit, daß die Explosionen der zusammengeprallten Abwehrraketen von den gegnerischen Ortungsanlagen als Vernichtung der Beiboote ausgelegt werden könnte. Je tiefer die KC-31 von nun an flog, desto größer war die Wahrscheinlichkeit, daß sie nicht mehr geortet wurde.

Der Major ließ die Korvette absacken und fing sie erst wenige Meter über dem Boden wieder auf. Die kinetische Gewalt der energetischen Schutzschirme und die Thermalkräfte der Triebwerksimpulse brannten eine fast fünfhundert Meter breite Schneise in den Dschungel.

Der Höhenanzeiger wies eine Flughöhe von nur zwölf Metern über Grund aus. Mit geringer Geschwindigkeit strebte die Korvette ihrem Ziel zu.

Perry Rhodan erhob sich und ging in die Funkzentrale. Ohne daß er dazu aufgefordert worden wäre, folgte der Freifahrer ihm. Rhodan runzelte die Stirn, sagte aber nichts.

»Was haben Sie bisher über die Funksignale herausgefunden?« fragte er den Funker.

Der Offizier schaltete den Wiedergabeschirm des Auswertungsautomaten ein.

Grüne Zackenlinien zeigten sich auf der flimmernden Scheibe.

»Die Signale stammen einwandfrei von einem UKW-Sender, Sir«, erklärte der Funker. »Sie sind jedoch weder mit Hilfe des terranischen Morsealphabets noch mit dem Translator zu entziffern und liegen auch nicht auf der üblichen Flottenfrequenz. Daher dürften sie kaum von Hohle und seinen Leuten stammen.«

Er schaltete die akustische Wiedergabe dazu.

Aus den Stereo-Lautsprechern des Gerätes drang eine seltsame Tonfolge: Sie glich einer Melodie, die an zwitschernde Vogellaute und Violinklänge erinnerte, war aber gleichzeitig so fremdartig, daß Perry Rhodan unwillkürlich erschauerte.

Kurz darauf brach die Melodie ab.

»Neun Sekunden Sendedauer, Sir«, bemerkte der Offizier. »Genau so lange wie bei der ersten Sendung.«

»Wie groß war der zeitliche Abstand?« fragte Rhodan.

»Zweieinhalb Minuten, Sir.«

»Und wieviel Zeit ist seit dem Beginn der letzten Sendung verstrichen?«

Der Funker sah rasch nach einem Zeitaufzeichner.

»Genau eine Minute und fünfundzwanzig Sekunden, Sir.«

»Sie haben sich also ähnliche Gedanken gemacht wie ich. Das ist gut. Passen Sie weiterhin auf, und unterrichten Sie mich sofort davon, wenn die nächste Sendung beginnen sollte.«

Er wandte sich um und verließ die Funkzentrale wieder.

Roi Danton dagegen blieb noch eine Weile und beobachtete die automatisch arbeitenden Meßgeräte.

»Geht der Spruch an die Gruppe Hohle weiter hinaus?« fragte er.

Der Funker bejahte.
»Ich würde empfehlen, die Sendung einzustellen. Die feindlichen Abwehrstellungen haben uns mit großer Wahrscheinlichkeit aus den Augen verloren. Es wäre unklug, uns nunmehr durch unsere Funksprüche zu verraten.«
Die Haltung des Funkoffiziers versteifte sich.
»Ich bin nicht befugt, von Ihnen Befehle anzunehmen, Monsieur Danton. Solange der Großadministrator seine entsprechende Anweisung nicht widerruft, lasse ich die Sendung laufen.«
Der Freihändler nickte und verließ die Funkzentrale.
Er unterbreitete Rhodan seinen Vorschlag, und dieser stimmte ihm nach kurzer Überlegung zu.
»Halten Sie mich bitte nicht für unmenschlich, Grandseigneur«, versuchte Roi seinen Vorschlag zu rechtfertigen, »aber es wäre unsinnig und gefährlich, uns dem Gegner zu verraten, während wir einem vielleicht wichtigen Geheimnis auf der Spur sind.«
Perry Rhodan winkte ab.
»Sie brauchen sich nicht zu entschuldigen, Monsieur. Ich kenne Ihre Ansichten von der Diskussion um die Vernichtung der Robotraumschiffe her gut genug, um Sie richtig beurteilen zu können.«
Er schaltete den Interkom ein und befahl dem Funkoffizier, den Funkruf nach der Einsatzgruppe Hohle bis auf weiteres auszusetzen.
Unterdessen hatte die KC-31 sich der vulkanischen Bergkette bis auf wenige hundert Meter genähert. Der Dschungel brach plötzlich ab. Ungeheure Felder erkalteter Lava breiteten sich vor dem Beiboot aus, nur spärlich mit blühenden Sträuchern und Gräsern bewachsen. Anscheinend erfolgten in diesem Gebiet fast in jedem Jahr starke Magmaausbrüche.
»Neue Funksendung!« krachte die Stimme des Funkers aus dem Interkomlautsprecher. »Quelle wie angemessen, gleiche Tonfolge und gleicher Abstand zur letzten Sendung.«
»Danke, weitermachen!« antwortete Rhodan.
Zu Roi Danton sagte er:
»Nun bin ich ziemlich sicher, daß es sich um einen automatisch arbeitenden Sender handelt. Vielleicht schickt jemand einen Notruf aus. Mich wundert nur, daß die Funküberwachung der Perlians noch nichts davon gemerkt hat.«
»Wenn es sich nun um eine Falle handelt? Das würde erklären, warum sich die Perlians nicht um den Sender kümmern.«

»Ich halte das für sehr unwahrscheinlich«, warf Melbar Kasom ein. »Nach dem, was wir bisher von den Perlians wissen, entspräche eine solche Handlung nicht ihrer Mentalität. Dennoch schlage ich vor, von nun an die Quelle der Funksignale nicht weiter direkt anzufliegen, sondern in der Nähe zu landen und einen Spähtrupp hinzuschicken.«

Rhodan nickte dem Ertruser lächelnd zu.

Er wußte, daß der USO-Spezialist wieder einmal auf einen Sondereinsatz brannte. Kasom war auf Grund seines Temperaments und seiner USO-Schulung ein typischer Einzelkämpfer, dem der Alleingang und die Anwendung von allen möglichen Listen und Tricks mehr lag als der Kampf vom Schiff aus.

»Stellen Sie eine Gruppe von zehn Mann zusammen, Kasom. Sie selbst und ich leiten das Unternehmen, also fehlen noch acht Mann. Klar?«

Der Ertruser grinste breit.

»Klar!«

Er stürzte sich förmlich in den Einstieg des Achslifts.

Rhodan wies Tschai Kulu an, ungefähr zwei Kilometer von der Quelle der Funksignale entfernt zu landen.

Danach wandte er sich an den Freihändler.

»Ich bitte Sie, während meiner Abwesenheit das Kommando zu übernehmen, Monsieur Danton. Sind Sie einverstanden?«

»Selbstverständlich, Grandseigneur!«

Roi verbeugte sich leicht.

»Wie Sie wissen, hatte ich darum gebeten, für die Dauer des Einsatzes völlig über mich zu verfügen. Ihre Frage war also überflüssig.«

»Betrachten Sie es als Höflichkeit«, gab Rhodan zurück.

Er wandte seine Aufmerksamkeit wieder der Panoramagalerie zu. Links und rechts der Korvette huschten jetzt kahle Berghänge vorüber. In das Heulen der mit Minimalschub arbeitenden Triebwerke mischte sich unterirdisches Grollen. Dampf und Rauch verhüllten die Sicht auf den Himmel. An Steuerbord tauchte die Kuppe eines tätigen Vulkans auf; schmale Rinnsale glutflüssigen Magmas stürzten den Steilhang herab. Schwefelgelbe Dämpfe wogten ihnen voraus.

Das Beiboot umflog den Vulkan in elegantem Bogen und zwängte sich durch eine enge Schlucht. In wenigen Metern Entfernung ragten steile, nackte Felswände neben der Außenhülle empor. Sekunden später kam ein weites Tal in Sicht. Geiser schossen aus dem Boden, und ein See lag metallisch glänzend in der Mitte des Talkessels. Nur wenige grüne Flecke bedeckten den Boden.

Plötzlich bremste Major Kulu die KC-31 heftig ab.

Sein ausgestreckter Arm wies auf den niedrigen Krater eines offenbar erkalteten Vulkans.

»Von dort sind die Funksignale gekommen, Sir. Ich bitte um Landeerlaubnis!«

Perry Rhodan musterte das Gelände mit verkniffenem Gesicht. Landete er hier, stand die Korvette ziemlich schutzlos einem hypothetischen Gegner gegenüber, der in dem erloschenen Krater hauste.

»Fliegen Sie näher heran, Major! Landen Sie das Schiff drüben an der zerklüfteten Felswand. Dort ist es gegen direkte Sicht von der Quelle der Funksignale aus gedeckt.«

Tschai Kulu tat, wie ihm geheißen.

Eine halbe Minute später setzte die KC-31 auf Wülsten erstarrter Lava auf. Ein Felsüberhang bot ihr ausgezeichnete Deckung gegen Sicht aus dem Luftraum und von dem Krater her, aus dem die Funksignale gekommen sein sollten.

Perry Rhodan schnallte sich los.

Bald würde er wissen, welches Geheimnis sich hinter den rätselhaften Signalen verbarg.

Perry Rhodan sah auf den ersten Blick, daß Melbar Kasom keine bessere Auswahl hätte treffen können. Die Männer des kleinen Kommandotrupps waren allesamt über dreißig Jahre alt, also erfahrene Soldaten des Landungskorps.

Einer von ihnen, ein baumlanger Captain mit schwarzem Vollbart und mächtiger Hakennase, war ihm von früher her bekannt. Er hatte mit ihm zusammen auf dem Wega-Planeten Pigell gekämpft – damals, als die CREST III, die Vorgängerin des heutigen Solaren Flaggschiffes, um rund fünfzigtausend Jahre in die Vergangenheit verbannt gewesen war.

Captain Ark Huron mußte inzwischen im sechsten Lebensjahrzehnt sein, aber seine wasserblauen Augen, die in eigentümlichem Kontrast zu den tiefschwarzen Haaren standen, verstrahlten noch immer jugendliches Feuer; die Haltung des Captains glich der eines geschmeidigen Raubtieres. Wieder einmal staunte Rhodan darüber, welche Wunder die moderne Geriatrie vollbrachte. Ein Mensch mit sechzig Jahren stand im fünfundzwanzigsten Jahrhundert terranischer Zeitrechnung noch immer im besten Mannesalter.

Rhodan schüttelte Ark Huron die Hand.

»Wann werden Sie endlich eine Familie gründen, Captain?« fragte er scherzhaft.

Ark Huron grinste.

»Bis dahin hat es wohl noch ein halbes Jahrhundert Zeit, schätze ich, Sir.«

Lachend wandte sich Rhodan ab, während der Captain einige saftige Bemerkungen der anderen Einsatzsoldaten erntete.

Melbar Kasom rief knappe Befehle. Die Männer nahmen ihre Waffen auf und aktivierten die Energieaggregate ihrer Kampfanzüge. Sachverständig musterte Perry Rhodan die Ausrüstung der kleinen Truppe. Außer dem Kombistrahler am Gürtel trugen die Soldaten eine gemischte mittelschwere Infanteriebewaffnung, die aus Raketenwerfern und panzerbrechenden Salvengewehren bestand.

»Antiflexbrillen auf!« befahl Kasom. »Deflektorgeneratoren aktivieren!«

Perry Rhodan wartete, bis die Umrisse der Soldaten verschwanden und sie unsichtbar geworden waren, bevor er ebenfalls seine Antiflexbrille über die Augen schob. Dieses Gerät, vor langer Zeit im Kampf gegen die Laurins entwickelt, kompensierte die Lichtwellenumlenkung der Deflektorgeneratoren für seinen Träger. Die Männer des Kommandotrupps wurden plötzlich wieder sichtbar für Perry Rhodan.

Kasom nahm seine Antiflexbrille kurz ab, um die Wirksamkeit von Rhodans DF-Generator zu überprüfen, dann gab er den Befehl, die Antigravgeneratoren und Mikrotriebwerke einzuschalten.

Gleich einer Geistertruppe erhoben sich alle zehn Mann in den rauchverhangenen Himmel von Modula II. Mit singenden Triebwerken glitten sie in etwa hundert Metern Höhe auf den erloschenen Krater zu, aus dem die geheimnisvollen Funksignale gekommen waren.

Perry Rhodan ließ zuerst den zerrissenen Kraterrand besetzen. Die Mikrotriebwerke wurden ausgeschaltet, und die Männer schwebten – nur von der Wirkung ihrer Antigravprojektoren gehalten – knapp einen halben Meter über dem staubbedeckten rissigen Fels.

Die ehemaligen Lavawülste waren längst zerfallen und zu fruchtbarem Boden geworden, auf dem sich Inseln von sattgrünen Sträuchern und niedrige, verschwenderisch blühende Kriechpflanzen vom übrigen tristen Grau abhoben.

Ein Beweis dafür, daß der Vulkan tatsächlich schon seit längerer Zeit untätig war.

»Es kommt mir vor, als hätten sich die Funkpeiler geirrt«, flüsterte der Ertruser dem Großadministrator zu.

Rhodan lächelte. Es war äußerst selten, daß Melbar Kasom sein gewaltiges Organ zum Flüstern zwang.

»Vollautomatisch arbeitende Maschinen können sich nicht irren«, gab er zurück. »Die Funksignale müssen von hier gekommen sein.«

»Hm!« brummte Kasom. »Ich schlage vor, fünf Mann als Rückendeckung hier oben zu lassen und mit den anderen in den Krater vorzustoßen, Sir.«

»Einverstanden. Regeln Sie das, Kasom!«

Als die Vorbereitungen getroffen waren, hatten sich unterdessen die drei anderen Männer mit dem Ertruser bei Rhodan eingefunden. Perry freute sich, unter ihnen Captain Huron zu sehen.

Auf Kasoms Handzeichen sanken sie an dem Steilhang entlang in die scheinbar bodenlose Tiefe.

Allmählich wurde die Vegetation spärlich, bis sie endgültig hinter ihnen zurückblieb. Dunkelheit umgab die fünf Männer.

Sie schalteten ihre Brustscheinwerfer auf Infrarot um, zogen die starken Lampen aus den Magnethalterungen und leuchteten nach unten. Zusätzlich zu den Antiflexbrillen mußten sie nun auch noch die IR-Sichtscheiben über die Augen schieben. Es rief einen ganz eigentümlichen Effekt hervor; sie sahen sich nur noch als violette, leicht verzerrte Schemen.

Aufmerksam beobachtete Rhodan den näher kommenden Boden des Kraters. Die Infrarotlichtkegel der Scheinwerfer enthüllten die schroffen Konturen einer »Mondlandschaft«. Nur die kargen Moospolster und die Teppiche aus silbergrauen Flechten paßten nicht ganz zu dieser Vorstellung.

Nichts aber deutete darauf hin, daß sich hier unten ein Sender befinden könnte, der in regelmäßigen Abständen rätselhafte, fremdartige Funkbotschaften aussandte – ausgesandt hatte, denn seit der Landung der Korvette schwieg der Sender . . .!

Das war auch der Grund dafür, warum Perry Rhodan auf der weiteren Aktivierung der Deflektorgeneratoren bestand. Seiner Meinung nach gab es nur eine stichhaltige Erklärung für das Aussetzen der Funksignale: Jemand oder etwas hatte ihre Ankunft registriert und daraufhin die Sendungen eingestellt.

Die Männer bildeten einen lockeren Kreis um den Mittelpunkt des Kraterbodens, nachdem sie gelandet waren. Ihre Waffen drohten abwechselnd in alle Richtungen. Aber sie fanden nichts, auf das sie hätten schießen müssen. Es gab weder ein einsames, automatisch arbeitendes Funkgerät noch eine Öffnung in den Felswänden oder eine Tür, die zu einer Funkzentrale hätte führen können.

Melbar Kasom zog ein rechteckiges Gerät aus einer Halterung in seinem breiten Gürtel. Ein silbrig schimmerndes Kabel verband es weiterhin mit der Energiequelle seines Kampfanzuges.

Während die anderen Männer zurücktraten, ließ der Ertruser die blanke Vorderseite des Gerätes – es handelte sich um einen Mikro-Hyperwellenorter – bedächtig pendeln, so daß der Ortungsstrahl jeden Fleck des Kraterbodens und der Wände erfaßte.

Plötzlich stieß er einen schrillen Pfiff aus und hielt die Hand mit dem Gerät ruhig.

Sofort sprangen Captain Huron und die anderen beiden Soldaten zur Seite und rannten geduckt auf die Stelle an der Felswand zu, auf die die Vorderseite des Hyperorters wies.

Perry Rhodan zielte mit seinem klobigen Handstrahler auf den nackten Fels. Jeden Augenblick erwartete er eine gegnerische Reaktion. Ein poröser Felsblock bot ihm Deckung.

Doch nichts ereignete sich.

Ungehindert erreichten die drei Soldaten die bezeichnete Stelle der Wand. Nun folgte ihnen der Ertruser. Völlig deckungslos schritt er, den Hyperorter von sich gestreckt, auf den Fels zu.

»Der Orter zeigt eine getarnte Tür und eine Kammer dahinter, die vermutlich in einen Stollen führt«, erklärte er dabei.

Als er die Wand erreichte, betastete er sie mit der Linken. Unter seinen starken Fingern bröckelte poröses Gestein ab. Dann schüttelte er den Kopf, steckte das Ortungsgerät zurück und bedeutete den anderen, zur Seite zu treten.

Langsam zog Kasom seinen schweren Strahler aus dem Gürtelhalter, stellte ihn auf Desintegration und maximale Streuung und geringste Intensität und drückte kurz auf den Feuerknopf.

Ein breitgefächerter, grünlich flimmernder Strahl huschte schemenhaft auf die Felswand zu – und erlosch wieder.

Vergastes Gestein löste sich in eine Wolke auf und sank allmählich zu Boden.

Einer der Soldaten stieß einen triumphierenden Schrei aus.

Hinter dem desintegrierten Fels war eine blanke Metalltür zum Vorschein gekommen.

»Wir müssen uns genau überlegen, wie wir weiter vorgehen«, sagte Perry Rhodan. »Auf keinen Fall dürfen wir bei den . . . Bewohnern der Funkstation den Verdacht erwecken, wir wären in feindlicher Absicht gekommen. Gewaltanwendung sollten wir also möglichst vermeiden.«

Melbar Kasom zog eine säuerliche Miene. Er hatte vergeblich versucht, einen Öffnungsmechanismus zu finden. Die Tür war geschlossen, und sie gab auch nicht nach, als er mit seinen ungeheuren Körperkräften versuchte, sie zur Seite zu schieben oder nach innen zu drücken.

Rhodan lächelte verstehend. Er schaltete seinen Armbandminikom ein und gab eine kurze Lagemeldung an Roi Danton und an die am Kraterrand zurückgebliebenen Männer.

Unterdessen untersuchte der Ertruser die Tür erneut mit seinem Mikro-Hyperwellenorter.

Kopfschüttelnd teilte er das Ergebnis mit.

»Genau in der Mitte scheint sich ein kompliziertes Aggregat zu befinden – zu kompliziert, als daß es ein normaler Öffnungsmechanismus sein könnte, und außerdem ohne jeden erkennbaren Kontakt zur Oberfläche und zu den Rändern.«

Perry Rhodan sagte nichts dazu.

Er hatte die geheimnisvolle Funksendung der Fremden gehört. Deshalb vermutete er, daß sie es hier mit völlig andersgearteten Wesen zu tun hatten – und es wunderte ihn nicht mehr, auch eine andersartige Technik vorzufinden.

»Sie haben die Frequenz der Fremden«, sagte er zu Kasom. »Funken Sie sie über den UKW-Notsender Ihres Helmes an. Sagen Sie irgend etwas. Vielleicht reagieren sie darauf.«

Melbar Kasom zuckte die Achseln. Er zog seine Helmkapuze über den Kopf und löste damit einen Kontakt aus, der zur Stabilisierung der transparenten Hülle und zum automatischen Verschluß führte.

An den Mundbewegungen erkannte Rhodan, daß der Ertruser

langsam in das Mikrofon seines Helmnotsenders sprach. Nach einer Minute legte er eine Pause ein und wartete auf Antwort.

Dann riß er sich den Helm vom Kopf.

»Nichts, Sir!« rief er zornig. »Die Brüder halten uns anscheinend zum besten.«

»Wir können ihre Sprache nicht verstehen«, warf Captain Huron ein, »und sie werden unsere nicht verstehen. Man müßte eben ›Birdisch‹ können.«

Rhodan stutzte. Aber nicht etwa über die eigenwillige Bezeichnung, die Ark Huron verwendet hatte – es erschien logisch, diese unbekannten Wesen, deren Sprache teilweise irdischen Vogellauten glich, »Birds« zu nennen und ihre Sprache »Birdisch«.

Rhodan dachte an etwas ganz anderes.

»Sie haben doch ein Kristallspeichergerät dabei?« fragte er Kasom.

»Ja, Sir . . .«

»Ausgezeichnet! Rufen Sie den Funkoffizier der KC-31 und sagen Sie ihm, er solle die aufgenommene Sendung der ›Birds‹ auf Ihr Speichergerät überspielen.«

Der Ertruser begriff.

»Und anschließend soll ich das Angenommene als Sendung abstrahlen?«

»Genau das, Kasom. Es ist nichts weiter als ein neuer Versuch. Aber vielleicht hilft er uns weiter.«

Melbar Kasom nickte eifrig.

Er stellte eine Verbindung zur Funkzentrale der Korvette her und sagte, was er wollte. Wenige Minuten später hatte sein Kristallspeichergerät die Sendung der Birds gespeichert.

Wieder klappte Kasom seinen Helm nach vorn und schaltete den UKW- Notsender ein. Danach stellte er den Kontakt zum Speichergerät her und ließ die Sendung ablaufen.

Noch bevor er damit fertig war, öffnete sich das Metalltor in der Felswand plötzlich.

Licht flammte dahinter auf, und die Männer blickten in eine würfelförmige Kammer von etwa acht Meter Kantenlänge. Die Wände der Kammer waren mit Material ausgekleidet, das wie Metallplastik schimmerte.

»Wie das Sesam-öffne-dich aus Tausendundeiner Nacht«, flüsterte Captain Huron beinahe andächtig.

Die beiden anderen Soldaten grinsten.

Melbar Kasom betrat die Kammer zuerst. Hinter ihm folgte Perry Rhodan. Der Captain wollte sich vordrängen, aber Rhodan wehrte ab und sagte:

»Sie machen den Schlußmann, Huron. Ich möchte nicht, daß wir aus dem Hinterhalt überfallen werden.«

»Ja, Sir.«

Captain Ark Huron winkte die beiden anderen Soldaten an sich vorbei.

»Los, lauft schon!« rief er ihnen gedämpft zu, als sie an ihm vorübergingen. »Vati paßt auf, daß man euch nicht den Hintern versohlt.«

Als sie ihn passiert hatten, grinste er wohlwollend hinter ihnen her. Unter der rauhen Schale, die Hunderte mörderischer Kämpfe und zahlreiche nicht weniger mörderische Strapazen ihm verschafft hatten, schlug ein relativ weiches Herz.

Mit wachsamen Blicken musterte er die Wände. Der Lauf seines Strahlers schwenkte herum. Dann folgte er den anderen mit katzenhaftem Gang.

Wie Melbar Kasom vermutet hatte, mündete die Kammer in einen Stollen. Der riesenhafte Ertruser füllte den Gang fast völlig aus, und Rhodan konnte nur wenig von dem sehen, was vor ihnen lag. Auch hier waren die Wände mit einer an Metallplastik erinnernden Masse verkleidet.

Prüfend zog Rhodan die Luft ein. Sie war kühl und schmeckte angenehm frisch, hatte aber einen leichten Nachgeschmack nach Eisen.

Kaum hatte Captain Huron als letzter die Kammer verlassen, als die Tür in der Felswand mit leisem Surren zufuhr.

Unwillkürlich blieben die Männer stehen.

»Lassen wir uns davon nicht stören«, sagte Perry Rhodan betont beiläufig. »Wir können die Tür immer noch sprengen, wenn sie uns den Rückweg nicht anders freigeben sollte. Aber ich glaube nicht mehr an eine Falle. Dann hätte sich die Tür auf weniger geheimnisvolle Weise öffnen lassen.«

Trotz dieses zur Schau getragenen Optimismus machte er sich Sorgen. Allerdings nicht um ihre persönliche Sicherheit, sondern um die Gruppe von Major Hohle und Fellmer Lloyd. Vielleicht erwies sich das Geheimnis der Birds als gänzlich unwichtig für Terra, und unterdessen starben Menschen, weil die Leute, die sie retten sollten, sich mit anderen Dingen beschäftigten.

Er verdrängte die Zweifel und Selbstvorwürfe. Sie befanden sich auf einer wichtigen Stützpunktwelt eines unheimlichen Gegners – und alles, was sie auf diesem Planeten Außergewöhnliches entdeckten, mußte untersucht werden. Das Ergebnis mochte wertlos sein, es konnte aber auch neue Erkenntnisse bringen, die den Kampf gegen die Kristallagenten erleichterten.

Er riß sich zusammen und beeilte sich, damit der Abstand zwischen Kasom und ihm nicht zu groß wurde.

Der Ertruser murmelte schon eine ganze Weile undeutlich vor sich hin. Er schien nicht ganz zufrieden zu sein mit dem bisherigen Erfolg der Aktion. Perry Rhodan konnte ihn verstehen. Sie hatten zwar eine verborgene unterirdische Anlage entdeckt und waren mit einem kaum glaublichen Trick eingedrungen, aber das war bisher alles geblieben. Von den Bewohnern der mysteriösen Funkstation zeigte sich nichts.

Ein lauter Aufschrei ließ sie alle im nächsten Moment erschrocken herumfahren.

Als erstes entdeckte Rhodan, daß Captain Huron verschwunden war – und als nächstes, daß durch den Gang hinter ihnen eine in allen Farben des Spektrums schillernde Wolke gemächlich auf sie zukam, eine Wolke, die offensichtlich den Captain verschlungen hatte.

Plötzlich war Rhodan eiskalt.

»Schutzschirme aktivieren!« befahl er mit schneidender Stimme. »Stehenbleiben!«

Die Individualschutzschirme der Männer bauten sich mit schwachem Knistern auf.

Für den Schlußmann der Kolonne kam es dennoch zu spät. Er verschwand genauso plötzlich wie sein Vorgänger, nur daß er keinen Schrei ausstieß, sondern unwillkürlich das Rohr seines Raketenwerfers anhob und auf die schillernde Wolke zielte.

»Nicht schießen!« brüllte Rhodan.

Da war es auch schon vorbei.

Langsam schwebte die Wolke auf den nächsten Mann zu.

Perry Rhodan hielt den Atem an . . .

Für den Bruchteil einer Sekunde schien es, als hielte der hochgespannte Energieschirm des Einsatzsoldaten die Wolke auf.

Melbar Kasom erkannte zuerst, daß dieses farbige Etwas sich in Wirklichkeit nur um den Individualschirm herumschob. Es kroch gleich einer schleimigen Substanz an Wänden, Boden und Decke entlang und hüllte den Soldaten nach und nach ein.

»Zurück!« rief Rhodan.

Ein schrilles, immer mehr anschwellendes, singendes Geräusch zeigte an, daß der Mann sein Mikrotriebwerk aktivierte und auf höchste Touren jagte. Er versuchte, der unheimlichen Umklammerung zu entkommen.

Und dann – von einem Augenblick zum anderen – brach das Triebwerkgeräusch ab . . .

Viele Gedanken wirbelten Rhodan zugleich durch den Kopf. Intuitiv glaubte er, daß die schillernde Wolke nichts Feindliches sei. Aber ihr Problem war es, ob sie nicht feindlich wirkte . . .

Bevor er zu einem Entschluß kam, forderte der Ertruser ihn erregt auf, zu fliehen.

Zögernd wandte Perry Rhodan sich um und folgte Kasom. Sie bewegten sich beide mit Hilfe ihrer Antigravaggregate, aber ohne Hilfe der Mikro-Impulstriebwerke, vorwärts. Doch auch so kamen sie rasch voran – rascher, als die Wolke ihnen zu folgen vermochte.

Perry Rhodan fühlte Gewissensbisse und Unzufriedenheit in sich aufsteigen. Aber er sagte sich, daß es sinnlos gewesen wäre, sich von dem unheimlichen Etwas verschlingen zu lassen, nur weil drei seiner Leute bereits verschlungen worden waren. Waren sie tot, konnte er ihnen ohnehin nicht mehr helfen; und hatte man sie gefangengenommen, dann vermochte er als Mitgefangener weniger zu ihrer Befreiung zu tun, als wenn er frei war und mit den Birds verhandeln konnte.

Doch noch war von den eigentlichen Birds weder etwas zu hören noch zu sehen.

Oder sollte die Wolke etwa mit diesen rätselhaften Wesen identisch sein, die sich mit Vogellauten verständigten?

Ein furchtbares Krachen aktivierte seine geschulten Körperreflexe. Er warf sich zu Boden und hatte die Kombiwaffe bereits erhoben, bevor die heiße Druckwelle über ihn hinwegfegte.

In seinem Helmempfänger erscholl ein brüllendes Gelächter.

Unwillig richtete sich Perry Rhodan halb auf.

»Was ist los, Kasom?« fragte er wütend.

Der Ertruser gab noch einige glucksende Laute von sich, dann erwiderte er:

»Sir! Ich melde gehorsamst, daß ich eine Flimmerwolke vernichtete, die uns von vorn bedrohte.«

Ungläubig wölbte Rhodan die Brauen.

»Sie haben eine Wolke vernichtet . . .?«

»Ja, Sir«, entgegnete Kasom belustigt, »mit Desintegratorbeschuß.«

»Und sie explodierte?«

»Sie implodierte! Sie zog sich so schnell zusammen, daß ich nur noch einen glimmenden Punkt aufleuchten sah, bevor sie einfach verschwand.«

Perry Rhodan erhob sich ganz.

»Lassen Sie mich vorbei!« befahl er Kasom und schaltete seinen Individualschirm aus.

Der Ertruser folgte seinem Beispiel.

Rhodan zwängte sich an ihm vorbei und suchte mit den Augen den Ort ab, an dem die flimmernde Wolke verschwunden sein sollte. Aber außer einigen Stellen, an denen der Weichmetallplastikbelag in Fetzen von den Wänden hing, entdeckte er nichts – und die Beschädigungen stammten zweifellos nur von der Gewalt der Implosion.

Schaudernd dachte er daran, daß sie beide ohne eingeschaltete Schutzschirme jetzt tot wären.

Er schloß die Augen und dachte nach.

Gewaltsam zwang er sich zur Konzentration. Irgendwann in den letzten Sekunden hatte er einen wichtigen Gedanken gehabt . . .

»Hinter uns kommt die erste Flimmerwolke, Sir«, meldete Melbar Kasom drängend. »Soll ich sie ebenfalls vernichten?«

Rhodan schüttelte den Kopf.

»Dann fliehen Sie wenigstens!« sagte Kasom.

»Nein!« entgegnete der Großadministrator.

Er öffnete die Augen und sah das blanke Entsetzen in Kasoms Gesicht. Beruhigend lächelte er.

»Sie haben einen Fehler begangen, als Sie die zweite Wolke vernichteten, Kasom. Aber es scheint, als könnten wir diesen Fehler wiedergutmachen. Schalten wir unsere Schutzschirme ein und warten.«

Der Ertruser schluckte hörbar. Rhodan sah ihm an, daß er mit sich kämpfte. Als er dann sprach, kamen seine Worte gewählt und entschlossen.

»Ich darf nicht zulassen, Sir, daß Sie sich freiwillig in eine unbekannte Gefahr begeben. Die Menschheit braucht Sie. Verzeihen Sie mir, wenn ich nun Gewalt anwenden muß . . . «

Perry Rhodan wich keinen Schritt zurück.

»Bleiben Sie stehen, Kasom! Hier befehle ich, sonst niemand. Über die Richtigkeit meines Entschlusses können wir später diskutieren, nicht jetzt. Schalten Sie Ihren Schutzschirm ein! Ich weiß, was ich will!«

Aus Kasoms gewaltiger Brust löste sich ein mächtiger Stoßseufzer, dann befolgte er den Befehl.

Mit dünnem Lächeln schaltete Perry Rhodan ebenfalls seinen Individualschirm ein.

Regungslos stand er dabei, als der Ertruser von der seltsamen Wolke umflossen wurde und verschwand.

Sekunden später war das Gebilde bei ihm.

# 4.

Er spürte den typischen Schmerz einer Ent- und Rematerialisierung, so, wie er bei den Transitionen der ehemaligen »Sprungschiffe« auftauchte – und bei Transmitterbeförderung über große Strecken.

Im selben Augenblick – oder war es den Bruchteil einer Sekunde später? – wurde es taghell.

Perry Rhodan spürte, wie er stürzte. Eine Ewigkeit schien zu vergehen, bevor er aufprallte.

Taumelnd kam er auf die Füße und sah sich um.

Neben ihm kniete Melbar Kasom und betrachtete mit fast idiotischem Grinsen die drei Vermißten, die in wenigen Schritten Entfernung im weichen, grünen Gras saßen und in ihren Bewegungen erstarrt waren – Thermalkonservendosen auf den Knien und Löffel in der Luft.

Einer der beiden einfachen Soldaten bekam plötzlich ein feuerrotes Gesicht und rang nach Luft.

Rhodan schaltete seinen Individualschirm aus und trat auf den Mann zu. Er schlug ihm einige Male herzhaft mit der Hand auf den Rücken.

Hustend spie der Soldat einen Bissen aus und begann – völlig verwirrt – weiter in seiner geöffneten Dose zu löffeln.

»Gut so, mein Sohn«, sagte Rhodan erheitert. »Nur nicht aus der Ruhe bringen lassen.«

Erst da setzte der Verstand des Mannes wieder ein. Er sprang auf, wobei Dose und Löffel ins Gras fielen.

Captain Ark Huron hatte sich ebenfalls aufgerichtet, nur mit dem Unterschied, daß er Dose und Löffel zuvor sorgfältig abgestellt hatte.

»Ich bitte um Verzeihung, Sir«, sagte er. »Aber angesichts der Tatsache, daß wir von Ihnen abgeschnitten waren und niemand auf unsere Funkrufe reagierte, hielt ich es für angebracht, erst einmal . . .«

Kasoms schallendes Gelächter löste die Spannung.

Perry Rhodan klopfte dem Captain freundlich auf die Schulter.
»Sie haben völlig richtig gehandelt, Captain, sowohl psychologisch als auch taktisch.«
Er wandte sich zu Kasom um, der immer noch lachte.
»Ich meine es ernst, Kasom. Jeder Kommandeur hat dafür zu sorgen, daß seine Truppe in guter Verfassung bleibt.«
Nachdenklich blickte er über das grüne Land. Am Himmel zogen vereinzelte weiße Wolken dahin; kleine Strauchinseln unterbrachen die Eintönigkeit der scheinbar unendlichen Grasfläche.
Nirgends war etwas von den flimmernden Wolkengebilden zu sehen, die sie hierhergebracht hatten.
»Was nun, Sir?« fragte Ark Huron ruhig. »Die Geisterwolken haben uns offenbar auf einen anderen Planeten versetzt. Aber warum? Und wie kommen wir von hier wieder nach Modula II zurück?«
Rhodan lächelte.
»Sie sind also auch der Meinung, die Gebilde hätten uns hierher teleportiert oder transmittiert?«
»Selbstverständlich. Das wurde mir sofort klar, als ich hier ankam. Der Vergleich mit den Geisterwolken von Pigell drängt sich ja geradezu auf, nicht wahr?«
»Deshalb also wollten Sie nicht fliehen!« stieß Melbar Kasom hervor.
Rhodan nickte ihm zu.
»So ist es. Aber so viel Gemeinsames die Geisterwolken des sechsten Wega-Planeten und die wolkenförmigen Gebilde von Modula II auch haben mögen, identisch sind sie sicher nicht. Ich vermute vielmehr, wir hatten es mit einer technischen Einrichtung zu tun, wenn ich auch diese Vermutung nicht beweisen kann.«
Mit besorgter Miene fügte er hinzu:
»Dennoch fürchte ich fast, ich habe einen Fehler begangen. Wenn man uns einfach hier aussetzt und sich nicht mehr um uns kümmert, dann . . .«
Er sprach den Satz nicht zu Ende, aber an den betroffenen Mienen der Gefährten erkannte er, daß niemand bisher diese Möglichkeit ernsthaft in Erwägung gezogen hatte.
»Wir werden immer einen Weg zurück finden«, sagte er und atmete die laue, nach sonnenbeschienenem Gras und Blumen duftende Luft ein.

In Wirklichkeit fühlte er sich stark beunruhigt. Er kämpfte gegen die Versuchung an, sich den Birds oder irgendwelchen anderen intelligenten Lebewesen bemerkbar zu machen, indem er eine Infanterierakete mit Kernsprengsatz abfeuern und in der Hochatomsphäre zur Explosion bringen ließ. Ein solches Zeichen wäre kaum zu übersehen gewesen; es hätte aber auch davon gezeugt, daß diejenigen, die es gaben, nicht gerade mit Geduld gesegnet waren und die brutale Gewalt anwendeten, anstatt die Aufgabe mit Hilfe ihrer Gehirne zu lösen.

»Wir schwärmen aus!« befahl er. »Konzentrisch von diesem Punkt aus fliegen wir einzeln etwa hundert Kilometer weit und bleiben dabei in permanenter Funkverbindung. Eigenmächtige Handlungen sind untersagt, es sei denn, die Funkverbindung risse ab. Niemand wendet Gewalt in irgendeiner Form an. Verhalten Sie sich passiv. Nur in der äußersten Not, wenn eine Flucht unmöglich ist, darf geschossen werden.«

Er teilte die Männer der Einsatzgruppe ein.

Eine halbe Minute später jaulten die Mikrotriebwerke der Rükkentornister auf. Die Terraner hoben sich vom Boden ab und flogen in entgegengesetzten Richtungen davon.

Perry Rhodan hatte seine hundert Kilometer fast geschafft. Voller Enttäuschung starrte er hinab auf die Graslandschaft unter sich. Sie kam ihm inzwischen unheimlich vor. Kein einziges Tier hatte sich sehen lassen, nicht einmal ein Insekt. Er fragte sich, wo auf dieser Welt die sonst allgegenwärtige Weisheit der Natur geblieben sei. Welchen Sinn hatten die zahllosen bunten Blumen im Gras, wenn es keine Insekten gab, die sich von ihrem Nektar ernährten und sie bestäubten?

»Bisher noch keine Anzeichen für die Anwesenheit intelligenter Wesen«, klang die resignierte Stimme Melbar Kasoms aus dem Helmempfänger.

»Hier auch nicht«, antwortete Captain Huron, und die beiden Einsatzsoldaten wiederholten stereotyp seine Worte.

»Notfalls fliegen wir noch zehn Kilometer weiter als vorgesehen«, sagte Rhodan.

Doch seine Stimme klang ziemlich hoffnungslos.

Am Horizont tauchte plötzlich ein Gebirge auf. Deutlich hoben sich schneebedeckte Gipfel gegen das Blau des Himmels ab. Die Felswände lagen im Dunst, so daß es aussah, als schwebten die Gipfel schwerelos in der Luft.

Perry Rhodan meldete seine Beobachtungen sofort weiter.

»Vielleicht leben die Birds dort, Sir«, sagte Ark Huron.

In seinen Worten schwang die Erwartung mit, der Großadministrator möchte den Befehl erteilen, gemeinsam das Gebirge anzufliegen.

Aber Perry Rhodan zögerte noch.

Das Gebirge allein stellte noch keinen Anhaltspunkt dar, daß sich dort intelligente Lebewesen befinden könnten.

Einige Minuten später machte die grasbedeckte Ebene einer Hügellandschaft Platz. Ein Fluß strömte Rhodan entgegen und schwenkte in einer scharfen Kurve um. Strudelnd und schäumend brachen sich die Wassermassen an dem schildförmigen Buckel eines granitenen Mittelgebirgszuges.

Perry Rhodan ließ sich bis dicht über die Wasserfläche absinken und versuchte, die aufgewühlte Oberfläche mit Blicken zu durchdringen. Doch auch hier entdeckte er keine Spur tierischen Lebens.

Einige Kilometer flußabwärts erspähte er jedoch einen aus dem Wasser ragenden Felsturm.

Er informierte die Gefährten und sagte ihnen, er würde sich das Gebilde einmal aus der Nähe ansehen.

Viel Hoffnung, dort auf Spuren intelligenten oder auch nur niederen tierischen Lebens zu treffen, hatte er allerdings nicht.

Um so größer war seine Verwunderung, als sich bei der Annäherung an den Felsturm ein Schwarm großer Vögel in die Luft schwang und ihm entgegenflog.

Er drosselte sein Triebwerk und schwebte mit Hilfe des Antigravaggregates fast reglos in der Luft. Vorsichtshalber nahm er den auf Paralysieren geschalteten Kombistrahler in die Hand.

Die Vögel glitten mit lautlosem Schwingenschlag heran.

Als sie näher kamen, erkannte Rhodan, daß die Flügelspannweite mindestens sechs Meter betrug. Die gefiederten Rümpfe hatten verblüffende Ähnlichkeit mit terranischen Känguruhs, die Köpfe waren schmal und liefen in kurzen, aber sehr breiten roten Schnäbeln aus.

Mehrmals umkreiste der Vogelschwarm den schwebenden Menschen.

Plötzlich zuckte Rhodan zusammen.

Eines der Wesen strich näher heran – unverhofft erklangen die gleichen Laute, die von dem UKW-Sender auf Modula II ausgegangen waren!

Aber diesmal verstand Perry Rhodan sie!

»Du hast die Spur der Wingas endlich gefunden, Mann-ohne-Flügel«, erklang eine Stimme in Rhodans Gehirn. »Willkommen auf Winga, der Welt der Freiheit!« *Also das waren die Birds!*

»Was ist das: Birds?«

Rhodan erkannte, daß sich die Vogelwesen telepathisch verständigten. Ihre telepathischen Sendungen besaßen eine suggestive Komponente, so daß auch ein Wesen, das kein Telepath war, sie mühelos verstehen konnte.

»Wir nannten euch Birds, bevor ich euren wahren Namen erfuhr«, erwiderte er.

Er sprach seine Antwort aus, weil er annahm, daß ihn die Wingas so besser verstehen würden.

»Wir empfingen die Funksignale eures Senders auf dem Stützpunkt der Kristalle«, fügte er hinzu. »Die Transmitterwolken brachten uns hierher. Doch wir haben nicht viel Zeit.«

»Du Mann-ohne-Flügel heißt Rhodan von Terra, wie ich deinen Gedanken entnahm. Mein Zeichen ist Winga-Helo. Doch ich weiß nichts von einem Sender auf einem Stützpunkt der Unfreien, und ich weiß auch nichts von Transmitterwolken, die euch hierherbrachten.«

Rhodan erschrak.

Wenn die Wingas nichts mit ihrer Entführung zu tun hatten, dann kannten sie wahrscheinlich auch keine Möglichkeit, sie nach Modula II zurückzubringen!

»Das habe ich nicht gesagt«, kam Winga-Helos Antwort.

Sie war zugleich der endgültige Beweis, daß die Wingas seine, Rhodans, Gedanken mühelos auch dann verstanden, wenn er sie nicht aussprach.

»Wir besitzen einige Transmitterprojektoren und können mit ihnen umgehen, Rhodan von Terra. Dennoch hatten wir mit eurer Entführung nichts zu tun. Wir wußten bisher nicht, daß es auf anderen Planeten ebenfalls Transmitterprojektoren gibt.«

Perry Rhodan atmete auf.

»Was ist los?« erscholl Kasoms überlaute Stimme aus dem Helmempfänger. »Mit wem sprechen Sie, Sir?«

»Mit den Wingas«, antwortete Rhodan lächelnd. »Ich schalte meinen Peilsender ein; Sie sorgen dafür, daß sich alle schnellstens zu meinem Standort begeben!«

»Du hast Brüder-aus-dem-gleichen-Nest mitgebracht, Rhodan von Terra?« fragte Winga-Helo.

»Vier Brüder. Sie wurden ebenso von Transmitterprojektoren entführt wie ich. Winga-Helo, wir können uns diesmal nicht lange auf Winga aufhalten. Andere Brüder-aus-dem-gleichen-Nest warten auf uns und benötigen unsere Hilfe. Habt ihr die Möglichkeit, uns mit einem Transmitterprojektor zu dem Stützpunkt der Unfreien zurückzubringen?«

Winga-Helo schlug einige Male mit den Flügeln, bevor er antwortete.

»Folge uns zu unserem Nistfelsen, Rhodan von Terra. Dort können wir uns in Ruhe über das Problem unterhalten. Vielleicht gibt es eine Möglichkeit, euch zu helfen.«

Das Vogelwesen machte kehrt und strebte mit schwerem Flügelschlag dem Felsenturm in der Mitte des Strombetts zu. Perry Rhodan aktivierte erneut sein Mikro-Triebwerk und folgte dem Fremden mühelos. Die anderen Wingas kreisten noch eine Weile über ihnen, dann landeten sie einer nach dem anderen auf Vorsprüngen und Nischen im Gestein.

Rhodan entdeckte, daß von allen Landeplätzen aus breite Stollen in den Felsenturm führten. Von innen drangen zwitschernde, pfeifende und zirpende Laute heraus. Unwillkürlich hatte Rhodan die Vorstellung von halbflüggen jungen Wingas, die in verborgenen Nestern saßen.

»Du hast recht«, sagte Winga-Helo. »Dort sind unsere Kinder.«

Der Winga sah mit zusammengefalteten Flügeln aus wie ein Känguruh mit einem Federumhang und einer gewaltigen Federschleppe. Er trug keinerlei Kleidung. Aber an seinem linken Fuß bemerkte der Großadministrator eine dünne rubinrote Kette. Das Gefieder selbst bestand aus unzähligen kleinen Federn in den Farben Schwarz, Blau und Weiß. Die großen Augen schimmerten in einem warmen, goldbraunen Farbton. Klugheit und Güte schienen aus diesem Blick zu sprechen.

»Ihr seid die einzigen intelligenten Lebewesen dieser Welt?« fragte Rhodan.

»Sie wurde für uns geschaffen«, erwiderte Winga-Helo. »Zwei Wesen, die euch sehr ähnelten, kamen vor langer Zeit meinem Volk zu Hilfe, als die Unfreien uns bedrohten. Wir durften uns wünschen, wie unsere Zukunft aussehen sollte, und die Hüter erfüllten diesen Wunsch. Seitdem leben wir auf dem Planeten der Freiheit. Aber die Überlieferungen besagen, daß nicht alle Wingas diesen Weg wählten. Wo ihre Nachkommen leben und wie sie ihr Leben gestalten, wissen wir nicht. Ich hielt dich zuerst für einen der Hüter; doch dann las ich in deinem Geist, daß deine Macht von anderer Art ist.«

Der Terraner mußte sich gewaltsam zusammennehmen, um nicht die Erregung zu zeigen, die ihn bei der Erwähnung des Begriffes »Hüter« befallen hatte.

*Diese beiden Wesen, die das Volk der Wingas in der Vergangenheit retteten, waren sie etwa »Hüter des Lichts« gewesen wie Tengri Lethos, der seit rund dreißig Jahren zusammen mit Baar Lun und Omar Hawk in der Andromeda-Galaxis verschollen war . . .?*

*Spielte ihm das Schicksal hier eine Spur in die Hände, die zum Geheimnis jener Überwesen führte, die überall im Universum wirkten?*

»Wie?« fragte Winga-Helo rasch. »Du bist einem der Hüter persönlich begegnet, Rhodan von Terra?«

»Ich begegnete einem Hüter des Lichts, Winga-Helo. Und ich wollte, er ließe wieder einmal etwas von sich hören. Meine Späher, die sich in Andromeda umgesehen haben, berichten davon, daß er Frieden zwischen zwei Völkern stiftete, die einst Todfeinde waren. Seitdem hat man von ihm nie mehr etwas vernommen – und zwei meiner besten Männer waren bei ihm . . .«

»Auch wir hörten niemals wieder von denen, die mein Volk retteten«, erwiderte Winga-Helo betrübt. »Es hieß, sie seien zu einer anderen Zeit aufgebrochen.«

Perry Rhodan zuckte die Schultern.

*Also doch keine Spur – nur eine uralte Überlieferung, wie sie in dieser oder jener Form fast jedes intelligente Volk aus seiner Vergangenheit in die Gegenwart gerettet hatte . . .*

Er blickte auf, als er gedämpftes Heulen vernahm. Aus dem Blau des Himmels stießen vier Punkte herab, zogen wabernde Feuerschweife hinter sich her und landeten schließlich unmittelbar neben ihm und dem Vogelwesen.

Rhodan erklärte seinen Gefährten die Lage.

Captain Huron trat dicht vor den Winga hin und strich ihm sanft mit der Hand über das Gefieder des Kopfes.

»Entschuldigung!« sagte er erschrocken, als ihm klar wurde, daß man ein intelligentes Wesen wenigstens fragen mußte bevor man es streichelte. »Hoffentlich sind Sie mir nicht böse, Winga-Helo.«

Die Augen des Vogelwesens glühten wie poliertes Gold.

»Ich kann dir nicht böse sein, Huron von Terra, denn ich habe deine Gedanken aufgenommen. Und Zuneigung ist eine gute Regung.«

Er legte den Kopf schief und musterte den Ertruser durchdringend.

»Dieser Viel-Mann dagegen soll sich hüten, mir zu nahe zu kommen. Er dachte die ganze Zeit nur daran, daß ich gebraten einen herzhaften Imbiß abgäbe.«

Melbar Kasom errötete bis unter die Haarwurzeln seiner Sichelkammfrisur.

Ark Huron grinste schadenfroh.

»Das ist nur ein Vorführungsexemplar vom Stamme der Vielfraße, Winga-Helo. Störe dich nicht an ihm und seinen perversen Gedanken.«

»Na warte, Wicht!« knurrte Kasom.

Der Winga blinzelte. Er zwitscherte etwas in den Höhleneingang hinein, und gleich darauf watschelte ein anderes Vogelwesen heraus. Im breiten Schnabel hielt es einen Gegenstand von der Form und Größe eines Straußeneies.

Winga-Helo nahm das »Ei« entgegen und hielt es dann dem Captain hin.

»Ich bitte dich, das Urei der Wingas als Geschenk von meinem Volk anzunehmen – weil du der einzige Mann-ohne-Flügel bist, dessen Gedanken nur von Zuneigung zu unserem Volk sprechen, und weil es dich beschützen kann, wenn der Viel-Mann dir etwas antun will.«

Verlegen hielt Ark Huron das Urei in den Händen.

»Vielen Dank, Winga-Helo! Ich . . . ich . . .«

Es war offensichtlich, daß er mit dem seltsamen Geschenk nichts anzufangen wußte.

Melbar Kasom bekam prompt wieder Oberwasser.

»Brüten Sie es aus, Captain«, spottete er.

Huron blickte den Winga fragend an, doch der gab keine nähere Erklärung ab. Seufzend schnallte der Captain einen leeren Proviantbehälter vom Gürtel, stopfte das Urei hinein und hängte den Behälter vorsichtig wieder zurück.

Perry Rhodan hatte die Szene mit undurchdringlichem Gesicht verfolgt. Nun hielt er es für an der Zeit, die Frage der Rückkehr nach Modula II endgültig zu klären.

»Du deutetest an, daß es eine Möglichkeit gibt, uns zu helfen, Winga-Helo!«

Das Vogelwesen klappte ein paarmal mit dem Schnabel.

Sofort tauchten zwei andere Wingas auf. Sie hüpften auf ihren Känguruhbeinen über Felsbänder und Vorsprünge und stellten sich neben Winga-Helo auf.

»Ich möchte, daß diesen Flügellosen von Terra jede Hilfe zuteil wird, damit sie von unserem Transmitterprojektor zu dem Planeten zurückgebracht werden, von dem sie durch andere Transmitterprojektoren entführt wurden!«

Etwa eine halbe Stunde lang diskutierten die drei Vogelwesen in ihrer eigentümlichen Sprache, ohne daß ein einziger Gedanke den Weg in die Gehirne der Terraner fand. Dann brach die Unterhaltung schlagartig ab.

Winga-Helo wandte sich wieder an Perry Rhodan.

»Es gibt eine Möglichkeit, nämlich die, daß wir die von der Transmission herrührenden Restschwingungen eurer Zellen anmessen. Danach können wir die Koordinaten des Zielortes ungefähr bestimmen.«

»Wie meinst du das: ungefähr?« fragte Rhodan beklommen.

»Es könnte sein, daß ihr auf dem Zielplaneten inmitten fester Materie herauskommt. Aber ich nehme an, daß die dort vorhandenen Transmitterprojektoren sich automatisch auf Empfang schalten, sobald sie die Übertragungsimpulse orten. In dem Fall würdet ihr innerhalb einer Projektion herauskommen.«

»Und wenn sie sich nicht auf Empfang schalten?« fragte Kasom sarkastisch.

Die Männer sahen sich mit blassen Gesichtern an.

Perry Rhodan zuckte schließlich ergeben die Schultern.

»Wir müssen das Risiko auf uns nehmen, meine Herren. Ich sehe keinen anderen Weg, jemals wieder Verbindung mit unseren eigenen Leuten aufzunehmen.«

»Dann folgt mir!« forderte Winga-Helo sie auf.

Sie krochen zehn Minuten lang durch Gänge, die von getrockneten Ausscheidungen der jungen Wingas bedeckt waren. Die aufgewirbelten Staubwolken reizten die Schleimhäute der Männer.

Und diese Wesen sollen über einen Transmitter verfügen, wie ihn nicht einmal das Solare Imperium besitzt, dachte Perry Rhodan zweifelnd.

Endlich rutschten sie einen schrägen Schacht nach unten. Die Helmlampen beleuchteten saubere, sorgfältig geglättete Wände. Die drei Wingas hüpften auf ein Schott zu, das sich bei ihrem Nahen von selbst öffnete.

Dahinter lag ein quadratischer Raum, ähnlich dem, den die Männer in der Funkstation auf Modula II vorgefunden hatten.

Und in dem Raum schwebte reglos eine in allen Farben des Spektrums schimmernde Wolke.

»Das ist die Transmitterprojektion«, erklärte Winga-Helo. »Wir wissen nicht mehr, nach welchem Prinzip sie aufgebaut wird und funktioniert, aber die Bedienung ist recht einfach.«

Er ging zu einer der Wände, an der sich eine schmale Schaltkonsole befand, und drückte nacheinander drei Schalter herunter.

Ein rosafarbener Bildschirm flammte auf. Grüne Zackenlinien gingen darüber hinweg. Nach einigen Sekunden verwandelten sich die unruhig zitternden Zacken zu einer schnurgeraden Linie.

»Die Restschwingungen eurer letzten Transmission sind registriert und einprogrammiert«, gab der Winga bekannt. »Ich wünsche euch viel Glück und stets warme Nester.«

»Wir danken euch und wünschen das gleiche«, erwiderte Perry Rhodan. Er hob die Hand und schritt zuerst in die flimmernde Wolke hinein.

Melbar Kasom holte tief Luft, bevor er sich ebenfalls dem seltsamen Beförderungsmittel anvertraute.

Die beiden Einsatzsoldaten folgten.

Captain Ark Huron strich allen drei Wingas über ihr Gefieder, bevor er in die Transmitterprojektion stieg. Er spürte mit großer Verwunderung so etwas wie Abschiedsschmerz. Diese Vogelwesen waren ihm auf den ersten Blick überaus sympathisch gewesen, ohne daß er zu sagen gewußt hätte, warum.

»Vielleicht sehen wir uns einmal wieder«, sagte Winga-Helo.

»Ja, vielleicht«, entgegnete der Captain und wußte doch, daß dies höchst unwahrscheinlich war.

Möglicherweise bin ich bereits in der nächsten Sekunde tot, dachte er, als er sich von der Transmitterwolke umhüllen ließ.

Das erste, was Perry Rhodan wahrnahm, als er rematerialisierte, war ein auf seinen Magen gerichteter Strahler.

Das zweite war ein rauher Raumfahrerfluch.

Er stolperte vorwärts und direkt in die ausgebreiteten Arme Oro Masuts hinein.

Doch als er hinter dem Ertruser Roi Danton erkannte, riß er sich zusammen.

»Aber, aber!« sagte er tadelnd und voller Ironie. »Wo bleibt Ihre gute Erziehung, königlicher Diener?«

»Die ist im . . .«, begann Masut verwirrt.

Ein lautstarkes Räuspern seines Herrn stoppte ihn gerade noch rechtzeitig.

Roi Danton winkte seinen Diener zurück und verbeugte sich leicht, wobei er die Rechte auf die Herzgegend legte.

»Je vous demande pardon, Grandseigneur. Dieser ungeschlachte Bauernlümmel vergißt manchmal, wie er sich zu benehmen hat. Wie geht es Ihnen?«

»Mir geht es ausgezeichnet«, sagte Rhodan unwirsch.

Hinter ihm stolperte Melbar Kasom aus der Transmitterprojektion, danach kamen die drei anderen Männer.

Verwundert blickte der Freihändlerkönig ihnen entgegen.

»Benutzen Sie diese Gebilde etwa als Transportmittel, Messieurs?« fragte er mit matter Stimme.

»Ja, warum?«

Rhodan begann zu ahnen, weshalb Danton diese Frage gestellt hatte. Er wurde bleich.

»Haben Sie etwa . . .?«

Roi Danton nickte mit zerknirschter Miene.

»Es tut mir sehr leid. Aber wir haben drei solcher Gebilde mit Desintegratoren vernichtet, bevor Sie kamen, Grandseigneur. Sie waren plötzlich verschwunden, und als wir nachsahen, griffen diese flimmernden Wolken uns an. Zumindest hielten wir ihre Annäherung für einen feindlichen Akt.«

Perry Rhodan schluckte schwer.

Er informierte den Freihändler in Stichworten über das, was sich in der geheimnisvollen Funkstation und auf Winga ereignet hatte.

Auf Rois Stirn erschienen plötzlich große Schweißperlen. Er wurde kalkweiß und mußte sich an der Wand festhalten, weil die Knie ihm den Dienst versagten.

*Beinahe hätte er den Tod seines eigenen Vaters verschuldet!*

»Mein Gott!« stammelte er. »Wenn ich das geahnt hätte . . .!«

»Denken Sie nicht mehr daran, Monsieur«, sagte Rhodan und schüttelte ihn leicht. »Als die ersten Transmitterprojektionen hier auftauchten, wußten wir auch nicht, was es damit auf sich hatte. Berichten Sie, was sich draußen unterdessen getan hat!«

Der Freihändler nickte.

Perry Rhodan erfuhr, daß während seiner Abwesenheit – insgesamt rund anderthalb Stunden – die KC-31 unbehelligt geblieben war. Aber durch ausgeschickte Flugsonden hatte man erkannt, daß der Kampf über der Oberfläche und in der Hochatmosphäre von Modula II an Heftigkeit verlor. Zwar griffen die Guerillaschiffe weiterhin an, aber sie führten keine koordinierten Aktionen mehr durch.

»Und die Gruppe Hohle?« fragte Rhodan besorgt.

»Nichts, Grandseigneur«, antwortete Roi betrübt. »Sie läßt nichts von sich hören. Ich weiß nicht, was ich davon halten soll. Hoffentlich leben die Leute noch!«

»Wir werden weitersuchen«, versprach Rhodan.

Er blickte zurück.

Die Transmitterprojektion, die sie bei ihrer Rückkehr in Empfang genommen hatte, schwebte reglos im Gang und verstrahlte ein mildes, buntes Licht. Sie machte keine Anstalten, die Eindringlinge erneut aufzunehmen und abzustrahlen.

»Darum kümmern wir uns ein andermal«, sagte Rhodan. »Ich glaube ohnehin nicht, daß wir hier noch lebende Wingas vorfinden. Wer weiß, seit wann die Funkstation von ihnen verlassen ist und nur noch automatisch funktioniert!«

*Und wir werden es wohl auch kaum erfahren,* fügte er in Gedanken hinzu. *Der Kampf gegen die Hypnokristalle bindet alle unsere Kräfte.*

Er gab seinen Leuten einen Wink, und an ihrer Spitze verließ er die Funkstation der Vogelwesen.

Seine Stirn war in nachdenkliche Falten gelegt. Er mußte immer wieder an die uralten Überlieferungen der Wingas denken, nach denen einst zwei Hüter des Lichts dieses Volk gerettet hatten.

Auch bei den alten Kulturvölkern der Erde existierten noch Überlieferungen, die darauf schließen ließen, daß in grauer Vorzeit – lange vor der Errichtung des ehemaligen lemurischen Imperiums – Besucher aus dem All gekommen waren.

Wenn man nur Genaueres darüber wüßte!

Wären die Überlieferungen nicht so verschwommen und mit Ausschmückungen jüngeren Datums durchsetzt, vielleicht . . .

Perry Rhodan wagte nicht weiterzudenken.

Er zwang seinen Geist, in die Gegenwart zurückzukehren.

Mit singendem Triebwerk flog er über den Kraterrand und auf die nahe Korvette zu.

Es galt, das Schicksal der Einsatzgruppe Hohle aufzuklären – und das technische Geheimnis des Anti-Modulatorfeldes zu ergründen!

# 5.

Der Anruf von Major Hohle kam unmittelbar nach dem Start der KC-31. Der Offizier teilte über die Frequenz der Helmgeräte mit, daß mittlerweile sämtliche Energieaggregate ihrer leichten Kampfanzüge ausgefallen waren, nachdem vor einigen Stunden in unmittelbarer Nähe der Einsatzgruppe eine Vibrationsbombe explodiert war. Dadurch wären auch ihre Helmfunkgeräte in Mitleidenschaft gezogen worden, so daß die Reichweite der Sender stark reduziert worden war.

Hohles Gruppe hatte die Funksignale der KC-31 bereits längere Zeit empfangen, aber erst jetzt hatte die Korvette sich der Einsatzgruppe so weit genähert, daß eine Kontaktaufnahme möglich wurde.

Die Verbindung war ziemlich schlecht.

Perry Rhodan mußte einen ganzen Verstärkersatz zwischenschalten lassen, um den Major überhaupt verstehen zu können – und das, obwohl Hole Hohle brüllte.

»Wo befinden Sie sich jetzt?« fragte er gespannt.

Der Major gab die Koordinaten durch, und kurz darauf hatte der Navigator den Punkt auf seiner provisorischen Umrißkarte fixiert.

Es handelte sich um einen kleinen Raumhafen.

Er lag etwas über zweihundert Kilometer von dem großen Zentralraumhafen der Küstenzone entfernt mitten im Binnenland.

»Verhalten Sie sich weiterhin ruhig, Major!« befahl Rhodan. »Wir holen Sie heraus. In etwa zehn Minuten sind wir bei Ihnen.«

»Ja, Sir«, erwiderte Major Hohle mit heiserer Stimme. »Und halten Sie bitte Medoroboter und ein Operationsteam bereit. Zwei meiner Männer sind schwer verwundet.«

»Wird gemacht!« versprach Rhodan. »Wir fordern kurz vor der Landung Peilzeichen an. Ende.«

Erregt und mit strahlendem Gesicht wandte er sich dem Kommandanten der KC-31 zu.

»Steuern Sie sofort die angegebenen Koordinaten an, Major Kulu! – Kasom! Sie sorgen dafür, daß unser Landungskorps bereitsteht.«

Er sprang auf und eilte in die kleine Bordklinik, um für den Empfang und die sofortige Behandlung der zwei schwerverwundeten Einsatzsoldaten zu sorgen.

Als er die Zentrale wieder betrat, befand sich die Korvette bereits auf dem Weg nach Osten.

Roi Danton verfolgte mit zusammengepreßten Lippen eine äußerst turbulente Szene auf dem Backbordbereich der Panoramagalerie.

Ununterbrochen fauchten Strahlschüsse gen Himmel. Aber sie galten nicht der KC-31, sondern zwei Birnenraumern, die wild herumkurvten und die Abwehrstellungen mit schwerem Feuer eindeckten.

Nun entdeckte Rhodan auch den Grund für dieses Manöver. Die beiden Guerillaschiffe deckten die Aktion eines dritten Raumers, der auf dem Zentralplatz eines Barackenlagers gelandet war.

Eine dunkle Masse lebender Körper wälzte sich gleich einem breiten Strom auf die offenen Ladeluken des gelandeten Raumschiffes zu: Gurrads!

Die Guerillas holten ihre Leute aus einem Gefangenenlager der Perlians heraus.

Am Rand des Barackenlagers tauchten plötzlich Roboter auf. Sie schossen in die Reihen der fliehenden Gefangenen hinein. Von dem gelandeten Schiff wurde das Feuer erwidert. Mit dumpfen Explosionen zerbarsten die Kampfroboter.

Die Abwehrstellungen konnten anscheinend nicht ins Lager hineinschießen, denn sie konzentrierten ihr Feuer lediglich auf die beiden Raumschiffe, die zur Rückendeckung abgestellt waren.

Plötzlich glühte das Heck eines dieser beiden Schiffe dunkelrot auf. Sofort peitschten ultrahelle Impulsstrahlen aus den Triebwerken. Der Birnenraumer versuchte offenbar zu entkommen. Doch das Glühen seines Hecks wurde intensiver. Vereinzelte Trümmerstücke fielen taumelnd zu Boden und schlugen in die Masse der flüchtenden Gefangenen ein.

Der Birnenraumer neigte den stielförmigen Bug nach unten und beschleunigte weiter. Mit furchtbarer Gewalt raste er direkt in die Hauptabwehrstellung der Perlians hinein. Ein Glutball blähte sich auf, dann stieg der Explosionspilz in den Himmel.

Perry Rhodan atmete schwer.

Er wußte, daß die Besatzung des Birnenraumschiffes sich geopfert hatte; damit ihr Schiff nicht in die Gefangenen stürzte, hatte sie auf die Möglichkeit verzichtet, sich rechtzeitig mit den Rettungsbooten in Sicherheit zu bringen. Gleichzeitig rissen sie die wichtigste Abwehrstellung des Lagers mit in die Vernichtung.

Kurz bevor der Schauplatz dieses erbitterten Kampfes hinter dem westlichen Horizont zurückblieb, sah Rhodan noch, wie sich das gelandete Schiff vom Boden erhob und in den Himmel raste.

Das zweite Raumschiff stieß noch einmal herab und belegte das verlassene Lager mit Brandbomben, deren nuklearthermische Wirkung nur eine geschmolzene Erdkruste zurücklassen würde.

Rhodan und Danton sahen sich an.

»Unsere Guerillafreunde wissen offenbar ganz genau, wo ihre Artgenossen gefangengehalten werden«, sagte Roi schleppend.

Perry nickte.

»Und sie holen sie unter Einsatz ihres eigenen Lebens heraus. Wissen Sie, daß das ein hervorragender psychologischer Schachzug ist? Die Gurrads können sich ausrechnen, daß sie niemals ihrem Schicksal überlassen werden, auch wenn man sie als Gefangene zu den bestgesicherten Stützpunktwelten der Perlians bringt.«

Der Freihändler lächelte süffisant.

»Ich habe gehört, eine gewisse Solare Flotte würde ganz ähnlich handeln, Grandseigneur . . .«

Rhodan lachte.

Aber übergangslos nahm sein Gesicht einen schmerzlichen Ausdruck an. Wieder einmal mußte er an die versklavten Besatzungen der Schiffe OLD MANS denken. Sie hatte man nicht gerettet.

»Es gab keine Alternative dazu«, sagte Roi Danton leise, als hätte er die Gedanken des Vaters erraten.

»Schon gut«, erwiderte Perry Rhodan. »Danke, Danton!«

*Dieser verwegene Freihändler zeigt immer mehr verborgene Qualitäten,* dachte er. *Eigentlich habe ich ihm außer meiner viel größeren Erfahrung kaum etwas voraus.*

Er blickte auf, als er das typische Pfeifen überlasteter Andruckabsorber vernahm.

Die Umgebung der KC-31 wimmelte plötzlich von anfliegenden robotgesteuerten Abwehrflugkörpern der Perlians. Major Tschai Kulu hatte eine enge Kurve fliegen müssen, um dem Schwarm auszuweichen.

Nun erzitterte die Korvette unter den pausenlosen Abschüssen.

Noch eine Stunde so weiter, und unsere Rakmunition ist aufgebraucht! dachte Rhodan.

Hunderte von Kunstsonnen gingen über dem gequälten und gepeinigten Land auf. Das Abwehrfeuer des Beibootes zerschlug den Angriff der Robotflugkörper. Aber immer wieder mußte Tschai Kulu äußerst riskante Ausweichmanöver fliegen, denn einige der Robotraketen kamen trotz des rasenden Abwehrfeuers durch.

Jäh drehte sich die KC-31 um ihre eigene Achse, als zwei Robotflugkörper den HÜ-Schirm trafen und explodierten. Die Welt schien in einer unglaublich hellen Leuchterscheinung unterzugehen. Doch die Schutzschirme hielten. Mit aufheulenden Triebwerken riß Major Kulu das Beiboot wieder auf den alten Kurs zurück. Einzelne Abwehrraketen schwenkten ebenfalls ein und verfolgten das Kugelschiff.

Perry Rhodan fragte sich, wie er unter diesem Umständen Major Hohle und seine Leute an Bord nehmen sollte.

Aber er sprach seine Befürchtungen nicht aus.

Mitten im nächsten Angriff der Robotraketen drang das Peilzeichen der Einsatzgruppe Hohle aus dem Funkempfänger der Kommandozentrale.

Kurz darauf tauchte am östlichen Horizont eine unüberschaubare Kette kleinerer und größerer Gebäude auf.

Dort etwa mußte der Raumhafen liegen, in dem sich Hohle, Lloyd und noch drei weitere Männer versteckt hielten.

Major Tschai Kulu versuchte, auf geradem Weg zu dem Ort zu fliegen, von dem die Peilzeichen nun ohne Pause eintrafen. Neue Schwärme von robotgesteuerten Flugkörpern vereitelten diese Absicht. Wieder mußte der erfahrene Flottillenchef Ausweichmanöver fliegen, während die Bordwaffen der Korvette unter den Angreifern aufräumten. Er drückte das Kugelschiff wieder einmal bis dicht über den Boden, als die ersten Impulsbahnen von Abwehrstellungen gegen den Hochenergie-Überladungsschirm prallten. Von da an kamen nur noch vereinzelte Impulsschüsse aus den Bodenforts; sie lagen viel zu hoch, denn die Raumabwehrgeschütze waren nicht für den Erdkampf geeignet.

Hinter dem Beiboot blieb ein mit flüssigem Magma gefüllter Graben zurück. Die Impulswellenbündel der Triebwerke ließen sich eben nicht ablenken.

Bald erkannte Perry Rhodan, daß die Gebäude rings um den

Raumhafen Industrieanlagen waren. Sie wiesen kaum Beschädigungen auf. Anscheinend hatte sich der Angriff der Guerillaschiffe auf den Küstenstreifen konzentriert.

Die Peilzeichen Hole Hohles kamen nun ganz deutlich.

Rhodan trat an das Pult des Navigators und beobachtete die Peilauswertung.

Etwas außerhalb des eigentlichen Raumhafens lag ein kleinerer Platz, mit dem Hafen durch eine breite Transportbahn verbunden, auf dem wahrscheinlich in ruhigen Zeiten die Gleiter Güter transportierten.

In einem der niedrigen Gebäude am Rand des Notlandeplatzes mußte sich die Einsatzgruppe Hohle verborgen halten.

Rhodan wandte sich zu Roi Danton um.

Der Freihändler nickte, ohne die Frage abzuwarten.

Wortlos drehte Perry sich um und schritt auf den Achslift zu.

»Sie haben die absolute Befehlsgewalt über das Schiff, sobald ich mich draußen befinde«, sagte er zu Tschai Kulu.

Der Major bestätigte wortkarg. Er hatte jetzt alle Hände voll zu tun, die KC-31 auf dem Anflugkurs zu halten und dabei nicht geradewegs in feindliche Abwehrflugkörper hineinzufliegen.

Schweigend glitten Rhodan und Danton den Liftschacht hinab. Sie wußten, was sie im Freien erwartete. Wenigstens glaubten sie, das zu wissen.

Kaum hatten die Landebeine den Platzbelag berührt, als sich schon die Ladeluken der Korvette öffneten und die Soldaten des Einsatzkommandos in ihren flugfähigen Kampfanzügen hinausschwebten.

Fünfzehn schwere Kampfroboter setzten sich an die Spitze und drangen gegen die Randgebäude des Nothafens vor.

Perry Rhodan schwebte neben Melbar Kasom und Captain Huron auf das Gebäude zu, aus dem die Peilzeichen gekommen waren. Rhodan achtete in diesem Augenblick, da es um die Rettung von Major Hohle und dessen Leute ging, kaum auf die etwa dreihundert Meter hohen, runden Türme hinter den Lagerhallen und Industriebauten.

Doch er wußte genau, daß sie sein nächstes Ziel sein würden. Dort liefen die geheimnisvollen Projektoren und erzeugten jene Energiefelder, die gegen die parapsychischen Einflüsse der Hypnokristalle schützten!

Plötzlich öffnete sich in der Lagerhalle voraus eine Tür. Zwei Männer mit Strahlern im Anschlag blickten heraus. Sofort kehrten sie wieder um.

Als sie wieder auftauchten, trugen sie je einen Verwundeten über der Schulter. Der fünfte Mann hinkte hinter ihnen her.

Eine halbe Minute später blickte Perry Rhodan in das breite, von Strapazen und Kämpfen gezeichnete Gesicht Hole Hohles. Dem terranischen Eskimo hingen die sonst so gepflegten öligen schwarzen Haare ins Gesicht. Blut rann aus dem zerfetzten linken Ärmel des Kampfanzuges.

Hole Hohle versuchte ein Grinsen, brachte jedoch nur eine Grimasse zustande.

Obwohl er einen Verwundeten über der Schulter trug, wollte er sofort einen Kurzbericht abgeben.

Perry Rhodan winkte ab.

»Später, Major!«

Zusammen mit Melbar Kasom hob er den Verwundeten von Hohles Schulter. Der Mann hielt die Augen geschlossen und atmete sehr flach. Er war schlimm zugerichtet, aber Rhodan erkannte, daß keine Lebensgefahr bestand. Die Ärzte an Bord der Korvette und später an Bord der CREST IV würden wieder einen vollwertigen Menschen aus ihm machen.

Fellmer Lloyd trug den zweiten Verwundeten. Der Telepath und Orter taumelte vor Erschöpfung. Er brach zusammen, kaum daß Roi Danton ihm seine Last abgenommen hatte. Oro Masut fing den schlaffen Körper auf und reichte ihn den beiden Medorobotern, die unterdessen herangekommen waren und die Männer von Hohles Trupp auf Antigravtragen betteten. Hochdruckinjektionsdüsen zischten. Die Behandlung begann an Ort und Stelle.

»Er schläft nur, Sir«, erklärte der eine Medoroboter, als Perry Rhodan sich besorgt über Lloyd beugte.

»Prellungen, leichte Rauchvergiftung und unbedeutende Gehirnerschütterung, letztere offenbar durch Einwirkung einer Vibratorbombe. In zehn Stunden ist er völlig gesund.«

Aufatmend wandte sich Rhodan dem letzten Mann zu. Es war ein Sergeant. Der Mann stöhnte, als die Medoroboter – unterdessen waren noch mehr erschienen – ihm das rechte Hosenbein der Kombination aufschnitten und einen Bioplasmafilm auf seine schwarzverkrusteten Brandwunden sprühten.

Als er Perry Rhodan sah, lächelte er erleichtert.

»Alles halb so schlimm, Sir«, sagte er unter Stöhnen.

»Unsere Ärzte kriegen das wieder hin«, tröstete Rhodan ihn.

Er fuhr herum, als hinter ihm jemand brüllte.

Major Hole Hohle saß auf seiner Antigravbahre und fuchtelte mit der geballten Faust vor dem »Gesicht« eines Medoroboters herum, der eine Karteikarte zwischen den stählernen Fingern hielt.

»Den Familiennamen mit ›h‹!« schrie der Major ihn an. »Ich habe es dir doch rechtzeitig gesagt, du Idiot!«

»Jawohl, Sir!« erwiderte der Roboter demütig, um im selben »Atemzug« hinzuzufügen: »Aber es ist beide Male das gleiche Wort, und eines wird wie das andere ausgesprochen.«

»Es ist nicht beide Male das gleiche Wort!« brüllte Hole Hohle zornig. »Das ›Hole‹ ohne ›h‹ ist mein Vorname, das ›Hohle‹ mit ›h‹ mein Familienname!«

Er verdrehte die Augen und stöhnte leise.

Da sah er Rhodans Blick auf sich ruhen.

Ein breites Grinsen stahl sich in sein Gesicht.

»Immer und überall habe ich Ärger mit meinem Namen«, murmelte er.

Perry Rhodan lächelte amüsiert.

»Vorhin wirkten Sie total erschöpft, Major . . .«

Hole Hohle blinzelte verwirrt, dann ließ er sich auf seine Trage zurücksinken und schloß die Augen.

Die Druckwelle einer heftigen Explosion schleuderte sie zu Boden.

Perry Rhodan wälzte sich auf die Seite und sah hinter den Lagerhäusern einen Rauchpilz aufsteigen.

Im selben Augenblick rasten sonnenhelle Strahlbahnen von der Korvette aus durch die Luft. Das Röhren und Donnern betäubte Perry fast. Hoch oben in der Atmosphäre blähten sich blauweiße Glutbälle auf. Während einer kurzen Feuerpause war das Heulen von zahllosen Triebwerken zu hören; die Perlians setzten wieder ihre robotgesteuerten Abwehrflugkörper ein.

Rhodan sprang auf. Es kamen keine weiteren Druckwellen. Alle anderen Abwehrraketen wurden weit vor dem Notlandeplatz abgeschossen. Aber das konnte schnell anders werden.

»Die Verwundeten und Einsatzleute der Gruppe Hohle sofort zurück zur Korvette!« überschrie er das fortwährende Tosen und Donnern. »Die anderen Männer folgen mir!«

Er sprang auf den schweren Kommandopanzer, der mit mahlenden Gleisketten herandröhnte. Hinter dem Fahrzeug kamen weitere zehn flugfähige Spezialpanzerwagen des Landungskommandos der CREST IV. Die Waffenkuppeln drehten sich ununterbrochen, aber noch waren keine feindlichen Ziele auszumachen.

Rhodans Kommandopanzer besaß keine schweren Energiewaffen. Anstatt der drehbaren Kuppel war auf der Rumpfoberseite eine große, flache Kuppel aus transparentem Panzerplast montiert. Sie enthielt eine Menge Beobachtungsgeräte und eine ganze Kleinfunkzentrale mit Hyperfunkanlage, Telekom- und UKW-Geräten.

»Zum nächsten Energieturm!« rief Rhodan dem Panzerkommandanten zu.

Das stählerne Ungetüm drehte sich auf der Stelle. Dann donnerten die Motoren auf, und der Wagen raste auf eine Lücke zwischen zwei Lagerhallen zu.

Melbar Kasom und Roi Danton sprangen im letzten Augenblick ebenfalls in die noch offene Kommandokanzel. Oro Masut erreichte nur noch den zweiten Panzer und zwängte sich zwischen die aufgesessenen Soldaten des Kommandotrupps.

Die Kampfroboter schalteten ihre Flugaggregate ein und übernahmen die Flankendeckung der vorstoßenden Kampfgruppe. In sicherem Abstand folgten einige Antigravplatten. Sie enthielten Spezialmeßgeräte, die von Wissenschaftlern der Einsatzgruppe bedient wurden.

Insgesamt befanden sich mit Perry Rhodan und dem Freihändlerkönig 103 Mann auf dem Vormarsch.

Endlich war das Ziel in greifbare Nähe gerückt.

»Achtung, Sir!« erscholl die Stimme des Ortungsoffiziers der KC-31 aus dem Empfangslautsprecher des Kommandopanzers. »Robottruppen der Perlians fünfhundert Meter voraus. Formieren sich zu einem Abwehrriegel!«

»Verstanden, danke!« erwiderte Rhodan.

Er schaltete die Verbindung zu den anderen Panzern ein. Die Raumsoldaten und eigenen Kampfroboter hörten mit.

»Riegelstellung aus feindlichen Kampfrobotern fünfhundert Meter voraus. Infanterie absitzen! Panzer vor!«

Er blickte sich um und sah, wie die Soldaten von den Panzern sprangen und in lockerer Schützenkette vorgingen. Die Spezialpanzer schwärmten fächerförmig aus. Sie stießen einfach durch die relativ leicht gebauten Lagerhallen hindurch. Staubwolken wirbelten und nahmen die Sicht.

Roi Danton betätigte den Schließmechanismus des Panzerplastdaches. Der Kommandopanzer fuhr langsamer vorwärts. Er konnte nicht direkt ins Gefecht eingreifen.

Als er die Lücke zwischen den beiden Lagerhäusern passiert hatte, lag das Kampffeld direkt vor ihm.

Den eigenen Panzern schlug heftiges Feuer aus Impulsstrahlern und Desintegratoren entgegen. Rhodans Schätzung nach standen auf der anderen Seite mindestens hundert Roboter. Das war eine sehr kampfkräftige Streitmacht.

Aber die Spezialpanzer des Landungskorps hatten ihre Schutzschirme aktiviert. Ihnen konnte der feindliche Beschuß kaum etwas anhaben. Dagegen feuerten ihre Turmgeschütze pausenlos auf die Roboter der Perlians. Raketen fauchten aus den Abschußluken unterhalb der Waffentürme.

Drüben schlug es mit vernichtender Wucht ein. Die feindliche Verteidigungzone war ein einziges Glutmeer. Der Beschuß wurde schwächer.

Dann rauschten plötzlich Fernlenkraketen heran.

Zwei der Spezialpanzer begannen zu brennen. Kurz darauf explodierten sie mit fürchterlichem Krachen.

Ein dritter Panzer qualmte. Die Besatzung sprang aus den Luken und lief zurück.

Die restlichen Panzer kurvten im Zickzackkurs über die freie Fläche, wobei sie aus allen Rohren feuerten. Hinter ihnen stürmten die eigenen Kampfroboter vor. Zwischen ihnen und den Panzern detonierten unablässig die gegnerischen Fernlenkraketen.

Melbar Kasom hatte sofort bei Einsetzen des schweren Beschusses den Kommandanten der Korvette verständigt.

Und Tschai Kulu handelte.

Mit ohrenbetäubendem Getöse raste ein Phantom über die freie Fläche: ein Raumjäger!

Der Pilot des Raumjägers wußte, daß es für den Kommandotrupp um Sekunden ging. Er hielt sich nicht lange mit einer Suche nach der verborgenen Raketenstellung auf, sondern belegte den rechnerisch ermittelten Standort mit Thermonitalbomben.

Augenblicklich brach der Beschuß ab. In dem Feuermeer mußten die Raklafetten mitsamt der Robotbedienung zerschmolzen sein.

Sofort stießen die sieben unversehrten Panzer wieder in gerader Linie vor. Die letzten feindlichen Roboter explodierten. Der Weg war frei.

Der Raumjäger zog noch eine Ehrenrunde über dem Schlachtfeld, dann kehrte er zur KC-31 zurück.

Da kein weiterer Widerstand auftauchte, befahl Perry Rhodan den Panzerkommandanten, den Energieturm zangenförmig zu umgehen und einen halbkreisförmigen Sperriegel gegen eventuelle Gegenangriffe aufzubauen.

Den Kommandanten seines Kommandopanzers dagegen wies er an, direkt auf den Energieturm zuzuhalten.

Nach etwa zehn Minuten lag der riesige Turm knapp einen Kilometer vor ihnen. Zur Linken stand eine langgestreckte Fabrikhalle, die aber anscheinend verlassen war. Dennoch schickte Rhodan drei Kampfroboter und fünfzehn Soldaten hin, um sie zu durchsuchen, damit die Gefahr eines Hinterhaltes ausgeschaltet würde.

Schon mußten die Männer in der Kommandokuppel die Köpfe in den Nacken legen, wenn sie an dem gigantischen Energieturm hinaufsehen wollten, da öffneten sich jählings breite Tore in dem Turmunterteil.

Beim Anblick der quadratisch gebauten, 1,50 Meter großen Wesen, die auf ihren Schultern kugelförmige Behälter trugen, zog Perry Rhodan scharf die Luft ein.

»Generäle!« schrie Melbar Kasom.

Kein Zweifel, das waren jene Wesen, denen Rhodan, Roi Danton, Pandar Runete, Kakuta und Fellmer Lloyd in dem Birnenraumschiff begegneten, das sie zum Planeten Danger I entführt hatte.

Man hatte sie »Generäle« genannt, weil die transparenten Kugelbehälter auf beiden Schultern mit ihren gelbroten Symbionten an die Epauletten terranischer Generäle des präkosmischen Zeitalters erinnerten.

Mit Hilfe dieser Symbionten, das wußte man inzwischen, die durch zahlreiche Gebilde direkt mit den Körpern der Generäle verbunden waren, vermochten diese Geschöpfe eine Zehntelsekunde in die

Zukunft zu sehen. Deshalb bezeichnete man die Symbionten auch treffender als »Zeitaugen«.

Die Generäle trugen Kampfanzüge mit aktivierten Schutzschirmen. Die Paralysestrahlen der Kombiwaffen konnten ihnen nichts anhaben. Rhodan hatte dennoch Anweisung erlassen, das Leben der Generäle möglichst zu schonen und die tödlichen Waffen ihrer Kombistrahler nur dazu zu verwenden, um die Schutzschirme der Gegner aufzuspalten.

Ohne Zögern eröffneten die Generäle das Feuer. Sie gingen blitzschnell gegen die terranischen Einsatzsoldaten vor. Eine Hälfte von ihnen gab jeweils immer Feuerschutz, während die andere mit weiten Sprüngen vorauseilte.

Perry Rhodan schlug mit der Faust auf den Schalter, der den Öffnungsmechanismus der Panzerplastkuppel aktivierte. Kaum war das Dach eingefahren, da legte er seinen Strahler auf den schmalen Rand und schoß auf die Generäle, die ihnen schon am nächsten gekommen waren.

Fauchend fiel das Paralysegeschütz im Bug des Kommandopanzers ein.

Melbar Kasom und Roi Danton eröffneten ebenfalls das Feuer.

Aber die Generäle waren nicht so leicht abzuschlagen. Sie führten bazookaähnliche Raketenwerfer mit sich und nahmen den Kommandopanzer unter Feuer. Der Kommandant ließ das Fahrzeug zurückrollen, denn noch waren die eigenen Leute nicht nahe genug, um entscheidend in den Kampf eingreifen zu können.

Kurz darauf zerfetzte ein Raketengeschoß die linke Gleiskette.

»Aussteigen!« befahl Rhodan der Panzerbesatzung.

Hastig gab er seine Befehle an die Raumsoldaten über Funk durch, dann schwang er sich ebenfalls über den Rand der Kommandokuppel und ging hinter dem Fahrzeug in Deckung.

Inzwischen waren die eigenen Kampfroboter eingetroffen. Sie bewegten sich mit unheimlicher Schnelligkeit und feuerten aus ihren vier Waffenarmen gleichzeitig. Aber auch sie erlitten Verluste durch die Bazookas.

Etwa zwölf Generäle brachen durch.

Perry Rhodans Gesicht wurde maskenhaft starr.

»Wir schlagen sie zurück!« flüsterte er Kasom und dem Freihändler zu.

Zwei Bazookageschosse detonierten auf dem Führungspanzer.

Splitter pfiffen mit infernalischem Jaulen davon. Plötzlich wurde die Stelle der Wandung, an der Rhodan lehnte, glühend heiß.

Erschrocken fuhr er zurück.

Der ganze Panzer begann zu glühen. Offenbar hatten die Generäle massiertes Feuer aus Thermowaffen auf ihn eröffnet. Jeden Augenblick konnte die Munition in die Luft fliegen.

Und ein Verlassen der Deckung wäre einem Selbstmord gleichgekommen!

Perry Rhodan blickte sich nach den Soldaten der Kommandogruppe um.

Wenn sie nicht bald erschienen, war alles aus.

Sie fielen förmlich vom Himmel. Das Gros der Einsatzgruppe hatte die Entfernung zum Kampfplatz mit ihren Flugaggregaten zurückgelegt.

Nun stürzten sie sich wie Raubvögel von oben auf die Generäle. Innerhalb von Sekunden wurden diese Wesen in die Defensive getrieben. Sie versuchten einen einigermaßen geordneten Rückzug anzutreten. Doch die Raumsoldaten zersprengten sie. Bald verstummte der Kampflärm ganz.

Perry Rhodan, Kasom und Roi Danton hatten ihre lebensgefährliche Deckung gleich beim Auftauchen der Einsatzsoldaten verlassen. Der Ertruser befestigte vier Haftladungen an den wieder verschlossenen Toren. Dann rannten sie um den Energieturm herum.

Eine heftige Detonation erfolgte.

Der Kommandopanzer war explodiert.

Rhodan und Danton sahen sich gegenseitig in die blassen Gesichter. Plötzlich mußten sie grinsen.

Dann erschütterten vier dicht aufeinanderfolgende Explosionen die Luft.

Die Haftladungen!

Doch als die drei Männer die Tore erreichten, wurden sie enttäuscht. Die schweren Panzerschotte aus hochwertigem Metallplastik wiesen lediglich einige unbedeutende Kratzer und geschwärzte Stellen auf. Rhodan warf einen Blick zurück.

Die obere Polkuppel der KC-31 ragte über die mehr oder weniger beschädigten Lagerhallen und Fabrikgebäude hinaus.

Er schaltete seinen Helmkom ein und befahl Major Kulu, mit dem

Polgeschütz der Korvette Punktfeuer auf das mittlere Tor des Energieturms zu eröffnen.

Danach wies er die Raumsoldaten an, sich mindestens dreihundert Meter weit zurückzuziehen.

Er selbst suchte zusammen mit Danton und dem Ertruser wieder Deckung auf der Rückseite des Turms. Oro Masut stieß ebenfalls zu der kleinen Gruppe.

Gleich darauf röhrte das schwere Impulsgeschütz der Korvette los. Die Erde erzitterte, und Rhodan schien es, als geriet der Turm ins Schwanken.

»Befehl ausgeführt, Sir«, meldete Tschai Kulu. »Das Mitteltor ist offen.«

Kurz danach standen die vier Männer wieder auf der Vorderseite des Bauwerks. Von dem Tor selbst war nur noch ein Stück Oberkante zu sehen. Alles andere war verdampft.

»Das ist etwas anderes als meine Haftladungen«, bemerkte Kasom.

Rhodan wollte etwas entgegnen, als Oro Masut ihn und Roi an den Schultern packte und zur Seite schleuderte.

Ein Energiestrahl fauchte aus der Toröffnung.

Im nächsten Moment warf sich Dantons Leibwächter in die Dunkelheit des Turmes. Ein knackender Laut ertönte. Dann wurde es still.

»Die Luft ist rein, Sir!« rief Masut von innen.

Perry Rhodan schaltete seinen Brustscheinwerfer ein. Der Lichtkegel zerschnitt die Finsternis einer Art Vorhalle. Unmittelbar neben der Öffnung eines Antigravlifts lag der Körper eines Generals.

Rhodan kannte diese Wesen vom letzten Einsatz her, dennoch zwang ihn etwas in seinem Unterbewußtsein, sich diesen toten General genau anzusehen.

Am seltsamsten wirkten die bleichen, von keiner Haut bedeckten Beine. Sie glänzten wie blankpolierte Knochen und endeten in jeweils vier Füßen mit sternförmig abgespreizten Zehen. Die langen, gelenkförmigen Schlaucharme liefen in jeweils sieben dünne Finger aus.

Die Kreatur war völlig unbekleidet; nur eine dunkelbraune, rissige Lederhaut schützte den Körper.

Das Seltsamste und Faszinierendste an dem General aber waren die beiden glasähnlichen Kugelbehälter auf seinen Schultern. Noch lebten die Symbionten, noch bewegten sie sich als gelbrote, amorphe Masse hinter den Kugelwandungen. Aber schon begannen die hauchdünnen Fäden, die die biologische Verbindung zu dem General herstellten, blau anzulaufen.

Perry Rhodan schüttelte sich unwillkürlich. Er empfand Abscheu – aber nicht gegenüber dem toten Wesen, sondern gegenüber der Macht, die die Generäle versklavte und zu ihren Helfershelfern machte. Merkwürdig schien es ihm nur jedesmal wieder, daß die Generäle im Gegensatz zu versklavten Terranern äußerst aktiv geblieben waren.

»Hinter all dem muß ein furchtbares Geheimnis verborgen sein«, flüsterte jemand zu seiner Rechten.

Rhodan wandte sich um und sah in das blasse Gesicht Roi Dantons.

»Wir werden es lösen!« antwortete er grimmig.

Noch immer wurde die KC-31 von den Robotflugkörpern der Perlians angegriffen. Unablässig dröhnten die Explosionen, tobten die Strahlbahnen der Schiffsgeschütze in den Himmel.

Dessenungeachtet besetzte ein Drittel der Einsatzgruppe den Energieturm, während die anderen beiden Drittel zusammen mit den Spezialpanzern in fieberhafter Eile einen Abwehrriegel errichteten, um den zu erwartenden Gegenstoß feindlicher Bodentruppen abzufangen.

Der Kommandotrupp Rhodans bestand durchaus nicht nur aus Soldaten des Landungskorps der CREST IV; unter den Männern befanden sich zahlreiche technisch-wissenschaftliche Spezialisten. Sie drangen nun, nachdem der Widerstand des Gegners gebrochen war, in den Energieturm ein und dirigierten die Antigravplattformen mit den Spezialmeßgeräten zu den geheimnisvollen Antimodulator-Projektoren, die jene Energiefelder erzeugten, von denen die hypnosuggestiven Ausstrahlungen der Kristalle kompensiert wurden.

Ein Hilfsmittel der Perlians und Generäle drohte zu einer entscheidenden Abwehrwaffe der Menschheit zu werden.

Es war nur natürlich, daß der Widerstand des Gegners verstärkt wieder aufflammte, nachdem ihm klargeworden war, was die Terraner beabsichtigten.

Perry Rhodan und Roi Danton beobachteten von der oberen Plattform des dreihundert Meter hohen Giganturmes aus den erbittert geführten Abwehrkampf der Landungspanzer und Raumsoldaten. Von Süden strömten Kolonnen von feindlichen Kampfrobotern und Raketenpanzern herbei. Sie wurden rücksichtslos in den Kampf geworfen, und nur der Feuerunterstützung durch die Korvette und dem Eingreifen zweier Raumjäger war es zu verdanken, daß der terranische Abwehrriegel bisher gehalten hatte.

Rhodan rief den Leiter der Spezialistengruppe über Funk an.

»Wie weit sind Sie mit den Schwingungsmessungen gekommen?« fragte er.

»Noch kein positives Ergebnis, Sir«, gab der Mann zurück. »Es scheint, als gäbe es gewisse Überlagerungsschaltungen, die eine genaue Analyse erheblich erschweren.«

»Tun Sie Ihr möglichstes«, sagte Perry, obwohl er wußte, daß die Spezialisten von sich aus ihre ganze Kraft einsetzten. »Wahrscheinlich können wir uns hier nicht lange halten.«

»Ja, Sir!« erwiderte der Teamleiter.

Perry Rhodan unterbrach die Verbindung.

Er sah, daß Roi Danton ein antiquiert aussehendes Teleskopfernrohr in der Hand hielt und hindurchspähte. Das Rohr schien aus der Zeit der Französischen Revolution zu stammen.

»Wie sieht es auf der anderen Seite des Planeten aus?« fragte er sarkastisch.

»Dunkel, Grandseigneur«, entgegnete Roi schlagfertig. »Modula II hat eben leider nur eine Sonne.«

Er hüstelte und reichte Rhodan das Fernrohr.

»Schauen Sie hindurch, Grandseigneur. Ich meine, man sollte etwas dagegen unternehmen, daß die feindlichen Roboter die Intimsphäre unserer Leute verletzen. Eben haben sie auf einen geschossen, der sein Wasser hinter einer Hausmauer abschlagen wollte.«

»Männer mit wirklicher Bildung würden dabei überhaupt nicht zusehen«, gab Perry Rhodan zurück.

Dennoch nahm er das Fernrohr.

Aber als er hindurchsah, entfuhr ihm ein Ausruf höchster Bewunderung. Die äußerlich minderwertig erscheinende Konstruktion holte den Aufmarschraum der feindlichen Robottruppen aus zwölf Kilometern Entfernung gestochen scharf heran. Rhodan erkannte ganz deutlich die transparenten Kugelköpfe dreier Perlians, die von einem Kommandopanzer aus das Vorrücken dirigierten.

Einwandfrei konnte er die Gehirne mit den wichtigsten Arterien und Venen sehen sowie die in Stirnhöhe sitzenden rotleuchtenden Gewebeklumpen – die Zeitaugen dieser von silbrigen Schuppen bedeckten Wesen, die eine wichtige Rolle bei der Kristallinvasion spielten, soweit bisher festgestellt worden war.

Er setzte das Fernrohr ab und lüftete seinen Funkhelm, um das Rohr gegen sein Ohr zu pressen.

Deutlich vernahm er das leise Summen eines Energieaggregats.

Lächelnd gab er das Teleskop an Danton zurück.

»Ich wußte noch gar nicht, daß die Truppen der Französischen Revolution des achtzehnten Jahrhunderts mit Elektronenteleskopen ausgerüstet waren . . .«

Der Freihändler grinste.

»Da sehen Sie wieder einmal, wie wenig uns über die Vergangenheit der Menschheit bekannt ist, Grandseigneur.«

Er grinste noch immer, als er das Teleskop wieder ans Auge führte.

Aber dann verzerrte sich sein Gesicht in jähem Erschrecken. Er ließ das Fernrohr sinken und zeigte nach Nordwesten.

»Gurrads, Grandseigneur!« rief er. »Tausende! Sie scheinen aus einem Gefangenenlager ausgebrochen zu sein!«

Perry Rhodan nahm Danton das Fernrohr aus den Händen und richtete es in die angegebene Richtung.

Unwillkürlich hielt er die Luft an, als er die Woge halbnackter, schmutziger Leiber sah, die sich unaufhaltsam nach Süden wälzte. In höchstens einer Viertelstunde mußten die Gurrads am Kampfplatz eintreffen. Rhodan bemerkte außerdem, daß viele der stämmig gebauten Geschöpfe mit den Löwenmähnen Energiewaffen, Metallstangen und offenbar selbstangefertigte Handgranaten besaßen. Sie mußten die Wächter ihres Gefangenenlagers überwältigt und entwaffnet haben und hatten sich offensichtlich während ihres Marsches mit allen möglichen erreichbaren Dingen ausgerüstet, die irgendwie als Waffen zu gebrauchen waren.

»Das gibt eine Katastrophe«, murmelte Roi Danton.

Mit einer solchen Entwicklung hatte niemand gerechnet. Die Gurrads betrachteten die Menschen noch immer als unerwünschte Eindringlinge in ihre Galaxis, denen man mit Mißtrauen begegnen mußte. Wenn die ausgebrochenen Gefangenen mit den Raumsoldaten zusammenstießen, mußte es unweigerlich zum Kampf kommen.

Der linke Flügel der Riegelstellung zog sich unter dem Feuerschutz der Bordgeschütze geordnet zurück. Das Sperrfeuer der Korvette verhinderte, daß die feindlichen Kampfroboter sofort nachstießen.

Perry Rhodan, Roi Danton und die beiden Ertruser warteten am Fuß des Turmes auf den herbeibefohlenen Panzer. Das Fahrzeug hielt endlich mit kreischenden Gleisketten neben ihnen. Sie kletterten auf die mit Erde und erkalteten Magmaspritzern bedeckten Aufbauten. Der Panzerkommandant stemmte seinen Oberkörper aus dem Turmluk und legte die Hand an den Funkhelm.

»Fahren Sie zwischen unsere zurückgehenden Truppen und die erste Welle der Gurrads, Sergeant!« befahl Perry knapp.

Das Gesicht des Mannes wurde blaß. Er schluckte ein paarmal, bevor er sich dazu aufraffte, den Befehl zu bestätigen und ihn auch weiterzugeben.

Perry Rhodan konnte ihn verstehen. Es war leicht möglich, daß die Gurrads sie einfach töteten, ohne lange zu überlegen. Andererseits wollte er keinem anderen diesen verzweifelten Versuch überlassen, eine Verständigung mit den magellanschen Guerillas herbeizuführen. Nicht nur für die laufende Aktion, sondern für den gesamten weiteren Verlauf des Abwehrkampfs gegen die Kristalle, die Perlians und die Generäle mußte das von allergrößter Wichtigkeit sein.

»Sobald die Gurrads gegen die Kampfroboter der Perlians vorgehen, geben Sie ihnen mit dem Kuppelgeschütz Feuerschutz, Sergeant!« ordnete Perry Rhodan an. »Vielleicht ersehen sie daraus wenigstens, daß wir einen gemeinsamen Feind haben, obwohl sie das eigentlich schon jetzt wissen müßten.«

Plötzlich brach eine unheimliche Stille über den Kampfplatz herein.

Die Bordgeschütze der KC-31 hatten ihr Sperrfeuer genau nach Zeitplan eingestellt.

Doch die vermeintliche Stille war eine akustische Täuschung. In Wirklichkeit dauerte der Gefechtslärm im Mittelabschnitt und am rechten Flügel unvermindert an, nur waren die Trommelfelle noch halb betäubt von dem Tosen und Donnern der schweren Schiffsgeschütze.

Aus dem Rauch zwischen den Glutseen zur Rechten tauchten plötzlich die nachstoßenden Robottruppen der Perlians auf. Der Turm des Panzers schwenkte herum. Das schwere Energiegeschütz schickte den Angreifern vernichtende Glut entgegen.

Von links kamen schrille Schreie.

Perry Rhodan sah etwa zweihundert Gurrads mit flatternden Mähnen vorüberstürmen. Die Guerillakämpfer schossen aus der Hüfte heraus und in vollem Lauf auf die feindlichen Roboter. Viele von ihnen fielen, aber ihr ungestümer Angriff riß eine Bresche in die Reihe der Robottruppen und brachte deren Angriff zum Stehen.

Die zweite Welle der Gurrads stieß sofort nach.

Einige der Kämpfer blickten sich verwundert um, als der terranische Panzer ihnen Feuerschutz gab. Aber ungeachtet ihrer offensichtlichen Verwunderung nutzten sie den taktischen Vorteil. Hunderte von selbstgebastelten Handgranaten explodierten zwischen den Robotern. Im Nahkampf gingen die Gurrads mit Energiestrahlern, Impulsschweißbrennern und selbst mit scharfkantigen Metallstangen gegen den Rest der Roboter an.

Perry Rhodan konnte nicht anders, er empfand Bewunderung für die Guerillakämpfer mit den Löwenmähnen.

Aber dann erschien die dritte Welle der Gurrads.

Etwa hundert Kämpfer schwenkten kurz vor dem einzelnen Panzer ab und umringten ihn mit drohend geschwungenen Waffen. Augenblicklich stellte der Kommandant das Feuer auf die Roboter ein, da er sonst die Guerillas ebenfalls gefährdet hätte.

Roi Danton richtete sich auf und hob die Hände, so daß die leeren Handflächen gegen die Gurrads gerichtet waren.

Perry Rhodan stellte sich nehmen den Freihändler und schaltete seinen Translator ein.

»Tapfere Gurrads!« überschrie er den Lärm des Kampfes und das Geschrei der Löwenmähnigen. »Wir sind eure Freunde und kommen in Frieden. Laßt uns gemeinsam gegen den Feind kämpfen.«

Ein mit Wucht geschleuderter Stein traf die Metallplastikumhüllung des Translators und schrammte im Abprallen Rhodans Hand. Tränen des Schmerzes traten ihm in die Augen.

Eine Gruppe von Gurrads stimmte einen Sprechchor an. Die rauhen Stimmen klangen wie das Heulen eines Rudels hungriger Wölfe. Es war klar, daß die unverständlichen Worte Verwünschungen bedeuteten.

Roi Danton sprang mit einem mächtigen Satz mitten zwischen die tobenden, brüllenden Wesen.

Das kam so unverhofft, daß die am nächsten stehenden Gurrads zurückwichen.

Der Freihändler verbeugte sich.

Mit tänzelnden Schritten »schwebte« er an den Reihen der Gurrads vorbei, die einen Kreis um ihn bildeten und ihn verblüfft und schweigend anstarrten.

Mitten im Kreis blieb Roi stehen und verneigte sich zum zweitenmal.

Schweigend zog er seine edelsteinbesetzte Schnupftabaksdose aus einer Außentasche seines Kampfanzuges. Er klappte den Deckel zurück. Die Klänge von Mozarts »Kleiner Nachtmusik« nahmen sich merkwürdig in dem chaotischen Lärm des Kampfes aus.

Innerlich bebend beobachtete Perry Rhodan die Mienen der Guerillas.

Teilweise trugen sie noch ihre lederartigen Kombinationen mit dem Symbol des Freiheitskampfes auf dem Brustteil: den roten Ball, der von einem Pfeil durchbohrt wurde.

Andere waren nackt oder in minderwertige Plastikumhänge gehüllt, die in der Taille von einem schmucklosen Gurt zusammengeschnürt waren.

Alle aber wirkten sie, als hätten sie seit Tagen weder richtig gegessen noch geschlafen. Die geschlitzten Augen in den breiten Gesichtern glühten im Feuer des Fanatismus. Die Mähnen waren ungepflegt und verklumpt. Schmutz und Blut hatten ihre Kleidung oder die nackten Körper mit einer Kruste überzogen.

Die Zeit der Versklavung hatte ihre Zeichen hinterlassen, aber den Stolz hatte sie nicht brechen können.

Der Freihändler nahm mit spitzen Fingern eine Prise Schnupftabak. Sein Niesen ließ einige Gurrads heftig zusammenzucken. Flüche wurden laut. Drohend erhobene Hände wurden geschüttelt.

Lächelnd tänzelte Roi Danton auf einen besonders hochgewachsenen Gurrad zu. Sein geschulter Blick und seine natürliche Begabung hatten in ihm sofort einen Mann erkannt, auf den die anderen hören würden.

Er hielt ihm die geöffnete Dose hin.

Mißtrauisch beäugte der Gurrad den Inhalt.

Roi schüttete sich Tabak auf den Handrücken und zog ihn tief in die Nasenlöcher ein.

Wieder nieste er.

Diesmal erschollen keine Flüche mehr. Einige Gurrads lachten sogar.

Der Hochgewachsene hielt Roi seinen Handrücken hin und deutete auf die Schnupftabaksdose.

Der Freihändler bediente ihn mit einer Prise, die der Gurrad sich sogleich zu Gemüte führte.

Plötzlich verzog sich das Löwengesicht zu einer Grimasse. Der Gurrad wurde von einem Lachanfall geschüttelt. Zwischendurch nieste er schallend.

Nun griffen immer mehr Hände zu.

Die Schnupftabaksdose wurde Roi entrissen und herumgereicht. Fast leer kam sie wieder zu ihm zurück.

Plötzlich ergriffen einige der Guerillakämpfer den Freihändler, warfen ihn in die Luft und fingen ihn mit ihren Armen wieder auf. Dröhnendes Gelächter erscholl, als der Rest des Schnupftabaks sich gleich einer Wolke über die Gurrads herabsenkte.

Perry Rhodan atmete erleichtert auf.

Dieser raffinierte Gauner hatte die Situation gerettet.

Er blickte sich um.

Die Raumsoldaten des zurückgenommenen linken Flügels hatten unterdessen den Mittelabschnitt und die rechte Flanke verstärkt. Neben dem Mittelabschnitt gingen schätzungsweise fünftausend Gurrads gegen die Robottruppen der Perlians vor. Sie wüteten wie wilde Teufel unter den Kampfmaschinen, und ihre Übermacht und ihre Furchtlosigkeit rissen die terranischen Soldaten mit, so daß sie ihre Befehle vergaßen und schreiend neben den Gurrads vorstürmten.

Perry Rhodan lächelte.

Schon wollte er von dem Panzer herabsteigen und einen zweiten Versuch mit dem Translator unternehmen, da drang urplötzlich nervenzermürbendes Tosen vom Himmel.

Rhodan hielt sich am Turm des Panzers fest und blickte nach oben.

Was er sah, war dazu angetan, daß Blut in den Adern gefrieren zu lassen.

Fünf riesige Birnenraumschiffe senkten sich mit flammenden Triebwerken auf den nahen Nothafen herab – und aus ihren Geschütztürmen brandete heftiges Energiefeuer gegen den HÜ-Schirm der KC-31 . . .

# 6.

Major Tschai Kulu war fassunglos.

Soeben noch hatte er die Meldung des Großadministrators empfangen, daß sich zwischen Terranern und Gurrads eine Verständigung anbahne – und nun machten die Kommandanten der fünf Guerillaschiffe alle Bemühungen schlagartig zunichte.

Innerlich beglückwünschte er sich nur dazu, daß er sofort nach Ortung der Birnenschiffe den Befehl erteilt hatte, den Hochenergie-Überladungsschirm der Korvette zu aktivieren. Es war eine reine Vorsichtsmaßnahme gewesen, mehr eine Angewohnheit des erfahrenen Flottenoffiziers, unter allen Umständen die Sicherheit des Schiffes zu gewährleisten. Sie hatte der Besatzung das Leben gerettet und dem Kommandotrupp unter Rhodans Führung die Rückkehrmöglichkeit erhalten.

Wohl zum zehntenmal seit dem Feuerüberfall drang der Feuerleitoffizier in ihn, doch endlich den Feuerbefehl zu geben und den Angriff der Birnenschiffe zurückzuschlagen.

»Nein!« sagte Tschai Kulu bestimmt.

Dieses »Nein« ließ keinen Widerspruch zu. Die Besatzung der KC-31 war daran gewöhnt, auf knappste Anweisungen und Befehle zu reagieren, denn ein Wort zählte bei Major Kulu mehr als bei anderen Menschen zehn Worte.

»Senden Sie die vorbereiteten Bildprojektionen auf der Guerillawelle!« befahl der Major seinem Funkoffizier. »Und rufen Sie die Kommandanten der Birnenraumer gleichzeitig unter Kopplung des Translators an.«

Er legte die Rechte auf den Notstarthebel.

Ein schneller Start wäre die einzige Möglichkeit gewesen, dem grauenhaften Feuerhagel der Guerillaschiffe zu entkommen. Aber dafür lag kein Befehl von Rhodan vor. Folglich harrte Tschai Kulu unbeirrt aus.

Er sah nun auf die Bildschirme der Panoramagalerie.

Sie zeigten scheinbar das Innere einer Sonne. Ringsum mußte der

Platzbelag längst verdampft sein. Wahrscheinlich stand die Korvette auf einem erhöhten Plateau, einer Insel mitten in einem Meer zerschmolzenen Gesteins und Metalls.

Kulu wunderte sich, daß die Gurrads keine Kernraketen gegen sein Schiff einsetzten. Anscheinend waren sie dafür in zu großer Nähe gelandet.

Er überzeugte sich davon, indem er das Bild der Hyperortung auf seinen Übertragungsschirm legen ließ. Nur mit diesem auf fünfdimensionaler Basis arbeitenden Gerät war noch eine Außenerfassung möglich. Alles andere versagte.

Seine Vermutung wurde bestätigt.

Die birnenförmigen Raumschiffe der Guerillaflotte standen in Entfernungen von fünfhundert bis tausendfünfhundert Metern. Ein Teil ihrer Geschütze legte Sperrfeuer zwischen die Robottruppen der Perlians und die ausgebrochenen Gefangenen.

Mit verkniffenem Gesicht stellte der Major fest, daß sich die Gurrads aus der Kampfzone zurückzogen und auf den Landeplatz ihrer Raumschiffe zuliefen.

Dadurch wurde der linke Flügel des terranischen Landekommandos überraschend entblößt. Sofort stießen Roboter nach. Schwere Fahrzeuge mit Impulskanonen und Raketenbatterien gingen in Stellung.

Tschai Kulu wunderte sich, daß die eigenen Panzer diesen gefährlichen Aufmarsch feindlicher fahrbarer Geschütze nicht zerschlugen – bis er erkannte, daß es nur noch einen eigenen Panzer gab, und der stand in hellen Flammen.

Er atmete auf, als er sah, daß die eigenen Soldaten sich überhastet vom Gegner absetzten. Mit Hilfe ihrer flugfähigen Kampfanzüge flogen sie so schnell zurück, daß ihnen die Kampfroboter erst Minuten später folgten.

Rhodans Stellung beim Turm mußte inzwischen unhaltbar geworden sein.

*Warum nur gab er nicht endlich den Befehl zum endgültigen Rückzug?*

*Warum befahl er ihm nicht, mit der KC-31 zu starten und den Kommandotrupp abzuholen?*

Der Major bekam plötzlich Angst um Perry Rhodan.

Wenn ihm etwas zugestoßen war, so überlegte er, dann konnte er ihm keine Befehle mehr erteilen. Kulu entschloß sich, ohne ausdrückliche Weisung zu starten und den Kommandotrupp aufzunehmen.

Aber bevor er die entsprechenden Befehle geben konnte, geschah etwas anderes.

Gigantische Wolken schoben sich plötzlich vor die Sonne. Schlagartig lag das gesamte Areal des Raumhafens in ungewissem Dämmerlicht. Die Wolken am Himmel flimmerten in einem seltsamen, blaugrünen Farbton.

Tschai Kulu duckte sich unwillkürlich.

Diese blaugrün schimmernden Wolken erschienen ihm wie eine dämonische Drohung. Er konnte den Blick nicht von der Naturerscheinung wenden.

*Aber war es eine Naturerscheinung?*

»Was . . . ist . . . das?« flüsterte der Erste Offizier.

»Der Planet löst sich auf!« schrie der Feuerleitoffizier schrill. »Wir fallen!«

Aus den Lautsprechern der Rundrufanlage erscholl gepreßtes Stöhnen.

Major Kulu bemerkte nicht, daß es sein eigenes Stöhnen war, daß er selbst die Rundrufanlage eingeschaltet hatte.

»Wir verbrennen!« schrie der Feuerleitoffizier.

*Starten!* dachte Tschai Kulu. *Notstart, bevor es zu spät ist!*

Seine Rechte fiel schwer auf den Notstarthebel.

Die Impulstriebwerke im Ringwulst des Kugelschiffes brüllten auf. Die Männer der Besatzung wurden hart in die Kontursitze zurückgeworfen, als die Andruckabsorber wie üblich den tausendsten Teil einer Sekunde hinter der Freigabe der Beschleunigungskräfte herhinkten.

Im nächsten Augenblick stieß die KC-31 schon aus der Atmosphäre von Modula II hinaus und raste in den freien Raum . . .

»Untersuchungen sofort einstellen!« befahl Perry Rhodan. »Jeder Mann schlägt sich schnellstens zur Korvette durch!«

Die Lage war unhaltbar geworden.

Der Kommandotrupp hatte seine Panzerunterstützung verloren. Die Gurrads strömten unaufhaltsam zurück. Es konnte nicht mehr lange dauern, bis der Gegner begriff, in welchem Ausmaß sich die Lage zu seinen Gunsten geändert hatte. Dann würde er mit aller

Kraft gegen den Notraumhafen vorstoßen und versuchen, die Flüchtenden von ihren Raumschiffen abzuschneiden.

Fünf Männer standen außer ihm noch auf der Plattform des Turmes.

Der Panzer, auf dem er zur Begegnung mit den Gurrads gefahren war, lag brennend auf dem Schlachtfeld.

Aber die Männer des eigentlichen Kommandotrupps lebten wie durch ein Wunder alle noch. Viele waren verwundet worden, aber nicht so schwer, als daß sie nicht mit eigener Kraft zum Schiff hätten zurückfliegen können.

»Sie kommen!« sagte eine rauhe Stimme.

Perry Rhodan drehte sich zu dem Sprecher um.

Es war Captain Ark Huron. Sein Kampfanzug trug die Spuren des erbitterten Gefechts, das Gesicht war geschwärzt, verkrustetes Blut zog sich streifenförmig von Ohren und Nasenlöchern nach unten. Aber der Captain grinste Perry zuversichtlich an.

Rhodan nickte ihm ernst zu. Er kniete nieder und zielte mit einer erbeuteten Bazooka auf den ersten der feindlichen Raketenpanzer, der aus dem Staub und Qualm des Kampffeldes hervorbrach.

Die Rakete verließ das Rohr mit dumpfem »Wuuff«. Eine Rauchspur führte in gerader Linie von der Turmplattform zu dem Raketenpanzer, der eine Sekunde später auseinanderbarst.

Auch Ark Huron schoß mit einer Bazooka.

Noch ein Raketenpanzer explodierte.

Dann hatte der Gegner erkannt, woher das Abwehrfeuer kam. Gewöhnliche Splitterraketen explodierten über dem Turm. Anscheinend legten die Perlians großen Wert darauf, den wichtigen Energieturm zu erhalten.

»Hiergeblieben!« brüllte Captain Huron zwei Soldaten an, die sich durch die Plattformluke davonstehlen wollten.

Zögernd kehrten die Männer an ihre Plätze zurück. Sie zuckten zusammen, wenn es über ihnen krachte und sich ein Regen scharfkantiger Splitter über die Plattform ergoß. Aber die Individualschutzschirme hielten die tödliche Gefahr ab.

Dennoch würden sie sich nicht mehr lange halten können.

Perry Rhodan erkannte es, als eine Kette feindlicher Robotflugkörper den Turm anflog und aus Impulsgeschützen ein mörderisches Feuer eröffnete.

Die Umrandung der Plattform wurde förmlich abrasiert.

Huron und ein Soldat schossen je einen Flugkörper mit ihren Bazookas ab. Aber immer mehr tauchten auf.

Endlich kam die erlösende Meldung vom Leiter des Spezialistenteams.

Der Energieturm war geräumt.

»Absetzen!« befahl Rhodan.

Als letzter verließ er die Plattform. Er steuerte mit seinem Fluganzug die Korvette an, mußte aber bald einsehen, daß er so nur das Feuer der gegnerischen Robotflugkörper auf sich zog. Deshalb folgte er dem Beispiel der anderen und ließ sich rasch auf den Boden absinken.

Er landete inmitten einer Menge Gurrads, die blindlings auf ihre Raumschiffe zurannten, und ließ sich von dieser Woge aus Tausenden von Leibern mitschwemmen.

Als die blaugrün schimmernden Wolken am Himmel über Modula II auftauchten, war Rhodan noch mindestens zwei Kilometer von der Korvette entfernt.

Er wußte sofort, was diese furchteinflößende Erscheinung zu bedeuten hatte.

Anscheinend führte der Gegner mit Hilfe von Antigravfeldern von allen Teilen des Planeten staubförmige Kristallmassen heran.

Jetzt, da durch die Kämpfe ein Großteil der Anti-Modulationsprojektoren ausgefallen war, würden die hypnosuggestiven Befehlsimpulse der Kristalle keiner Beeinträchtigung mehr unterliegen.

Perry Rhodan erwartete die charakteristischen hypnosuggestiven Impulse.

Aber noch spürte er nichts.

Dafür sah er plötzlich ein glutumwabertes Phantom in den Himmel rasen.

Die KC-31!

*Aus!* dachte er. *Jetzt haben sie uns!*

Starke Arme griffen aus der Menge der Gurrads nach ihm und hoben ihn über die dampfenden Leiber der Löwenköpfe hinweg.

Perry Rhodan blickte in Kasoms grinsendes Gesicht.

»Endlich!« stöhnte der Ertruser. »Ich habe Sie gesucht wie eine Stecknadel im Heuhaufen!«

Verwirrt blickte Rhodan um sich. Überall waren die mähnengezierten Köpfe der Gurrads. Tausende von Füßen trampelten über den harten Bodenbelag. Es roch nach Schweiß, Blut und Staub.

»Spüren Sie es auch, Kasom?« fragte er. »Spüren Sie die Befehle der Kristalle?«

»Es kommen starke Suggestivimpulse durch, die jedes nicht immunisierte Gehirn in Angst und Schrecken versetzen. Dies dürfte auch der Grund dafür sein, daß Tschai Kulu panikartig mit der KC-31 gestartet ist. Aber die Hauptbotschaft der Impulse ist, daß jeder Widerstand eingestellt werden soll und daß man sich den Generälen zu ergeben hat.«

Kasom schnaufte zornig und fuhr fort:

»Das könnte denen so passen. Aber sie haben anscheinend nicht mit den psychischen Auswirkungen einer Massenpanik gerechnet. Keiner von den Löwenköpfen ist imstande, an etwas anderes als an seine Raumschiffe zu denken. Sie rasen blind drauflos und erfassen die Hypnobefehle wahrscheinlich nicht einmal. Ihre Gehirne sind durch einen Schock blockiert, Sir.«

»Sehr interessant«, entgegnete Rhodan in dem vergeblichen Versuch, zu scherzen. »Ich frage mich nur, warum die Birnenraumer nicht auch gestartet sind. Sie müssen doch die entsprechenden Impulse genauso gut empfangen haben wie Major Kulu.«

Der Ertruser zuckte die mächtigen Schultern. Rhodan mußte sich krampfhaft festhalten, um nicht abgeworfen zu werden.

Er blickte nach oben, als er das typische Heulen der Robotflugkörper vernahm. Am Himmel wimmelte es plötzlich von diesen kleinen, wendigen Fahrzeugen. Doch eigenartigerweise griffen sie nicht an.

*Sie wollen uns lebend!* durchzuckte es Rhodan.

Dort, wo die Birnenraumschiffe stehen mußten, ertönten dumpfe Explosionen. Raketenbomben rasten schrill pfeifend vom Himmel.

»Beeilen Sie sich, Kasom!« rief Rhodan. »Man bombardiert unsere einzigen Fluchtmöglichkeiten!«

Aber Melbar Kasom konnte unmöglich schneller vorankommen als die Masse der Fliehenden. Gegen dieses gigantische Meer von Leibern waren auch seine übermenschlichen Kräfte nutzlos.

Endlich war das erste Schiff erreicht.

Auch die fliehenden Gurrads erkannten, daß ihre Zeit nur noch knapp bemessen war, daß in wenigen Minuten vielleicht keines ihrer Schiffe mehr starten konnte. Aus einem schlugen bereits Flammen. Dann kippte es und prallte mit Donnergetöse auf den Boden.

Sämtliche Gurrads drängten auf die Ladeluken des vordersten Birnenraumschiffes zu. Wer fiel, wurde niedergetrampelt. Die anderen stürmten darüber hinweg.

Links und rechts waren plötzlich Schottbegrenzungen. Eine Kante riß Rhodans linken Ärmel auf. Ein brennendheißer Schmerz fuhr durch den Arm. Er biß die Zähne zusammen.

Der Strom der Leiber ergoß sich eine schräge Rampe abwärts. Die Gurrads brüllten und tobten. Kasom stürzte, raffte sich wieder auf und zog Rhodan aus einem Knäuel ineinander verschlungener Arme und Beine.

Es war die Hölle.

Irgendwo krachten Schotte. Eine Alarmpfeife wimmerte. Kraftwerksreaktoren liefen donnernd an.

Dumpfe Explosionen erschütterten den Laderaum, in dem Rhodan, Kasom und etwa tausend Gurrads Zuflucht gefunden hatten. Der Boden neigte sich, und die Männer schrien und stöhnten.

Gleich einer Traumerscheinung tauchte vor Rhodans Augen das verschwitzte Gesicht Roi Dantons auf, dann raubten ihm durchkommende Beschleunigungskräfte das Bewußtsein.

Lordadmiral Atlan vernahm mit maskenhaft starrem Gesicht die Botschaft des Freundes.

Über Hyperkom teilte Perry Rhodan mit, daß er sich zusammen mit seinen Männern – oder zumindest einem großen Teil des Kommandotrupps – und etwa tausend Gurrads in dem großen Laderaum eines Birnenraumschiffes befand und daß ein Befreiungsversuch augenblicklich sinnlos sei.

Die Ortungszentrale der CREST IV versuchte seit dem Beginn der Hyperkomübertragung, ein einzelnes Birnenraumschiff auszumachen, das soeben aus der Atmosphäre von Modula II entkommen war. Jedenfalls hatte Perry Rhodan gesagt, er sei nach dem Verlassen der Atmosphäre aus einer kurzen Bewußtlosigkeit erwacht und hätte sofort die CREST IV angerufen.

Doch es gab kein einzelnes Raumschiff über Modula II mehr. Die birnenförmigen Raumer, die die Kämpfe überstanden hatten, formierten sich über dem Planeten zu einem lockeren Pulk und nahmen dabei Fahrt auf.

Der Melder des Hyperkoms schnarrte.

Geistesabwesend drückte der Arkonide die Schaltleiste nieder. Auf dem Bildschirm erschien das Gesicht von Rasto Hims, dem Kommandanten der FRANCIS DRAKE.

»Was wollen wir tun, Lordadmiral?« fragte Hims. »Ich habe den Hyperkomspruch Rhodans auch empfangen. Demnach befindet sich Roi Danton ebenfalls in dem bewußten Birnenschiff.«

»Warten Sie noch, Edelmann Hims«, erwiderte Atlan ruhig. »Wenn Sie mitgehört haben, kennen Sie auch den Befehl des Großadministrators, vorläufig keinen Befreiungsversuch zu unternehmen.«

Damit schaltete er ab.

Zehn Minuten später kam ein neuer Hyperkomspruch durch.

»Befehl an General Kastori!« schallte Perry Rhodans Stimme unter krachenden Störgeräuschen aus dem Hyperfunkempfänger. »Blockieren Sie das gesamte System und vor allem Modula II. Kein einziger Kristallagent darf die Atmosphäre dieses Planeten verlassen!«

Er legte eine Pause ein, in der der Arkonide deutlich das keuchende Atmen der Gurrads vernahm, die mit dem Freund zusammen im Lagerraum eines Birnenschiffes eingepfercht waren.

»An Atlan und Edelmann Hims!« kam Rhodans Stimme wieder, diesmal bedeutend leiser. »Roi Danton und ich werden versuchen, uns mit den Gurrads zu verständigen und eventuell ein Bündnis mit ihnen zu schließen. Ich habe keine Ahnung, in welchem Schiff wir uns befinden. Verfolgen Sie alle Guerillaschiffe, die das Modula-System verlassen. Ende!«

»Darauf kannst du dich verlassen!« sagte Atlan voller Ingrimm.

# 7.

Das hell erleuchtete Hangarschott nahm sich auf dem Frontschirm der Korvette wie der von glutflüssigem Magma erfüllte Schlund eines Vulkans aus.

Auf Major Tschai Kulus schweißglänzendem schwarzem Gesicht spiegelten sich die zuckenden Lichter von zahlreichen Kontrollinstrumenten. Gespenstisch stach das Weiß der weit aufgerissenen Augen davon ab.

Major Tschai Kulus Geist befand sich auf der verwaschenen Grenze zwischen hypnosuggestivem Trancezustand und klarer Urteilskraft.

Die schlanken Finger des Majors zuckten unruhig auf den Sessellehnen. Der Blick wanderte nervös zwischen den Manuellkontrollen und dem Frontschirm hin und her. Das rechte Augenlid zuckte krampfhaft.

Ein unterdrücktes Stöhnen kam rauh aus seiner Kehle.

Er begriff noch nicht, was er sah.

Irgendwann war er mit der KC-31, dem Flaggschiff seiner Dritten Beibootflottille, gestartet.

*Aber warum?*

Tschai Kulu versuchte fieberhaft, die von geistigem Zwang, von Angst und Panik versperrten Kammern seines Gedächtnisses zu öffnen.

*Warum war er gestartet?*

*Und was hatte er eigentlich auf dem Planeten Modula II zu suchen gehabt?*

Irgend etwas war dort gewesen, weswegen er hingeflogen war. Und irgend etwas hatte ihn bewogen, in panischer Hast zu starten.

Alle diese Gedanken fuhren innerhalb eines Sekundenbruchteils durch Kulus gemartertes Gehirn.

Er starrte voller Entsetzen auf die ständig anwachsende Öffnung, in der anscheinend glutflüssiges Magma brodelte.

Eine Warnpfeife begann zu schrillen.

Im Unterbewußtsein horchte Tschai Kulu auf das dumpfe Tosen der Triebwerksaggregate, spürte sein ganzer Körper das kraftvolle Vibrieren entfesselter Gewalten, drängte sich die Erkenntnis in seinen Geist, daß er zur Beherrschung jener Gewalten bestimmt war, die um ihn tobten und drohten, sein Schiff in diesen flammenspeienden Abgrund der Hölle zu zerren.

Er schüttelte den mächtigen Schädel, als wollte er dadurch die Klammer beseitigen, die seinen Geist umspannte, ihn lähmte und ihn daran hinderte, seinen Pflichten als Kommandant des Beibootes nachzukommen.

Irgendwo in ihm brach eine immaterielle Barriere.

Tschai Kulu stieß einen Schrei aus und warf sich nach vorn. Seine Finger glitten über die Tastatur des Schaltpultes, die Faust fuhr auf einen roten Hebel herab.

Das Tosen der Triebwerksaggregate wurde dumpfer, unregelmäßiger, und endlich erstarb es mit einem röchelnden Ton, der die Vorstellung eines sterbenden Urweltungeheuers weckte.

Gleichzeitig damit brach das Schrillen der Warnpfeife ab.

Die KC-31 schien einen gewaltigen Satz nach vorn zu machen – mitten hinein in den gluterfüllten Krater des Vulkans . . .

Und jählings wandelte sich das Bild auf dem Frontschirm und auf allen anderen Schirmen der Panoramagalerie. Die Magmaglut wurde zum beruhigenden Schein riesiger rechteckiger Leuchtflächen; das unablässige rote Zucken verwandelte sich in stetig strahlendes Grün.

Sekundenlang regte sich der Major nicht, während rings um ihn scharfe Atemzüge hörbar wurden, während undeutliches Gestammel über blasse Lippen kam.

Dann bäumte sich der muskulöse Körper wie unter einem elektrischen Schlag auf.

Gleich einer Sturzflut brach die freigegebene Erinnerung über Kulus Geist herein, ließ seine Augen in hellem Entsetzen irrlichtern und seine Hände konvulsivisch zucken. Das ebenholzschwarze Gesicht wurde grau.

Während er noch darum rang, das Unbegreifliche zu begreifen, krachte plötzlich eine vertraute Stimme aus den Lautsprechern des Telekoms.

Atlans Stimme!

»Lordadmiral Atlan an die Besatzung der KC-31! Bleiben Sie auf Ihren Plätzen. In wenigen Minuten erscheint ein Ärzteteam bei

Ihnen. Major Kulu! Wenn Sie in der Lage sind, meine Worte zu verstehen und Ihre Lage zu begreifen, dann öffnen Sie sofort die Schotte der Bodenschleusen!«

Die völlig sachlich und nüchtern ausgesprochenen Worte des Arkoniden brachten den Major wieder zur Besinnung. Seine Hände bewegten sich automatenhaft, schalteten den Sendebereich der Telekomanlage dazu und aktivierten den Bildteil. Das Gesicht Atlans erschien auf dem Bildschirm. Tschai Kulu wußte, daß der Lordadmiral ihn nun ebenfalls sehen konnte.

»Sir!« sagte er mit rauher, aber beherrschter Stimme. »Major Kulu meldet sich mit Beiboot KC-31 und vollzähliger Besatzung von Sondereinsatz auf Modula II zurück. Das Einsatzkommando mit dem Großadministrator und Roi Danton blieb durch meine Schuld auf dem Planeten zurück. Ich bin bereit, die Folgen meines unverzeihlichen Versagens auf mich zu nehmen.«

Um die Lippen des Arkoniden zuckte es wie von einem mühsam zurückgehaltenen Lächeln. Doch Atlans Stimme klang streng, als er entgegnete:

»Unterlassen Sie alle derartigen Schuldbeteuerungen, Major! Sie wissen ebensogut wie ich, daß Ihre Handlungen unter geistigem Zwang erfolgten und nicht von Ihnen zu verantworten sind. Öffnen Sie die Schotte der Bodenschleusen, und bleiben Sie in der Zentrale, bis Sie anderslautende Befehle von mir erhalten. Ende!«

»Ja, Sir!« sagte Tschai Kulu erleichtert.

Aber er sprach gegen einen verlöschenden Bildschirm und in ein Mikrophon, das seine Worte nicht mehr in den Empfänger des Gegengeräts vermitteln konnte.

Atlan hatte abgeschaltet.

Major Kulu betätigte die Schottriegelungen für die Bodenschleusen.

Kurz darauf ergossen sich die metallen schimmernden Gestalten der Medo-Roboter in die Sektionen der Korvette. Hochdruck-Injektionsdüsen zischten, und Ärzte in blütenweißen Kombinationen sprachen beruhigend auf die Männer ein.

An dem Bild auf dem Übertragungsschirmen der Hyperortung erkannte Tschai Kulu, daß die CREST IV sich unterdessen weit von dem Planeten Modula II entfernt hatte. Der Modulationsplanet der

Perlians schwamm nur als verwaschener grüner Ortungsreflex in der Schwärze des Bildschirms.

Aber in dieser Schwärze blitzte es plötzlich an vielen Stellen zugleich auf. Es erschien dem Auge des Beobachters, als stießen Hunderte von glühenden Nadelspitzen von hinten durch den Bildschirm.

Doch der erfahrene Flottenoffizier kannte das Phänomen zu genau, als daß er sich auch nur für eine Sekunde hätte davon täuschen lassen.

Ein großer Flottenverband schoß schweres und schwerstes Sperrfeuer gegen den Planeten!

Lordadmiral Atlan wandte sich bedächtig um, als der Major sich verhalten räusperte.

Atlan streckte die Hand aus.

Das mit plastisch hervortretenden Stammesnarben bedeckte Gesicht des Afroterraners verzog sich zu einem Lächeln der Erleichterung. Er nahm die Hand des Arkoniden und drückte sie so heftig, daß Atlan gepreßt aufstöhnte.

»Mann, ich brauche sie noch«, flüsterte er.

»Verzeihung, Lordadmiral!«

Atlan winkte ab. Verstohlen seine Hand reibend, sagte er:

»Ich freue mich, Sie gesund vor mir zu sehen, Major. Modula II muß die Hölle für Sie und Ihre Leute gewesen sein. Bitte, berichten Sie in Stichworten. Einen ausführlichen Einsatzbericht fertigen Sie später an. Jetzt habe ich nicht viel Zeit.«

Er deutete auf den Hyperortungsschirm über seinem Platz.

»Der 82. GSV unter General Kastori blockiert Modula II und vernichtet Tausende modulierter Kristallklumpen und -wolken, die von den Perlians ausgesandt werden. Außerdem dürfen wir den Kontakt zu den geflohenen dreihundert Birnenraumern der Gurrads nicht verlieren. In einem der Schiffe befinden sich der Großadministrator und sein Kommandotrupp.«

Innerlich atmete Tschai Kulu auf.

Konzentriert berichtete der Offizier. Er sprach kein überflüssiges Wort. Nicht unbegründet nannte man ihn an Bord der CREST IV den »großen Schweiger«.

Während er berichtete, bemerkte Kulu, daß die CREST IV mit steigender Beschleunigung in den freien Weltraum hinausjagte. Auf einem der Hyperortungsschirme war die Riesenkugel der FRANCIS

DRAKE zu erkennen, andere Schirme zeigten die davonrasenden Birnenschiffe der Gurrads, und wieder andere holten das Reflexbild des Planeten Modula II fast wirklichkeitsgetreu heran. Außerhalb der Atmosphäre tobte eine Hölle entfesselter Atomgewalten. Der 82. GSV schoß unaufhörlich Transformsalven gegen die aufsteigenden Kristallballungen ab. Kulu konnte sich gut vorstellen, wie die programmierten Kristalle mit höchster Leistung ihre hypnosuggestiven Schwingungen ausstrahlten.

Für kurze Zeit geriet eines der Ultraschlachtschiffe des 82. GSV in den Erfassungsbereich der Hyperortung und wurde durch die Sektorvergrößerung auf eine scheinbare Distanz von nur einem Kilometer herangeholt.

Die gigantische Kugel erschien dem Major wie ein feuerspeiendes Ungeheuer. Sie bewegte sich mit stoßartig arbeitenden Impulstriebwerken blitzartig hin und her, wobei sie sich im Salventakt der überschweren Energiegeschütze schüttelte.

Im nächsten Augenblick blendete die Erfassung auf einige Kristallballungen um, die geisterhaft aus der Wasserdampfatmosphäre des Programmierungsplaneten stiegen.

Eine Salve Transformgeschosse füllte den Übertragungsschirm aus. Es war, als blicke man auf die turbulente Oberfläche einer Sonne. Als das ultrahelle, unerträgliche Leuchten verblaßte, war von den Kristallballungen nichts mehr zu sehen.

»Das wäre das Wesentliche, Lordadmiral«, beendete Tschai Kulu seinen Bericht.

Der Arkonide nickte. Sein Gesicht zeigte keinerlei Regungen.

»Ich danke Ihnen, Major. Sie begeben sich bitte sofort in die Bordklinik. Ihre Männer sind bereits eingeliefert worden. Zwar glaube ich nicht, daß sich bei Ihnen noch Nachwirkungen der Suggestivangriffe zeigen werden, aber ich will kein Risiko eingehen.«

Um die rötlich schimmernden Augen zuckte es leicht.

»Außerdem brauchen Sie dringend eine Konditionsauffrischung. Wer weiß, wann ich Sie wieder einsetzen muß.«

Major Kulu wollte widersprechen, wollte sagen, daß er sich absolut gesund und frisch fühlte. Doch er wußte, daß er Atlan damit nicht von seinem Entschluß abbringen konnte. Der USO-Chef sorgte immer dafür, daß die Kondition seiner Untergebenen auf dem maximal erreichbaren Stand blieb.

So bestätigte er nur knapp den Befehl, salutierte und ging.

Atlan sah ihm eine Weile sinnend nach, dann lächelte er befriedigt und begab sich wieder zu dem Bildschirm, der die Birnenraumschiffe der Guerillas zeigte.

Sofort umwölkte sich seine Stirn.

Wie sollte er rund dreihundert Raumschiffe mit nur zwei Einheiten auf die Dauer verfolgen?

Was tat er, wenn sich die Flotte der Gurrads in einzelne Verbände aufteilte?

Er schaltete den Interkom ein.

»Geben Sie mir eine Hyperkomverbindung mit General Kastori!« befahl er dem diensthabenden Cheffunker.

Kurz darauf kam der Kontakt zustande. Atlan bat um die Abstellung von zwanzig Schlachtkreuzern, die gemeinsam mit der CREST und der FRANCIS DRAKE die Verfolgung der Gurradschiffe aufnehmen sollten. Gleichzeitig gab er General Kastori die Anweisung, ein Kurierschiff in die Milchstraße zu entsenden, um Reginald Bull von den Ereignissen in Magellan zu informieren. Außerdem sollte der Kurier den 14. Flottenverband der USO unter dem Kommando von Con Bayth verständigen und beauftragen, sofort nach Magellan zu fliegen und die terranischen Einheiten hier zu verstärken.

Kastori bestätigte und schaltete ab.

Atlan wandte sich an Oberst Merlin Akran.

»Die Raumschiffe der Gurrads hatten wir anscheinend völlig falsch eingeschätzt. Ich möchte nur wissen, wie die Guerillas aus alten, rostzerfressenen Kähnen Hunderte von schnellen, raumtüchtigen Kampfschiffen machen konnten, mit einem Beschleunigungsvermögen von mindestens vierhundert Kilometern pro Sekundenquadrat.«

»Sie müssen befähigte Techniker und geheime Werftplaneten besitzen«, erwiderte Kommandant Akran nachdenklich. »Wissen Sie, was ich befürchte, Sir? Wenn das Beschleunigungsvermögen der Guerillaschiffe um soviel besser ist als das der Kristalltransporter, dann sind es die Transitionstriebwerke bestimmt auch. Wir werden Mühe haben, uns nicht abschütteln zu lassen.«

Atlan lächelte.

»Warum wohl, glauben Sie, habe ich die zwanzig Schlachtkreuzer angefordert, Oberst? Als ich feststellte, wie schnell die Birnenraumer sind, wußte ich sofort, daß die CREST IV und die FRANCIS DRAKE allein nicht ausreichen würden.«

Er musterte die Anzeigeschirme der Strukturtaster.

Der Strukturtaster war ein Ortungsgerät, das die Terraner zu Beginn ihres Vorstoßes in die Galaxis schon von den Arkoniden, seinen Stammvätern, übernommen hatten. Er selbst kannte es zehntausend Jahre vor diesem längst Geschichte gewordenen Ereignis. Mit Hilfe der auf Hyperwellenbasis arbeitenden Geräte konnten sowohl die genauen Positionen der Ent- als auch der Rematerialisation transitierender »Sprungschiffe« angemessen werden. Es gab Strukturkompensatoren, die die Raumgefügeerschütterungen bei Transitionen dämpften und nicht mehr anmeßbar machten – aber zweifellos verfügten die Gurrads nicht über derartige Einrichtungen.

Sie würden sich daran gewöhnen müssen, daß man sich Terranern nicht durch eine schnelle Transition entziehen konnte.

»Zwanzig Schlachtkreuzer aus dem Linearraum aufgetaucht. Schließen zu Alpha und Beta auf!« erscholl es aus dem Interkomlautsprecher vor Atlan.

Alpha und Beta waren die Decknamen für die CREST IV und die FRANCIS DRAKE. Der Arkonide hatte nach Rhodans Abflug Befehl gegeben, nur noch diese Tarnbezeichnungen zu verwenden. Es bestand kein unmittelbarer Anlaß dafür, sondern war nur eine Routinemaßnahme des USO-Chefs, dessen Organisation nicht nur über eine machtvolle Flotte verfügte, sondern vor allen Dingen Hunderttausende von Geheimagenten und Kommandogruppen besaß, die überall da eingriffen, wo die Galaktische Abwehr des Imperiums wegen Personalmangels oder fehlender Spezialisten nichts tun konnte.

»Soeben haben wir die äußere Grenze des Modula-Systems hinter uns gelassen«, meldete Oberst Akran.

Atlan nickte.

Er verfolgte auf den Übertragungsschirmen der Hyperortung, wie sein Verband, der nunmehr aus zweiundzwanzig Raumschiffen bestand, rasch aufholte.

Genaue Meßergebnisse über die Ausmaße der Guerillaschiffe kamen durch.

Die größten Birnenraumer hatten eine Länge von elfhundert Metern und am gewölbten Heck einen Durchmesser von sechshundert Metern. Das waren beachtliche Werte, selbst für einen Mann, der an Superlative gewöhnt war.

Er zuckte zusammen, als die auf seinem Pult installierte Hyperkomnebenstelle ein beharrliches Summen von sich gab.

Auf diesen Augenblick hatte er die ganze Zeit über gewartet!

Er drückte die Schaltleiste nieder und zwang seine Erregung zurück ins Unterbewußtsein.

Auf dem Schirm der Bildübertragung wogten undeutliche Schemen. Dann tauchte ein schweißüberströmtes, verzerrtes Gesicht auf.

Roi Danton!

Atlan sah das Gesicht des Freihändlers nur undeutlich, aber er erkannte doch die Strapazen, die Erschöpfung und die Zeichen der Ungewißheit, die sich darin eingegraben hatten.

»Roi Danton an CREST IV!« drang die Stimme aus dem Empfangsteil, überlagert von unerklärlichen Störungen. »Ich rufe Lordadmiral Atlan!«

»Hier spricht Atlan. Ich höre Sie, Danton. Wie geht es Ihnen und Perry Rhodan?«

Ein heiseres Lachen antwortete.

Dann kam wieder Roi Dantons Stimme durch.

»Früher ging es uns gut, heute geht es uns besser. Aber ich glaube, es wäre besser, es ginge uns wieder gut.«

»Unterlassen Sie Ihre albernen Spottverse!« herrschte ihn der Arkonide an. »Ich brauche Fakten!«

»Ich auch, Sire!«

Die Stimme wurde ernst, ja, fast sogar bedrückt.

»Wir leben und sind gesund – vorerst jedenfalls noch. Aber ich sehe schwere Mißverständnisse und Gefahren auf uns zukommen. Bleiben Sie dran, Sire, und beten Sie!«

»Können Sie nicht etwas konkreter werden?« fragte Atlan ungeduldig.

Aber die Verbindung war bereits wieder unterbrochen.

# 8.

»Passen Sie doch auf, Sie Trottel!« schimpfte Captain Huron.

Der baumlange Markos-V-Kolonist mit dem dichten schwarzen Vollbart und der gewaltigen Hakennase legte die Hände schützend über die Tragetasche, in der sich das sogenannte Urei der Wingas befand.

Zornig versuchte er, mit den Blicken das Halbdunkel des Lagerraums zu durchdringen, um denjenigen zu erkennen, der ihn unsanft angestoßen hatte.

»Entschuldigen Sie, ich war ungeschickt«, murmelte jemand undeutlich.

»Ihr Glück, daß Sie es wenigstens selbst einsehen«, brummte Huron, schon halb versöhnt.

In diesem Augenblick öffnete sich eine Luke. Heller Lichtschein fiel in die Düsternis des Lagerraumes, und Ark Huron erkannte darin das Gesicht des Mannes, der ihn angestoßen hatte.

»Oh!« sagte er.

Mehr brachte er nicht heraus.

Perry Rhodan lachte leise.

»Vergessen Sie es, Captain. Sie hatten Angst um Ihr Winga-Ei, nicht wahr?«

Ark Huron nickte stumm. Er war noch immer nicht in der Lage, einen vernünftigen Satz zustande zu bringen.

Hinter Rhodans Gesicht tauchte eine riesige Gestalt auf.

»Na, Schwarzbart«, spottete Kasoms dröhnender Baß, »was macht Ihr Straußenei? Wollen Sie es nicht lieber für einen kleinen Imbiß opfern, anstatt zu warten, bis es stinkt?«

»Wenn Sie es auch nur anrühren, schieße ich Sie nieder!« drohte der Captain. »Meinetwegen fressen Sie ein paar Gurrads, aber das Geschenk der Wingas lassen Sie aus dem Spiel. Verstanden?«

Melbar Kasom lachte dröhnend.

Ark Huron verlor plötzlich den Halt unter den Füßen, als ungefähr dreißig löwenmähnige Gurrads, wahrscheinlich von der überlauten

Stimme des Ertrusers erschreckt, fortzustreben versuchten. Im Nu bildete sich ein unentwirrbar erscheinender Knäuel von drängenden, schiebenden Leibern. Übelriechender Atem und der Geruch nach Schweiß, Unsauberkeit und Exkrementen stieg in Hurons Nase und drohte ihm die Besinnung zu rauben.

Da zuckte ein oberschenkeldicker Arm heran. Mit einer einzigen Bewegung fegte er ein Dutzend Gurrads zur Seite. Ark Huron fühlte sich an den Tragegurten seiner Tornisteraggregate emporgehoben und kurz darauf wieder abgestellt.

»Hoffentlich ist das Ei heil geblieben«, knurrte Kasom.

Erst da merkte der Captain, daß der Ertruser bisher nur gescherzt hatte, denn seine Stimme klang ehrlich besorgt.

»Vielen Dank«, murmelte er verlegen. »Und entschuldigen Sie meine harten Worte. Aber ich dachte, Sie wollten wirklich . . .«

»Aber nicht doch!« wehrte Kasom ab. »Ich ahnte nur nicht, daß Sie so empfindlich sind. Verstehen Sie denn keinen Spaß?«

»Wenn ich weiß, daß es sich um einen Spaß handelt, schon«, gab der Captain zurück.

»Ich werde es beim nächstenmal vorher sagen«, meinte Melbar Kasom.

»Sind Sie fertig?« fragte Perry Rhodan ungeduldig. »Es wird Zeit, daß wir hier herauskommen. Mir ist furchtbar übel.«

»Mir auch, Sir«, gab Captain Huron zu. »Diese Gurrads stinken wie Schweine.«

»Schweine riechen besser«, verbesserte Kasom, »vor allem dann, wenn sie gut gebraten sind.«

»Diese armen Kerle können nichts dafür«, sagte Rhodan streng. »Bedenken Sie bitte, daß sie monatelang in einem Gefangenenlager der Perlians hausen mußten, unter unvorstellbar primitiven Verhältnissen, ohne jegliche hygienische Einrichtungen, bei unzureichender Ernährung und roher Behandlung durch die Wachtposten. Wir würden unter den gleichen Umständen auch nicht besser riechen. Ganz davon abgesehen, daß mindestens die Hälfte der Gurrads unter ruhrähnlichen Erkrankungen leidet – und dabei in einem engen Raum eingesperrt ist.«

Er wandte sich um und strebte jener Stelle zu, an der zuvor der Lichtschein hereingefallen war.

Ark Huron musterte die Gurrads mitleidig. Ab und zu reckte einer von ihnen die Faust, wenn die Terraner sich an ihm vorbeidrängten.

Aber die meisten dieser bedauernswerten Geschöpfe starrten teilnahmslos vor sich hin, aufrecht gehalten einzig und allein durch den beständigen Druck der eng zusammengepferchten Körper.

Melbar Kasom fluchte unbeherrscht, als er auf etwas Weichem ausglitt.

»Können die Kerle nicht wenigstens in die Ecken . . .?«

»Der Lagerraum ist rund«, belehrte ihn Captain Huron.

Von links stießen drei andere Männer der Einsatzgruppe Modula zu ihnen.

»Wir suchen nach einem Ausgang«, klärte Rhodan sie über seine vorläufigen Absichten auf. »Danach sammeln wir uns und versuchen, eine bessere Unterkunft zu finden.«

Wortlos schlossen die beiden Soldaten, ein Korporal und ein Leutnant, sich an.

Hin und wieder schaltete Melbar Kasom, der an der Spitze ging und mit seiner riesenhaften Gestalt und seinen gewaltigen Körperkräften unermüdlich Platz schuf, seinen Brustscheinwerfer ein, um sich zu orientieren.

Ark Huron erschauerte jedesmal bei dem Bild, das sich im Lichtkegel bot. Die Gurrads schwankten unaufhörlich hin und her, wie die Halme eines Kornfelds im Sturm. Jammern, Stöhnen und Toben schallte durch die saalartige Lagerhalle.

Ein junger Gurrad stand mit geschlossenen Augen in diesem Gedränge. Unter seinen Lidern quollen Tränen hervor. Ein anderer schlug im Delirium um sich, hieb in gefühllose Gesichter und hielt auch dann nicht inne, als seine Hände bluteten.

*Wenn es eine Hölle gibt,* dachte der Captain, *dann befindet sie sich hier im unteren Laderaum des Birnenschiffes.*

Endlich vernahm er die erlösende Meldung Kasoms.

»Hier ist die Tür!« schrie der Ertruser. »Man hat sie zwar verriegelt . . .«

»Brechen Sie sie auf!« befahl Rhodan.

Ark Huron vernahm ein metallisches Knirschen und Reißen. Mit lautem Krachen sprang die Tür auf. Licht fiel durch die Öffnung. Sofort begannen die zunächst stehenden Gurrads, sich darauf zuzuschieben.

Melbar Kasoms riesenhafte Gestalt tauchte im Türrahmen auf. Der Ertruser hielt seinen überschweren Kombistrahler in der Faust. Im ersten Schrecken dachte der Captain, Kasom wolle auf die herandrängenden Gurrads feuern. Er öffnete den Mund zu einem Protestschrei.

Doch als das Licht schlagartig erlosch, wußte er Bescheid.

Kasom hatte die Beleuchtungskörper zerstört.

Nach und nach beruhigten sich die Gurrads wieder. Sie sahen kein Ziel mehr und verfielen erneut in dumpfe Resignation.

»Kommen Sie herauf!« drang Perry Rhodans Stimme aus dem Helmlautsprecher Ark Hurons. »Sie müssen den Gang absichern. Ich werde jetzt die andern über Funk hierher dirigieren!«

Der Captain zog seinen Strahler und zwängte sich an Kasom vorbei durch die offene Tür.

Rhodans Worte hatten ihm die Illusion geraubt, sie befänden sich bereits in Sicherheit. Das Birnenraumschiff besaß eine Besatzung, und diese Gurrads würden es gar nicht gern sehen, wenn sich Fremde in ihrem Schiff breitmachten.

»Es ist ein wahrer Jammer, wie diese armen Kreaturen leiden«, grollte Oro Masut.

Der ertrusische Leibwächter Roi Dantons stolperte in den Gang. Der Freihändler folgte ihm.

Erstaunt nahm Ark Huron wahr, daß Danton taumelte.

Captain Huron ließ kurz seinen Brustscheinwerfer aufblitzen und erkannte, daß Danton alle seine Kraft brauchte, um sich geradezuhalten. Sein Gesicht sah grünlich aus.

Danach wurde Ark Hurons Aufmerksamkeit wieder abgelenkt. Ein weiterer Trupp Terraner traf ein. Die Männer litten mehr oder weniger unter dem Eindruck des maßlosen Elends im Laderaum. Aber keiner von ihnen hatte etwas von seiner Ausrüstung zurückgelassen. Noch immer waren sie eine außerordentlich kampfkräftige Truppe.

Als die Arbeitsgeräusche aus den tiefer liegenden Kraftwerkssälen plötzlich anschwollen, wurde Rhodans Stimme drängend.

Huron begriff, daß die Besatzung des Birnenraumschiffes mit hohen Werten beschleunigte, um die zur Transition notwendige Geschwindigkeit zu erreichen.

*Hoffentlich verlieren uns Atlan und Hims nicht aus den Augen!* dachte er.

Es krachte einige Male dumpf.

»Wahrscheinlich arbeiten die Kerle mit diskontinuierlichen Quantitäten von Deuteriumgas in den Reaktionskammern«, bemerkte ein Energiewissenschaftler des Einsatzkommandos.

Ark Huron brach der kalte Schweiß aus. Er wußte, was geschehen konnte, wenn die Deuteriumskonzentration in einer Reaktionskammer zu stark war. Ab einer kritischen Menge würde der Fusionsprozeß außer Kontrolle geraten und einen sonnenhellen Energieball erzeugen, der genügend Hitze ausstrahlte, um die Deuteriumtanks zu schmelzen und den gesamten Vorrat an Fusionsbrennstoffen innerhalb einer Sekunde reagieren zu lassen.

Von dem betreffenden Schiff und seiner Besatzung würde nur eine Gaswolke übrigbleiben.

»Mon dieu!« stieß Roi Danton hervor. »Diese Barbaren gefährden die Elite der Menschheit!«

Er redete schon wieder in seinem sattsam bekannten gespreizten Tonfall, ein Zeichen dafür, daß es ihm besserging.

Aber nach einiger Zeit ließen die bedrohlichen Laute nach.

Dafür beschleunigte das Schiff plötzlich stärker.

Ark Huron merkte es daran, daß ihn eine imaginäre Faust jählings zu Boden schmetterte.

»Das waren mindestens zehn Gravos!« stöhnte jemand.

»Genau vier«, meldete Oro Masut, »ich habe es gemessen. Vier Gravos sind durchgekommen.«

»Nur gut, daß die Löwenköpfe auch nicht stabiler sind als wir«, ließ sich ein anderer vernehmen. »Sie müssen folglich die Gravowerte in erträglichen Grenzen halten.«

»Aber diese Burschen sind mehr gewöhnt als wir«, meldete sich eine dritte Stimme. »Sie fliegen immerhin in ihren gebrechlichen Kisten.«

»So gebrechlich scheinen sie mir nun auch wieder nicht zu sein«, sagte Rhodan. »Ich habe das untrügliche Gefühl, daß wir die Leistungsfähigkeit gurradscher Triebwerke und Raumschiffe gewaltig unterschätzt haben. Offenbar sind sie entschieden besser als die Kristalltransporter.«

»Es kommt niemand mehr!« meldete Melbar Kasom von der Tür her.

»Besitzen Sie eine Einsatzliste?« fragte Perry Rhodan.

»Selbstverständlich«, erwiderte der Ertruser. »Soll ich die Namen verlesen?«

»Natürlich. Und etwas schnell, wenn es geht!«

Melbar Kasom schaltete seine Brustlampe ein. In ihrem Licht zog er eine mehrfach zusammengefaltete Plastikfolie hervor: offenbar die Empfehlungsliste der Bordpositronik der CREST IV, nach der die Männer der Einsatzgruppe Modula ausgewählt worden waren.

»Olavson?« – »Hier!«

»Harper?« – »Hier!«

»Kleiber?« – »Hier!«

»Bogunow?« – »Hier!«

Genau 99 Namen rief der Ertruser auf – und 99 Männer antworteten.

Sie waren vollzählig.

Mit Perry Rhodan, Roi Danton und den beiden Ertrusern zählte das Einsatzkommando 103 Mann.

Und diese 103 Mann machten sich auf, innerhalb des riesigen Raumschiffes einen sicheren Ort zu suchen, an dem sie Zuflucht fanden, bis sie aus ihrer gefährlichen Lage erlöst wurden.

*Und das,* so schloß Ark Huron seufzend, konnte sehr lange dauern – wenn es überhaupt jemals eine Rückkehr zur CREST IV gab . . .

»Andere Leute sind anscheinend auf den gleichen Gedanken gekommen wie wir«, stellte Roi Danton sachlich fest, als sie auf einen von befreiten Gurrads überfüllten Gang stießen.

Die zerlumpten, ausgemergelten Gestalten kamen taumelnd näher; die vordersten wurden von ihren Hintermännern vorwärts gestoßen und so fort. Höchstwahrscheinlich hatten sie überhaupt keinen Angriff geplant. Aber in einer solchen Masse besaß das einzelne Individuum keine Entscheidungsfreiheit mehr. Alle zusammen handelten wie ein einziges riesiges Wesen, das sich in seinem Verhalten grundsätzlich von jedem Einzelwesen unterschied.

Kasoms und Masuts Waffen spien Paralysefeuer.

Die ersten Reihen der Gurrads sanken gelähmt zusammen. Aber die nächsten drangen unaufhaltsam weiter vor.

Nun mußten die Terraner unablässig schießen, wenn sie nicht schuld daran sein wollten, daß die gelähmten Gurrads von ihren tobenden Artgenossen totgetrampelt würden.

Da in dem engen Gang nur jeweils vier Terraner oder zwei Ertruser nebeneinander Platz fanden, schickte Perry Rhodan einen Suchtrupp unter der Führung von Captain Huron zurück. Die Männer sollten die Abzweigung untersuchen, die sie vor wenigen Minuten passiert hatten. Vielleicht gab es noch einen anderen Weg nach oben.

Ark Huron nickte.

Ein kurzer Wink – und die anderen drei Soldaten folgten ihm.

Im Laufschritt legten sie die Entfernung zu der Abzweigung zurück.

Nachdem sie etwa hundert Meter weit in den Seitengang eingedrungen waren, stießen sie auf einen kleinen Trupp von Befreiten. Diese Gurrads waren im Unterschied zu den meisten ihrer Artgenossen, die während der überstürzten Flucht von Modula II alle ihre Waffen weggeworfen hatten, relativ gut bewaffnet. In ihren Händen blitzten Vibratormesser und Strahlwaffen unterschiedlichster Bauart. Wer weiß, welchen fremden Intelligenzen sie einmal gehört hatten. Wahrscheinlich waren die ehemaligen Besitzer als Arbeitssklaven auf dem Programmierungsplaneten eingesetzt gewesen und längst gestorben.

Einer der Gurrads, ein höchstens 1,65 Meter großer Mann, trat einen Schritt vor. Er trug hohe rote Stiefel und hatte sich einen Tuchfetzen um die Lenden geschlungen. Die anderen Kleidungsstücke waren ihm offenbar auf Modula II von Perlians abgenommen worden.

Die geschlitzten Augen blinzelten träge. In der goldbraunen Löwenmähne klebten Schlammbrocken; eine blutige Rißwunde zog sich über die nackte Brust.

Der Gurrad hielt einen kurzläufigen Strahler in der Rechten. Die Mündung zeigte genau auf Hurons Bauch.

Der Captain wußte nicht recht, wie er sich verhalten sollte. Er wollte seine Waffe nicht aus der Hand legen; andererseits konnte er mit ihr in der Hand niemals seine friedlichen Absichten beteuern.

»Hallo!« rief er schließlich verlegen. »Wir sind eure Freunde, mein Lieber. Steckt eure Waffen weg. Wir tun euch nichts.«

Der Gurrad gab einige grunzende Laute von sich, die sowohl eine Begrüßung als auch eine Drohung darstellen konnten.

*So kommen wir nicht weiter,* dachte Huron verzweifelt. *Wie soll ich diesen Wesen beibringen, daß wir tatsächlich ihre Freunde sind?*

Seine drei Begleiter mochten ähnliche Gedanken haben. Aber einer von ihnen kam zu einem völlig falschen Resultat. Captain Huron fuhr entsetzt zusammen, als ein Paralyseschuß fauchte.

Der Anführer der Gurrads machte einen gewaltigen Satz, dann stürzte er gelähmt zu Boden. Seine Schlitzaugen öffneten sich weit und richteten sich anscheinend vorwurfsvoll auf Ark, während der Körper verkrampft liegenblieb.

Ark Huron wußte genau, wann er seine Taktik ändern mußte. Einer seiner Leute hatte die letzte Chance verspielt, sich mit dieser Gruppe zu verständigen.

Damit lag die Schuld zwar bei den Terranern, aber die andere Seite hielt absolut tödlich wirkende Waffen in der Hand.

Der erste Schuß war noch nicht verhallt, als Huron das Zeichen zum Angriff gab.

Eine Paralysesalve fauchte durch den Gang. Die verblüfften Gurrads wurden allesamt niedergestreckt. Nur einem gelang es noch, sein Vibratormesser zu werfen. Es wirbelte durch die Luft und schnitt einem der Raumsoldaten ein Ohr ab.

Ark Huron versorgte die stark blutende Wunde des Verletzten. Unter anderen Umständen wäre das Ohr noch zu retten gewesen, aber hier gab es keinen Operationsraum.

Der Captain stieß das Ohr mit dem Fuß weg, als der Verwundete danach greifen wollte.

»Wollen Sie Selbstmord begehen?« fuhr er den Soldaten an. »Was glauben Sie, würde mit Ihnen passieren, wenn Sie versuchten, das verschmutzte Ohr mit Bioplast auf die Wunde zu kleben? – Einen brandigen Kopf kann man schlecht amputieren!«

Dann holte er tief Luft.

»Welcher Superschlaue hat eigentlich zuerst geschossen?«

»Ich, Sir«, meldete sich der Verwundete mit kläglicher Stimme.

Ark Huron lachte rauh.

»Dann hat es wenigstens keinen Unschuldigen getroffen!«

Der Mann schluckte.

»Keine Angst«, tröstete Huron ihn. »Unsere Chirurgen an Bord der CREST werden Ihnen aus Blutplasma ein neues Ohr modellieren, das sich von dem Original in keiner Weise unterscheidet. Es wird sogar rot, wenn Sie Ihrer Braut eine Liebeserklärung machen.«

Die beiden anderen Raumsoldaten lachten, und schließlich lachte auch der Verletzte mit, zumal er wußte, daß Hurons Worte den Tatsachen entsprachen.

»Weiter!« befahl der Captain.

Sie stiegen über die Körper der paralysierten Gurrads hinweg.

Nach etwa zwei Minuten stießen sie auf einen Antigravlift. Ark Huron hielt die Hand in den schlecht beleuchteten Schacht.

»Außer Betrieb.«

Nachdenklich starrte er vor sich hin. Dann nickte er stumm.

»Mit unseren Flugaggregaten sollte uns die fehlende Antigravitation nicht stören. Außerdem wird man uns in einem defekten Antigravschacht ganz zuletzt vermuten – falls überhaupt jemand nach uns suchen sollte.«

Er wählte zwei Männer aus und schickte sie zur Hauptgruppe zurück, um Perry Rhodan Bericht zu erstatten. Er selbst postierte sich mit dem Verletzten vor der Schachtöffnung.

Sie brauchten nicht lange zu warten.

Nach wenigen Minuten tauchte Melbar Kasom auf. Hinter ihm kamen Roi Danton und Perry Rhodan und danach der Rest der Einsatzgruppe.

Kurz darauf schwebten sie einer nach dem anderen den Schacht hinauf.

Ark Huron ließ die Marschkolonne an sich vorbeiziehen. Viele der Soldaten trugen schwere Plastikkisten zwischen sich. Sie enthielten neben hochkonzentrierten Nahrungsmitteln erhebliche Mengen von Energiemagazinen, Mikro-Raklafetten und die dazugehörige Munition. Außerdem führten die Männer Translatoren mit sich.

Sie waren ausgerüstet wie zur Erkundung eines fremden Planeten.

Dabei befanden sie sich in einem fremdartigen Raumschiff auf der Flucht vor sinnlos tobenden Gurrads und auf der Suche nach einem relativ sicheren Ort.

Der Captain hatte den Befehl erhalten, zusammen mit Oro Masut und zwei Leutnants des Landungskorps der CREST IV die Rückendeckung der Kolonne zu übernehmen.

Das war eine äußerst heikle Aufgabe, denn sie durften niemals Kampfhandlungen zuerst beginnen und mußten sich andererseits mit Paralysefeuer gegen Verfolger wehren, die keine Skrupel hatten, absolut tödliche Energiestrahler zu benutzen.

»Wie lange sollen wir denn noch als Prügelknaben dienen?« fragte einer der Leutnants grollend, als ein Strahlschuß den Bodenbelag vor seinen Füßen zum Kochen brachte.

Niemand antwortete ihm.

»Zurück!« befahl Ark Huron, nachdem der Schlußmann der Kolonne um die nächste Biegung verschwunden war.

Er paralysierte einen Gurrad, der einen Raketenwerfer aufstellen wollte.

Ark überlief es eiskalt bei dem Gedanken daran, daß es sich bei dem rotlackierten geflügelten Geschoß um einen Kernsprengkörper handeln könnte.

Diese befreiten Guerillas brachten es fertig, ihr Schiff und sich selbst zu vernichten, nur damit sie die Eindringlinge ausschalten konnten.

»Wenn ich nur wüßte, wie wir sie von unseren friedlichen Absichten überzeugen könnten!« stieß Oro Masut erbittert hervor.

»Damit!« antwortete Ark Huron und streckte den nächsten Verfolger nieder.

Als er das verständnislose Gesicht des Ertrusers sah, lachte er humorlos auf.

»Einmal müßten sich diese verstockten Wesen doch Gedanken darüber machen, warum wir sie nicht töten, sondern nur paralysieren.«

»Vielleicht denken sie, wir besäßen keine tödlich wirkenden Waffen«, entgegnete Oro und feuerte seine überschwere Waffe in den Gang ab.

Mit verbissenem Gesicht schaltete der Captain seinen Strahler auf Impulsmodus um und bestrich die Decke des Ganges mit dem sonnenheißen Strahl. Glutflüssige Schmelze sprühte herab und entfachte auf dem Boden ein zischendes, krachendes Feuerwerk.

Schreiend wichen die nachdrängenden Gurrads zurück.

»So!« sagte Ark Huron. »Nun werden sie wohl begriffen haben, daß wir auch anders können!«

Anschließend traf seine Spekulation zu, denn in den nächsten Minuten ließ sich kein Gurrad mehr hinter ihnen blicken.

Dafür klang plötzlich wieder Perry Rhodans Stimme aus den Helmempfängern.

»Wir sind auf eine große Lagerhalle gestoßen, in der es von Gurrads wimmelt«, gab er bekannt. »Es gibt jedoch keinen anderen Weg als durch die Befreiten hindurch. Aktivieren Sie Ihre Individualschutzschirme und Flugaggregate, und lassen Sie sich nicht aufhalten!«

»Zur Kolonne aufschließen!« befahl Ark Huron seinem kleinen Sicherungstrupp.

Sie schwebten hinter der Hauptgruppe her.

Noch bevor sie die Lagerhalle betraten, vernahmen sie das unmenschlich klingende Gebrüll von Guerillas und das unablässige Fauchen der Schockenergieentladungen.

Dazwischen erschollen immer wieder Rhodans knappe Befehle.

In vorbildlicher Disziplin drang das Einsatzkommando in die Lagerhalle ein. Nach Rhodans Anweisungen formierten sie sich zu einem Kreis mit einer keilförmig vorstoßenden und unablässig feuernden Spitzengruppe. Auf diese Art und Weise boten sie den Gurrads keine ungeschützte Flanke, sondern stießen aus dem Kreis heraus immer wieder in Gegenangriffen vorwärts, um den Befreiten keine Gelegenheit zu geben, einen wirklich organisierten Angriff durchzuführen.

Gegen die mit zersplitterten Kräften und rein sporadisch vorgetragenen Überfälle aber schützten die Individualschutzschirme völlig. Kein einziger Terraner wurde verwundet, als sie den Saal endlich verließen und ihren Weg fortsetzten.

Da Ark Huron am Schluß der Kolonne flog, konnte er nicht sehen, was in der Spitzengruppe geschah. Deshalb war er überrascht, als er vor einem breiten Schott ankam, vor dem Roi Danton mit noch einigen anderen Soldaten stand und die Nachzügler energisch in den Raum dahinter winkte.

Der Captain schaltete seinen Schutzschirm und das Flugaggregat aus und stolperte in eine riesige Halle.

Er erkannte auf den ersten Blick, daß es sich um eine Maschinenhalle handelte. Gigantische Stromumformer standen in Reih und Glied und summten so durchdringend, daß Captain Huron im ersten Augenblick glaubte, er hätte seinen Kopf in die Behausung zorniger Riesenwespen von Markos-V gesteckt.

»Geradezu ideal!« schrie Oro Masut ihm zu. »Die Gurrads werden sich hüten, uns hier mit Energiewaffen zu beschießen.«

Ark Huron verzog das Gesicht.

Natürlich hatte der Ertruser recht. Ein Kampf mit Strahlwaffen würde die lebenswichtige Anlage des Birnenraumschiffes unmittelbar bedrohen. Darum war die Maschinenhalle wirklich der ideale Zufluchtsort für die Einsatzgruppe Modula, solange die Gurrads nicht wirklich auf die Idee kamen, lieber ihr Schiff zu opfern, statt es in fremde Hände fallen zu lassen. Aber wenn sie einige Stunden hier aushalten mußten, würden sie von dem durchdringenden, ohrenbetäubenden Summen der Stromumformer den Verstand verlieren.

Behutsam öffnete er seine Tragtasche und nahm das Urei der Wingas heraus. Er atmete auf, als er sah, daß es unbeschädigt war. Vorsichtig hielt er es an sein Ohr und lauschte. Aber wenn es Geräusche von sich gab, so gingen sie im Summen der Umformer unter. Wütend stopfte der Captain das Ei zurück und setzte sich auf einen Maschinensockel.

Ganz in der Nähe erblickte er den Freihändlerkönig.

Roi Danton hatte das größte ihrer tragbaren Hyperfunkgeräte vor sich auf den Boden gestellt und drehte an den Schaltknöpfen. Dann schaltete er seinen Körperschutzschirm ein, und zwar so, daß der Hyperkom innerhalb der Energiesphäre lag.

Ark sah, wie Danton die Lippen bewegte. Hören konnte er nichts, denn der Schirm ließ keine Schallwellen nach außen – aber auch keine nach innen, und deshalb hatte der Freihändler ihn angeschaltet.

Plötzlich leuchtete der kleine Bildschirm auf.

Ark Huron erhob sich und reckte den Hals, um zu sehen, mit wem Roi Danton sprach.

Auf der flimmernden Bildscheibe stand das leicht verzerrte Gesicht Lordadmirals Atlan.

Captain Huron atmete auf.

Atlan würde sie niemals im Stich lassen. Wahrscheinlich befand er sich bereits mit einem Schiffsverband dicht hinter den Guerillaschiffen.

Doch dann senkte er den Kopf

Wie sollte der Arkonide sie hier herausholen – ohne zu wissen, in welchem der Birnenraumschiffe sie sich befanden . . .?

# 9.

Mit einer müden Bewegung schaltete Atlan seinen Hyperkom aus.

Warum nur hatte dieser Freihändler die Verbindung so abrupt unterbrochen? Es gab so vieles, was noch hätte gesagt werden müssen.

Äußerst beunruhigt wandte der Arkonide den Kopf und blickte zu dem Hyperortungsschirm, der die Ortungsreflexe der dreihundert Birnenraumer zeigte.

Die Guerillaschiffe beschleunigten noch immer. Bald würden sie die Lichtgeschwindigkeit erreichen. Sie würden sich in irrlichternde Spiralen übergeordneter Energie verwandeln, ohne Zeitverlust durch den Hyperraum geschleudert werden und irgendwo wieder ins Normaluniversum zurückstürzen, während sich Schiffe, Maschinen und Menschen aus Energieimpulsen nach dem erhalten gebliebenen Strukturmuster wieder reproduzierten.

Das Ganze war schon immer eine Tortur für organische Lebewesen mit der relativ anfälligen Konstitution von Menschen gewesen. So lange, bis die Terraner das Prinzip des linearen Zwischenraumfluges fanden und die ersten Linearraumkonverter bauten.

Eigentlich stammte die Anregung zu dieser Entwicklung von den Druuf, entsann er sich. Diese Insektenabkömmlinge aus einem zeitlich anders dimensionierten Universum hatten den Intelligenzwesen der Milchstraße großen Schaden zugefügt. Gleichzeitig aber hatten sie auch, allerdings unfreiwillig, ein Geschenk zurückgelassen: das Wissen um die Möglichkeit des theoretisch unbegrenzt überlichtschnellen Linearfluges und eine Fülle von Daten, nach denen einem terranischen Spezialistenteam unter der Leitung des Hyperphysikers Professor Dr. Arno Kalup die Konstruktion des »Kalupschen Kompensationskonverters« gelang, einem Felderzeuger, der den Flug im Zwischenraum ermöglichte.

»In wenigen Sekunden werden Sie transitieren, Sir!« erscholl die Stimme eines Ortungsoffiziers aus dem Interkom.

Atlan spürte, wie die Erregung gleich Feuer in seiner Kehle brannte. Er warf einen letzten prüfenden Blick auf die Strukturtaster.

Hoffentlich klappte alles.

Er wollte sich erheben, um den Leuten des nächsten Strukturtasters beizustehen, als die Massentransition der dreihundert Birnenschiffe erfolgte.

Im selben Augenblick drohte das Raum-Zeit-Kontinuum zusammenzubrechen!

Krachend fuhren Entladungsblitze durch die Zentrale der CREST IV.

Auf den Bildschirmen der Panoramagalerie tobte ein violettes Energiegewitter.

Als die Gefügeerschütterung abebbte, schnallte der Arkonide sich los und stand auf.

Ein starker Ozongeruch lag in der Luft.

Dann stand Atlan vor dem nächsten Strukturtaster. Zwei der Spezialisten hingen ohnmächtig in ihren Anschnallgurten.

Energieentladungen hatten sie verletzt. Der dritte aber arbeitete so ruhig, als befände er sich in einem Simulator des Ausbildungszentrums.

Atlan atmete auf.

Wieder einmal mußte er erkennen, daß er dazu neigte, diese Terraner ständig zu unterschätzen. Anscheinend gab es so gut wie nichts, was sie von ihren Zielen abbringen konnte.

Am zweiten Strukturtaster sah es günstiger aus. Hier war nur ein Mann ausgefallen.

Die anderen beiden riefen einander unablässig Daten zu und bedienten ihre Meßgeräte.

Beruhigt eilte der Arkonide in die Ortungszentrale. Auch hier waren einige Instrumente beschädigt worden. Aber die Hypertaster zeigten dennoch ein einwandfreies Bild des Weltraums.

Major Owe Konitzki, der Chef der Ortungszentrale, wies auf einen dunklen Bildschirm, auf dem nur einige helle Punkte im Hintergrund gleißten.

»Die dreihundert Birnenraumer sind in einer einzigen Massentransition aus dem Normaluniversum verschwunden!«

»Fast hätte ich mir's gedacht«, erwiderte Atlan sarkastisch.

Er kehrte um und ging langsam in die Kommandozentrale zurück.

Die Ortung würde nichts anzeigen, wenn die Schiffe der Gurrads wieder ins Normaluniversum zurückkehrten.

Aber das Eintauchecho konnte den Strukturtastern bei einer derartigen Massentransition eigentlich nicht entgehen.

Ark Huron hatte ein Gefühl, als stächen Tausende von glühenden Nägeln auf ihn ein.

Unwillkürlich glitten seine Hände empor und begannen seinen Nacken zu massieren. Sekundenlang verstärkte sich der Schmerz. Es war, als würde das Gehirn in ein Meer von Feuer getaucht.

Der Captain schrie seinen Schmerz ungehemmt hinaus.

Aber das Schreien verstummte auch dann nicht, als er längst damit aufgehört hatte.

Allmählich konnte er wieder ein wenig mehr sehen als nur blutigrote Schleier. Die verwaschenen Konturen von Menschen in terranischen Kampfanzügen schälten sich aus den wirbelnden Nebeln.

Dann blickte Ark Huron in ein schmerzverzerrtes Gesicht.

Nach einer Weile erkannte er Roi Danton. Der Freihändler hockte auf dem Boden, den Rücken an den Sockel eines Umformers gelehnt. Er krümmte sich unter den rasenden Schmerzwellen, die typisch für die Wiederverstofflichung nach einer Transition waren.

Der Captain erhob sich etwas zu schnell. Vor seinen Augen wurde es Nacht. Aber eine starke Hand hielt ihn fest, so daß er nicht stürzen konnte.

Er erkannte Melbar Kasoms dröhnende Stimme. Sie sprach beruhigend auf ihn ein.

Ark schämte sich, daß er den ertrusischen Riesen früher so falsch eingeschätzt hatte.

Aber Kasom wartete den Dank nicht ab, sondern sprang zu einem jungen Leutnant, der dabei war, mit dem Kopf gegen die Wandung des Umformers zu rennen. Ein leichter Schlag von Melbars kräftigem Zeigefinger, und der Offizier sank in eine wohltätige Bewußtlosigkeit.

Ark kniete neben dem Freihändler nieder, der sich noch immer vor Schmerzen krümmte und dabei seltsam dünne Schreie ausstieß.

Ark versetzte ihm zwei schallende Ohrfeigen.

Der Freihändler schüttelte sich leicht. Sein Blick wurde klarer.

»Merci, Monsieur! Vielen Dank für Ihre ausgezeichnete Medizin.

Sie hätten Feldscher bei den französischen Revolutionstruppen werden sollen.«

»Damals litten die Menschen noch nicht unter Transitionsschocks, Monsieur«, gab Ark Huron trocken zurück.

Roi lachte. Im nächsten Moment verzog er das Gesicht zu einer schmerzverzerrten Grimasse.

»Mon dieu!« stieß er hervor. »Mein Gehirn scheint aus roter Grütze zu bestehen. Noch so eine Höllentransition halte ich nicht aus!«

»Ich fürchte, die Gurrads werden uns nicht um unsere Meinung fragen, bevor sie den nächsten Hyperraumsprung unternehmen, Monsieur Danton«, entgegnete Captain Huron spöttisch.

Perry Rhodan schien ähnliche Befürchtungen zu hegen. Jedenfalls erteilte er über Helmfunk einige Befehle, die darauf schließen ließen, daß er mit einer noch stärkeren Auswirkung auf seine Leute rechnete.

Das Eingangsschott und der einzige Notausstieg der Maschinenhalle wurden mit Sprengschnüren und Thermonitalhaftfolien abgesichert. Ein Spezialkommando verlegte die Sprengladungen und machte die Zündbatterie betriebsbereit. Aber noch klemmten sie die Zündleitungen nicht an. Vorläufig konnten die Zugänge durch Raumsoldaten verteidigt werden.

Als der Captain feststellte, daß ungefähr die Hälfte des Einsatzkommandos in tiefer Bewußtlosigkeit lag, spürte er die Angst vor dem Kommenden in sich aufsteigen. Er hatte einmal gelesen, daß die Terraner des Sprungschiffzeitalters, wie das Zeitalter der Transitionsraumschiffe genannt wurde, an die Belastungen der Hyperschocks gewöhnt waren und nur selten bewußtlos wurden. Die Umstellung der Raumfahrt auf Linearschiffe baute diese Gewöhnung allmählich ab, und heutzutage wußten die wenigsten Menschen überhaupt noch, welche Effekte eine Transition mit sich brachte.

Anders war es mit den Gurrads.

Sie kannten nur die Transitionsraumfahrt, und sie würden darum gegen die Hyperschocks ebensogut abgehärtet sein wie die terranischen Schiffsbesatzungen des Sprungschiffzeitalters.

Ark Huron vermochte sich gut vorzustellen, daß weder Sprengschnüre noch atomare Abbrandfolien die Guerillas lange aufhalten würden, sobald nach der nächsten oder übernächsten Transition alle Terraner bewußtlos geworden waren.

Nein, nicht alle, verbesserte er sich in Gedanken.

Die beiden Ertruser waren von dem Transitionsschock anscheinend völlig unbeeindruckt geblieben, was bei ihrem robusten Körperbau allerdings kein Wunder war.

Sowohl Melbar Kasom als auch Oro Masut trugen ständig ihre Mikrogravitatoren. Sie waren an eine Schwerkraft von 3.4 Gravos gewöhnt und hätten unter terranischen Gravitationsbedingungen laufend unfreiwillige Sätze gemacht und andere Menschen damit in Gefahr gebracht.

Diese beiden Riesen blieben also noch immer, und als Kämpfer waren sie gar nicht hoch genug einzuschätzen.

Ark Huron fragte sich, wann Perry Rhodan ihnen endlich entsprechende Anweisungen erteilen würde.

Als dieser dann die beiden Ertruser zu sich rief, trat er neugierig heran und lauschte dem Gespräch.

Roi Danton stand neben Rhodan. Er hatte sich anscheinend wieder völlig erholt und blickte den heranstampfenden Ertrusern mit kaum merklichem Lächeln entgegen.

Mit Verwunderung spürte Captain Huron das unsichtbare Fluidum des Einverständnisses, das zwischen dem Mächtigsten des Solaren Imperiums und dem König der Freihändler von Boscyks Stern war.

In diesen Minuten, so schwor der Captain später, hätte er den einen nicht vom anderen unterscheiden können, wenn sie die gleichen Kampfanzüge getragen hätten. Dieses hintergründige Funkeln in den Augen, dieses Mienenspiel und diese Haltung waren verblüffend ähnlich.

Wäre der Captain darüber informiert gewesen, daß Roi Danton in Wirklichkeit Michael Reginald Rhodan hieß und der Sohn des Großadministrators und seiner Gattin Mory-Rhodan-Abro war, er hätte sich allerdings nicht mehr gewundert.

Aber diese Tatsache war ein Geheimnis, und außer Roi Danton wußte nur sein Leibwächter und Diener Oro Masut darum.

Perry Rhodan erteilte seine Befehle mit leiser Stimme.

Als er vernahm, was Rhodan den beiden ertrusischen Riesen befahl, erschrak Ark Huron zuerst. Doch dann erkannte er, wie genial dieser Schachzug in Wirklichkeit war.

Er staunte nur darüber, daß Rhodan auch dem Leibwächter des Freihändlers Befehle erteilte. Doch dann sah er das bestätigende Kopfnicken Dantons.

Da begriff er, daß Rhodan und Danton endlich zu einer wirklichen Verständigung gekommen waren. Überzeugt davon, daß nun alles gut werden würde, wandte er sich ab und begab sich an das Haupteingangsschott, um dort den nächsten Angriff der Gurrads zu erwarten.

Sie kamen mit der Zähigkeit von Bluthunden, die eine Spur gefunden haben. Kaum konnten sie sich noch auf den Beinen halten, denn die Zeit im Gefangenenlager der Perlians auf Modula II hatte sie an den Rand des physischen Zusammenbruchs gebracht. Doch sobald sie die Terraner sahen, drangen sie mit wilden Schreien auf sie ein. Nur der Haß schien sie zu solchen Leistungen aufpeitschen zu können.

Aber der Haß lähmte auch ihre Übersicht. Die Angriffe blieben ohne jede Koordination, und so konnten sie mühelos zurückgeschlagen werden.

Captain Huron fühlte einen bitteren Geschmack im Mund, als er die halbverhungerten, kraftlosen Gestalten unter den Schockschüssen zusammenbrechen sah.

Nach einer Weile zogen sich die Befreiten zurück. Sie nahmen ihre paralysierten Gefährten mit und stießen Drohungen gegen die Terraner aus.

Als nach zehn Minuten noch immer Ruhe herrschte, trat Perry Rhodan auf den Gang hinaus.

Er entdeckte Captain Huron und winkte ihn zu sich heran.

»Nehmen Sie zwei Männer und sehen Sie nach, was die Gurrads tun, Captain! Ich möchte nicht, daß sie irgendeine Teufelei aushecken.«

Ark Huron bestätigte den Befehl und rief die Namen zweier Soldaten auf. Er erklärte ihnen kurz den Zweck ihres Spähtruppunternehmens.

Dann rannte er an der Spitze des kleinen Trupps bis zur nächsten Ecke.

Vorsichtig schob er den Kopf herum und blickte den angrenzenden Gang entlang.

An seinem Ende verschwanden gerade die beiden letzten jener Befreiten, die zuvor gegen die Stellung der Terraner angerannt waren.

Jedes Geräusch vermeidend, folgten ihnen die drei Männer.

Sie gelangten unangefochten bis zu einer Verteilerhalle.

Der Captain legte den Finger auf die Lippen, als er lautes Sprechen hinter dem offenen Schott hörte. Er legte sich auf den Bauch und kroch zentimeterweise vorwärts, bis er einen Blick in die Halle werfen konnte.

Erschrocken zuckte er zurück.

Er begriff, daß der eigentliche Kampf ihnen erst bevorstand, denn die Gurrads, die sich in der Verteilerhalle sammelten, waren keine entkräfteten, fanatischen Befreiten, sondern reguläre Besatzungsmitglieder des Birnenraumschiffes.

Sie trugen hellgraue Lederkombinationen, deren Brustteil auch bei ihnen mit dem Symbol der Guerillakämpfer geschmückt war.

Einige von ihnen diskutierten offensichtlich mit Befreiten und wiesen sie an, in die Lagerräume zurückzukehren. Zum Teil unterstrichen sie ihre Worte mit Kolbenstößen.

Ark Huron hatte genug gesehen. Leise zog er sich zurück, gab den beiden Soldaten ein Zeichen und schlich sich als letzter davon.

Perry Rhodan preßte die Lippen zusammen, als Ark ihm seine Beobachtungen schilderte.

Es gehörte wirklich nicht viel Phantasie dazu, sich vorzustellen, was die Ansammlung schwerbewaffneter, disziplinierter Schiffsmannschaften bedeutete.

Und wenige Minuten später kamen sie.

Sie griffen sowohl den Notausgang als auch das Hauptzugangsschott gleichzeitig an. Ihre Strahlschüsse peitschten gegen Wände, Böden und Decken. Das Feuer war so gut koordiniert, daß den terranischen Raumsoldaten nichts weiter übrigblieb, als sich in die Maschinenhalle zurückzuziehen.

Jedoch wurde niemand verletzt.

Das bestärkte Hurons Hoffnung, daß doch noch eine Verständigung zwischen Menschen und Gurrads zustande kommen würde. Offenbar hatten die Mannschaftsmitglieder nur erst einmal Ordnung schaffen wollen.

Praktisch standen sich nunmehr Terraner und Gurrads Gewehr bei Fuß gegenüber. Die Raumsoldaten mit den wallenden Mähnen standen oder lagen deckungslos zu beiden Seiten des Haupteinganges im Flur. Ihre geschlitzten Augen beobachteten wachsam jede Bewegung der Terraner.

Seltsamerweise hielten die beiden Ertruser sich seit dem Auftauchen der regulären Schiffsmannschaft im Hintergrund. Ark vermutete, daß dies etwas mit den Befehlen zu tun haben mußte, die Rhodan ihnen erteilt hatte.

Plötzlich kam Bewegung in die Reihen der Guerillas.

Die auf der linken Ganghälfte Stehenden traten respektvoll beiseite.

Neben zwei hochgewachsenen Exemplaren der Löwenmähnigen erschien ein Gurrad, der durch eine sandgelbe, bis zum Gesäß reichende Mähne sofort von den anderen abstach.

Ark Huron vermutete, daß es sich entweder um den Schiffskommandanten oder den Ersten Offizier des Birnenraumers handeln mußte. Das ganze Auftreten des Löwenmenschen zeugte davon, daß er über den anderen stand und bedingungslosen Gehorsam erwarten konnte.

Der Captain gab die Meldung sofort über Helmfunk an Perry Rhodan. Er erhielt den Befehl, sich weiterhin abwartend zu verhalten. Nur im Falle eines Angriffs sollte Paralysefeuer eröffnet werden.

Doch in der nächsten Sekunde warfen die Ereignisse diesen Befehl schon über den Haufen.

Der erfahrene, in ungezählten Kämpfen erprobte Captain zögerte keinen Augenblick, den Feuerbefehl zu geben, als der Anführer der Gurrads die vorderste Linie seiner Leute überschritt und ihnen befahl, ihm zu folgen.

Aber Huron gab noch einen Zusatzbefehl. Er verbot den Männern, auf den Anführer der Gurrads zu schießen. Das war der maßgebende Mann für eventuelle Verhandlungen. Er durfte auf gar keinen Fall außer Gefecht gesetzt werden.

Links und rechts neben dem Kommandanten stürzten die gelähmten Guerillas zu Boden.

Die anderen zogen sich zurück. Sie gaben einige Schüsse aus ihren Energiewaffen auf die Wand über dem Schott ab. Es war offensichtlich, daß auch sie niemanden töten wollten. Die Tatsache, daß sich die Terraner nur mit Paralysestrahlen wehrten, mußte ihnen zu denken geben.

Der Kommandant schrie einige Befehle in der kehligen, bellenden Sprache der Gurrads. Anscheinend war er zornig über den raschen Rückzug seiner Leute.

Mit lautem Gebrüll stürmten die Guerillas von beiden Seiten vor.

Sie versuchten, die Stellung der terranischen Raumsoldaten zu überrennen.

Fast wäre es ihnen gelungen.

Einer der Gurrads tauchte unmittelbar vor Ark Huron auf und schwang seine Waffe, um den Kolben auf den Helm des Captains niedersausen zu lassen.

Ark sprang ihn an und stieß sein Knie blitzschnell in den Leib des Gegners, während er gleichzeitig mit der Handkante zuschlug. Er drehte die Hand jedoch etwas, so daß der Schlag den Gurrad nicht tötete, sondern nur betäubte.

Der Löwenmensch rutschte haltlos in sich zusammen.

Drei weitere Guerillas waren ebenfalls im Nahkampf niedergeschlagen worden.

Captain Huron ließ es zu, daß ihre Gefährten sie mitnahmen.

Dieser Angriff war abgeschlagen worden. Aber schon formierte der Kommandant seine Truppen neu, während nur noch ab und zu ein einzelner Schuß fiel.

Roi Danton traf unterdessen seine Vorbereitungen. Er nahm Oro Masut beiseite und erteilte ihm einen Geheimbefehl. Danach wies er die beiden Ertruser an, auf jeden Fall zu verhindern, daß Perry Rhodan als Kommandeur erkannt wurde.

Melbar Kasom widersprach.

»Meiner Meinung nach hat der Großadministrator zu entscheiden, was getan oder nicht getan wird, Monsieur! Ich sollte mein Helmfunkgerät wieder einschalten und ihn von Ihrem schändlichen Plan unterrichten.«

Der Freihändler schüttelte betrübt den Kopf.

»Sie haben meine Motive nicht erkannt, Monsieur Kasom. Sonst würden Sie nicht so reden. Niemand schwebt in größerer Gefahr als Perry Rhodan. Er trägt einen Zellaktivator, der ihn zwar biologisch unsterblich macht – aber eben nur so lange, wie er ihn besitzt!«

Er sah sich um, ob nicht jemand ihr Gespräch belauschte. Doch der Kampflärm vom Schott her war so laut, daß ihm dies unmöglich erschien.

»Früher oder später werden wir in Gefangenschaft geraten. Darüber waren wir uns bereits klar, nicht wahr?«

Kasom nickte.

»Dennoch sehe ich nicht ein, was das . . .«

»Sie werden es gleich einsehen«, unterbrach ihn Roi energisch. »Stellen Sie sich vor, die Gurrads würden Rhodan als unseren Anführer erkennen. Das erste, was sie nach seiner Gefangennahme täten, wäre, ihn genauestens nach verborgenen Waffen und Mikrosendern zu durchsuchen. Da ihnen Zellaktivatoren unbekannt sein dürften, werden sie den des vermeintlichen Oberfeindes für eine Bombe, einen Peilsender oder was weiß ich halten. Auf jeden Fall aber werden sie ihm das Gerät erst einmal abnehmen und genau untersuchen.«

Kasom wurde kalkweiß im Gesicht.

»Um Gottes willen!«

»Aha! Sie können sich also denken, was dann geschieht?«

»Ich weiß es, Monsieur Danton. Ich weiß es leider nur zu genau. Gibt man Perry Rhodan seinen Zellaktivator nicht zurück oder beschädigt ihn gar bei der Untersuchung, dann würde er innerhalb von Stunden verfallen und sich dann in Staub auflösen. Bedenken Sie bitte: Er ist fast vierhundert Jahre alt! Ohne Aktivator wäre er vor einigen hundert Jahren schon eines natürlichen Todes gestorben. Alles dies würde die Natur in wenigen Stunden nachholen, sobald der Zellaktivator entfernt wird.«

Seine Augen quollen ihm fast aus den Höhlen. Es schien, als sähe der Ertruser im Geiste bereits einen zur Mumie zusammenfallenden Perry Rhodan vor sich.

»Was sollen wir tun?« fragte er, von Panik erfüllt.

Roi Danton lächelte liebenswürdig.

»Nun, Monsieur, das ist doch überhaupt kein Problem. Ich werde als Anführer auftreten!«

Kasoms Kinnlade sank nach unten.

»Sie . . .? Sie wollen als . . .?«

Er faßte sich sehr rasch wieder.

»Was hatten Sie gesagt? Auftreten möchten Sie? Ich glaube, damit haben Sie den Nagel auf den Kopf getroffen. Das wird ein Auftritt werden!«

Er versuchte sich in dem für Danton typischen »Schwebegang«, der eine Mischung zwischen Tanzen und Trippeln darstellte. Nachdem er jedoch über die scharfe Kante des Umformerpodests gefallen war und sich die Nase blutig geschlagen hatte, gab er es auf.

Oro Masut grinste unverhohlen und voller Schadenfreude.

»Ich glaube, wenn du das den Gurrads vorführst, lachen sie sich tot, und unsere Probleme sind gelöst.«

»Kannst du's vielleicht besser?« knurrte Melbar und wischte sich mit dem Handrücken das Blut aus dem Gesicht. – »Okay, Monsieur Danton. Ich bin Ihr Mann.«

Roi nickte großmütig. »Und nun besorgen Sie mir beide schnellstens zwei besonders große und muskulöse Terraner!«

Eine Minute später kehrten die Ertruser mit zwei Soldaten zurück. Die beiden Männer blickten den Freihändler fragend an.

»Ausziehen!« befahl Roi.

Die Raumsoldaten sperrten die Münden und Augen weit auf.

Roi mußte unwillkürlich grinsen.

»Keine Bange, Herrschaften! Wir wollen den Gurrads keineswegs eine Stripteaseschau bieten. Sie sollen lediglich die Oberkörper frei machen und die Waffen ablegen. Irgendwie muß ich die Löwenköpfe schließlich davon überzeugen, daß wir keine verkleideten Perlians sind.«

Als die Soldaten verstanden hatten, worum es ging, rissen sie ihre Kampfkombinationen schnell herunter. Darunter trugen sie normale Uniformkombis, deren Oberteile sie mit Hilfe der Ertruser abstreiften.

Inzwischen hatte sich Roi Danton seiner Waffe entledigt. Nur der Zierdegen schmückte seinen Kombinationsgürtel, und das brillantenbesetzte Lorgnon baumelte an dem goldenen Kettchen auf seine Brust herab.

Er wollte sich eben anschicken, auf das Schott zuzugehen, als Perry Rhodan dazwischentrat.

»Was soll das heißen?« fragte er verwundert.

Roi verbeugte sich und tänzelte affektiert.

»Wenn Sie gestatten, Grandseigneur, werde ich versuchen, mit dem Anführer der Gurrads zu verhandeln.«

Rhodan kniff die Augen zu schmalen Schlitzen zusammen. Mißtrauisch musterte er die halbentkleideten Soldaten, dann lächelte er verstehend.

»Das ist ein guter Gedanke, Monsieur Danton. Ich werde mitkommen. Warten Sie, bis ich meine Waffe abgelegt habe.«

Roi gab den beiden Ertrusern einen verstohlenen Wink.

»Tut mir schrecklich leid, Grandseigneur. Aber Sie werden nicht mitkommen.«

In Rhodans Gesicht stieg die Zornesröte. Er wollte einen Schritt auf den Freihändler zu machen – da legten sich die Arme der Ertruser gleich stählernen Klammern um ihn.

»Was soll das?« fuhr er auf. »Lassen Sie mich sofort los, oder . . .!

Er versuchte, sich zu befreien, aber gegen die Kräfte der Riesen kam er nicht an.

Die Soldaten, die nicht unmittelbar am Kampf beteiligt waren, wurden aufmerksam. Zuerst schien es, als wollten sie Perry Rhodan zu Hilfe eilen, doch dann schienen sie zu begreifen, worum es ging. Von da an beobachteten sie die Vorgänge schweigend.

Melbar Kasom flüsterte Rhodan einige Erklärungen ins Ohr.

Roi Danton jedoch kümmerte sich nicht darum, ob sein Vater die Argumente des Ertrusers positiv aufnahm. Wie er ihn kannte, würde er den Widerstand nicht aufgeben. Er war gewöhnt, sich selbst stets am meisten zu exponieren, ohne Rücksicht auf seine Gesundheit oder sein Leben. Eine solche Einstellung ließ sich nicht in wenigen Minuten ändern.

»Vorwärts!« befahl der Freihändler seinen halbnackten Begleitern.

Er tänzelte auf das Schott zu.

»Platz für den König!« schrie Oro Masut mit seiner dröhnenden Stimme.

Der Thermostrahl zog eine Glutbahn quer über den stählernen Boden des Ganges. Unmittelbar vor Dantons Füßen brodelte kochendes Metall.

Der Freihändler lächelte nur verächtlich. Er hob die Arme und drehte die Handflächen nach außen, so daß die Gurrads sehen konnten, daß sie keine Waffe enthielten.

Dann trat er einen weiteren Schritt vor.

Diesmal schossen die Guerillas nicht. Sie beobachteten ihn nur sehr genau.

Damit stiegen sie in Rois Achtung um mehrere Stufen. Nur hochintelligente Lebewesen reagierten so wie diese Fremden mit den Löwenmähnen.

Er ging bis in die Mitte des Ganges. Die beiden Raumsoldaten folgten ihm. Auch sie hoben die Arme und wiesen ihre leeren Handflächen vor.

Roi Danton umtänzelte sie.

Nach einer knappen Verbeugung faßte er den einen der Männer an der Schulter und drehte ihn herum, damit die Gurrads seinen Körperbau genau betrachten konnten.

*Eigentlich sollten sie nun wissen, daß wir wirklich keine verkleideten Perlians oder Generäle sind; die Unterschiede sind offensichtlich genug.*

Sie schienen es wirklich zu begreifen.

Ihr Kommandant löste sich aus ihrer Reihe und schritt katzenhaft geschmeidig auf den Freihändler und die beiden Raumsoldaten zu.

Aber sein Mißtrauen schien noch immer wach zu sein. Die ganze Haltung verriet es. Der Oberkörper war leicht nach vorn geneigt, die Muskeln spannten sich zum Sprung, und in jeder Hand hielt der Gurrad eine schwere Strahlwaffe. Die geschlitzten Augen funkelten gelblichgrün.

Roi wußte, daß es nun darauf ankam. Wenn er den jungen Anführer der Guerillas von den friedlichen Absichten der Terraner überzeugte, war alles gewonnen. Mißlang es ihm, dann hatten sie endgültig verspielt. Der Kommandant sah nicht so aus, als ob er sich auf die Dauer vom Widerstand der Raumsoldaten aufhalten lassen würde.

»Die Techniker mit dem Gedankenzeichner!« rief der Freihändler zurück.

Der Gurrad verharrte.

Die Läufe seiner Strahlwaffen ruckten nach oben.

Danton blickte genau in die aktivierten Bündelfelder der Mündungen.

Wenn der Gurrad die Nerven verlor, war er verloren.

»Immer mit der Ruhe!« versuchte er ihn zu besänftigen. »Wir wollen nur einen kleinen Hokuspokus veranstalten, mein langhaariger Freund.«

Drei Techniker erschienen unter der Tür. Sie trugen einen rechteckigen Kasten, aus dem mehrere Kabel mit silbrig schimmernden Kontaktplatten ragten.

»Sind Sie wahnsinnig!« fuhr Roi sie entsetzt an. »Die Waffen ablegen!«

Erschrocken fuhren die Männer zusammen. Sie erröteten wie gescholtene Schuljungen, als sie bemerkten, daß sie noch die Gürtel mit den Kombistrahlern trugen.

Hastig schnallten sie die Waffengürtel ab und warfen sie weg.

Der Kommandant der Gurrads gab einige Knurrlaute von sich, die anscheinend seine Zufriedenheit über das Verhalten der Terraner ausdrücken sollten.

Unter den wachsamen Blicken der Guerillakämpfer bauten die Techniker die Gedankenzeichner auf. Das Gerät stand auf einem stählernen Stativ und besaß je einen Bildschirm auf der Vorder- und Rückseite. Es arbeitete auf der Basis der Hirnwellenverstärkung und der Umformung von Vorstellungsinhalten in elektronische Schwingungen, die ihrerseits eine Art von Fernsehbild aufzeichneten und auf die beiden Schirme projizierten. In allen Fällen, in denen die üblichen Translatoren nicht ohne weiteres auf eine fremdartige Sprache ansprachen, hatte man bisher den Gedankenaufzeichner mit vollem Erfolg eingesetzt. Allerdings hatte es sich dabei fast immer um die erste Kontaktaufnahme mit den intelligenten Eingeborenen neuentdeckter Planeten in der eigenen Galaxis gehandelt. Hier standen den Terranern Wesen gegenüber, die eine unbändige Freiheitsliebe, einen hochentwickelten Stolz und eine voreingenommene Meinung besaßen . . .

Roi Danton zog eines der Kabel zur Hälfte heraus und befestigte die glänzenden Kontakte an seinem Kopf. Dabei lächelte er dem mißtrauischen Kommandanten freundlich zu.

Aus dem Gesichtsausdruck des Gurrads war jedoch nicht zu erkennen, was er von den umständlichen Vorbereitungen hielt. Aber wenigstens ließ er es geschehen.

»Einschalten!« befahl Roi.

Einer der Techniker drückte eine Schaltleiste nieder, drehte an einem Knopf und beobachtete prüfend die Skalenscheibe an der Schmalseite des Geräts. Endlich nickte er zufrieden und schaltete den Projektor ein.

Roi versuchte, so konzentriert wie möglich an das zu denken, was er den Gurrads mitteilen wollte. Auf dem Bildschirm an seiner Seite konnte er erkennen, ob die Gedankenaufzeichnungen seinen Vorstellungsinhalten entsprachen.

Zuerst erschien die Nebelspirale der Milchstraße. Sie drehte sich unendlich langsam, wobei die Kugelsternhaufen ihrer Randgebiete als kleine, schimmernde Wölkchen sichtbar wurden und einander ablösten.

Bisher war der Freihändler zufrieden.

Nach einer halben Drehung erschienen ein Stück außerhalb der

Heimatgalaxis zwei Zwerggalaxien, deren Spiralarme lockerer gegliedert waren als die der Milchstraße.

Die Milchstraße und die kleinere der beiden Zwerggalaxien verschwanden.

Roi konzentrierte sich stärker.

Nur der größere der beiden Zwergnebel blieb und füllte den Bildschirm schließlich ganz aus.

Roi ließ auch ihn verschwinden.

Der Schweiß lief dem Freihändler in Strömen übers Gesicht und in den Kragen seiner Kombination. Es war sehr anstrengend, seine eigenen Vorstellungen exakt zu schildern, indem man sich darauf konzentrierte.

Plötzlich erweckte das Bild der Milchstraße den Eindruck, als flöge der Beobachter in einem superschnellen Raumschiff darauf zu. Die außerhalb liegenden Kugelsternhaufen und das von glühendem Wasserstoffgas erfüllte Zentrum verschwanden aus der Bildfläche, die Spiralarme lösten sich in Millionen Einzelsterne auf.

Dieses Bild wurde abgelöst von dem Bild eines Planeten.

Roi Danton dachte an den Planeten New Luna in dem System von Jellicos Stern. Er dachte an den Riesenroboter OLD MAN und an Ballungen von Hypnokristallen, die sich unheimlich langsam auf die Stadt Jelly-City herabsenkten.

Die nächsten Bilder zeigten versklavte Menschen, Kolonisten Terras, die sich auf New Luna angesiedelt hatten und nun von den hypnosuggestiven Schwingungen der Kristallagenten zu stupiden Automaten abgerichtet wurden.

Danach erschienen auf dem Schirm die Bilder von dem Vorstoß der terranischen Raumschiffe in die Große Magellansche Wolke, die Entdeckung von Danger I und das Bombardement von Modula II.

Zum Schluß konzentrierte sich Roi wieder auf das Bild der heimatlichen Milchstraße.

Dann riß er sich die Kontakte vom Kopf und blickte den Kommandanten der Gurrads fragend an.

Der Löwenmähnige sagte etwas, das wie »Trikort« klang.

Roi Danton vermutete, daß es der Name des Gurrads war, und diese Vermutung erwies sich später als durchaus richtig.

»Nur zu, mein Freund Trikort!« forderte er ihn auf. »Du hast mich empfangen, nun laß deine Gedanken sehen!«

Der Gurrad begriff.

Er steckte seine Waffen ein und trat vor. Ohne noch länger zu zögern, zog er das Kabel auf seiner Seite einige Meter aus der Spulenöffnung und legte sich die Kontakte an.

Gespannt blickte Roi Danton auf den Gedankenschirm.

Gleich würde er wissen, ob sich eine Verständigung mit den Guerillakämpfern der Großen Magellanschen Wolke ergab oder nicht.

Zuerst erschienen die verschwommenen Umrisse der Milchstraße, wie sie von der Großen Magellanschen Wolke aus zu sehen war. Das Bild war nicht so genau wie jenes, das der Gedankenaufzeichner nach Rois Vorstellungsinhalten reproduziert hatte. Doch das erschien verständlich; die Gurrads kannten die Milchstraße eben nur aus großer Entfernung, und der Guerillakrieg gegen die Perlians und ihre Kristallagenten würde ihnen wenig Zeit für astronomische Studien gelassen haben.

Plötzlich schwebte über der flimmernden Projektion der Milchstraße jenes Kennzeichen, das die Terraner in roter Farbe auf ihren Helmen trugen: die beiden parallel zueinander stehenden Längsbalken, die zum Rand des Helmes spitz zuliefen.

Das Bild versank.

Dafür tauchte nun die Projektion der Großen Magellanschen Wolke auf, und sie war so exakt, daß Roi augenblicklich mit Sicherheit wußte, daß die Gurrads ihre heimatliche Zwerggalaxis genauestens kannten. Die Vermutung, in den gejagten und jagenden Guerillakämpfern die ehemaligen Herren der Großen Magellanschen Wolke oder gar beider Wolken vor sich zu haben, wurde fast zur absoluten Gewißheit.

Dann bildete sich das Symbol der Gurrads über der Projektion der Zwerggalaxis aus: der rote Ball – oder was immer es auch darstellen sollte – und der Pfeil, der mitten hindurchstieß.

Roi Danton verstand.

Trikort wollte ausdrücken, daß die Terraner in ihre Milchstraße gehörten, während die Große Magellansche Wolke die alleinige Domäne der Gurrads war.

Leider war das noch nicht alles.

Die nächsten Gedankenbilder zeigten eindeutig terranische Raumsoldaten, die den Gurrads ihre Waffen auslieferten und mit erhobenen Händen in die Gefangenschaft gingen.

Erregt trat Roi zum Gedankenzeichner und riß sein Kabel hervor. Er legte sich die Kontakte an und ließ ein anderes Bild auf dem

Projektionsschirm entstehen: Gurrads und Terraner, die Schulter an Schulter standen und ihre Strahlwaffen auf eine grünlich flimmernde Kristallballung richteten – der Ausdruck einer erstrebten Waffenbrüderschaft.

Trikort knurrte zornig.

Rois Gedankenprojektion verschwand. Dafür tauchte ein großer Saal auf, dessen Sitzflächen in der Art eines Amphitheaters angeordnet waren. Waffenlose Terraner wurden von den bewaffneten Gurrads in den Saal geführt und zu einer Tribüne geleitet, auf der einige Gurrads mit grauen Mähnen saßen und würdevoll auf die Terraner herabblickten.

Anscheinend wollte der Kommandant damit ausdrücken, daß er nicht zu Entscheidungen über das Schicksal der Terraner berechtigt sei, sondern daß diese sich zuerst einmal bedingungslos unterwerfen mußten und später ihre Ansichten einem Rat vortragen konnten.

Roi Danton projizierte zwei schrägliegende Balken über das Bild.

Trikort riß sich die Kontakte vom Kopf, trat zurück und zog seine beiden Strahlwaffen.

Als wäre das ein Signal gewesen, eröffneten die anderen Gurrads plötzlich wieder das Feuer.

In das Tosen und Donnern der Strahlwaffen mischten sich die fauchenden Laute terranischer Lähmschüsse.

Erbittert zogen Roi Danton und die Techniker sich mit dem Gedankenzeichner zurück.

Es schien keine Verständigung mit den Gurrads zu geben.

# 10.

Wieder tauchte ein Schiffsverband scheinbar aus dem Nichts auf; zweiundzwanzig terranische Einheiten, riesige, schwerbewaffnete Kugelschiffe, die sofort nach dem Verlassen des Linearraumes die Verfolgung der Birnenraumschiffe aufnahmen.

Als Atlan die Ortungsauswertungen erhielt, wurde er blaß.

Die Gurrads hatten ihren Verband in zwei etwa gleich große Pulks aufgespalten. Jeder Pulk raste mit einer Beschleunigung von vierhundert Kilometern pro Sekundenquadrat durch den freien Raum, wobei die Entfernung zwischen den beiden Pulks sich ständig vergrößerte.

»Es ist offensichtlich, daß man uns geortet hat«, bemerkte Kommandant Merlin Akran, der zusammen mit Atlan am Kartentisch saß und die nächsten Schritte beriet, die man unternehmen konnte.

Der Arkonide schüttelte bedächtig den Kopf.

»Das ist durchaus nicht gesagt, Oberst. Ich nehme eher an, daß die Gurrads sich rein gewohnheitsmäßig aufteilen, um eventuelle Verfolger und Beobachter irrezuführen. Bedenken Sie, daß diese Wesen einen Guerillakrieg führen! Das heißt, sie sind nicht in der Lage, den Gegner in offenem Kampf zu besiegen – beziehungsweise ihren Stützpunkt gegen die Kristalle zu schützen. Folglich müssen sie dafür sorgen, daß die Position ihres Stützpunktplaneten den Perlians verborgen bleibt. Ich nehme sogar an, daß ihre Schiffsbesatzungen über diese Position im unklaren gelassen werden, damit sie bei einer eventuellen Gefangennahme nicht unter dem hypnosuggestiven Zwang der Kristalle ungewollt zu Verrätern werden. Wahrscheinlich wissen nur die Kommandanten um die genauen Daten und haben den Befehl, sich einer Gefangennahme durch den Freitod zu entziehen.«

»Ich verstehe«, erwiderte Akran bedrückt. »Demnach wird es nicht bei dieser einen Aufteilung des Verbandes bleiben.«

»Genau das ist meine Befürchtung, Oberst.«

Er schaltete den Hyperkom ein.

»Ich werde unseren Verband ebenfalls aufteilen müssen. Jeweils elf Schiffe werden einen Pulk verfolgen. Teilt sich dieser Pulk erneut, muß auch unser Verband sich wieder teilen.«

»Eine Kette ohne Ende«, warf der Kommandant ein.

Atlan lächelte freudlos.

»Im Gegenteil. Über ein bestimmtes Stadium der Zersplitterung hinaus vermögen wir nur noch genau zweiundzwanzig Birnenraumer zu verfolgen. Zweihundertachtundsiebzig entziehen sich unserer Kontrolle. Preisfrage: Wie bekommen wir heraus, in welchem Schiff sich unsere Leute mit Perry Rhodan und dem Freihändler befinden? Unter Umständen verfolgen wir Raumschiffe, die uns im Grunde genommen nicht interessieren – und unsere Männer tauchen für immer an einem unbekannten Ort der Zwerggalaxis unter.«

»Wir müssen sie über Hyperfunk auffordern, sich zu melden!«

Atlan erhob sich.

»Ja, das müssen wir wohl tun, obwohl wir uns dadurch wahrscheinlich verraten. Wir können nur hoffen, daß man überhaupt noch die Möglichkeit hat, uns zu antworten.«

Merlin Akran wollte etwas entgegnen. Aber Atlan bemerkte, daß alle einundzwanzig Kontrollfelder grün leuchteten. Die Verbindung zu den anderen Schiffen war hergestellt.

Er zog das Mikrophon an seine Lippen und begann zu sprechen.

Die Terraner wehrten sich verzweifelt. Ark Huron unternahm mit zwölf Mann einen Gegenstoß und warf den einen Flügel der Angreifer hundert Meter zurück. Dann jedoch mußte er sich schnellstens zurückziehen, weil bereits sechs seiner Leute außer Gefecht gesetzt waren.

Auch die Gurrads setzten nun hauptsächlich Schockwaffen ein. Roi Danton nahm das als Beweis dafür, daß man sie trotz allen Mißtrauens nicht töten wollte. Kommandant Trikort sah möglicherweise ein, daß er in den Menschen wertvolle potentielle Verbündete seines Volkes vor sich hatte – aber er fühlte sich nicht kompetent, eine Entscheidung zu treffen.

Captain Huron traf mit dem Rest seiner Gruppe und sechs paralysierten Soldaten ausgerechnet in dem Augenblick ein, in dem die Gurrads mit einem neuen, wütenden Angriff begannen. Sekundenlang entstand Verwirrung unter dem Schott.

Kommandant Trikorts Stimme bellte Befehle.

Seine Männer stürmten mit heiserem Gebrüll vorwärts. Vielleicht nahmen sie ihre Unerschrockenheit aus der Gewißheit, daß die Terraner nur mit Paralysestrahlen schossen. Jedenfalls gelang es ihnen, wenn auch unter hohen Ausfällen, die Verteidiger des Maschinensaals zu überrennen und in die Halle zurückzutreiben.

Die ersten Gurrads stürmten bereits in die Halle hinein und versuchten, die Widerstandsnester der Terraner aufzuheben, da rief die Stimme ihres Kommandanten sie zurück.

Roi Danton ließ seinen Strahler sinken und stampfte mit dem rechten Fuß heftig auf. Ein Streifschuß aus einer gurradschen Schockwaffe hatte ihn gefühllos gemacht.

Krachend fiel das Schott in seine Hermetikdichtungen.

»Unser gurradscher Freund ist ein wenig zu schlau«, bemerkte Perry Rhodan verbittert und wischte sich den Schweiß aus dem Gesicht. »Ich wollte, er hätte seine Leute in die Halle eindringen lassen. Dort wären wir sehr schnell mit ihnen fertig geworden.«

Roi nickte.

Was sein Vater gesagt hatte, klang durchaus nicht übertrieben. In der Maschinenhalle boten die Umformer und ihre Sockel den Terranern vorzügliche Deckung, während die Gurrads jede Beschädigung der für das Schiff lebensnotwendigen Einrichtungen vermeiden mußten. Die Guerillas wären in ein verheerendes Kreuzfeuer der Verteidiger geraten, hätten sie sich in den Saal vorgewagt.

»Wir sitzen nun in der Falle, Grandseigneur.«

Lauter Kampflärm und ein metallischer Schlag vom Notausgang her zeigten an, daß die terranischen Raumsoldaten auch dort zurückgedrängt worden waren. Nunmehr hatten die Gurrads beide Türen fest verschlossen und unter Kontrolle. An eine Rückeroberung war nicht zu denken, es sei denn, man setzte Vernichtungswaffen ein. Und darauf wollte Perry Rhodan verzichten – sogar um den Preis einer Gefangennahme.

Der Freihändler zeigte nach oben, wo sich an der Decke der Halle die Fugen eines großen Materialschotts abzeichneten.

»Es ist groß genug, um defekte Umformelemente durchzulassen. Wenn die Gurrads auf den Gedanken kommen sollten, uns von dort aus anzugreifen, was dann?«

Rhodan wies lächelnd auf eine Gruppe von Technikern, die unter dem Deckenschott einen schweren Paralysator aufbauten.

»Sobald die Leute fertig sind, setzen wir das Schott und seine nähere Umgebung unter einen konstanten Strom mittelstarker Paralyse- Energie. Die Gurrads werden sich hüten, da oben einen Angriff vorzubereiten.«

Roi grinste.

»Und sie werden vor allem wissen, daß wir dort nicht ausbrechen, solange der Energiestrom anhält. Darum stellen sie vermutlich ein Meßgerät dort oben auf, das mit einer Alarmanlage verbunden ist. Das entbindet sie davon, dort auch noch Leute zu postieren, die sie für die Blockade der Türen und die Schiffsführung dringend benötigen.«

»Ich hoffe nur, die Ertruser halten durch«, erwiderte Rhodan mit sorgenvoll gerunzelter Stirn.

Eine Kilogramm-Büchse Energietabletten, eine Fünfkilo-Kiste Symptoprotein-Konzentrat, zehn Superschock-Wurfgranaten, fünfzehn Energiemagazine für den Schocker ÜG-III, zwei CO-2-Kurzlauf-Luftbüchsen . . .«

Oro Masut blickte von dem Ausrüstungsstapel hoch und sah Kasom fragend an.

»Wozu die Luftbüchsen, Kollege? Willst du etwa Schießsport betreiben?«

Melbar Kasom grinste breit.

»Luftbüchsen haben den unschätzbaren Vorteil, beim Abschuß eine nur geringe Phonzahl zu entwickeln. Pfeil und Bogen wären mir allerdings noch lieber gewesen, aber die gehörten eben nicht zur Ausrüstung unserer Einsatzgruppe.«

»Aber wozu?« fragte Oro. »Ich denke, wir wollen keine tödlich wirkenden Waffen benutzen! Diese Hochleistungs-Luftbüchsen aber schießen panzerbrechende Geschosse ab!«

»Laß dich überraschen, mein Bester«, entgegnete Melbar gutmütig. »Hoffentlich vergißt du die Stahldrahtbürste nicht.«

»Darüber habe ich mich schon gewundert«, sagte Masut. »Wozu brauchst du das Monstrum? Etwa zum Rostkratzen?«

Melbar tippte an seinen sichelförmigen Haarkamm.

»Dazu! Oder soll ich herumlaufen wie ein zerrupfter Hahn?«

Oro Masut schüttelte den Kopf.

»Was nimmst du denn für deinen Sichelkamm?« fragte Melbar.

»Ich . . . Alleskleber natürlich!«

Er schlug mit der flachen Hand leicht gegen seine Frisur. Aber die senkrecht abstehenden Haare gaben keinen Millimeter nach. Sie standen, als wären sie aus Beton gegossen.

»Garantiert wetterfest, immun gegen Ungeziefer, und man braucht sie nicht jeden Tag zu dressieren.«

»Ungeziefer!« Kasom verzog das Gesicht. »An Bord terranischer Schiffe gibt es kein Ungeziefer!«

»So . . .?«

Masut fing ein über den Boden krabbelndes Tier, das wie eine übergroße Schabe aussah.

Er hielt das zappelnde Etwas dem USO-Spezialisten unter die Nase.

»Wir sind ja hier nicht auf einem terranischen Schiff!« protestierte Kasom.

»Genau das meine ich, Kollege.«

Oro zerdrückte die Riesenschabe zwischen zwei Fingern und schleuderte sie fort.

Danach machte er sich wieder an das Verstauen der Ausrüstung.

»Ein Hohlraum-Detektor, swoonsche Ausführung, ein Translator, vier geräucherte Rinderviertel . . .«

Kasoms Seufzen veranlaßte ihn dazu, aufzublicken.

Der USO-Spezialist wischte sich den Speichel aus den Mundwinkeln.

»Vielfraß!« knurrte Oro und machte weiter.

Nach einigen Minuten schreckte sie Rhodans Stimme auf.

»Achtung! Nächste Transition scheint unmittelbar bevorzustehen. Jeder Mann legt sich flach auf den Boden. Wer zuerst wieder handlungsfähig ist . . .«

Weiter kam er nicht.

Oro Masut hatte das Gefühl, als schlüge jemand mit einem schweren Vorschlaghammer auf seinen Schädel.

Er schüttelte sich unwillig.

Im nächsten Augenblick war der Schmerz vorüber. Er richtete sich auf und sah sich in der Umformerhalle um.

Rhodan, Danton und die Einsatzsoldaten lagen verkrümmt am Boden. Nur sein »Landsmann« Kasom stand ebenfalls aufrecht.

Die beiden Ertruser verständigten sich mit Blicken. Danach verließen sie ihre Ausrüstungsstapel und begaben sich jeder an einen der beiden Eingänge. Dort postierten sie sich mit ihren überschweren Waffen und warteten auf den Angriff der Gurrads.

Doch auch außerhalb der Türen schienen alle Lebewesen von dem Hyperschock der Transition handlungsunfähig geworden zu sein.

Aber die Gurrads würden schneller wieder zu sich kommen als die meisten Terraner – und darin lag die große Gefahr.

Besorgt blickte Oro Masut zu seinem Herrn hinüber, der sich stöhnend zu regen begann. Er konnte ihm nicht helfen, ohne seinen Posten zu verlassen.

Auch Perry Rhodan bewegte sich wieder.

Kurz darauf erschollen die ersten Schreie von Menschen, die gegen den Schmerz ankämpften. Oro blickte in verzerrte Gesichter, auf konvulsivisch zuckende Körper und auf Raumsoldaten, die so reglos auf dem Boden lagen, als wären sie tot.

Immerhin erhoben sich innerhalb der nächsten fünf Minuten etwa zwei Drittel der Männer und nahmen ihre Posten an den Türen wieder ein.

Masut und Kasom begaben sich an ihre Vorbereitungen zurück.

Es konnte nicht mehr lange dauern, bis der entscheidende Augenblick kam . . .

Nach der dritten Transition erholten sich nur insgesamt sechs Terraner von dem Hyperschock. Alle anderen lagen in tiefer Bewußtlosigkeit – außer Oro und Melbar Kasom.

Da kam der vierte Transitionsschock!

Die beiden Ertruser untersuchten die sechs Männer, unter ihnen Perry Rhodan, die den vorletzten Schock noch gerade ausgehalten hatten. Aber diesmal erwachten auch sie nicht so schnell aus ihrer Ohnmacht.

Es war soweit.

Kasom stieß eine Verwünschung aus, als er aus dem Gang hinter dem Hauptschott lautes Poltern und Schleifen vernahm.

Masut nickte ihm grinsend zu. Aber es war ein ziemlich klägliches Grinsen.

»Diese Gurrads scheinen von den Hyperschocks überhaupt nicht berührt zu werden!« schimpfte Kasom.

»Jedenfalls nicht von vier Schocks«, gab Oro Masut zurück. »Anscheinend bereiten sie sich endgültig darauf vor, unsere Leute gefangenzunehmen. Es war ein ziemlich schäbiger Trick von ihnen, vier Transitionen abzuwarten. Nun haben sie leichtes Spiel.«

»Nicht ganz, denn wir spielen mit gezinkten Karten, mein Freund!«

Oro hielt ihm rasch den Mund zu.

»Sei still, du Brüllochse! Willst du den Gurrads verraten, daß wir noch fit sind?«

Er stemmte den Ausrüstungssack hoch und ließ ihn auf die schwebenden Antigravplatten fallen. Das Summen des Antigravprojektors wurde lauter, als er die Leistung automatisch auf das zusätzliche Gewicht einregulierte.

Kasom verschloß seinen Kampfanzug und schaltete das Flugaggregat ein. Langsam schwebte er nach oben, der Decke entgegen.

Oro klappte seinen Helm ebenfalls nach vorn und dirigierte die Antigravplatte hinter Kasom her. Neben dem Materialschott ließ er sie los. Sie schwebte reglos in der Luft.

Nun griffen die beiden Ertruser zu den beiden trichterförmigen Spezialgeräten aus Kasoms geheimem Ausrüstungsschatz. Es handelte sich um recht simple Apparaturen, die allerdings außergewöhnlich starke, justierbare Magnetfelder erzeugten.

»Wir beginnen mit Stufe eins!« sagte Melbar Kasom. »Sollte das nicht ausreichen, steigern wir ganz allmählich. Aber spätestens bei Stufe vier müßte das Deckenschott wegfliegen.«

»Paß nur auf, daß du nicht wegfliegst, wenn du in das Paralysatorfeld gerätst«, spottete Masut.

Doch da war es bereits geschehen.

Kasoms Glieder verkrampften sich. Ein lauter Schrei drang aus seiner Kehle. Aber dann entspannte er sich wieder.

»Schnell!« flüsterte er. »Lange halte ich das nicht mehr aus.«

Oro Masut gab einen kurzen Schubstoß mit dem Triebwerk seines Tornisteraggregats ab.

Als er das Paralysatorfeld erreichte, durchzuckte ihn der Schmerz, als schnitte man ihn mit einem glühenden Messer mittendurch. Er war jedoch gefaßt darauf gewesen, und so verkrampften sich seine Muskeln nicht wie bei Kasom, der anscheinend nicht mehr an das Feld gedacht hatte.

Mit zusammengebissenen Zähnen machten sie sich an die Arbeit. Die Trichteröffnungen wurden gegen das Metallplastik des Materialschotts gepreßt, dann befahl Melbar: »Los!«

Oro Masut stellte den Intensitätsregler auf die Zahl Eins. Sofort fing der Trichterstiel in seinen Händen an zu rütteln.

»Stufe zwei!« stöhnte Melbar.

Das Rütteln des Trichterstiels verstärkte sich. Das Schott ächzte und knisterte – aber es hielt.

»Stufe drei!«

Mit lautem Knall zersprang die Verriegelung des Schotts. Das Schott selbst wurde mindestens fünf Meter weit abgehoben und fiel dann wieder herab.

Die Ertruser fingen es auf, schwebten damit durch die Öffnung und legten es neben dem Meßgerät nieder, das die Gurrads auf dem Boden des oberen Geschosses aufgestellt hatten.

Oro Masut zwinkerte seinem Kollegen vergnügt zu, obwohl er sich noch immer im Einflußbereich des Paralysators befand.

Die Guerillas konnten beim besten Willen nicht ahnen, daß ein Paralysatorfeld, das einen von ihnen augenblicklich für Stunden lähmte, von Terranern vertragen wurde.

Auf jeden Fall würden sie solange niemanden hier heraufschicken, wie ihr Meßgerät eine gleichbleibende Intensität des Paralysefeldes anzeigte.

Masut tauchte noch einmal in die Umformerhalle und holte die handliche Antigravplattform mit ihrer Sonderausrüstung herauf.

Danach reparierten die Ertruser das Deckenschott soweit, daß niemand ihm von außen die gewaltsame Öffnung ansehen würde.

So schnell wie möglich verließen sie dann den Bereich der Paralysestrahlung und begaben sich auf die Suche nach einem geeigneten Versteck.

Unter ihnen drangen unterdessen die Gurrads in den Maschinensaal ein.

»Ruhig!« flüsterte Kasom und legte den Finger auf die Lippen.

Oro Masut umklammerte die Griffstange der Antigravplattform und hielt den Atem an.

Sie waren, seit sie die Umformerhalle verlassen hatten – das lag etwa eine halbe Stunde zurück –, unter Beachtung aller Vorsichtsmaßnahmen wieder in den Hecksektor des Birnenraumschiffes hinabgestiegen. Damit hatten sie dem unwahrscheinlichen Fall vorgebeugt, daß die Gurrads ihre Flucht entdeckten. Sie würden sie ganz bestimmt nicht dort suchen, woher sie einen halben Tag zuvor unter großen Mühen erst gekommen waren.

Die Ertruser verhielten sich noch immer still.

Sie standen in einem Reparaturgang zwischen den Trennwänden des Schiffes. Auf diesem Wege waren sie ungesehen auf die gegenüberliegende Seite des Birnenraumers gelangt, auf der sie den defekten Antigravlift wußten, den sie beim Aufstieg mit der Einsatzgruppe passiert hatten.

In den Wänden des Reparaturganges waren abwechselnd links und rechts schmale Mannschotte eingelassen. Eines von ihnen mußten sie benutzen, wenn sie den Antigravschacht erreichen wollten. Leider wußten sie nicht, ob sie hinter dem Schott auf Gurrads stoßen würden oder nicht.

Während der letzten Minuten hatten sie mehrfach Geräusche vernommen: die Stimmen von Gurrads, das Poltern zahlreicher Stiefel und das Rattern von Lastkarren, mit denen die Gurrads Ersatzteile und Verpflegung zu den einzelnen Sektionen ihres Schiffes ausfuhren.

Im Augenblick war es ruhig.

Kasom und Masut blickten sich fragend an. Oro nickte.

»Na schön«, murmelte Kasom, »versuchen wir es. Schalte deinen Deflektorfeldgenerator ein.«

Oro verzog die Lippen zu einem ironischen Grinsen. Die Deflektorfeldgeneratoren würden die beiden zwar unsichtbar machen, indem sie die Strahlung des sichtbaren Lichts um sie herumlenkten. Aber das genügte nicht, um auch die Antigravplattform zu tarnen.

Melbar Kasom hatte unterdessen das Schott entriegelt. Schmatzend ließen die Hermetikdichtungen die Türränder frei. Das Schott schwang auf.

Kasom steckte den Oberkörper durch die Öffnung.

»Die Luft ist rein«, flüsterte er und wollte hinauskriechen.

Dabei erwies sich, daß die Gurrads beim Bau ihres Schiffes nicht daran gedacht hatten, daß eines Tages Ertruser versuchen würden, die Mannschotte der Reparaturgänge zu benutzen.

Kurz entschlossen versetzte Masut seinem Kollegen einen kräftigen Tritt ins Gesäß.

Kasom kam frei. Auf dem Bauch rutschte er über die ganze Breite des angrenzenden Ganges.

Oro hob den Waffengürtel auf, der im Schottrahmen hängengeblieben war, und warf ihn Kasom nach. Dann schnallte er seinen eigenen Waffengürtel ab, woraufhin er die Öffnung einigermaßen anstandslos passieren konnte.

Anschließend griff er in den Reparaturgang hinein und zog die Antigravplatte hinter sich her.

Nachdem sie das Schott von außen wieder verriegelt hatten, schlichen sie auf leisen Sohlen bis zur nächsten Biegung.

Oro Masut, der vorsichtig um die Ecke spähte, zuckte erschrocken zurück.

»Ein Lastkarren!« flüsterte er dem Kollegen zu.

Kasom fluchte unterdrückt.

Der Gang bot keinerlei Möglichkeit, sich zu verstecken – und bis zur nächsten Biegung würden sie nicht mehr kommen, bevor der Lastkarren heran war.

Es blieb ihnen nichts weiter übrig, als sich eng an die Wand zu drücken und die Antigravplattform hinter sich zu schieben, damit sie durch den Einfluß der beiden Deflektorfelder halbwegs unsichtbar würde.

Kaum hatten sie diese kümmerlichen Vorbereitungen getroffen, als der Lastkarren auch schon dicht an ihnen vorbeifuhr. Er rollte auf Gummirädern, aber die Lager waren anscheinend defekt, so daß er ein nervtötendes Quietschen und Knacken von sich gab.

Der Fahrer des Karrens blickte weder nach rechts noch nach links. Er döste mit halbgeschlossenen Schlitzaugen vor sich hin.

Oro Masuts Augen wurden unnatürlich groß, als er sah, was in dem Ladekasten lag.

Frisches Fleisch!

Im nächsten Augenblick fühlte er sich beiseite gestoßen. Er sah, wie Melbar Kasom dem Karren ein Stück nachlief und dann in den Ladekasten griff.

Als der USO-Spezialist zu seinem Gefährten zurückkehrte, hielt er die kopfgroße Keule irgendeines Schlachttieres in der Hand.

Vorwurfsvoll schüttelte Oro den mächtigen Schädel.

Aber Melbar grinste ihn nur an. Rasch stopfte er die Keule in das Oberteil seiner Kampfkombination. Danach setzten die Ertruser ihren Marsch fort.

Nach langem Suchen fanden sie endlich ein ideales Versteck im Pumpenraum einer Landebeinhydraulik.

Zwar war der Raum außerordentlich eng, vor allem für die riesigen

Ertruser, aber hier gab es wenigstens keine elektrischen Hochspannungen, da die Anlage auf mechanisch-hydraulischer Basis arbeitete.
Hier beschlossen sie zu bleiben, bis das Schiff irgendwo landete.

Oro Masut erwachte, weil ihn etwas in die Seite drückte. Ächzend richtete er sich auf und schaltete seinen Brustscheinwerfer an, denn im Pumpenraum brannte kein Licht.

Er stellte fest, daß er im Schlaf unter das massive Hauptrohr des Pumpensystems gerollt war und daß der stählerne Hebel eines Überdruckventils sich gegen seine Schulterblätter preßte.

Schimpfend kroch er wieder an seinen alten Schlafplatz. Aber dort hatte sich unterdessen Melbar Kasom breitgemacht. Nun wußte Oro auch, warum er unter das Hauptrohr gerollt war. Sicher hatte Kasom ihn im Schlaf immer weiter geschoben, um mehr Platz für sich selbst zu bekommen.

Oro überlegte, ob er den Gefährten ans Schienbein treten oder unter das Hauptrohr quetschen sollte. Aber dann verzichtete er auf eine billige Rache. Melbar Kasom hatte ihn ja nicht absichtlich zur Seite geschoben.

Vorsichtig stieg er über ihn hinweg und ergriff den Rand des Landebeines, das mit seinem oberen Teil ein Stück in den Pumpenraum hineinragte.

Oben war genügend Platz zum Schlafen, wenn man sich zusammenrollte. Oro Masut hoffte nur, daß er nicht im Schlaf herunterstürzte. Aber unter ihm lag Kasom, also würde er weich fallen, sagte er sich. Beruhigt schlief er ein.

Als er wach wurde und auf die Uhr sah, stellte er fest, daß er dreizehn Stunden hintereinander geschlafen hatte.

Mit einem Satz schwang er sich über die Kante der Stützbeinplattform.

Im letzten Moment fiel ihm ein, daß Melbar unter ihm schlief.

Doch seltsamerweise prallten seine Füße nicht gegen einen ertrusischen Körper, sondern gegen den kalten Stahl des Bodens.

Er schaltete die Brustlampe ein und blickte sich suchend um.

Von Melbar Kasom war nichts zu sehen.

Allerdings zeugte eine zur Hälfte geleerte Konzentratpackung davon, daß er vor ihm aufgewacht sein mußte und bereits gefrühstückt hatte.

Danach mußte er den Pumpenraum verlassen haben.

Oro schimpfte leise vor sich hin. Er hielt es für Leichtsinn, die Sicherheit ihres Verstecks aufs Spiel zu setzen, nur um sich draußen im Schiff umzusehen.

Einen anderen Grund konnte Kasoms Aufbruch nicht haben, denn sie hatten sich dahingehend geeinigt, die hygienischen Einrichtungen ihrer Kampfanzüge erst dann in Gang zu setzen, wenn sie gelandet waren – oder wenn es sich absolut nicht mehr hinausschieben ließ.

Er öffnete das Innenschott der kleinen Schleuse, durch die sie in den Pumpenraum gelangt waren. Dieser Raum mußte zum Schiffsinnern hin besonders gesichert werden, weil die Abdichtung zwischen dem Landebein und der Austrittsöffnung direkt an den Weltraum grenzte. Die geringste Undichtigkeit mußte einen raschen Druckverlust zur Folge haben.

Nachdem er das Innenschott verriegelt hatte, betätigte er die Entriegelung des Außenschotts. Die Wand aus fünf Zentimeter starkem Panzerstahl glitt summend zur Seite.

Draußen brannten nur einige rötlich schimmernde Notlampen. Oro Masut hatte seinen Brustscheinwerfer bereits in der Schleusenkammer ausgeschaltet. Deshalb erkannte er die Umrisse der kleinen Energie-Umschlagstelle nur vage.

»Kasom!« rief er leise.

Keine Antwort.

Von weiter oben kam das dröhnende Arbeitsgeräusch der Triebwerksaggregate. Das Birnenraumschiff befand sich also noch im Weltraum.

Masut überlegte, was er tun sollte.

Vielleicht war der Gefährte bei seinem »Ausflug« aufgegriffen worden.

Oder man hatte ihn entdeckt, und er war in die oberen Sektionen des Schiffes geflohen, um Oros Versteck nicht preiszugeben.

Praktisch konnte alles mögliche geschehen sein.

Masut beschloß, noch einige Zeit zu warten, bevor er zur Suche aufbrach. Wenigstens einer von ihnen mußte übrigbleiben, sonst war Rhodans Geheimplan gescheitert.

Er kehrte in den Pumpenraum zurück und holte einen Teil seiner Sonderausrüstung. Danach postierte er sich im Schatten eines automatischen Feuerlöschers, der groß und quadratisch an der Wand befestigt war.

Falls die Gurrads das praktisch Unmögliche schafften und aus Kasom ihr Versteck herauspreßten, wollte er nicht in diesem dunklen Kasten gefangen sein.

Es dauerte nicht lange, da hörte er das Tappen von weichen Sohlen auf der rostigen Wendeltreppe, die von einem Geräteraum zur Landebeinhydraulik führte.

Oro Masut entsicherte seine Waffe und drückte sich enger an die Wand neben dem Feuerlöschautomaten. Etwas knarrte über ihm. Dann blieb es wieder einige Sekunden lang still.

Oro spähte aus seiner Deckung hervor und sah Bewegung im oberen Drittel der Treppe.

Er zielte mit dem Strahler nach oben und raunte:

»Halt! Wer da?«

Von oben kam ein leiser Aufschrei, dann vollführte die dunkle, nur verschwommen erkennbare Gestalt einen gewaltigen Satz. Neben Oro Masut fauchte ein Paralysestrahl in den Boden.

Da hatte der Ertruser ebenfalls schon abgedrückt.

Die dunkle Gestalt taumelte.

Plötzlich donnerte und krachte, klirrte und prasselte es, daß Masut glaubte, das Birnenschiff wäre in vollem Flug gegen einen Asteroiden gerast.

Als es danach aber still blieb, wagte er, den Scheinwerfer einzuschalten.

Wenige Meter vor ihm erhob sich Melbar Kasom fluchend und jammernd aus einem Haufen verbogenen Metalls, der in eine Wolke von Roststaub gehüllt war.

Verblüfft starrte Oro nach oben und sah, daß die untere Hälfte der Wendeltreppe völlig fehlte.

Sein Blick wanderte zurück zu dem Gefährten.

Kasom rieb sich mit der Linken das verstauchte Gesäß, mit der Rechten betastete er eine hühnereigroße Beule auf seiner Stirn.

»Willkommen, Einhorn!« sagte Oro Masut schadenfroh.

Melbar spie eine Handvoll Rost aus und blinzelte mit den Augen, um den Staub von den Schleimhäuten zu entfernen.

»Masut . . .?« krächzte er wenig geistreich.

»Das gleiche könnte ich fragen«, erwiderte Oro, der nur mühsam ein Grinsen unterdrückte. »Wie konntest du einfach weggehen?«

»Du hast ja den Pumpenraum auch verlassen«, versuchte Kasom sich zu rechtfertigen.

Oro blieb ob solcher Dreistigkeit fast die Sprache weg.

»Nun, die Strafe für deine Undiszipliniertheit hast du ja erhalten«, brachte er mühsam hervor.

»Aber nur, weil du auf mich geschossen hast!« protestierte Kasom zornig. »Dadurch bin ich aus dem Gleichgewicht geraten und habe wohl mehrere Stufen mit einemmal genommen, was die altersschwache Konstruktion nicht mehr aushielt.«

»Du hast zuerst geschossen«, entgegnete Oro.

Kasom zuckte die Schultern.

»Das war eine reine Reflexhandlung auf deinen Anruf hin. Es hätte ja ein Gurrad sein können.«

»Aha!« stieß Oro Masut hervor. »Ein Gurrad, der Interkosmo beherrscht, wie? Nach einem solchen Wunderknaben hast du wohl da oben gesucht?«

»Ach, lassen wir das Streiten!«

Melbar winkte resignierend ab und preßte seine Beule gegen die kalte Wandung des Pumpenraums.

»Ich wollte mich zur Umformerhalle schleichen. Aber da gibt es kein Durchkommen. So habe ich in den Lagerräumen ein wenig rekognosziert. Die Besatzung des Schiffes gibt sich große Mühe, die Befreiten medizinisch zu versorgen und sie mit Riesenkesseln voller Synthobrei zu sättigen.«

Er schüttelte sich.

»Von diesem Schlangenfraß würde ich sogar am Rand des Hungertods nichts zu mir nehmen.«

»Mit vollem Magen sagt sich so etwas leicht daher«, entgegnete Oro ernst. »Wer weiß, ob wir nicht selbst bald auf die gleiche Nahrung angewiesen sein werden.«

»Wir . . .?« dehnte Kasom entrüstet. »Vorläufig besitzen wir noch genügend Konzentrat. Ein Rinderviertelchen muß auch noch übrig sein.«

Oro blickte vielsagend auf die Trümmer der Wendeltreppe.

»Sobald die Gurrads das entdecken, ist es aus mit Rinderviertelchen und hochwertigen, wohlschmeckenden terranischen Nahrungskonzentraten.«

Melbar sah mürrisch zu Boden.

»Na schön!« sagte er endlich seufzend. »Ich sehe ja ein, daß ich einen Fehler begangen habe. Es tut mir wirklich leid. Aber nun müssen wir wohl oder übel in einen anderen Pumpenraum umziehen.«

Oro Masut nickte.

Abermals verstauten sie ihre Sonderausrüstung in den Gepäcksack. Dabei stellten sie beunruhigt fest, daß mehr als die Hälfte aller Nahrungsmittel aufgebraucht war – und das, obwohl sie mit den Rationen äußerst sparsam umgegangen waren. Doch Ertruser hatten nun einmal ein sehr starkes Nahrungsbedürfnis. Das hing mit ihrer Körpergröße, der umweltangepaßten Konstitution und dem vergleichsweise hohen Grundumsatz zusammen. Was für zwei Erdgeborene vierzehn Tage lang gereicht hätte, langte für zwei Ertruser höchstens drei Tage.

»Es wird Zeit, daß wir auf einem Planeten landen«, sagte Melbar trübsinnig. »Sonst müssen wir uns noch als Einbrecher in die Kühlräume schleichen.«

»Das schlag dir lieber gleich aus dem Kopf«, erwiderte Masut ironisch. »Die Gurrads werden ihre Vorräte sehr streng bewachen, damit die Befreiten nicht darüber herfallen.«

Melbar blickte Dantons Leibwächter eine Weile prüfend an, dann schüttelte er verwundert den Kopf und sagte:

»Was bist du nur für ein starrköpfiger Pessimist, Masut. Bitte, laß mir doch wenigstens ein paar Hoffnungen!«

Gönnerhaft schlug Oro Masut ihm auf die Schulter.

»Sobald wir hier heraus sind, spendiere ich eine ganze Flasche Vurguzz, mein Lieber.«

Kasom strahlte.

»Vurguzz. Eine ganze Flasche! Einfach wunderbar, Masut!«

Oro schüttelte sich. Er mochte Vurguzz nicht einmal riechen. Aber wenn dieser USO-Spezialist so verrückt nach dem giftgrünen Zeug war, dann sollte er es ruhig trinken.

Eine Stunde später hatten sie ihren »Umzug« bewältigt. Die andere Pumpenkammer unterschied sich in keiner Weise von der vorhergehenden, lediglich die Wendeltreppe davor fehlte. Ihre total vom Rost zerfressenen Einzelteile lagen auf den Decksplatten verstreut.

Melbar Kasom kratzte sich bedächtig am Hinterkopf.

»Ich fürchte, wir haben uns die Arbeit vergeblich gemacht, Oro. Auf diesem Rostkahn wird eine verfallene Treppe nicht auffallen.«

Währenddessen jagten die CREST IV und die FRANCIS DRAKE allein hinter einem Verband von neun Birnenraumern her. Es war der größte Verband, der von der ganzen Flotte geblieben war.

Schon nach der dritten Transition der Guerillaschiffe hatte Atlan erkennen müssen, daß die Aussichten, Perry Rhodan, Roi Danton und die restlichen 101 Männer der Einsatzgruppe Modula wiederzufinden, immer mehr an Wahrscheinlichkeit verloren.

Als die beiden führenden Schiffe nach der vierten Transition der Gurrads zusammen mit acht Schlachtkreuzern des 82. GSV am Eintauchort eintrafen, sanken diese Aussichten fast bis auf Null.

Wie Schrotkugeln flogen die rematerialisierten Birnenraumer in alle Richtungen davon. Acht Schiffe reichten bei weitem nicht aus, jedes einzelne Schiff zu verfolgen.

Atlan hatte nichts weiter tun können, als den Kommandanten der einundzwanzig Schiffe, zu denen nach wie vor Funkkontakt bestand, die Anweisung zu geben, die nächsten Eintauchschocks der Birnenraumschiffe abzuwarten und sich dann so weit wie möglich über die betreffenden Raumsektoren zu verteilen. Anschließend sollten sie relativ fahrtlos im Raum stehen bleiben und nur die Schockwellen registrieren – und zwar so lange, bis sie völlig ausblieben. Danach würde eine pedantisch genaue Überprüfung jedes Eintauchorts stattfinden.

Nur so bestand noch eine winzige Aussicht, den Guerillastützpunkt zu finden, nach dem die Terraner höchstwahrscheinlich transportiert wurden.

Nach der neunten Transition hob Melbar Kasom lauschend den Kopf. Unwillkürlich griff Oro Masut nach seiner Waffe.

»Was ist los? Kommen die Gurrads?«

Beruhigend winkte der USO-Spezialist ab.

Nach wenigen Minuten verzog sich sein Gesicht zu einem zufriedenen Lächeln.

»Das Schiff verzögert. Weißt du, was das bedeutet, Masut?«

Natürlich wußte Dantons Leibwächter das. Wenn das Birnenraumschiff verzögerte, dann näherte es sich höchstwahrscheinlich seinem Ziel, dem sagenhaften Stützplaneten der Guerillakämpfer.

Vier Tage lang hatten sie auf diesen Augenblick gewartet, hatten sich ausgemalt, welche Freudentänze sie aufführen würden, wenn sie

Aussicht darauf erhielten, aus ihrem dumpfen, kalten Versteck herauszukommen und die reine Luft eines Sauerstoffplaneten einzuatmen.

Nun, da es soweit war, taten sie nichts von alledem. Sie vollführten weder Freudensprünge, noch schrien sie ihre Erleichterung heraus.

Plötzlich wurden sie von der Frage gequält, was sie auf dem Zielplaneten erwarten würde, ob die Luft atembar sei oder aus giftigen Gasen bestünde – oder ob der Birnenraumer wegen der zusätzlichen Fracht der befreiten Gurrads bei der Landung auseinanderbräche.

Außerdem waren ihre Nahrungsmittel so gut wie aufgebraucht. Bei äußerster Streckung würden sie noch einen Tag reichen, dann mußten sie sich nach etwas anderem umsehen.

Alles das bedrückte die beiden Ertruser, denn von der Beantwortung dieser Fragen oder der Lösung des Nahrungsproblems hing es ab, ob ihr Geheimeinsatz ein Erfolg oder ein Mißerfolg wurde.

»Ich schlage vor, daß wir uns hinlegen und schlafen. Nach der Landung werden wir auf Kräftereserven angewiesen sein.«

Kasom hatte den Vorschlag gemacht, und ganz im Gegensatz zu seiner sonstigen Spottlust nickte Oro Masut lediglich mechanisch.

Sie streckten sich auf dem harten Boden so lang wie möglich aus und schlossen die Augen.

Oro Masut erwachte von einem heftigen Stoß.

Etwas zischte und gurgelte ohrenbetäubend laut.

Dafür fehlte ein anderes Geräusch, das bisher immer dagewesen war: das Arbeitsgeräusch der Triebwerksaggregate . . .

Masut fuhr hoch und schaltete seinen Brustscheinwerfer an. Unsicher wankte er zu Kasom hinüber, denn der glatte Boden unter seinen Füßen schwankte und zitterte wie das Deck einer Segeljacht in stürmischer See.

Das Schiff war gelandet, und das Schwanken und Beben kam von den nachschwingenden Teleskopfederungen der Hydraulik-Landebeine.

Oro tat einen weiteren Schritt auf den noch immer schlafenden Gefährten zu – und stürzte plötzlich in einen Abgrund.

Im letzten Augenblick warf der Ertruser die Arme hoch und krallte die muskulösen Finger an den Rand des mysteriösen Abgrunds, der ihn beinahe verschlungen hätte.

Nun erwachte auch Melbar Kasom.

Endlich konnte sich Masut bemerkbar machen.

Dann schob sich sein breites Gesicht über den Spalt, in dem der Leibwächter Roi Dantons hing.

Ein flüchtiges Grinsen huschte über Kasoms Gesicht.

»Selbst die blinde Henne findet manchmal ein Korn«, murmelte er undeutlich.

Oros Gesicht lief vor Zorn bläulichrot an.

»Toktoktoktaak!« machte er wütend. »Sie legte jeden Tag ein Ei und sonntags manchmal zwei. – Hilf mir doch! Soll ich mir vielleicht die Fingergelenke auskugeln!«

Kasoms Grinsen verstärkte sich.

»Von Anatomie hat der Kerl auch keinen blassen Schimmer«, bemerkte er wegwerfend.

Aber er packte Oros Hände und zog mit aller Kraft, während Oro sich mit den Füßen von der glitschigen Wandung des Spalts abstieß.

Keuchend rang Oro Masut nach Luft.

»Gratuliere!« rief Melbar und schlug den Gefährten auf die Schulter.

Masut zog eine säuerlich wirkende Miene.

»Wozu?«

»Daß du den idealen Ausgang gefunden hast.«

Er kniete neben dem Spalt nieder und bedeutete dem Gefährten, es ihm gleichzutun.

Nun sah auch Masut das Licht, das von unten heraufschimmerte – und das Stück verbrannter Erde, das unter dem Spalt lag, der von der ausgefahrenen Landestütze freigegeben worden war.

»Das also hast du mit der blinden Henne und dem Korn gemeint«, sagte er begreifend.

»Stimmt. Und nun wollen wir unsere Koffer packen und schleunigst aus diesem zweifelhaften Hotel verschwinden. Hast du etwas dagegen, Masut? «

Stumm schüttelte Oro Masut den Kopf.

Einige Decks höher trieben schwerbewaffnete Gurrads ihre 101 Gefangenen zusammen.

Perry Rhodan konnte nichts tun, um seinen Männern die Lage zu erleichtern. Sie waren alle entwaffnet worden. Nur seine eigene Waffe und den Kampfanzug hatten die Guerillas ihm nicht nehmen können. Diese Sachen haben die Ertruser mitgenommen.

»Was mögen die beiden Ertruser jetzt tun?« flüsterte er dem neben ihm stehenden Freihändlerkönig zu.

Roi Danton zuckte die Schultern.

»Keine Ahnung, Granseigneur. Hoffentlich hat man sie nicht gefaßt.«

»Ich glaube nicht«, erwiderte Rhodan. »In diesem Fall . . .«

Einer der Gurrads stieß ihm den Kolben eines Strahlgewehrs zwischen die Schulterblätter. Rhodan taumelte ein paar Schritte nach vorn und sank dann langsam in die Knie.

Roi fuhr mit zornfunkelnden Augen herum.

Der Gurrad wollte zurückweichen, als er die Entschlossenheit in den Augen seines Gegenübers sah. Doch da hatte ihm der Freihändler schon die Waffe aus der Hand geschlagen. Anschließend hob er ihn hoch und schmetterte ihn auf den Boden. Der Gurrad blieb reglos liegen.

Drei andere Wachtposten drangen auf Roi ein. Er wehrte sich verbissen, wurde aber schließlich doch überwältigt. Die Gurrads ließen erst von ihm ab, als eine allgemeine Gefangenenrevolte auszubrechen drohte.

Mit vorgehaltenen Waffen drängten sie die empörten terranischen Raumsoldaten zurück. Möglicherweise wäre es dennoch zu einem Blutbad gekommen, wenn Roi sich nicht wieder erhoben und die Männer zurückgerufen hätte.

Perry Rhodan stützte den Freihändler und wischte ihm das Blut aus dem Gesicht.

»Das war eben nicht sehr klug«, sagte er, ohne sich um die drohenden Gesten der Wächter zu kümmern. »Dennoch – vielen Dank, Monsieur Danton.«

»Gern geschehen, Grandseigneur«, entgegnete Roi.

Er versuchte ein Lächeln, aber es gelang ihm noch nicht wieder. Vorsichtig betastete er seine Glieder.

»Etwas gebrochen, Sir?« fragte einer der Sanitäter des Trupps.

Roi Danton schüttelte den Kopf.

»Nichts, Monsieur. Ich habe ziemlich feste Knochen. – Gute Erbmasse«, fügte er mit einem schnellen Seitenblick auf Perry Rhodan hinzu.

Die Gurrads brüllten etwas in ihrer unverständlichen Sprache. Wieder einmal bedauerte es Rhodan zutiefst, daß es bisher noch nicht gelungen war, die Translatoren auf die Sprache der Guerillas zu programmieren. Das gesprochene Wort konnte eben doch nicht ersetzt werden – auch vom besten Gedankenzeichner nicht. Und jetzt fanden sich die Translatoren in den Händen der Gurrads, die offenbar nichts damit anfangen konnten oder wollten.

Zum erstenmal nach ihrer Gefangennahme tauchte wieder der Kommandant des Schiffes auf, der Gurrad mit der langen, sandgelben Löwenmähne, dessen Name Trikort lautete.

Trikort beugte sich über die Bahre, auf der man den von Roi verletzten Wächter abtransportierte. An seinen Gesten und seinen wütend hervorgestoßenen Worten konnte man erkennen, daß er den Mann wegen seines Verhaltens rügte.

Danach kam er zu Perry Rhodan und blickte ihn lange und prüfend an. Dann gab er durch Gesten zu verstehen, daß er den Zwischenfall bedauerte und den Schuldigen streng bestrafen würde.

Roi Danton stand während dieser Zeit tausend Ängste aus.

Wenn der Kommandant in seinem Vater den Chef des terranischen Einsatzkommandos erkannte, bestand allergrößte Gefahr.

Doch der Gurrad schien keinen Verdacht zu schöpfen. Nachdem er auch an Danton einige unverständliche Worte gerichtet hatte, wandte er sich ab und verschwand wieder.

Die Wachen trieben die Terraner jetzt weniger scharf an. Aber sie ließen auch keinen Zweifel daran, daß ihre Befehle befolgt werden mußten.

Schubweise wurden sie einen Antigravschacht hinabgeschickt. Oben blieben bewaffnete Wächter zurück, und unten nahmen andere Bewaffnete die Terraner wieder in Empfang.

Anschließend trieb man sie in eine große Schleuse.

Als sich die beiden Schotthälften öffneten, strömte eisige Kälte herein. Zumindest erschien sie den Menschen eisig, nachdem sie tagelang in einem vollklimatisierten Raum gelebt hatten.

Ihre leichten Uniformkombis vermochten die Kälte nicht fernzuhalten.

Sie schritten rascher aus als bisher, nachdem die Wachen sie eine breite Rampe hinabgeführt hatten.

Wenigstens konnte man hier richtig durchatmen. Die Luft in der Umformerhalle war von Öldunst und säuerlichen Fäulnisgerüchen durchsetzt gewesen.

»Wenn das ihr Stützpunktplanet ist, so hat man uns jedenfalls Meilen vom Stützpunkt entfernt abgesetzt«, bemerkte Ark Huron und deutete mit einer alles umfassenden Geste zu den kahlen, rotbraunen Felswänden, die rings um den Landeplatz des Birnenraumers einige tausend Meter in den klaren Himmel ragten.

»Ich fürchte auch, wir werden hier nur Zwischenstation machen«, antwortete der Freihändler sinnend. »Oder erkennen Sie irgendwelche Gebäude, Abwehrforts und dergleichen?« wandte er sich an Rhodan.

»Lassen wir uns überraschen«, erwiderte dieser. »Jedenfalls scheint die Sonne vom Soltyp zu sein.«

Er blickte aus zusammengekniffenen Lidern nach oben, wo der gelbe Ball der Sonne am Firmament hing. Von einer Wärmeausstrahlung war nicht viel zu merken. Rhodans Armbandgerät zeigte einen Wert von plus drei Grad Celsius an.

»Hoffentlich müssen wir nicht im Freien übernachten«, fügte er besorgt hinzu.

Den Gurrads schien die Kälte ebensowenig zu behagen wie den Terranern. Jedenfalls trieben die Posten ihre Gefangenen zu noch größerer Eile an, und bald rannten sie alle im Laufschritt über den steinigen, nur von kargen Gras- oder Flechteninseln bedeckten Boden. Nach kurzer Zeit froren sie nicht mehr.

»Ein Glück, daß die Schwerkraft unter dem irdischen Wert liegt«, bemerkte Roi Danton im Laufen. »Ich schätze sie auf höchstens 0,8 Gravos.«

Auch Perry Rhodan hatte die geringere Schwerkraft mit Erleichterung registriert, denn ihre Bewacher trieben sie nun einen Weg entlang, der ziemlich steil an der hochaufragenden Felswand nach oben führte.

Nach etwa einer Viertelstunde sahen sie am Ende des unbefestigten Weges den Eingang einer Höhle auftauchen. Mehrere Gurrads in schwerer Lederkleidung hielten daneben Wache; ein fahrbares Impulsgeschütz war in einem Felsennest darüber aufgebaut.

»Das sieht nach einer besseren Räuberhöhle aus«, meinte Ark Huron abfällig.

Perry Rhodan ging nicht auf die Bemerkung ein. Aber auch er war enttäuscht darüber, daß man sie auf einer anscheinend gänzlich unbedeutenden Stützpunktwelt abgesetzt hatte. Es sah nicht danach aus, als bekämen sie hier Gelegenheit, mit den maßgebenden Leuten der Guerillas zu verhandeln.

Während ihre Bewacher bei den Posten Meldung erstatteten,

wandte Rhodan sich um und blickte über das gelandete Birnenraumschiff hinweg zur anderen Seite des gigantischen Talkessels. Auch dort stiegen die rotbraunen, kahlen Wände fast senkrecht empor. Er schätzte ihre Höhe auf durchschnittlich dreitausend Meter und den Durchmesser des Talkessels auf zwanzig Kilometer.

Ein Gleiter holte sie mit hohlem Brausen ein. Schlingernd kam er vor der Höhlenmündung zum Stehen.

»Das ist ja unser Freund Trikort«, sagte Roi.

Der Kommandant des Birnenraumers verhandelte lange und mit vielen heftigen Gesten mit den Bewachern der Höhle.

»Es sieht nicht so aus, als ob er hier besonders erwünscht wäre«, bemerkte Rhodan.

»Hm!« machte Roi.

Er überlegte, ob das auch auf sie zuträfe.

Doch warum war Trikort hier gelandet, wenn er wußte, daß man nichts von ihm wissen wollte? Die Verhältnisse auf diesem kalten Planeten mußten ihm bekannt sein, andernfalls hätte er die Position nicht gekannt.

Seine Überlegungen wurden jäh unterbrochen, als die Posten vor dem Felsentor einige Strahlschüsse in die Luft abfeuerten.

Die Wächter schwenkten die Arme und schrien den Gefangenen etwas zu.

Langsam – wie zögernd – setzte sich die Kolonne auf die Höhle zu in Bewegung, einem ungewissen Schicksal entgegen . . .

# 11.

Melbar Kasom und Oro Masut beobachteten diese Szene von einem kleinen Felsplateau aus, das nur wenige hundert Meter von dem Höhleneingang entfernt war.

»Vielleicht wäre jetzt der günstigste Augenblick gewesen, sie herauszuhauen«, sagte Oro mit finsterem Gesicht.

»Welchen Sinn hätte das gehabt«, entgegnete Kasom. »Schon zwei Mann werden Mühe haben, sich in dieser Felseneinöde zu verbergen und Nahrung und Wasser zu finden. Wieviel stärker träfe das erst auf gute hundert Mann zu. Ganz abgesehen davon, daß wir in dem Fall ständig vor den Gurrads davonlaufen müßten. Von unserer Anwesenheit jedoch ahnen sie nichts. Das ist unser großer Vorteil.«

»Hoffentlich auch Rhodans und Roi Dantons Vorteil«, murmelte Oro Masut skeptisch.

Gedankenlos steckte er einen Finger ins linke Ohr, in dem sich der Mikroempfänger befand, den Roi Danton ihm gegeben hatte.

Wenigstens würde er auf diese Weise sofort erfahren, wenn Gefahr drohte, Roi Danton trug seit kurzem ein winziges Sendegerät nach Art der USO-Geheimagenten bei sich, einoperiert in die Muskulatur des linken Unterarms.

Melbar Kasom wandte sich ab und stapfte auf den schmalen Felsgrat zurück, über den sie zu ihrem Beobachtungsplatz gekommen waren.

»Wir müssen versuchen, hier in der Nähe eine Höhle zu finden – und eine Quelle, damit wir Trinkwasser haben.«

Oro folgte ihm, denn der Vorschlag erschien ihm vernünftig.

Unter Umständen mußten sie sich auf eine lange Wartezeit gefaßt machen – und ihr Trinkwasservorrat bestand nur noch aus einer halbgefüllten Feldflasche voll lauwarmen, widerlich schmeckenden Wassers.

Sie bewegten sich äußerst vorsichtig über das Felsband, denn bei dem ungeheuren Gewicht ihrer Körper konnte die geringste Instabilität des Untergrunds zur Katastrophe führen.

Hin und wieder überquerten eidechsenähnliche Tiere den Weg und huschten lautlos davon. Ihre Körper schillerten in einem metallischen Blau, und die Augen funkelten rubinrot, wenn sich die Strahlen der gelben Sonne in ihnen brachen.

Einmal preschte an der Steilwand über ihnen ein langbeiniges Tier mit rötlichbraunem Fell vorbei, das an eine mißglückte Mischung zwischen afrikanischem Steppenhund und australischem Känguruh erinnerte.

»Ein Fleischfresser!« stieß Melbar Kasom freudig erregt hervor. »Es muß also jagdbares Wild geben.«

Zuerst wollte Oro Masut über die »Gefräßigkeit« des Gefährten spotten, aber dann machte sich bei ihm das quälende Gefühl großen Hungers bemerkbar. Ihre Lebensmittelvorräte waren bis auf die »eiserne Reserve« verbraucht, und sie würden wohl oder übel auf die Jagd gehen müssen, wenn sie bei Kräften bleiben wollten.

Plötzlich hörte der schmale Pfad wie abgeschnitten vor ihnen auf. Ein etwa fünf Meter breiter Spalt zog sich scheinbar endlos von unten nach oben.

»Nun müssen wir doch die Flugaggregate benutzen«, meinte Oro.

Kasom nickte.

»Wir werden ein Stück nach oben fliegen. Vielleicht gibt es in dem Spalt Eingänge zu Höhlen. Es sieht so aus, als würde oft Wasser hier herabfließen.«

Sie aktivierten ihre Antigravgeneratoren und die Mikro-Impulstriebwerke siganesischer Konstruktion, die ihnen schon so oft unschätzbare Dienste geleistet hatten.

Besorgt überprüfte Oro Masut die Skala, die die noch vorhandene Menge komprimierten Deuteriums anzeigte. Fast die Hälfte des Fusionsbrennstoffes hatten sie bei ihren Einsätzen auf Modula II und an Bord des Birnenraumschiffes verbraucht. Zwar würde der kurze Flug den Felsspalt hinauf nur einen verschwindend kleinen Teil des Restes verschlingen, aber sie wußten nicht, was ihnen noch alles bevorstand, und mußten deshalb sparsam mit ihrem Vorrat umgehen.

Sie faßten die Antigravplattform mit der Sonderausrüstung links und rechts an und regulierten danach den Schub ihrer Triebwerke. Langsam schwebten sie den Spalt entlang nach oben.

Melbar Kasom war es, der den Höhleneingang entdeckte. Er lag im Schatten und war aus diesem Grunde so gut wie unsichtbar gewesen.

»Halt!« rief er. »Hier sehen wir uns genau um, Masut!«

»Paß auf, daß du nicht von einem Höhlenbären gefressen wirst!« rief Oro scherzhaft seinem Gefährten nach, der die Plattform losgelassen hatte und bereits dabei war, sich durch die schmale Öffnung zu zwängen.

Er befestigte ein Plastikseil an der Antigravplatte und schlang das andere Ende um einen spitzen Felsvorsprung, der wie ein Horn geformt war.

Danach schaltete er ebenfalls seinen Brustscheinwerfer ein, nahm seine Waffe in die Rechte und kroch auf Händen und Füßen in die Höhle hinein.

Kaum hatte er den Kopf durch die Öffnung gesteckt, als er auch schon erschrocken zurückprallte.

»Vorsicht, Kasom!« schrie er. »Hier riecht es nach Tierlosung. Bestimmt ist das die Höhle eines Raubtieres.«

»Schon bemerkt!« kam es dumpf zurück.

Gleich darauf erschütterte drohendes Gebrüll die Luft, gefolgt von einem wütenden Fauchen und durchdringenden Kreischen.

Ein lautes, scharfes Knacken beendete den Lärm.

Oro Masut drang hastiger vorwärts. Die Höhle erweiterte sich nach wenigen Metern, so daß der Ertruser aufrecht gehen konnte. Er kam rasch vorwärts. Von vorn vernahm er das Plätschern von Wasser.

Dann tauchte Kasoms Gestalt vor ihm im Lichtkegel des Scheinwerfers auf.

Der USO-Spezialist grinste.

»Den ersten Braten haben wir schon, Masut.«

Oro stellte erleichtert fest, daß der Gefährte keine Verletzungen aufwies. Er ging an ihm vorbei und stand gleich darauf vor dem Tier, dem die Höhle kurz zuvor noch gehört hatte.

Es glich einem terranischen Braunbären, besaß aber viel größere Ohren und größere Tatzen. Die Schnauze ragte weit aus dem Gesichtsfeld vor; sie war geöffnet und gab den Blick auf zwei Reihen scharfer, gelblich schimmernder Raubtierzähne frei.

Oro bückte sich und hob den Kopf auf. Er fiel in eine unmögliche Stellung zurück. Kasom hatte dem Tier mit einen einzigen Schlag das Genick gebrochen.

Masut lächelte dem Gefährten verlegen zu und sagte, während er tiefer in die Höhle eindrang:

»Ich habe Wasser fließen hören. Vielleicht ist das hier schon der ideale Unterschlupf – mit fließendem kaltem Wasser . . .«

Der Lichtkegel seines Scheinwerfers beleuchtete Wände, die wie glattgeschliffen aussahen und deutliche Wassermarken aufwiesen. Bei starken Regenfällen wurde die Höhle anscheinend überschwemmt. Auch der feine gelbe Sand auf dem Boden deutete darauf hin.

Nach einigen Metern verengte sich die Höhlung etwas, um danach in eine fast kreisrunde Kammer überzugehen. Hier lagen Berge von blankgenagten Knochen herum. Eine Ecke war mit schmutzigen Fellfetzen gepolstert, von denen ein betäubender Gestank ausging.

»Pfui Teufel!«

Melbar rümpfte die Nase.

Oro grinste matt.

»Wir werden das Zeug eben hinausschaffen müssen. Es sei denn, wir würden den Gestank in Kauf nehmen, um ein weiches und warmes Nachtlager zu haben. Nachts dürfte es hier nämlich bitterkalt werden.«

»Ich verzichte dankend«, gab Kasom angewidert zurück. »Schließlich bin ich kein Mistkäfer.«

»Was auch niemand behauptet hat«, murmelte Oro Masut vor sich hin, während er in die fast kreisrunde Röhre kroch, die aus der Kammer schräg nach oben führte. Auch hier war die Arbeit des Wassers deutlich zu erkennen.

Nach ungefähr zehn Metern erweiterte sich der Schlauch trichterförmig. Oro kletterte rascher und stand bald danach in einer weiteren Höhle.

Er schaltete seinen Scheinwerfer aus und pfiff durch die Zähne.

»Der ideale Notausgang, Kasom.«

Der Scheinwerferkegel des Gefährten stach durch das Dämmerlicht und beleuchtete einen Wasserfall, der schäumend aus großer Höhe herabstürzte, die beiden Ertruser mit einem feinen Sprühregen übergoß und dann in einem strudelnden Loch in eine Tiefe verschwand, die man nur ahnen konnte. Bei starken Regengüssen schwoll der Wasserfall offenbar so an, daß der eine Abfluß nicht mehr alles fassen konnte. Dann diente die Höhle des Langohrbären sozusagen als Ventil. Allerdings schien dieser Fall äußerst selten einzutreten, sonst hätte sich das Raubtier sein Lager woanders eingerichtet.

»Hier bleiben wir!« sagte Kasom bestimmt.

Innerhalb einer halben Stunde trugen sie die Abfälle des Raubtieres und die stinkenden Fellreste aus der Höhle. Sie warfen sie einfach den Steilhang hinunter. Der Wind zerstreute sie in alle Himmelsrichtungen, und bis sie etwa tausend Meter tiefer ankamen, würden sie auf eine so große Fläche verteilt sein, daß sie keinem noch so mißtrauischen Gurrad verdächtig erscheinen konnten.

Anschließend zogen sie dem Langohrbären das Fell ab, schnitten das beste Fleisch in Streifen und rösteten es über dem Glutodem ihrer auf minimale Leistungsabgabe gestellten Strahler.

Sie hätten mit ihrer Lage zufrieden sein können – wenn sie nicht ständig von der Ungewißheit über das Schicksal ihrer gefangenen Gefährten geplagt worden wären.

»Sein Name scheint Akg zu sein, und er weiß offenbar ebensowenig mit uns anzufangen wie Trikort«, berichtete Roi Danton, der das erste Verhör über sich ergehen lassen mußte. »Sie benutzen unseren Gedankenzeichner zum Verhör, Grandseigneur. Das erleichtert natürlich die Aufgabe, ihnen nur das mitzuteilen, was sie wissen dürfen.«

»So?« sagte Rhodan wortkarg.

»Ja, Grandseigneur. Natürlich versuchte man, mich einzuschüchtern.«

»Was ihnen selbstverständlich gründlich mißlungen ist, wie ich Sie einschätze, Monsieur Danton.«

Roi grinste.

»Sobald sie begannen, physische Gewalt anzuwenden, habe ich ihnen nur rotierende Kreise auf die Bildschirme gezaubert. Das bewog sie jedesmal, sofort wieder von mir abzulassen.«

»Ausgezeichnet!« rief Rhodan aus. »Das müssen wir den anderen mitteilen!«

»Schon geschehen, Grandseigneur.«

»Ich sehe den Ausgang!« überschrie Melbar Kasom das Tosen des Wasserfalls.

Oro Masut turnte an der glitschigen Wand hinter dem Vorhang herabstürzenden Wassers entlang.

»Ich komme!« rief er zurück.

Sobald er aus dem Bereich des Wasserfalls gekommen war, schaltete er seinen Mikrogravitator aus. Sofort fühlte er sich so leicht wie ein gasgefüllter Ballon. Ohne große Anstrengung überwand er die nächsten zwanzig Meter der senkrechten Röhre, dann zog Kasom ihn endgültig ins Freie.

Er sah, daß das Wasser aus einer etwa fünfzig Meter höher befindlichen Öffnung im Fels hervorschoß. Es sammelte sich in einem natürlichen Staubecken von etwa vierzig Meter Durchmesser, das zur Hälfte in einem mächtigen Felsvorsprung eingebettet war, zur anderen Hälfte in eine breite, aber anscheinend nicht tiefe Höhle hineinreichte.

Weit unter ihnen lag der Felsenkessel im rötlichen Schein der Abendsonne, die hinter der jenseitigen Wand unterging. Ihre Strahlen brachen sich an den wenigen blanken Stellen des Birnenraumschiffes, dessen stielförmig auslaufende Bugspitze sich etwa in gleicher Höhe mit den beiden Männern befand.

Gleich Ameisen bewegten sich auf der Talsohle die Gestalten von Gurrads.

Masut zog einen Feldstecher hervor, den er ihrer Sonderausrüstung entnommen hatte. Als er ihn nach unten richtete, erkannte er, daß der größte Teil der sichtbaren Gurrads zu den Befreiten von Modula II gehörte. Nur wenige Besatzungsmitglieder des Birnenraumers standen in ihren hellgrauen Lederkombinationen zwischen den mächtigen Landebeinen. Anscheinend handelte es sich um Wachtposten, denn sie trugen Energiegewehre.

Er reichte den Feldstecher seinem Gefährten, wobei er sagte:

»Die Befreiten scheinen noch nicht zu einer militärischen Einheit zusammengefaßt worden zu sein. Sie bewegen sich ziemlich willkürlich. Vielleicht sollten wir versuchen, einen Einzelgänger zu fangen.«

Kasom setzte das Glas ab und nickte.

»Eine gute Idee. Wir werden sie von hier aus beobachten. Sobald sich einer von ihnen absondert, folgen wir ihm im Schutz unserer Deflektorfelder und holen ihn in unsere Höhle.«

Oro kniff die Augen zusammen und starrte in das winzige Kreissegment der Sonne, das allmählich endgültig hinter der gegenüberliegenden Felswand verschwand.

»Ich fürchte, vor morgen werden wir kein Glück damit haben. Es wird spürbar kälter, obwohl es schon den ganzen Tag über nicht warm war. Die Gurrads ziehen sich bestimmt bald in ihre Unterkünfte zurück.«

»Gut, dann ziehen wir uns ebenfalls zurück«, entgegnete Melbar lächelnd. »Ehrlich gesagt, ich friere schon seit Stunden.«

Das allerdings war übertrieben, denn die beiden Ertruser hatten trotz geöffneter Helme ihre Anzugheizung eingeschaltet. Sie verbrauchte wenig Energie und war daher ein unbedeutender Faktor bei der Rationierung ihres Deuterium-Vorrats.

Sie ließen sich an der Felswand absinken, bis sie den eigentlichen Eingang ihrer Höhle erreichten. Dieser Weg war weniger beschwerlich als der durch die vom Wasser ausgewaschene Röhre.

Sie vereinbarten, sich alle drei Stunden beim Wachen abzulösen, und bestimmten den ersten durch das Werfen einer Münze. Oro Masut mußte die erste Wache antreten.

Er schloß seinen Helm, ließ aber die Frischluftzuführung offen. So verbrauchte er nichts von dem kostbaren Sauerstoffvorrat und hatte es doch angenehm warm, denn die Luftzufuhr erfolgte über ein thermostatgeregeltes Aufheizaggregat.

Ein wenig neidisch blickte er auf Melbar Kasom, der mit geschlossenem Helm schlief. Dann begab er sich zum Vorderausgang der Höhle.

Er kletterte einige Meter höher, setzte sich auf einen winzigen Vorsprung über der Höhlenöffnung und legte das Gewehr auf die Knie.

Im Tal herrschte fast völlige Stille. Nur hin und wieder schrie ein Tier.

Der Himmel war klar. Die Sterne der Großen Magellanschen Wolke gleißten und funkelten wie Tausende kostbarer Edelsteine – oder wie tödliche Kristalle . . .

Wenn Oro genauer hinsah, konnte er über sich und scheinbar mitten zwischen den Sternen einen silbrigen Schleier erkennen: den Teil jener Materiebrücke zwischen der Milchstraße und ihrer Satellitengalaxis, der noch von den Sonnen der Magellanschen Wolke bestrahlt wurde. Ganz im Hintergrund aber schimmerte eine langgestreckte Ellipse mit stark verdickter Mitte: die heimatliche Galaxis.

Oro Masut seufzte laut.

Obwohl die Sterne in allen Sternenballungen des Universums einander im Prinzip glichen, so spürte er dennoch ein immer stärker werdendes Zugehörigkeitsgefühl zu jener fernen Sterneninsel.

Er schüttelte diese sentimentalen Gedanken ab und konzentrierte sich auf ein anderes Problem.

Major Hole Hohle hatte in seinem Notruf, vor der Befreiung der Einsatzgruppe, berichtet, Fellmer Lloyd habe einige Gedanken der Perlians auffangen können, jener rätselhaften Wesen mit der von silbrigen Schuppen bedeckten Haut, die sich selbst »Drittkonditionierte« nannten. Nach dieser Aussage hielten sich die Perlians für eine Polizeimacht, die den Auftrag hatte, ein Vergehen zu bestrafen, das irgendwann einmal in der Milchstraße begangen worden war. Worin dieses Vergehen bestand, das hatte Fellmer Lloyd selbst mit seiner telepathischen Fähigkeit nicht herausbekommen können. Über den Begriff »Drittkonditionierte« war man sich indessen auch nicht klarer geworden. Niemand wußte, was diese Bezeichnung bedeuten konnte. Es sprach aber alles dafür, daß es über den Perlians noch andere, bisher im verborgenen wirkende Mächte gab. Diesen Unbekannten dienten die Perlians offensichtlich als Polizeivolk.

Oro fragte sich, woher die Perlians die absolute Gewißheit nahmen, sie führten eine völlig legale Polizeiaktion mit Hilfe der Kristallagenten durch.

Vielleicht waren diese Wesen mit den transparenten Schädeln in Wahrheit nur Betrogene. Vielleicht hatte es niemals ein Vergehen gegeben, das der Versklavung und Ausrottung ganzer intelligenter Völker als Vorwand dienen konnte. Vielleicht gelang es eines Tages, die Perlians davon zu überzeugen, daß sie Unrechtes taten.

Oro schüttelte den Kopf.

Er glaubte nicht daran, und wenn es doch einmal geschah, dann ganz bestimmt erst in sehr ferner Zukunft.

Hier und heute aber gab es ein ganz konkretes Problem: das Problem, wie man die Gurrads von ihrem krankhaften Mißtrauen den Menschen gegenüber heilen und sie zu wertvollen Bundesgenossen machen konnte!

Er richtete sich auf und blickte hinüber zu dem erleuchteten Bug des Birnenraumschiffes, der in gerader Linie etwa fünf Kilometer von ihm entfernt war.

Hinter den Sichtluken dieses Schiffes standen löwenmähnige Soldaten auf Posten, spähten mit Hilfe ihrer Ortungsgeräte in den Weltraum hinaus, immer auf der Hut vor den Perlians und ihren unheimlichen Agenten, den Hypnokristallen.

Oro Masut fühlte sich versucht, einfach hinüberzufliegen, an die Schleuse zu klopfen und den Gurrads zu sagen:

»Seht, ich bin gekommen, obwohl ihr von meiner Existenz nichts ahntet. Ist es nicht der beste Beweis dafür, daß wir eure Freundschaft suchen?«

Er lächelte voller Bitterkeit.

Man würde ihn paralysieren und zu den anderen Gefangenen bringen.

Als Melbar Kasom auftauchte, wunderte sich Oro, daß seine Zeit schon vergangen war. Ihm waren die drei Stunden wie drei Minuten erschienen.

»Etwas Besonderes?« fragte Kasom.

Oro Masut schüttelte den Kopf.

»Nichts von Bedeutung.«

Der neue Tag meldete sich mit einem lauten Knistern und Knacken, Rauschen und Plätschern.

Der Wasserfall, der über Nacht zu einem Vorhang aus blankem Eis geworden war, taute unter dem Einfluß der geringen Sonnenwärme allmählich auf. Hunderte Rinnsale ergossen sich in die Höhle der Ertruser.

Sie verzehrten die Reste des Langohrbären, nachdem sie die Fleischstücke über den »Feuern« ihrer Strahler aufgetaut und gebraten hatten. Dabei empfanden sie einen wahren Heißhunger auf frisches Brot oder knusprige Brötchen, die es in der Kantine auf der CREST IV zu jeder Tages- und Nachtzeit gab.

In einem Falttopf schmolz Oro Masut etwas Eis: In das siedende Wasser ließ er zwei Kaffeekonzentratwürfel fallen. Das Gebräu schmeckte scheußlich, aber es rann heiß die Speiseröhre hinab und wärmte den Magen herrlich auf.

Nach diesem Frühstück versteckten sie ihre Sonderausrüstung in einem Felsspalt neben dem tauenden Wasserfall. Dann brachen sie auf, um zweierlei Wild aufzuspüren.

Sie trugen beide ein Hochdruck-Luftgewehr. Schon als er seine erste Wache antrat, hatte Oro erkannt, wie klug es von Kasom gewesen war, derartige Waffen mitzunehmen. Sie erzeugten keinen Lärm und außerdem keine Energieemission, die unter Umständen hätte angemessen werden können.

Sie marschierten den Weg zurück, den sie am Tag zuvor gekommen waren. Auf dem Plateau, von wo aus sie den Abmarsch ihrer gefangenen Gefährten beobachtet hatten, machten sie halt.

Geduldig warteten sie im Sichtschutz ihrer Deflektorfeldgeneratoren auf die erste Art Wild.

Ihre Geduld wurde jedoch einer harten Belastungsprobe ausgesetzt, denn es war bereits Mittag, als die ersten befreiten Gurrads aus ihren Höhlenbehausungen traten. Allerdings währten auf diesem Planeten Tag und Nacht zusammen nur 19,7 Stunden.

Vorerst verließ noch keiner der Gurrads den Bereich des Landeplatzes. Die meisten sahen den Technikern zu, die das Raumschiff überprüften und neuen Deuteriumtreibstoff in die gigantischen Tanks füllten.

Die beiden Ertruser fragten sich, ob nach Abschluß der offenkundigen Startvorbereitungen nur die gurradsche Besatzung an Bord gehen würde oder auch die gefangenen Terraner zurückkehrten.

»Allem Anschein nach handelt es sich hier um einen unbedeutenden Ausweichstützpunkt der Guerillas«, sagte Oro. »Es gibt keine Raumhafengebäude, keine Raumabwehrstellungen, keine startenden und landenden Aufklärungsschiffe und nicht einmal reguläres Wartungspersonal.

Folglich wird es hier auch keine maßgebenden Leute geben, die über das Schicksal der Gefangenen allein entscheiden könnten. Das alles sieht mir nach einem kurzen Zwischenaufenthalt aus, der in erster Linie der Treibstoffübernahme dient.«

»Ich kann nur beipflichten«, erwiderte Kasom. »Deshalb schlage ich vor, wir geben dem Planeten den Namen First-Stop – erster Haltepunkt. Die gelbe Sonne würde ich ebenso benennen.«

»Von mir aus nenne das alles ›Arm des Universums‹«, knurrte Oro gereizt. »Dann weiß jeder gleich, was bei unserer Zwischenlandung herausgekommen ist.«

»Du bist heute wieder einmal unmöglich«, sagte Melbar mit gespielter Entrüstung. »Als Leibdiener eines Königs . . .«

»Ach, du kannst mich mal am Abend besuchen!« entgegnete Oro.

Er stand abrupt auf und deutete auf die Felswand links vom Raumschiff der Gurrads.

»Dort klettert ein Vorwitziger in die Felsen. Offenbar ein Naturfreund oder so etwas. Komm schon, den kaufen wir uns!«

Sie schalteten ihre Mikrogravitatoren ab und hetzten in hohen

Sprüngen die Steilwand hinauf. Das war nicht immer ungefährlich, denn wenn sie nicht sofort festen Halt fanden, prallten sie von der Wand ab und gerieten in Gefahr, in die Tiefe zu stürzen.

Winzige Schübe aus dem zusätzlichen Verdichter-Triebwerk brachten sie jedoch immer wieder an die Felsen heran.

Das gesamte obere Drittel der Bergwand war mit Eis und Schnee bedeckt. Hier oben wehte ein eiskalter Wind, und sie mußten die Helme schließen, damit sie sich nicht innerhalb weniger Sekunden die Gesichter erfroren.

Glücklicherweise blieb es klar. Weder Nebel noch Schneetreiben behinderten sie in ihrem Vorankommen.

Auf dem Kamm des Gebirges rannten sie erst südwärts, dann südwestwärts. So umgingen sie den Eingang der gurradschen Haupthöhle, die sicherlich durch Ortungsgeräte abgesichert war.

Endlich konnten sie anhalten. Von hier oben war der einzelne Gurrad nicht zu sehen, denn trotz aller Steilheit hatte die durchgehende Felswand doch eine Neigung von einigen Graden.

Behutsam begannen sie den Abstieg. Kein angestoßener Stein durfte sie verraten, kein Geröllband durfte sich lösen und das Leben des Wesens gefährden, das sie einzufangen gedachten.

Sie befanden sich nur noch in etwa achthundert Metern Höhe, als sie ihn entdeckten.

Durch den Feldstecher konnte Oro Masut deutlich die schwarze Lederjacke des Gurrads ausmachen. Es handelte sich also tatsächlich um einen der auf Modula II befreiten Guerillas und nicht um ein Besatzungsmitglied des Birnenraumers. Außerdem sah Oro noch mehr. Der Gurrad trug die bekannten Symbole eines Offiziers. Sein Rang entsprach etwa dem eines Oberstleutnants der Solaren Flotte.

»Besser konnten wir es gar nicht treffen«, meinte Oro. »Mit einem solchen Individuum läßt sich eher eine Verständigung erreichen als mit farblosen Durchschnittsexemplaren.«

»Erst müssen wir ihn einmal haben«, erwiderte Melbar ironisch.

»Das dürfte keine Schwierigkeiten bereiten!« sagte Oro Masut wegwerfend. »Er sieht uns ja nicht. Ich schlage vor, daß einer von uns sich in seinen Rücken begibt und ihm den Fluchtweg abschneidet. Der andere wartet über ihm auf eine günstige Gelegenheit.«

»Einverstanden!«

Kasom hängte seine Luftbüchse über den Rücken und lockerte den Schockblaster.

»Ich schneide ihm den Rückweg ab. In solchen Dingen habe ich mehr Erfahrung als du. Bleib hier oben und unternimm gar nichts, es sei denn, er läuft dir geradewegs vor die Fäuste.«

Oro hatte nichts dagegen einzuwenden. Er wußte, daß ein Spezialist der USO bedeutend mehr Tricks beherrschte, als der Leibwächter eines Freihändlerkönigs sich vorstellen konnte.

Kasom aktivierte seinen Antigravantrieb, ließ aber noch 0,1 Gravos wirksam werden, damit er nicht zu langsam absank. Dann stieß er sich leicht mit den Füßen ab, schwebte fast waagerecht etwa zwanzig Meter weiter und fiel dann mit der Geschwindigkeit eines sinkenden Blattes nach unten.

Der gurradsche Offizier stand auf einem kleinen Felsvorsprung und blickte unverwandt über den Talkessel.

*Ob er wohl Heimweh hat?* fragte sich Melbar und wunderte sich darüber, daß er einen Gurrad mit dem Begriff »Heimweh« in Verbindung brachte. Man wußte ja noch so gut wie nichts über sie. Möglicherweise besaßen sie gar keine Heimat im herkömmlichen Sinn, keinen Planeten, der für sie das bedeutete, was die Erde für die Terraner war. Oder Kolonien, auf denen sie sich entwickelt hatten. Vielleicht zogen ihre Familien gleich Nomaden durch die Magellanschen Wolken. Irgendwann einmal aber mußte es anders gewesen sein, denn kein humanoides Volk entwickelt sich mitten im Weltraum. Wahrscheinlich waren ihre Ursprungsplaneten längst von den Hypnokristallen versklavt worden.

Kasom landete etwa fünfzehn Meter unterhalb des Felsvorsprunges, auf dem der Gurrad stand. Er schaltete seinen Antigravantrieb aus und wartete einige Minuten regungslos.

Der Offizier rührte sich nicht.

Die Sache kam Kasom mit einemmal viel zu einfach vor. Er spähte angestrengt nach unten, ob man vielleicht eine Falle für ihn und Masut aufgebaut hatte. Irgendwie konnten die Gurrads von ihrer Existenz erfahren haben.

Aber auf dem Talboden gab es keinerlei Anzeichen für besondere Aktivität.

Achselzuckend beschloß Melbar Kasom, den Aufstieg zu wagen.

Er ließ sich Zeit, damit auch nicht das geringste Geräusch entstand. Zentimeterweise arbeitete er sich an den Guerillaoffizier heran. Dann trennten ihn nur noch wenige Meter von ihm. Melbar stand auf gleicher Höhe mit dem Gurrad.

Als er sprang, wandte der Offizier ihm sein Gesicht zu. Erschrekken blitzte im Hintergrund seiner Schlitzaugen auf. Doch da schlug Kasom bereits leicht zu.

Betäubt sank der Gurrad zusammen.

Kasom fing ihn auf, warf ihn über seine Schulter und ging dem Gefährten entgegen . . .

# 12.

»Urlvarist lorgha«, sagte ihr Gefangener in seiner kehligen Sprache.

»Können Sie mich verstehen?« schallte es aus dem Lautsprecher des kleinen Translatorgerätes, das auf Kasoms Knien stand.

Die beiden Ertruser atmeten so lautstark, daß Orrugh, wie ihr Gefangener hieß, über das ganze Löwengesicht lächelte.

»Orrugh trudor garraoth!« stieß er hervor – und der Translator übersetzte es mit »Orrugh freut sich auch!«

Die ganze Nacht und den folgenden halben Tag über hatten sich Kasom und Masut abwechselnd mit dem gefangenen Offizier der Gurrads beschäftigt.

Zwischendurch war Masut auf der Jagd gewesen. Er brachte schließlich ein erlegtes Tier mit, das so groß war wie ein ausgewachsenes terranisches Lama und auch so ähnlich aussah. Sie hatten es enthäutet, zerlegt und geröstet, und ihr Gefangener war von dem Fleisch begeistert gewesen.

Überhaupt herrschte ein kameradschaftliches Verhältnis zwischen den beiden Ertrusern und dem Gurrad. Der Offizier hatte sich als hochintelligent erwiesen und war Melbar und Oro eine große Hilfe bei ihren Bemühungen gewesen, den Translator mit den Sprachelementen der Guerillas zu programmieren.

Anfangs hatten sie Begriffe wie Berg, Tal, Raumschiff, Mensch, Waffe und ähnliche gesammelt, die sie dem Gefangenen in unmittelbarer Anschauung zeigen konnten. Als später die weniger greifbaren Dinge wie Luft, die Farben und Abstrakta an die Reihe kamen, erwies es sich, daß die bisherigen Schwierigkeiten einer sprachlichen Verständigung zwischen Gurrads und Terranern weit in der Vergangenheit wurzelten.

Die Gurrads hatten sich – genau war es nicht geklärt worden – sehr wahrscheinlich aus eine Seitenlinie von Raubkatzen abgespalten und allmählich den aufrechten Gang, die Sprache und alles das entwikkelt, was die weitere Richtung ihrer Evolution zum Zweig der Humanoiden ausschlagen ließ. Dennoch bestanden einige sehr markante Unterschiede auch jetzt noch. Die Gurrads hatten schärfere Augen als die Terraner, sie sahen deutlicher; dafür aber verschmolzen in ihrem Wahrnehmungsvermögen mehrere Farben oftmals zu einer, was für die Terraner wiederum nicht wahrnehmbar war. Zudem spielten Gerüche bei ihnen eine weitaus größere Rolle als bei den Menschen, so daß ihre Wahrnehmungsskalen sich beträchtlich unterschieden – und damit auch die lautsprachlichen Begriffe. Dadurch ließen sich einige ihrer Begriffe, die mit einem Wort gekennzeichnet wurden, von Menschen nur langatmig mit mehreren Sätzen erklären, und umgekehrt war es ebenso.

Doch nun schien der Bann gebrochen zu sein. Einmal mit den Grundelementen programmiert, nahm das Positronikgehirn des Translators ihnen die weitere Arbeit zum größten Teil ab.

»Woher kommen eigentlich die Perlians?« fragte Kasom.

Der Gurrad blickte den Translator gespannt an, dann nickte er so, wie er es von seinen beiden Begleitern abgesehen hatte.

»Ich habe verstanden«, kam die Übersetzung seiner Antwort, »aber Ihre Frage ist nicht so leicht zu beantworten und von mir auch nicht vollständig.«

»Versuchen Sie es immerhin«, forderte Masut ihn auf.

Wieder nickte Orrugh, aber bevor er etwas sagen konnte, zuckte Oro Masut heftig zusammen. Schweißperlen traten auf seine Stirn.

»Roi Danton hat gerufen!« stieß er nach einigen Augenblicken hervor und schloß die Kombination. »Perry Rhodan ist von den Gurrads zu einem Verhör abgeholt worden. Er befindet sich in größter Gefahr.«

In hastigen Worten berichtete er seinem Gefährten von dem Geheimbefehl, den der Freihändlerkönig ihm erteilt hatte.

Melbar Kasom hörte zu. Doch dann schüttelte er den Kopf.

»Ich glaube nicht daran, daß Perry Rhodan wirklich gefährdet ist. Du kennst ihn nicht so gut wie ich, mein Lieber – und das trifft auch für deinen famosen König zu.«

Oro Masut lief rot an.

»Was du glaubst, spielt doch überhaupt keine Rolle. Mein Herr hat befohlen, im Falle seines Notrufs sofort aufzubrechen und Rhodan um jeden Preis zu befreien – zusammen mit seinem Zellaktivator.«

Er schnallte seinen Waffengürtel um.

»Orrugh werden wir leider fesseln müssen. Aber wir bleiben sicher nicht lange.«

»Wir werden überhaupt nicht weggehen«, erwiderte Kasom eiskalt. »Wer ist denn Roi Danton, dieser alberne Geck, daß ich mir von ihm Befehle erteilen lassen soll?«

»Schweig!« fuhr Oro ihn an. »Gut, wenn du dich weigerst, muß ich eben allein gehen!«

Er machte Anstalten, die Höhle zu verlassen.

Kasom stellte sich ihm in den Weg.

»Du bleibst hier! Oder hast du vergessen, daß du mit dem Einverständnis deines Operettenmonarchen unter den Befehl von Perry Rhodan gestellt wurdest?«

Er änderte seinen Ton und sagte beschwörend:

»Sei doch vernünftig, Masut! Die Gurrads sind hochintelligent, das haben wir ja an Orrugh erlebt. Und Rhodans Verhandlungsgenie hat schon ganz andere Schwierigkeiten gemeistert.«

»Aus dem Weg, sonst . . .!« drohte Oro Masut.

Der USO-Spezialist griff blitzschnell nach seiner Waffe. Doch da hatte Oro ihm schon die Faust unters Kinn gerammt. Melbar Kasom wurde von der Wucht des Schlages an die gegenüberliegende Seite der Höhle geworfen. Sekundenlang stand er regungslos da und starrte seinen Gefährten an, dann trat ein gefährliches Glitzern in seine Augen.

Er sprang mit einem Satz vor, der einem Panther alle Ehre gemacht hätte.

Oro Masut lächelte kalt. Nicht von ungefähr galt er als stärkster Mann von Ertrus. Er stieß beide Fäuste nach vorn, um Kasom hineinlaufen zu lassen. Aber der USO-Spezialist war längst zur Seite ausgewichen. Zwei Karateschläge ließen Oro in die Knie sinken.

Fassungslos blickte er zu Kasom auf, der zum letzten, entscheidenden Schlag ausholte.

Oro wälzte sich zur Seite und griff nach Melbars Beinen. Doch die waren plötzlich fort. Statt dessen fühlte er sich emporgehoben und zu Boden geschleudert.

Er wußte mit einemmal, daß er gegen Melbar Kasom keine Chance mehr besaß. Er würde noch nicht einmal mehr ausweichen können, wenn der nächste Angriff erfolgte.

Aber in irgendeiner Höhle der Gurrads verhörte man vielleicht Perry Rhodan und nahm ihm den lebenswichtigen Zellaktivator fort.

Das gab den Ausschlag.

Als Kasom ihn am Brustteil der Kombination packte und auf die Füße zerrte, um seinen nächsten Schlag wirkungsvoller anbringen zu können, stieß Oro Masut mit letzter Kraft und voller Verzweiflung hervor:

»Danton ist Rhodans Sohn!«

Dann verließen ihn die Kräfte. Bewußtlosigkeit umfing ihn.

Als er wieder zu sich kam, sah er vor sich im Schein einer Atomlampe Kasoms Schultern. Verwundert nahm er wahr, daß die Schultern des USO- Spezialisten konvulsivisch zuckten.

»Hallo, Melbar!« rief er leise.

Kasum fuhr herum.

Oro Masut erkannte, daß sein Gefährte geweint hatte.

»Ich . . . bitte . . . um . . . Verzeihung«, stammelte Melbar. »Das habe ich nicht gewußt.«

»Und du glaubst mir? Könnte ich dich nicht angelogen haben, um meinen Plan durchzusetzen?«

Heftig schüttelte Kasom den Kopf.

»Nein, du hast die Wahrheit gesprochen! Als ich es von dir hörte, fiel es mir wie Schuppen von den Augen. Plötzlich wußte ich, was mich an Danton an irgend jemanden erinnerte.«

Er schneuzte sich.

»Michael Reginald; Mike Rhodan – in der Rolle des Freihändlerkönigs! «

Jäh sprang er auf.

»Wir müssen sofort los!«

Oro Masut erhob sich ebenfalls. Er spürte noch die Stellen, an denen ihn Kasoms Schläge getroffen hatten, aber ansonsten fühlte er sich durchaus in der Lage, das geplante Unternehmen durchzuführen.

»Aber du sagtest doch . . .«, begann er.

Kasom unterbrach ihn heftig.

»Da wußte ich noch nicht, wer Roi Danton wirklich ist. Was Mike Rhodan sagt, werde ich jedoch auf jeden Fall tun.«

Er streckte die Hand aus, und Oro Masut ergriff sie.

»Aber bitte, niemand darf vorläufig erfahren, daß sich hinter dem Namen Danton Rhodans Sohn verbirgt.«

»Ich werde schweigen wie ein Grab«, versicherte Melbar.

Er wandte sich zu Orrugh um.

»Es tut mir leid, daß Sie Zeuge einer häßlichen Szene wurden. Nun muß ich Sie leider fesseln und knebeln, obwohl ich nicht daran glaube, daß Sie uns verraten würden. Aber ich kann mir nicht den geringsten Fehler erlauben.«

Der Translator hatte seine Erklärung übersetzt, und er übersetzte auch Orrughs Antwort.

»Bitte, tun Sie Ihre Pflicht!«

Nachdem der Gurrad gefesselt war und außerdem einen Knebel erhalten hatte, verließen die beiden Ertruser die Höhle. Sie trugen außer ihren Handwaffen noch einiges von der Spezialausrüstung des USO-Offiziers.

Es gelang ihnen relativ leicht, sich bis auf etwa hundert Meter an den Eingang des Felsenstützpunktes zu schleichen. Dort allerdings mußten sie einsehen, daß sie die Wachen nicht ausschalten konnten, ohne die gesamte Stützpunktbesatzung zu alarmieren.

Kasom gab seinem Gefährten einen Wink und kehrte um. Er kletterte behende die Felsen hinauf.

Als Oro Masut ihn einholte, stand er vor einem schmalen Spalt im Fels, aus dem ihnen lauwarme Luft zusammen mit einer undefinierbaren Geruchsmischung entgegenschlug.

»Ich habe es an dem Nebel gesehen, der sich bildet, wenn die feuchtwarme Luft auf die kalte Außenluft trifft«, erklärte Melbar. »Es kann sich nur um einen Lüftungsschacht handeln.«

Er legte sich flach auf den Bauch und schob sich in die Öffnung hinein.

Skeptisch folgte ihm Oro.

»Wenn wir hier drin entdeckt werden«, murmelte er, »dann können wir weder vor noch zurück.«

»Ich dachte, du wolltest Perry Rhodan helfen«, erwiderte Kasom.

Von da an schwieg Masut, auch als ihnen plötzlich ein Schwall von Gerüchen entgegenschlug, der ihnen den Atem raubte.

Verbissen arbeiteten sie sich vorwärts.

Nach einer Weile senkte sich die enge Röhre. Das erleichterte das Vorwärtskommen etwas, aber die Gerüche wurden immer stärker, die Luft wurde immer stickiger.

Endlich mündete der offenbar natürlich entstandene Stollen in ein weites Stahlplastikrohr, das sich noch stärker senkte als dic Strecke zuvor. Oro fühlte, wie er den Halt verlor. Kurz darauf prallte er mit dem Kopf heftig an Kasoms Stiefelsohlen.

Nachdem sich die bunten Sterne vor seinen Augen einigermaßen verflüchtigt hatten, half er dem Gefährten bei seinem Bemühen, ein Gitter einzudrücken. Dabei mußten sie übereinander liegen und praktisch blind arbeiten, denn ihre Brustlampen nützten ihnen nichts, da sie nach der Rohrwandung zeigten.

Sie benötigten fast eine halbe Stunde dazu, das ungewöhnlich starke Stahlgitter soweit zu lockern, daß der nächste Stoß es eindrükken würde. Dann kroch Oro zurück und hielt Melbar an den Beinen fest.

Melbar Kasom preßte sich gegen das Gitter. Es gab einen knirschenden Laut von sich, als es sich löste. Kasom hielt es vor sich, während er weiterkroch und während Masut ihn hielt, damit er nicht mitsamt dem Gitter in den angrenzenden Raum fiel.

Nach einiger Zeit forderte Kasom den Gefährten auf, ihn loszulassen. Ein schwerer Fall ertönte, aber das Gitter berührte den Boden nicht.

Als Oro neben Melbar Kasom stand, legte er das Gitter gerade ab.

Sie schalteten ihre Scheinwerfer für kurze Zeit ein und erkannten, daß sie sich in einem Verdichterkessel befanden, von dem aus die verbrauchte Luft des Stützpunktes in das Abluftrohr gepreßt wurde. Zahlreiche andere Rohre mündeten hier, und in der Wandung befand sich ein Mannluk.

Oro Masut öffnete es. Es war nicht abgesperrt, denn von hier aus vermuteten die Gurrads gewiß keine Invasion.

Die beiden Ertruser gelangten in eine Pumpenhalle und von dort aus zu einem mit einer Plastikmasse verkleideten Gang, von dem einige Nebengänge abzweigten.

Während sie noch überlegten, wo sie mit der Suche nach den Gefangenen beginnen sollten, öffnete sich neben ihnen eine Tür.

Im nächsten Augenblick starrten die Ertruser in die verblüfften Gesichter zweier Gurrads, die einen Terraner zwischen sich führten: Perry Rhodan . . .

Sie reagierten zugleich mit den Wächtern.

Die Gurrads versuchten, Rhodan ins Zimmer zurückzuziehen, aber Oro und Melbar waren schneller. Sie schlugen die Gurrads bewußtlos und drangen in den Raum ein.

Zu spät erkannten sie, daß außer den vier Bewaffneten, die an den

Wänden des Verhörzimmers standen, noch ein fünfter anwesend war, der sich allerdings geistesgegenwärtig hinter den großen Schreibtisch geworfen hatte.

Als die vier Gurrads zu Boden sanken, tauchte Kommandant Trikort hinter dem Schreibtisch auf.

Oro und Melbar feuerten sofort Paralyseschauer auf den Gurrad ab, konnten jedoch nicht mehr verhindern, daß Perry Rhodan vorher noch von dem Schuß Trikorts gelähmt wurde.

Hastig überprüfte Kasom den Sitz des Zellaktivators. Er war noch an der alten Stelle.

Dann griffen sie dem bretthart gewordenen Körper Rhodans unter die Schultern und liefen zum Verdichterkessel zurück. Anschließend gelangten sie unbehelligt wieder in ihr Versteck.

Sie fuhren aus dem Zustand des Halbschlafs auf, als Perry Rhodan sich regte. Der Rückweg durch die enge Röhre, mit dem steifen Körper Rhodans, war eine Tortur gewesen.

»Sir . . .?« fragte Melbar Kasom.

Ein schwaches Räuspern ertönte. Dann sagte Rhodan:

»Es tut mir leid, meine Herren. Aber ich muß schleunigst zurück.«

Oro Masut fuhr so jäh hoch, daß sein Schädel gegen die Decke der Höhle krachte. Er achtete aber nicht auf den Schmerz, sondern starrte Rhodan nur fassungslos an.

»Aber warum . . .«, begann Kasom stockend.

Perry Rhodan atmete einige Male tief durch, bevor er wieder sprach. Er schien noch unter den Nachwirkungen des Verhörs und der Paralysierung zu leiden.

»Akh, der . . . Stützpunktkommandant . . . hat befohlen . . . alle Terraner zurück ins Schiff. Sofort.«

Er rang nach Atem.

Melbar Kasom gab ihm eine Sauerstoffdusche.

»Danke, Kasom«, sagte Rhodan. Seine Stimme klang wieder etwas kräftiger. »Akh geriet in Panikstimmung, als ich ihm mit Hilfe des Gedankenzeichners klarmachte, welche Macht Terra verkörpert. Er fürchtet sich vor der Verantwortung und will uns weghaben.«

»Bitte, Sir, lassen Sie sich Zeit«, sagte Oro Masut. Er merkte, daß Rhodan schon wieder die Luft wegblieb.

»Keine Zeit!« stieß dieser hervor. »Sofort zurück zum Schiff!«

Er entdeckte offenkundig erst jetzt, daß an der Höhlenwandung ihm gegenüber ein Gurrad saß.

»Gefangen?« fragte er.

Kasom nickte.

»Offizier Orrugh hat uns sehr geholfen, einen Translator mit der Sprache der Gurrads zu programmieren, Sir.«

»Ausgezeichnet. Aber nun - schnell!«

Oro Masut stieß eine halblaute Verwünschung aus.

Da hatten sie sich die allergrößte Mühe gegeben, diesen Mann zu befreien - und nun sollten sie mit ihm wieder zurück an Bord des Birnenschiffes gehen! Es war zum Verzweifeln!

Perry Rhodan erkannte anscheinend seine Gedanken, denn er sagte beschwichtigend:

»Wir werden sicher zu kompetenten Gurrads gebracht, Masut. Und mit Hilfe des programmierten Translators sollte es uns gelingen, freundschaftlichen Kontakt zu den Gurrads herzustellen.«

Er lachte leise.

»Danton hat Sie darüber informiert, daß ich mich in Gefahr befinde, nicht wahr, Masut?«

Oro nickte stumm.

Perry Rhodan stand auf, als Melbar Kasom mit seinem Kampfanzug und seiner Waffe erschien, die er bei der heimlichen Flucht aus dem Umformerraum des Birnenschiffes mitgenommen und in Sicherheit gebracht hatte.

Während er sich in die Kombination helfen ließ, fuhr er fort:

»Ich hätte lieber auf ihn hören sollen. Natürlich untersuchten die Gurrads mich vor dem Verhör besonders gründlich. Sie fanden den Zellaktivator und hielten ihn für eine Bombe. Beinahe wäre ich ihn für immer losgewesen . . .«

Er hielt inne, als käme ihm erst jetzt die Bedeutung des Geschehens zu Bewußtsein - und die Tatsache, daß er bereits mit einem Fuß im Grab gestanden hatte.

Ernst fügte er hinzu:

»Ich mußte bluffen. Sie glaubten wirklich, die Bombe würde innerhalb einer Minute explodieren und den ganzen Stützpunkt vernichten, wenn der Körperkontakt nicht in dieser Zeitspanne wiederhergestellt würde.«

Er verschloß seinen Helm und testete die darin eingebaute Funkanlage.

Als sie fertig zum Aufbruch waren, instruierte Melbar den gefangenen Gurrad darüber, daß er ihn nun betäuben müsse. Sobald er zu sich käme, sollte er dem Stützpunktchef Akh mitteilen, die Terraner seien keine Feinde des tapferen Volkes der Gurrads, sondern sie wollten ihnen helfen, sie von den Perlians und den Hypnokristallen zu befreien.

Orrugh versprach, die Botschaft auszurichten.

»Bitte, seien Sie mir nicht böse!« bat Kasom noch. Dann schlug er Orrugh seinen Mittelfinger gegen die Schläfe.

Der Gurrad brach bewußtlos zusammen.

Dann brachen sie auf. Die Ausrüstung nahmen sie mit.

Unter dem Schutz ihrer Deflektorfelder schwebten sie mit Hilfe der Flugaggregate dicht über dem Talboden zu dem Birnenraumschiff hinüber, das sie nach First Stop gebracht hatte – und das sie nun weitertragen würde zu einer noch unbekannten Welt.

Sie kamen gerade zurecht, um das Einschleusen der anderen hundert Männer beobachten zu können. An ihrer Spitze marschierte Roi Danton. Er blickte öfters nach oben, als wüßte er, daß etwa um diese Zeit die beiden Ertruser mit seinem Vater ankommen mußten. Oro hätte ihm am liebsten zugerufen, daß alles in Ordnung sei, aber er durfte es wegen der gurradschen Wachtposten nicht wagen. Es würde sich später eine Gelegenheit finden, um mit Danton Kontakt aufzunehmen.

Perry Rhodan schmunzelte anerkennend, als die Ertruser ihn durch den Spalt zwischen Landebein und Rumpf lotsten, durch den sie auch das Schiff verlassen hatten.

Oro Masut kletterte zuletzt in die Pumpenkammer. Er ließ die Antigravplatte mit der Sonderausrüstung zu Boden sinken und bemerkte resignierend:

»So, da wären wir wieder! Die Kreuzfahrt durch die Große Magellansche Wolke kann weitergehen!«

Wenige Minuten später brüllten die Triebwerke auf. Durch den Spalt drangen aufgewirbelter Staub und heiße Luftmassen herein. Dann zeigte ein hartes Rütteln an, daß sich das Schiff vom Landeplatz gelöst hatte. Der Spalt schloß sich, als die Landebeine eingefahren wurden.

# 13.

Kapitän Trikort löschte ärgerlich das Band und begann von neuem; es war bereits das vierte Mal.

Mit einem tiefen Grimm erkannte er, daß er sich heute einfach nicht konzentrieren konnte. Das Schiff war zu laut, viel zu laut.

Es summte und dröhnte.

Der tiefe, nie endende Ton überbeanspruchter Wandungen und Verstrebungen erschütterte den elfhundert Meter langen Raumer bis hin zu der nadelscharfen Spitze. Der Puls der titanischen Maschinen schlug in den langen, nur trübe erleuchteten Korridoren, pochte unüberhörbar auf der Brücke und den Navigationsdecks und in den weiten Laderäumen.

Es gab keinen Schutz dagegen.

Trikort dachte düster daran, daß auch die letzte Generalüberholung in einer der geheimen Werften nichts anderes geblieben war als notdürftiges Flickwerk. Die dabei eingebauten neuen Maschinenanlagen waren einfach zu stark für diesen alten Rumpf. Fast war der Kapitän versucht zu sagen, daß nur noch der eiserne Wille und der Haß seiner Männer dieses Schiff zusammenhielten.

Der Haß!

Nervös und zerfahren steckte Kapitän Trikort alle Mikrobänder weg. Er würde seinen Bericht mündlich abgeben.

Der Gurrad ertappte sich dabei, wie er so etwas wie Angst verspürte. Verärgert sagte er sich, daß die eines Gurrads nicht würdig war. Angst hatten doch nur Frauen oder Schwächlinge. Und er war alles andere als ein Schwächling.

Doch Trikort wußte, daß dies eine Angst ganz anderer Art war, die er verspürte. Es war mehr eine tiefgreifende Resignation. Das Gefühl einer wachsenden Müdigkeit, der Abstumpfung gegenüber einem scheinbar unabwendbaren Schicksal.

Ein Volk, dachte Trikort, konnte nur über einen gewissen Zeitraum hinweg unter ständig herrschendem Druck leben, immer auf der Flucht und ohne Heimat.

Nach Jahrhunderten der Verfolgung und einer gnadenlosen Jagd hatte man einfach genug davon, immer wieder wegzulaufen. Es gab einen Punkt, an dem es einfach nicht mehr weiterging.

Die Tonfläche über dem Bildschirm an der Wand von Trikorts Kabine summte kurz. Der Gurrad, dessen Gesicht auf der Fläche erschien, neigte den löwenmähnigen Kopf mit gebührendem Respekt vor seinem Kapitän.

»Was gibt es?« erkundigte sich Trikort.

»Jener Gefangene, der sich ›König‹ nennt, möchte Sie sprechen, Kapitän.«

»Gab er einen Grund an, weshalb?« Trikorts geschlitzte Katzenaugen schlossen sich fast.

»Er fühlt sich in seiner Ehre gekränkt, Kapitän.«

Wenn es etwas gab, das ein Gurrad respektierte, so war es die Ehre eines Mannes. Deshalb sagte Kapitän Trikort:

»Ich werde mir anhören, was er zu sagen hat.«

Während der Schirm dunkel wurde, erhob sich Trikort geschmeidig aus dem wuchtigen Drehsessel, dessen normale Polsterung vom Fell eines *Bardaj* bedeckt wurde; ein Beutestück, auf das der Kapitän äußerst stolz war. Er hatte das sechsfüßige Raubtier eigenhändig mit einem unterarmlangen Dolch erlegt.

Der Gurrad schloß mit einer energischen Bewegung die Lederjacke, so daß das Symbol der Magellanschen Guerillas sichtbar wurde. Dann ging er mit katzenhaften Schritten zur linken Wand seiner Kabine und griff sich von einem Haken den breiten Gürtel, an dem die beiden schweren Strahler hingen. Mit routinierten Bewegungen befestigte er den Gürtel. Dann warf er mit einer entschlossenen Bewegung das lange Haar zurück und verließ den Raum.

Mechanisch erwiderte er die Ehrenbezeigungen seiner Männer, die ihm auf dem Weg nach unten begegneten.

Noch war Trikort nicht sicher, was das Auftauchen der Wesen aus einer fremden Galaxis, die sich »Terraner« nannten, zu bedeuten hatte. Obgleich er mehr und mehr Sympathien für diese Männer empfand, blieb er mißtrauisch.

Das Mißtrauen war in den Jahrhunderten der immerwährenden Verfolgung und Unterdrückung zu tief im Wesen eines jeden Gurrads verwurzelt, als daß man es mit einemmal vergessen konnte.

Mißtrauen und Haß, das waren die beiden Triebfedern gurradschen Lebens.

Als Trikort schließlich den breiten Korridor betrat, an dessen Ende sich die breite Schiebeschleuse jenes Raumes befand, in dem sich die Gefangenen aufhielten, war sein breitflächiges Gesicht verschlossen wie stets.

Mit einer herrischen Geste bedeutete er dem Wachkommando, das sich aus zwanzig hervorragenden Kämpfern aus den Wüsten von *Leedon* zusammensetzte, die Schleuse zu öffnen.

Der Lärm war wirklich kaum noch zu ertragen, fand Roi Danton, während er mit schmerzverzogenem Gesicht auf die nie endenden Geräusche innerhalb des großen Birnenraumschiffes horchte.

Er saß mit angezogenen Knien gegen eine Wand des mittelgroßen Lagerraumes gelehnt und vergrub das Gesicht in den hochgezogenen Kragen seiner lindgrünen Uniformjacke. Er hoffte, so jenem ständigen Geräusch zu entgehen, das seit dem Start von First Stop die Ohren aller peinigte.

Die Hoffnung trog.

Die Erschütterungen der mit Vollast laufenden Triebwerke waren nicht nur innerhalb der Hörbarkeitsgrenze zu vernehmen, sondern pflanzten sich ebenso stark im Ultraschallbereich fort, was einen fortwährenden Druck verursachte, der langsam in Schmerz überging.

Ob man dem Kapitän der Gurrads seine Forderungen ausgerichtet hatte?

Roi Danton hoffte es inbrünstig. Schon nach der ersten Kontaktaufnahme mit diesem löwenmähnigen Kämpfer hatte er klar erkannt, daß jener – wie überhaupt alle diese Gurrads – über ein ausgeprägtes Ehrgefühl verfügte.

Wenn man diese Tatsache geschickt ausnutzte, bestand durchaus die Möglichkeit, gewisse Vorteile daraus zu ziehen.

Roi Danton blickte auf die Uhr. Es war vier Uhr fünfundfünfzig. Der Morgen des achtundzwanzigsten November war nicht mehr weit.

Was wohl sein Vater in diesem Augenblick tat? Roi lächelte leicht. Er wußte Perry Rhodan in der sicheren Obhut der beiden ertrusischen Giganten Melbar Kasom und Oro Masut. Folglich war es vorerst nicht nötig, sich um ihn Sorgen zu machen.

Außerdem stand er, Roi, über den winzigen Geheimsender in seinem linken Unterarm in ständigem Kontakt mit Oro Masuts Mikrofunkgerät.

Noch waren sie in ihrem Versteck nicht entdeckt worden.

Also galt es vor allen Dingen erst einmal die eigene und die Lage der neunundneunzig Männer zu verbessern, die mit ihm in diesem Raum zusammengepfercht waren.

Rois Blick glitt über die Männer.

Überall sah er Erschöpfung. Rotgeränderte Augen blickten müde aus unrasierten Gesichtern. Was die Männer so fertigmachte, waren in erster Linie immer noch die ungewohnten Transitionen.

»Wenn ich Ihren forschen Blick richtig deute, so haben Sie sich eben Gedanken über den Gesundheitszustand unserer Leute gemacht!« ertönte eine heisere Stimme neben Roi.

Der Freihändlerkönig hob überrascht den Kopf und blickte auf den Mann neben ihm. Langsam stahl sich ein Lächeln um seine Lippen, als er bemerkte, wie ihm Doktor John Harvey zublinzelte. Der hagere, über zwei Meter große Mann war einer der Spezialwissenschaftler, die Rhodans Truppe auf Modula II begleitet hatten.

»Parbleu – Monsieur, können Sie etwa Gedanken lesen?«

»Das nicht«, schmunzelte der hagere Gelehrte, »aber ich bin ein ausgezeichneter Menschenkenner. Was ich Sie aber noch fragen wollte . . .«

»Ja?« sagte Roi Danton, als Harvey nachdenklich schwieg.

»Ich beginne mich zu fragen«, wiederholte John Harvey, »wie Sie diese Wilden dazu bewegen wollen, Ihnen Ihren Degen wiederzugeben.«

»Wie?« Ein ironisches Lächeln huschte über das markante Gesicht des Freifahrerkönigs. »Mon Dieu, Monsieur Harvey! Sie sind ungeduldig. Warten Sie's ab. Ich bin sicher, daß es mir gelingen wird.«

John Harvey verzog das Gesicht. »DICIQUE BEATUS ANTE OBITUM NEMO SUPREMA QUE FUNERA DEBET«, murmelte er düster.

In Rois blaue Augen trat Überraschung, als er diese Sprache vernahm. Dann erwiderte er: »Selbstverständlich darf niemand vor Heimgang und Bestattung glücklich genannt werden. Aber ich wiederhole nur: Warten Sie's ab, Monsieur!«

Bestürzung zeichnete sich auf Harveys Gesicht ab, und nur mühsam brachte er hervor: »Sie verstehen diese tote Sprache?«

»Es gibt nichts, was ich nicht könnte«, antwortete Roi Danton von oben herab. »Aber verraten Sie mir doch, wie Sie selbst zu diesem trefflichen Latein kommen?«

»Ich bin neben meiner eigentlichen Aufgabe als Hyperphysiker auch als Philologe ausgebildet, wobei ich mich aus Liebhaberei mehr den archaischen Sprachgebräuchen zuwandte.«

»Diese Terraner!« murmelte der König der Freifahrer kopfschüttelnd. »Sie verstehen es doch immer wieder, einem Überraschungen zu bereiten . . .«

»Sind Sie nicht auch Terraner?« erkundigte sich der hagere Gelehrte lächelnd.

»Eben darum«, nickte Roi Danton bekümmert. »Wenn schon der Pöbel anfängt, uns wahren Herrschern das Denken abzunehmen, so sehe ich schwarz für die Zukunft.«

John Harveys über zwei Meter große Gestalt schüttelte sich in einem lautlosen Gelächter. Er wollte etwas sagen, wurde jedoch von Roi Danton unterbrochen, der ihm seine Hand auf die Schulter legte und sagte:

»Still! Ich glaube, wir bekommen Besuch.«

Er erhob sich überraschend schnell aus der sitzenden Stellung und sah über die Köpfe der Männer hinweg.

Auf der gegenüberliegenden Seite des Lagerraumes entstand Unruhe vor der Schiebeschleuse. Dann glitt das Tor zur Seite und gab den Blick auf die stämmigen Gurrads der Schiffsbesatzung in ihren hellgrauen Lederkombinationen frei. Unter ihnen erkannte Roi Kapitän Trikort an der prachtvollen Mähne, die ihm praktisch bis zum Gesäß hinunterreichte. Und noch etwas erkannte der König der Freifahrer: Einer der Gurrads trug den Gedankenzeichner. Roi konnte ein Gefühl des Triumphes kaum unterdrücken. Also hatte man seine Forderung, den Kapitän sprechen zu wollen, prompt weitergeleitet!

Während er abwartend und mit verschränkten Armen vor Kapitän Trikort stehen blieb, registrierte er, wie die übrigen Gurrads sich entlang der Schleuse aufstellten. Die schweren Strahlwaffen in ihren Händen sprachen eine beredte Sprache. Niemand von den Terranern konnte es wagen, sich auch nur einen Schritt näher als erlaubt an die Schleuse heranzumachen.

»Was nun?« murmelte John Harvey hinter Rois Rücken; er hatte sich an die Fersen des Freihändlerkönigs geheftet.

»Schweigen Sie, Harvey«, bedeutete ihm Roi. Er sah aus verkniffenen Augen auf Kapitän Trikort herab, der knapp zwanzig Zentimeter kleiner war.

Herausfordernd stemmte Trikort die Arme in die Seiten und blickte den Terraner aus seinen Katzenaugen an.

Hinter sich vernahm Roi das Murmeln der Männer; Spannung lag in der Luft.

Schließlich streckte Kapitän Trikort den rechten Arm aus und schnalzte mit den Fingern. Sofort sprang der Gurrad herbei, der den Gedankenzeichner trug, und stellte das Gerät vor dem Kapitän zu Boden.

Trikort stieß einen ungeduldigen Laut aus; der Gurrad reagierte augenblicklich.

Roi Danton erkannte, daß er die Intelligenz dieser Kämpfernaturen nicht unterschätzt hatte.

Der Wächter befreite den Gedankenzeichner von der Kunstlederumhüllung und zog das Dreibein auseinander, so daß der Gedankenzeichner auf einem Stativ stand.

Das Gerät sah nun einer Kamera ähnlich.

Der Gurrad hantierte geschickt mit der Schaltseite des Gedankenzeichners, beobachtete mit sichtlichem Interesse, wie die Nadel auf der Skalenscheibe zitternd ausschlug – dann schaltete er den Gedankenzeichner ein.

Mit einer herrischen Bewegung schickte Kapitän Trikort den Gurrad zurück zu den anderen. Dann legte er die Kontakte an seinen Schädel und begann mit einem Gedankenbild, das etwa sinngemäß den Wortlaut enthielt:

*Man hat mir berichtet, Sie fühlten sich in Ihrer Ehre gekränkt. Weshalb?*

Nachdem Trikort die Kontakte gelöst hatte, befestigte sie Roi mit geübten Bewegungen an den Schläfen und begann nun seinerseits mit einer schnellen Folge von Bildern, während er über die Unzulänglichkeit dieser Verständigungsmethode verzweifelt war. Wie konnte man einem Gurrad klarmachen, daß für ihn, Roi, der Degen gleichzusetzen war mit dem Begriff »Mannesehre«? Dann jedoch begann er sich zu konzentrieren; es mußte einfach gelingen.

Während Kapitän Trikort auf den Schirm des Gedankenzeichners blickte, zeigte ihm Roi Danton einige Bilder, auf denen ein Gurrad einen anderen seines Volkes an den langen Haaren riß.

Trikort krümmte sich zusammen. Seine Katzenaugen schlossen sich fast, und ein zischender Laut kam über seine Lippen. Erregung machte sich auch unter den Gurrads breit.

Offenbar hatte Danton mit seinen Projektionen eine äußerst empfindliche Stelle berührt – mit voller Absicht. Denn mittlerweile glaubte er zu wissen, daß die wallende Haarpracht der Gurrads in einem ursächlichen Zusammenhang mit ihrem Ehrgefühl stehen mußte.

Schweißtropfen erschienen auf Rois Stirn. Was jetzt kam, würde äußerst gefährlich werden. Jetzt hing alles davon ab, ob Trikort die folgenden Bilder als persönlichen Angriff wertete – oder als das, was sie in Wirklichkeit waren: ein Symbol für Ehre.

Von der Vorstellungskraft des Freihändlers erzeugt, erschien auf dem Schirm ein neues Bild: Ein Terraner, in dem die Umstehenden unschwer Roi Danton erkannten, schnitt mir einer langen Schere einem löwenmähnigen Gurrad langsam die Haare vom Kopf.

Hinter Roi wurde vereinzelt Lachen hörbar; offenbar schienen einige der Männer nicht zu begreifen, daß es hier um Leben und Tod ging. Das Lachen verstummte jedoch abrupt, als die Reaktionen der Gurrads erkannt wurden.

Trikort zitterte vor Empörung. Zischende Befehle kamen über seine Lippen. Augenblicklich erhoben seine Männer die schweren Strahlgewehre und drängten die Terraner weiter zurück. Nur Roi Danton und John Harvey standen noch unmittelbar vor Kapitän Trikort, der mit gezogenen Strahlern und wie eine sprungbereite Raubkatze zusammengekrümmt auf den König der Freihändler starrte.

Hinter Roi murmelte John Harvey mit entsetzter Stimme: »Sie sind ein Teufelskerl! Hoffentlich weiß dieser Löwenmann zwischen tatsächlichen und nur eingebildeten Ausführungen zu unterscheiden – sonst sehe ich schwarz.«

»Ich auch, Monsieur«, murmelte Roi, ohne dabei die Lippen zu bewegen. Langsam hob er die waffenlosen Hände in Schulterhöhe, mit den Flächen nach außen, und ließ neue Bilder auf dem Schirm entstehen: Ein vor Zorn bebender Roi Danton wurde von zwei Gurrads festgehalten, während ihm ein anderer Degen und Lorgnon wegnahm. Diese Bilder ließ Danton dreimal hintereinander über den Bildschirm des Gedankenzeichners laufen. Dann steckte Kapitän Trikort die Strahler in den Gürtel zurück.

Nun war Roi sicher, dem Gurrad klargemacht zu haben, daß es einer unverzeihlichen Beleidigung gleichkäme, den Degen weiterhin unter Verschluß zu halten.

Roi wurde langsam aus geschlitzten Katzenaugen fixiert. Dann rief Trikort einen Befehl.

Einer der Wächter löste sich aus der Reihe der anderen und verschwand aus dem Lagerraum.

»Nun bin ich wirklich gespannt«, flüsterte der hagere Wissenschaftler hinter Rois Rücken, »ob Sie Erfolg haben.«

»Ich denke doch«, antwortete Roi langsam. Er löste die Kontakte des Gedankenzeichners von seinen Schläfen.

Dann wartete er.

Langsam zogen sich die Minuten hin. Hinter sich hörte Roi das Stimmengemurmel seiner Gefährten; vor ihm stand Kapitän Trikort, ein Wesen mit dem Gesicht eines Berberlöwen.

Die Gurrads waren fremdartig, daran gab es keine Zweifel. Trotzdem hatten sie einige Wesenszüge mit den Terranern gemein. Danton war davon überzeugt, daß sich längst ein echtes Verständnis entwickelt haben würde, wäre man einer gemeinsamen Sprache mächtig.

Roi Danton wurde in seinen Überlegungen gestört. Der von Kapitän Trikort ausgeschickte Gurrad kam zurück; in seinen Händen trug er Rois Degen und die Lorgnon, das edelsteinbesetzte Stielglas mit dem goldenen Kettchen.

Er übergab diese Dinge nach einem Wink seines Kapitäns dem hochgewachsenen Terraner, der sie mit allen Anzeichen größter Freude entgegennahm.

»Merci, mon Capitaine!« rief Roi enthusiastisch aus, indem er mit der linken Hand den Degen gegen das Herz preßte. Die Rechte führte er zuerst an die Stirn, um sie sodann in einer Geste des Dankes nach unten zu führen.

Auf Trikorts Gesicht war nicht zu erkennen, was er bei Dantons Schau dachte. Das breitflächige Gesicht war von einer steinernen Unbeweglichkeit, lediglich die Augen öffneten sich.

Schließlich rief Trikort einige Befehle. Seine Männer und er verließen den Lagerraum. Die Schiebeschleuse trennte die Terraner wieder vom übrigen Schiff.

»Uff!« rief John Harvey. »Manchmal hatte ich das Gefühl, wir würden jeden Augenblick gevierteilt werden. Wie Sie diesen Trikort an der Nase herumgeführt haben – einfach großartig! Trotzdem verstehe ich nicht, weshalb Sie ein solches Aufsehen um dieses Stückchen Stahl machten.«

Der Wissenschaftler deutete auf Rois Degen, der einen wundervoll gearbeiteten Korb besaß.

In offensichtlicher Verwunderung ob Dantons Marotte schüttelte er den schmalen Schädel.

»Wenn Sie mir jetzt noch erklären«, fuhr er fort, »Sie hätten das mit der Ehre ernst gemeint, dann drehe ich augenblicklich durch. Was steckt in Wirklichkeit dahinter?«

Roi Danton befestigte umständlich den Degen. Dann hob er die Lorgnette an die Augen, musterte John Harvey streng, und während er sein Gesicht in würdevolle Falten legte, sagte er:

»Monsieur! Sollten Sie noch ein einziges Mal Unsere Ehre anzweifeln, müßte ich Sie fordern.«

»Ich verstehe immer ›Unsere‹!« Harvey schien bestürzt. »Ich habe doch nur Sie gemeint.«

»Mon dieu!« Roi Danton griff sich mit einer verzweifelten Gebärde an die Stirn. »Bin ich denn nur von Bauern umgeben? Sie geben vor, ein gebildeter Mann zu sein, Monsieur, und wissen nicht einmal über die königliche Ausdrucksform Bescheid? Das ist fatal.« Roi Danton wiegte abfällig den Kopf und musterte John Harvey mit gespielter Abscheu. In Wirklichkeit war er jedoch einem Lachkrampf nahe.

*Wenn du wüßtest, mein lieber Harvey,* dachte er, *was der Degen und das Lorgnon in Wirklichkeit sind, so würdest du erst recht durchdrehen!*

Roi wandte sich mit zuckendem Gesicht ab und ließ den verstört dreinblickenden Wissenschaftler stehen.

Der Lärm innerhalb des Schiffes wurde mit einemmal lauter, schien eine fast körperlich fühlbare Drohung auszusenden, und während Roi in Sekundenbruchteilen erkannte, was binnen kürzester Frist geschehen würde, dachte er entsetzt:

*Um Himmels willen – schon die erste Transition!*

Er schrie den Männern zu, sich flach auf den Boden zu legen, damit sie den ungeheuren körperlichen Belastungen besser standhalten könnten.

Während nun ein vibrierendes Kreischen durch das Schiff drang, hörte Roi jemanden ganz in der Nähe laut fluchen. Er konnte es dem Mann nicht verübeln . . . Es gab wirklich nichts Schmerzhafteres als ein gewaltsames Durchdringen des Einsteinschen Raum-Zeit-Kontinuums, und . . .

Rois Gedankenkette endete abrupt, als der Birnenraumer der Gurrads mit einem gewaltigen Eintauchschock den normalen Raum verließ und den Hyperraum aufsuchte.

Man schrieb seit fünfeinhalb Stunden den achtundzwanzigsten November 2435.

Mittlerweile hatte Atlan seinem Raumschiffsverband weit gefächert im Zentrumsbereich der Großen Magellanschen Wolke postiert. Die Schiffe standen untereinander im losen Hyperfunkkontakt, der auf Richtstrahlbasis abgewickelt wurde, um die Entdekkungsgefahr zu minimieren.

Der hochgewachsene Arkonide stand zusammen mit Owe Konitzki vor den mit je drei Mann besetzten Anzeigeschirmen der Strukturtaster.

Atlan starrte mit brennenden Augen auf die leicht konkav gewölbten Flächen.

Eben verwehten die letzten, unregelmäßig geformten Spiralen, die charakteristisch für eine Transitionsschockwelle waren. Aber ehe sie wirklich ganz verschwanden, pulsierten sie erneut auf, breiteten sich über die ganze Fläche aus, um dann unwiderruflich zu verschwinden: das Echo des Wiedereintritts in den Normalraum.

Die Männer an den Strukturtastern arbeiteten ruhig und sicher. Mittlerweile hatten sie Routine bekommen. Die Daten des Eintauchortes wurden gespeichert; sobald keine Schockwellen mehr angemessen werden konnten, würde man sich an eine genaue Überprüfung dieser Position machen.

»Verdammt!« brach es plötzlich neben Atlan aus dem Chef der Orterzentrale heraus. »Daß wir aber auch gar nichts unternehmen können!« Nervös knackte der riesenhaft gebaute, hellblonde Terraner mit den Fingern.

»Aber sicher können wir etwas tun, Major!« sagte der Lordadmiral und blickte aus verkniffenen Augen auf Owe Konitzki.

»Und das wäre, Sir?« So etwas wie Hoffnung tauchte in Konitzkis Blick auf.

»Abwarten, Major.« Atlans Gesicht verzog sich zu einem ironischen Lächeln, das jedoch nur unvollkommen die tiefe Sorge zu kaschieren vermochte, die den Arkoniden bewegte.

»Ihre Scherze werden auch nicht besser, Sir«, murmelte Owe.

»Nehmen Sie es nicht tragisch«, tröstete ihn Atlan. »Aber im Augenblick können wir wirklich nichts Besseres tun, als abzuwarten. Es wäre hirnverbrannt, auf eigene Faust blind Erkundungsvorstöße zu unternehmen. Wir würden nur unsere Kräfte verzetteln.«

»Das weiß ich, Sir«, antwortete der Chef der Orterzentrale. »Trotzdem fällt mir diese Warterei äußerst schwer.«

»Wem sagen Sie das«, murmelte der Arkonide. Er warf noch einen prüfenden Blick über die arbeitenden Männer der Ortungszentrale, dann wandte er dem großen Raum den Rücken zu und kehrte in die Hauptzentrale zurück.

Tief in Gedanken durchquerte er die geräumige Halle und ließ sich auf seinem Platz nieder. Verzweifelt begann er sich zu fragen, ob er denn auch wirklich alles nur Denkbare zur Rettung der Freunde getan hatte. Hatte er vielleicht etwas übersehen?

*Nein!* entschied der Logiksektor seines Extrahirns. *Nein! Du hast alles getan, was in dieser Situation zu tun war.*

Mehr als dreißig Minuten hing Atlan unerfreulichen Gedanken nach. Er machte sich bittere Vorwürfe, weil er einverstanden gewesen war, daß Perry Rhodan die Einsatzgruppe Modula selbst leitete . . . Dann riß ihn das Schrillen des Interkoms aus seinen Überlegungen.

Atlan aktivierte das Bildsprechgerät.

Wai Tongs glattes Gesicht erschien auf dem Schirm. Der Chef der Funkzentrale zeigte sein übliches unverbindliches Lächeln.

»Was gibt es, Major?« Atlan beugte sich leicht vor.

»Ich habe hier ein Hyperkomgespräch aus der FRANCIS DRAKE. Rasto Hims möchte Sie sprechen, Sir.«

»Stellen Sie durch, Major.«

Das Gesicht des Chinesen verschwand von der Bildfläche, die einen Augenblick lang dunkel wurde. Als sie wieder aufleuchtete, war Rasto Hims zu sehen.

»Sie möchten mich sprechen?«

»Ganz recht, Sir, das will ich!« drang Hims Stimme laut aus dem Tongitter unterhalb des Schirmes. Der Epsaler schien aufgebracht zu sein, was seine nächsten Worte nur bestätigten. Er sagte:

»Sollten wir uns nicht langsam daranmachen, die Verfolgung aufzunehmen, Sir? Wenn sich die Uhren der FRANCIS DRAKE nicht allzusehr von denen der CREST IV unterscheiden, sind seit dem letzten Eintauchecho mehr als dreißig Minuten vergangen.«

»Sie irren nicht«, antwortete Atlan mit hochgezogenen Augenbrauen. Noch war es nicht sicher, ob seine Vermutung hinsichtlich Hims' Vorhaben zutraf, obgleich er sich denken konnte, was dem Freifahrer auf dem Herzen lag.

»Und weshalb tun Sie es dann nicht, Sir? Haben Sie vergessen, daß es dabei auch um das Leben meines Königs geht?«

In den Augen des Arkoniden glomm der Zorn auf. Erbittert antwortete er:

»Ich weiß selbst, was ich zu tun habe, und benötige keine Belehrungen. Außerdem steht noch lange nicht fest, ob es wirklich das letzte Eintauchecho war, nur weil seit der letzten angemessenen Transitionsschockwelle inzwischen fünfunddreißig Minuten vergangen sind. Und schließlich gehen Sie mir allmählich auf die Nerven mit Ihrem ewigen Gewinsel um die Gesundheit Ihres sogenannten Königs!«

Atlan schrie die letzten Worte fast. Aufs äußerste erregt, hatte er die Hände um die Armlehnen seines Sitzes geklammert, daß die Knöchel weiß hervortraten.

In der vollbesetzten Zentrale der CREST IV hielt jedermann den Atem an. So aufgebracht hatte man den Lordadmiral lange nicht mehr erlebt.

Atlan setzte mehrmals zum Sprechen an, schließlich rief er:

»Wenn Sie glauben, ich tue nicht genug, so gehen Sie doch allein auf die Suche!«

»Sie wissen sehr gut, daß das keinen Zweck haben dürfte, Sir«, antwortete Hims, betroffen über Atlans Wutausbruch.

»Dann halten Sie gefälligst das nächste Mal den Mund! Ich mache mir genausoviel Sorgen über Roi Danton wie über Perry Rhodan, wenngleich mir das Schicksal des letzteren aus sehr begreiflichen Gründen mehr am Herzen liegt. Im übrigen ist Ihr Vorwurf gegenstandslos geworden. Wie ich eben auf einem Separatschirm sehen kann, kommen schon wieder Eintauchechos über die Strukturtaster herein . . .«

Wortlos unterbrach Rasto Hims die Verbindung zur CREST IV.

Atlan sank seufzend in seinem Sitz zurück. Er stützte den Kopf in die rechte Hand.

Acht Tage der vergeblichen Hoffnung, des Nicht-Vorwärtskommens waren eine erhebliche Belastung für alle.

»Es wird Zeit«, murmelte Atlan, unhörbar für die anderen.

Der Mann, dem Atlans Betrachtungen galten, saß an diesem Morgen des achtundzwanzigsten November stöhnend und mit schmerzendem Schädel gegen die Wand eines Tanks gelehnt. Perry Rhodan benötigte Minuten, um die üblen Nachwirkungen der Transition zu überwinden.

Während noch vor seinen Augen rote Kreise schwirrten, spürte Rhodan, wie aus dem Zellaktivator ein ungemein belebender Strom in seinen Körper floß und eine Regeneration der von dem gewaltigen Eintauchschock überbeanspruchten Zellen und Nervenbahnen vornahm.

Allmählich kehrten neue Kräfte in Perry Rhodan zurück.

Ein großer Schatten ließ das trübe Licht der wenigen vergitterten Lampen noch dunkler werden.

Melbar Kasom beugte sich über Rhodan. Seine dröhnende Stimme klang besorgt, als er sich nach dem Wohlergehen des Terraners erkundigte.

»Schreien Sie nicht so«, murmelte Perry Rhodan und versuchte die Hand des Ertrusers wegzuschieben, die ihn hilfreich stützte.

»Aber, Sir!« sagte der USO-Spezialist vorwurfsvoll. »Ich kann es mir gar nicht leisten, den Großadministrator des terranischen Imperiums anzuschreien! Was Sie eben hörten, war nur ein Flüstern . . .«

»Und ich hielt es für das Arbeitsgeräusch einer Steinmühle!« wurde Melbar Kasom von Oro Masut unterbrochen; der zweite Ertruser grinste breit.

»Dir ist auch nicht mehr zu helfen«, versicherte Kasom dem Leibwächter Roi Dantons. Mißbilligend schüttelte er den mächtigen Schädel und fuhr fort: »Du glaubst wohl, du hättest die Stimme eines ertrusischen Singvogels, was? Hat dich eigentlich niemand darüber aufgeklärt, daß man dir in deiner Jugend einen Schlag zuviel auf den Kopf gegeben hatte . . .?«

»Schluß mit der Debatte«, verkündete Perry Rhodan und setzte sich aufrechter hin; nach und nach verschwanden die Nachwirkungen der Transition.

Die beiden ertrusischen Giganten schwiegen.

Perry Rhodan vernahm die Geräuschkulisse des Guerillaschiffes nur am Rande, als er ihre Lage überdachte.

Sie war nicht sehr rosig, fand er.

Kurz nach der Befreiung durch die beiden Ertruser und dem überstürzten Start von First Stop hatten sie das erste Versteck der beiden Giganten, den Pumpenraum der Landebeinhydraulik, verlassen, da durch sein, Rhodans, Erscheinen die Platzverhältnisse zu eng geworden waren. Nun befanden sie sich fast unmittelbar über dem Pumpenraum in einem doppelt so großen Raum, in dem die unter Hochdruck stehenden Tanks mit der Hydraulikflüssigkeit standen. Die beiden Ertruser und er hatten hier wesentlich mehr Platz. Auch waren keine Hochspannungsleitungen vorhanden, auf die man besondere Rücksicht nehmen mußte. An das Gurgeln und Schmatzen der Hydraulikflüssigkeit hatte man sich unterdessen einigermaßen gewöhnt.

Eine Weile lauschte Rhodan darauf. Es war einschläfernd, fand er. Er schloß die Augen und hing seinen Gedanken nach, aus denen er erst durch ein seltsames, ungewohntes Geräusch gerissen wurde.

Perry Rhodan richtete sich lauschend auf.

»Da war doch etwas!« sagte er zu Melbar Kasom, der seltsam verlegen wirkte. »Habt ihr das nicht gehört?«

Wieder wurde das Geräusch vernehmlich. Es klang fast wie das Knurren eines Raubtiers.

*Ein Raubtier? Hier?* Rhodan griff unwillkürlich nach dem schweren Strahler an seiner Hüfte.

Melbar Kasom wirkte womöglich noch verlegener.

»Es ist nur mein Magen, Sir«, brachte er mühsam hervor. Trotz des trüben Lichtes war jetzt zu sehen, wie er rot anlief.

Perry Rhodan lachte auf. Dann wurde er jedoch wieder ernst. Beunruhigt erkannte er, daß das übergroße Nahrungsbedürfnis der beiden Ertruser zu einem Problem zu werden begann.

»Was ist in Ihrer Ausrüstung noch an Nahrungsmitteln vorhanden, Kasom?« erkundigte er sich.

»Nichts, Sir«, antwortete Oro Masut betrübt an Kasoms Stelle, »bis auf ein halbes Paket Konzentrat. Es wird Zeit, daß wir etwas gegen die drohende Hungersnot unternehmen, sonst kann es passieren, daß wir beide an Auszehrung zu leiden beginnen.«

»Ich würde sonstwas dafür geben, jetzt eine Ochsenkeule am Spieß verzehren zu dürfen!« begann Melbar Kasom zu schwärmen und blickte auf Rhodan, der ironisch lächelnd sagte:

»Was blicken Sie mich dabei an, Kasom? Sollten Sie vielleicht abwegige Gedanken in Ihrem Gehirn wälzen?«

Der USO-Spezialist verneinte hastig und machte dabei ein so unglückliches Gesicht, daß Oro Masut schallend zu lachen begann.

»Still, Sie Schreihals!« beschwor ihn Rhodan. »Oder möchten Sie, daß die Gurrads unser Versteck aufspüren?«

Der Leibwächter Roi Dantons verstummte.

Der Pulsschlag der Maschinenanlage unter ihnen erschütterte die Zelle des Birnenraumschiffes bis zur letzten Niete. Der Raumer vibrierte wie eine gewaltige Stimmgabel. Über den Köpfen der drei so verschiedenartigen Männer löste sich ein großer Rostfleck und überschüttete sie mit feinem, braunem Staub, der einen seltsamen Geschmack auf den Lippen hinterließ. Irgendwo im Hintergrund des Tankraumes platzte der Kopf einer Niete ab und schlug dumpf hallend gegen die Wand eines Tanks, in dem die Hydraulikflüssigkeit ständig rumorte.

Und in diese ständigen Geräusche hinein sagte Perry Rhodan mit ernster Stimme:

»Wir werden bald etwas unternehmen . . .«

# 14.

Es waren nur wenige Minuten nach der zweiten Transition vergangen.

Zurückgelehnt saß Kapitän Trikort in dem wuchtigen Drehsessel und blickte nachdenklich auf den großen Frontschirm, auf dem sich die ihm bekannten Sternbilder zeigten.

Über Trikort, auf der umlaufenden Galerie, arbeiteten im schwachen Licht der Instrumentenbeleuchtung die Techniker und Navigatoren. Während der Transition mußte in einem Generatorenraum eine der Hauptsicherungen ausgefallen sein, die für die Beleuchtung des Schiffes von großer Wichtigkeit war. Bis die Techniker den Fehler fanden, mußte man sich eben mit der Instrumentenbeleuchtung begnügen.

Das war einer der häufigsten Defekte und relativ harmlos gegenüber anderen.

Schlimmer wäre es gewesen, dachte Trikort, die Stromzufuhr zu den Bild- und Orterschirmen hätte ausgesetzt – wie es einmal in der Vergangenheit geschehen war. Bis die Techniker damals den Fehler gefunden hatten, war das Schiff blind weitergeflogen. Nach der erfolgten Reparatur stellten die Navigatoren fest, daß sich das Schiff weitab von seiner geplanten Route befand.

Der Gurrad bewegte sich ein wenig; jetzt konnte er die Schaltleiste der Heck-Bilderfassung betätigen.

Lange sah Kapitän Trikort auf das flache Ellipsoid, das wie ein flammender Schild fast dreißig Grad des Blickwinkels beherrschte. Er wußte, daß diese ferne Milchstraße die Heimat der »Terraner« war. Die Heimat eines stolzen und furchtlosen Volkes.

Heimat!

Kapitän Trikort kannte den Wert, den Inhalt dieses Wortes.

Heimat war die Rückkehr von einer langen und gefahrvollen und abenteuerlichen Reise – Heimat war aber auch die Nähe eines geliebten Wesens – das sanfte Streicheln einer Hand und der Wohllaut einer Stimme – die weiche Atmosphäre eines frühen Sommerabends

– die Stunden unter dem vorspringenden Dach eines Gurradhauses im Kreis von Jagdgefährten – das glückliche Lachen eines Kindes – ein Sonnenuntergang in der Savanne . . .

Es gab unzählige Ausdrucksformen für dieses eine Wort Heimat, und alle diese Ausdrucksformen beinhalteten im Grunde nur eines: Geborgenheit.

Kapitän Trikort wurde von einem Gefühl tiefgreifender Resignation übermannt. Für das Volk der Gurrads existierte der Begriff »Geborgenheit« nur noch in Legenden und Erzählungen alter Männer.

Seit einem langen Zeitraum war für einen Gurrad das Wort »Heimat« mit Furcht und Haß verbunden, mit Flucht und Kampf, mit Unterdrückung und Verfolgung.

Eine der Kontrollflächen in der schräg hochlaufenden Instrumentenwand leuchtete auf. Gleichzeitig läutete die Rufglocke.

»Was gibt es?« erkundigte sich Trikort. Von leichter Unruhe erfüllt, stellte er einen besorgten Ausdruck auf dem Gesicht des Offiziers fest, den er mit der Aufgabe betraut hatte, zusammen mit zwanzig ausgesuchten Kämpfern die eingeschlossenen Terraner zu überwachen.

»Kapitän! Ich fürchte, die letzte Transition war zuviel für die Gefangenen. Auf den Überwachungsschirmen kann man weit über die Hälfte am Boden liegend erkennen, während sich andere vor Schmerzen krümmen.«

»Ich werde mich selbst davon überzeugen«, antwortete Kapitän Trikort.

Geschmeidig erhob er sich, während das Gesicht des Gurrads auf dem Schirm verblaßte. Trikort gab noch ein paar rasche Anweisungen, die nächste Transition vorzubereiten. Dann winkte er zwei seiner Offiziere zu sich heran, denen er befahl, ihn zu begleiten.

Auf dem Weg nach unten, durch Antigravlifte und Korridore, blieb Kapitän Trikort äußerst schweigsam. Seinem verschlossenen Gesicht war nicht anzusehen, welche Gedanken er hinter seiner Stirn wälzte.

Vor dem Frachtraum, in dem die Terraner festgehalten wurden, ließ er sich von dem Wachoffizier weitere Einzelheiten schildern und überzeugte sich auch selbst über die Beobachtungsschirme vom Gesundheitszustand der Gefangenen.

Schließlich befahl er mit schroffer Stimme die Schleuse zu öffnen.

Während er zwischen den verkrümmt auf dem Boden liegenden Gestalten der Gefangenen hindurchging, erkannte er erstmals voller Schrecken das wirkliche Ausmaß der körperlichen Schmerzen, die die Transition den Terranern zufügte.

Minutenlang beugte er sich über einen jungen Mann, der mit beiden Händen seinen Kopf umklammerte und sich konvulsivisch zuckend auf dem Boden wälzte. Dabei schrie er mit einer dünnen, hohen Stimme, die dem Gurrad durch Mark und Bein ging.

Kapitän Trikort richtete sich schließlich auf und erteilte mit scharfer Stimme einige Befehle.

Die Gurrads zögerten einen Augenblick, als sie diese Befehle vernahmen. Aber Trikorts Stimme duldete kein Aufbegehren. Und so machten sie sich daran, die verkrümmt am Boden liegenden Gestalten in eine bessere Lage zu bringen, während drei der Kämpfer davoneilten, um in der Messe für reichlich Nahrung zu sorgen.

Trikorts Blick fiel auf die beiden ihn begleitenden Offiziere.

»Roual Kartog!«

»Kapitän?« Trikorts Zweiter Offizier war ein noch junger Gurrad mit wenig Kampferfahrung, aber nichtsdestoweniger ein ausgezeichneter Navigator.

»Sie kümmern sich um jenen Terraner, der sich ›König‹ nennt. – Oorgad Beandor!«

»Kapitän?«

»Sorgen Sie dafür, daß man die schon eingeleitete Transition unverzüglich unterbricht!«

»*Was* möchten Sie, Kapitän?«

Oorgad Beandor war ein alter, kampferprobter Gurrad. Die wulstigen Narben in seinem Gesicht zeugten von vielen Einsätzen. Er hatte seine Mähne kunstvoll mit Lederriemen durchflochten, die mit polierten Glasperlen besetzt waren. Nun blickte er auf seinen Kapitän. Im Hintergrund seiner Augen glomm der Funke des Nichtverstehens.

»Drücke ich mich so undeutlich aus?« herrschte ihn Trikort an. »Die Transition wird sofort unterbrochen! Verstanden?«

»Weshalb, Kapitän?« forschte Beandor. Deutlich war zu erkennen, daß er mit Trikorts Vorhaben nicht einverstanden war.

»Sie werden doch nicht wegen dieser Schwächlinge«, er zeigte auf die am Boden liegenden Terraner, »einen Zeitverlust in Kauf nehmen wollen? Bedenken Sie, wie leicht man unsere Spur entdecken könnte. Der Raum wimmelt von Suchschiffen der Drittkonditionierten.«

Zorn begann Trikorts Gesicht zu röten.

»Ich befehle Ihnen, augenblicklich dafür zu sorgen, daß man in der Zentrale die eingeleitete Transition unterbricht.«

Oorgad Beandor schüttelte störrisch den Kopf.

»Darf ich Sie darauf hinweisen, Kapitän«, murrte er, »daß Sie unsere Sicherheit gefährden. Ich glaube kaum, daß der Ältestenrat viel Verständnis für Ihre Fürsorge diesen Terranern gegenüber aufbringen wird – und Sie können sich darauf verlassen, daß er es erfährt.«

»Ich wiederhole nicht gern einen Befehl zum viertenmal!« Trikorts Augen verengten sich zu schmalen Schlitzen. Er stemmte die muskulösen Arme in die Seiten, so daß er mit den Fingerspitzen gerade noch die Kolben der schweren Strahlwaffe berührte, und wiegte sich leicht vor Beandor auf den Fersen.

Oorgad Beandor war der Fanatismus in Person. Für ihn galt nur die Sache der Gurrads etwas, jede andere Einstellung betrachtete er als Feigheit oder Schwäche. Er war ein alter, verbitterter Gurrad, der keine Kompromisse kannte.

Seine Drohung ließ Trikort völlig kalt. Der Rat war weit, und er, Trikort, hatte die Befehlsgewalt an Bord dieses Schiffes. Beandor würde nachgeben müssen – wie schon so oft. Im Grunde war Beandor ein hervorragender Offizier, der jahrelang selbst auf die Stelle eines Kapitäns hoffte, sie aber wegen seiner Engstirnigkeit nie bekam. Jetzt hatte die Tatsache, einem jungen Kapitän unterstellt zu sein, ihn noch störrischer, noch aufsässiger werden lassen.

»Nun, Beandor?«

Etwas in Trikorts Stimme riet Oorgad Beandor zu gehorchen.

»Gut!« stieß der alte Gurrad hervor und schüttelte seine geflochtene Mähne. »Ich erfülle Ihre Wünsche, aber ich lehne jede Verantwortung ab – damit Sie klarsehen, Kapitän!«

»Als wenn Sie schon jemals eine Verantwortung *nicht* abgelehnt hätten«, knurrte Trikort spöttisch.

Aus schmalen Augen sah er dem entschwindenden Beandor nach. Dann dachte er: *Irgendwann einmal in der nächsten Zeit wird es zu einer Krise kommen, und wenn ich dann auch nur den geringsten Fehler mache, wird der alte Querkopf eine Meuterei anzetteln.*

Aber noch war es nicht soweit.

Rois erste Wahrnehmungen waren grelle Lichtexplosionen. Dann folgte ein pulsierender Schmerz, der seinen Ausgangspunkt irgendwo über dem letzten Nackenwirbel nahm, sich entlang der Nervenbahnen durch das ganze vegetative System ausbreitete und seinen Körper wild schüttelte.

Roi begann zu schreien.

Ihm war, als versuche jemand, ihm die Kopfhaut ganz langsam vom Schädel zu ziehen, wobei sich dieser Jemand dabei noch den Spaß zu erlauben schien, von Zeit zu Zeit eben diesen gemarterten Schädel als Gong zu benutzen.

Roi Dantons Hände fuhren hoch – oder versuchten es zumindest. Auf halbem Weg hielt er inne. Die heftige Bewegung hatte reißende Schmerzen und eine würgende Übelkeit zur Folge.

Sein Herz klopfte schwer in der Brust. Eine Ewigkeit schien er von einer Flut greller Lichterscheinungen, irrsinniger Geräusche und siedender Schmerzwellen gepeinigt zu werden.

Roi schlug die Augen auf.

Die grellen Lichterscheinungen machten allmählich der gewohnten, trüben Beleuchtung Platz, in der Roi über sich das kräftige Gesicht eines Gurrads erkannte, der mit gutturaler Stimme auf ihn einredete.

Sekundenlang gab sich der Freihändlerkönig dieser beruhigenden Stimme hin. Dann setzte er sich auf, von der Hand des Gurrads hilfreich gestützt.

Verwunderung begann sich in Roi auszubreiten. Was, um der Galaxis willen, bewog diesen Löwen, ihn wie ein kleines Kind zu trösten?

Wieder begannen farbige Kreise vor Rois Augen zu wirbeln, und für Augenblicke versank alles in wogende Dunkelheit. Dann ließen die Schmerzen langsam nach. Der bunte Nebel verflüchtigte sich vor seinen Augen. Rois Gesichtsfeld erweiterte sich – und sein Geruchssinn. Mit einem plötzlichen Heißhunger bemerkte Roi Danton, daß es verteufelt gut nach einer kräftigen Suppe roch. Und da spürte er auch schon, wie ihm der Gurrad einen Napf unter die Nase hielt und etwas in seiner unverständlichen Sprache sagte.

»Vielen Dank, mein Freund – auch wenn du es nicht verstehst«, murmelte Roi Danton und nahm den Napf an sich.

Er begann sich immer wohler zu fühlen. Während er die kräftige Suppe löffelte, die einen würzigen, wenn auch ungewohnten

Geschmack hatte, warf er einen Blick durch den Frachtraum – und mit tiefem Erschrecken sah er, daß mehr als die Hälfte der Männer noch immer in tiefer Bewußtlosigkeit lag. Diejenigen, die ebenfalls schon erwacht waren, lehnten genauso wie er gegen die Wände und wurden von langhaarigen Gurrads betreut, die die Terraner fütterten.

In der Nähe des Schleusentores stand auf einem kleinen Elektrokarren ein mächtiger Kessel; in ihm war die Suppe.

Jemand neben Roi begann erst zu stöhnen, dann mit immer kräftiger werdender Stimme zu schimpfen.

Roi sah zur Seite; es war John Harvey, der sich gegen die fest zupackenden Hände eines jungen Gurrads wehrte, der ihm die Suppe einflößen wollte.

»Verdammt«, knurrte der Wissenschaftler. »Bin ich denn ein kleines Kind? Verschwinde! Ich kann mir sehr gut allein helfen.«

Der Gurrad ließ sich nicht beirren. Mit der Rechten umspannte er Harveys Kiefer, der sich infolge der Schmerzen, die dieser Griff erzeugte, weit öffnete; die linke Hand führte den gefüllten Löffel an Harveys Mund.

Wenn er nicht ersticken wollte, mußte der Wissenschaftler schlukken. Was er dann auch ausgiebig tat. Ein befriedigtes Grinsen erschien auf dem Gesicht des Guerillas.

Dann gab er dem Terraner einen kleinen Klaps auf den Kopf, so wie man einen unartigen Jungen ermahnt, jetzt brav zu sein und die Suppe zu essen, und drückte ihm den Napf mitsamt dem Löffel in die Hand.

»Na endlich!« murmelte John Harvey und machte sich über den Inhalt des Napfes her.

»Schmeckt es Ihnen, Monsieur?« erkundigte sich Roi.

John Harvey blickte Roi an.

»Es schmeckt ausgezeichnet«, antwortete er, während er zwischendurch weiteraß.

»Man hört es, Monsieur«, murmelte Roi und zauberte ein blasiertes Lächeln auf seine Lippen.

»Das ist völlig egal«, hielt ihm der Wissenschaftler entgegen. »Wichtig ist nur eines: Es wird uns wieder zu Kräften bringen.«

»Hoffen wir es«, nickte Roi Danton und bemerkte mit Bedauern, daß sein Napf leer war. Augenblicke lang hielt er ihn unschlüssig in der Hand – doch dann entschied er sich doch dafür, keinen Nachschlag mehr zu verlangen.

Er blickte auf – und sah Kapitän Trikort vor sich stehen. Hinter ihm zwei andere Gurrads.

Der Kapitän begann sofort mit kehligen Lauten auf Roi einzureden.

Roi zuckte die Achseln und verwünschte den Umstand, nicht der Sprache der Guerillas mächtig zu sein. *Wenn man nur die Translatoren auf die Sprache der Gurrads programmieren könnte,* durchzuckte es ihn, *dann läge einer Verständigung nichts mehr im Wege!*

Aber Roi wußte auch, daß diese Translatoren zusammen mit den abgelieferten Waffen und technischen Geräten irgendwo im Schiff lagerten, unerreichbar für ihn.

Zwar wußte er inzwischen aufgrund einer kurzen Mitteilung von Oro Masut, daß es den beiden Ertrusern gelungen war, ein Gerät mit der gurradschen Sprache zu »füttern«, aber dieses Wissen half ihm in der jetzigen Situation nicht weiter, da ihm dieses Gerät ebenfalls nicht zur Verfügung stand.

»Sehen Sie doch!« meldete sich John Harvey von seinem Platz aus. »Die beiden Gurrads in seiner Begleitung tragen einen Translator bei sich. Offenbar beabsichtigen sie, endlich eine Verständigung herbeizuführen.«

Roi, der die beiden Gurrads nur zur Hälfte sehen konnte, da Trikort sein Blickfeld begrenzte, atmete scharf ein. Sollte wirklich sein Wunsch in Erfüllung gehen? Sollte es jetzt endlich zu einer echten Verständigung zwischen den beiden Lebensformen aus zwei verschiedenen Galaxien kommen?

Roi wußte nicht, wie viele Stunden vergangen waren, als endlich der erste verständliche Laut aus dem Tongitter des Translators kam.

Sie saßen einander gegenüber.

Auf der einen Seite Roi Danton, John Harvey und noch einige Wissenschaftler, auf der anderen Kapitän Trikort und drei seiner Offiziere.

Dazwischen stand der würfelförmige Translator.

»Können Sie mich verstehen, Kapitän?« sprach Roi Danton gegen das Mikrophongitter.

Der Translator stieß einige gutturale Laute aus; freudige Überraschung zeigte sich auf den Löwengesichtern der Gurrads.

Trikort antwortete mit einer schnellen Folge von Worten.

Der Translator sagte vernehmlich: »Ich kann Sie verstehen, König.«

»Ausgezeichnet!« rief einer der Wissenschaftler neben Roi Danton aus. »Der Translator arbeitet nahezu perfekt. Haben Sie schon bemerkt, meine Herren, daß er sogar Monsieur Dantons Vornamen in seiner wirklichen Form – nämlich König – übersetzt? Bemerkenswert – wirklich bemerkenswert!«

Roi Danton wandte sich wieder an den Guerillakapitän und sagte:

»Wie Sie schon festgestellt haben dürften, mon Capitaine, sind wir äußerst anfällig gegen diese gewaltsamen Transitionen, mit denen Ihr Schiff große Entfernungen zurücklegt. Ohne Ihnen einen Vorwurf machen zu wollen, muß ich Ihnen sagen, daß Sie uns langsam, aber sicher umbringen werden, sollten Sie beabsichtigen, noch einige Male zu ›springen‹, wie wir Terraner zu diesem Vorgang sagen. Umbringen deshalb, weil wir seit Jahrhunderten eine völlig andere Art der Fortbewegung kennen, die uns schnell und sicher von einem Ort der Galaxis zum anderen bringt. Unsere Körper haben es inzwischen verlernt, sich der großen Kräfte einer Transition auszusetzen. Nun reagieren sie ganz empfindlich darauf.«

»Es liegt nicht in meiner Absicht«, sagte Trikort, »Sie und Ihre Männer in den Tod zu schicken. – Das hätten wir vor ein paar Tagen leichter gehabt. Ich habe die bereits eingeleitete dritte Transition sofort unterbrechen lassen.«

»Das haben Sie getan, Kapitän? Für uns?«

John Harvey zeigte tiefes Erstaunen.

Der Gurrad nickte.

»Ich habe es getan«, antwortete er nachdrücklich. »Gegen den Willen einiger meiner Offiziere.«

»Was Sie bestimmt in Schwierigkeiten gebracht haben dürfte«, vermutete Roi Danton.

Er war auf eine gewisse Art bewegt über die Sympathiekundgebung des Gurrads.

Trikort winkte knurrend ab; offenbar waren diese Schwierigkeiten seine geringsten Sorgen. Er sagte:

»Ich werde nur noch einen Sprung ausführen lassen. Dieser wird uns unmittelbar zum Ziel bringen. Damit überschreite ich meine Befehle. Ich war eigentlich angewiesen worden, durch mindestens acht Täuschungssprünge eben dieses Ziel zu verschleiern . . .«

»Acht Transitionen!« wurde der Gurrad von einem entsetzten

terranischen Wissenschaftler unterbrochen. »Du meine Güte! Wenn das Ihre Absicht gewesen ist, so hätten Sie uns gleich an die Wand stellen lassen können – im Endeffekt wäre das das gleiche Ergebnis.«

»Wem wollten Sie eigentlich mit diesen Täuschungssprüngen Ihr Ziel verschleiern? Uns Terranern?« Roi Danton beugte sich etwas vor und blickte gespannt auf das breite, muskulöse Gesicht des Kapitäns.

Trikort schüttelte seine prächtige sandgelbe Mähne.

»Nicht Ihnen, König, oder Ihren Leuten«, drang es abgehackt aus dem Translator. »Wir haben weitaus mächtigere Feinde innerhalb unserer eigenen Galaxis.«

»Die Perlians?« mutmaßte Danton auf gut Glück.

Trikort nickte wieder.

»Die Perlians oder Drittkonditionierten, wie sie sich auch nennen«, bestätigte er düster, »und ihre Kristallagenten.«

Trikort verstummte.

Langsam vertropfte die Zeit. Sekunden wurden zu Minuten. Schließlich begann Trikort wieder zu sprechen. Der Translator war nicht in der Lage, die Gefühle dieser Stimme mitschwingen zu lassen. Aber die Männer sahen auch so an dem Gesichtsausdruck des Gurrads, daß dieser sehr bewegt war.

»Seit unzähligen Jahren«, so sagte Kapitän Trikort, »sind wir auf der Flucht vor den Perlians. Wir, die wir zusammen mit anderen Völkern lange Zeit friedlich nebeneinander in unserer Galaxis lebten, mußten plötzlich unsere festen Häuser mit den Zelten der Nomaden vertauschen. Planet auf Planet des ursprünglichen Reiches der Gurrads mußte geräumt werden; so vergingen die Herrlichkeit und Schönheit unserer Kultur. Während der Zeit der gelegentlichen Blitzkriege und der langen, blutigen Rückzüge konnten wir uns nicht mit den Dingen der ruhmreichen Vergangenheit beladen – und so wurden wir im Laufe der Jahrhunderte, in denen uns die Perlians den Lebensraum immer mehr einengten, zu Barbaren, zu Heckenschützen, zu Guerillas. Wir kannten nur noch Kampf und Flucht.

Wenn wir einen Planeten zurückerobert hatten, mußten wir an anderer Stelle zwei oder drei wieder aufgeben . . .«

Kapitän Trikort sprach lange.

Er erzählte von der Pracht ihrer einstigen Mutterwelt. Von den unermeßlichen Schätzen, die sich in den Tresoren großer Städte angehäuft hatten.

Er berichtete von technischen Errungenschaften und kulturellen Höhepunkten.

Er sprach und sprach.

Er berichtete den gespannt lauschenden Terranern von den gewaltigen Städten des »Inneren Reiches«, von denen aus ihr Volk verwaltet worden war.

Dann erzählte Trikort, wie sich Furcht und Schrecken in ihrer Galaxis auszubreiten begannen, als vor etwa 400 Jahren die Perlians kamen und ihren grausamen Vernichtungsfeldzug gegen die Gurrads begannen.

In dieser Zeit färbte sich der Himmel vieler bewohnter Planeten blutig rot. Das Chaos begann . . .

Lange Zeit blieben die Terraner stumm; was sollten sie auch zu dem Verhängnis der Gurrads sagen? Sollten sie Worte des Mitleids sagen? Des Bedauerns? Besser war es, wenn man schwieg.

Schließlich erhoben sich die Magellanschen Guerillas von ihren Plätzen.

Roi Danton stand ebenfalls auf, den Translator mit hochnehmend.

»Was geschieht nun, Kapitän?« erkundigte er sich.

»Wir werden in Kürze in die dritte Transition gehen«, antwortete Trikort. Als er die Bestürzung auf den Gesichtern seiner Gefangenen bemerkte, fügte er schnell hinzu: »Es ist die letzte. Leider muß sie sein, da wir sonst zu lange unterwegs wären. Die Gefahr einer Entdeckung durch Kristallagenten oder Perlians vergrößert sich, je länger wir in diesem Abschnitt des Raumes bleiben. Bis dahin haben Sie aber noch vier Stunden Zeit. Haben Sie sonst noch eine Frage, König?«

Nachdenklich erwiderte Danton:

»Ich hätte gern gewußt, was das bedeutet.« Er tippte gegen das eingestickte Emblem auf Trikorts grauer Lederjacke.

»Das ist das Symbol unseres Widerstandes«, erklärte Trikort düster.

In seinen grünen Augen flammte so stark der Haß auf, daß Danton unwillkürlich einen Schritt zurücktrat.

Trikort fuhr fort:

»Dieser rote Ball, von einem Pfeil durchbohrt, stellt eine der rotleuchtenden Energieblasen dar, die Not und Elend über unser Volk brachten. Die Perlians schwebten in diesen Blasen aus ihren großen Schiffen auf unsere Welten herab.

Der Pfeil ist der Pfeil unserer Rache, der diese Energieblase zerstört, so wie unser Haß dereinst die Perlians vernichten wird.«

*Ich fühle mit dir, mein löwengesichtiger Freund,* dachte Roi Danton, während er dem Gurrad nachblickte. *Und ich wünsche dir und deinem Volk, daß ihr diesen Kampf gewinnen möget!*

# 15.

Während der zweiten Transition waren einige der ohnehin reparaturbedürftigen Lampen ganz ausgefallen. Der Tankraum, in dem sich Perry Rhodan und die beiden Giganten Melbar Kasom und Oro Masut versteckt hielten, lag nun in einem Dämmerlicht, das alle Konturen verschwimmen ließ.

Die drei Männer lagen lang ausgestreckt in dem schwach erhellten Raum.

Sie schwiegen.

Jeder hing seinen Gedanken nach, die sich allerdings bezeichnenderweise fast ausschließlich um ein und dasselbe Problem rankten: Wie erging es den hundert Männern im entfernten Frachtraum?

Schließlich richtete sich Oro Masut mit einem Ruck auf. Er bohrte den Zeigefinger ins linke Ohr, in dem das Mikrofunkgerät versteckt war, das aus den geheimen Laboratorien des genialen Wissenschaftlers Dr. Geoffry Abel Waringer stammte.

»Hast du Schwierigkeiten, Kleiner?« erkundigte sich Melbar Kasom brummend.

Neugierig richtete er sich ebenfalls auf.

»Still«, bedeutete ihm Masut mit einer Handbewegung und lauschte in sich hinein.

»Roi Danton hat gerufen«, erklärte er. Wieder schwieg er eine Weile, und dann fuhr er fort:

»Zwischen den Gurrads und unseren Leuten scheint sich endlich so etwas wie eine Verständigung anzubahnen. Vor wenigen Minuten hat Kapitän Trikort einen Translator gebracht . . .«

»Hören Sie zu, Masut!«

Perry Rhodan sprach schnell und abgehackt. Er wußte nicht, wie lange Danton schwieg. Die Zeit mußte er nutzen.

Rhodan hatte nämlich vor, sich kein Wort von dem, was im Frachtraum gesprochen wurde, entgehen zu lassen.

»Wir verhalten uns ganz still«, fuhr er fort, »während Sie, Masut, einfach alles, was Sie über Ihr Mikrogerät hören können, an uns weitererzählen. Jedes Wort, verstanden! So werden wir zum Schluß in der Lage sein, uns ein genaues Bild machen zu können.«

»In Ordnung«, erwiderte der Ertruser und nickte.

Die nächsten Stunden waren angefüllt mit Oro Masuts Stimme, die gleichförmig und halblaut jedes Wort berichtete, das ihn über sein Gerät erreichte.

»Wiederholen Sie doch noch einmal den letzten Satz des Kapitäns«, forderte ihn zum Schluß Perry Rhodan auf.

Der Ertruser wiederholte Trikorts letzte Worte.

»Dann haben wir also vier Stunden Zeit, um etwas zu unternehmen«, murmelte Perry Rhodan.

»Geht es endlich los, Sir?« erkundigte sich Melbar Kasom. Die Erregung ließ seine Stimme gepreßt klingen. Der USO-Spezialist hatte für seine Begriffe viel zu lange auf der faulen Haut gelegen. Nun dürstete ihn nach etwas Bewegung – wenn diese »Bewegung« mit Gefahr verbunden war, so konnte es ihm nur recht sein.

»Die Situation muß ausgenützt werden«, bestätigte Rhodan. Er stand auf und schloß mit einer energischen Bewegung die Kombination.

»Worauf warten Sie noch?« wandte er sich an die beiden Ertruser.

Offenbar war ihnen noch nicht voll zu Bewußtsein gekommen, daß Rhodan es jetzt wirklich ernst meinte. Dann jedoch erhoben sie sich geschmeidig und brachten ebenfalls ihre Kampfanzüge in Ordnung. Ihr Gesichtsausdruck zeigte, daß sie zu allem entschlossen waren.

Perry Rhodan sah schweigend den Vorkehrungen zu, die die beiden Giganten trafen.

Nach Ablauf von zehn Minuten waren sie endlich soweit, daß sie aufbrechen konnten.

Der Korridor lag im trüben Schein einer Notbeleuchtung. Er schien verlassen, trotzdem erzitterte der Boden manchmal unter dem Aufprall einer schweren Masse – was kein Wunder war.

Sowohl Melbar Kasom als auch Oro Masut trugen ständig ihre Mikrogravitatoren. An eine Schwerkraft von 3,4 Gravos gewöhnt, mußten sie eben diese Gravitation künstlich erzeugen, um nicht laufend unfreiwillige Sprünge zu machen. Naturgemäß erhöhte sich dabei auch ihr Körpergewicht um das Mehrfache.

Nahezu lautlos bewegten sie sich durch den Korridor.

»Wo befinden sich Danton und die anderen?« erkundigte sich Rhodan bei Oro Masut.

»Im achten Deck«, antwortete Roi Dantons Leibwächter.

»Also noch vier Decks über uns«, stellte Rhodan fest.

Mit Kasom an der Spitze setzten sie ihren Weg fort.

Die Antigravplattform, auf der sie ansonsten ihre Ausrüstung transportiert hatten, blieb zurück; es gab kaum noch etwas, das man hätte transportieren können. Die Nahrungskonzentrate, die den Hauptbestandteil dieser Ladung ausgemacht hatten, waren verzehrt worden. Die Waffen und die wenigen technischen Geräte hatten sie an den vielen Schlaufen und Ösen ihrer Kampfanzüge befestigt.

Sowohl Melbar Kasom als auch Oro Masut trugen ihre riesigen Waffen in den Händen, während Perry Rhodan seine eigene am Gürtel hängen ließ.

Er verließ sich auf die Wirkung der Deflektorschirme.

Die ersten zehn Minuten benötigten sie, um von ihrem Versteck über einen ringförmigen Korridor bis zu jenem Antigravschacht zu gelangen, der außer Betrieb war und den die beiden ertrusischen Giganten schon einmal als Fluchtweg benutzt hatten. Allerdings waren sie damals von oben gekommen. Jetzt nahmen sie den gleichen Weg in umgekehrter Richtung.

Die in die Kampfanzüge eingebauten Antigravprojektoren trugen sie in die Höhe.

Niemand sprach ein Wort.

Perry Rhodan hörte nicht einmal ein lauteres Atmen als sonst aus dem Helmlautsprecher dringen; die beiden Ertruser zeigten weder Furcht noch sonst eine andere Gefühlsregung.

Für sie war dieser Ausflug eine Routineangelegenheit, mehr nicht.

Während sie langsam nach oben schwebten, vernahmen sie außer dem ständigen Vibrieren der Schachtwände keinen Laut.

Vier Minuten später schwebten sie neben der Ausstiegsöffnung von Deck VIII.

Kasom schob vorsichtig den Kopf um die Ecke und blickte in den hell erleuchteten Hauptkorridor hinein.

»Verdammt!« zischte er erregt. »Der Gang ist voller Gurrads. Hier kommen wir nicht durch, ohne von unseren Waffen Gebrauch machen zu müssen.«

Der USO-Spezialist zog den Kopf wieder zurück.

»Was machen wir nun?« forschte er.

»Haben Sie nicht von Reparaturgängen gesprochen?« fragte Perry Rhodan. »Sie sind doch durch einige geflogen – damals, oder nicht?«

»Richtig, Sir!« rief Kasom. »So etwas müßte es auf jedem Deck geben. Irgendwo im Innern dieses Antigravschachtes müßte auch ein Mannschott vorhanden sein, durch das wir in einen Reparaturgang gelangen könnten, der die einzelnen Anlagen und Maschinenräume auf diesem Deck miteinander verbindet.«

Schon nach den ersten Worten Kasoms hatte sich Oro Masut in Bewegung gesetzt. Mit Hilfe seiner Antigravprojektoren folgte er dem Rund des sechs Meter durchmessenden Schachtes.

Melbar Kasom nahm die andere Richtung, während Perry Rhodan neben dem Ausgang verharrte.

Kurz darauf rief Masut leise:

»Hierher! Ich habe das Mannschott gefunden!«

Innerhalb einer Minute hatten sich alle drei durch die schmale Luke gezwängt und schritten nun einen langen Gang entlang, an dessen Wänden in unregelmäßigen Abständen weitere Mannschotte eingelassen waren; dahinter lagen die einzelnen Räume, die man auf diesem Weg betreten konnte, wenn einmal aus verschiedenen Gründen der normale Zugang nicht möglich war.

Niemand stellte sich ihnen in den Weg.

Perry Rhodan schätzte, daß sie bereits eine Viertelstunde durch den Reparaturgang gegangen waren, als Oro Masut, der diesmal die Spitze übernommen hatte, abrupt stehenblieb und die Hand hob.

Sofort blieben Rhodan und Melbar Kasom ebenfalls stehen.

»Etwas zu hören, Masut?«

Rhodan und Melbar Kasom blickten fragend auf den Ertruser.

Oro nickte.

»Mein König hat sich gemeldet. Wir befinden uns in der Nähe des Frachtraumes, in dem er und die anderen eingesperrt sind.«

»Gibt es eine Möglichkeit, durch diesen Reparaturschacht zu ihnen zu gelangen?« erkundigte sich Perry Rhodan.

Oro schüttelte den Kopf.

»Leider nein«, stellte er betrübt fest. »Der einzige Zugang ist die Schiebeschleuse. Vor ihr halten mindestens zwanzig Gurrads Wache.«

»Was ist mit den Öffnungen in der Decke des Gefangenenraumes, durch die Sie beide damals entfliehen konnten?«

»Diese Möglichkeit, so verlockend sie auch erscheint, müssen wir ausklammern. Monsieur Danton hat mir inzwischen mitgeteilt, daß die Gurrads besondere Vorkehrungen getroffen hatten, um diesen Fluchtweg zu einer Falle zu machen.«

Perry Rhodan murmelte Verwünschungen vor sich hin, die den beiden Ertrusern ein Lächeln entlockten.

»Ich würde sagen«, meldete sich Kasom zu Wort, »daß ein Besuch bei diesem Gecken vorerst nicht nötig ist.«

Oro Masut stieß einen zornigen Laut aus.

An Rhodan vorbei zuckte ein oberschenkeldicker Arm.

Melbar Kasom stieß einen erschrockenen, überraschten Schrei aus, als er von der Wucht des Fausthiebes gegen die Wand des Reparaturgangs geschleudert wurde.

»Wage es noch einmal«, knurrte Oro Masut mit kehliger Stimme, »meinen König einen Gecken zu nennen! Ich mache Beefsteak à la Masut aus dir. Verstanden!«

»Du verstehst aber wirklich keinen Spaß mehr«, stellte Melbar resignierend fest.

»Ruhe, verdammt!« fuhr Perry Rhodan dazwischen. »Was wollten Sie sagen, Kasom, ehe Sie dieser Barbar von einem Ertruser unterbrach – übrigens auf eine äußerst schlagkräftige Art, wenn ich mir diese Bemerkung erlauben darf!«

Rhodans Gesicht blieb todernst, nur seine Augen funkelten vergnügt.

Der USO-Spezialist blickte ihn mißtrauisch an. Offenbar wußte er nicht, was er von Rhodans letzter Bemerkung halten sollte.

Schließlich sagte er unwirsch:

»Ich riet deshalb von einem vorläufigen Besuch bei diesem . . . diesem . . . König ab, weil ich der Auffassung bin, unsere vordringliche Aufgabe läge darin, den Lagerraum zu suchen, in dem die grünäugigen Katzen die Nahrungsvorräte und Waffen unserer ganzen Gruppe untergebracht haben.«

Oro Masut, der seinen Landsmann scharf angesehen hatte, als dieser von seinem König sprach, entspannte sich erleichtert.

»Der alte, verfressene Kasom«, lachte er. »Immer denkt er an den eigenen Magen!«

»Ich finde diesen Vorschlag sogar durchaus akzeptabel«, pflichtete Perry Rhodan bei.

»Na schön«, murmelte Oro Masut. »Auf zu den Fleischtöpfen von Ertrus!«

Dicht hintereinander gingen sie weiter.

Schließlich erreichten sie den Generatorraum, in den sich die Terraner kurz nach dem Start von Modula II zurückgezogen und wo sie sich gesammelt hatten; die Spuren des Kampfes waren noch nicht vollständig beseitigt worden.

Im Schutz ihrer Deflektorschirme eilten die drei Männer über die schmale Galerie, die den Generatorraum in halber Höhe umgab.

Unter ihnen wurde gearbeitet. Niemand nahm jedoch Notiz von ihnen.

Auf der gegenüberliegenden Seite verschwanden sie wieder im Gang. Ungehindert setzten die drei Männer ihren Marsch fort.

Nach einer mehr als dreißig Minuten dauernden Suche hatten sie Glück. Ganz in der Nähe des Gefangenenraumes entdeckten sie einen zweiten Lagerraum, in dem die Gurrads die gesamte Ausrüstung der Modula-Gruppe eingelagert hatten.

Der Lichtschein, der von draußen aus dem Korridor hereinfiel, verschwand, als Oro Masut das Tor wieder zuschob, durch das sie in den unbewachten Lagerraum eingedrungen waren.

Die Dunkelheit war undurchdringlich.

Dann schalteten die beiden Ertruser und Perry Rhodan ihre Deflektorschirme ab und aktivierten die Brustscheinwerfer der Kampfanzüge.

Der grelle Lichtschein riß einen unordentlich übereinandergeworfenen Haufen von Ausrüstungsgegenständen aus der Schwärze; Tornisteraggregate und Kisten mit erheblichen Mengen von Energiemagazinen; Mikro-Raklafetten sowie die dazugehörende Munition; tragbare Hyperfunkgeräte unterschiedlicher Bauart; verschweißte Plastikkisten mit Medikamenten und Nahrungskonzentraten.

Oro stürzte vor und schnappte sich eine der verschweißten Kisten mit Konzentraten. Da er sie mit den bloßen Fingern nicht aufbrachte, griff er nach dem Vibratormesser, das er einem Gurrad weggenommen hatte, und schnitt die Kiste mit einer einzigen kraftvollen Bewegung in zwei Teile.

Die verpackten Nahrungskonzentrate rollten zu Boden.

Und dann setzten sich die beiden Ertruser auf den Boden, klappten die Helme zurück und begannen ihren Heißhunger zu stillen.

Perry Rhodan sah ihnen zu – und setzte sich schließlich neben den beiden auf eine Kiste. Während er zu essen begann, dachte er: *Wer weiß, wann wir wieder etwas bekommen!*

Nach zehn Minuten erhob er sich. Mit leiser Stimme mahnte er die Ertruser zur Eile.

Von den vier Stunden, die sie anfänglich zur Verfügung hatten, waren schon eine Stunde und sechzehn Minuten vergangen.

Prüfend schritt Rhodan die Reihen von Ausrüstungsgegenständen ab. Was würde vonnöten sein? In erster Linie Medikamente, um die erschöpften Männer auf die Beine zu bringen und ihre Schmerzen zu lindern. Dann vor allen Dingen Mikrofunkgeräte, um eine bessere Verständigung untereinander zu gewährleisten.

Perry Rhodan verstaute zwanzig dieser stecknadelkopfgroßen Sprechfunkgeräte in der Oberschenkeltasche seines Kampfanzuges; desgleichen ebenfalls zwanzig sehr kleine Nadelstrahler, die an etwas stark geratene Patentschreiber erinnerten.

Als Rhodan an einem Berg kleiner Bild-Sprech-Geräte vorüberkam, befestigte er eines der würfelförmigen Geräte an seinem Gürtel. Es konnte durchaus noch sehr von Nutzen sein.

Die beiden Ertruser waren mittlerweile nicht untätig geblieben. Sie hatten sich mit Plastikschläuchen versorgt, die von der Verpakkung der Raklafettenmunition stammten. Mit einem winzigen Nadelstrahl verschweißten sie die zwanzig Zentimeter langen Schläuche miteinander zu zwei Meter langen Würsten. In diese füllten sie Konzentratwürfel. Auf diese Art brachten sie den Inhalt von vier Kisten unter.

Schließlich waren die Schläuche prall gefüllt.

Die letzte Öffnung wurde verschnürt. Dann warfen sich die beiden Ertruser je eine der Riesenwürste über die Schulter.

Die Helme wurden geschlossen, die Deflektorschirme aktiviert.

Kurz darauf lag der Lagerraum wieder so dunkel wie zuvor.

Niemand bemerkte die drei schwerbeladenen Gestalten, die wieder in einem Notkorridor verschwanden.

Das Heulen übertönte jedes andere Geräusch.

Zufrieden verringerte Perry Rhodan die Intensität des Außenlautsprechers seines Helms, bis nur noch ein leichtes Säuseln hörbar war.

»Ein infernalisches Geräusch«, stellte er fest. »Es wird alle anderen Geräusche untergehen lassen.«

»Prächtig«, dröhnte Melbar Kasoms Baß, »ich brauche dann keine übertriebene Vorsicht walten zu lassen.«

Prüfend rüttelte der Ertruser an dem großen, zwei mal zwei Meter im Quadrat messenden Lüftungsgitter, aus dem das Heulen und Pfeifen drang.

Angerostete Schraubenköpfe platzten weg und schlugen gegen die gepanzerten Kampfanzüge der drei Männer.

Sie befanden sich seit etwa fünf Minuten ein Deck höher in einem verschmutzten und offenbar seit langem nicht mehr benutzten Korridor, an dessen linker Wand sie das Lüftungsgitter entdeckt hatten.

Hinter der Wand verlief eine große Röhre der Luftumwälzungsanlage.

Daß sie sich gerade diese Stelle ausgesucht hatten, geschah aus einem ganz besonderen Grund: Das Belüftungsrohr versorgte auch den Laderaum, in dem die hundert Männer der Einsatzgruppe Modula gefangengehalten wurden. Die drei hatten das nach sorgfältigen Berechnungen feststellen können. Außerdem konnten sich die beiden Ertruser noch sehr gut an die Anschlüsse über dem Frachtraum erinnern, die sie bei ihrer Flucht entdeckt hatten.

Einfacher wäre es gewesen, sie hätten sich direkt von diesem Raum hinablassen können. Aber Roi Danton, der durch Oro Masuts Funkgerät über alles unterrichtet war, riet davon ab. Die Gurrads hatten in diesem Raum eine ganze Anzahl Wächter hinterlassen.

Es mußte also eine andere Möglichkeit gefunden werden, ungesehen zu den Gefangenen gelangen zu können.

Als Ausweg bot sich das Rohr der Belüftungsanlage an.

Allerdings konnten sie nicht unmittelbar über dem Gefangenenraum einsteigen, sondern rund zweihundert Meter davon entfernt. Erst dort nämlich war ein einigermaßen sicherer Ort gefunden worden, an dem die beiden Ertruser zurückbleiben konnten.

»Ob das gutgeht, Sir«, murmelte Oro Masut zweifelnd, als Rhodan daranging, alle überflüssigen Dinge von seinem Kampfanzug zu entfernen; er mußte vermeiden, irgendwo im Rohr hängenzubleiben.

»Es wird schon schiefgehen«, beruhigte ihn Rhodan und lächelte leicht. Wenn auch Oro Masut als Leibwächter mehr seinem König zugetan war, konnte er manchmal nicht verleugnen, daß ihm das Wohl des Großadministrators ebenfalls sehr am Herzen zu liegen schien.

Hätte Perry Rhodan allerdings gewußt, weshalb das so war, wäre ihm manches klarer gewesen.

»Ich sage das deshalb«, fuhr der Ertruser fort, »weil ich noch weiß, daß an der Stelle, wo das Rohr in den Gefangenenraum mündet, eine Verdichterstation sitzt.«

Perry Rhodan hielt inne.

»Sitzt sie genau im Rohr?« erkundigte er sich mit blassem Gesicht.

»Nein«, sagte Masut mit düsterer Stimme, »aber unmittelbar darüber. Genau an der Stelle, wo das Rohr in den Gefangenenraum hinabführt, gabelt es sich. Auf dem oberen Ast sitzt eine Turbine. Das Rohr vereinigt sich etwas weiter hinten wieder und läuft weiter.«

»Deshalb sind die Geräusche hier so laut zu hören«, stellte Kasom fest.

»Genau«, erwiderte sein Landsmann und sah mit unglücklichem Gesichtsausdruck auf Perry Rhodan, der unschlüssig den gefüllten Schlauch mit Medikamenten anblickte.

»Es würde also bedeuten«, sagte er schließlich mit leiser Stimme und wie zu sich selbst, »daß ich unter allen Umständen vermeiden muß, vom Sog in das obere Rohr der Gabelung gerissen zu werden!«

»Sir!« riefen Kasom und Masut beschwörend wie aus einem Mund. »Sie wollen doch nicht etwa . . .?«

»Doch«, sagte er hart, und der Klang seiner Stimme schloß jeden Zweifel aus. »Ich will!«

Er warf sich mit einer entschlossenen Bewegung den Medikamentenschlauch um den Hals, so daß die beiden Enden auf seine Brust niederhingen, und bedeutete Kasom und Masut, das Lüftungsgitter herauszureißen.

Unter den enormen Kräften der beiden Giganten bog sich das Gitter nach kurzer Zeit nach außen und platzte schließlich ganz aus der Fassung. Sie hoben Perry Rhodan wie ein kleines Kind hoch und steckten ihn mit den Füßen zuerst in das Rohr.

Langsam ließen sie ihn weiter hineingleiten.

»Vorsichtig«, befahl Rhodan. »Halten Sie mich so lange fest, bis ich merke, daß die Flugprojektoren gegen den Luftsog ankommen – dann können Sie loslassen. Verstanden?«

Die Ertruser brummten zustimmend.

Kasoms riesige Hand packte das Griffstück am Schulterteil des Kampfanzuges, während Perry Rhodan mit den Händen die Intensität der Flugaggregate verstärkte.

Als der Regler auf Dreiviertel seiner Kapazität stand, merkte Kasom, daß er Rhodan nicht mehr festzuhalten brauchte. Perry Rhodan »schwamm« im reißenden Luftsog des Belüftungsrohres.

»Nun lassen Sie schon los, Kasom«, drang Rhodans Stimme in den Helmlautsprechern der beiden Ertruser auf. »Wir haben keine Zeit mehr zu verlieren.«

»Nur unter Protest«, brummte Kasom.

Dann ließ er los.

Perry Rhodan war noch einen Augenblick zu sehen, dann verschwand er langsam im Rohr.

Als er aus dem Bereich des Einstieges gekommen war, wurde es dunkel. Er schaltete den Brustscheinwerfer ein; der grelle Schein beleuchtete Rohrwände, die wie poliertes Silber glänzten.

Perry Rhodans Hände lagen fest auf den Kontrollen der Flugprojektoren.

Obwohl er inzwischen die Außenaufnahme der Lautsprecher ganz abgeschaltet hatte, war das infernalische Geräusch im Innern des Rohres noch immer als dumpfes Rauschen zu vernehmen.

An den vorbeigleitenden Rohrwänden merkte er, daß er schneller wurde. Sofort verstärkte er die Intensität der Projektoren. Offenbar näherte er sich bereits jener Verdichterstation. Der Schweiß brach ihm aus, als er sich vorstellte, in die Rotoren zu kommen. Er sah aus den Augenwinkeln den Leuchtbalken des Außentemperaturmessers, der an der Innenseite des Helmes angebracht war.

Er stand auf achtzig Grad Celsius.

Offensichtlich wurde der heulende Luftstrom auch noch aufgeheizt. Allerdings war im Innern des Kampfanzuges nichts davon zu bemerken. Dessen Klimaanlage war ein kleines Meisterwerk aus den Laboratorien der Solaren Flotte.

In das dumpfe Rauschen mischte sich ein helles Singen.

Perry Rhodan, der lang ausgestreckt und mit den Füßen voran im Rohr entlangglitt, spreizte die Beine etwas und sah an seinen Füßen vorbei nach vorn.

Deutlich war die Gabelung zu erkennen; das untere Rohr fiel leicht ab, am Eingang zum oberen Rohr saßen die hintereinandergeschalteten Rotoren. Sie bildeten eine flirrende und im Licht des Brustscheinwerfers gleißende Kreisfläche. Da hineinzukommen, hieß einen schnellen Tod erleiden.

Rhodan merkte, wie seine Füße anfingen, sich unkontrolliert zu bewegen. Es war, als zögen starke Kräfte daran.

Er drehte den Regler noch etwas höher, so daß er dicht vor der Gabelung zum Stillstand kam.

Perry Rhodan war wirklich unschlüssig, wie er weiter vorgehen sollte. Er erkannte klar, daß die Turbulenz, die in dieser Gabelung herrschte, seinen Körper unweigerlich nach oben und in die Rotoren werfen würde, sobald er versuchte, in das untere Rohr zu rutschen.

Einen panikerfüllten Augenblick lang mußte Rhodan gegen den Wunsch ankämpfen, umzukehren. Dann kehrte die nüchterne Überlegung zurück.

Er mußte sich etwas einfallen lassen, das seinen Körper hundertprozentig sicher in das untere Rohr gleiten lassen würde.

Dann lachte er befreit auf.

Die magnetischen Sohlen seiner Stiefel waren ihm eingefallen. Sie würden zumindest seine Füße auf dem Boden des Rohres festhalten. Um zu verhindern, daß ihn dann der Luftsog vor der Gabelung nach oben und in die rotierenden Schaufeln riß, würde er die Flugprojektoren der Kurskorrektoren auf der Brustseite des Kampfanzuges verwenden. Auf volle Leistung gebracht, würden sie seinen Oberkörper ebenfalls in das untere Rohr hinabdrücken – hoffte er.

Nach fünf Minuten und etlichen vergossenen Kubikzentimetern Schweiß saß Perry Rhodan schließlich im unteren Rohr und in relativer Sicherheit. Der Sog war hier lange nicht so stark wie im Hauptrohr selbst. Weiter vorn konnte er im Licht des Brustscheinwerfers sehen, wie sich das Rohr wieder nach oben krümmte, um sich mit dem anderen Ast der Gabelung zu vereinen.

Direkt unter sich spürte er das Gitter der Lüftungsklappe. Als er den Außenlautsprecher aufdrehte, konnte er sogar Stimmen aus dem darunterliegenden Raum vernehmen.

Er war angelangt. Alles Weitere war nur noch ein Kinderspiel gegen das Vorangegangene.

Perry Rhodan schnitt mit einem Mikrodesintegrator das Gitter heraus und verankerte es innerhalb des Rohres mit einer kleinen, jedoch starken Magnetklammer; er mußte es wieder einsetzen, um seinen Besuch zu vertuschen.

Dann ließ er sich mit Hilfe seines Flugaggregates zu den Männern hinab, die ihn mit freudigen Rufen willkommen hießen. Eine volle Minuten lang war der Großadministrator von der Menge eingekeilt, die ihn mit Fragen überschüttete.

Dann geschah das, worauf Rhodan wartete.

Durch die ihn umdrängenden Männer bahnte sich eine schlanke, hochgewachsene Gestalt einen Weg.

Perry Rhodan begann zu lächeln. Er wußte, was ihn nun erwartete.

Mittlerweile war Roi Danton, um ihn handelte es sich nämlich, bei ihm angelangt.

Er stemmte breitbeinig die Füße auf den Boden, machte mit der rechten Hand eine ausholende Bewegung, als würde er sich einen imaginären Hut vom Kopfe reißen, und verbeugte sich galant.

»Ah«, flötete er entzückt. »Bonjour, Grandseigneur! Comment allez-vous?«

»Merci beaucoup«, erwiderte Perry Rhodan gelassen. »Très bien, Monsieur.«

Roi Danton geriet außer sich vor Entzücken. Er tänzelte um Rhodan herum, betrachtete ihn verklärt durch das Lorgnon und schien sich nicht beruhigen zu wollen. Er zog das parfümierte Spitzentuch hervor und polierte Rhodans Helmsichtscheibe, während er murmelte:

»Mon dieu, Grandseigneur, welcher *lourdaud* hat Ihnen diesen schmutzigen Helm verschafft?«

Perry Rhodan trat einen Schritt zurück, betrachtete den Freihändlerkönig mit hochgezogenen Augenbrauen von oben bis unten und rümpfte dann die Nase.

»Sagen Sie«, begann er mit starrer Miene, »waschen Sie sich eigentlich noch, Monsieur?«

»Bitte?« Roi Danton zuckte sichtlich zusammen.

Die Umstehenden begannen breit zu grinsen. Vereinzelt wurde sogar lautes Lachen hörbar. Die seit Tagen deprimierten und gemarterten Männer genossen dieses Schauspiel mit allen Fasern.

»Sie stinken nämlich, Monsieur«, fuhr Perry Rhodan fort. Er trat einen schnellen Schritt auf Danton zu und zeigte mit spitzen Fingern auf dessen Uniform, während er sich vor Abscheu schüttelte.

»Und was sehe ich da, Monsieur«, rief er streng aus, »Schmutz an Ihrer Uniform? Wie vereinbaren Sie das mit Ihrem Gewissen – falls Ihnen dasselbe nicht abhanden gekommen ist, wie ich fast befürchten muß!«

Roi Danton brach in die Knie.

»Vergebung, Grandseigneur«, wimmerte er und verbarg sein zukkendes Gesicht in den Handflächen. »Vergebung! Ich sterbe! Ich bin schon gestorben!«

Der Freihändlerkönig wand sich vor Selbstmitleid, wobei er es tunlichst vermied, sein Gesicht sehen zu lassen. Mit schluchzender Stimme bat er Rhodan immer wieder dafür um Vergebung, daß er die herrliche Uniform verunglimpft hatte.

Immer wieder preßte Danton das Spitzentüchlein an die Augen und jammerte laut.

Ringsum wimmerten und schrien die Männer ebenfalls – vor Lachen.

Schließlich sagte Perry Rhodan, um dessen Mundwinkel es verdächtig zuckte:

»Stehen Sie auf, Monsieur! Es sei Ihnen noch einmal vergeben.«

Schnell erhob sich Danton auf die Füße.

»Vous êtes bien aimable, Grandseigneur«, murmelte er erstickt. »Sie sind zu liebenswürdig.«

Dann blickten sich die beiden in die Augen und brachen in lautes Lachen aus.

Man hatte, so stellte man übereinstimmend fest, wieder einmal eine grandiose Schau geboten und so für Minuten die mißliche Lage vergessen können, in der man sich befand.

Perry Rhodans Blick fiel auf Ark Huron. Der baumlange, schwarzbärtige Markos-V-Kolonist wischte sich die Lachtränen aus den Augen, während er krampfhaft den Beutel festhielt, in dem sich das Urei der Wingas befand.

»Captain!«

»Sir?«

Ark Huron wurde überraschend schnell wieder ernst. Nur die Tränenspuren auf seinem verschmutzten Gesicht zeugten von der vorangegangenen Heiterkeit.

»Suchen Sie mir zwanzig der besten und gesundheitlich noch einigermaßen auf der Höhe befindlichen Leute aus – einschließlich Ihrer Person –, und bringen Sie sie dann herüber zu mir. Ich habe für jeden dieser Männer eine kleine Überraschung.«

Perry Rhodan zog sich mit Roi Danton und einigen Wissenschaftlern in eine Ecke des Frachtraumes zurück und diskutierte eine mögliche Befreiung.

Währenddessen postierte der hakennasige Captain mehrere Wachen an der Schiebeschleuse.

Es mußte unter allen Umständen vermieden werden, daß die Gurrads Rhodans Anwesenheit entdeckten.

Dann versammelte Huron die ausgesuchten Leute um Rhodan.

Prüfend glitten Rhodans Blicke über die zwanzig Männer.

Er erkannte einige vertraute Gesichter darunter. Er lächelte zufrieden und weidete sich dann an dem Erstaunen der Männer, als er die zwanzig kleinen, leicht zu versteckenden Nadelwaffen und die Sprechfunkgeräte verteilte.

Ein durchdringendes Sirenengeheul klang auf.

Roi Danton, der sich eben noch angeregt mit Perry unterhalten hatte, schreckte auf.

»Die dritte Transition, Granseigneur«, erklärte er hastig, als er den fragenden Blick Perry Rhodans bemerkte. »Sie müssen zurück, ehe es zu spät dafür ist. Nach der Transition werden sich die Gurrads sicherlich um uns kümmern. Man darf Sie hier nicht entdecken.«

In fliegender Eile schloß Perry Rhodan seinen Kampfanzug.

Sekunden später schwebte er zur Decke des Frachtraumes und glitt durch die Öffnung in den Luftschacht hinein.

Die Zurückgebliebenen sahen von unten, wie das Lüftungsgitter wieder an seinen alten Platz gerückt wurde.

Wieder erklang das Sirenengeheul.

Hastig suchten die Gefangenen ihre Plätze auf; was jetzt kam, würde wieder sämtliche Kräfte kosten!

Roi Dantons Gedanken waren bei dem Mann, der sein Vater war. *Hoffentlich kommst du rechtzeitig zurück!* dachte er sorgenvoll. Dann streckte er sich lang auf dem Boden aus und versuchte, nicht an die kommende Transition zu denken.

Minuten später ertönte das dritte und letzte Signal.

Das sattsam bekannte Schwingen und Kreischen der Raumschiffszelle begann, als die Leistung der Maschinenanlage ruckartig erhöht wurde.

Irgend jemand im Raum begann zu beten.

Die helle, verängstigte Stimme war seltsam laut gegen die anschwellenden Geräusche des Schiffes zu vernehmen.

Wieder schlug eine gewaltige Faust auf die Männer ein, erstickte jeden Laut aus menschlichen Kehlen und preßte die Männer auf den harten, verschmutzten Boden des Frachtraumes und verursachte wahnsinnige Schmerzen.

Gottlob wurden die Männer ohnmächtig, ehe die Schmerzen unerträglich zu werden begannen . . .

Im Eiltempo zogen sich Perry Rhodan und die Ertruser in ihr Versteck zurück.

Keinen Augenblick zu früh.

Kaum hatten sie sich auf dem Boden des Tankraumes lang ausgestreckt, als auch schon die Arbeitsgeräusche hochgefahrener Meiler und Generatoren aus den tieferliegenden Maschinenräumen zu einem tiefen Röhren anschwollen. Der Boden begann sachte zu vibrieren und zu schwingen; ein vielfältiges Ächzen und Stöhnen zeugte von überbeanspruchten Wandungen und Verstrebungen.

Einen panikerfüllten Augenblick lang fragte sich Perry Rhodan, ob das Schiff diese Belastungen wohl aushalten würde.

Dann begannen sich die Geräusche zu überschlagen. Sie steigerten sich zu einem nervenzerfetzenden Crescendo – und mit einem Donnerschlag durchbrach das Raumschiff der Guerillas das Einsteinsche Raum-Zeit-Gefüge.

Es verschwand im Hyperraum und fiel Lichtjahre von seinem ursprünglichen Standort entfernt in den Normalraum zurück.

Neben den beiden Ertrusern, deren ungemein robuster Körperbau sie unempfindlich gegen die Transitionen machte, hatten nur Perry Rhodan, Roi Danton und etwa fünfundzwanzig Männer diesen Eintauchschock nach relativ kurzer Zeit ebenfalls überwunden. Allerdings wurden sie von qualvollen Nervenschmerzen gepeinigt. Selbst die von Rhodan ausgeteilten Medikamente konnten diese Schmerzen kaum nennenswert lindern.

Nichtsdestoweniger ließ es sich der Freihändlerkönig nicht nehmen, seinem Vater gleich nach dem Erwachen mit Hilfe dessen Bild-Sprech-Gerätes und der in seinem Degengriff verborgenen Mikro-Fernsehkamera über die herrschenden Zustände im Lagerraum Mitteilung zu machen.

Der Rest der Männer lag wieder in tiefer Bewußtlosigkeit; sie erwachten erst viel später.

Die Gurrads taten, was in ihrer Macht stand, um den Terranern zu helfen. Doch Rhodan erkannte sehr bald, daß diese Hilfeleistung, so begrüßenswert sie auch war, nahezu ohne Ergebnis blieb.

Die Magellanschen Guerillas verfügten über keine Spezialmedikamente. Wozu auch? Ihnen machten diese Transitionen nichts aus! Immerhin sorgten sie dafür, mittels warmer Nahrung und amphetaminhaltiger Stärkungsmittel das allgemeine Wohlbefinden der Männer etwas zu steigern.

Kapitän Trikort erschien in diesen Stunden mehrmals im Frachtraum und unterhielt sich mit Roi Danton.

In diesen Stunden wurde sowohl der im Frachtraum als auch der im Besitz von Rhodan und den beiden Ertrusern befindliche Translator derart exakt programmiert, daß sie in der Lage waren, selbst schwierigste Begriffe der gurradschen Sprache in fehlerloses Interkosmo zu übertragen.

Nach und nach erfuhren Perry Rhodan und die Ertruser fast alles über das Ziel des Birnenraumers.

Wie Kapitän Trikort Danton mitteilte, lag vor dem Schiff eine Doppelsonne. Der Hauptstern, so erklärte Trikort, sei ein blauer Riese, der wesentlich kleinere Begleiter ein weißer Zwerg. Beide Sonnen stünden verblüffend dicht beisammen – nur zehn Millionen Kilometer Distanz trennten sie –, und dabei entstünden ungeheure Gravitationskräfte, die die Raumschiffahrt um dieses System zu einem Vabanquespiel machten.

Der Doppelstern wurde Boul genannt, demzufolge hieß das ganze System auch Boul-System. Es besaß fünf Planeten, die – wie es bei allen Doppelsternsystemen üblich war – unendlich komplizierte Umlaufbahnen beschrieben.

Zwei der Welten flogen während ihrer Bahn zwischen den Sonnen hindurch; sie waren ausgedörrte Glutwüsten. Die drei anderen umkreisten ihre Sonnen in weiten Ellipsenbahnen.

Nummer drei war Hauptwelt und gleichzeitig das Hauptquartier der Magellanschen Guerillas. Der Eigenname dieser Welt lautete Boultat.

Wie Danton – und über den Umweg des Bild-Sprech-Gerätes auch Perry Rhodan – weiter von Kapitän Trikort erfuhr, befand sich dieses System in einem der südlichen Außenarme des Spiralnebels. In diesem Arm existierte seltsamerweise eine Art von Separatzentrum, in dem die Sonnen ebenso dicht standen wie im tatsächlichen Zentrum der Großen Magellanschen Wolke.

Bestimmendes Kennzeichen für das Boul-System und das separate Zentrum im äußeren Spiralarm waren gigantische Wasserstoffwolken, die die Raumfahrt zum Risiko machten. Deshalb, so erläuterte Trikort dem König der Freifahrer, hätten sich die Perlians noch nie hierhergewagt.

In vorsichtiger Fahrt durchstieß das Raumschiff der Guerillas den Wasserstoffring um die beiden Sonnen und flog auf den dritten Planeten zu.

Diese Stunden genügten völlig, um Perry Rhodan und die übrigen Männer wieder voll zu Kräften kommen zu lassen.

Die Männer aßen, schliefen, aßen und schliefen wieder.

Während eines erneuten Besuches des Kapitäns erfuhr Roi Danton weitere Einzelheiten über den Zielplaneten.

Demnach durchmaß Boultat 12 919 Kilometer, besaß eine Schwerkraft von 1,02 Gravos und eine äußerst variable Temperatur infolge der sehr komplizierten Umlaufbahn. Die Rotation war ebenfalls sehr schnell. Sie betrug nur 17,3 Stunden. Während des langen Jahres herrschte ein heißer Sommer mit mittleren Temperaturen von fünfzig Grad Celsius. Wenn der Planet während seiner Umlaufbahn den blauen Riesen in engster Entfernung passierte, stiegen die durchschnittlichen Temperaturen sogar bis auf achtzig Grad an. Danach folgte ein grimmiger, barbarischer Winter mit durchschnittlichen Minustemperaturen von achtzig Grad Celsius.

Die Umlaufzeit des Planeten um die beiden Sonnen dauerte exakt 8,4 Jahre nach terranischen Zeitbegriffen. Die Sauerstoffatmosphäre war gut atembar. Allerdings war die Oberflächengestaltung des Planeten mitsamt Fauna und Flora ebenso extrem wie alles andere. Die Pflanzen waren ausgesprochene Witterungs- und Temperaturanpasser. Zumeist herrschten kristalline Formen vor.

In den Perioden der klirrenden Kälte erstarrten die Geschöpfe zu einer Art Winterschlaf.

Zahlreiche Pflanzenformen bohrten sich schraubenartig in den Boden und suchten dort Schutz, bis die Temperaturen wieder anzusteigen begannen.

Trotz dieser eigentümlichen Verhältnisse gab es auf Boultat ausreichend Wasser. Gigantische Gebirge waren dort vorhanden, desgleichen Savannen, die mit mannshohen kristallinen Gräsern und gewaltigen Buschwäldern von rund zehn Metern Höhe bewachsen waren.

Das größte Unbehagen erzeugte das Wechsellicht, das durch den Umlauf um beide Sonnen unangenehm, grell und äußerst schmerzhaft für die Augen war.

Während das Birnenraumschiff die Landung einleitete und sich langsam auf den Planeten hinabsenkte, überlegte Perry Rhodan ihre nächsten Schritte.

Er wußte, das zusammen mit Roi Danton weitere zwanzig Männer bewaffnet und mit Mikrofunksprechgeräten ausgerüstet waren. Das ergab, rechnete man die Bewaffnung der Ertruser sowie die eigene dazu, eine ganz hübsche Streitmacht, die erheblichen Widerstand leisten konnte.

# 16.

Kapitän Trikort beobachtete auf der ovalen Fläche des Bildschirmes das rastlose Treiben auf dem Raumhafen von Boultat.

Vor wenigen Minuten erst hatte sich das birnenförmige, elfhundert Meter lange Schiff mit lärmenden Triebwerken auf der schwarzgebrannten Fläche niedergelassen.

Sie lag inmitten eines riesigen Talkessels, der nahezu senkrechte Wände und einen kreisrunden Durchmesser von mehr als fünfzehn Kilometern aufwies.

Die Wände dieses natürlichen Talkessels, der in der Urzeit Boultats möglicherweise ein Binnenmeer beherbergt haben mochte, waren etwa zwei Kilometer hoch. Hoch genug also, um die emporragenden Bugspitzen selbst der größten, auf den Heckbeinen stehenden Schiffe nicht mehr darüber hinweglugen zu lassen. Außerdem war dieser Talkessel durch geniale Bildprojektionen nach oben hin getarnt. Netze mit Antiortungsgeflechten vervollständigten die Tarnung.

Einem zufällig auf diesen Planeten stoßenden Fremden mußte Boultat, aus dem Raum betrachtet, als wüste, leere Welt erscheinen, während in Wirklichkeit das Leben unter seiner Oberfläche brodelte. Millionen und aber Millionen besiedelten die riesigen Untergrundstädte und Industriezentren.

Es war selbst für Trikort und seine Gefährten immer ein Augenblick der Nervosität, wenn sie mit ihrem Schiff scheinbar auf eine feste Oberfläche zustürzten – und dann durch diese hindurchdrangen wie durch Nebel.

Noch immer blickte Trikort auf den Bildschirm.

Wohin er auch sah, Schiff reihte sich an Schiff.

Boultat war das Hauptquartier der Gurrads in diesem Abschnitt der Großen Magellanschen Wolke. Trotzdem besaß der Planet keine Oberflächensiedlungen. Alle noch freien Völker der Magellanschen Wolke hatten sich vor den Perlians und den Kristallagenten unter die Oberfläche ihres jeweiligen Wohnplaneten zurückgezogen.

Die meisten dieser Zufluchten waren tief ausgehöhlt und von riesigen Kavernensystemen durchzogen. Im Falle Boultats bedeutete das eine ausgehöhlte Welt bis in eine Tiefe von dreitausend Metern; es bedeutete weiter gigantische Industrieanlagen aller Art, darunter vordringlich Raumschiffswerften mit den modernsten Ausrüstungen; Entwicklungszentren für alle naturwissenschaftlichen und technischen Bereiche.

Nach der Bedrohung durch die Perlians war die größte Sorge der Gurrads die Rohstoffversorgung – sie war sogar Problem Nummer eins. Der Planet und auch die Welten der umliegenden Systeme, die man noch relativ gefahrlos erreichen konnte, waren längst ausgebeutet.

Weiter hinauszugehen, um neue Schürfvorkommen zu erschließen, würde bedeuten, daß man durch diese Aktivität nur die Perlians auf sich aufmerksam machen würde.

Also entfielen diese Rohstofflieferanten.

Unter diesem Druck war man auf eine andere Idee verfallen.

Die Magellanschen Guerillas versuchten bei ihren blitzartigen Angriffen auf Perlian-Welten ständig Raumschiffe und Materialien aller Art in ihren Besitz zu bringen – was ihnen auch immer gelang.

Die erbeuteten Schiffe wurden repariert und neu zusammengebaut. Immer wieder, so daß sie inzwischen ein wahrhaft abenteuerliches Aussehen besaßen.

Was die Gurrads jedoch unter größten Opfern und Mühen zuwege brachten, waren neue und bessere Triebwerke, so daß diese verwegenen Birnenraumschiffe wesentlich leistungsfähiger wurden, als sie es vorher waren.

Leise rief die Glocke über dem Bildschirm.

Kapitän Trikort erwachte aus seinen Gedanken. Sekundenbruchteile benötigte er, um in die Gegenwart zurückzukehren. Sekunden, in denen die Glocke abermals rief.

Trikort drückte die Schaltleiste, und das Bild des Raumhafens löste sich auf. Ein Gesicht erschien an seiner Stelle.

Der Mann verneigte sich leicht. Seine silberfarbene Mähne fiel dabei über sein schmales, durchgeistigtes Gesicht. Die sanfte Stimme des Shanganten sagte:

»Kapitän Trikort?«

»Ja?«

»Der Rat der Drei möchte Sie unverzüglich sprechen – Sie und die Fremden, die sich in Ihrer Gewalt befinden.«

»Sofort?«

Trikorts breites Gesicht drückte Unmut aus, als er fortfuhr:

»Wir sind noch nicht einmal richtig auf dem Boden! Noch glühen unsere Düsen. Ich hätte meinen Männern gerne einige Stunden Ruhe gegönnt.«

Der Shangant hob die schmalen Schultern.

»Tut mir leid, Kapitän«, sagte er mit ruhiger Stimme. »Der Rat besteht darauf. Sie können ja den Rest der Mannschaft, den Sie nicht zur Bewachung der Fremden benötigen, in die Kojen und zu ihren Familien schicken.«

Wortlos unterbrach Trikort die Verbindung.

Er erhob sich, schloß mit wilden Bewegungen die Lederjacke über der Brust und schnallte den Waffengurt etwas enger. Dann versetzte er dem Drehsessel einen Stoß, daß er um seine Achse wirbelte, und verließ die Zentrale.

Die Hitze traf sie wie ein wilder Schlag, als sie über die Rampe das Schiff verließen. Innerhalb des Kessels mußten Temperaturen von annähernd vierzig Grad Celsius herrschen. Die Männer sahen immer wieder eigentümliche Körper durch die Luft segeln. Es handelte sich dabei um etwa zehn Zentimeter durchmessende Kugelgebilde von tiefblau leuchtender Farbe.

Sie senkten sich bis dicht über die Gefangenen hinunter, segelten eine Weile unschlüssig über sie hin und her, um dann schnell an Höhe zu gewinnen und zu verschwinden.

Kein Windhauch regte sich. Binnen Sekunden waren die Terraner in Schweiß gebadet; Minuten später klebte kein trockener Faden mehr an ihren Körpern. Die beiden Sonnen standen dicht nebeneinander und loderten in einem fürchterlichen Licht.

Umringt von schwerbewaffneten Guerillas trotteten Hunderte Männer über die scheinbar kochende Fläche des Raumhafens auf einen deutlich markierten Kreis von hundert Metern Durchmesser zu, in dem sie sich aufstellen mußten. Auch ihre Ausrüstung wurde schleunigst ausgeladen, stellten sie erstaunt fest. Allerdings wurde sie auf einer anderen Kreisfläche auf einen Haufen geworfen.

»Haben Sie eine Ahnung, was das bedeuten soll?« fragte John Harvey Roi Danton, der sich mit seinem winzigen Spitzentüchlein den Schweiß vom Gesicht wischte.

»Vermutlich befinden wir uns auf einem Lift, Monsieur.«

»Eh!« Der Wissenschaftler sah erstaunt auf den König der Freihändler. »Lift?« wiederholte er dann ungläubig. »Sind Sie sicher?«

»So sicher wie ich weiß, daß mich diese verdammte Hitze hier umbringen wird, wenn wir nicht bald aus dieser Bratpfanne verschwinden, zu der die Gurrads Raumhafen sagen.«

Ein unmittelbar neben John Harvey stehender Leutnant sagte:

»So ungewöhnlich ist diese Vermutung gar nicht. Wir wissen, daß dieses Volk seit Jahrhunderten ständig auf der Flucht ist. Was liegt da näher als die Tatsache, daß es im Laufe dieser Jahrhunderte gelernt hat, sich vorzüglich zu tarnen, zu verstecken. Und wo kann man das auf einem Planeten am besten? – Dort!« Der Zeigefinger des Leutnants wies nach unten.

Roi Danton schenkte dem jungen Mann ein halbes Lächeln.

»Vorzüglich, Mann, wie Sie das erkannt haben. Ist das auf Ihrem Mist gewachsen?«

»Selbstverständlich«, erwiderte der Leutnant gekränkt.

»Man wird *Ihn* im Auge behalten müssen«, näselte Danton und fiel für Sekunden in seine alte Stutzerrolle zurück. »Wenn man schon einmal unter dem gemeinen Volk einen Mann findet, der zu denken imstande ist, sollte man ihn aus der Masse des Pöbels erheben. Ein König braucht stets einen geschickten Diener.«

»Putzen Sie sich – mit Verlaub gesagt – Ihre Schuhe selbst«, knurrte der Leutnant und wandte sich aufgebracht ab.

Danton stieß ein weibisches Kichern aus, das jedoch abrupt endete, als sich ruckartig der Boden senkte und in die Tiefe glitt.

Die Geschwindigkeit, mit der diese gewaltige Liftplattform nach unten sank, war beträchtlich.

Die Männer hatten mit plötzlichen Schwindelanfällen zu kämpfen, ehe sich ihr Organismus den veränderten Bedingungen angepaßt hatte.

Der hell erleuchtete Kreis, durch den das Tageslicht hereindrang, wurde mit wachsender Tiefe immer kleiner; es wurde merklich kühler, was überall mit Freude registriert wurde, und es begann finster zu werden.

Die Dunkelheit dauerte jedoch nicht lange an.

Roi Danton schätzte, daß sie ungefähr fünfhundert Meter in den Planeten eingedrungen sein mußten, als sich die Wände des riesigen Schachtes erhellten.

Und dann kamen die Terraner aus dem Staunen nicht mehr heraus.

Es war eine Fahrt durch ein fremdartiges Reich; ein Reich der Unterwelt.

Die gewaltige Liftplattform sank in dem nun transparent werdenden Schacht durch Regionen, in denen brodelndes Leben herrschte. Riesige Etagen taten sich auf, in denen Hochhäuser standen. Kühn geschwungene Straßen führten durch und um diese Gebäude, Straßen, auf denen ein gewaltiger Verkehr herrschte.

Einmal sanken sie durch eine Etage, in der sich nichts anderes befand als ein Park. Er war so naturgetreu nachgebildet, daß nicht einmal die Sonne an der Himmelsprojektion fehlte. Eine kühle Brise erfrischte die Terraner. Der Klang fremdartiger Vögel erfüllte die Luft. Man sah friedlich grasende Tiere.

Schließlich endete die Fahrt. Die Gurrads bedeuteten den Terranern, die Plattform zu verlassen und auf die in der Nähe wartenden pontonförmigen Bodengleiter zu klettern.

Nach wenigen Minuten setzten sich sechs schwerbeladene Gleiter in Bewegung und glitten über eine breite Straße, die spiralförmig um ein großes Gebäude herumführte und dann in halber Höhe schnurgerade weiterlief.

Roi Danton erkannte zu seiner Freude, daß der Kapitän vorn neben dem Fahrer Platz genommen hatte.

Die Männer machten bereitwillig Platz, als sich der König der Freihändler nach vorn in Bewegung setzte.

Schließlich befand sich Roi Danton unmittelbar hinter dem Kapitän.

»Sagen Sie, Kapitän«, sprach er in den Translator, den er vor der Brust hängen hatte. »Wohin werden wir gebracht?«

Der breitgebaute Gurrad drehte sich um. Er lächelte, wobei er ein unwahrscheinlich kräftiges Gebiß zeigte. Der Fahrtwind ließ seine Mähne flattern.

»Der Rat der Drei wünscht Sie und Ihre Männer zu sprechen«, antwortete Trikort.

»Der Rat der Drei?«

Der Translator war inzwischen sogar in der Lage, Gefühlsschwankungen der Stimmlage deutlich auszuarbeiten. So konnte Kapitän Trikort an Dantons Tonfall erkennen, daß dieser nichts mit dieser Auskunft anzufangen wußte.

Trikort begann zu erklären.

Als er geendet hatte, wußte Roi Danton, daß es außer den Gurrads und den Generälen noch ein drittes Volk in der Magellanschen Wolke gab, das sich vor den Perlians verstecken mußte: die Shanganten.

Die Shanganten waren Trikorts Worten zufolge eine Abart der Gurrads. Sie sahen genauso aus, waren jedoch wesentlich zierlicher und zerbrechlicher gebaut. Sie waren auch keine Kämpfer, sondern rangierten in der Hierarchie der Gurrads als Denker und Wissenschaftler; sie waren sozusagen die geistige Oberschicht der Gurrads. Im Durchschnitt nicht mehr als 1,50 Meter hoch, sehr schmal und mit weißen bis silberfarbenen Mähnen, waren sie die verträglichsten Geschöpfe unter all den kriegerischen Völkern der Großen Magellanschen Wolke.

Der Rat der Drei bestand aus je einem Gurrad, einem General und einem Shanganten.

Dieses Triumvirat leitete die Geschicke des Planeten Boultat, fällte Entscheidungen, beschloß neue Verfügungen und übte das Amt des Richters aus.

Roi Danton war sehr, sehr neugierig, diesem Rat der Drei gegenüberstehen zu können. Hier zeichnete sich die Möglichkeit ab, durch geschickte Verhandlungen dieses Triumvirat davon zu überzeugen, daß es in den Terranern keine Feinde, sondern bei entsprechenden Vorraussetzungen Freunde zu sehen hatte.

Die Fahrt ging weiter.

Die Straße war breiter geworden; vier Fahrspuren zählte Roi Danton. Alle waren überfüllt mit Gleitern und ähnlichen Fahrzeugen.

Der Fahrer des ersten Gefangenengleiters, in dem sich Danton und Trikort befanden, ließ nun pausenlos ein grelles Horn ertönen, das sein und die nachfolgenden Fahrzeuge, die ebenfalls hupten, scheinbar als Regierungsfahrzeuge kenntlich machte, denn ihnen wurde sehr schnell Platz gemacht.

Roi Danton war in Gedanken schon mit den Verhandlungen beschäftigt, die er mit dem Rat der Drei zu führen gedachte. Er wünschte sich nur, daß sein Vater daran teilhaben könnte.

Seit gut fünfundfünfzig Minuten waren die Geräusche innerhalb des Schiffes verstummt.

Perry Rhodan und die beiden Ertruser saßen mit dem Rücken gegen die Wand des Tankraumes gelehnt. Vor ihnen stand das Bild-Sprechgerät. Der fahle Schein der Bildfläche war die einzige Beleuchtung innerhalb des Verstecks.

Obwohl Kasom und Oro Masut drängten, ebenfalls nach draußen zu gehen und zu versuchen, den Kameraden zu helfen, beharrte Perry Rhodan darauf, im Versteck zu bleiben.

Murrend fügten sich die ertrusischen Giganten. Noch ahnten sie nicht, daß sich dieser von ihnen mißbilligte Entschluß Rhodans einmal sehr günstig auswirken würde.

Sie fügten sich also, zumal ja die Funk- und Bildverbindung existierte. Sie konnten die ganze Zeit über verfolgen, wohin Roi Danton und die übrigen neunundneunzig Männer gebracht wurden.

Die in Rois Degengriff verborgene Fernsehkamera arbeitete ausgezeichnet. Sie lieferte scharfe und sehr genaue Bilder.

Auf diese Weise erfuhren die Männer in ihrem Versteck alles über die Shanganten und über den Rat der Drei.

Mit heimlicher Bewunderung verfolgte Perry Rhodan das geschickte Vorgehen Dantons, der aus Trikort nahezu alles herausholte, was er zu wissen begehrte.

So erfuhren sie auch, was jene Kugelgebilde darstellten, die man überall entdecken konnte.

Es handelte sich dabei um halborganische, jedoch instinkt-intelligente Lebewesen, die von Boultat stammten.

Trikort nannte sie Quetkys und bezeichnete sie als Wächter.

Als Roi Danton ihn erstaunt fragte, was sie zu bewachen hätten, erklärte Kapitän Trikort, daß ein Quetky etwa drei bis vier der auf Boultat lebenden Intelligenzwesen parapsychisch überwachen würde.

Die Quetkys besaßen die Fähigkeit, das Individualmuster einer bestimmten Person zu orten und auszuwerten. Sie konnten allein durch diesen angeborenen Naturinstinkt feststellen, ob der Betreffende zuverlässig war oder ob er etwas im Sinne hatte, das den Interessen der Allgemeinheit zuwiderlief.

Wie Trikort weiter erklärte, standen die Quetkys mit einer gigantischen Schaltzentrale in Verbindung. Falls sie Alarm gaben, stand es fest, daß sie einen Verräter geortet haben mußten.

»Also demnach eine telepathische Polizei?« hörte Perry Rhodan Danton über das Bild-Sprechgerät die Frage an Trikort richten.

»Nein«, kam nach einer Weile die Übersetzung aus Dantons Translator; der Freihändlerkönig drehte eifrig den Degengriff hin und her, so daß Rhodan einige ausgezeichnete Bilder von Trikort und der Umgebung bekam.

»Nein, sie sind keine Gedankenleser«, fuhr Trikort fort. »Sie sind ausgesprochene Orter, die allein gefühlsmäßig am Zustand steigender Erregung bemerken, daß in den von ihnen überwachten Personen etwas nicht in Ordnung ist.«

Perry Rhodan hatte plötzlich einen Gedanken.

»Masut!« sagte er. Seine Stimme klang gepreßt.

»Sir?« Der Gigant wandte sein Gesicht in Rhodans Richtung.

»Sind Sie in der Lage, Ihrem König eine Nachricht zu übermitteln?«

»Selbstverständlich«, sagte Oro Masut.

»Dann bitten Sie ihn doch, Kapitän Trikort zu fragen, was mit jenen Personen geschieht, die von den Quetkys als Verräter entlarvt werden!«

Oro Masut machte sich an die Arbeit.

Daß er Erfolg hatte, konnten Kasom und Perry Rhodan daran erkennen, daß Roi Danton eben diese Frage an Trikort richtete.

Nach einer langen Pause, in der die ganze Zeit über Trikorts Gesicht auf dem kleinen Bildschirm stand, sagte der Gurradkapitän:

»Eine Alarmmeldung eines Quetkys hat immer und überall den Tod zur Folge.«

Die beiden Ertruser stießen einen besorgten Laut aus. Ebenso wie Perry Rhodan hatten sie klar erkannt, was das für die hundert Kameraden bedeutete.

Sollten diese Quetkys in der Lage sein – und alles sprach dafür –, auch den Gedankeninhalt eines Terraners rein gefühlsmäßig sondieren zu können, so würde das unabsehbare Folgen haben.

Man konnte einem Manne doch nicht verbieten, an seine Flucht zu denken!

Der gleiche Gedanke verdüsterte auch Roi Dantons Gesicht.

Was würde geschehen, falls einer dieser Quetkys herausfand, daß die Gefangenen an nichts anderes als an Flucht dachten?

Danton sah plötzlich unüberwindliche Schwierigkeiten auf sich zukommen.

Und dann geschah etwas, das seine Sorge vertiefte.

Die sechs Gefangenengleiter hielten am Rande eines Platzes, an dessen Ende ein hohes Gebäude stand.

Die Gurrads bedeuteten den Männern, die Fahrzeuge zu verlassen und sich in Richtung auf das Gebäude in Marsch zu setzen.

Kapitän Trikort blieb im Gleiter sitzen, der anruckte und sich an die Spitze des Zuges setzte, so daß Danton keine Fragen mehr an ihn stellen konnte. Aber Roi war sicher, auch so zu wissen, wohin sie jetzt gebracht wurden.

Das Gebäude war sicher der Sitz des Triumvirats. Das Hauptquartier.

Weit über sich erkannte Danton den »Himmel« über der Stadt, eine einzige strahlende Fläche, die ein schattenloses Licht spendete. Die Illusion war nahezu vollkommen.

In diesem Augenblick geschah es:

Zwei der quadratisch gebauten Generäle kamen in die Nähe des Gefangenenzuges. Roi Danton sah, daß keiner der beiden jene glasähnlichen, kugelförmigen Behälter auf den Schultern trug, die »Zeitaugen« genannt wurden.

Trotzdem rissen plötzlich zwei, drei der Wächter die schweren Strahlwaffen hoch und töteten die Generäle auf der Stelle.

Als der Quetky, der die ganze Zeit über den beiden segelte, »sah«, was geschehen war, stieg er taumelnd hoch und entfernte sich.

Ein empörter Aufschrei ging durch die Reihen der Terraner, als sie diesen scheinbaren Willkürakt der Gurrads miterlebten. Fäuste wurden drohend geschwungen, und einen schreckerfüllten Augenblick lang glaubte Danton, daß sie das Feuer auf die Gurrads eröffneten.

Aber sein Vater schien instinktsicher die Waffen nur an ausgesuchte Leute verteilt zu haben; niemand rührte sich.

Trikorts Gleiter schoß heran. Der Kapitän rief scharfe Befehle. Dann wandte er sich ärgerlich an Roi Danton und sagte:

»Ihre Leute scheinen die Erleichterungen, die ich ihnen gewährt habe, schlecht zu lohnen, finden Sie nicht, König?«

»Und warum glauben Sie, Kapitän, daß meine Männer so reagieren?«

Auch Danton war ärgerlich, und er gab sich keine Mühe, dies zu verbergen.

Augenblicke lang starrten sich die beiden grundverschiedenen Vertreter zweier Völker in die Augen.

Schließlich sagte Danton:
»Weshalb, um alles in der Galaxis, haben Ihre Männer zwei Generäle erschossen?«
Trikorts Gesicht zeigte Verblüffung. Dann begann er plötzlich zu lächeln.
»Das also war es, was Ihre Leute erregte«, sagte er mit kehliger Stimme. »Aber ich kann Sie beruhigen, meine Männer hatten den Befehl, die beiden Verräter zu töten.«
»Befehl?« echote Roi Danton, jetzt seinerseits erstaunt. »Von wem?«
»Sehen Sie, König«, erwiderte der Gurrad, »der Bewacher der beiden Generäle hatte an die Zentrale gemeldet, daß ihm ihr überaus erregter Individualstrom verraten würde, daß sie eine Flucht planten. Deshalb bekamen meine Leute den Befehl, sie zu töten. Zufrieden?«
Danton enthielt sich einer Antwort. Er war zutiefst entsetzt.
Ein planetenweites System der Bespitzelung, der Verfolgung, der Hinrichtung tat sich hinter Trikorts Worten auf; ein System, das auch vor den Terranern nicht haltmachen würde.
Es galt, so schnell wie möglich einen Ausweg zu finden.

Der Raum war hoch, weit und kreisrund.
Er war leer bis auf eine niedrige Barriere vor der dem Eingang gegenüberliegenden Wand.
Hinter der Barriere saßen drei Gestalten.
Noch waren keine genauen Einzelheiten zu erkennen. Aber Roi Danton, der an der Spitze der Terraner über den spiegelnden Boden schritt, ahnte, daß es sich hierbei nur um das Triumvirat handeln konnte.
Flankiert von den schwerbewaffneten Wächtern näherten sich die Gefangenen der Barriere.
Das Triumvirat: ein schwergebauter, rotmähniger Gurrad namens Roumbaki, ein General, der sich Heykh nannte, und ein Shangant namens Sibala.
Roi Danton und die anderen wurden aus drei verschiedenen Augenpaaren gemustert.
Roumbakis Augen spiegelten Argwohn wider, Mißtrauen und Verachtung.
Die riesigen Augen von tief dunkelblauer Farbe, die dem General

gehörten, waren nicht in der Lage, eine Gefühlsregung erkennen zu lassen – zumindest stellte Danton keine fest.

Einzig Sibalas Augen, warm und freundlich und von einem satten Goldton, zeigten Entgegenkommen und Verständnis.

Mehrere Translatoren waren inzwischen längst vollständig programmiert. Einer Verhandlung stand also nichts mehr im Wege.

Kapitän Trikort erstattete rasche Meldung, dann reichte er Roumbaki eine dünne Akte.

Schweigend studierte Roumbaki die Berichte, die Trikort im Verlauf der Reise angefertigt hatte und in denen das Verhalten der Terraner, die erste Kontaktaufnahme und die erste, wirkliche Unterhaltung mit den Übersetzungsgeräten der Fremden aufgezeichnet waren. In dem Bericht stand auch, woher die Terraner kamen und daß sie auf gar keinen Fall beabsichtigten, Partei gegen die Gurrads zu ergreifen. Im Gegenteil: Sollte es zu einem echten Verständnis zwischen den Völkern kommen, würden die Terraner den Gurrads in ihrem Freiheitskampf helfen.

Roumbaki knurrte mehrere Male verblüfft, während er las. Dann reichte er die Akte an Sibala weiter.

Der weißhaarige Shangant las schnell und nickte öfter zustimmend mit dem Kopf, besonders dann, wenn er die Randnotizen las, die Trikort nachträglich angefertigt hatte und in denen die Rede davon war, daß diese Terraner sehr gute Kämpfer seien, mit denen sich ein Bündnis durchaus lohnen würde. Zumal ihr Volk ungeheuer groß sein mußte, mit gewaltigen Schiffen und Waffen ausgerüstet.

Der General las die Akte am schnellsten. Dann legte er sie weg, mit allen Anzeichen völliger Interesselosigkeit.

»Sie kommen also angeblich in friedlicher Absicht?« brach schließlich Roumbaki das Schweigen.

»Nicht angeblich«, erwiderte Roi Danton gelassen. »Wir kommen *tatsächlich* in friedlicher Absicht.«

Roumbaki knurrte drohend, aber Sibalas Worte ließen ihn verstummen.

Der Shangant sagte mit seiner sanften Stimme:

»Bitte erklären Sie uns doch einmal, was Sie auf jener Welt zu suchen hatten, auf der Sie in eines unserer Schiffe eindrangen!«

»Verzeihung, Monsieur«, erwiderte Danton. »Sie unterliegen schon wieder einem Irrtum. Wir sind nicht in eines Ihrer Schiffe eingedrungen, sondern wir wurden ohne unser Zutun *hineinge-*

*drängt.* Wenn Sie Kapitän Trikort fragen würden, so müßte er Ihnen bestätigen, daß sein Schiff von den befreiten Gurrads regelrecht überschwemmt wurde. – Wir befanden uns lediglich in ihrer Mitte. Um nicht zu Tode getrampelt zu werden, mußten wir wohl oder übel mit der Herde laufen. Deshalb befinden wir uns jetzt hier. Aus keinem anderen Grund sonst!«

»Sie müssen verstehen«, sagte der Shangant lächelnd, »daß wir mißtrauisch sind und uns auf diese Angaben allein nicht verlassen können. Boultat wird von Agenten und Spionen nur so überschwemmt – deshalb auch unsere Wächter.«

Sibalas schmale Hand wies zur Decke des kuppelförmigen Raumes, an der sich ein einzelner Quetky herumtrieb.

»Ohne unsere kleinen Freunde«, fuhr Sibala fort, »wäre Boultat längst in der Hand der Perlians, die seit Jahrhunderten fieberhaft nach dem geheimnisumwitterten Hauptquartier der Gurrads suchen. Sollte Boultat gefunden und zerstört werden, wäre die Macht unseres Widerstandes endgültig gebrochen, denn hier gibt es die besten und größten Industrieanlagen. So aber zeigen uns die Quetkys, wer ein Verräter ist, und sie haben es auch verhindert, daß Boultats Position dem Feind bekannt wurde.«

»Ich würde nicht so viel erzählen«, knurrte Roumbaki aufgebracht. »Sind wir sicher, daß sie nicht doch Agenten der Perlians sind?«

»Nehmen Sie es ihm nicht übel«, beschwichtigte Sibala den protestierenden Freihändlerkönig. »Mein Freund Roumbaki ist in all den Jahren des Widerstandes verbittert und mißtrauisch geworden. Er wittert hinter allem und jedem Verrat!«

»Ich habe auch allen Grund dazu«, warf der alte Gurrad ein und schüttelte seine rote Mähne.

»Den hat er tatsächlich«, wandte sich der weißhaarige Shangant wieder an Roi Danton. »Oft genug hat man schon versucht, Kristallagenten der Perlians einzuschleusen. Uns gelang es nur unter ungeheuren Schwierigkeiten, die Gegner unschädlich zu machen.«

»Darf ich Ihnen versichern, Monsieur«, sagte Roi Danton, als Sibala schwieg, »daß keine Ihrer Befürchtungen eintreffen wird? Wir sind genau das, was in diesem Bericht von Kapitän Trikort steht – und wir sind auch bereit, Ihnen und dem geknechteten Volk mit Rat und Tat zur Seite zu stehen, falls . . .«

In diesem Augenblick geschah etwas, das alle aufkeimende Hoffnung zunichte machte.

Hinter Danton rief einer der Terraner schrill:

»Sir! Wir werden von einer ganzen Wolke dieser fliegenden Teufelsdinger beschnüffelt!«

Rois Kopf flog in den Nacken. Von Panik erfüllt sah er die blau schimmernde Wolke von etwa fünfzig Quetkys über ihren Köpfen unruhig hin und her segeln.

*Genau ein Spitzel für zwei von uns,* dachte er schreckerfüllt!

Dantons Kopf flog wieder herum, als Roumbakis dröhnende Stimme erklang:

»Packt die Verräter! Die Quetkys haben festgestellt, daß sie ständig Funksignale aussenden. Packt sie und tötet sie!« Die Stimme des Gurrads war fauchend vor Zorn.

Roumbaki hatte sich hinter der Barriere erhoben. In seinen Händen hielt er eine schwere Strahlwaffe, die er eben abfeuerte.

Röhrend löste sich der erste Schuß und zog eine rauchende, blasenwerfende Spur quer durch den Saal; die spiegelnde Glätte des Bodens löste sich in stumpfes Grau auf. Zum Glück wurde niemand getroffen.

Roi Danton stieß ein überraschtes Hüsteln aus.

»Aber Monsieur!« rief er tadelnd, während er gleichzeitig seinen wundervoll gearbeiteten Degen aus der Scheide riß; die funkelnde Klinge beschrieb mit der Spitze einen wirbelnden Kreis, dann hielt der wütend aufschreiende Roumbaki nur noch den Kolben seiner Waffe in der Hand.

Roi Danton hatte noch während des Hiebes den Vibrationsvorgang aktiviert. Gleichzeitig damit entstand das Desintegratorkraftfeld entlang der Schneide.

Der Freihändlerkönig hätte mit dieser veränderten Waffe nun spielend leicht die Barriere in handgerechte Trümmer zerschneiden können, begnügte sich aber damit, Roumbakis Waffe kurz vor dem Kolben abzutrennen.

Der rotmähnige Gurrad schrie noch immer wütend; aus den Translatoren drang ein unartikuliertes Stammeln. Ihre Aufnahmekapazität schien von Roumbakis schnell hervorgestoßenen Worten erschöpft zu werden; sie schafften es einfach nicht, alles exakt zu übersetzen.

Aber die Terraner konnten sich auch so denken, was der Gurrad schrie.

Und sie handelten entsprechend.

Als vor Danton ein breitbrüstiger Gurrad aus den Reihen der

Bewacher auftauchte, mit der eindeutigen Absicht, ihn zu entwaffnen, hieb ihm der Freihändlerkönig die flache Klinge seitwärts gegen den Kopf.

Ohne einen Laut von sich zu geben, sank der Wächter zu Boden.

Roi Danton warf einen schnellen Rundblick durch den Saal. Bestürzt erkannte er, daß die Terraner dabei waren, die Wächter mit wohlgezielten Fausthieben außer Gefecht zu setzen.

*Wenn das nur gutgeht,* dachte er verwirrt.

Noch hatte niemand das Signal zum Feuern gegeben.

Während sich Danton mit geschickten Schlägen seines Degens – wobei er es noch immer vermied, jemanden zu verletzen – gegen die Überzahl von vier Gurrads wehrte, rief er mit lauter Stimme:

»Messieurs! Nach links hinüber. Dort durch die Tür, wir . . .«

Entsetzt verstummte Roi Danton.

Für Augenblicke stand er wie gelähmt, als er sah, daß die Gurrads mit einemmal ihre Strahlwaffen benützten. Ein junger Sergeant wurde von einem Strahlschuß herumgerissen und taumelte dabei schreiend in die Glutbahn eines zweiten Strahlers.

Der Mann starb schnell.

Nun brach die Hölle los.

Die Raumsoldaten und Wissenschaftler, die plötzlich erkennen mußten, daß sich die Gurrads nicht scheuten, tödliche Waffen einzusetzen, gerieten in Panik.

Von einem organisierten Widerstand konnte keine Rede mehr sein.

Die zwanzig von Perry Rhodan mit Waffen ausgerüsteten Soldaten eröffneten nun ebenfalls das Feuer.

Glutbahnen aus Thermowaffen aller Kaliber durchzuckten den Raum.

Es wäre ein sinnloses Schlachten geworden inmitten des völlig deckungslosen Raumes, hätte sich nicht Captain Ark Huron an Dantons Vorschlag erinnert, sich in den nebenan liegenden Raum zurückzuziehen.

Mit gellender Stimme forderte der Markos-V-Kolonist seine Kameraden auf, sich dorthin abzusetzen.

Zu diesem Zeitpunkt waren bereits fünf der Terraner gefallen; drei starben während des überhasteten Rückzuges.

Roi Danton war einer der letzten, die sich durch das zweiflügelige Portal in Sicherheit brachten.

Abwechselnd den Degen und den im Griff verborgenen Paralysator gebrauchend, arbeitete er sich durch die ihn umdrängenden Löwenköpfe voran.

»Pardon, mon ami«, keuchte Danton und schmetterte einem Gurrad die flache Klinge ins Gesicht, als er sich hart bedrängt sah.

Zwei andere tauchten vor ihm auf.

Die breitflächigen Gesichter der Guerillas zeugten von wilder Entschlossenheit, den verhaßten Terraner auf der Stelle zu töten.

»Halt, Messieurs!« rief Danton. Er klemmte sich blitzschnell den Degen unter den rechten Arm und führte mit der nun frei gewordenen Hand das edelsteinbesetzte Lorgnon an die Augen.

Die beiden Gurrads hielten verblüfft inne und zögerten, ihre Strahler abzudrücken.

Das war ihr Verhängnis.

Aus der edelsteinbesetzten Fassung des Lorgnons brach ein bleistiftdünner Strahl. Einmal und noch einmal.

Mit lautem Schmerzgebrüll ließen die Guerillas ihre Waffen fallen, die plötzlich glühend heiß geworden waren.

Wuchtige Hiebe austeilend, setzte Roi Danton über die beiden hinweg und stürzte keuchend durch das Portal.

Mit einem schnellen, umfassenden Blick überzeugte er sich davon, daß die Soldaten und Wissenschaftler hinter würfelförmigen Rechenanlagen und Aggregaten Deckung gesucht hatten.

»Hierher!« rief eine rauhe Stimme drängend.

Danton sah inmitten jener Gruppe, die im Besitz der zwanzig Nadelstrahler war, Captain Ark Huron. Sein bärtiges Gesicht war unverkennbar.

Roi eilte mit schnellen Schritten über die freie Fläche, die unmittelbar hinter dem Portal begann, und warf sich in Deckung einer doppelt mannshohen Rechenanlage, die voll in Betrieb war, über die mit unzählbaren Lämpchen bestückten Flächen huschte ein irrlichterndes Flackern.

»Verdammt!« fluchte Roi Danton sehr unköniglich und sehr aufgebracht. »Ich hatte schon geglaubt, wir hätten diese drei alten Herren soweit von unseren friedlichen Absichten überzeugt, als diese Schnüffelpolizei auftauchte. Was mag sie auf uns aufmerksam gemacht haben?«

Danton sah in Ark Hurons schweißüberströmtes Gesicht.

Aber es war einer der Wissenschaftler, der antwortete.

»Irgend jemand aus unseren Reihen muß auf den grandiosen Einfall gekommen sein, einem weiter hinten stehenden Kameraden per Mikrofunkgerät von den Ereignissen vor der Barriere Bericht zu erstatten.«

Die Stimme des Wissenschaftlers klang bitter, als er fortfuhr:

»Daraufhin müssen sich die anderen eingeschaltet haben, so daß binnen Minuten ein reger Funkverkehr innerhalb dieses Raumes entstand, den die Parawächter selbstverständlich zu orten in der Lage waren. Alles Weitere ist dann nur noch eine logische Folgerung.«

»Danke, Monsieur«, murmelte Roi Danton, während er mit seinem im Degengriff verborgenen Paralysator einen Gurrad ausschaltete, der sich zu weit vorgewagt hatte. Dann wandte er sich an Huron.

»Wie viele Männer haben wir verloren?« erkundigte er sich mit flacher Stimme.

»Acht«, murmelte der schwarzbärtige Hüne. »Selinko, Josephson, McCallum und Ryer . . .«

Danton winkte ab.

»Ersparen Sie es mir«, sagte er bedrückt. »Hätte sich das nicht alles vermeiden lassen?«

»Vermeiden lassen?« echote der baumlange Markos-V-Kolonist. »Wohl kaum!«

Auf dem Gesicht des Captains zeichnete sich Skepsis ab.

Danton verzichtete auf eine Antwort. Er wußte, wie recht Ark Huron hatte. Hätten sie sich nicht gewehrt, wären vielleicht noch mehr Männer gestorben – und das alles nur, weil jemand auf den gloriosen Einfall gekommen war, sein Mikrofunkgerät zu benützen. Zorn erfüllte Danton über diesen »Jemand«.

*Halt!* rief sich Roi Danton zur Ordnung. *Ebensogut könnten es auch die Funkwellen meiner im Degengriff verborgenen Fernsehkamera gewesen sein, welche die Quetkys aufmerksam werden ließen.*

Er konnte also auf gar keinen Fall den Fehler nur bei den anderen suchen.

Der Freihändlerkönig hatte keine Zeit mehr, derlei Gedanken nachzuhängen. Die Gurrads versuchten einen erneuten Vorstoß.

Der Boden zwischen den beiden Parteien begann zu schmelzen, als er von den Glutbahnen der Thermowaffen bestrichen wurde.

Aus den Aggregaten und Rechenanlagen, hinter denen sich die Terraner verschanzt hatten, zuckten Blitze von Kurzschlüssen. Qualmendes Isoliermaterial begann die Sicht zu verdunkeln. Eine Kabelummantelung begann mit einer blauen, sprühenden Flamme zu brennen, die gespenstisch durch den Raum leuchtete.

Dann herrschte wieder Ruhe. So plötzlich der Überfall begonnen hatte, so schnell endete er auch.

Der Qualm verzog sich, als irgendwo in dem kuppelförmigen Saal Absaugrotoren wimmernd anliefen. Automatische Löscheinheiten der Rechenanlagen erstickten die Brände.

Danton fragte sich, wie lange diese trügerische Ruhe anhalten würde.

# 17.

Die Ruhe war genau in dem Augenblick zu Ende, als hinter dem vom Feuer aus den Nadelstrahlern geschwärzten Portal laute Kommandos und das Geräusch vieler Schritte aufklangen. Die Verstärkung war angekommen.

Noch war niemand zu sehen – aber wie lange noch?

Roi Danton sah in Captain Hurons blutverkrustetes Gesicht.

Der Markos-V-Kolonist schüttelte schweigend den Kopf. Es bedeutete: Wir haben keine Chance mehr!

Genau zu der Erkenntnis war der Freihändlerkönig auch gelangt.

In diesem Augenblick rief eine laute Translatorstimme von draußen:

»Ergebt euch, Terraner. Ihr habt nicht mehr viel Zeit, dann werden wir euch ausräuchern!«

Roi Danton sah sich noch einmal um; überall erblickte er müde, verzweifelte Gesichter. Düsteres Feuer brannte in rotumränderten Augen – niemand schien noch Lust zu haben, dieses sinnlose Gefecht fortzuführen.

Als Dantons Blick auf Huron fiel, nickte der Schwarzbärtige.

Roi erhob sich, den Translator vor sich auf eine niedrige Schaltbank stellend.

»In Ordnung!« rief er zurück. »Wir geben den Widerstand auf . . .«

*So also sieht die endgültige Niederlage aus,* dachte Roi niedergeschlagen, während er unter den harten Griffen der Guerillas die Zähne zusammenbiß, um nicht in Schmerzensrufe auszubrechen.

Man behandelte die Terraner nicht gerade sanft.

Rücksichtslos machten die Gurrads von den Kolben ihrer Strahlgewehre Gebrauch, wenn sich auch nur der geringste Widerstand oder ein Zögern zeigte.

Sie zwangen die Gefangenen dazu, sich in einer Reihe entlang der Wand aufzustellen. Dann postierten sie sich mit feuerbereiten Strahlwaffen davor.

»Was wird nun geschehen?« fragte Ark Huron an der linken Seite Roi Dantons.

Der Freihändlerkönig zuckte mit den Schultern. Sofort hob der ihm am nächsten stehende Gurrad die Waffe. Schauer überliefen Danton, als er die kalt leuchtenden Katzenaugen auf sich gerichtet fühlte. Erst als die Aufmerksamkeit des Gurrads etwas nachließ, murmelte Danton:

»Man wird uns diesmal in einem sicheren Raum einsperren, abgeschlossen von der Umwelt. Man wird uns auch die Waffen und Sprechfunkgeräte wegnehmen.«

»Das dürfte wohl jedem klar sein«, bestätigte Ark Huron, ebenfalls murmelnd. »Hoffentlich nehmen sie mir nicht auch noch das Urei der Wingas!«

»Vielleicht können Sie diesen Katzen weismachen, daß es ein Teil Ihres Ichs ist«, schlug John Harvey vor. Der hagere Wissenschaftler befand sich unmittelbar neben dem Markos-V-Kolonisten; auch er war von den Kämpfen gezeichnet.

»Wie das?« begehrte Huron zu wissen.

»Erklären Sie diesen Guerillas doch einfach, in dem Ei wäre Ihre Seele eingeschlossen – ich fürchte aber, daß die Gurrads es in die Pfanne hauen werden.«

Ark Hurons Gesicht wurde rot. Er setzte zu einer scharfen Erwiderung an, wurde jedoch durch das Erscheinen des Rates der Drei daran gehindert.

In Begleitung des Rates befanden sich zwei silberhaarige Shanganten, die ein würfelförmiges Gerät zwischen sich trugen, sowie Kapitän Trikort, in dessen Augen Danton Vorwürfe zu lesen glaubte.

»Tut mir leid, mein Freund«, murmelte Roi, »wenn ich dich nun enttäuscht haben sollte – aber wir wurden dazu gezwungen.«

Trikort zuckte mit keinem Muskel; der Translator sprach auf diese gemurmelten Worte nicht an, also hatte der Gurrad nichts verstanden.

Mit einer herrischen Handbewegung bedeutete Roumbaki den beiden Shanganten, das Gerät zwischen sich und die Terraner zu stellen. Dann blickte er mit finsterem Gesichtsausdruck auf Danton, der ihn offen und furchtlos ansah.

»Wo habt ihr sie versteckt?« herrschte er den Freihändlerkönig an; der Translator auf Dantons Brust übersetzte fehlerfrei.

»Was, Monsieur?«

Roi stellte sich dumm.

Roumbaki stieß ein Gebrüll aus, das in dem kuppelförmigen Raum widerhallte.

»Durchsucht sie!« schrie er aufgebracht.

Die Wächter stürzten sich auf die Gefangenen. Laute Flüche und Verwünschungen erklangen, als sich die Männer so grob behandelt sahen. Nach wenigen Minuten waren die zwanzig Männer entwaffnet, die Sprechfunkgeräte entfernt.

»Und nun zu Ihnen«, übersetzte der Translator Roumbakis Worte. Der Gurrad trat einen Schritt auf Roi Danton zu und streckte fordernd die Hand aus.

Wäre die Lage nicht so ernst gewesen, hätte Roi lachen müssen, als der knapp einen Kopf kleinere Gurrad mit breit auf den Boden gestemmten Beinen vor ihm stehenblieb und herausfordernd seine Mähne schüttelte.

Roi hob mit einem Ausdruck des Nichtverstehens die Schultern, obwohl er genau wußte, worauf der Gurrad hinauswollte.

Roumbakis Gestalt überlief ein Zittern. Unversöhnlicher Haß sprach aus seinen Blicken. Seine Hände schlossen und öffneten sich krampfhaft, und er krümmte den Rücken wie eine sprungbereite Katze. Ehe er jedoch explodieren konnte, klang Sibalas ruhige Stimme auf.

»Ihr langes Messer«, verlangte er, womit er Rois Degen meinte, und setzte noch ein nachdrückliches »Bitte!« hinzu.

Roi Danton nahm den Degen in beide Hände und führte ihn an die Lippen, als verabschiede er sich mit einem Kuß von seiner Waffe. Dann übergab er Kapitän Trikort, in dessen Augen Erstaunen auftauchte, den Degen. Offenbar war ihm diese Geste bekannt: Der Unterlegene übergibt dem Sieger die Waffe zum ehrenvollen Aufbewahren.

Mit einem Aufblitzen seiner geschlitzten Augen nahm Trikort den Degen entgegen und betrachtete ihn nicht ohne Bewunderung; für diesen Kämpfer war es klar, daß Rois Degen eine äußerst wertvolle Waffe darstellen mußte.

Roumbaki fauchte, als er sich so übergangen sah. Hätte er allerdings gewußt, daß Roi Danton in dem Augenblick, in dem er den Degenknauf an die Lippen führte, einen Funkspruch an seinen Vater abgesetzt hatte, er würde ihn sicherlich auf der Stelle hingerichtet haben.

Danton hatte an Perry Rhodan durchgegeben, er solle auf die Quetkys aufpassen, sie seien Individualmuster-Orter.

Die beiden Shanganten hoben das würfelförmige Gerät wieder auf und begannen auf einen erneuten Befehl Roumbakis hin die Front der Gefangenen abzuschreiten. Offenbar suchten sie nach restlichen Waffen, die von den Wächtern übersehen worden waren.

Sie fanden nichts.

Erst als sie vor Roi Danton angelangt waren, stieß das Gerät einen schnarrenden Ton aus. Erregt beugten sich die Shanganten über das transparente Feld auf der Oberseite und betrachteten einige wild ausschlagende Zeiger.

Dann begann einer schnell auf den Rat der Drei einzureden.

Ehe jedoch von dieser Seite etwas unternommen werden konnte, trat Kapitän Trikort rasch auf Danton zu und nahm dessen Lorgnon an sich.

Das würfelförmige Gerät mußte die Impulswellen der Ladung des winzigen in der Fassung eingebauten Strahlers angemessen haben.

»Paß mir gut auf meine Sachen auf, mon ami«, sagte Roi Danton zu Kapitän Trikort.

»Sie werden sie nicht mehr brauchen, König«, erwiderte der löwenmähnige Gurrad, und Danton glaubte, so etwas wie Enttäuschung darüber aus Trikorts Worten entnehmen zu können.

»Nimm es nicht so tragisch, mein Freund«, murmelte Danton hinter Trikort her, der zu den anderen zurückkehrte. »Aus welchem Grund, glaubst du, habe ich dir den Degen übergeben?«

Kurz darauf wurden die Terraner zusammengetrieben und aus dem Raum gebracht.

*Jetzt kann ich nur noch hoffen, daß mein Funkspruch durchgekommen ist,* dachte Roi Danton niedergeschlagen.

Der Funkspruch hatte Perry Rhodan erreicht – nur befanden er und die Ertruser sich zu diesem Zeitpunkt längst nicht mehr im Raumschiff der Gurrads.

Gleich nach der Ankunft ihrer Kameraden im Sitz des Triumvirats hatten sich die Männer auf die Suche nach einem besseren Versteck gemacht.

Im Schiff konnten sie nicht mehr länger bleiben.

Die Gefahr, entdeckt zu werden, war viel zu groß.

Ausschlaggebend aber war der Umstand, daß sie im Schiff ihren Freunden kaum helfen konnten. Deshalb hatte Perry Rhodan vorgeschlagen, es zu verlassen und sich in den Bergen, die den Talkessel umschlossen, ein neues Versteck zu suchen.

Im Schutze ihrer Deflektorschirme und mit Hilfe der Flugaggregate trieben sie schnell über die Fläche des Raumhafens hinweg.

Die Hitze des späten Nachmittags war unerträglich. Die Luft flimmerte und wallte über dem Raumhafen und ließ die Konturen der fast senkrecht aufsteigenden Bergwände nur undeutlich erkennen.

Rhodan hatte jedes Gespräch zwischen ihnen untersagt.

Es hätte infolge der geschlossenen Helme über die Funkgeräte gehen müssen und wäre somit von der Funküberwachung des Raumhafens leicht zu orten gewesen.

Die Helme jedoch offenzulassen, verbot sich wegen der Hitze von selbst. Die Klimaanlage der Kampfanzüge schuf wenigstens im Innern der Kombinationen eine annehmbare Atmosphäre.

Als sie fast den westlichen Rand des Hafens erreicht hatten, waren ihre Gefährten mit Danton gerade zum Kampf gezwungen. Aber davon wußten weder die beiden Ertruser noch Perry Rhodan etwas.

Sie hatten selbst alle Hände voll zu tun, um nicht mit Luftgleitern zusammenzustoßen. Mehr als einmal gerieten sie in den Sog eines gefährlich nahe vorbeizischenden Gleiters, in dem meist schwerbewaffnete Gurrads saßen.

Boultat bot ein kriegerisches Bild. Hier war der Sammelplatz der Gurradschiffe; von hier aus trugen die Gurrads ihre überraschenden Angriffe vor.

Nach einigen Minuten erreichten sie die Kesselwand der Berge.

Langsam trieben sie höher und höher, wobei ihnen die thermischen Aufwinde des hitzebrodelnden Talkessels halfen. Es genügte völlig, die Antigravprojektoren einzuschalten. Allerdings mußte man sich vorsehen, von einer plötzlichen Bö gegen die scharfkantigen Felsen geworfen zu werden.

Perry Rhodan sah nach oben.

Die beiden lodernden Glutbälle des blauen Riesen und des weißen Zwerges verursachten selbst durch die absorbierenden Helmfilter noch Schmerzen und ließen rote Kreise vor seinen Augen entstehen.

*Eine fürchterliche Welt,* dachte er.

Plötzlich begann Oro Masut heftig zu winken. Er flog etwas niedriger und bildete die Nachhut.

Immer wieder deutete er auf eine bestimmte Stelle innerhalb des Talkessels.

Aufmerksam geworden, sah Rhodan genauer hin.

Eine Wolke tiefblau leuchtender Kugeln segelte mit scheinbar trägen Bewegungen durch den Luftraum.

*Quetkys!* durchzuckte es Rhodan. Wie würden sie auf die drei Menschen reagieren? Gebannt verfolgte Rhodan den Flug der Kugeln. Plötzlich lösten sich aus der Wolke zwei der Quetkys und strebten in schneller Fahrt auf die Felswand zu.

Rhodan und die Ertruser befanden sich nunmehr in einer Höhe von tausend Metern über dem Raumhafen.

Während Perry Rhodan mit winzigen Korrekturen des Antigravfeldes den Abtrieb der Aufwinde neutralisierte, tauchte unmittelbar vor ihm eine der leuchtenden Kugeln auf.

Rhodan schien es, als würden von Zeit zu Zeit winzige Wellen über dieses reine Blau laufen, war aber nicht sicher, ob es wirklich den Tatsachen entsprach. Das grelle Licht der beiden Sonnen erschwerte eine genaue Beobachtung.

Die beiden Quetkys trieben eine knappe halbe Stunde um die emporschwebenden Männer herum, ehe sie plötzlich um mehrere hundert Meter zurückflogen und dann regungslos in der Luft verharrten.

Noch erfüllte Perry Rhodan Verwunderung über dieses seltsame Gebaren, als er plötzlich durch einen zufälligen Blick nach unten sah, wie vier Gleiter vom Raumhafen starteten und mit extremen Beschleunigungen hochjagten.

In unmittelbarer Nähe der drei Männer hielten sie an. Drohend reckten sich aus den flachen Kuppeln die wuchtigen Zwillingsläufe einer Strahlkanone. Eine Klappe sprang in der oberen Wölbung eines Gleiters auf. Ein Gurrad kletterte heraus, dessen Gesicht einen verblüfften Ausdruck trug. Was immer er auch zu sehen erwartet hatte – er konnte nichts erkennen.

Die beiden Quetkys hatten sich wieder genähert, als die Gleiter aufgetaucht waren. Nun umschwirrten sie in schnellen Kreisen den auf der Außenhaut stehenden Gurrad.

Und plötzlich überkam Perry Rhodan die Andeutung einer panikartigen Furcht. Diese blauen, harmlos aussehenden Kugeln hatten ihre Gehirnströme registriert und daraufhin sofort die Schaltzentrale verständigt, von der Kapitän Trikort gesprochen hatte.

Offenbar »sahen« die Quetkys nicht auf optischem Weg, sondern waren nur in der Lage, Individualschwingungen zu orten und sich mit Hilfe von Schall- oder Energiewellen zu orientieren. Das wiederum konnten die Gurrads nicht.

Für sie gab es nichts zu sehen, denn die drei Männer flogen weiterhin im Schutz ihrer Deflektorschirme.

Mittlerweile hatten sie sich schon wieder entfernt und kamen dem Rand des Talkessels immer näher. Nach wenigen Augenblicken hatten sie ihn überflogen. Vor ihnen lag eine busch- und grasbestandene Hochebene, die nach wenigen Kilometern bereits an den Ausläufern eines anderen Gebirgszuges endete.

Perry Rhodan warf einen Blick auf die Uhr, die im starren Handgelenk des Kampfanzuges eingebaut war.

Seit dem Verlassen des Raumschiffes waren nicht mehr als zehn Minuten vergangen.

Als Rhodan sich umwandte und in den Talkessel zurückblicken wollte, war dieser nicht mehr zu sehen. Dort, wo er eigentlich hätte sein müssen, erstreckte sich die buschbestandene Hochebene bis zum sichtbaren Horizont.

Die Bildprojektion war außergewöhnlich gut. Die Tarnung perfekt.

Das grelle Licht der Doppelsonne zeichnete scharfe Schatten auf den Boden. Hier oben war die Hitze nicht ganz so erdrückend.

Ein ständiger, kühler Wind fuhr durch die Büsche, die eine Höhe von etwa zehn Metern erreichten. Ihre seltsamen, lanzettförmigen Blätter schimmerten in allen Farben des Spektrums.

Durch die eingeschalteten Außenlautsprecher drang ein sprödes Klingen und Läuten, dem Rhythmus des Windes entsprechend.

Die vorherrschende Form der Flora Boultats war auf kristalliner Basis aufgebaut – deshalb das seltsame Klingen, wenn sich Zweig an Zweig, Blatt an Blatt rieb.

Die Hochebene mit ihren Buschwäldern und Savannen aus mannshohen, ebenfalls kristallinen Gräsern war eine einzige riesige Windharfe.

Dicht über der meist in Rot und Violett spielenden Vegetation glitten die drei Männer auf das Gebirge zu.

Plötzlich mischte sich in das Klingen und Läuten ein anderes Geräusch.

Erst als es fast zu spät war, erkannte Perry Rhodan, daß es das

Läutwerk des würfelförmigen Bild-Sprechgerätes war, das er auf der Brust trug.

Mit einer raschen Bewegung brachte er es vor die Sichtscheibe seines Helmes.

Auf der winzigen Bildfläche konnte er Roi Dantons verschmutztes und von den Spuren eines Kampfes gekennzeichnetes Gesicht sehen.

Perry Rhodan drehte den Lautstärkeregler voll auf – und plötzlich hallte die gehetzte Stimme des Freihändlerkönigs über die Oberfläche des fremden, wilden Planeten.

»Sir! Nehmen Sie sich vor den Quetkys in acht! Sie sind nicht nur in der Lage, Individualschwingungen zu orten, sondern auch auf eine unerklärliche Weise Funkwellen. Vorsicht also, wenn Sie diese Schnüffler sehen und auch nur das kleinste Funkgerät in Betrieb haben . . .«

Dantons Stimme brach ab.

Durch die Außenlautsprecher drang wieder das Klingen und Raunen eines fremdartigen, exotischen Orchesters, wie die Stimmen einer längst verwehten Zivilisation.

»Masut!«

Rhodans Stimme klang scharf.

»Sir?« erdröhnte Masuts kehliger Baß in Rhodans Helmlautsprecher.

»Versuchen Sie, schleunigst über ihr Mikrofunkgerät Verbindung mit Roi Danton aufzunehmen. Da muß etwas geschehen sein, von dem wir keine Ahnung haben . . .«

Während der Leibwächter Roi Dantons versuchte, mit dem Mikrofunkgerät eine Verbindung zustande zu bringe, klärte Perry Rhodan die beiden Ertruser über die Nachricht auf, die er von Danton erhalten hatte. Er äußerte seine Vermutung, daß etwas Unvorhergesehenes geschehen sein mußte.

»Haben Sie noch keinen Kontakt, Masut?« erkundigte er sich drängend.

Der riesige Ertruser verneinte.

Roi Danton reagierte nicht. Entweder konnte er nicht antworten, weil es zu riskant für ihn war, oder er reagierte deshalb nicht, weil er psychisch nicht mehr in der Lage dazu war.

An die dritte Möglichkeit, nämlich daß sein König tot sein könnte, wagte Oro Masut nicht einmal zu denken.

»Ich glaube«, mischte sich Melbar Kasom ins Gespräch, »daß der feine Herr deshalb nicht antwortet, weil einfach zu viele dieser Schnüffler in der Nähe sind! Offenbar hat Monsieur Angst, man könnte sein vortreffliches Gerät, das er im Unterarm versteckt hält, ebenfalls orten und ihm womöglich den Arm dabei abnehmen.«

»Lassen Sie den Unsinn«, sagte Perry Rhodan. »Wir haben jetzt keine Zeit für derartige Späße.«

»Sehr richtig«, warf Masut ein. Deutlich war hinter der transparenten Helmscheibe zu sehen, wie er dem USO-Spezialisten giftige Blicke zuwarf.

Melbar Kasom zog inzwischen seinen Strahler und ehe Perry Rhodan und Masut einen entsetzten Ruf ausstoßen konnten, feuerte der USO- Spezialist. Ein breitgefächerter Blitz zuckte dicht über Oro Masut hinweg und fand sein Ziel.

Ein schriller Schrei klang auf, steigerte sich zu ungeahnten Höhen, ehe er stoßweise verklang.

Mächtige, buntschillernde Schwingen schlugen noch ein-, zweimal kraftlos, ein mit funkelnden Reißzähnen besetzter Rachen schnappte krampfhaft in den Reflexbewegungen – dann stürzte die fledermausähnliche Bestie krachend in den Buschwald.

»Ich werde dich lehren«, polterte Kasom, »einen Ertruser anzugreifen. Auch wenn dieser zufällig Masut heißt und Schuhputzer eines sogenannten Königs ist.«

»Danke, Bruderherz«, sagte Oro Masut matt.

Schließlich erreichten sie die ersten, unwegsamen Ausläufer des Gebirges. Kasoms swoonscher Hohlraum-Detektor trat in Aktion. Bereits nach zehn Minuten hatte er eine Höhle gefunden, die sich zu einem verzweigten System von Gängen und Stollen erweiterte.

Fürs erste schienen sie ein geeignetes Versteck gefunden zu haben.

Die beiden Ertruser errichteten eine Barriere aus mächtigen Steinen vor dem Höhleneingang, die sie mit Thermostrahlen zu einer festen Mauer verschweißten.

Oro setzte sich in eine Ecke und versuchte wieder, Kontakt mit Roi Danton zu bekommen.

Der Gefangenenraum unterschied sich von dem des Schiffes nur dadurch, daß in ihm Ruhe herrschte.

Mit unglücklichen Gesichtern hockten die Terraner auf dem glatten Boden und hingen unerfreulichen Gedanken nach.

»Das war«, so ließ sich Ark Huron vernehmen, »ein äußerst kurzer Ausflug in die Freiheit.«

Der hakennasige Markos-V-Kolonist zupfte geistesabwesend an seinem Bart.

»Oder nicht?« fragend blickte der Captain auf Roi Danton und John Harvey, die vor ihm saßen.

Danton nickte düster, während der Wissenschaftler ärgerlich fragte:

»Können Sie nicht Ihren Bart in Ruhe lassen?« Der Wissenschaftler schien durch die letzten Ereignisse hypersensibel geworden zu sein.

»Ich höre ja schon auf«, versicherte der Markos-V-Kolonist. »Aber ich mußte mich doch überzeugen, ob es noch da ist.«

*»Es?«* echote Danton erstaunt.

Ark Huron griff in seinen Bart, dann streckte er die geballte Hand aus und öffnete sie langsam.

Roi Danton brach in Lachen aus, als er inmitten ausgerissener Haare das Urei der Wingas entdeckte.

»Mon dieu, mon Capitaine«, stieß er hervor. »Deshalb also war Ihr Bart innerhalb der letzten Minuten so stark gewachsen!«

»Sie sagen es, Monsieur«, bestätigte Ark Huron, jetzt schon wieder grinsend, was sein von Kämpfen gezeichnetes Gesicht nicht gerade anziehend machte.

»Ich . . . still!« zischte er plötzlich. »Da kommt jemand.«

Der Captain mußte ein vortreffliches Gehör haben, um in der Lage zu sein, die Schritte zu vernehmen, die Roi Danton erst Sekunden später hören konnte.

Das schwere Portal sprang krachend auf und schlug gegen die Wand. Bis an die Zähne bewaffnete Gurrads sprangen herein und nahmen an der Wand entlang Aufstellung.

Dann erschienen Roumbaki und Heykh.

Danton und der Captain erhoben sich langsam. John Harvey blieb demonstrativ sitzen.

»Sie wünschen, Monsieur?« erkundigte sich Roi Danton gelassen, als der rotmähnige Gurrad wutschnaubend vor ihm stehenblieb.

»Wir wollen nicht viel Zeit mit Gesprächen verschwenden«, übersetzte der Translator Roumbakis bellende Worte.

»Vor etwa fünf Minuten haben unsere über den ganzen Planeten verstreuten Ortungsstationen äußerst energiereiche Hyperfunkimpulse registriert, die als Peilsignale in den Raum hinaus abgestrahlt werden.

Daraus habe ich folgende Schlußfolgerungen gezogen: Sie besitzen noch Geräte, die Sie irgendwo versteckt haben. Diese Hyperfunkimpulse haben nur den einen Zweck: Sie, die Sie erwiesenermaßen Agenten der Perlians sind, versuchen auf diesem Weg unsere erklärten Feinde auf Boultat aufmerksam zu machen, um unser Hauptquartier endgültig zu zerstören. Ich biete Ihnen nun zwei Möglichkeiten an: Sie sagen uns, wo Sie diese Geräte versteckt haben, damit wir sie unschädlich machen können. Sie werden dann als Kriegsgefangene ehrenvoll behandelt. Sie könnten es aber auch vorziehen, zu schweigen. Dann allerdings«, aus Roumbakis Augen brach ein wildes, zorniges Feuer, »werden Sie bestenfalls noch einige Tage am Leben sein. Der Tod aber, und das verspreche ich Ihnen schon jetzt, wird sich über Stunden hinziehen. Im Endeffekt werden wir schließlich doch wissen, wo die Geräte versteckt sind. Jeder hat bis jetzt noch geredet, wenn wir ihn den Männern aus den Wüsten von *Leedon* übergaben. Überlegen Sie nicht zu lange!«

Schroff wandte sich Roumbaki ab und verließ zusammen mit Heykh den Raum.

Minuten später sprang weit vom Schauplatz dieser Ereignisse ein Mann von Ertrus wie elektrisiert vom Boden einer feuchten Höhle hoch und schrie:

»Wir haben Kontakt!«

Mit stockender Stimme sprach Oro Masut das nach, was er über das Mikrofunkgerät im linken Ohr vernahm.

»Wir werden erst dafür sorgen müssen, die für die Hyperfunksignale tatsächlich Verantwortlichen zu finden und sie den Gurrads zu übergeben, ansonsten ist das Leben unserer Kameraden nicht einen Soli mehr wert.«

Perry Rhodan war gerührt, als er die schon fast krankhafte Sorge der beiden Getreuen bemerkte.

Er wußte ja nichts davon, daß sich unter den vom Tode bedrohten Menschen auch sein Sohn befand.

# 18.

Die beiden Sonnen Boultats standen bereits dicht über dem Horizont.

Lange Schatten lagen über den Savannen und Buschurwäldern. Drei dunkle Punkte tauchten in der Ferne auf und näherten sich in schnellem Flug dem Gebirgszug, der den Kristallwald im Norden begrenzte.

Perry Rhodan flog zwischen den beiden Ertrusern. Unter sich sah er die zehn Meter hohen Büsche vorübergleiten, die diesen Teil des Planeten nahezu lückenlos bedeckten. Nur ab und zu öffnete sich der Kristallwald zu weiten Flächen, die mit wogendem, mannshohem Gras bedeckt waren.

Das grelle Wechsellicht der beiden Sonnen schmerzte immer noch in Rhodans Augen. Er konnte noch immer nicht verstehen, wie man es auf einer solch höllischen Welt auszuhalten vermochte.

Wieder einmal, wie schon so oft in den vergangenen zwei Stunden, beschäftigten sich Rhodans Gedanken mit den zweiundneunzig Männern, die irgendwo in den Tiefen des Planeten von den Oberbefehlshabern der Magellanschen Guerillas festgehalten wurden.

Obwohl Roi Danton alles versuchte, die Gurrads davon zu überzeugen, daß sie an den Peilzeichen unschuldig seien, fanden seine Versicherungen weiterhin kein Gehör.

Nach wie vor war Roumbaki der Ansicht, daß jeden Augenblick eine Flotte von beeinflußten Generälen auftauchen würde, um das Hauptquartier der Guerillas in Besitz zu nehmen . . .

Perry Rhodan korrigierte mit winzigen Flugmanövern die Abdrift durch eine plötzliche Windbö. Das Klingen und Läuten der Windharfe über den Kristallwäldern wurde lauter.

Weit zu ihrer Linken, dort wo sich nach Rhodans Schätzung der sorgfältig getarnte Talkessel befand, stieß ein flammender Strom aus dem Boden; auf der Spitze des Feuerstroms ritt eines der Birnenraumschiffe und entfernte sich mit einem urweltlichen Dröhnen in den Raum.

Falls der Planet in die Hände der Generäle und Perlians fallen würde, bedeutete dies das Ende jeglichen Widerstandes. Demzufolge war es mehr als verständlich, daß die Gurrads in den plötzlichen Hypersendungen eine tödliche Gefahr für ihre Existenz sahen.

Die Oberbefehlshaber der Gurrads, wie auch der übrigen, noch freien Völker, würden vor nichts zurückschrecken, um von den gefangenen Terranern das Versteck ihres vermeintlichen Senders zu erfahren.

Noch begnügte man sich mit Drohungen, wie Perry Rhodan von Oro Masut erfuhr, der in ständiger Verbindung mit Roi Danton stand. Aber wie lange noch?

Die beiden Ertruser flogen schweigend neben Rhodan her.

Ihre Gesichter wirkten verkniffen, und wenn sie sprachen, klangen ihre Stimmen sorgenvoll.

Der Gebirgszug kam näher, mit ihm die Höhle.

Sofort nach Roi Dantons Meldung hatte sich Oro Masut darangemacht, die flache Tasche auszupacken, die er auf dem Rücken trug.

Was da zum Vorschein kam, war ein äußerst leistungsstarkes, tragbares Ortergerät für Hyperwellensendungen. Die Bauart war Perry Rhodan allerdings unbekannt – er konnte ja nicht wissen, daß dieses Gerät von Dr. Geoffry Abel Waringer, seinem Schwiegersohn, stammte.

Es gelang Oro Masut anstandslos, den unbekannten Hypersender auf Anhieb zu orten. Allerdings schien der Sender ein eigenes Leben zu haben. Ein etwas merkwürdiger Umstand.

Als nämlich die drei Männer die Stelle erreichten, an der der Sender sich befinden mußte, erlebten sie eine Enttäuschung. Dort, wo ihn der Leibwächter Roi Dantons geortet hatte, war er nicht mehr zu finden.

Sie verschwendeten mehr als zehn Minuten, um in einem Umkreis von mehreren Meilen das Gelände abzusuchen. Nichts!

Enttäuscht und auch etwas beunruhigt flogen sie zu ihrer Höhle zurück.

Nachdem man sich fünfundvierzig Minuten mit Selbstvorwürfen gequält hatte, die zuletzt in der einhelligen Annahme gipfelten, einfach einer falschen Spur gefolgt zu sein, ortete Masut den zweiten Einfall der Hyperimpulse.

Danach war klar, was wirklich geschehen war.

Es konnte sich nur um einen transportablen Sender handeln.

Wie schnell sich dieser Sender allerdings bewegen konnte, stellten sie erst fest, als sie zum zweitenmal versuchten, ihn aufzustöbern.

Diesmal nahmen die beiden Ertruser Rhodan in die Mitte und rasten mit Hilfe ihrer leistungsstärkeren Flugaggregate los. Doch der Sender war bereits verschwunden.

Perry Rhodan fand wieder in die Gegenwart zurück.

Diese Gegenwart war der Flug durch die Abenddämmerung Boultats, durch eine Hitze, die die Luft zum Flimmern brachte.

Der Wind war kräftiger geworden, je mehr sich der Tag zu Ende neigte. Das Spiel der Windharfe war nicht mehr so harmonisch, es klang mit einemmal schriller und schwoll zeitweilig zu einem Crescendo an, dessen Dissonanzen weit über das Land hallten.

Melbar Kasom stieg um mehrere hundert Meter höher; seine Augen blickten weit über den Planeten hin. Er sah nichts Außergewöhnliches. Im Schutze der Deflektorschirme waren sie relativ sicher vor unliebsamen Entdeckungen. Keine der Orterstationen der Gurrads würde die Oberfläche des Planeten selbst überwachen. Ihre vordringliche Aufmerksamkeit beanspruchte der Weltraum. Von dort würde der Gegner kommen.

Melbar Kasom glitt wieder herab.

Er glich sich der Geschwindigkeit der anderen an und spähte aufmerksam in den Kristallwald, der unter ihnen vorüberglitt.

Was sie zu fürchten hatten, waren Stoßtrupps der Gurrads, die die Wälder und Savannen Boultats durchstreiften.

Kasom konnte nichts erkennen.

Langsam lockerte sich der Buschurwald auf. Die ersten Felsen unterbrachen das Dickicht; die Ausläufer des Gebirgszuges machten sich bereits bemerkbar.

Kurze Zeit darauf erreichten sie ihre Höhle. Niemand wußte, wann der unbekannte Hypersender wieder aktiv werden würde. Inzwischen war endgültig die Nacht angebrochen, und die drei Männer beschlossen, bis zum Tagesanbruch zu ruhen.

Schon eine gute Weile vorher erwachte Perry Rhodan.

Bedingt durch die sehr kurze Umlaufzeit Boultats um seine beiden Sonnen dauerte eine Nacht auf dem Planeten nicht länger als vier Stunden.

Drei dieser vier Stunden waren um, als Rhodan schweißgebadet aus schreckerfüllten Träumen hochfuhr und sekundenlang wild um sich blickte.

Dann erkannte er, wo er war. Aufseufzend sank er zurück. Er lehnte den Kopf gegen die Felswand und sah in die zuckende Helligkeit, die von einem kleinen Feuer herrührte, über dem die beiden Ertruser sein Frühstück bereiteten.

Die violettfarbenen Stücke des Bruchholzes brannten minutenlang mit heißer, blauer Flamme, ehe sie ganz plötzlich zu Asche zerfielen.

Rhodan sah Melbar Kasom zu, der Wasser in einem Falttopf zum Kochen brachte, den er an jenem Rinnsal gefüllt hatte, das etwas weiter hinten von der Decke der Höhle fiel. Aus dem mitgeführten Proviant warf der Ertruser eine Handvoll Kaffeekonzentratwürfel in den Topf und füllte die drei Becher, die neben der Feuerstelle auf einem Felsbrocken standen.

Minuten später ließ sich Perry Rhodan noch einmal nachfüllen.

Mit einem unhörbaren Seufzer stürzte er die starke Brühe hinunter.

»Haben Sie irgendwelche Nachrichten von Ihrem König, Masut?« erkundigte er sich bei dem Leibwächter Roi Dantons.

Masut nickte.

»Gute?«

Masut schüttelte den Kopf. Schließlich bequemte er sich zu der Feststellung:

»Ich habe noch immer Funkverbindung mit meinem König. Allerdings ist die Entfernung sehr viel größer geworden. Vor etwa zwei Stunden habe ich noch einige undeutliche Worte vernommen – inzwischen geht auch das nicht mehr. Ich mußte zum gewöhnlichen Morseverkehr greifen.«

»Was schließen Sie daraus, Masut?«

»Das ist ein Zeichen für mich, daß man unsere Kameraden tiefer unter die Oberfläche Boultats gebracht hat.«

Perry Rhodan nickte.

»Hat sich der Hyperwellensender noch nicht gemeldet?«

»Nein!«

»Ich könnte mir auch etwas Schöneres vorstellen, als in völliger Dunkelheit und auf einem fremden Planeten mit großer Geschwindigkeit den Standort zu wechseln!« meinte Kasom.

»So wird es wohl sein, Kasom«, bestätigte Perry Rhodan, obwohl er damit nicht ganz einverstanden war. Irgend etwas störte ihn, dieser einfachen und im gewissen Sinne auch logischen Erklärung rückhaltlos zuzustimmen.

»Dann werden sich unsere unbekannten Freunde, die hinter dem Sender sitzen, bald wieder melden, Sir«, sagte Oro Masut und warf einen bezeichnenden Blick in Richtung des Höhlenausgangs.

»Es scheint langsam heller zu werden«, fuhr er fort. »Ich bin dafür, daß wir uns auf einen schnellen Start vorbereiten.«

Als man gestern abend zum erstenmal die von Roi Danton erwähnten Hyperwellensendungen mit Hilfe von Oro Masuts Spezialgerät ortete, lag der Sendeort noch in unmittelbarer Nähe des versteckten Raumhafens. Die zweite Ortung erfolgte fünfundvierzig Minuten später – und der Sendeort lag rund sechzig Kilometer weiter weg. Eine Tatsache, die zu vielen Vermutungen Anlaß gab. Zum Beispiel konnte angenommen werden, daß der verräterische Sender an Bord eines der zahlreich landenden Birnenraumschiffe nach Boultat gelangt war – entweder vor oder nach der Landung des Schiffes, das die gefangenen Terraner gebracht hatte. Ebenso wie Perry Rhodan und die Ertruser hatten die Unbekannten den Raumhafen verlassen und sich in die Wildnis Boultats zurückgezogen. Von dort aus begannen sie mit ihren Peilsendungen.

Die jeweils wechselnde Entfernung war es, die Rhodan Sorge bereitete. Er wünschte sich eine schnelle Space-Jet anstelle der relativ langsamen Tornisteraggregate, die nicht mehr als zweihundert Stundenkilometer erreichten. Die Sonderanfertigungen der Ertruser kamen wohl auf dreihundert Kilometer in der Stunde – aber auch das war zu langsam, um während der nur Minuten dauernden Ausstrahlungen den Sender aufzuspüren.

»Wir müssen diesen Sender einfach finden!« brach es auch Oro Masut heraus. Sein von Narben verunstaltetes Gesicht trug einen verzweifelten Zug. »Ich befürchte sonst das Schlimmste für meinen König und die anderen.«

»Wir werden ihn finden!«

Wilde Entschlossenheit leuchtete aus Perry Rhodans Augen. Er fuhr fort:

»Diesmal gehen wir anders vor. Sowie die ersten Peiltöne geortet werden, fliegen wir los. Ich bin davon überzeugt, daß wir auch diesmal den Sender am angemessenen Ort nicht finden werden. Aber anstatt zurückzufliegen, werden wir am jeweils letzten Standort des Senders bleiben. Auf diese Weise müßte es uns gelingen, immer näher an den Sender heranzukommen, um ihn schließlich noch während einer Sendung zu erwischen.«

Die Ertruser nickten zustimmend.

Kurz darauf saßen die drei Männer startbereit vor dem Höhleneingang und blickten mit wachsamen Augen in den aufdämmernden Morgen.

Mittlerweile war der erste Dezember 2435 angebrochen.

Und dann kam die Ortung herein. Die Gefährten zögerten keine Sekunde und zündeten ihre Aggregate.

Schnell glitt der Kristallwald unter Perry Rhodan und den Ertrusern hinweg.

In rascher Fahrt entfernten sie sich in nordöstlicher Richtung; der transportable Sender schien sehr eigenwillig zu sein. Offenbar änderte er wahllos seine Richtung, um seinen Verfolgern die Auffindung zu erschweren.

Kaum war der Tag mit schlagartig emporschnellenden Temperaturen erwacht, fing Oro Masuts Gerät die ersten Peiltöne des Hyperwellensenders auf. Diesmal befand er sich rund einhundertzwanzig Kilometer von seinem letzten Standort entfernt.

Oro Masut hatte die Spitze übernommen.

Nach fünfundzwanzig Minuten befanden sich die drei Männer in unmittelbarer Nähe des Senders, der vor wenigen Sekunden seine Ausstrahlung eingestellt hatte; sie würden wieder zu spät kommen. Trotzdem hegte Perry Rhodan die Hoffnung, wenigstens einen Hinweis auf das Bedienungspersonal des Senders zu finden.

Aber diese Hoffnung zerschlug sich, als die drei Männer auf einer kleinen Lichtung landeten, die etwa zehn Meter Durchmesser hatte. Das mannshohe scharfkantige Gras war an einer Stelle deutlich von einem rechteckigen Gegenstand niedergedrückt worden. Um diese starken Halme zu knicken, bedurfte es schon eines beträchtlichen Gewichts.

*Wie groß muß dieser Sender sein,* dachte Perry Rhodan verwundert, *um diesen Eindruck im Gras zu hinterlassen?*

Die Sache wurde reichlich mysteriös.

»Was nun, Sir?« klang Melbar Kasoms dumpfe Stimme an Rhodans Ohr; der Ertruser hatte seinen Helm an den von Rhodan gelegt und konnte sich somit hörbar machen. Eine etwas umständliche Methode.

»Wir werden dort drüben warten«, gab Perry Rhodan zurück.

Er zeigte auf einen breitästigen Baum ganz in der Nähe.

»Auf den Ästen werden wir sicherer sein als hier unten, wo wir fast keine Sicht haben. Das Risiko, von einem wilden Tier oder einer mörderischen Pflanze überfallen zu werden, ist dort auf dem Baum wesentlich geringer.«

# 19.

Das Licht war grell und von einer schmerzenden Helligkeit. Irgendwo in der Nähe liefen mehrere Kraftstationen.

Roi Danton hatte vergeblich versucht, gleich nachdem man sie tiefer ins Innere des Planeten gebracht hatte, Schlaf zu finden. Es gelang ihm nur, einige Minuten einzunicken – dann drang das grelle Licht bis hinein in seine unruhigen Träume und weckte ihn wieder.

Schließlich gab es Danton auf.

Seine Gedanken weilten bei seinem Vater, der, wie er wußte, auf den neuen Tag wartete, um sich auf die Suche nach den Initiatoren der Hypersendungen zu machen.

*Hoffentlich gelingt es dir!* dachte Roi Danton.

Er blickte auf die Uhr, die man ihm gelassen hatte: null Uhr sechsunddreißig Normalzeit. Auf Boultatverhältnisse umgerechnet, mußte es draußen langsam hell werden.

Dann sah Roi Danton das Datum: erster Dezember 2435.

*Dezember!* Dantons Gedanken glitten in die Vergangenheit zurück. Bilder tauchten vor seinem inneren Auge auf. Bilder aus seiner Jugendzeit. Er erinnerte sich an sanften Schneefall am frühen Abend, an die Erwartung, die diesen Monat auszeichnete, bis es endlich soweit war, den vierundzwanzigsten Dezember zu feiern . . .

Eine rauhe Stimme weckte ihn unsanft aus seinen Reminiszenzen.

»Sie werden nun nicht mehr lange auf sich warten lassen«, klang Ark Hurons Stimme neben dem König der Freihändler auf. Der Markos-V-Kolonist hatte neben ihm gelegen und ebenfalls vergeblich versucht, Schlaf zu finden.

»Was meinten Sie, Monsieur?« erkundigte sich Roi verwirrt.

Mißtrauisch blickte der schwarzbärtige Captain auf Roi Danton: Offenbar glaubte er, daß dessen klarer Verstand durch die vergangenen Ereignisse etwas getrübt worden war.

Eine völlig absurde Annahme.

Ark Huron atmete innerlich auf, als er Roi Dantons gefaßten Blick sah und energisch aufgefordert wurde, seine Worte zu wiederholen.

Geduldig wiederholte der Captain den Satz.

»Ah!« rief Danton leise aus. »Sie meinen unsere Freunde Roumbaki, Heykh und Sibala.«

»Ganz recht«, antwortete der hakennasige Markos-V-Kolonist. »Soweit ich mich erinnern kann, hat uns Roumbaki eine Frist von etwa vier Stunden gesetzt. Dann wollte er wieder erscheinen und unsere Entscheidung verlangen.«

»So ist es, Captain.« Roi Danton sprach fast gelangweilt.

Ark Hurons Stimme klang beschwörend. »Die vier Stunden sind um. Roumbaki wird jeden Augenblick eintreffen.«

»Was glauben Sie, werden die Gurrads tun?« Danton versuchte, eine bequemere Stellung einzunehmen; der Boden war jedoch überall gleich hart.

»Roumbaki sprach von Männern aus den Wüsten von *Leedon*. Offenbar handelt es sich dabei um Verhörspezialisten . . .«

»Von ganz besonderer Art, gewissermaßen«, unterbrach ihn Roi Danton.

»Ich verstehe nicht . . .«

Captain Ark Huron schien verwirrt.

»Die Methode, mit denen diese Männer aus den Wüsten von *Leedon* uns verhören werden, ist uralt«, erwiderte Roi Danton. »Es gab sie schon zu Zeiten der Pharaonen und der römischen Kaiser. Gewisse Völkerstämme auf der guten alten Erde brachten es sogar zu einer unübertroffenen Meisterschaft auf diesem Gebiet – und wer möchte behaupten, daß Folter nicht jeden Mann zum Reden bringt?«

»Glauben Sie?« Zweifelnd wiegte Ark Huron den Kopf.

»Ich bin davon überzeugt«, bekräftigte der Freihändlerkönig seine Worte. »Es gab in all diesen schrecklichen Zeiten nur zwei Möglichkeiten, nicht zum Reden gezwungen zu werden: Entweder man starb vorher – oder man wurde verrückt.«

»Ich bitte Sie«, mischte sich John Harvey ins Gespräch, »das waren barbarische Zeiten damals. Sie konnten nichts anderes als barbarische Bräuche hervorbringen – aber heute leben wir doch in einem fortschrittlichen Zeitalter! Heute foltert man doch keine Menschen mehr, heute zapft man ihnen das Wissen einfach ab.«

Roi Danton blickte überrascht auf den hageren Wissenschaftler.

»Ich wußte gar nicht, daß Sie einen derart ironischen Zug besitzen!« sagte er.

Ein müdes Lächeln huschte über das hagere Gesicht John Harveys.

»So, wie es ist, wird es bald zu Ende sein«, sagte er trocken und fügte hinzu: »Es sei denn, der Großadministrator des Solaren Imperiums und seine beiden getreuen Ekkehards finden diesen vertrackten Sender, der die Gurrads so rebellisch werden läßt.«

Eine Welle der Unruhe ging durch die Gefangenen, die es sich auf dem harten Boden so bequem wie nur eben möglich gemacht hatten. Weiter entfernt hörte man Schritte und halblaute Kommandos, dann schob sich ächzend die schwere Schiebetür zur Seite.

Ein Kommando schwerbewaffneter Gurrads in schwarzer Lederkleidung und hohen Stiefeln nahm zu beiden Seiten der Tür Aufstellung.

Dann traten die Mitglieder des Triumvirats in den Raum.

Der wuchtige, rotmähnige Gurrad Roumbaki ging an der Spitze, hinter ihm der General Heykh und der weißhaarige Shangant Sibala. Roumbaki zeigte deutlich, daß er der wirkliche Herrscher über Boultat war – und das war schlecht. Roi Danton war überzeugt, daß er den abwägenden General Heykh sowie den sanftmütig veranlagten Shanganten Sibala dazu hätte überreden können, ihm Glauben zu schenken, daß sie nicht die Initiatoren der verräterischen Hypersendungen waren.

Bei Roumbaki bestand diese Möglichkeit nicht. Er war voreingenommen und äußerst mißtrauisch.

Roi wußte, daß nur ein Wunder sie vor Roumbakis Rachsucht retten konnte.

»Kommen Sie, Messieurs«, sagte er leichthin, um die tiefe Sorge zu verbergen, die ihn zu übermannen drohte, »gehen wir den Herren vom Stab entgegen!«

Er erhob sich und ging mit steifen Schritten voran. Captain Huron folgte ihm, während er gleichzeitig einigen ausgesuchten Soldaten zuwinkte.

Als Roi Danton schließlich vor Roumbaki haltmachte, befanden sich sieben kampferprobte und zu allem entschlossene Männer hinter ihm.

Die sieben Männer, unter ihnen Captain Huron, waren fast ausschließlich mehrmals Flottenmeister in Karate gewesen und somit durchaus in der Lage, etlichen Wirbel zu veranstalten, sollte dies erforderlich sein.

Einer der löwenmähnigen Gurrads stellte nach einem Befehl Roumbakis einen Translator zwischen beiden Parteien auf.

Roi Danton verschränkte die Arme über der Brust, richtete sich zur vollen Größe auf und sagte gemessenen Tones:

»Was verschafft uns die Ehre des frühen Besuchs, Messieurs?«

Roumbaki sah ihn wild an.

»Ich habe schon stolzere Männer winseln sehen«, verkündete er drohend. »Der Schmerz ließ sie alle sehr, sehr klein werden.«

»Kommen Sie zur Sache, Kommandant!« rief Roi Danton. Er wußte, daß hier nur ein harter Ton ankam, alles andere würde als Feigheit ausgelegt werden.

»Wie Sie wollen«, drang es aus dem Translator.

»Ich habe Ihnen und Ihren Leuten vor wenigen Stunden zwei Möglichkeiten eingeräumt.

Entweder, Sie sagen uns, wo Sie dieses Gerät versteckt halten, damit wir es unschädlich machen können, oder Sie schweigen. Sollte letzteres geschehen, sähe ich mich gezwungen, einige Ihrer Männer einer peinlichen Befragung zu unterziehen, die unter Umständen mit dem Tod der Betreffenden enden würde. Sollten Sie aber zu der Einsicht gelangen, daß ein Schweigen Ihrerseits sinnlos wäre, würden Sie und Ihre Männer als Kriegsgefangene ehrenvoll behandelt werden! Falls Sie es jedoch in Ihrer Verblendung vorziehen, noch länger zu schweigen – in der Hoffnung, die Flotte der Perlians käme frühzeitig genug–, werde ich jeden einzelnen Gefangenen foltern lassen.«

Haß und Feindschaft sprachen aus Roumbakis heftigen Worten. Er schien sich nicht mehr bezähmen zu können.

Roi Danton erkannte ganz richtig, daß sich in Roumbaki ein Prozeß vollzog. Mit der Furcht vor der Entdeckung des Reservats und der sich daraus abzeichnenden Vernichtung würde der Haß in Roumbaki immer mehr wachsen, jedes klare Denken, jede vernünftige Überlegung zunichte machen und schließlich in Panik umschlagen. Die Symptome waren eindeutig.

»Wie wäre es mit einer dritten Möglichkeit«, schlug Roi Danton vor. »Sie, Roumbaki, glauben uns zur Abwechslung einmal, daß wir mit diesen Sendungen nichts zu tun haben. Lassen Sie uns frei, geben Sie mir und einigen meiner Leute Waffen und einen Gleiter – und ich verspreche Ihnen, daß wir Ihnen die für die Peilsendungen Verantwortlichen ausliefern werden.«

Roumbaki stieß ein verächtliches Knurren aus.

»Sie möchten nur fliehen, nichts weiter. Offenbar haben Sie Angst um das eigene Leben. Ich habe auch Angst, aber nicht um mich. Mir geht es um das Leben von Millionen von Gurrads, die nun durch Ihre Peilsendungen bedroht sind. Wissen Sie überhaupt, was Sie mit diesen Hypersendungen angerichtet haben?« Roumbaki schrie fast. »Schon jetzt haben Sie Terror und Panik über unser Volk gebracht, noch ehe die wirklichen Feinde aufgetaucht sind!«

»Leider stimmt das«, mischte sich der weißhaarige Sibala in die lautstarke Auseinandersetzung. »Seit dem ersten Einfall der verräterischen Peilimpulse begannen unsere halborganischen und halbkristallinen Wächter, die Quetkys, verrückt zu spielen. Draußen in den Städten ist die Hölle los. Die Quetkys verdächtigen seit knapp zwei Stunden jedermann, für die Sendungen verantwortlich zu sein. In der ersten Stunde sind Tausende von den Wachkommandos verhaftet worden, ehe wir erkannten, was sich abspielte. Und das alles nur durch Ihr unüberlegtes Verhalten.«

Der Shangant blickte vorwurfsvoll auf Roi Danton. Dann fuhr er fort:

»Weshalb sagen Sie nicht endlich, wo wir Ihren Sender finden können? Glauben Sie mir, Sie würden sich eine ganze Menge Unannehmlichkeiten ersparen.«

Danton schüttelte den Kopf.

»Ich kann nicht mehr tun«, sagte er, »als immer wieder betonen, daß wir an diesen Sendungen keinen Anteil haben. Ich bitte Sie, Monsieur, wo sollte ich ein derartiges Gerät versteckt haben, während wir uns in Ihrer Gewalt befanden?«

»Sie vergessen wohl«, erinnerte ihn Sibala sanft, »daß wir eine ganze Menge von höchst wirksamen Geräten bei Ihnen gefunden haben.«

Danton lächelte ein wenig überheblich:

»Wenn Sie auch nur in etwa eine Ahnung haben, wie groß ein Hyperwellensender sein muß«, erwiderte er, »der derart starke Signale auszustrahlen vermag, so würden Sie wissen, daß man ihn unmöglich mit sich herumtragen kann.«

»Ich würde mich freuen, wenn ich Ihren Worten Glauben schenken könnte«, sagte der Shangant nachdenklich. Er wandte sich an den General, der stumm der Unterhaltung gefolgt war, und fragte:

»Was ist Ihre Ansicht dazu, Heykh?«

»Die Ausführungen des Gefangenen haben etwas für sich«, erwiderte Heykh. »Ich könnte mir tatsächlich nicht vorstellen, wo er oder seine Leute diesen Sender versteckt haben sollten. Soviel ich aus

Kapitän Trikorts Bericht weiß, standen sie dauernd unter Bewachung!

Allerdings gebe ich zu«, schränkte er seine Worte etwas ein, als Roumbaki ein wütendes Knurren von sich gab, »daß sie eine Menge winziger Geräte an ihren Körpern versteckt hielten – aber keines davon war imstande, diese Peilsignale auszustrahlen. Davon habe ich mich persönlich überzeugt.«

»Lassen Sie sich nur nicht von diesen Lügnern hereinlegen!« brüllte der breit gebaute Roumbaki. »Ich bin nach wie vor überzeugt, daß sie es waren, die diesen Hypersender aktiviert haben.«

»Würden Sie mir verraten, Monsieur«, fragte Roi Danton, »wie wir das gemacht haben sollten?«

Ungemein überlegen stemmte der Freihändlerkönig die Fäuste in die Seiten und blickte spöttisch auf den aufgebrachten Gurrad-Oberbefehlshaber hinab.

»Das kann ich Ihnen verraten«, höhnte Roumbaki und schüttelte seine Mähne. Er hakte die Daumen in die Schlaufen des breiten Ledergürtels und wippte einige Male auf den Fersen.

»Ich höre, Monsieur!« Danton gab sich gelassen.

»Dieses angeblich so große und unhandliche Gerät war, in viele Einzelteile zerlegt, von Ihren Männern nach Boultat gebracht worden. In einem unbewachten Augenblick haben Sie es dann zusammengebaut, programmiert und ausgesetzt . . .«

»Und nun fliegt es fröhlich spazieren und sendet ständig Piep-Piep, um die lieben Perlians auf diesen Planeten aufmerksam zu machen«, unterbrach ihn Danton ironisch lächelnd. Dann verfinsterte sich sein Gesicht, und er sagte mit schneidender Stimme:

»Haben Sie vielleicht auch eine Erklärung dafür, daß Sie selbst noch nicht in der Lage waren, den Sender ausfindig zu machen? Sind Ihre ›hervorragenden‹ Soldaten vielleicht zu dumm, um einen Sender zu finden, der lautstark durch die Gegend funkt?«

Aus Roumbakis geschlitzten Katzenaugen sprach unversöhnlicher Haß, während der Shangant Sibala traurig den Kopf schüttelte, als wollte er sagen: Das ist falsch, mein Junge, dadurch erreichst du nie etwas!

»Meine hervorragenden Kämpfer haben Ihren Sender deshalb noch nicht gefunden«, zischte der Gurrad wütend, »weil Sie ihn mit einer Vorrichtung ausgestattet haben, die ihn jeweils nach erfolgter Sendung blitzartig seinen Standort wechseln läßt. Wenn ich es mir ganz genau überlege, möchte ich sogar behaupten, daß es sich um eine Art von Transmitter handelt.«

»Nicht schlecht«, erwiderte Roi Danton bewundernd, »das würde einiges erklären.«

»Nicht wahr?« Beifallheischend blickte Roumbaki auf Danton, der gelassen erwiderte:

»Nun verstehe ich Ihre Sorgen, Monsieur. Ihre Feinde sind wirklich außerordentlich geschickt, parbleu!«

Er nahm sich vor, seinen Vater über diese von Roumbaki geäußerte Vermutung zu unterrichten. Vielleicht half ihm dieses Wissen bei seiner Suche nach dem Sender.

Dann erforderte der Gurrad erneut seine Aufmerksamkeit.

»Das ist der Gipfel der Frechheit!« heulte Roumbaki auf. Er deutete mit ausgestreckter Hand auf Danton. »Sie und Ihre Männer werden dafür büßen!«

Schlagartig brachen sich der aufgestaute Haß und die Furcht vor der drohenden Vernichtung des Guerilla-Hauptquartiers einen Weg. Panik überschwemmte den letzten Rest von Roumbakis klarem Urteilsvermögen.

Danton kannte die Symptome – und er wußte, daß von nun an mit dem Schlimmsten zu rechnen war.

Mit starrem Gesicht blickte er auf den Gurrad. Krampfhaft schlossen und öffneten sich Roumbakis Hände, der Körper zog sich zusammen, bis er einer gespannten Bogensehne glich.

Atemlose Stille herrschte im Gefangenenraum. Die Atmosphäre schien mit knisternder Elektrizität erfüllt zu sein, die sich jeden Augenblick schlagartig entladen konnte.

Schließlich sagte Roumbaki mühsam:

»In einer halben Stunde komme ich wieder. Dann werden fünf Ihrer Männer hingerichtet – als abschreckendes Beispiel für Ihre Starrköpfigkeit. Ihre Gruppe wird so lange dezimiert, bis Sie uns sagen, wie wir den Sender schnell und sicher finden können.«

Abrupt wandte sich Roumbaki ab, als ihn Dantons Stimme noch einmal umkehren ließ.

»Wäre es zuviel verlangt«, sagte Roi Danton mit unbewegtem Gesicht, »einer Gruppe hungriger Männer etwas zu essen zu bringen?«

»Essen?« echote Roumbaki ungläubig. »Wozu? Sie sterben ohnehin bald! «

»Halten Sie sich zurück, mon capitaine!«

Roi Dantons Stimme besaß eine ungewohnte Autorität, vor der der Markos-V-Kolonist kapitulierte.

Laute Verwünschungen ausstoßend, setzte sich Ark Huron wieder. Mit brennenden Augen starrte er auf die zehn schwerbewaffneten Gurrads, die eben dabei waren, wahllos fünf Terraner aus der Gruppe herauszugreifen.

Überall machte sich der Zorn der Terraner in lautstarken Ausrufen Luft, aber niemand verlor die Beherrschung. Es hätte auch wenig Zweck gehabt; entlang des Eingangs standen über vierzig der löwenmähnigen Kämpfer und hielten die Gefangenen mit ihren Waffen in Schach.

Ark Huron blickte nach vorn, wo man dabei war, die fünf Männer quer durch den großen Gefangenenraum zur linken Wand zu schleppen.

Verwunderung glomm in ihm auf.

Sollte es dort einen zweiten Ausgang geben? Wenn ja, so war er äußerst geschickt getarnt gewesen. Sie hatten wiederholt ihr Gefängnis auf eine Fluchtmöglichkeit hin untersucht und nichts gefunden.

Die Gurrads machten mit ihren Gefangenen vor der Wand halt. Einer der Löwenköpfe zog eine flache Metallscheibe aus seinem Gürtel hervor und preßte sie gegen die Fläche.

Farbschauer glitten über die Wand hin, die plötzlich durchsichtig wurde und den Blick in einen etwas kleineren Nebenraum freigab, der leer war.

Die Magellanschen Guerillas stießen die fünf Männer hinein; die Wand veränderte sich erneut, verdichtete sich, blieb jedoch transparent. Ein Energieschirm trennte nun den kleinen von dem großen Gefangenenraum.

Danton war sicher, daß dieser Energieschirm von niemandem durchdrungen werden konnte.

Nach wenigen Minuten waren die Gurrads wieder verschwunden.

Die Terraner drängten sich vor der transparenten Wand zusammen und winkten ihren Kameraden aufmundernd zu, die zögernd zurückwinkten. Noch waren sie nicht sicher, was diese Trennung zu bedeuten hatte.

»Sagen Sie, Huron«, wandte sich der Freihändler an den Markos-V-Kolonisten, »wir haben doch zwei Ärzte in unserem Suchkommando, oder?«

Der Captain nickte. Prüfend sah er auf Roi Danton und versuchte zu ergründen, was dieser mit seiner Bemerkung beabsichtigte.

»Geben Sie's auf, mon capitaine«, sagte Roi. »Sie erfahren so auf keinen Fall, was ich möchte.«

»Verzeihung«, murmelte der Captain. »Soll ich die Ärzte zu Ihnen bringen?«

»Nicht zu mir«, befahl ihm Danton. »Bringen Sie sie an die transparente Energiebarriere, und sorgen Sie dafür, daß ich neben ihnen einen Platz bekomme.«

»Ich weiß zwar noch immer nicht, was Sie vorhaben. Aber sei's drum.«

Ark Huron entfernte sich mit suchendem Blick in der Menge.

Danton winkte John Harvey zu sich heran. »Kommen Sie mit, Monsieur«, bat er ihn.

»Was glauben Sie, was den Männern dort drüben geschieht, Doc?« erkundigte sich Danton etwas später bei dem korpulenten Arzt, der sich als Fred Blain vorgestellt hatte; sein Kollege, Gerhard Beir, war ein kleiner, drahtiger Mann mit schütterem Haar.

Fred Blain zuckte die Schultern.

»Bis jetzt ist noch nichts geschehen, was uns Anlaß zu konkreten Schlüssen geben könnte. Wir können nur vermuten – es gibt tausenderlei Arten, ein Leben zu beenden.«

»Sie hätten Prediger werden sollen«, hielt ihm Captain Huron ärgerlich vor.

»Jeder Arzt, mein Lieber, ist im Grunde genommen ein Prediger«, erwiderte Doktor Blain ohne eine Spur von Ironie, während der Markos-V-Kolonist einen verweisenden Blick Dantons einheimste.

Ark Huron lief rot an.

»Ich . . .«, begann er, um sofort von Danton unterbrochen zu werden.

»Still, mon capitaine! Drüben tut sich etwas.«

Mit gespannter Aufmerksamkeit verfolgten die Terraner, wie sich im Nebenraum eine Tür öffnete und zwei der quadratisch gebauten Generäle erschienen. Hinter ihnen tauchte einer der zierlichen Shanganten auf, dessen Gesicht von Narben übersät war. Die lange, silberfarbene Mähne besaß einen stumpfen Glanz und war bereits stark gelichtet.

Gerhard Beir stieß einen leisen Pfiff aus, sagte jedoch nichts. Ein grüblerischer Zug lag um seine Lippen.

Mit Entsetzen bemerkte Danton, wie der Shangant die flache Tasche öffnete, die er bei sich trug, und den beiden Generälen Injektionsspritzen überreichte. Die fünf Terraner bewegten sich unruhig.

Auf den Wink eines Generals brachte der Shangant ein kleines, kastenförmiges Gerät aus der Tasche zum Vorschein. Er hielt es in Richtung der Gefangenen, die urplötzlich in ihren Bewegungen erstarrten.

»Vermutlich eine Art von Fesselfeld«, murmelte John Harvey neben Roi Danton, der schweratmend zusah, wie das Verhängnis seinen Lauf nahm.

Schnell und mit kontrollierten Bewegungen, die auf lange Übung schließen ließen, injizierten die Generäle den fünf Männern etwas in den Blutkreislauf. Dann traten sie bis fast zum Ausgang zurück und beobachteten mit stoischem Gleichmut, wie der Shangant das Fesselfeld von den Terranern löste und das Gerät wieder verstaute. Gleich darauf verschwanden sie nach draußen.

»Sollte das die von Roumbaki angeordnete Hinrichtungsart sein?« ließ Ark Huron sich ungläubig vernehmen.

»So wie er sich dabei aufgeführt hat – ja!« erwiderte Danton.

»Sie soll besonders grausam sein«, erinnerte sich der Markos-V-Kolonist kopfschüttelnd. »Aber alles, was ich sehen kann, ist, daß es den fünf Männern gutgeht!«

An dieser Feststellung war etwas Wahres, mußte Roi Danton zugeben.

Während er von Sorge erfüllt durch die transparente Energiebarriere in den kleinen Raum blickte, sah er, wie Leutnant Rony Steward die Hand hob und herüberwinkte, als wollte er sagen: alles in Ordnung!

Roi wandte sich an Fred Blain und fragte:

»Was ist – Ihrer Meinung nach – drüben geschehen?«

Der Mediziner hob ratlos die Schultern. Dann antwortete er zögernd:

»Man scheint sie mit irgend etwas infiziert zu haben. Wir müssen abwarten, wie die Männer darauf reagieren.«

Fred Blain schwieg kurze Zeit überlegend. Dann fuhr er nachdenklich fort:

»Offenbar handelt es sich dabei um eine Krankheit, die ungeheuer schnell den gurradschen Organismus zerstört und ein äußerst qualvolles Ende herbeiführt. Aber um es noch einmal zu betonen: Es handelt sich nur um eine Vermutung. Sie kann durchaus falsch sein, denn unsere Leute scheinen überhaupt nicht zu reagieren. Oder sind Sie anderer Ansicht, Herr Kollege?«

Fragend sah der rundliche Arzt auf Gerhard Beir.

»Ich habe zwar eine Vermutung«, sagte dieser, »möchte sie jedoch für mich behalten, bis ich sicher bin, daß sie zutrifft.«

Mühsam schleppte sich die Zeit dahin.

Über den Kristallwäldern Boultats erwachte der neue Tag – doch davon merkten die gefangenen Terraner nichts. Das grelle, fast schmerzende Licht des Raumes, in dem sie sich befanden, schuf eine Atmosphäre, in der die Zeit nicht mehr meßbar schien. Obwohl erst Stunden vergangen waren, kamen sie den Terranern wie Tage vor.

Mehrmals tauchten Gurrads im Nebenraum auf, um sich vom Stand der Dinge zu überzeugen. Jedesmal wurden sie fassungsloser. Was immer sie auch zu erwarten schienen – es war nicht eingetroffen.

Langsam begann Roi Danton aufzuatmen. Allem Anschein nach reagierten die fünf Terraner tatsächlich nicht auf die Injektionen.

Und als er schon glaubte, alles sei überstanden, konnte er verfolgen, wie den Männern plötzlich übel wurde. Sie bewegten sich taumelnd durch den kleinen Nebenraum und fielen dann wie vom Blitz gefällt zu Boden. Auf den sichtbaren Stellen ihres Körpers bildeten sich schwärzliche Blasen.

»Ganz wie ich dachte«, murmelte Gerhard Beir und blickte mit zusammengekniffenen Augen durch den Energieschirm.

»Was dachten Sie sich, Monsieur?« verlangte Roi Danton zu wissen. Das schmale, markante Gesicht des Freihändlers trug einen Ausdruck tiefster Sorge. »So reden Sie doch schon, um Himmels willen!«

Gerhard Beir blickte auf seine Uhr. Seine Lippen murmelten unverständliche Worte, und er nickte mehrmals, als sähe er eine Theorie bestätigt. Schließlich sagte er:

»Die Inkubationszeit ist vorbei. Die Krankheitskeime beginnen nun wirksam zu werden. Noch ist es nicht gefährlich. Ja ich bin sogar der Ansicht, daß noch mehrere Stunden verstreichen werden, in denen es den Männern relativ gutgehen wird. Wenn es uns gelänge, bis zu diesem Zeitpunkt die Männer zu behandeln – vorausgesetzt, man verschaffte uns Antibiotika –, so würde die ganze Hinrichtung im Sande verlaufen.«

»Um welche Krankheit handelt es sich? Was bedeuten die schwärzlichen Blasen?«

Gerhard Beir zuckte die Schultern.

»Das läßt sich in diesem Anfangsstadium noch nicht durch bloße Beobachtung feststellen«, gab der Arzt bekannt, »und eine andere Möglichkeit der Untersuchung besitzen wir leider nicht. Es heißt also warten.«

Danton schlug mit der geballten Rechten mehrmals in die linke, offene Hand. Damit gab er seiner Unzufriedenheit über diese Auskunft sichtbaren Ausdruck. Er bedauerte es zutiefst, sich in das Unvermeidliche fügen zu müssen.

Es gab keine Chance.

Eingeschlossen in den Tiefen einer Extremwelt, ohne jede Waffe, ohne Ausrüstung, war es unmöglich, etwas zu ihrer Befreiung zu unternehmen.

Roi murmelte leise Verwünschungen vor sich hin. Seine einzige Hoffnung bestand darin, daß es seinem Vater und den Ertrusern gelingen würde, die für die Peilsignale Verantwortlichen aufzuspüren.

Und das, so erkannte er, mußte bald geschehen, sehr bald sogar.

Vorerst sah es jedoch ganz danach aus, als müßten sie noch eine Weile in diesem Raum zubringen.

Wieder begann die zermürbende Warterei.

Nachdem die fünf Männer den ersten Fieberanfall hinter sich gebracht hatten, sahen sie wieder leidlich erholt aus.

Und etwa zu dem Zeitpunkt, als sich ein Terraner und zwei Ertruser auf den Weg machten, um einen Hyperwellensender zu finden, der sich wie ein Phantom auf Boultat bewegte, tauchten Roumbaki, Heykh und Sibala bei Roi Danton auf. In ihrer Begleitung befanden sich mehrere Generäle, aus deren Fragen man unschwer erkannte, daß es sich um Wissenschaftler und Ärzte handelte.

Sie konnten nicht glauben, daß die Terraner noch immer am Leben waren. Fassungslos standen sie vor diesem für sie unerklärlichen Phänomen und beratschlagten leise untereinander.

Aus den Gesprächen, die sich hauptsächlich zwischen den beiden terranischen Ärzten und den Ärzten der Magellanschen Guerillas abspielten, ging hervor, daß ein mit dieser Krankheit infizierter

Gurrad bereits nach vier Stunden jämmerlich zugrunde ging, während die Terraner jetzt erst leichte Fieberschauer bekamen.

Mit finsterem Gesicht blickte Roumbaki auf die Generäle. Dann nickte er und bedeutete den Kämpfern des Wachkommandos, fünf weitere Terraner zur Injektion auszuwählen.

Zehn Männer waren es nun, die vor den Augen der übrigen zweiundachtzig Gefangenen ihrem Ende entgegensahen.

Von Verzweiflung und Angst über das Leben der zehn Kranken geschüttelt, nahm Roi Danton über sein im Oberarm operativ eingepflanztes Mikrogerät Verbindung mit Oro Masut auf. Dieses Gerät war von den Gurrads noch nicht entdeckt worden.

Der Freihändler erkundigte sich, wie weit sie mit ihrer Suche nach dem verräterischen Hyperwellensender waren.

Mit sinkendem Mut erfuhr er, daß sein Vater und die Ertruser noch keinen Schritt weitergekommen waren.

Für Sekunden barg Roi das Gesicht in beiden Händen. Dann hob er den Kopf.

»Jetzt habe ich genug!« stieß er zwischen zusammengebissenen Zähnen hervor und erhob sich. Unbändiger Zorn gegen die Starrköpfigkeit des alten Gurrads erfaßte ihn.

»Was haben Sie vor?« erkundigte sich Ark Huron und erhob sich.

»Ich werde«, so verkündete der Freihändler düster, »den Herren des Triumvirats auf den Leib rücken!«

»Wie das?«

»Möchten Sie eine Lehrstunde in Einschüchterungstaktik mitmachen, mon capitaine? Ja? Dann folgen Sie mir unverzüglich.«

Roi Danton rückte seine lindgrüne Uniformkombination zurecht, die er an Stelle seiner sonst üblichen Kleidung des ausgehenden achtzehnten Jahrhunderts trug. Dann ging er zielstrebig durch die Menge seiner Leidensgefährten auf das Tor zu, gefolgt von dem Markos-V-Kolonisten.

Danton donnerte mit der Faust gegen das Tor.

»Aufmachen, Messieurs!« schrie er. »Im Namen der Republik – aufmachen, oder wir stürmen die Bastille!«

Besorgt erhoben sich Fred Blain und Gerhard Beir von ihren Plätzen; sie befürchteten einen Ausbruch beginnenden Kollers bei dem Freihändler. Aber Ark Huron winkte ihnen ab. Sein Grinsen sagte den Ärzten, daß es sich hier nur um eine Schau handelte, die der Freihändler abzuziehen gedachte.

Nach wenigen Minuten bewegte sich das Tor einen winzigen Ruck zur Seite und das Katzenantlitz eines Gurrads lugte herein. Er blickte feindselig auf Danton, der einen Schritt zurückgetreten war und die Arme in die Seiten stemmte.

Mit einem schnellen Blick vergewisserte sich der Freihändler, daß der Translator aktiviert war; er stand unmittelbar neben ihm. Dann sagte er:

»Hör zu, mon ami! Ich möchte so schnell wie möglich Roumbaki sprechen!«

Der Gurrad überlegte und schüttelte dann den langmähnigen Kopf.

»Hör zu, du dummer Kerl!« begann der Freihändler plötzlich zu brüllen. Seine Stimme hatte alles Verweichlichte und Affektierte verloren. »Ich verlange unverzüglich Roumbaki zu sprechen. Ich habe ihm etwas Wichtiges über den Sender zu sagen!«

Erschrocken verschwand das Gesicht des Gurrads aus dem Spalt; dröhnend stießen die beiden Torkanten wieder aufeinander und schlossen die Gefangenen von der Umwelt ab.

»Glauben Sie, daß Roumbaki erscheint?« erkundigte sich Ark Huron.

»Ich will es hoffen«, erwiderte Danton, »sonst muß ich mir etwas anderes einfallen lassen, um ihn hierherzulocken.«

Roumbaki kam schneller, als Roi geglaubt hatte.

Plötzlich wurden laute Stimmen und Schritte vor dem Tor laut. Gleich darauf wurde es zur Seite geschoben; Roumbaki und Sibala traten ein.

Sie sahen sich einem zu allem entschlossenen Freihändler gegenüber.

Der silberhaarige Shangant Sibala verspürte Angst. Er gelangte immer mehr zu der Überzeugung, daß es ein Fehler war, die Terraner festzuhalten und ihren Worten keinen Glauben zu schenken.

Einen panikerfüllten Augenblick lang sah der Shangant vor seinem inneren Auge Armaden und schimmernde Schiffe vorüberziehen, die die unvorstellbare Entfernung zwischen Galaxis und Großer Magellanscher Wolke gleich einem ungeheuren Heerzug ausfüllten und sich über die Welten der Gurrads, der Shanganten und der Generäle ergossen.

Roumbakis knurrende Stimme riß Sibala aus seinen furchtsamen Gedanken.

»Sie haben sich endlich entschlossen, Ihr hartnäckiges Leugnen aufzugeben und uns den Standort des verräterischen Senders mitzuteilen?«

»Wie kommen Sie *darauf*, mon général?«

Spöttisch blickte Roi Danton auf den breitschultrigen, untersetzten Roumbaki hinab.

»Dann waren Ihre Worte über den Sender nichts anderes als leeres Geschwätz?« fauchte Roumbaki. Seine Hände hingen gefährlich dicht über den Kolben der beiden Strahlwaffen.

»Das nicht«, erwiderte der Freihändler freundlich. »Ich wollte Ihnen tatsächlich etwas erzählen, das mit einem Sender in Zusammenhang steht.«

»Und das wäre?« bellte der Oberbefehlshaber der Magellanschen Guerillas.

Der Freihändler befeuchtete seine plötzlich trocken werdenden Lippen. *Jetzt*, dachte er mit klopfendem Herzen, *ist der Augenblick gekommen, da du beweisen kannst, ein echter Freihändler zu sein. Jetzt geht es darum, mit möglichst vielen Worten diesem alten, mißtrauischen Haudegen etwas einzureden, das gar nicht existiert – ein Vorgehen, das du bei deinen Geschäftsreisen oft genug praktiziert hast.*

»Nun?«

Roumbakis Stimme klang fordernd.

»Sie erinnern sich doch an die Funkgeräte, die Sie nach dem vergeblichen Ausbruchsversuch von uns bei mir entdeckt haben, oder?«

Der Gurrad nickte.

»Nun!« Über Dantons markantes Gesicht huschte ein breites Lächeln. »Mit Hilfe eines dieser Geräte ist es mir gelungen, während des Transportes – einen Notruf an die terranische Flotte abzustrahlen. Ich habe den Befehl erteilt, sämtliche Gurrad-Planeten zu vernichten, falls Sie uns nicht die Freiheit geben.«

Einen Augenblick lang herrschte völlige Stille.

Dann begann Roumbaki brüllend zu lachen.

Verwundert sah Danton auf Ark Huron. Sein Blick schien zu fragen: Verstehen Sie das?

Der Markos-V-Kolonist tippte sich mit dem Zeigefinger an die Schläfe.

Diese Bewegung kam so abrupt, daß Roi Danton unwillkürlich lächeln mußte.

»Hören Sie, Sie ›König‹ der Terraner«, begann Roumbaki. »Ich weiß aus den Berichten meiner Schiffskommandeure, daß sich etwa hundert fremde Raumschiffe in unserer Galaxis aufhalten. Glauben Sie etwa, daß diese wenigen Schiffe für uns lebensbedrohend wären?«

Roumbaki blickte in Dantons starres Gesicht und wollte sich ausschütten vor Lachen.

»Wissen Sie, was Sie sind?« meinte er dann und verschränkte die Arme vor der Brust. »Sie sind ein Angeber, ein Lügner – und ein schlechter noch dazu.«

»Ich würde meiner Sache nicht so sicher sein«, hielt ihm Danton entgegen. »Haben Sie schon jemals ein terranisches Schlachtschiff aus der Nähe gesehen? Kennen Sie die Bewaffnung? Was wissen Sie über die Schnelligkeit, über die Stärke der Maschinen? Nichts! Sie behaupten, diese hundert Schiffe wären nicht lebensbedrohend für Sie. Dann fragen Sie doch einmal die Kommandanten der Schiffe, die auf Modula II um ihr Leben gekämpft haben, was sie von der Schlagkraft terranischer Schiffe halten. Fragen Sie sie – und dann werden Sie angstzitternd erkennen, daß Ihre eigenen Schiffe nichts anderes sind als lahme Kähne, die von einer sechsköpfigen Einsatzgruppe unserer Stoßtruppenspezialisten in die Luft gesprengt werden können . . .«

Roi Danton drohte noch eine ganze Weile weiter.

Er ging dabei so geschickt vor, daß der Shangant Sibala zu beben begann. Offenbar wurde dieser von der sich in der Ferne abzeichnenden Möglichkeit, gegen einen neuen und noch mächtigeren Feind kämpfen zu müssen, in Angst und Schrecken versetzt.

Als sich Roumbaki schroff abwandte und zusammen mit Sibala den Gefangenenraum verließ, wischte sich der Freihändler schweratmend den Schweiß von der Stirn.

»Mon dieu!« stöhnte er, für einen Augenblick in seine Rolle als weibischer Stutzer zurückfallend. »Noch ein paar Minuten länger, und ich hätte nichts mehr gewußt, womit ich die erlauchten Herren des Triumvirats hätte anlügen können. Glauben Sie«, er blickte den schwarzbärtigen Captain an, »daß ich überzeugend war?«

Der Markos-V-Kolonist nickte anerkennend. »Sie waren wirklich sehr gut und absolut überzeugend. Jedenfalls haben Sie einem der Herren restlos den Seelenfrieden geraubt.«

»Wem? Sibala?«

»Ganz recht. Man konnte förmlich verfolgen, wie der Shangant Ihnen nach und nach jedes Wort glaubte.«

»Vortrefflich!« rief Roi aus. »So wie ich diesen sanftmütigen, silbermähnigen alten Herrn kenne, wird er sich unverzüglich daranmachen, General Heykh auf seine Seite herüberzuziehen. Mehr können wir uns im Augenblick nicht wünschen. Denn sollte es innerhalb des Dreierrates zu einer Abstimmung über unser weiteres Schicksal kommen, wird es von großer Bedeutung sein, wie sich Sibala und Heykh verhalten.«

# 20.

Perry Rhodan und die Ertruser saßen noch immer in dem Baum, den sie sich zum Versteck erwählt hatten, als ein Suchschiff der Guerillas über der kleinen Lichtung auftauchte, von der aus mehrere Minuten lang der Hypersender seine Peilsignale in den Raum um das Boulsystem abgestrahlt hatte.

Glücklicherweise waren sie von den Gurrads nicht entdeckt worden. Aber deren Kommen bedeutete, daß Rhodan und die Ertruser von nun an mit noch größerer Vorsicht zu operieren hatten.

Sie mußten danach trachten, den geheimnisvollen Sender noch während seiner Tätigkeit zu erreichen, durften sich aber andererseits nicht der Gefahr aussetzen, von den aufgescheuchten Gurrads entdeckt zu werden.

»Ich wünsche mir jetzt ein kühles Bad an Bord der CREST IV«, sagte Melbar Kasom, während ihm der Schweiß in Strömen über das Gesicht floß. Notgedrungen mußten sie die Sichtscheibe ihrer Helme öffnen, wenn sie miteinander sprechen wollten. Der Helm-Helm-Kontakt hatte sich als zu schwierig auf den schwankenden Ästen des Baumes erwiesen.

Oro Masut seufzte nur unglücklich auf. Krampfhaft umklammerte er das tragbare Ortergerät, mit dem es ihm schon gestern abend gelungen war, den geheimnisvollen Sender meßtechnisch aufzuspüren. Er kniff die Augen zusammen und starrte auf die Zeiger, die sich seit mehr als fünfundfünfzig Minuten nicht mehr bewegt hatten.

»Erst ein kühles Bad«, spann der USO-Spezialist an seinem Faden weiter, »dann zwei oder drei eisgekühlte Screwdriver in der Bar . . .«

»Wenn du nicht sofort deinen großen Mund hältst«, unterbrach ihn Oro Masut unwirsch, »dann stürze ich dich eigenhändig vom Baum. Das grenzt ja schon an Perversität, was du da von dir gibst.«

»Aber, aber, meine Herren!« Perry Rhodan schüttelte tadelnd den Kopf.

»Ist doch wahr«, empörte sich Masut, »der großspurige Kerl weiß

»Also wäschst du dich tatsächlich nur ungern!« spottete der USO-Spezialist.

Aus Oro Masuts Brust drang ein wildes Grollen. Er erhob sich halb aus seiner Stellung, als sein Blick auf das Gerät in seiner Hand fiel.

»Der Sender!« rief er und klappte im selben Augenblick die Sichtscheibe des Helms zu.

Perry Rhodan und Kasom reagierten in Windeseile.

Mehr als zehnmal hatten sie während der Wartezeit durchgesprochen, was zu tun war, sobald der Phantomsender wieder zu arbeiten begann.

Die drei Männer legten einen Alarmstart hin, der einer abhebenden Space-Jet Ehre gemacht hätte.

Binnen Sekunden standen sie rund vierhundert Meter über der Lichtung und entfernten sich mit jaulenden Mikrotriebwerken nach Norden, wo im Dunst des Horizonts die gewaltige Barriere eines Gebirgsmassives zu erblicken war.

Oro Masut hatte die Spitze übernommen, dicht gefolgt von Perry Rhodan und Melbar Kasom.

Der Flug war diesmal wesentlich kürzer.

Rhodan schätzte, daß sie nicht mehr als einhundert Kilometer zurückgelegt hatten, als sich Masut wie ein Stein nach unten fallen ließ.

Unter den Männern lag eine Savanne, die mit einzelnen Bauminseln bestanden war.

Während Perry Rhodan und Melbar Kasom dem Ertruser nachstürzten, blitzte es am Rande einer größeren Bauminsel auf.

Sekundenlang wartete Rhodan darauf, daß sich das Blitzen wiederholte; es konnte sich nur um eine Waffe handeln, mit der auf sie geschossen wurde.

Im selben Augenblick wurde ihm aber bewußt, daß dies ein Irrtum war.

Das Blitzen konnte nicht ihnen gegolten haben. Sie waren durch die Deflektorschirme unsichtbar – damit erhob sich die Frage: Was bedeutete diese Lichterscheinung?

Nachdem Rhodan neben Oro Masut auf den Boden niedergesunken war und seine Fallgeschwindigkeit mit federnden Knien abgefangen hatte, riß er sofort die Sichtscheibe des Helmes auf.

»Wieder zu spät! Um Sekunden zu spät!« rief der Ertruser.

»Was bedeutete die Lichterscheinung?« wollte Rhodan wissen. »Masut, Sie waren uns allen voran. Haben Sie gesehen, was dieses Blitzen verursacht hatte?«

Masut nickte.

»Ich habe ihn gesehen«, sagte er wild. »Schon dachte ich, ich könnte ihn noch erreichen! Plötzlich war er verschwunden. So ein Pech!« Oro Masuts Augen bekamen einen abwesenden Ausdruck. Er schien mit sich selbst zu hadern.

»Wer ist verschwunden, Masut? So reden Sie doch!«

Rhodan rüttelte den Ertruser an den Schultern; ebensogut hätte er an einem tonnenschweren Felsen rütteln können. Masut spürte es überhaupt nicht.

»Mach den Mund auf, Kleiner«, mischte sich Melbar Kasom ein und hieb seinem Landsmann die in einem gepanzerten Handschuh steckende flache Hand auf die Schulter.

»Der Sendetransmitter«, antwortete Oro Masut endlich. »Ich habe ihn gesehen! Es war ein großes, kastenförmiges Gerät – und während ich es sah, verschwand es. Die Lichterscheinung, die Sie bemerkten, war ein typischer Entmaterialisierungsblitz.«

»So machen sie es also«, sagte Perry Rhodan langsam. Ein nachdenklicher Zug lag um seine Lippen.

»Das bedeutet«, meldete sich der USO-Spezialist zu Wort, »daß es sich nicht um eine automatisch funktionierende Sendeeinheit handeln kann.«

»Das steht fest!« sagte Rhodan.

»Ich . . . verstehe nicht ganz.« Oro Masut hatte einen leicht ratlosen Ausdruck auf seinem von Narben verunstalteten Gesicht.

»Das ist doch klar, Kleiner.« Kasom grinste herablassend. »Bei einem Sendetransmitter muß es sich um eine Sendestelle und einen Empfängerpol handeln. Soweit verstanden, ja?«

Masut nickte.

Rhodan hörte kaum hin. Er suchte den gleißenden Himmel ab.

Kasom fuhr fort:

»Würde es sich um eine autonome, das heißt, robotgesteuerte Anlage handeln, würde sie blind ins Blaue hinein springen, weil niemand da ist, der vorher das Gelände absucht, wohin der Sender relativ gefahrlos transmittieren könnte. Das Risiko, daß ein automatischer Sendetransmitter schon beim nächsten Sprung in irgendeiner Felswand rematerialisiert und zerstört wird, ist groß. Er ist so groß, daß es daher kaum automatische Anlagen dieser Art gibt. Vor allem aber auf keinem fremden Planeten – und Boultat ist für den Sender ebenso fremd wie für uns. Ergo wird dieser Sender von vernunftbegabten Geschöpfen begleitet, die die als nächste vorgesehene Sendestelle erkunden und den Empfängerpol für den Sendetransmitter aufstellen.«

Kasom schwieg.

Oro Masut blickte ihn überlegend an. Dann fragte er verwundert:

»Kannst du mir vielleicht auch sagen, wie diese Begleiter zu jener demnächst vorgesehenen Sendestelle gelangen?«

Der USO-Spezialist nickte gönnerhaft. »Sie springen mit Hilfe des Transmitters dorthin.«

»Ach! Wirklich?«

Oro Masut kräuselte die Lippen und blickte Kasom kopfschüttelnd an.

»Du fängst dich ja in deinen eigenen Fallstricken. Und du glaubst, für die Begleiter des Sendetransmitters besteht die Gefahr nicht, daß sie in eine Schlucht stürzen, in einer Felswand rematerialisieren oder genau vor dem Rachen einer mörderischen Bestie existent werden könnten?«

»Ich . . . ich . . .« Verwirrt verstummte Kasom.

Perry Rhodan nickte ihm zu. »Sehen Sie, Kasom«, sagte er mit einem ironischen Unterton in der Stimme. »Man sollte nie etwas zu erklären versuchen, wenn man selbst nichts darüber weiß.«

»Haben Sie eine bessere Erklärung, Sir?« knurrte der USO-Spezialist. Er spürte, wie ihm das Blut ins Gesicht schoß.

»Das nicht – aber ich versuche auch nicht, mit Gewalt eine zu finden.«

Er schwieg einen Augenblick. Dann fuhr er fort:

»Ich . . .«

Weiter kam er nicht mehr. Kasom packte ihn und warf ihn unter die dichten Zweige eines niedrigen Baumes.

Staub reizte Rhodans Nasenschleimhäute. Er schmeckte Blut auf seinen Lippen. Dann spürte er neben sich die Erschütterungen, die von den beiden Ertrusern herrührten, die sich neben ihm auf den Boden warfen.

»Was soll der Unfug«, empörte er sich – und im selben Augenblick kroch er eiligst den Ertrusern nach, die sich tiefer ins Dickicht zurückzogen.

Überdeutlich war der Triebwerkslärm eines gurradschen Suchschiffes zu hören, der sich mehr und mehr steigerte und schließlich dicht über der Bauminsel konstant blieb.

»Schalten Sie alle Geräte aus«, sagte Rhodan, »deren Energieemissionen angemessen werden können!«

»Auch die Deflektorschirme?« erkundigte sich Masut ungläubig.

»Auch die Schirme«, kam die rasche Antwort. »Oder glauben Sie, man könnte uns in diesem Dickicht von oben ausmachen?«

Wortlos befolgte Masut Rhodans Befehl.

»Bei Ertrus«, murmelte Melbar Kasom und warf mißtrauische Blicke um sich. »Wenn uns jetzt irgendeine Bestie als willkommene Abwechslung ihres üblichen Speisezettels betrachtet – was dann?«

»Was soll schon sein?« gab Perry Rhodan ärgerlich zurück. »Sie prahlen doch immer mit Ihrer übermenschlichen Kraft! Erwürgen Sie die Bestie einfach. Und wehe, wenn Sie auf den Gedanken kommen sollten, eine Waffe zu benützen . . .«

»Ist ja schon gut!« brummte Kasom. Sein schweißüberströmtes Gesicht trug einen unglücklichen Ausdruck.

Zum Glück brauchte keiner der Ertruser seine Kraft unter Beweis zu stellen.

Das Gurrad-Schiff entfernte sich nach wenigen Minuten wieder in westlicher Richtung.

Aufatmend verließen die drei Männer ihr Versteck, blieben jedoch der Savanne fern, deren mannshohes, lanzenförmiges Gras sich träge unter einer schwachen Brise bewegte.

»Langsam zeichnet sich ein System ab«, richtete Perry Rhodan das Wort an die Ertruser. »Sehen Sie her!«

Er saß auf dem Boden und hatte zwischen seinen gespreizten Beinen etwas in den Staub gezeichnet.

Es handelte sich dabei um eine provisorische Karte, die Rhodan nach den Unterlagen des Ortergerätes angelegt hatte; die Daten hatte er der kaum faustgroßen Speicherpositronik des Gerätes entnommen.

»Das hier sind die ungefähren Umrisse des Terrains, in dem wir uns aufhalten. Die Punkte bedeuten die jeweiligen Sendeorte des Phantomsenders, die ich durch Linien verbunden habe . . .«

»Hm.« Kasom blickte überlegend auf das mit flüchtigen Strichen gezeichnete Bild. »Der Sender scheint einer ganz bestimmten Richtung zu folgen, wenn ich mich nicht irre!«

»Genau«, bestätigte Perry Rhodan und lächelte grimmig. »Und wohin führt diese Richtung?«

Melbar Kasom erhob sich zur vollen Größe und deutete mit ausgestrecktem Arm auf das im Dunst der Ferne sichtbar werdende Gebirgsmassiv.

»Dorthin«, sagte er.

»Erraten«, antwortete Rhodan. Sein Lächeln vertiefte sich. »Und das bringt mich auf eine Idee, wie wir den Sender erreichen können, ehe er uns wieder entwischt!

Nach unseren Erfahrungen legt der Phantomsender jeweils eine Entfernung von achtzig bis einhundertfünfzig Kilometern mit jedem neuen Sprung zurück. Richtig?« Fragend blickte Perry Rhodan auf seine Begleiter.

Die Ertruser nickten zustimmend.

»Wenn wir diese Entfernung halbieren«, fuhr Rhodan fort, »müßte es uns eigentlich gelingen, den Sender zu erreichen, noch ehe er Zeit hat, zu verschwinden. Deshalb werden wir diesmal nicht hier warten, bis er sich wieder meldet, sondern auf halbem Weg zwischen diesem und dem angenommenen nächsten Sendeort.«

Die beiden Sonnen über Boultat waren nur wenige Grade vom Zenit entfernt.

Sie sandten ihr mörderisches Licht auf den Planeten hinab, der dieses Licht zu einem großen Teil mittels seiner vorherrschend kristallinen Flora reflektierte.

Ein normaler Pflanzenwuchs wäre längst verdorrt und wie Zunder in der Hitze aufgeflammt, dachte Perry Rhodan. Aber die Flora Boultats hatte sich den herrschenden Bedingungen angepaßt, hatte Arten über Arten hervorgebracht, bis sich schließlich die endgültige Form auf kristalliner Basis behaupten und über den Planeten ausbreiten konnte.

Wo der Kristallwald nicht mehr gedeihen konnte, wuchsen riesige Flächen des Speergrases. Es war in seinen Anforderungen noch genügsamer. Und wo dieses harte, scharfkantige Gras keine Nahrung fand, erhoben sich Felsen und Gebirgszüge steil in den gleißenden Himmel – aber überall gab es Leben in Form von halborganischen und halbkristallinen Tierarten, von denen jede fast ausschließlich mörderisch veranlagt war.

Seit dreißig Minuten warteten Perry Rhodan und die Ertruser darauf, daß sich der Phantomsender wieder melden würde. Sie befanden sich auf einem kleinen Felsplateau, das sich zwei Meter über die Wipfel des zehn Meter hohen Buschurwaldes erhob und nahezu vegetationslos war.

Die drei Männer öffneten die Helme nur, wenn sie sich unterhielten; ansonsten schlossen sie sich in den Kampfanzügen ein, deren Klimaanlagen bis zum äußersten beansprucht wurden, um eine annehmbarere Atmosphäre zu schaffen, als sie draußen herrschte.

»Wieviel Zeit haben wir noch?« erkundigte sich Perry Rhodan nach weiteren Minuten und blickte auf Oro Masut, der längst wieder die Zeiger seines Ortergerätes beobachtete.

Ohne den Blick zu heben, sagte Masut:

»Dreiundvierzig Minuten sind um. Es kann jeden Augenblick wieder losgehen.«

»Hoffen wir«, knurrte Kasom, »daß wir diesmal schnell genug sind.«

Sie waren schnell genug.

Es gelang ihnen, wenige Minuten vor der erneuten Entmaterialisation des Phantomsenders an Ort und Stelle zu sein.

Unter den drei Männern lagen die ersten Ausläufer des Gebirgszuges, der sich weit vor ihnen steil in den Himmel Boultats erstreckte.

Am Rande einer mit Geröll übersäten Talsohle fanden sie den Sender. Und neben dem Sender, einem großen kastenförmigen Gerät von zwei Metern Höhe und fast drei Metern Länge, stand die quadratische Gestalt eines Generals.

Wilde Erregung erfüllte die drei Männer. Während sie sich schnell im Schutz ihrer Deflektorschirme dem Sendertransmitter näherten, sahen sie, wie durch die strahlende, violettfarbene Transmitteröffnung ein zweiter General trat.

*Das ist der General,* durchzuckte es Rhodan, *der am nächsten Sendeort den Empfängerpol aufgebaut haben muß!*

Wie und wodurch es diesem General gelungen war, mit Hilfe des Transmitters an jenen Ort zu springen – diese Frage berührte ihn nur am Rande. Später würde er Gelegenheit dazu haben, sie zu klären. Jetzt ging es zunächst nur darum, den Sendetransmitter am Verschwinden zu hindern.

»Da sind Sie, Sir!« brüllte Melbar Kasom. Er hatte den Helm geöffnet, und seine gewaltige Stimme übertönte das Geräusch des Fahrtwindes.

Tiefer Zorn erwachte in Perry Rhodan. Alle Vorsicht vergessend, aktivierte er den Helmkommunikator.

»Hören Sie, Kasom«, drang seine ärgerliche Stimme aus dem Lautsprecher. »Sie sind der größte Narr, der innerhalb der Magellanschen Wolke herumläuft. Sie schreien in der Gegend herum, als hätten Sie keine Ahnung davon, daß die Geräte überaus empfindliche Ohren haben! Wenn es jetzt nicht ohne Kampf abgeht, geht das auf Ihr Konto. Verstanden?«

Die Ereignisse nahmen rasend schnell ihren Lauf.

Rhodans Stimme war kaum verstummt, als die beiden Generäle die Köpfe hochrissen und den Himmel über sich absuchten. In Sekundenschnelle mußten sie erkannt haben, daß sich ihnen jemand im Schutze eines unsichtbar machenden Energieschirmes näherte.

Und ebensoschnell begannen sie zu handeln.

Während der eine General eine schwere Impulswaffe in Anschlag brachte, beugte sich der andere über die Kontrollen des Transmitters.

Einen Augenblick lang befand sich Perry Rhodan in dem Glauben, sie würden versuchen zu entkommen. Dann belehrte ihn der fauchende Energiestrahl aus der Mündung der Impulswaffe eines Besseres; der tödliche Strahl ging dicht an Oro Masut vorbei und verpuffte wirkungslos.

Die drei Männer drosselten ihre Geschwindigkeit, um nicht über das Ziel hinauszuschießen.

Im letzten Augenblick schaltete Melbar Kasom seine Antigravprojektoren aus und sackte wie ein Stein fünfzig Meter in die Tiefe – der zuckende Energiestrahl ging weit über dem Ertruser ins Leere.

Perry Rhodan biß die Zähne zusammen. Seine Befürchtungen schienen sich zu bewahrheiten. Durch Kasoms Unvorsichtigkeit hatten sie das Überraschungsmoment verloren.

Offenbar besaß der Sendetransmitter einen Spezialorter, auf dessen Bildschirm die Umrisse der drei Männer deutlich zu erkennen waren.

»Trennt euch!« rief Rhodan hastig. »Schnell – ehe sich der Bursche dort unten eingeschossen hat.«

Aus den Augenwinkeln erkannte er, wie die beiden Ertruser mit aufjaulenden Triebwerken zur Seite ausscherten und links und rechts neben dem Transmitter vorbeiflogen, verfolgt von den immer genauer sitzenden Schüssen aus der schweren Waffe des Generals.

Nur nach den Angaben seines Gefährten zielend, entwickelte er eine fatale Treffsicherheit.

Und noch etwas anderes erkannte Rhodan: Die Tatsache, daß sich die beiden Generäle ihrer Haut wehrten, anstatt mit dem Transmitter zu verschwinden, bewies eindeutig, daß die Spannung der Energiebank des Transmitters noch nicht hoch genug war, um das schwere Gerät entmaterialisieren zu lassen.

Rhodan zog steil in den Himmel empor und setzte über den Sendetransmitter hinweg. Er hielt es nicht für nötig, in den Kampf einzugreifen.

Wie mächtige Raubvögel stürzten die beiden gigantischen Ertruser, um kurz vor dem scheinbar unvermeidlichen Aufprall die Leistung des Antigravfeldes hochzufahren. Sanft wie Federn setzten sie auf – und im selben Augenblick eröffneten sie das Feuer aus ihren schweren Waffen.

Da die Generäle ihre Schutzschirme aktiviert hatte, konnten sie mit Paralysestrahlern nicht ausgeschaltet werden. Die Ertruser waren gezwungen, ihre Kombiwaffen auf Impulsstrahl zu schalten.

Weit über den Kämpfenden löste sich ein kleiner Stein durch die Erschütterungen aus seiner Verankerung; gefolgt von einer Kavalkade größerer Felsbrocken rollte er zu Tal, dabei verbreiterte sich der Strom immer mehr. Schließlich donnerte eine ausgewachsene Lawine über die Flanken der Bergwände herab.

Als dieses Geräusch verstummte und der Staub sich verzogen hatte, da schwiegen auch die Waffen der Ertruser.

Das Ganze hatte nicht mehr als zwei Minuten gedauert, wie Perry Rhodan durch einen Blick auf die Uhr feststellte.

Neben dem Transmitter regte sich kein Leben mehr; die Generäle lagen seltsam verkrümmt auf dem Boden.

Rhodan landete mit federnden Knien und öffnete den Helm. Links und rechts von ihm erhoben sich die beiden Ertruser hinter ihren Deckungen und kamen langsam näher.

Als Rhodans Blick zum Transmitter zurückkehrte, sah er mit tiefem Erschrecken, daß sich ein blauweiß strahlendes Feld um das kastenförmige Gerät aufzubauen begann. Offenbar war es einem der Generäle in letzter Sekunde gelungen, den »Sprungmechanismus«

des Sendetransmitters zu aktivieren, von der Hoffnung geleitet, das Gerät würde dadurch nicht in die Hände der Verfolger fallen.

Das mußte unter allen Umständen unterbunden werden. Ohne diesen Beweis würde Roumbaki den gefangenen Terranern niemals die Freiheit gewähren.

»Was tun Sie da, Sir?« rief Kasom.

»Der Transmitter!« schrie Perry Rhodan zurück. »Er verschwindet! Ich muß die Kontrollen abschalten . . .«

Kaum hatte Rhodan geendet, als ein Energiestrahl über ihn hinwegzuckte, in die Transmitterkontrollen schlug und die rechte Seite des Gerätes verschmorte.

Melbar Kasom hatte instinktiv richtig gehandelt, als er erkannte, daß Perry Rhodan nicht mehr rechtzeitig die Kontrollen erreichen würde. Der Ertruser vereitelte auf seine Weise das Verschwinden des Transmitters.

Das blauweiße Leuchten erlosch, das die beginnende Entmaterialisation ankündigte.

Der Transmitter würde niemals mehr »springen«.

Der Sender war verstummt.

# 21.

»Nun, Doktor?«

Rois Frage klang ungeduldig.

Fred Blain richtete den Blick seiner hellen Augen auf Roi Danton und nickte langsam.

»Verdammt!« fluchte der Freihändler wild.

Die fünf zuerst infizierten Männer litten unter schwerem Fieber. Allein durch Beobachtungen stellten die Ärzte Beir und Blain fest, daß es sich der tödlich wirkenden Grenze näherte.

Die aufgesprungenen, rissigen Lippen, die von Frost- und Fieberschauern geschüttelten Körper sprachen von den Qualen, die die Männer auszustehen hatten.

»Und Sie irren sich nicht, Doc?«

Fred Blain schüttelte müde den Kopf. Sein Gesicht war von tiefer Erschöpfung gezeichnet. Es war eine noch größere Qual, mit ansehen zu müssen, wie die Männer ihrem sicheren Ende entgegengingen, und kein einziges Mittel zur Hand zu haben, womit man dem Tod Einhalt gebieten konnte.

»Es gibt keine Zweifel«, sagte er. »Die dicken, schwarzen Beulen haben mich eigentlich schon im Anfangsstadium auf den Gedanken gebracht, daß es sich um eine Abart der auf Terra bekannten Schwarzen Beulenpest handelt. Offensichtlich scheinen artverwandte Erreger hier in der Großen Magellanschen Wolke zu existieren.«

»Ich teile die Ansicht meines Kollegen«, meldete sich Gerhard Beir zu Wort. »Können Sie sich noch an den alten Shanganten erinnern, der die beiden Generäle begleitet hatte, als diese unsere Leute infizierten?«

Roi Danton nickte.

»Haben Sie dessen vernarbtes Gesicht gesehen?« fuhr Beir fort. »Sein stumpfes Haar, das zum Teil ausgefallen war? Das waren die Spuren der Beulenpest, die dieser Shangant überlebt hat.«

»Und was kann man dagegen unternehmen?« fragte Danton mit tonloser Stimme.

»Unternehmen könnte man vieles«, erwiderte Gerhard Beir heftig. »Die Schwarze Beulenpest hat längst ihren Schrecken verloren. Die modernen Antibiotika haben ihr den Garaus gemacht, und die Kosmobiotika, die wir in unserer Ausrüstung mitführen, sind noch viel besser – nur . . .«

». . . nur, daß wir nicht an diese Kosmobiotika herankönnen!« schloß Fred Blain den unvollendet gebliebenen Satz seines Kollegen.

*Und das bedeutet wahrscheinlich den Tod unserer Kameraden,* dachte Roi verbittert. Seine Gedanken beschäftigten sich mit den Ereignissen vergangener Stunden.

Als Roumbaki feststellte, daß die zuerst infizierten Terraner noch immer nicht starben, ließ er schließlich noch eine dritte Gruppe mit Krankheitserregern infizieren. Etwa zu diesem Zeitpunkt zeigte die zweite infizierte Gruppe die ersten Anzeichen des Fiebers. Der rotmähnige Gurrad konnte seine Wut über diesen offensichtlichen Fehlschlag kaum verbergen. Zumal ihn alle fünfzehn Terraner jedesmal verhöhnten, wenn er auftauchte, um sich vom Fortschritt seiner »qualvollen« Hinrichtung zu überzeugen.

Selbstverständlich hatten die Männer Angst vor dem Tod, aber das den Gurrads einzugestehen, ließ ihr Stolz nicht zu.

Ark Huron tauchte neben dem Freihändler auf. Der Blick seiner Augen war düster.

»Rhodan scheint auch kein Glück zu haben.«

»Nein, ich glaube nicht«, erwiderte Roi. »Jedenfalls hat sich Oro Masut noch nicht gemeldet.«

Wieder versanken beide Männer in brütendes Schweigen.

Um sie herum unterhielten sich die übrigen Gefangenen im Flüsterton. Die gedrückte Stimmung war fast körperlich fühlbar.

Was hatte Roi in den vergangenen Stunden nicht alles versucht!

Er hatte Roumbaki bedroht, hatte ihn beschworen, hatte geschrien und den Gurrad beschimpft – alles war vergebens. Nichts konnte den mißtrauischen und haßerfüllten Gurrad davon abbringen, in den Terranern nach wie vor erbitterte Feinde zu sehen. Selbst als Roi seinen größten Trumpf ausspielte und dem Oberbefehlshaber der Magellanschen Guerillas von der Existenz einer immensen Gefahr berichtete, die sich OLD MAN nannte und die mit hundertprozentiger Gewißheit den Perlians zu Hilfe eilen würde, hatte Roumbaki nur ein höhnisches Lächeln dafür übrig. Er mißtraute Rois Worten über dieses sagenhafte Ding.

Verzweifelt vergrub Danton das Gesicht in den Händen. Ein Muskel im linken Unterarm begann zu zucken – und plötzlich fuhr der Freihändler wie elektrisiert empor.

Das im Fleisch eingepflanzte winzige Funkgerät hatte auf einen Impuls reagiert.

»Was ist?«

Ark Huron beugte sich besorgt zu Danton hinüber.

»Oro meldet sich endlich«, stieß der Freihändler hastig hervor. »Eben kam der Abrufimpuls eines Hyperfunksignals über das Mikrogerät . . . Schnell, einen Schreibstift und etwas zum Notieren!«

Bebend vor Erregung zerrte der schwarzbärtige Markos-V-Kolonist einen Patentschreiber aus einer der vielen Taschen seiner Kampfkombination, riß ein Blatt aus seinem Notizbuch und übergab es Roi Danton, der mit überhasteten Bewegungen zu schreiben begann.

Oro Masut teilte mit, daß es gelungen war, den Phantomsender mit zwei Generälen zu fassen. Die Generäle, das habe man inzwischen festgestellt, trügen im Magen und in den Eingeweiden faustgroße Kristallballungen. Dies lasse nur den Schluß zu, daß es sich bei den Generälen um die beeinflußten Agenten der Perlians handelte, die den enorm leistungsfähigen Transmittersender irgendwie mit einem Birnenraumschiff nach Boultat gebracht hatten.

»Endlich!«

Roi Danton konnte seine Erleichterung über die Nachricht kaum in Worte kleiden.

Für eine Weile herrschte ein Tohuwabohu unter den Gefangenen.

Männer lachten.

Andere schluchzten vor Freude.

»Na, Captain! Zufrieden?«

Roi Danton wandte sich an Ark Huron, der den Versuch machte, allen Kameraden gleichzeitig auf die Schultern zu klopfen.

»Mehr als das«, antwortete Captain Huron. »Jetzt müssen Sie nur noch Roumbaki über die veränderte Situation in Kenntnis setzen.«

Als der alte Gurrad mit den beiden anderen Mitgliedern des Triumvirats auftauchte, teilte ihm der Freihändler mit, was er kurz zuvor von Masut erfahren hatte. Wie üblich, glaubte Roumbaki kein Wort. Er schimpfte statt dessen über die angebliche Belästigung.

Und in diesem Moment trug eine Saat Früchte, die Danton vor wenigen Stunden eigenhändig ausgestreut hatte.

Überraschend bezogen Sibala und Heykh Stellung gegen den wütend schimpfenden Gurrad und zwangen ihn dazu, einen Erkundungstrupp zu dem von Roi angegebenen Ort zu entsenden, an dem der Sender und die beiden Toten liegen sollten.

Die Daten hatte Perry Rhodan gleich dreimal von Oro Masut durchgeben lassen, um die Gewißheit zu haben, daß dieser Ort nicht verfehlt werden konnte.

Für die Gefangenen begann wieder das Warten.

Nichts rührte sich in der mörderischen Hitze.

Beide Sonnen standen fast senkrecht über dem engen Tal, das keinerlei Schatten bot.

Die aufragenden Felswände warfen die Hitze zurück und verursachten Temperaturen, wie sie im Mittelpunkt eines gigantischen Brennglases herrschen mochten.

Perry Rhodan hörte in der glühenden Stille nur sein Blut in den Ohren rauschen.

Er stand allein neben den beiden Leichen der Generäle. Hinter ihm erhob sich der Sendetransmitter.

Rhodan hatte die Ertruser fortgeschickt. Sie sollten vorerst nicht in Erscheinung treten. Er war nicht sicher, wie Roumbaki auf seinen Anblick reagieren würde. Es konnte durchaus sein, daß er die Ertruser noch einmal dringend benötigen würde – und zwar als freie Männer.

Wie er die beiden kannte, würden sie jetzt das Terrain um den Sendetransmitter im Visier ihrer überschweren Thermowaffen haben.

Ihm, Rhodan, konnte es recht sein.

Dann zerriß die Stille des glühenden Tales, und ein grelles Pfeifen ertönte.

Rhodan legte eine Hand über die Augen und suchte den Himmel ab.

Ein dunkler Punkt erschien über den Bergen, näherte sich rapide und wurde als pfeilförmiges Schiff erkennbar.

Als die Staub- und Sandwolke zu Boden gesunken war, die von den lärmenden Triebwerken des kleinen Schiffes stammte, klappte im unteren Drittel des auf den Heckflossen gelandeten Fahrzeuges eine Rampe herab, über die ein Kommando schwerbewaffneter Guerillas den Boden betrat und ausschwärmte.

Perry Rhodan verschränkte die Arme über der Brust, auf der der Translator hing.

Aus schmalen Augen blickte er den Guerillas entgegen. Dann lächelte er verächtlich, als er unterhalb der tropfenförmigen Schiffskanzel die kuppelförmige Erhebung eines Strahlgeschützes ausfahren sah, dessen Projektorschirm sich auf ihn richtete.

»Ein bißchen viel für einen einzigen Mann«, murmelte er. »Es zeugt von eurer Angst – und ich werde nichts unversucht lassen, diese Angst zu meinen Gunsten auszunützen.«

Hinter den ausschwärmenden Guerillas erblickte Perry Rhodan zwei Männer, die durch ihr Auftreten als führende Persönlichkeiten zu erkennen waren. Während sie auf ihn zugingen, fixierte er sie.

Der Gurrad: rotmähnig, ein wildes verwegenes Gesicht mit kraftvollen Zügen.

Der Shangant: eine zierliche, fast zerbrechliche Gestalt. Feingezeichnete Gesichtszüge, silberfarbene Mähne. Der Blick der Augen war sanftmütig, und fast schien es Perry Rhodan, als läge eine unbestimmte Furcht in ihnen.

Da er von Roi Danton über alles informiert war, was sich vom Zeitpunkt der Landung an auf Boultat ereignet hatte, wußte er, daß es sich nur um Roumbaki und Sibala handeln konnte.

»Halt!«

Perry Rhodans Stimme klang nicht besonders laut, aber eine Nuance in ihr veranlaßte Roumbaki, einige Schritte vor diesem hochgewachsenen, schmalgesichtigen Terraner stehenzubleiben.

Sibala begann innerlich zu beben; er wußte von einem Terraner, der sich auf einem Lichtjahre entfernten Planeten der Gefangenschaft durch eine Flucht entzog. Aber diesen Mann in einem Zusammenhang mit dem Terraner zu bringen, der die drohend auf ihn gerichteten Waffen einfach ignorierte, schien absurd.

Roumbaki bebte vor unterdrücktem Zorn. Aber die kalten, grauen Augen des Mannes vor ihm sprachen von einer ungewöhnlich starken Autorität, der sich nicht einmal der Gurrad widersetzen konnte.

Erneut klang die Stimme des Terraners auf.

»Hören Sie sich erst an, was ich Ihnen zu sagen habe, Roumbaki!«

Ganz in der Ferne hörte man einen heiseren Ruf. In der näheren Umgebung störte kein Geräusch den scheinbaren Frieden dieses Nachmittags.

Roumbaki schüttelte zornig seine Mähne. Seine Miene verdüsterte sich. Die Hände über die Schließe des breiten Gürtels gelegt, beugte er sich langsam vor und fixierte diesen Mann, der ihn um zwei Kopflängen überragte.

Dann knurrte er:

»Sie haben hier nichts zu fordern, Terraner!«

»Glauben Sie?« Über das schmale, harte Gesicht zuckte ein ironisches Lächeln. »Lassen Sie sich mit den Tatsachen vertraut machen: Hier zu meiner Linken sehen Sie zwei Generäle, die von den hypnosuggestiven Kristallagenten der Perlians übernommen waren. Sie bedienten den Sendetransmitter, den Sie hinter mir sehen. Damit entfällt für Sie jeder Grund, die Männer meiner Gruppe noch länger festzuhalten. Ich verlange die sofortige Freilassung. Es dürfte nunmehr klar sein, daß wir, die wir rein zufällig in die Auseinandersetzung zwischen Perlians und Gurrads geraten sind, niemals die Position Boultats im Raum Ihren Feinden verraten haben. Ich erwarte Ihre Stellungnahme, Roumbaki!«

Auf Roumbakis Löwengesicht zeichnete sich Verblüffung ab.

»Wer sind Sie?« knurrte er und blickte lauernd auf Perry Rhodan. »Und wie kommen Sie dazu, stellvertretend für die Gefangenen zu sprechen?«

Rhodan sagte es ihm.

Der Shangant neben Roumbaki begann zu schwanken. Er klammerte sich an den Arm eines rasch näher tretenden Guerillas und flüsterte mit bebenden Lippen:

»*Sie* sind das! Wie kommen Sie hierher?«

»Das«, so erklärte Perry Rhodan, »ist jetzt nebensächlich. Es dürfte genügen, daß ich hier bin!«

»Was geht hier vor?« grollte der rotmähnige Gurrad und blickte mißtrauisch auf den silberhaarigen Sibala.

Der Shangant richtete seine zerbrechliche Gestalt auf und zeigte auf Perry Rhodan.

»Dies ist der Mann, über den in Kapitän Trikorts Bericht steht, daß er ihm auf dem Stützpunktplaneten *Aysoor* entwischt, in die Wüste geflohen und dort geblieben sei.«

Hinter Roumbakis Stirn jagten sich die Gedanken. Die Tatsache, daß sich der Anführer der Terraner plötzlich inmitten der Gebirgswüste Boultats aufhielt, wo er doch angeblich auf *Aysoor* sein sollte, ließ ihn verschiedene Dinge von einer ganz anderen Warte aus sehen. Plötzlich sah er die Erzählungen des »Königs« in einem wesentlich anderen Licht. Ihm offenbarten sich Zusammenhänge, die ihm bislang verborgen geblieben waren, einfach weil er nicht wollte, daß solche Zusammenhänge existierten.

Ja, Roumbaki war versucht, dem Terraner jedes Wort zu glauben. Und als er sich erinnerte, was ihm dieser »König« über die gigantische, unvorstellbar große Kriegsmaschine namens OLD MAN erzählt hatte, die für die Perlians in den Kampf ziehen würde, erblaßte er.

Perry Rhodan hatte kein Auge von Roumbaki gelassen. Er ahnte, was sich hinter dessen Stirn abspielte, und beschloß, die Verwirrung des Gurrads vollkommen zu machen.

»Ich würde mich schnell entscheiden, wenn ich an Ihrer Stelle wäre, Roumbaki«, sagte er hart. »Die terranische Flotte ist bereits im Anflug auf das Boul-System. Meine Kommandanten haben Anweisung, unverzüglich anzugreifen, falls ich mich nicht vorher melde. Sie müssen in diesem Fall annehmen, daß wir bereits nicht mehr am Leben sind. Und was ein solcher Angriff für Boultat bedeutet, brauche ich Ihnen wohl nicht in allen Einzelheiten zu schildern, oder?«

Die Szene, so schien es Perry Rhodan, hatte etwas Unwirkliches an sich. Die Dialoge, die gesprochen wurden, schienen von einem drittklassigen Drehbuchautor zu stammen. Die Kulisse ringsum von einem abgehalfterten Bühnenbildner.

Und doch ging es um Leben und Tod.

Die Wirklichkeit, erkannte Rhodan, war weder gut noch schlecht; sie war ein Neutrum. Erst das Spiel jener Geschöpfe, die sich mit unterschiedlichem Glück und Geschick ihres Verstandes bedienten, machte aus ihr ein Drama, ein Lustspiel, eine Tragödie – oder ein Nichts.

Roumbakis kehlige Stimme weckte Perry Rhodan aus seinen Gedanken über Wert und Unwert allen Tuns.

Der Translator übersetzte: »Was also sollen wir tun?«

Sekundenbruchteile lang glaubte Rhodan, sich verhört zu haben. Dann jedoch erkannte er mit einem innerlichen Frohlocken, daß dies der Anfang von Roumbakis Kapitulation war.

»Bringen Sie mich zu meinen Leuten«, sagte er.

Roumbaki rief einige Befehle; seine Guerillas zogen sich langsam zum Schiff zurück.

Man hatte nicht einmal verlangt, daß Perry Rhodan seine Waffen abgeben sollte. Als freier Mann schritt er auf das Schiff zu.

Kurz vor der Rampe knackte es vernehmlich in Rhodans Helmlautsprecher.

»Und was ist mit uns, Sir?« kam Melbar Kasoms unruhig klingende Stimme durch den Kommunikator.

»Möchten Sie uns hier verhungern lassen?« Das war eindeutig Masuts Stimme.

»Eine Abmagerungskur würde Ihnen nicht einmal schaden, Masut«, gab Perry Rhodan zurück, um fortzufahren: »Nun kommen Sie schon. Ich werde den mißtrauischen Oberbefehlshaber aller Magellanschen Guerillas darüber informieren, daß er noch zwei weitere Gäste zu befördern hat. Und kommen Sie ja nicht auf den Gedanken, Ihre Deflektorschirme erst kurz über uns ausschalten zu wollen – sonst kann es geschehen, daß ein übernervöser Guerilla Sie erschießt.«

In die Augen des Gurrads trat ein wachsamer Ausdruck, als sie die beiden gigantischen Ertruser sahen, die man im Verhältnis zu den Löwenköpfigen wirklich nur mit dem Begriff »Riesen« bezeichnen konnte.

Ein Volk, das solche gewaltige Kämpfer hatte, schien unüberwindlich zu sein. Kurz darauf ritt das kleine Schiff auf der Spitze eines Feuerstroms in den Himmel.

»Fertig!«

Aufatmend erhob sich Doktor Fred Blain von dem am Boden liegenden Tony Steward, der von drei Männern festgehalten werden mußte. Die Fieberanfälle des Leutnants waren in der letzten halben Stunde immer häufiger aufgetreten. Fast hatte es ausgesehen, als würde er als erster sterben müssen, als endlich die sehnlichst erhoffte Wendung eintrat.

Perry Rhodan erschien mit den Ertrusern.

Mit starrem Gesicht hörte er sich die knappen Berichte der Ärzte an. Dann ordnete er mit befehlsgewohnter Stimme die sofortige Freilassung der Kranken an, außerdem sorgte er dafür, daß man die medizinische Ausrüstung der Einsatzgruppe herausrückte.

Inzwischen war die transparente Energiewand zwischen den beiden Gefangenenräumen verschwunden.

Fred Blain machte bei Tony Steward den Anfang, während sich sein Kollege Gerhard Beir schon um den nächsten Kranken kümmert. Die modernen Kosmobiotika, die die Ärzte den Pestkranken augenblicklich injizierten, würden das Fieber binnen fünfzehn Minuten beseitigen und gleichzeitig damit die Gesundung einleiten.

»Glauben Sie, Doc, daß Tony durchkommen wird?«

Ark Huron tauchte neben dem Arzt auf, wobei er einen Gurrad ärgerlich zur Seite schob, der es mit der Bewachung allzu genau nahm.

Fred Blain blickte aus müden Augen auf den Markos-V-Kolonisten.

»Ich glaube es nicht«, antwortete der Arzt geistesabwesend und riß dabei die luftdichte Verpackung einer neuen Hochdruckampulle auf, »ich weiß es, Captain Huron. Machen Sie sich keine Sorgen mehr, Tony Steward wird leben – so wie alle anderen leben werden. Die sogenannte qualvolle Hinrichtungsart der Gurrads wird sich im Endeffekt als ein Schildbürgerstreich herausstellen.«

Doktor Blain beugte sich schon wieder zu dem nächsten Kranken hinab.

Ark Huron dehnte mit einem befreienden Aufatmen die mächtige Brust, dann wurde er auf ein Schauspiel aufmerksam, das sein Interesse weckte. Er schob sich näher an Danton und die beiden Ertruser heran; von Perry Rhodan war im Augenblick nichts zu sehen.

Wie Ark Huron bekannt war, überprüfte Rhodan zusammen mit einigen Männern und den sie bewachenden Gurrads den Medikamenten- und Lebensmittelvorrat.

Dann erforderte Oro Masut Hurons Aufmerksamkeit.

Obwohl vor nicht allzulanger Zeit noch niedergeschlagen und bedrückt, erschien auf den Gesichtern der Umstehenden ein erstes Grinsen, als sie mit ansahen, wie sich Masut durch eine Gruppe erschrocken zur Seite ausweichender Guerillas hindurcharbeitete und vor Roi Danton auf die Knie stürzte.

Sein von Brandnarben verunstaltetes Gesicht trug einen verzückten Ausdruck. Dann rief er dröhnend:

»Ihr lebt, mein König! Welch ein Frohlocken weckt Euer Anblick in meinem Herzen. Euer untertänigster Diener Masut weint Tränen der Freude über dieses Wiedersehen!«

Roi Danton beugte sich lächelnd zu dem Ertruser hinab und rief: »Erhebe dich, mon cher ami! Alles ist ja wieder gut.«

Diese Idylle wurde jährlings zerstört, als eine zweite, nicht minder mächtige Stimme erklang.

»Seht euch die beiden an! Der Freibeuter und sein tolpatschiger Muskelmann feiern ein rührendes Wiedersehen . . .«

Melbar Kasom grinste maliziös.

»Hört nicht hin, mein König«, knurrte Oro und wandte Kasom ostentativ den Rücken zu. »Dieser Bauer von einem Ertruser ist es nicht wert, gehört zu werden.«

Kasom feixte nicht mehr. Seine Miene verdüsterte sich. Drohend stieß er hervor:

»Wenn du den Bauern nicht sofort zurücknimmst, erzähle ich den Männern, wer ihnen immer die Nahrungsvorräte stiehlt!«

Diese Unterstellung war zuviel für Masut.

Er erhob sich mit einem wilden Fauchen, wobei er seinen König abrupt losließ, so daß dieser mit einem vernehmlichen Geräusch aufs Hinterteil fiel.

Die mächtigen Pranken des königlichen Leibwächters schlossen und öffneten sich erwartungsvoll. Der bullige Schädel senkte sich zwischen die riesigen Schultern . . .

Da gebot eine laute Stimme den beiden Streithähnen Einhalt.

Perry Rhodan kam mit einigen Gurrad-Offizieren in den Raum.

»Was geht hier vor?« fuhr er die Ertruser an, die verlegen die Köpfe senkten.

Roi Danton, der sich inzwischen wieder erhoben hatte, lächelte blasiert.

»Wenn's beliebt, Grandseigneur«, sagte er gespreizt, »würde ich an Ihrer Stelle diesen ertrusischen Kampfhahn, der sich Kasom nennt, einmal in ein Internat stecken. Dieser Tölpel hat nicht die leiseste Spur eines geziemenden Benehmens.«

Der Freihändler retirierte vor dem USO-Spezialisten, der sich bezeichnend an die Stirn tippte.

»Sehen Sie, Grandseigneur«, hüstelte Danton indigniert. »Wie ich sagte: Keine Ahnung, wie man sich in Gegenwart einer königlichen Person zu benehmen hat.«

»Mister Danton!«

Rhodans Stimme klang tadelnd, und für einen Augenblick sah sich Roi, alias Michael Reginald Rhodan, in das elterliche Wohnhaus in

Terrania zurückversetzt, durch dessen Räume vor langer Zeit eben diese tadelnde Stimme geklungen hatte, wenn er, Mike, etwas angestellt hatte.

Vater und Mutter! Seine Schwester Suzan! Terrania-City! Die Erde! Wie ein Kaleidoskop wirbelten die Erinnerungen an Rois innerem Auge vorüber.

Rhodans Stimme war deutlich von Ironie gefärbt und weckte Roi aus seinen Gedanken.

Er trat vor seinen Vater hin:

»Ich danke Ihnen, Grandseigneur! Ich danke Ihnen vor allem aber im Namen der Männer, die geduldig und mit Zuversicht auf Ihren Erfolg vertrauten. Ohne diesen Erfolg wären wir jetzt in einer äußerst fatalen Lage.«

Die Worte des Freihändlers klangen schlicht und waren frei von Ironie.

Seine schlanke, hochgewachsene Gestalt straffte sich. Danton vollführte mit der rechten Hand eine ausholende Bewegung und preßte dann die Handfläche gegen sein Herz.

Einen Augenblick lang war Perry Rhodan nicht sicher, ob diese Geste einer tatsächlichen und von Herzen kommenden Dankbarkeit entsprang, oder nichts weiter als eine der unzähligen Späße des Freihändlers war. Forschend blickte er deshalb in Dantons Gesicht, in die nachtblauen Augen, die ihn immer irgendwie an ein anderes Augenpaar erinnerten, und erkannte betroffen, daß Danton tatsächlich zutiefst bewegt war. – Eines der vielen Rätsel, mit denen der Freihändler aufzuwarten verstand.

Roi Danton benahm sich oft – viel zu oft, sagte sich Rhodan – wie einer der dekadenten Zeitgenossen am Hofe Ludwigs des Siebzehnten.

Diesmal aber hatte er wieder einmal alles stutzerhafte Benehmen abgelegt. Nun war er nichts weiter als ein junger, ganz normaler Mann. Obwohl zutiefst erschöpft, abgerissen, verschmutzt und unrasiert, mit blutunterlaufenen Schrammen im Gesicht, die von dem erfolglos verlaufenen Ausbruchsversuch zeugten, lag trotzdem ein glücklicher Ausdruck in seinen Augen.

Die Maske war für kurze Zeit gefallen, hinter der sich Danton stets verbarg, um nicht seine wahre Persönlichkeit preisgeben zu müssen.

Mit Gewalt riß sich Perry Rhodan von diesen Gedanken los.

»Sparen Sie sich Ihre Dankbarkeit, junger Mann«, sagte er und vermerkte ärgerlich, daß er seine Stimme nicht ganz unter Kontrolle hatte. »Außerdem ist noch nicht erwiesen, ob wir tatsächlich gewonnen haben! Noch ist dieser Roumbaki äußerst mißtrauisch. Auch wenn er inzwischen eingesehen hat, daß wir mit den verräterischen Peilsignalen nichts zu tun hatten und daß er sich irgendwie entschuldigen muß, traut er uns nicht über den Weg. Offenbar kann er sich nicht mit dem Gedanken vertraut machen, daß es ein Volk gibt, das nicht die Absicht hegt, die Magellanschen Guerillas verfolgen und unterjochen zu wollen.«

»Es müßte etwas geschehen«, sinnierte Danton laut, »das uns Roumbakis Wohlwollen und Freundschaft versichert.«

»Welche Argumente könnten diesen störrischen Alten überzeugen?« forschte Perry Rhodan.

Danton zuckte mit den Schultern.

»Wenn man das wüßte, wäre es einfach«, sagte er nachdenklich.

»Also bleibt vorerst der Status quo erhalten«, mischte sich Ark Huron ins Gespräch und trat näher.

Rhodan blickte überlegend zu Boden. Dann nickte er unvermittelt und antwortete:

»Mit einigen Vergünstigungen – ja!«

Sechzig Minuten später erschien plötzlich ein Kommando von vier Gurrads, die den Großadministrator in aller Form darum baten, vor dem Triumvirat zu erscheinen.

»Viel Glück, Grandseigneur!« wünschte Roi Danton.

»Danke!« erwiderte Rhodan lächelnd. »Ich glaube, wir haben es nötig . . .«

Der kreisrunde Raum war hoch, weit und leer bis auf eine niedrige Barriere vor der dem Eingangsportal gegenüberliegenden Wand.

Hinter der glatten, schmucklosen Barriere saßen drei Männer: der rotmähnige Roumbaki, der General Heykh und der Shangant Sibala.

Perry Rhodan, dessen Wachen am Portal zurückgeblieben waren, schritt hochaufgerichtet über die spiegelnde Bodenfläche auf die Barriere zu und blieb dann stehen.

Drei verschiedene Augenpaars musterten ihn.

Roumbakis Katzenaugen spiegelten noch immer Argwohn wider – allerdings glaubte Rhodan in diesen Augen zu erblicken: den Ausdruck einer unbestimmten Angst.

Die riesigen, starr nach vorn glotzenden Augen des Generals zeigten wie üblich keine Gefühlsregung.

In Sibalas warmen, freundlich blickenden Augen las der Terraner eine kaum zu unterdrückende Freude.

»Ihr wolltet mich sprechen«, stellte Perry Rhodan fest. »Hier bin ich.«

Roumbaki spielte nervös mit einigen Blättern, die vor ihm auf der leicht geneigten Fläche der Barriere lagen.

»Ich habe hier die Berichte von drei meiner Schiffskapitäne«, begann er zögernd.

Perry Rhodan wartete.

Er verschränkte die Arme vor der Brust und heftete den Blick fest auf Roumbaki, der nun ärgerlich mit der flachen Hand auf die Blätter schlug.

»Möchten Sie gar nicht hören, was in den Berichten steht?« murrte er aufgebracht.

»Ich nehme an«, erwiderte Perry Rhodan, »daß ich das auch so erfahre. Weshalb sonst hätten Sie mich hierhergebeten?«

Verblüffung zeichnete sich auf Roumbakis Gesicht ab. Sibalas Lächeln wurde hintergründiger. Er schien eine unerklärliche Sympathie für den hochgewachsenen Terraner zu hegen.

»Machen Sie weiter, Sibala!« sagte Roumbaki heftig.

Er schob die Blätter dem Shanganten zu, lehnte sich zurück und fiel in ein brütendes Schweigen. Nur ab und zu warf er einen Blick auf den Terraner.

Sibalas sanfte Stimme drang aus dem Lautsprecher des Translators.

»Die Kapitäne dieser drei Schiffe, die bei dem Überfall auf jenem Planeten dabei waren, der von Ihnen Modula II genannt wird, haben übereinstimmend ausgesagt, daß sie die Vernichtung der Kristallagenten und vier gigantischer Kugelraumer durch einen großen Flottenverband mit angesehen haben. Dürfen wir erfahren, welche Flotte das war?«

»Warum nicht?« entgegnete Perry Rhodan. »Es ist meine Flotte!«

Sibala räusperte sich kurz, dann fuhr er fort: »Die Kapitäne haben gesehen, daß ungeheure Robotverbände die Perlians ausgeschaltet haben und im Endeffekt einer großen Zahl von gefangenen Gurrads erst die Flucht ermöglichten. Ich brauche wohl nicht zu fragen, ob diese Robotverbände zu Ihrer Flotte gehören?«

Perry Rhodan schwieg. Sein Lächeln war vielsagend genug.

Der Shangant hüstelte, während Roumbaki ein Knurren von sich gab.

»Weshalb wurde dieser Bericht uns erst jetzt zugänglich gemacht?« erkundigte Rhodan sich plötzlich mit harter Stimme. »Muß ich nicht annehmen, daß man mit der Freigabe absichtlich so lange gewartet hat, um uns in der Suche nach dem Sendetransmitter fortfahren zu lassen? Wenn ja, so wird das seine Folgen haben!«

Seine Stimme war kühl und enthielt eine unmißverständliche Drohung.

Roumbaki schien sich unbehaglich zu fühlen. Er beugte sich zu Sibala hinüber und sprach auf ihn ein.

»Ich möchte ausdrücklich betonen«, wandte sich der Shangant schließlich an Perry Rhodan, »daß diese Berichte erst seit kurzer Zeit bekannt sind. Die Schiffe landeten vor weniger als neunzig Minuten auf dem Raumhafen.«

»Wie kommt es«, forschte Rhodan mißtrauisch, »daß diese drei Schiffe erst jetzt aus dem Modula-System ankamen, während wir doch immerhin schon über einen Tag hier sind?«

Bedauernd hob der Shangant die zierlichen Schultern.

»Die Kommandanten der drei Schiffe haben durch die zahlreichen Transitionen sehr viel Zeit benötigt, um das Hauptquartier auf Boultat zu erreichen.«

Rhodan nickte, während er dachte:

*Was dieser Sibala sagt, stimmt. Soweit ich mich erinnern kann, hat Kapitän Trikort aus eigener Verantwortung die üblichen acht Täuschungssprünge auf drei verkürzt, um uns die Reise erträglicher zu machen.*

Plötzlich hallte ein Gongschlag durch den kuppelförmigen Bau.

Erst jetzt erkannte Rhodan, daß sich auf der nach innen geneigten Fläche der Barriere Bildschirme befinden mußten. Ein blaues Leuchten sprang Roumbaki ins Gesicht und erzeugte tiefe Schlagschatten in diesen fremden Zügen.

Die kehlige Stimme eines Gurrads drang aus einem Lautsprecher, allerdings war sie zu leise für den vor der Barriere stehenden Translator.

Roumbaki und der Shangant hörten schweigend zu. Schließlich verblaßte das Leuchten des Bildschirms.

Mit einer deutlich erkennbaren Niedergeschlagenheit hob der rotmähnige, alte Gurrad den Löwenkopf. Lange Zeit blickte er auf den Terraner, ohne ein Wort zu sagen.

Perry Rhodan konnte deutlich verfolgen, wie es in diesem fremden Gesicht arbeitete.

Schließlich begann Roumbaki zu sprechen.

»Eben teilte mir der Leiter des Raumhafens mit, daß ein Kurierschiff gelandet ist, das das Modula-System beobachtete. Wie ihm der Kapitän berichtete, habe dieser im Modula-System wenigstens zwanzigtausend Raumschiffe der Terraner beobachtet . . .«

Roumbaki verstummte. Hoffnungslosigkeit sprach aus seinem Blick, aus den Bewegungen seiner Hände, die er vor sich auf die Barriere legte.

Perry Rhodan wußte genau, was den Gurrad jetzt beschäftigte: Es war die Befürchtung, sich durch sein störrisches Verhalten den Terranern gegenüber einen neuen Feind eingehandelt zu haben. Für den Gurrad konnte es keinen Zweifel geben, daß sich die Terraner jetzt für die erlittene Schmach rächen würden.

Perry Rhodan war weit davon entfernt, Vergeltung üben zu wollen. Er war statt dessen bereit, den magellanschen Guerillas ein Bündnis anzubieten.

Große Überraschung zeichnete sich auf dem Gesicht des Oberbefehlshabers der Gurrads ab, als er das Angebot des Terraners vernahm, während Sibala ganz offenkundig seiner Freude Ausdruck gab.

Endlich zeichnete sich die Möglichkeit ab, doch noch den Sieg über die Perlians davonzutragen. Im Verein mit derart mächtigen und überlegenen Waffengefährten wie den Terranern sollte das Unterfangen gelingen.

»Und was verlangen Sie als Gegenleistung?« forschte nach einer Weile Roumbaki.

»Nicht viel.« Rhodan hatte diese Frage erwartet. »Was man im Rahmen eines Waffenbündnisses erwarten kann: Stützpunktplaneten. Werften. Und vor allen Dingen freies Geleit innerhalb Ihrer Kleingalaxis.«

Verblüffung zeichnete Roumbakis Züge. Er schien seinen Ohren nicht zu trauen. Sollte sich dieser Terraner tatsächlich mit diesen Bedingungen zufriedengeben? Der Gurrad konnte es nicht glauben.

»Und das ist alles, was Sie als Gegenleistung verlangen?« erkundigte er sich deshalb noch einmal.

Perry Rhodan verneinte, so daß sich Roumbakis Mienenspiel verdüsterte. Jetzt schien das Ende zu kommen.

»Zusätzlich zu den eben vorgebrachten Bedingungen«, fuhr Perry Rhodan fort, »verlangen wir genaue Auskünfte über die Anzahl der Planeten, die die Rohstofflieferanten für die Kristallagenten der Perlians bilden – und vor allen Dingen möchte ich um eine Sitzgelegenheit bitten. So spricht sich's bequemer!«

Sibala war es, der den Vorschlag machte, sich doch in einen etwas kleineren Raum zurückzuziehen. Wie er versicherte, würde der Terraner dort genau die Bequemlichkeit finden, nach der er verlangt hatte.

Der kleinere Raum, von dem Sibala gesprochen hatte, entpuppte sich als weitläufige Zimmerflucht, in der eine Anzahl bequemer Sitzgelegenheiten und noch mehr niedrige Tischchen aus einem stark gemaserten Holz standen.

Wachen in roter Lederbekleidung schleppten schwer an gefüllten Kristallkrügen.

Einen Augenblick lang sah sich Perry Rhodan nach einem Becher oder Glas um – dann bemerkte er leicht belustigt, daß die Guerillas recht trinkfeste Zeitgenossen waren. Roumbaki setzte den Krug einfach an die Lippen und trank in durstigen Zügen.

Rhodan tat es ihm nach.

Es war ein vorzüglicher, harziger Wein, wie Perry Rhodan anerkennend nach dem ersten Schluck zugab.

Er stellte seinen Krug auf einem niedrigen Tischchen ab.

»Um zu meiner nicht beantworteten Frage zurückzukehren: Wie viele dieser Kristallplaneten gibt es?«

Er blickte erwartungsvoll auf Sibala.

»Neunundzwanzig!« kam die Antwort des Shanganten aus dem Translatorgerät.

Man schrieb noch immer den ersten Dezember 2435.

Das unerträglich grelle Licht der beiden Sonnen warf lange Schatten über das Land; der siebzehnstündige Tag neigte sich seinem Ende zu.

Kurz bevor die beiden Sonnen unter den Horizont sanken, erhob sich auf dem Raumhafen das urweltliche Röhren eines startenden Schiffes.

Der tobende Feuerstrom aus den mächtigen Brennkammern des elfhundert Meter langen und an seiner breitesten Stelle sechshundert Meter durchmessenden Birnenraumschiffes erzeugte lang anhaltenden Donner von starker Intensität.

Kurz darauf durchstieß das Raumschiff die optische Tarnkappe über dem Raumhafen, brachte binnen Sekunden die Lufthülle des Planeten hinter sich und entfernte sich dann mit ständig wachsender Beschleunigung in den Raum hinaus.

Noch immer war die Fahrt relativ langsam.

Die Navigatoren hatten alle Hände voll zu tun, um zu verhindern, daß das Schiff von den ungeheuren Gravitationskräften der beiden Sonnen ins Verderben gerissen wurde.

Es war jedesmal ein Vabanquespiel, die Schwerefelder der Sonnen gegeneinander auszuspielen, die dadurch entstanden, daß eine Distanz von nur zehn Millionen Kilometern diese Sonnen voneinander trennte.

Nach mehreren Stunden hatte das Schiff auch die gigantischen Wasserstoffwolken durchstoßen, die wie ein dichter Ring um das Boul-System lagen und das bestimmende Kennzeichen für dieses Separatzentrum im äußeren Spiralarm der Großen Magellanschen Wolke darstellte.

An Bord dieses von Kapitän Trikort befehligten Raumers befanden sich zehn Terraner, die durchweg Funkspezialisten waren. Sie sollten den Kontakt zu den terranischen Einheiten herstellen, die irgendwo in den Tiefen der Großen Magellanschen Wolke standen und nach den Entführten Ausschau hielten.

Ohne Rücksicht auf die Einpeilungsgefahr durch perliansche Kampfverbände ließ Trikort die zehn Terraner funken, was die Aggregate und Antennen seines Schiffes hergaben.

Vorerst schienen sie jedoch keinen Erfolg zu haben.

# 22.

Der Schlachtkreuzer KARTIKA SARI schien bewegungslos im sternfunkelnden Raum zu schwimmen.

Dieser Eindruck war jedoch falsch.

In Wirklichkeit bewegte sich der fünfhundert Meter durchmessende Kugelraumer mit genau zweiunddreißig Prozent der Lichtgeschwindigkeit im Normalflug durch die Große Magellansche Wolke.

Die KARTIKA SARI stand ganz am rechten Ende einer gedachten Linie von dreitausend Lichtjahren Länge. Sie hatte den Auftrag, Lebenszeichen von Perry Rhodan und den übrigen Männern der Einsatzgruppe Modula aufzuspüren. Eine Aufgabe, die inzwischen manchen Mann an Bord der KARTIKA SARI an den Rand nervlichen Ruins geführt hatte, wie Oberst George O'Connor mißgelaunt zugeben mußte.

Der Kommandant des Schlachtkreuzers, ein kleiner, drahtiger Mann von vierundvierzig Jahren und mit einem Alltagsgesicht, hatte schlechte Laune.

Würde man seine Besatzung fragen, so käme heraus, daß er meistens schlechter Laune war. Innerhalb des 82. GSV nannte man ihn in negativer Anlehnung an General Ems Kastori, den »Heiteren«, nur den »Mürrischen«. Es gab fast keinen Tag, an dem George O'Connor nicht seine sauertöpfische Stimme erschallen ließ, um seine schlechte Laune an einem meist völlig Unschuldigen zu demonstrieren.

Heute war es jedoch besonders schlimm.

Zwei Faktoren waren daran schuld.

Einmal die Tatsache, daß er wieder zuviel gegessen hatte – was unweigerlich ein starkes Sodbrennen hervorrief –, zum anderen der Umstand, daß sein Zweiter Offizier, Steven Allen, ernstlich erkrankt war.

Nun war die Anwesenheit des Zweiten Offiziers nicht unbedingt erforderlich und für den normalen Ablauf an Bord der KARTIKA SARI fast ohne Bedeutung. Sie konnte jederzeit vom Ersten Offizier mit übernommen werden. Was George O'Connor jedoch so ärgerte, war der Umstand, daß Steven Allen jetzt als Partner der allabendlichen Billardstunde ausfiel. Da der Kommandant der KARTIKA SARI neben all den anderen, kleineren Übeln auch noch pedantisch veranlagt war, brachte ihn jede Abweichung vom genau festgelegten Zeitplan zur Raserei. – Und die allabendliche Billardstunde gehörte nun einmal zu diesem Zeitplan. Über all diese kleinen, menschlichen Schwächen sah man jedoch im Führungsstab gerne hinweg. Sie beeinträchtigte in keiner Weise George O'Connors Leistung als Kommandant. Der Oberst war bekannt dafür, daß er blitzschnelle Entscheidungen fällte.

Der Kommandant der KARTIKA SARI ließ in Gedanken die ganze Mannschaft Revue passieren, um jemanden zu finden, der wenigstens in etwa eine Ahnung von Billard hatte.

O'Connor fand niemanden.

Mit einem Gesicht, als widerfahre ihm alle Schlechtigkeit der Galaxis, erhob sich Oberst O'Connor aus dem wuchtigen Kontursessel.

»Ist Ihnen nicht gut, Sir?« erreichte ihn eine besorgt klingende Stimme.

»Interessiert Sie das so sehr?« erkundigte sich O'Connor giftig bei seinem Ersten Offizier, Major Ed Powers. »Kümmern Sie sich lieber um die Orterzentrale«, fuhr er mürrisch fort. »Ich habe bei der gestrigen Inspektion auffallend viele leichtbekleidete Damen dort entdeckt!«

Über das Gesicht des Ersten Offiziers huschte ein Lächeln.

»Lebende, Sir?« erkundigte er sich.

O'Connors Blick gefror.

»Ist ja schon gut«, brummte Ed Powers. »Man wird doch noch einmal einen Scherz machen dürfen!«

»Ich liebe keine derartigen Scherze«, erwiderte George O'Connor.

Ed Powers sah ihn an.

»Nein«, bestätigte er. »Sie nicht!«

Der Erste Offizier entfernte sich achselzuckend.

Die arbeitenden Techniker, die in der Zentrale anwesend waren, wurden schlagartig wieder ernst, als O'Conners Blick auf sie fiel. Erst als der Kommandant außer Hörweite war, begannen sie unterdrückt zu lachen.

Die kleine, drahtige Gestalt des Kommandanten der KARTIKA

SARI ging bolzengerade durch die Hauptzentrale und kam gerade am äußeren Leitstand vorbei, als die Rufglocke des Interkoms aufschrillte.

»Sir!« rief einer der Techniker quer durch den hohen Raum. »Major Sam Keenan wünscht Sie zu sprechen.«

Mit einer knappen Handbewegung deutete George O'Connor auf einen Bildschirm der Bordverständigung, vor dem er gerade angelangt war.

Der Techniker legte das Gespräch augenblicklich dorthin.

»Was gibt es jetzt so Dringendes, Major?« forschte der Kommandant mürrisch. Er war auf dem Weg in seine Kabine gewesen, wo der allabendliche Mokka auf ihn wartete. Nun sah es ganz so aus, als würde diesmal der Mokka noch etwas länger warten müssen.

Major Sam Keenans Gesicht blickte vom Schirm. Der Cheffunker der KARTIKA SARI schien erregt zu sein, was seine Worte nur bestätigten.

»Sir!« rief er hastig. »Wir empfangen seit etwa zehn Sekunden Funksignale im Klartext und in einem einwandfreien Interkosmo. Ich glaube . . . Ich meine . . .«

»Ja, was denn nun?« schrie O'Conner erbost zurück und stemmte die kurzen Arme in die Seiten. »*Glauben* Sie jetzt, oder *meinen* Sie? Was haben Sie im Klartext empfangen? So reden Sie doch schon, Mann!«

»Wenn Sie erlauben, Sir!« rief der Cheffunker zurück. »Ich bin der Ansicht, daß wir hier eine Spur haben, die uns zu Perry Rhodan führt. Warten Sie einen Augenblick . . .«

Major Sam Keenan verschwand für kurze Zeit aus dem Erfassungsbereich der Optik. Als er wieder erschien, sagte er überglücklich:

»Wenn das nicht verschlüsselte, aber exakte Positionsangaben über einen Planeten sind, die uns schnurstracks zur vermißten Einsatzgruppe Modula II führen, fresse ich einen ausgewachsenen Okrill mit Haut und Haaren.«

»Vorsicht«, riet ihm der Kommandant hämisch. »Sie könnten sich dabei überfressen . . .«

»Achtung!« drang eine Stimme aus einem plötzlich zum Leben erwachenden Lautsprecher. »Hier Ortung. Major Sanders spricht. Sir, wir haben einen der komischen Kähne der Magellanschen Guerillas geortet. Die exakte Position ist 343 Strich 54.«

»Geschwindigkeit? Kurs?« erkundigte sich der »Mürrische« rasch.

»Ein Fünftel Lichtgeschwindigkeit – konstant! Der Kurs würde das Schiff bei der Geschwindigkeit in weit entfernter Zukunft etwa in den Mittelpunkt dieser Kleingalaxis führen.«

»Wie war doch noch einmal die Position des Gurradschiffes?« rief Major Sam Keenan von seinem Schirm herab.

»Haben Sie gehört, Major Sanders?« wandte sich der Kommandant an den inzwischen ebenfalls auf einem Bildschirm sichtbar gewordenen Orterchef.

Sanders gab noch einmal die Daten durch.

»Das ist genau die Richtung, aus der wir den Funkspruch erhalten haben!« rief Keenan hastig zurück, während er sich freudestrahlend die Hände rieb.

»Unterlassen Sie das gefälligst, Mann!« rief der Kommandant erbost. »Sie erinnern mich an eine Marktfrau – aber nicht an einen Offizier der Solaren Flotte.«

Sam Keenan erwiderte ungerührt:

»In Ordnung, Sir. Ich erwarte Ihre Befehle!«

Der »Mürrische« überlegte keine Sekunde. Genau in diesem Augenblick bestätigte sich wieder einmal seine Klasse als Schiffskommandant.

»Funkzentrale – rufen sie die CREST IV. Maschinenzentrale – bringen Sie die KARTIKA SARI auf einen Annäherungskurs zum georteten Schiff. Die Daten werden Ihnen von der Navigations- und Orterzentrale übermittelt. Orterzentrale – legen Sie alle Bilder auf die großen Panoramaschirme der Hauptzentrale. Ich will jeden Augenblick wissen, was um uns vorgeht. Major Keenan! Haben Sie noch immer keine Verbindung mit dem Guerillaschiff?«

»Doch, Sir, ich übergebe!«

Während die KARTIKA SARI beschleunigte und auf das relativ nahe Ziel zueilte, erhellte sich der leicht konkav gekrümmte Bildschirm des Hyperkoms.

Der Kommandant, mittlerweile wieder in seinen Kontrollsitz zurückgekehrt, beugte sich etwas vor und blickte mit unverhülltem Interesse auf die Bildfläche, über die im Moment noch farbige Schlieren huschten.

Das Gesicht, das gleich darauf deutlich sichtbar wurde, gehörte einem jungen Mann, der einwandfrei als Terraner zu identifizieren war.

»Leutnant Reiyer, Sir«, kam seine freudig erregte Stimme aus dem Lautsprecher, »und weitere neun Mann der Einsatzgruppe Modula II. Ich . . .«

Im selben Augenblick erschien in der linken oberen Ecke des Telekombildschirmes das Abbild Major Keenans.

»Sir!« drang seine Stimme aus der Tonfläche und ließ den Leutnant verstummen. »Der Funkkontakt zur CREST IV steht!«

Noch ehe der Kommandant etwas sagen konnte, flammte ein zweiter Schirm auf. Es knackte in den Lautsprechern, und während das Gesicht eines Mannes mit leicht schräggestellten Augen auf dem Schirm sichtbar wurde, drang auch schon dessen Stimme aus dem Tongitter unterhalb des Bildschirmes.

»Hier CREST IV, Funkzentrale, Major Wai. Was gibt es, KARTIKA SARI?«

George O'Connor zog das Mikrophon vor die Lippen und wandte sich der Bildaufnahme zu.

»Hier Oberst George O'Connor«, gab er zurück. »Kommandant der KARTIKA SARI. Major! Ich glaube, wir haben etwas sehr Interessantes gefunden.«

Major Wai schien nicht im geringsten beeindruckt zu sein. Er blickte mit stoischer Ruhe auf den »Mürrischen.«

»Was ist es?« erkundigte er sich.

»Wir haben eine Spur zu Perry Rhodan und der gesamten Einsatzgruppe gefunden! Vor wenigen Minuten gelang es uns, einen Funkkontakt mit den Männern dieser Einsatzgruppe aufzunehmen, die vom Großadministrator persönlich den Befehl erhielten, mit Hilfe der Funkanlage des Gurradschiffes pausenlos die Position eines Planetensystems auszustrahlen, und . . .«

»Ich übergebe an Lordadmiral Atlan«, unterbrach Major Wai den Oberst.

Das Bild wechselte, und kurz darauf wurde der Oberkörper des zehntausendjährigen Arkoniden auf dem Schirm sichtbar.

Der »Mürrische« spürte Unbehagen in sich aufsteigen, als ihn zwei forschende Augen scheinbar sezierten.

»Können Sie mich verstehen, Oberst O'Connor?« drang die ausdrucksvolle Stimme des Arkoniden aus dem Lautsprecher.

»Hervorragend, Sir«, antwortete der Kommandant der KARTIKA SARI.

»Würden Sie Ihre Meldung noch einmal wiederholen, Oberst!«

Atlans Stimme klang ruhig und beherrscht. Nur ein sehr aufmerksamer Beobachter konnte die fiebernde Ungeduld des Arkoniden erkennen.

»Selbstverständlich, Sir!«

Mit knappen Worten gab der »Mürrische« nochmals einen zusammenhängenden Bericht darüber, was sich vor sehr kurzer Zeit zugetragen hatte.

Als er schwieg, sagte der Arkonide:

»Danke, Oberst! Geben Sie mir jetzt bitte diesen jungen Mann!«

Major Sam Keenan leistete hervorragende Arbeit, wie der »Mürrische« neidlos anerkennen mußte.

Auf zwei nebeneinandergeschalteten Bildschirmen konnte Oberst O'Connor den Arkoniden und den Leutnant erkennen. Über eine Entfernung von Lichtjahren hinweg konnten die Männer ein Gespräch führen, als säßen sie einander an einem runden Tisch gegenüber.

Leutnant Reiyer berichtete knapp und in gedrängter Form von den Ereignissen der vergangenen Tage, schilderte die Vorgänge auf Boultat und erzählte dann abschließend, was zu ihrer Freilassung geführt hatte.

Als der Leutnant mit seinem Bericht endete, sagte der Arkonide scharf:

»Oberst O'Connor!«

»Sir?«

»Sie fliegen ein Annäherungsmanöver an das Gurradschiff und warten dort, bis die CREST IV und die FRANCIS DRAKE bei Ihnen eingetroffen sind. Dann werden Ihnen weitere Instruktionen zugehen.«

»Verstanden, Sir!« rief George O'Connor und starrte auf einen abrupt dunkel werdenden Schirm; der Arkonide hatte die Verbindung ohne weitere Erklärungen unterbrochen.

Kurze Zeit später ging die KARTIKA SARI in den Librationsraum und überwand die Strecke im Linearflug.

Auf den Panoramaschirmen der CREST IV näherte sich Boultat mit enormer Schnelligkeit.

Atlan stand in voller Kampfkombination hinter dem Spezialsessel des epsalischen Kommandanten.

»Ausgezeichnete Arbeit, Oberst«, sagte er anerkennend.
»Ich bitte Sie, Sir«, gab der Epsaler zurück. »Mit diesem Schiff ist das kein Kunststück.«

Atlan lächelte leicht. Dann erinnerte er sich, daß Merlin Akran nicht aus falscher Bescheidenheit so sprach, sondern nüchtern die Tatsachen erwähnte.

Die CREST IV war wirklich ein ausgezeichnetes Schiff – in jeder Hinsicht.

Ausgerüstet mit vier modernen Kalups in Ultrakomp-Bauweise, die dem Schiff eine Reichweite pro Aggregat von eins-komma-zwei Millionen Lichtjahren verlieh. Mit diesem Ultraschlachtschiff von der Größe der CREST IV war man in der Lage, vier-komma-acht Millionen Lichtjahre ohne eine dazwischenliegende Werftüberholung zurückzulegen.

Atlans Blick wanderte zu den beiden Separatschirmen hinüber, auf denen die FRANCIS DRAKE und die KARTIKA SARI zu sehen waren, die mit prall gespannten HÜ-Schirmen hinter der CREST IV herflogen.

Unmittelbar nachdem Atlan von der KARTIKA SARI über die Auffindung Rhodans und seiner Männer informiert und die Position des Sonnensystems, in dem sich Rhodans Gruppe aufhielt, bekannt geworden war, hatte der Arkonide die restlichen neunzehn Schiffe verständigt und sie nach Modula II zurückgeschickt.

Leutnant Reiyer, der sich an Bord der KARTIKA SARI aufhielt, hatte vor den gefährlichen Wasserstoffwolken gewarnt, vor den wechselnden Gravitationsfeldern, die die beiden Sonnen erzeugten.

Für die terranischen Kugelriesen waren diese Hindernisse nicht vorhanden.

Die ungeheuer präzise arbeitenden Positroniken berechneten einen absolut gefahrlosen Kurs durch das System. Die Wasserstoffwolken, die wie ein Ring um das System lagen, scheiterten an den grün leuchtenden HÜ-Schirmen.

»Gilt Ihre Entscheidung noch, Sir?« erkundigte sich Oberst Akran bei dem Arkoniden, der mit Aufmerksamkeit die Annäherung an Boultat über die Panoramaschirme verfolgte.

»Wie? Oh! Selbstverständlich, Oberst Akran.«

Atlans Stimme klang ungewöhnlich ernst, als er fortfuhr:

»Oder glauben Sie, ich habe die CREST IV aus Vergnügen in Alarmbereitschaft versetzen lassen?«

Die Hauptzentrale der CREST IV war bis auf den letzten Platz belegt. Vor jedem Gerät saßen Doppelwachen, jedes Maschinenkommando war dreifach belegt.

Atlan hatte auf keinen Fall vor, irgendein Risiko einzugehen. Solange er nicht hundertprozentig davon überzeugt war, daß sich Perry Rhodan und der Freihändlerkönig mitsamt der ganzen Einsatzgruppe auf freiem Fuß befanden, so lange mußte er eben annehmen, daß sie in eine Falle hineinliefen.

Und so stießen die drei terranischen Schiffsgiganten im Schutze ihrer Hochenergie-Überladungsschirme auf den Planeten nieder, als beabsichtigten sie, ihn zu durchlöchern.

Die gewaltsam verdrängte und von der Reibung aufflammende Atmosphäre erzeugte ein infernalisches Geräusch.

Den Gurrads, die in den zahlreichen Orterstationen die Annäherung der Kugelriesen verfolgten, mußten sie wie Sendboten der Hölle vorkommen.

»Meldet sich denn niemand dort unten?« erkundigte sich der Arkonide. Sein Gesicht war blaß. »Kommt keine Meldung von Perry herein?«

»Kein einziger Impuls, Sir«, erscholl die Stimme Major Wai Tongs; der Chef der Funkzentrale war auf einem der kleineren Kontrollschirme zu sehen.

Atlan stieß einen arkonidischen Fluch aus, den zum Glück niemand der anwesenden Offiziere verstand.

Boultat war schon gefährlich nahe. Es konnte sich nur noch um Sekunden handeln, dann war die Grenze überschritten, an der die Schiffe noch beidrehen konnten, ohne ernsthafte Schäden auf dem Planeten zu verursachen.

Atlan war nahe daran, das Einschüchterungsmanöver abzubrechen, als eine sich überschlagende Stimme aus einem Kommunikator gellte.

»Schnell!« stieß der Kommandant der CREST IV hervor. »Übermitteln Sie auf meinen Schirm.«

Die Bildfläche vor Merlin Akran erhellte sich, seine Rechte griff in die Kontrollen – und unter diesen Schaltungen stoppte das Ultraschlachtschiff seine wahnwitzige Fahrt.

Mit ihm die beiden anderen Schiffe.

Atlan löste endlich die verkrampften Hände von Merlin Akrans Schultern. Kopfschüttelnd sagte er zum Bildschirm hin:

»Du hättest keinen Augenblick später anrufen dürfen . . .«

»Ich weiß, mein Alter«, erwiderte Perry Rhodan, »aber ich habe etwas geschlafen. Bis man mir die Nachricht überbrachte, daß drei gewaltige Schiffe im Anflug seien, und bis ich die Sendezentrale des Raumhafens erreicht hatte, da verging eben etwas Zeit.«

»Zumal das Mißtrauen deiner neuen Freunde noch ziemlich stark sein dürfte«, erwiderte der Arkonide.

»Du mußt sie verstehen«, versetzte Rhodan und sah für einen kurzen Augenblick aus dem Bild heraus; offenbar standen neben ihm noch mehr Leute. »Aber meine Freunde nahmen bis jetzt an, daß unsere Schiffe in Wirklichkeit Schiffe der Perlians oder eines anderen von den Kristallen übernommenen Volkes seien.«

»Ist ja schon gut«, sagte Atlan. »Im Grunde genommen verstehe ich den Argwohn und das Mißtrauen von Lebewesen, die seit einigen hundert Jahren versklavt werden.«

»Dann verstehen wir beide uns ja prächtig«, erwiderte Rhodan.

»Ich würde dir empfehlen, schleunigst herunterzukommen«, klang Rhodans Stimme wieder auf.

»Weshalb?« Fragend wölbte Atlan die Brauen.

Auf dem Gesicht des Terraners erschien ein genießerischer Ausdruck.

»Einen Wein haben die hier!« rief er aus. »Einen Wein!«

Kopfschüttelnd sah der Arkonide mit an, wie Perry Rhodan einen gläsernen Krug an die Lippen führte und einen kräftigen Schluck nahm.

Am dritten Dezember 2435, etwa gegen acht Uhr früh, traf die 14. Schwere Offensivflotte der USO unter dem Kommando des epsalischen Admirals Con Bayth vor dem Boul-System ein.

Con Bayth war der Aufforderung des von Kastori – im Auftrag Atlans – entsandten Kuriers unverzüglich nachgekommen, hatte Kurs auf die Große Magellansche Wolke genommen und war schließlich im Modula-System angekommen. Dort hatte General Kastori inzwischen für Ruhe gesorgt. Alle von Modula II aufgestiegenen Kristallballungen waren von seinen Schiffen zerstört worden. Auf dem Planeten selbst schien es keine Hypnokristalle mehr zu geben. Die planetaren Abwehrforts waren ausgeschaltet. Die Unterwasserstädte der Perlians waren offensichtlich sämtlich den Angriffen der

Gurrads zum Opfer gefallen. Die Überlebenden Perlians und Generäle hatten sich zurückgezogen und zeigten keinerlei Aktivitäten mehr. Die Gefahr, die von Modula II ausging, war beseitigt.

Con Bayth erfuhr von den inzwischen zurückgekehrten Suchschiffen, wo sich Rhodan und seine Gefährten aufhielten, und hatte mit seiner Flotte Kurs auf das Boul-System genommen.

Bayth hatte auch einige wichtige und überraschende Informationen mitgebracht, die er sofort an Rhodan, Atlan und Danton weiterleitete.

Das Rätsel um die Existenz Rog Fanthers war gelöst worden. Mitte November 2435 war es Gucky, gemeinsam mit seinem Sohn, der inzwischen den Namen Jumpy erhielt, und Ras Tschubai in einer verwegenen Aktion gelungen, in OLD MAN einzudringen und bis zur Kommandokuppel vorzustoßen. Dort fand der Mausbiber ein kugelförmiges, anderthalb Meter durchmessendes Überlebenssystem, in dem sich in einer Nährlösung ein menschliches Gehirn befand. Dieses Überlebenssystem war über Impulsleiter mit der Schaltanlage der Zentrale verbunden. Gucky gelang es zwar nicht, Kontakt zu dem Gehirn herzustellen, aber aus den mentalen Strömungen des Gehirns und der Tatsache, daß sich vor einiger Zeit Rog Fanther als Koordinator OLD MANS zu erkennen gegeben hatte, wurde der Schluß gezogen, daß es sich um das Gehirn dieses Terraners handelte.

Die Zusammenhänge wurden klar. Die Offiziere, die vor mehr als 52.000 Jahren OLD MAN gebaut hatten, waren körperlich schon lange tot. Sie hatten kein Mittel gefunden, sich unsterblich zu machen. Aber sie hatten ihre Gehirne konserviert. Die ehemaligen Herren des Riesenroboters waren menschliche Gehirne gewesen, doch das System hatte nicht funktioniert.

Irgend etwas war geschehen, das dazu führte, daß sich OLD MAN gegen die Terraner wandte. Es wurde vermutet, daß Rog Fanther und seine Leute OLD MAN gebaut hatten, um der Menschheit im Kampf gegen die Meister der Insel beizustehen. Durch einen Berechnungsfehler kam OLD MAN jedoch 30 Jahre zu spät an und geriet völlig außer Kontrolle.

Möglicherweise trugen die Ereignisse in Rois System, wo zumindest für den Außenstehenden der Anschein entstehen mußte, daß Terraner gegen Terraner kämpften, dazu bei, daß sowohl die mechanischen als auch organischen Steuergehirne falsche Schlüsse zogen und dadurch in eine Art Wahn verfielen, der sie schließlich dazu zwang, sich gegen die Terraner zu stellen.

Später, als Rog Fanthers Gehirn den Irrtum erkannte, war es zu spät, denn da hatten bereits die Hypnokristalle die Gewalt über OLD MAN an sich gerissen und die dreizehn Gehirne versklavt.

In Jellicos System hatte sich in den letzten Tagen auch einiges ereignet, das Anlaß zur Besorgnis gab.

OLD MAN hatte vor wenigen Tagen Fahrt aufgenommen und war im Linearraum untergetaucht. Aufgrund der Ereignisse in Magellan, über die man kurz vor dem Abflug OLD MANS vom Kurier informiert worden war, bestand für Bull kein Zweifel daran, daß das Ziel OLD MANS die Große Magellansche Wolke war.

Nachdem OLD MAN verschwunden war, hatten die terranischen Kampfeinheiten sämtliche in Jelly-City stationierten Kristallballungen zerstört. Die Siedler waren wieder frei, aber niemand wußte, ob sie jemals wieder ihre geistige Gesundheit vollständig zurückerhalten würden. Terranische Ärzteteams, die von Bull angefordert wurden, kümmerten sich jedoch um die Siedler.

Wenige Stunden, nachdem OLD MAN im Linearraum untergetaucht war, ließ Bull seine 20.000 Schiffe Fahrt aufnehmen und auf Kurs Modula II gehen.

Die Flotte war einige Stunden, bevor Bayth mit seinem Verband das Modula-System in Richtung Boul-System verließ, im Modula-System aufgetaucht und wartete dort auf weitere Anweisungen.

Die achthundert schweren und überschweren Einheiten der Flotte versetzten die Magellanschen Guerillas in Angst und Schrecken, die solche Giganten in solchen Mengen noch nie erblickt hatten.

Endlich begannen sie an die Worte der Terraner zu glauben, die ihnen eine Waffenhilfe zugesagt hatten. Auch Roi Dantons Berichte über jenes sagenhafte Ding mit dem Namen OLD MAN wurde jetzt unter ganz anderen Voraussetzungen gesehen. Ernsthaft hatte bislang keiner der Gurrad-Offiziere daran geglaubt, daß dieser monströse Robotgigant unter Umständen in der Magellanschen Wolke auftauchen und etwa fünfzehntausend dieser ungeheuren Kugelschiffe des gleichen Typs zur Hilfeleistung für die Kristalle und die Perlians ins Gefecht werfen könnte.

Niemand hatte daran geglaubt. Am allerwenigsten Roumbaki. Nun allerdings war der störrische Haudegen heilfroh über das Bündnisangebot der Terraner, so wie über die Zusage, die Guerillas mit ihren relativ langsamen und schlechtbewaffneten Schiffen vor allen Gefahren zu schützen.

Als Gegenleistung forderte Perry Rhodan nur die volle kosmonautische Unterstützung durch die Gurrads.

Es gab noch ein recht lockeres Festbankett, das zu später Stunde förmlich im Wein ertrank.

Vor diesem feuchten Ende überreichte der Shangant Sibala die kosmonautischen Koordinaten der 29 Kristallplaneten, von denen einer – Danger I – den Terranern bereits bekannt war. Nach den Informationen, die die Gurrads besaßen, wurden die Besatzungen dieser Welt fast ausschließlich von Generälen gestellt. Nur fallweise hielten sich auch Perlians auf diesen Welten auf, um die Kristallproduktion zu kontrollieren.

Als weiteren Beweis der Ehrlichkeit beauftragte Rhodan den Epsaler Con Bayth, mit seinen 800 Schiffen aufzubrechen und Danger I anzugreifen.

Zweck dieses Angriffs sollte sein, alle im Orbit von Danger I befindlichen Kristallballungen sowie die Verteidigungsanlagen auf Danger I zu zerstören.

Wenige Minuten später verließ die 14. Schwere Offensivflotte der USO das Boul-System und ging auf Kurs in Richtung Danger I.

An diesem neuen Morgen nun standen Atlan und Perry Rhodan leicht verkatert am Fuß der Rampe, die zu der unteren Polschleuse der CREST IV hinaufführte, und beobachteten die Einschiffung der Männer aus der Einsatzgruppe Modula II.

Roi Danton und sein Leibwächter Oro Masut standen am Ende der Schlange.

Als sie an der Reihe waren, die Rampe zu betreten, streckte der Freihändler mit einer abwehrenden Geste die Arme aus und jammerte weinerlich:

»Oro, muß das sein? Muß ich wirklich in dieses stinkende Schiff? Du weißt doch, daß ich das Odeur dieser Terraner nicht vertrage! Ich bekomme so leicht Migräne.«

»Es zwingt Sie niemand, das Schiff zu betreten, Monsieur!« sagte Rhodan. »Ich kann Ihren Zorn verstehen! Aber leider konnte ich der FRANCIS DRAKE keine Landeerlaubnis erteilen. Es ist ja kaum für die CREST IV Platz vorhanden.«

Eine Ader begann auf Rhodans Stirn zu pochen.

»Das habe ich gern!« giftete Danton. Er spielte wieder seine Rolle.

»Erst gibt man sein Herzblut – dann wird man einfach von Bord geekelt.«

»Was erlauben Sie sich, Herr?« begann Perry Rhodan in gut gespieltem Zorn zu brüllen und trat einen Schritt auf den Freihändler-König zu.

Einige Soldaten der CREST-Besatzung blickten neugierig herüber.

»Oro!« kreischte der Freihändler. »Zu Hilfe! Er will mir etwas antun!«

Danton flüchtete sich in die gewaltigen Arme seines Leibwächters, der dieses oft gespielte Spiel sofort mitmachte und wild mit den Augen rollte.

Das mit blauroten Brandnarben bedeckte Gesicht des Ertrusers wurde zu einer abschreckenden Fratze.

»Lassen Sie mich bloß in Frieden!« heulte Danton wieder auf, als Perry Rhodan noch einen Schritt auf ihn zu machen wollte. Furchtsam blickte der Freihändler unter dem Ellbogen des Ertrusers hervor.

»Ach, gehen Sie doch zum Teufel, Monsieur«, sagte Perry Rhodan wegwerfend, drehte sich abrupt um und stapfte zur Rampe der CREST IV.

»Bin neugierig«, murmelte er, als er an Atlan vorüberging, »was der Aufschneider anfängt, wenn wir ihn tatsächlich hier zurücklassen.«

»Gib dich keiner falschen Hoffnung hin, mein Freund«, sagte der Arkonide und begann hinterhältig zu grinsen. »Wenn du dich umdrehst, wirst du dein blaues Wunder erleben!«

Perry Rhodan blieb stehen, drehte sich um – und atmete hörbar ein.

Dicht neben der CREST IV landete eine Space-Jet. Die Schleuse sprang auf, und eine abenteuerlich gekleidete Gestalt sprang heraus, die einen roten Läufer entrollte, der bis dicht vor die Rampe der CREST IV reichte. Dann riß sich der Freihändler den verwegenen Hut vom Kopf und beugte das Knie vor seinem »König«.

Roi Danton winkte gönnerhaft dem noch immer fassungslos auf das Bild starrenden Perry Rhodan zu und rief aus:

»Leben Sie wohl, Grandseigneur und Sie, Sire!« Letzteres war auf Atlan gemünzt, der grinsend zurückwinkte.

»Hoffentlich«, so erklang die Stimme des Freihändlerkönigs, der sich auf dem roten Läufer mit der Grazie eines Ballettmeisters bewegte, »hoffentlich sehen wir uns bald wieder!«

»Hoffentlich nicht . . .!« schrie Perry Rhodan zurück und brach dann in lautes Lachen aus, in das Atlan mit einstimmte.

Kopfschüttelnd verschwanden sie in der Schleuse der CREST IV.

# 23.

Der Angriff der 14. USO-Flotte auf Danger I war nach Plan verlaufen. Den Überraschungseffekt nützend, hatte die Flotte binnen weniger Stunden sämtliche im Planetenorbit befindlichen Kristallballungen zerstört und die planetarischen Abwehrforts ausgeschaltet. Ehe die Generäle richtig reagieren konnten, glich die Oberfläche des Planeten einer Kraterlandschaft.

Auf dem Höhepunkt der Kampfhandlungen orteten die USO-Schiffe mehrere Birnenraumer, die fluchtartig Danger I verließen. Da die Generäle, die unter der Kontrolle der Kristalle standen, kaum allein die entsprechenden Entscheidungen getroffen haben konnten, wurde vermutet, daß sich zum Zeitpunkt des USO-Angriffes einige Perlians auf Danger I aufgehalten hatten, die die Flucht angeordnet hatten.

Con Bayth ließ die fliehenden Schiffe ziehen, denn es lag ihm nicht daran, auf sie zu feuern und dadurch ein unnötiges Blutbad anzurichten.

Doch Danger I war nach wie vor eine potentielle Gefahr, denn noch immer existierten unter der Planetenoberfläche riesige Kristalladern.

Solange es diese Adern gab, war die Gefahr nicht beseitigt. Es konnten sich jederzeit neue Kristallkugeln bilden, mit deren Hilfe die Perlians nicht nur die große Magellansche Wolke, sondern eines Tages auch die Milchstraße zu beherrschen hofften.

Zur Zeit befanden sich knapp 21.000 terranische Schiffe in der Großen Magellanschen Wolke.

Perry Rhodan hatte einen Teil der Schiffe für den bevorstehenden Angriff auf die Danger-Planeten abgezogen und je 400 Schiffe auf jede Kristallwelt angesetzt. Die restlichen Schiffe blieben als Einsatzreserve im Modula-System zurück.

Die von den Gurrads gelieferten Positionsdaten waren inzwischen längst ausgewertet worden. Die terranischen Schiffe hatten ihre Position bezogen.

Am 10.12.2435 erfolgte Rhodans Befehl zur »Operation Blitz«.

Die CREST stand zusammen mit der FRANCIS DRAKE und 400 anderen Schiffen über Danger I.

Perry Rhodan stand in der Zentrale seines Flaggschiffes und beobachtete nachdenklich den Panoramaschirm, auf dem der Planet deutlich zu sehen war, als sich die Funkzentrale meldete und einen Anruf Roi Dantons zu seinem Platz durchstellte.

Gucky, der gemeinsam mit anderen Mutanten an Bord von Bulls Flaggschiff, der MARSHALL FREYT, in Magellan angekommen und zur CREST übergewechselt war, kam neugierig näher.

Dantons Gesicht wirkte diesmal nicht blasiert, sondern völlig normal. Sogar das sonst unvermeidliche Glas am Stiel, wie Gucky das Lorgnon respektlos nannte, fehlte.

Der Anblick war so ungewohnt, daß Rhodan kein Wort sagen konnte. Er starrte Roi Danton nur verwundert an.

»Fehlt Ihnen etwas?« erkundigte sich Danton teilnahmsvoll.

»*Mir* nicht«, sagte Rhodan nachdem er tief Luft geholt hatte. »Aber es sieht so aus, als wäre mit Ihnen etwas geschehen. Wo haben Sie Ihre gewohnte . . . eh . . . Uniform gelassen? Sie kommen mir direkt fremd vor. Und Sie reden auf einmal auch ganz normal.«

»Nur heute, Sir. Stehen wir kurz vor einem Angriff oder nicht? Na also! Das erfordert nicht nur eine seelische, sondern auch eine äußerliche Umstellung. Aber seien Sie beruhigt. Diese Umstellung hält nicht lange an und ist nur vorübergehender Art.«

»Das beruhigt mich ungemein«, gab Rhodan spöttisch zu. »Haben Sie deshalb Verbindung mit mir aufgenommen, um mir das zu erzählen?«

»Ihr Spott schmerzt mich, Sire. Ich wollte aus einem anderen Grund mit Ihnen sprechen. Ich nehme an, daß Ihnen die Kristalladern von Danger I eine Menge Sorgen bereiten. Wir sind zwar davon überzeugt, daß die Schwingungen, die ungezielt ausgestrahlt werden, harmlos sind und die Kristalle erst auf Welten wie Modula II zu dem gemacht werden, was sie gefährlich macht, aber dennoch, ein Unsicherheitsfaktor bleibt.«

Rhodan nickte wortlos, und Danton fuhr fort:

»Wir wissen nicht, ob es nicht irgendwo dort unten, tief unter der Planetenoberfläche, bereits modulierte Kristallballungen gibt, die nur darauf warten, uns zu überraschen. Wir wissen auch nicht, ob uns die Kristalladern selbst – ganz ähnliche wie die 400 Meter durchmessenden Kristallkugeln – nicht doch noch in irgendeiner Form gefährlich werden können, da sie in wesentlich konzentrierterer Masse vorhanden sind, als die uns bekannten Ballungen. Selbst wenn die von den Adern emittierten Hypnostrahlungen ziellos verpufften, könnte es zu Problemen kommen, wenn die Emissionen in zu starker Form aufträten. Das alles bereitet Ihnen Kopfzerbrechen, zumal die bisherigen Abschirmungsnetze keinen genügenden Schutz bieten, da sie selbst leicht zu orten sind. In den unterirdischen Anlagen von Danger I könnten mannigfaltige Gefahren – in Form von Robotern oder automatischen Abwehranlagen – auf uns lauern, die durch die Ortung der Howalflektornetze jederzeit unseren Spuren folgen könnten.«

»Leider haben Sie recht, Danton«, sagte Rhodan. »Aber warum erzählen Sie mir das? Sagen Sie mir endlich, was Sie tatsächlich wollen!«

»Ihnen einen Besucher melden, Sire. Es handelt sich um den Fürsten Gris Eschka, einen meiner Vertrauten. Würden Sie die Freundlichkeit besitzen, ihn zu empfangen, bevor Sie den endgültigen Angriffsbefehl geben?«

»Ich wüßte nicht, was ein Freifahrer mit unserer Aktion zu tun haben sollte. Aber vielleicht erklären Sie es mir näher.«

»Gern. Fürst Eschka bringt eine kleine technische Spielerei mit, die uns allen von Nutzen sein könnte. Nennen Sie es meinetwegen einen verbesserten Abschirmhelm gegen Hypnobeeinflussung, ich nenne die Dinger ganz einfach Howalflektorhelme. Empfangen Sie den Fürsten, bevor der Angriffsbefehl an Ihre Flotte ergeht. Wie es mit den anderen Flotten ist, weiß ich leider nicht . . .«

»Eben sind die Bestätigungen dafür eingegangen, daß sie die übrigen Danger-Planeten an den von den Gurrads bezeichneten Positionen gefunden haben.«

»Zumindest kann ich dann Ihre eigenen Landekommandos unterstützen«, erbot sich Danton. »Was die Helme angeht, so können sie bei der Gelegenheit ausprobiert werden, obwohl ich fest davon überzeugt bin, daß sie allen Anforderungen entsprechen. Leider ist nur die zu Verfügung stehende Anzahl ein wenig beschränkt.«

»Und was hat dieser Fürst . . . wie war doch sein Name?«

»Fürst Gris Eschka.«

»Ja, was hat der damit zu tun?«

»Er bringt die Helme und wird Ihnen ihre Anwendung erklären.«

»Wo steckt er?«

»Einige Lichtjahre von hier, aber bereits im Linearflug unterwegs. Er kann jede Sekunde eintreffen . . . ah, da ist er schon. Empfangen Sie ihn auf der CREST?«

Rhodan seufzte.

»Sehen Sie eine andere Möglichkeit, Mister Danton?«

»Nein«, sagte Roi Danton und schaltete schnell ab.

Rhodan starrte auf den dunkel gewordenen Bildschirm, dann wandte er sich an Gucky.

»Nun, Kleiner, was meinst *du* dazu? Ist da etwas dran?«

»Vielleicht nichts, vielleicht eine Menge, Perry. Die Erfahrung beweist, daß Danton niemals gegen unsere Interessen gehandelt hat. Warum diesmal? Sehen wir uns diesen Freihändlerfürsten doch an. Schaden kann es bestimmt nicht. Und der Angriffsbefehl . . .«

»Hat eine Stunde Zeit. Gut, nehmen wir die Verbindung auf.«

Es dauerte immerhin noch drei Stunden, ehe ein Beiboot von der LYDOLA in den Hangar der CREST eingeschleust wurde. Die LYDOLA war Eschkas Schiff, ein Kugelraumer von fünfhundert Metern Durchmesser. Der Fürst hatte sich angemeldet und wurde von einem Offizier in die Messe geführt, wo Rhodan ihn mit einigen seiner Leute und Mutanten begrüßte. Gucky hockte unauffällig in einer Ecke und hatte den Auftrag, sich um die Gedanken des Freihändlers zu kümmern.

Als Fürst Gris Eschka den Raum betrat, herrschte zuerst einmal bedrücktes Schweigen, obwohl jeder am liebsten in Gelächter ausgebrochen wäre. Eschkas Erscheinung reizte unwillkürlich dazu. Er war ein kleiner und fürchterlich dicker Mann mit einer vollkommenen Glatze. Im ersten Augenblick erinnerte er an eine lebendig gewordene Kugel, die in die Messe gerollt kam. Zum Ausgleich für die auf dem Haupt fehlenden Haare trug er einen dichten schwarzen Vollbart, der bis zur Brust reichte. Aber er war immerhin kurz genug geschnitten, um nicht die bunten Orden zu verdecken, mit denen Eschka sich geschmückt hatte.

Die Uniform saß recht schlampig, und durch den Bart wirkte der Freifahrerfürst verwahrlost, aber das war ein Eindruck, der sicherlich täuschte. Die klugen Augen verrieten Rhodan sofort, daß er es mit einem intelligenten und zuverlässigen Mann zu tun hatte. Er stand auf und ging ihm entgegen.

»Willkommen an Bord der CREST, Fürst Eschka! Roi Danton

sagt mir, daß Sie mich zu sprechen wünschen. Meine Freunde brauche ich Ihnen nicht einzeln vorzustellen. Sie können offen reden. Nehmen Sie bitte Platz.«

Eschka grinste und nickte den anderen zu, dann verbeugte er sich ganz knapp vor Rhodan – wohl mehr aus physikalischen Gründen, als aus anderen.

»Freut mich, Sir, Sie kennenzulernen.« Er setzte sich und stellte einen Beutel aus undurchsichtigem Material vor sich auf den Tisch. »Habe viel von Ihnen gehört.« Er grinste und sah an den Mutanten vorbei. Sein Blick fiel auf Gucky. »Und das dort ist der Mausbiber Gucky, nehme ich an. Danton berichtete mir, er sei so etwas wie Ihre Gedankenpolizei.«

»Ganz verkehrt ist das nicht«, gab Rhodan lächelnd zu. »Ich muß wissen, mit wem ich es zu tun habe. Sie verzeihen mir sicherlich, Fürst Eschka . . .«

»Selbstverständlich. Ich habe nichts zu verbergen. Ich habe Ihnen etwas mitgebracht, aber das wissen Sie ja bereits. Unsere Wissenschaftler haben die Ihnen bekannten Howalflektornetze weiterentwickelt, und ich bin davon überzeugt, daß sie Ihnen große Dienste erweisen können. Wie ich höre, kam ich gerade zur rechten Zeit. Sie wollen die Danger-Planeten angreifen. Ihre Männer brauchen einen solchen Schutz, damit sie das ohne Gefahr tun können. Die Helme halten alle hypnotischen Einflüsse von ihnen fern.«

»Ausgezeichnet, Fürst Eschka! Sind die Helme ausprobiert worden?«

»Soweit es uns möglich war – ja. Ich bin völlig sicher, daß sie ihren Zweck voll und ganz erfüllen.« Er beugte sich vor und öffnete den Beutel. Er nahm den Helm daraus hervor. Er war aus biegsamem Metall gearbeitet und so groß, daß er den ganzen Kopf eines Menschen umschloß. Ein Nackenschild reichte bis zum obersten Halswirbel. »Der Howalgoniumschild ist eingelassen und mit einem Mikroabsorber versehen. So wird jede Strahlung verhindert, die den Träger des Helms verraten könnte.«

»Darf ich?« fragte Rhodan und nahm den Helm in die Hand. Er untersuchte ihn und reichte ihn dann weiter. »Wie viele haben Sie davon? «

»Leider nur fünftausend, aber das dürfte zumindest für den Angriff auf Danger I genügen.«

»Was verlangen Sie dafür, Fürst Eschka?«

Eschkas Gesicht verzog sich zu einem breiten Grinsen.

»Man nennt uns die Freihändler, was natürlich nichts damit zu tun hat, daß wir unsere Waren verschenken. Aber in diesem Fall ist es in der Tat so, daß wir nichts verlangen. Vorläufig wenigstens nicht. Wir legen großen Wert darauf, gut mit Ihnen auszukommen, Sir. Betrachten Sie die Helme als ein Geschenk. Wenn sie sich bewähren, sind wir später für eine kleine Anerkennung dankbar. Das ist auch Roi Dantons Auffassung von den Dingen.«

Rhodan sah in Guckys Richtung. Der Mausbiber zuckte die Schultern und nickte. Eschka hatte die Wahrheit gesprochen.

»Wir sind Ihnen zu Dank verpflichtet«, sagte Rhodan schließlich. »Wenn wir irgend etwas für Sie tun können, lassen Sie es mich wissen.«

»Wir melden uns«, versprach Eschka und erhob sich. »Die Helme werden gerade ausgeladen und liegen an Bord der DRAKE für Sie bereit. Mich erwarten neue Aufgaben, Sir. Sie werden also entschuldigen, wenn ich mich empfehle.« Er reichte Rhodan die Hand und nickte den übrigen leutselig zu. »Meine Herren . . . es war mir eine Ehre.«

Ein Offizier geleitete ihn aus der Messe.

Gucky kam zum Tisch geschlendert.

»Netter Kerl, der Fürst«, sagte er und betrachtete den Helm. »Er ist fest davon überzeugt, daß das Ding da funktioniert. Wir werden es ja bald wissen.«

»Ich habe Vertrauen zu den Freihändlern, und vor allen Dingen habe ich Vertrauen zu ihren Wissenschaftlern«, sagte Rhodan, und John Marshall, der Leiter des Mutantenkorps meinte: »Es sind fähige Leute. Der Angriff auf Danger I bereitet mir nun schon weniger Sorgen als noch vor einer Stunde.«

»Ganz meine Meinung«, knurrte Iwan Goratschin, der rechte Kopf des Doppelmutanten. »Wir brauchen dann wahrscheinlich zwei Helme, damit mein jüngerer Bruder nicht verrückt spielt.«

Der linke Kopf, Iwanowitsch, protestierte:

»Ich kam zwei Sekunden später zur Welt – behauptest *du*! Und selbst wenn es so wäre, so ist das noch längst kein Grund, das immer wieder herauszukehren. Natürlich brauche ich auch einen Helm!«

Rhodan lächelte nachsichtig.

»Ihr streitet seit fünf Jahrhunderten – und das wegen zwei Sekunden. Wann seid ihr das endlich einmal leid?«

Die beiden Gesichter grinsten Rhodan an.
»Nie!«
Diesmal sagten sie es beide, einträchtig und überzeugt.
Gucky sagte zu Rhodan:
»Wir müssen die Helme holen, Perry. Von selbst wird Roi sie uns nicht bringen.«
»John Marshall wird das veranlassen.« Er sah Gucky forschend an. »Du hast ›Roi‹ gesagt, nicht ›Danton‹. Verwunderlich, mein Kleiner. Du tust so, als würdest du ihn gut kennen. Ist das der Fall?«
»Oh . . . das eigentlich nicht.« Gucky sah ein wenig verlegen aus. »Ich kenne ihn nicht besser als du. Aber Roi ist doch einfacher zu sagen als Danton.«
»Fadenscheiniges Argument«, gab Rhodan sich widerwillig zufrieden. Er hatte plötzlich das Gefühl, von Gucky angelogen worden zu sein, aber leider war der Telepath Marshall schon nicht mehr da. Außerdem konnte Gucky das Herumstöbern in seinen Gedanken verhindern, wenn er das wollte. Und er sah im Augenblick ganz so aus, als wollte er das.
Der Interkom summte. Auf dem Schirm erschien das Gesicht eines Funkoffiziers.
»Sir – Anfrage von Atlan. Wollen Sie selbst mit ihm sprechen?«
»Ich komme sofort.« Rhodan stand auf. »Wir übernehmen die neuen Helme, und dann werden wir angreifen. Wir haben Zeit genug verloren.«
Er verließ die Messe.
Gucky seufzte:
»Zeit verloren . . .? Mit der verlorenen Zeit könnten wir bald ein neues Universum aufbauen.«

Die Gelassenheit des Mausbibers war nur äußerlich. Denn seit knapp zehn Stunden wußte er, wer Roi Danton war.
Das war so gekommen:
Roi Danton, Atlan, Oro Masut und Melbar Kasom waren an Bord der CREST gekommen. Während sich Rhodan, Atlan und Danton besprachen, zogen sich die beiden Ertruser in die Offiziersmesse zurück und unterhielten sich. Dabei kamen sie auch auf Danton zu sprechen. Gucky, der es nicht ertragen konnte, daß ihm die Gedankeninhalte der beiden mentalstabilisierten Ertruser verborgen blie-

ben, folgte ihnen heimlich. Ohne von den beiden Giganten bemerkt zu werden, wurde er Zeuge ihrer Unterhaltung. Dadurch erfuhr er, wer Danton tatsächlich war.

Gucky war, als ob ihn der Schlag getroffen hätte, als er die Zusammenhänge erkannte.

Roi Danton Perry Rhodans Sohn! Mike Rhodan!

Nur mit Mühe gelang es ihm, sich zu beherrschen und sich unbemerkt abzusetzen. Der Mausbiber sah nun Danton mit ganz anderen Augen und beschloß, das Geheimnis für sich zu behalten und niemandem etwas über das, was er erfahren hatte, zu berichten – zumal aus dem Gespräch der beiden Ertruser hervorging, daß unter den Besatzungen der 21.000 hier befindlichen Schiffe nur Kasom und Masut Dantons Identität kannten.

Bevor Rhodan endgültig den Befehl für einen konzentrischen Angriff auf die Kristallplaneten erteilte, erhielt er noch einmal Besuch von Roi Danton. Das geschah, als die fünftausend Howalflektorhelme umgeladen wurden.

Die beiden Männer hatten eine kurze Unterredung, bei der sonst niemand zugegen war. Auch diesmal verzichtete der Freihändler auf alle seine gewohnten Mätzchen und verwirrte Rhodan durch sein völlig normales Benehmen. Sie besprachen den Angriff und die später folgenden Aktionen.

Erst gegen Ende der Unterredung erschien Gucky in Begleitung seines Sohnes Jumpy und meldete, daß sie, John Marshall und der Doppelkopfmutant Iwan Iwanowitsch Goratschin zum Einsatz bereitstünden.

Dann erst tat Gucky so, als sähe er Roi Danton.

»Ah, Monsieur – comment allez vous?«

»Tres bien«, erwiderte Danton unwillkürlich, aber dann verlor er für eine Sekunde die Fassung. Er starrte Gucky an. »Seit wann sprichst du denn Französisch?«

Gucky grinste.

»Eben das erstemal, König der Freihändler. Ich dachte mir, ich könnte damit dem edlen Nachfahren eines so großen Geschlechtes eine Freude bereiten. War die Aussprache nicht gut?«

»Mais – oui . . .« Danton besann sich und fuhr fort: »So ein Unsinn! Reden wir vernünftig . . .«

»Seit wann ist die französische Sprache unvernünftig?« erkundigte sich Gucky. »Und dafür habe ich nun geochst wie ein Büffel. Na ja, wie man's macht, ist es verkehrt.«

Danton sah ihn aufmerksam an.

»Was sollte die Andeutung mit dem großen Geschlecht bedeuten, Kleiner?«

Gucky fing einen erstaunten Blick Rhodans auf und wußte, daß er vorsichtig sein mußte. Er wollte Danton ja auch nur in Unruhe versetzen, nur Andeutungen machen und dabei nichts verraten. Danton glaubte, die ganze Welt an der Nase herumzuführen. Er sollte zumindest ahnen, daß er es mit ihm, Gucky, nicht so machen konnte. Die Ungewißheit würde für ihn quälender sein als alles andere.

»Sire«, sagte Gucky daher gespreizt, »wer ist Ihr Vater? Ich muß ihn kennen, denn Ihre Züge, Sire, erinnern mich an einen alten Freund von mir. Nennen Sie mir seinen Namen, und ich werde es wissen . . .«

Danton trat von einem Fuß auf den anderen. Er sah Rhodan hilflos an, aber der reagierte nicht. Im Gegenteil. Er wartete in Ruhe ab, was geschehen würde. Er kannte seinen Mausbiber.

»Sie können es mir ruhig verraten«, stichelte Gucky.

»Ich kenne meinen Vater selbst nicht«, sagte Danton schließlich, ohne daß er seine Verlegenheit verbergen konnte. Geflissentlich vermied er Rhodans Blick. »Überhaupt möchte ich wissen, was dich das angeht, Gucky. Mische dich nicht in fremde Familienverhältnisse.«

Gucky stemmte die Arme in die Hüften und sah Danton frech an.

»Fremde . . .?« sagte er gedehnt und voller Anspielung.

Diesmal erschrak Danton wirklich.

»Je ne me sens pas bien«, murmelte er verstört. »Ich fühle mich nicht wohl, Messieurs – entschuldigen Sie mich. Ich muß zurück zu meinen Leuten. Wann greifen wir an . . .?«

Rhodan schien das scheinbar bedeutungslose Zwischenspiel längst vergessen zu haben.

»In einer Stunde. Halten Sie sich zurück, und lassen Sie meinem Einsatzkommando den Vortritt.«

»Sie haben meine Helme – das genügt.«

»Nochmals besten Dank! Warten Sie, ich werde einen Offizier holen, der Sie begleitet.«

»Danke! Ich finde den Weg allein.«

Roi Danton verließ den Raum. Im Hinausgehen warf er Gucky einen fragenden Blick zu, aber der Mausbiber grinste nur unverschämt und winkte ihm zu.

Das Grinsen verschwand, als sich die Tür geschlossen hatte.

Rhodan fragte:

»Was also sollte der Unsinn, Kleiner?«

»Nichts, Perry. Aber Roi gibt sich immer so geheimnisvoll, und da habe ich einfach so getan, als wüßte ich etwas, und du hast ja selbst gesehen, wie verstört er war. Muß das vielleicht ein tolles Geheimnis sein, daß seine Herkunft umgibt . . .!«

Rhodan nickte langsam.

»Da magst du recht haben. Ich habe mir schon oft meine Gedanken darüber gemacht. Es ist seltsam, wenn ich ehrlich sein soll. Dieser Gauner ist mir sympathisch, und dann wieder möchte ich ihn aus der Milchstraße jagen – samt seinen Freifahrern.« Er schüttelte den Kopf. »Manchmal bin ich mir selbst ein Rätsel. Früher hätte ich anders reagiert. Liegt das nun an mir, oder liegt es an diesem Roi Danton?«

Gucky wußte, daß er es nicht zu weit treiben durfte.

»Vielleicht an beiden«, murmelte er und nahm seine Hand von Jumpys Mund. Der kleine Mausbiber holte tief Luft und platzte endlich mit dem heraus, was er schon lange hatte sagen wollen:

»Kriegen wir Sonderverpflegung, bevor es losgeht . . .?«

Gucky machte eine Geste der Entschuldigung.

»Tut mir leid, Perry, aber der Kerl denkt nur ans Essen. Was soll man da machen?«

Rhodan lächelte.

»Essen«, sagte er. »Wer satt ist, denkt nicht mehr daran.«

Knapp tausend Lichtjahre entfernt stand Atlan vor dem Panoramaschirm und betrachtete das Wunder, das sich seinen Augen darbot.

Im leeren Raum schwebte der Planet Danger XXVII, eine grünbraune Welt mit einer Atmosphäre. Sie schien von Tausenden funkelnder Diamanten umgeben zu sein, die in allen Farben leuchteten, wenn auch Grün dominierte. Das Licht der Sonne brach sich in ihnen, und die Farben ihres Spektrums ließen den Panoramaschirm der IMPERATOR zu einer unwahrscheinlich prächtigen Palette werden. Jeder der scheinbar harmlosen Diamanten war in Wirklichkeit ein riesiger Hypnokristall mit einem Durchmesser von vierhundert Metern.

Atlan sah auf die Uhr.

Angriff in zehn Minuten.

Vierhundert schwere Einheiten der 14. USO-Flotte standen bereit. Die Kommandanten waren unterrichtet worden. In derselben Sekunde, in der sie ihren Leitstellen den Feuerbefehl gaben, würde das gleiche überall dort geschehen, wo es Danger-Planeten gab. Schlagartig würde das Verderben über die Kristalle und die Generäle hereinbrechen.

Nach seinem Hyperfunkgespräch mit Rhodan hatte Atlan noch Verbindung mit Admiral Con Bayth aufgenommen, der seine Ausgangsposition vor Danger XXVIII erreicht hatte. Bully stand mit seinen Einsatzgruppen weiter entfernt.

In acht Minuten war das Warten vorbei.

Neunundzwanzig Planeten würden dann von insgesamt elftausendsechshundert Schiffen angegriffen werden.

*Wenn nur OLD MAN nicht so früh eintrifft,* dachte Atlan besorgt. *Der Riesenroboter könnte den Terranern das Konzept sehr gut verderben. Er ist unterwegs nach hier, aus der Milchstraße. Aber wahrscheinlich kann er nicht ununterbrochen im Linearraum fliegen, ohne seine Triebwerke zu sehr zu beanspruchen. Das kann unser Glück sein. Doch eines Tages, früher oder später, werden wir ihm wieder begegnen. Und dann . . .*

Er sah auf den Bildschirm. Seine Augen wurden schmaler.

Eine Minute noch . . .

Atlan nickte dem Kommandanten der IMPERATOR zu. Von nun an lag alles in der Hand des bewährten Offiziers, der genau wußte, was er zu tun hatte.

Er würde das gleiche tun wie achtundzwanzig andere Kommandanten.

Noch zehn Sekunden . . .

Danger XIV sah nicht viel anders aus als Danger I oder Danger XXVII.

Bully hatte seine vierhundert Schiffe so verteilt, daß der Planet von ihnen eingeschlossen wurde. Beim Angriffszeichen würden sie vorstoßen und gleichzeitig das Feuer aus allen Geschützen eröffnen. Die

Gigabomben der Transformkanonen würden die Kristalle vernichten.

Dann erst würde man den Planeten selbst angreifen.

Die Wartezeit war vorbei. Bully gab das Zeichen.

Danger XIV war der dritte Planet einer gelben Normalsonne. Er besaß eine dichte Atmosphäre und große Ozeane mit kleinen Kontinenten. Messungen hatten ergeben, daß diese Kontinente von starken Kristalladern durchzogen wurden. Wo die Generäle ihre Unterschlupfe hatten, war nicht festzustellen gewesen. Sie würden sich schon bemerkbar machen, wenn es ihnen an den Kragen ging.

Die ersten Kristallwürfel vergingen im Feuer der Angreifer.

Warum müssen wir immer nur wieder zerstören? dachte Bully, als er die farbenprächtigen Leuchterscheinungen auf dem Schirm sah. Warum wird uns das aufgezwungen? Hat das seinen besonderen Grund, oder ist es einfach nur Zufall?

Als die Kristallballungen nicht mehr existierten, wurde das Feuer auf den Planeten selbst eröffnet. Dort hatten die starken Raumabwehrforts ihre Verteidigungsmaßnahmen begonnen. Erste Funkgespräche der Generäle wurden aufgefangen, aber sie waren verschlüsselt und unverständlich.

Planet Danger XIV verwandelte sich in ein atomares Inferno.

Und so wie hier war es überall.

Nur nicht auf Danger I . . .

Major Herm Wolters erhielt den Auftrag, mit einem kleinen Einsatzteam auf Danger I zu landen und herauszufinden, wie stark die Hypnostrahlung war. Jedes der Einsatzmitglieder war dazu mit einem Absorberhelm ausgerüstet worden.

Wolters steuerte die Space-Jet selbst. Er hatte neun Männer bei sich, die mit ihm durch die Hölle gehen würden, wenn es sein mußte.

Herm Wolters hoffte, es würde nicht nötig sein.

Als sie sich der von Kratern durchsetzten Oberfläche näherten, beobachtete Wolters seine Leute scharf, obwohl er genug mit den Kontrollen der Space-Jet zu tun hatte.

Sie verhielten sich normal, doch als die Space-Jet in die Lufthülle des Planeten eindrang und in wenigen Kilometern Höhe über das Land flog, zeichneten sich erste Veränderungen ab.

Leutnant McGee sagte:

»Ein bohrendes Gefühl. Es ist, als ob jemand versuchte, in mein Gehirn einzudringen. Die Kristalladern senden starke Impulse aus, die jedoch ganz anders wirken, als wir es von den bereits modulierten Kristallballungen gewohnt sind.«

Wolters nickte. Auch er spürte die Ausstrahlungen der Kristalladern. Obwohl er glaubte, daß ihnen unmittelbar noch keine Gefahr drohte, griff er nach seinem Helm und setzte ihn auf. Die anderen folgten seinem Beispiel. Schlagartig verschwand das bohrende Gefühl.

In knappen Worten informierte Wolters über Funk Perry Rhodan.

Die Space-Jet strich in wenigen hundert Metern Höhe über die Todeslandschaft dahin. Den Augen der Männer bot sich immer wieder das gleiche Bild: Krater, schimmernde Schmelzflächen atomaren Ursprungs, tiefe Risse und frische Schutthalden. Dazwischen erstreckten sich steinige Ebenen und abermals Krater dicht neben Krater.

»Da drüben, das dürften Gebäude sein«, sagte Leutnant McGee und deutete in Flugrichtung. »Sie scheinen noch intakt zu sein.«

Dicht an steile Felsen geschmiegt, erhoben sich einige flachgestreckte Bauten aus der Ebene.

Sie lagen so geschützt, daß sie beim Angriff der USO-Flotte verschont worden waren. Nichts wies darauf hin, daß es hier noch lebende Generäle gab. Anscheinend hatten alle rechtzeitig die Flucht ergriffen.

»Sehen wir mal nach?« fragte ein Sergeant und rückte den Druckhelm zurecht.

»Ob hier oder an anderer Stelle, das dürfte wohl egal sein.« Wolters steuerte die Gebäude an, umkreiste sie und landete dann dicht neben einem größeren Krater auf verhältnismäßig ebenem Boden. Der Antrieb verstummte. »Ich werde das Schiff mit fünf Mann verlassen. Die anderen warten, bis ich ein Zeichen gebe.«

Zehn Minuten später betraten Major Wolters, Leutnant McGee, Sergeant Tamarow und weitere drei Männer die Oberfläche von Danger I.

Sie alle trugen Kampfkombinationen.

Der steinige Boden erleichterte das Gehen, und die Gebäude waren nur wenige hundert Meter von der Landestelle der Space-Jet entfernt. Dazwischen taten sich keine weiteren Krater mehr auf.

Die Räume, die sie dann vorfanden, wirkten unbewohnbar und

tot. Alle Gegenstände, die nicht aus widerstandsfähigem Metall bestanden, waren verschwunden. Aber ihre Schatten waren noch vorhanden. Eine unvorstellbare Hitze mußte alles in Bruchteilen von Sekunden zu Staub und Asche verwandelt haben.

»Thermobomben«, mutmaßte Sergeant Tamarow.

Leutnant McGee und zwei Kadetten durchsuchten die hinteren Räume des Hauptgebäudes, blieben aber durch Funk mit den anderen in Verbindung.

»Das hier sieht schon eher wie ein Lift aus«, sagte er. »Hören Sie mich, Sir?«

»Gut sogar. Wo stecken Sie?« fragte Major Wolters.

»Am Ende des Korridors, dann rechts, Türen sind keine mehr vorhanden, und auch der Lift dürfte unter der Hitze gelitten haben. Aber es geht hier zweifellos in die Tiefe. Das war es doch, was Rhodan wissen wollte.«

»Wir sehen uns das an. Warten Sie dort.«

Wolters durchsuchte mit seinen Leuten noch die anderen Räume, aber er fand nichts. Als er zu McGee stieß, waren insgesamt fast anderthalb Stunden vergangen.

Das Gebäude war so errichtet worden, daß der Felsen die Rückwand bildete. Der Lift war in diesen Felsen hineingebaut worden, und da es keine Türen mehr gab, stand Wolters vor einem großen, rechteckigen Loch.

Dahinter war ein Schacht, der dunkel und schwarz in der Tiefe verschwand.

»Wir können die Aggregate einschalten und hinunterschweben«, schlug Tamarow vor. »Ist doch ganz einfach.«

»Es wird besser sein, die Entscheidung Perry Rhodan zu überlassen«, sagte Wolters mit leichtem Vorwurf. »Wir sollten einen Eingang finden, und das haben wir getan. Außerdem sollten wir feststellen, ob die Helme abschirmen. Sie tun es. Damit haben wir auch diesen Teil der Aufgabe gelöst. Also können wir Bescheid geben.«

Minuten später lief der zweite Teil der »Operation Blitz« an . . .

# 24.

»Jetzt geht mir die Warterei aber allmählich auf die Nerven«, knurrte der linke Kopf des Mutanten Goratschin verdrossen. »Wird Zeit, daß etwas passiert.«

»An das Warten solltest du von Geburt an gewöhnt sein«, tröstete ihn Iwan, der rechte Kopf. »Zwei Sekunden – du erinnerst dich ja . . .?«

Gucky meckerte:

»Laßt doch endlich eure Geburt aus dem Spiel!« Er wirkte winzig gegen den Mutanten mit den Säulenbeinen und zwei Köpfen. Aber er verstand sich gut mit dem Riesen, der einer der gefährlichsten Mutanten überhaupt war. Die Gehirnströme seiner beiden Köpfe wirkten im Schnittpunkt auf jede Kalziumverbindung wie ein Funke auf Sprengstoff. Auch Kohlenstoffverbindungen aller Art konnte er »auf Sicht« in pure Energie verwandeln. Man nannte Goratschin einen »Zünder«, und genau das war er auch. »Wegen zwei Sekunden regt man sich doch nicht auf.«

»Ganz meine Meinung«, stimmte auch John Marshall zu, der genauso wie die anderen auf Rhodans Einsatzbefehl wartete. »Seht lieber noch einmal nach, wie die Kombination sitzt. War eine verteufelte Arbeit, das Ding mit zwei Kopfstücken zu konstruieren.«

Die beiden Männer und die beiden Mausbiber saßen in der engen Kabine eines Landungsschiffes, das sie hinab zur Oberfläche von Danger I bringen sollte, zusammen mit fünftausend anderen Terranern.

Insgesamt waren es hundert solcher Schiffe. Zwei weitere transportierten eine Division Kampfroboter.

Ein Ruck ging durch das kleine Schiff, als es die CREST verließ. Mit hoher Geschwindigkeit sank es der Oberfläche von Danger I entgegen, und als es schließlich in der Nähe von Major Wolters' Space-Jet aufsetzte, geschah das gleiche an hundert anderen Stellen auch. Die Hypnostrahlung war allgegenwärtig, jedoch ohne auf bestimmte Ziele ausgerichtet zu sein. Es war so, wie man schon bisher angenommen hatte: Kristalle in ihrer Urform waren relativ harmlos, erst durch die Manipulationen auf Welten wie Modula II wurden sie zu gefährlichen Gegnern umfunktioniert.

Dennoch wollte man auf die Absorberhelme nicht verzichten, da man sicher war, daß die Hypnostrahlung an Intensität zunehmen würde, je weiter man in das Planeteninnere vordrang.

Als die vier Mutanten mit fünfundvierzig Männern des Einsatzkommandos das Landeschiff verließen, liefen ihnen drei Männer in Kampfkombinationen entgegen.

»Der Major und fünf Mann – sie sind verschwunden und haben sich nicht mehr gemeldet. Sie waren drüben im Gebäude . . .«

Marshall, der wie alle anderen den Howalflektorschirm unter dem Druckhelm trug, hielt den Sprecher am Arm fest.

»Sagen Sie das noch einmal! Was ist geschehen?«

Der Kadett sah, daß er den Leiter des Mutantenkorps vor sich hatte. Außerdem wußte er, wer Goratschin und die beiden Mausbiber waren. Er nahm sich zusammen.

»Sir, der Major meldet sich nicht mehr. Die Funkverbindung wurde plötzlich unterbrochen, und als wir in dem Gebäude nachsahen, fanden wir nichts. Nur den Schacht.«

»Was für einen Schacht meinen Sie?«

»Ein Lift, er führt in das Innere des Planeten . . .«

»Los, weiter! Wahrscheinlich ist Wolters mit seinen fünf Leuten eingestiegen. Möglich, daß die Kristalle den Funkverkehr behindern, aber es kann auch sein, daß den Männern etwas passiert ist. Gucky, keine Gehirnschwingungen?«

»Keine, John.«

Inzwischen waren die fünfundvierzig Terraner, die mit dem Landeboot gekommen waren, ausgeschwärmt und besetzten das Gebäude. Schon Minuten später stellte sich heraus, daß es mindestens zehn Lifts gab, die ins Innere des Planeten führten.

Welchen hatte Major Wolters benutzt?

Marshall hatte eine kurze Unterredung mit dem Kommandanten der zwei Einsatzzüge, dann sagte er zu seinen drei Mutanten:

»Wir haben Handlungsfreiheit, wie von Rhodan angeordnet. Kommt, wir wollen versuchen, Wolters zu finden. Er kann noch nicht sehr weit sein.«

Jumpy hielt sich an der Hand seines Vaters fest. Die tote Welt war ihm unheimlich. Natürlich hatte er keine Angst, aber er konnte ein

Gefühl der Scheu vor dem Unbekannten nicht unterdrücken. Gucky fing seine Gedanken auf, sagte aber nichts. Ihm war selbst nicht ganz wohl in seiner Haut.

Lediglich Iwan Iwanowitsch Goratschin schien in dieser Hinsicht keine Hemmungen zu kennen. Mit seinen mächtigen Säulenbeinen durchstampfte er den leeren Korridor und hielt an, als er vor einem Lifteingang stand. Iwan stieß ein befriedigtes Grunzen aus.

»Da wären wir«, sagte er. »Vielleicht ist es sogar derselbe Schacht, in dem Wolters verschwunden ist.«

»Das müssen wir dem Zufall überlassen.« Marshall leuchtete in die Tiefe, aber der starke Lichtkegel erreichte keinen Grund. »Mit den Flugaggregaten müßten wir es eigentlich schaffen. Aber zusammenbleiben!«

»Soll ich mal hinunterteleportieren?« erbot sich Gucky.

»Hiergeblieben!« Marshalls Stimme war ungewöhnlich ernst. »Wir dürfen uns auf keinen Fall trennen. Das wäre zu gefährlich.«

Fast schwerelos geworden, sanken sie langsam in die Tiefe. Die Wände waren glatt und kahl. Schon nach wenigen Sekunden verschwand über ihren Köpfen das Dämmerlicht des Eingangs.

Gucky leuchtete nach unten.

»Ist ja endlos, wenn ihr mich fragt. Da fallen wir gleich auf der anderen Seite wieder hinaus.«

Nach weiteren zehn Minuten wurde das Licht ihrer Lampen endlich reflektiert. Der Schacht war zu Ende. Die vier Mutanten landeten und waren froh, wieder festen Boden unter den Füßen zu haben. Marshall versuchte vergeblich, Funkverbindung mit Wolters zu erhalten. Dann rief er das Einsatzkommando, erhielt aber ebenfalls keine Antwort.

»Stimmt also doch, unsere Vermutung. Die Funkwellen werden absorbiert. Merkt jemand etwas von den Kristallen?«

»Die Helme sind erstklassig«, lautete Iwanowitschs Antwort.

»Man spürt nichts«, stimmte auch Iwan zu, womit der seltene Zustand der Einigkeit zwischen den beiden Köpfen hergestellt war.

Von der Stelle aus, an der sie den Boden berührt hatten, führten Gänge in alle Richtungen.

Sie hielten sich dicht beieinander, um sich in dem Labyrinth der Korridore nicht zu verlieren. Hier unten war nichts von einer Zerstörung zu bemerken. Alle Anlagen funktionierten einwandfrei. Dennoch rührten die Mutanten nichts an, da sie nicht wußten, ob sie dadurch irgendwelche Vorgänge auslösten, die ihnen gefährlich werden konnten.

Nach einiger Zeit erreichten sie einen Schacht, der weiter in die Tiefe führte. Diesmal funktionierte der Lift. Es war ein Aufzug primitiver mechanischer Arbeitsweise. Der abgeschlossene Käfig bot Platz genug für die vier Mutanten.

»Keine Spur von Wolters und seinen Leuten.« Gucky sah sich nach allen Seiten um. »Auch keine Gedankenimpulse. Vielleicht sind die Männer weiter vorgedrungen. Möchte wissen, wie wir sie finden sollen.«

»Wissen wir, ob sie nicht durch einen anderen Ausgang längst wieder zur Oberfläche zurückgekehrt sind?« meinte Marshall. »Denken wir lieber an unseren Auftrag. Also weiter!«

Der Lift brachte sie einige Kilometer tiefer in die Kruste des unheimlichen Planeten hinab. Als der Käfig schließlich anhielt, standen sie auf einem breiten, hohen Korridor, dessen Wände grünlich schimmerten. Die Kristalladern strahlten von innen heraus und machten künstliches Licht fast überflüssig.

»Hier also«, murmelte John Marshall und betrachtete die Adern, die den Fels durchzogen. »Der Kristall.«

Der Doppelkopfmutant fingerte an den Kontrollen seiner Kombination.

»Wir stehen mitten in einem intensiven Strahlungsfeld, dessen Ursprung noch weiter in der Tiefe liegen muß – abgesehen von den hier vorhandenen Adern. Es sind eigenartige hyperenergetische Impulse. Natur unbekannt, würde ich sagen.«

»Ist die Quelle nicht festzustellen?« erkundigte sich Marshall, plötzlich sehr interessiert. »Vielleicht ist es das, was wir suchen.«

»Was suchen wir denn eigentlich?« fragte Gucky ironisch. »Wissen wir das überhaupt?«

»Nicht genau«, gab Marshall bereitwillig Auskunft. »Aber die Gefahr ist mit der Vernichtung der Kristallkugeln nicht restlos beseitigt. Aus den in den Danger-Planeten vorhandenen Kristalladern können unsere Gegner jederzeit neue Ansammlungen bilden. Und ich finde, die von Goratschin festgestellte Impulsstrahlung gibt uns vielleicht einen Hinweis, wo die Wurzel des Übels zu finden ist.«

Goratschin sagte plötzlich:

»Die Funkverbindung zwischen uns klappt vorzüglich, das allein ist erstaunlich. Und eben war mir, als hätte ich andere Stimmen vernommen. Kann es möglich sein, daß ein vielleicht vorhandenes Sperrfeld ausgeschaltet wurde?«

Marshall erhöhte die Empfangskapazität seines Gerätes.

»Irgendwo müssen sie ja stecken!« hörte er eine sehr bekannte Stimme sagen. »Weitersuchen! Major Grinell, Sie begleiten mich mit zehn Mann. Danton nimmt die andere Richtung.«

Die Stimme gehörte Perry Rhodan. Er war also nicht auf der CREST geblieben, sondern nahm an der Aktion teil. Marshall verstärkte auch die Sendeenergie seines Funkgerätes und sagte:

»Hier Marshall. Hören Sie mich?«

»Klar und deutlich. Wo stecken Sie, und warum haben Sie sich bisher nicht gemeldet?«

»Ungefähr fünfzig Kilometer unter der Oberfläche. Wir wissen auch nicht, warum die Funkverbindung unterbrochen war. Jetzt funktioniert sie einwandfrei. Können Sie uns anpeilen?«

»Wir folgen Ihnen. Schon was entdeckt?«

»Nur eine fünfdimensionale Ausstrahlung, deren Quelle mindestens tausend Kilometer tiefer liegt. Haben wir Ihre Erlaubnis, uns das anzusehen?«

»Wir werden Ihnen folgen. Funkgeräte müssen ständig eingeschaltet bleiben. Schon Kontakt mit Major Wolters?«

»Leider nicht.«

»Suchen Sie weiter nach ihm – und dringen Sie weiter vor. Aber vorsichtig! Die anderen Einsatzgruppen haben ebenfalls die hyperenergetische Strahlung festgestellt.«

Marshall versprach, Vorsicht walten zu lassen. Goratschin kümmerte sich nur um seine Meßgeräte, während die beiden Mausbiber die Erkundung des vor ihnen liegenden Gebietes übernahmen. Gucky teleportierte kurze Strecken voraus, um sofort wieder zurückzukehren.

»Ein Lift zwei Kilometer vor uns«, berichtete er nach dem dritten Sprung. »Riesenkasten, wie für Materialtransport. Nehmen wir den?«

»Er ist so gut wie jeder andere«, entschied Marshall.

Sie erreichten ihn zehn Minuten später und machten sich mit den einfachen Kontrollen vertraut. Dann sanken sie schnell in die Tiefe. Sie konnten die Geschwindigkeit nicht feststellen, aber da sich ihr Gewicht merklich verringerte, mußte sie sehr hoch sein. Eine halbe Stunde später setzte die Verzögerung ein. Marshall schätzte, daß sie mindestens fünfhundert Kilometer tief gefallen waren. Eine Peilmessung mit Rhodan ergab, daß es tatsächlich nahezu tausend gewesen waren.

Die Funkverbindung war gut.

Und dann war noch eine andere Stimme im Empfänger.

Sergeant Tamarow sah in den Schacht hinab.

Major Wolters erriet seine Gedanken.

»Sie juckt das Fell, Sergeant? Eigentlich könnte es nicht schaden, wenn wir weiter vordringen. Rhodan weiß Bescheid und gab den Angriffsbefehl. Was sollen wir hier warten? Ich glaube, ich kann es verantworten, daß wir uns den Schacht ansehen . . .«

Sie schalteten die Flugaggregate ein und ließen sich in die Tiefe sinken.

Auf ähnlichen Wegen wie die später nachfolgenden Mutanten gelangten sie bis in tausend Kilometer Tiefe, erhielten allerdings keinerlei Funkverbindung mehr zur Oberfläche. Aber das störte Wolters weniger. Ihm war klar, daß die Kristallstrahlungen alle Funkwellen absorbieren mußten.

Bis jetzt hatten die Howaltflektorhelme fehlerfrei gearbeitet, aber auf einmal schienen sie dem Ansturm der fremden und unbekannten Impulse nicht mehr standhalten zu können.

Als Major Wolters die Gefahr bemerkte, war es bereits zu spät.

Er ging an der Spitze der kleinen Gruppe, neben Sergeant Tamarow. Dann kamen die drei Kadetten, und den Abschluß bildete Leutnant McGee mit schußbereitem Strahler. Das bohrende Gefühl im Kopf war wieder vorhanden, aber es blieb erträglich und ohne Einfluß auf die Handlungsfreiheit der Männer. Rechts und links schimmerten die grünen Kristalladern in den Wänden. Ein Teil der Hypnostrahlung kam von ihnen – aber eben nur ein Teil.

»Die Strahlung wird mit jedem Schritt stärker«, sagte Sergeant Tamarow besorgt.

»Die Helme halten sie ab«, beruhigte Major Wolters. »Wir haben nichts zu befürchten.«

»Aber wir haben uns zu weit vorgewagt. *Den* Auftrag, Major, hatten wir nicht. Zumindest sollten wir versuchen, Nachricht nach oben zu geben.«

»Wie denn, wenn der Funk nicht geht?«

Leutnant McGee schlug vor:
»Ich kann allein zurück. Den Weg finde ich.«
»Sie bleiben hier!« befahl der Major energisch. Er hatte Kopfschmerzen und wurde allmählich nervös. »Wir werden uns nicht trennen.«
Sie kamen an einen Verteiler, einen rechteckigen Raum mit vielen Einmündungen. Da ihnen die notwendigen Meßgeräte fehlten, konnten sie nicht feststellen, aus welcher Richtung die hyperenergetischen Impulse kamen. So kam es, daß sie in die falsche Richtung weitergingen.
Trotz Wolters' Befehl, zusammenzubleiben, ging McGee langsamer. Er war ein erfahrener und umsichtiger Soldat, der schon manchen Einsatz hinter sich hatte. Aber wenn er es sich richtig überlegte, hatte er sein Leben mehr als einmal nur dem Umstand zu verdanken, daß er immer vorsichtig gewesen war, wenn ihn ein Gefühl warnte – wie diesmal.
Major Wolters war von seinem Vorhaben, das Innere des Planeten auf eigene Faust zu durchforschen, nicht mehr abzubringen. Das hatte nichts mit Pflichtvergessenheit zu tun, nur mit Übereifer. Und Leutnant McGee hielt absolut nichts von Übereifer.
Wolters überschritt als erster die Hypnobarriere.
In derselben Sekunde verlor der Howalflektor seine Wirksamkeit.
Der Major ging noch einige Schritte, dann blieb er stehen und drehte sich um. Er sah, daß Tamarow ihm gefolgt war, ebenso seine drei Kadetten, die zum erstenmal im direkten Kampfeinsatz waren.
Leutnant McGee blieb stehen.
»Kommen Sie schon«, sagte Wolters, und seine Stimme klang mechanisch und ausdruckslos. »Kommen Sie schon!«
Aber McGee kam nicht. Unmittelbar vor der unsichtbaren Sperre blieb er stehen und beobachtete Wolters und die vier anderen Männer.
»Wie lautet der vierte Absatz vom Paragraph sieben der Einsatzordnung, Sir?« fragte er ruhig.
Major Wolters starrte ihn an.
»Was soll die Frage? Kommen Sie jetzt, oder soll ich Sie holen?«
McGee nickte.
»Ja, Sir, kommen Sie mich holen.«
Major Wolters machte eine Bewegung, als wolle er der Aufforde-

rung nachkommen, aber dann blieb er plötzlich mit einem Ruck stehen. Es war, als würde er von einer unsichtbaren Faust festgehalten. Sein Gesicht nahm einen hilflosen Ausdruck an, aber nur für den Bruchteil einer Sekunde. Dann wurde er wieder kühl und überlegen.

»Ich befehle Ihnen, Leutnant, sofort zu mir zu kommen.«

»Und ich weigere mich, Sir«, gab McGee zurück. Er richtete seinen Strahler auf seinen Vorgesetzten. »Versuchen Sie nicht, mich zwingen zu wollen. Sie sind nicht mehr Herr Ihrer selbst, Sir. Sie stehen vermutlich jetzt unter dem Einfluß einer modulierten Kristallballung, die sich irgendwo im Innern des Planeten befinden muß. Dicht vor mir ist die Grenze, das spüre ich genau. Wenn ich sie überschreite, verliert der Howalflektor seine Wirksamkeit. Können Sie noch selbstständig denken, Sir?«

Major Wolters' Gesicht blieb ohne Ausdruck.

»Sie sind verrückt, Leutnant! Ich werde Sie vor ein Kriegsgericht bringen, wenn Sie nicht sofort meinen Befehl ausführen. Kommen Sie mit mir!«

»Ich weigere mich.«

Major Wolters sah ihn noch immer an, während er zu einem seiner Männer sagte:

»Miller, erschießen Sie McGee!«

Kadett Miller war von dem Ansinnen so schockiert, daß er erbleichte, aber schon eine Sekunde später ging eine erstaunliche Veränderung mit ihm vor. Sein vorher blasses und verblüfftes Gesicht wurde mit einemmal kühl und beherrscht. Es schien, als altere es in Sekunden um Jahre. Seine Augen blickten kalt. Langsam hob er seine Waffe und richtete sie auf Leutnant McGee.

»Lassen Sie das, Kadett Miller!« befahl der Leutnant und trat vorsichtig einen Schritt zurück. »Sie wissen so gut wie ich, daß Major Wolters nicht mehr zurechnungsfähig ist. Die Kristalle haben ihn, und die haben auch Sie! Kommen Sie zu mir, nur fünf Meter, und Sie werden feststellen, daß ich recht habe. Aber wenn Sie einen Trick versuchen, lähme ich Sie, Kadett Miller. Ich muß es tun, verstehen Sie . . .?«

Aber es war schon, wie McGee sagte: Die Kristalle hatten Miller. Und ihnen kam es auf ein Menschenleben nicht an.

Millers Finger bogen sich um den Abzug.

Leutnant McGee reagierte, während er zurücksprang. Er schoß auf Miller. Der Mann brach paralysiert zusammen.

McGee rannte etwa zwanzig Meter zurück und suchte hinter einer Biegung des Ganges Schutz. Vorsichtig sah er dann um die Ecke in Richtung des Majors.

Wolters schien ihn schon wieder vergessen zu haben.

An der Spitze seiner Leute marschierte er weiter in den Korridor hinein. Kadett Miller hatte er unbeachtet zurückgelassen, ein sicherer Beweis dafür, daß er nicht mehr er selbst war.

McGee ging vor bis zur Sperre, die er nicht sehen, aber ahnen konnte.

Er wartete. Da er mit geringer Intensität auf Miller geschossen hatte, dauerte es nur knapp eine halbe Stunde, bis sich der Kadett wieder regte und zu sich kam. Der junge Raumfahrer sah auf. Die Kristalle kümmerten sich nicht mehr um ein Gehirn, das nutzlos für sie geworden war.

»Ich höre Sie, Leutnant . . .«

»Tut mir leid, daß ich auf Sie schießen mußte. Sie standen unter dem Einfluß der Kristalle und hätten mich getötet. Wo begann der Einfluß? Können Sie sich erinnern?«

»Dort, wo Sie jetzt stehen. Gehen Sie keinen Schritt weiter!«

»Ich werde mich hüten. Aber Sie kommen jetzt zu mir. Kriechen Sie. Geht es?«

Es gelang Miller, bis zu der unsichtbaren Barriere vorzukriechen, wo McGee ihn in Empfang nahm.

»Berichten Sie – wie war es genau, als Sie die Sperre überschritten? «

Miller überlegte, dann erzählte er:

»Es kam ganz plötzlich. Schon vorher waren die Kopfschmerzen da, das haben Sie auch bemerkt, nehme ich an. Aber dann wurde es anders. Jemand nahm mir meinen Willen und gab mir seine Befehle. Ich mußte einfach tun, was man von mir verlangte. Als der Major mir sagte, ich solle auf Sie schießen, mußte ich es einfach tun. Nichts hätte mich davon abhalten können . . .«

Der Leutnant nickte. Dann versuchte er, Funkkontakt zu den Einsatzgruppen zu erhalten.

Er empfing Sekunden später die ersten Signale.

»Es ist ein Leutnant McGee mit Kadett Miller«, sagte John Marshall. »Wir müssen ihn suchen. Peilen Sie ihn an, Goratschin.«

Als sie den Kreuzungspunkt erreichten, blieb der Doppelkopfmutant stehen.

»McGee ist in dieser, die Quelle der Hyperstrahlung aber in jener Richtung. Was ist wichtiger?«

»Der Leutnant und der Kadett sind wichtiger«, entschied Marshall ohne Zögern. »Wie weit noch?«

»Keine fünfhundert Meter.«

Sie fanden McGee und Miller und erfuhren, was geschehen war. Da Rhodan und seine Begleiter noch weit entfernt waren, legte Marshall eine Erholungspause ein.

»Wir haben eine halbe Stunde, dann bringen wir Sie bis zum Lift zurück, Leutnant. Und jetzt berichten Sie genau und in allen Einzelheiten, was geschehen ist. Wir müssen es wissen.«

McGee berichtete. Er schloß:

»Major Wolters wollte unbedingt auf eigene Faust handeln und Ihnen ein wenig Arbeit abnehmen, das ist alles. Er konnte nicht ahnen, daß er in eine Falle lief. Sie werden ihn rausholen, nicht wahr?«

»Natürlich holen wir den Draufgänger aus der Patsche. Aber ich werde mich hüten, die Barriere zu überschreiten, ohne entsprechend abgesichert zu sein. Es muß hier unten tatsächlich einen modulierten Riesenkristall geben, dessen hypnosuggestive Ausstrahlungen in Verbindung mit der allgegenwärtigen Emission der Kristalladern so stark sind, daß sie sogar unsere Howalflektorhelme neutralisieren. Wir haben Meßgeräte. Goratschin wird sich sofort an die Arbeit machen, und dann wissen wir bald mehr.«

Iwan und Iwanowitsch stritten unaufhörlich, während sie die Messungen vornahmen. Dennoch wurde exakt festgestellt, wo der starke Hypnoeinfluß begann. Dieser wurde von einem hyperenergetischen Feld abgeschirmt, das aller Voraussicht nach mechanisch gesteuert wurde und das einen kugelförmigen Sektor des unterirdischen Korridorsystems absperrte. Wer die Grenze überschritt, geriet trotz aller Abschirmungen in den Einflußbereich der Kristalle.

»Wenn es eine solche Sperre gibt, dann hat das einen triftigen Grund«, schloß Marshall aus den Untersuchungen. »Es muß also auf der anderen Seite etwas geben, das wichtig ist. Wie kommen wir nur auf die andere Seite?«

»Ich kann ja teleportieren«, erbot sich Gucky.
»Du bleibst hier!« befahl Marshall ernst. »Die Sache ist zu gefährlich. Habt ihr übrigens schon bemerkt, daß es in dieser Tiefe nicht sehr heiß ist? Die Temperatur beträgt neunundachtzig Grad Celsius. Ohne Kühlsystem natürlich eine unangenehme Sache, aber für unsere Anzüge eine Kleinigkeit. Es gibt also hier unten eine noch funktionierende Klimaanlage.«
Marshall überlegte, dann nahm er Verbindung zu Rhodan auf, um ihn von dem zu unterrichten, was inzwischen geschehen war. »Was sollen wir tun, nachdem Major Wolters verschwunden ist?«
»Ihn suchen, aber wenn möglich kein unnötiges Risiko eingehen.«

Nachdem man den Kadetten im Aufzug nach oben gebracht hatte, fragte Leutnant McGee: »Darf ich mich Ihnen anschließen, Sir?«
John Marshall erwiderte:
»Das kann ich leider nur in beschränktem Umfang erlauben. Sie sind kein Mutant und verfügen lediglich über ein normal entwickeltes Gehirn. In diesem Fall genügt das leider nicht. Wie die Erfahrung bewiesen hat, sind mutierte Gehirne gegen die Hypnobeeinflussung weniger empfindlich, ob Howalflektor oder nicht. Wenn es uns also wirklich gelingen sollte, die Sperre zu überschreiten, ohne gleich von den Kristallen kassiert zu werden, so können Sie uns kaum folgen. Es erginge Ihnen wie Ihrem Vorgesetzten.«
»Ich werde zurückbleiben, sobald Sie es anordnen.«
»Gut, dann sind wir uns einig. Wir brechen sofort auf.«
Goratschin fand mit seinem Gerät den Gang sofort wieder, der in gerader Richtung zu der Grenze der fünfdimensionalen Ausstrahlung führte. Die Tiefe unter der Oberfläche betrug noch immer tausend Kilometer. Die Temperatur war konstant geblieben. Weitere Messungen ergaben, daß in größerer Tiefe ungeheure Kristallvorräte lagerten.
Sie drangen einige Kilometer vor, dann sagte Iwan:
»Die Strahlung wird intensiver. Wenn mein Kasten nicht verrückt spielt, liegt die Sperre unmittelbar vor uns. Zwei Meter, würde ich sagen.«
Sie hielten an. Zu sehen war nichts, aber Leutnant McGee wurde unruhig.
»Der Druck im Gehirn wird stärker. Ich spüre es.«

»Wir nicht, Leutnant, und das ist der Unterschied. Aber es ist gut, daß wir Sie bei uns haben. Bis jetzt wenigstens. Es ist Ihnen wohl klar, daß Sie nun nicht weiterkönnen.«

»Kann ich Verbindungsmann zu Rhodan spielen?«

»Einverstanden.« Marshall zog ein dünnes Seil aus der Tasche seiner Kampfkombination und befestigte es an seinem Gürtel. Das andere Ende drückte er Goratschin in die Hand. »Ihr paßt auf, was jetzt gleich passiert. Wenn die Kristalle stärker sind als ich und mich beeinflussen, zieht mich einfach zurück, auch wenn ich dagegen protestiere.« Er zog seinen Kombistrahler aus dem Gürtel und gab ihn Gucky. »Ist besser so, damit es mir nicht so ergeht wie dem armen Miller. Nur am Seil ziehen, das ist alles. Wie soll ich mich dagegen wehren?«

Der Schirm war nicht mit einem gewöhnlichen Energieschirm zu vergleichen, der keine feste Materie durchließ. Man konnte ihn ohne Schwierigkeiten körperlich durchdringen, ohne aufgehalten zu werden. Besaß man keine Abschirmungen, geriet man sofort unter den Einfluß der Hypnokristalle. Aber selbst mit einem Howalflektor dauerte es nur ein paar Sekunden, bis man den eigenen Willen und die Entscheidungsgewalt über sich selbst verlor.

Damit rechnete Marshall, als er die Barriere durchschritt.

Er spürte sofort den einsetzenden Kopfschmerz, der ihm die Sinne zu rauben schien. Aber schon Sekunden später ließ der Schmerz nach. Ein Bohren blieb.

»Könnt ihr mich hören?« fragte Marshall über Helmfunk.

Goratschin, Gucky, Jumpy und McGee waren nur zehn Meter entfernt, aber sie reagierten nicht auf den Anruf. Die Funkwellen konnten die Sperre nicht durchdringen, im Gegensatz zu Schallwellen.

John Marshall blieb noch einige Minuten im Bereich der starken Strahlung, dann kehrte er zu den anderen zurück.

»Es scheint ungefährlich zu sein«, sagte er. »Wenigstens für Mutanten. Ob eine Funkverbindung innerhalb des Strahlungsgürtels möglich ist, müssen wir noch herausfinden. In einem solchen Fall leistet uns McGee als Verbindungsmann wertvolle Dienste. Einer von uns muß hin und wieder die Sperre überqueren und ihn unterrichten. So wird Rhodan laufend wissen, was geschieht. Er muß ja auch bald hier eintreffen.«

Gucky trat vor bis zu der Stelle des Ganges, die von Goratschin als

Grenze bezeichnet wurde. Dann teleportierte er zwei Meter weit. Befriedigt kehrte er zurück.

»Habt ihr das gesehen? Man kann teleportieren. Das beruhigt mich ja ungemein.«

»Mich auch«, sagte Jumpy etwas kleinlaut.

Einen Meter vor der Sperre setzte sich McGee auf den Boden.

»Ich bleibe hier und gehe nicht fort, was immer auch geschieht. Sie werden damit rechnen müssen, daß ich Alarm schlage, wenn Sie in einer Stunde nicht zurück sind. Einverstanden?«

Marshall nickte ihm zu – und schritt hinein in die Zone des Schweigens. Zum Glück konnte man sich jedoch innerhalb der Sperrzone durch Funk auch weiterhin verständigen, nur war ein Kontakt nach außen unmöglich. Im Augenblick störte das die Mutanten nicht besonders.

»Es handelt sich zweifellos um eine künstlich angelegte Zone«, vermutete Goratschin. »Aber meine Geräte verraten mir noch etwas anderes: Wir werden bald auf eine zweite Sperrzone treffen, und der Intensität nach zu urteilen, werden wir Schwierigkeiten bekommen.«

»Warten wir's ab.« Marshall hatte seinen Strahler wieder an sich genommen, obwohl er ihn wahrscheinlich hier unten kaum benötigen würde. »Ich bin auf Überraschungen gefaßt.«

Und er brauchte nicht lange zu warten . . .

An hundert verschiedenen Stellen drangen die terranischen Einsatzgruppen in das Innere von Danger I vor. Überall gab es Lifte und Schächte, die in die Tiefe führten. Sie unterschieden sich kaum voneinander, und noch etwas hatten die unterschiedlichen Operationen gemein:

In einer Tiefe von eintausend Kilometern stießen alle Beteiligten auf die unsichtbare Barriere.

Niemand konnte sie überschreiten, ohne von den Kristallen übernommen zu werden.

Die einzigen Lebewesen, die es konnten und es auch wagten, waren die vier Mutanten.

Perry Rhodan führte eine Gruppe von Wissenschaftlern an. Eine kleinere Einheit der persönlichen Wachkommandos begleitete sie. Sie folgten den Spuren Wolters' und Marshalls. Und nach zwei Stunden stießen sie auf den wartenden Leutnant McGee.

»Was halten Sie davon, Doktor Weißmann?« fragte Rhodan den Geologen, als McGee seinen Bericht beendet hatte. »Glauben Sie, daß sich die Kristalladern in die Tiefe fortsetzen, oder neigen Sie eher zu der Auffassung, daß sie hier zu Ende sind?«

»Auf keinen Fall, Sir. Es sieht so aus, als bestünde ein beträchtlicher Teil des Planeten aus Kristallmasse. Was es allerdings mit der Sperre auf sich hat, vor der wir nun stehen, vermag ich auch nicht zu sagen.«

Rhodan verspürte eine selten gekannte Unruhe, als er in den Gang hineinsah, in dem die Mutanten verschwunden waren. Von der Sperre war nichts zu erkennen; sie blieb auch weiterhin unsichtbar. McGee hatte gesagt, einer wollte zurückkommen und berichten.

Bis jetzt war niemand erschienen.

Das Bohren im Gehirn blieb, aber man gewöhnte sich daran.

John Marshall ging voran, gefolgt von Gucky und Jumpy, die einander an der Hand hielten. Goratschin bildete die Nachhut.

Sie gingen genau einen Kilometer, dann hielten sie abrupt an.

Vor ihnen schimmerte eine rötliche Wand quer durch den Korridor. Sie bestand aus Energie und verschwand nach allen Seiten im Felsen. Goratschin, der sofort sein Meßgerät einsetzte, schüttelte beide Köpfe.

»Seltsam«, sagte Iwan schließlich. »Kein normaler Energieschirm, aber auch anders als der Schirm, hinter dem Major Wolters verschwand. Der Schirm verläuft gebogen. Wenn er kreisförmig oder kugelförmig ist, umschließt er ein Gebiet von einigen hundert Kubikkilometern. Die hypnosuggestive Strahlungsquelle, die wir seit Stunden anpeilen, liegt genau im Zentrum. Etwa fünfzig Kilometer von hier entfernt. Was nun?«

John Marshall sagte langsam:

»Wir müssen weiter, bis zur Strahlungsquelle. Sie ist das, was wir suchen. Sie muß das Herz von Danger I sein. Wollen wir Danger I unschädlich machen, müssen wir das Herz vernichten.«

»Dann geh mal vor«, riet Gucky ironisch. »Zuerst einmal müssen wir feststellen, wie es mit der Stärke der Beeinflussung ist. Wie stellen wir das ohne Risiko fest?«

»Ich glaube, die Howalflektorhelme schirmen genug ab. Ich gehe. Wir nehmen wieder das Seil, falls meine Theorie nicht stimmt.«

Er bewegte sich eine Minute später vorsichtig auf das rote Kraftfeld zu, berührte – und durchschritt es.

Mit einem Satz war er wieder zurück.

Und dann hörten sie alle in ihren Gehirnen den Befehl, der sich dauernd und stereotyp wiederholte:

*Tretet ein! Empfangt die Macht! Öffnet euren Geist und kommt . . .«*

Gleichzeitig veränderte sich hinter dem Vorhang die Szenerie. Wo vorher noch der matt leuchtende Korridor gewesen war, erstreckte sich jetzt eine scheinbar unendliche Fläche, über die sich ein strahlend blauer Himmel wölbte. Eine gelbe Sonne näherte sich dem Horizont und tauchte eine paradiesische Landschaft in flammendes Rosa. Auf der linken Seite war das Ufer eines blauen Meeres zu sehen. Sanfte Wellen spülten auf einen sandigen Strand, und weiter draußen lagen kleine Inseln mit seltsamen tropischen Bäumen und Pflanzen. Rechts stieg das Gelände an und ging in Felsen über, die sich in dichtem Dschungel verloren. Über gewaltige Vorsprünge stürzten rauschende Wasserfälle in die Tiefe. Darüber hingen weißliche Dunstschleier, die das Licht der untergehenden Sonne in allen Farben des Spektrums reflektierten.

»Die versuchen es mit allen Mitteln«, sagte Gucky trocken.

Es war eine Spiegelung. Die Kristalle zauberten den Menschen und Mausbibern genau das vor, was sie sich als »paradiesisch« vorstellten. Sie wollten sie in die Phantasielandschaft locken, durch den roten Vorhang hindurch.

Die Absicht war zu eindeutig, um nicht rechtzeitig erkannt zu werden.

»Fehlen bloß die tanzenden Mädchen«, murmelte Iwanowitsch – und hielt schnell den Mund, als unten am Wasserfall, dicht neben dem natürlichen Becken, eine Gruppe leichtbekleideter Damen materialisierte. Sie tanzten zwar nicht, aber sie sprangen in das kristallklare Wasser und tauchten in die grundlose Tiefe.

Die anderen streckten sich am Ufer aus und ließen sich von der Sonne bescheinen.

»Da bleibt einem doch die Spucke weg!« schimpfte Gucky. »Da hat doch Iwanowitsch nichts anderes im Kopf . . .!«

»Und was soll das Feld mit dem Gemüse da drüben, dicht neben der Palme? Na, was ist denn das? Ich wette, es sind Mohrrüben! Na also!«

Gucky schnappte nach Luft.

»Möchte nicht fragen, was moralisch wertvoller ist: Bikinimädchen oder Mohrrüben«, hielt er dem jüngeren Goratschin entgegen. »Nun, keine Lust, sich das mal aus der Nähe anzusehen?«

»Ich verzichte vorerst«, sagten Iwan und Iwanowitsch zugleich.

Mit herausgedrückter Brust und einem leichten Zittern in der Stimme sagte Jumpy:

»Dann machen wir das eben, Papa.«

Gucky zuckte unmerklich zusammen, dann nickte er gelassen:

»Du sagst es, mein Sohn. Wer wäre auch besser für ein so riskantes Unternehmen geeignet als wir, die tapfersten aller Ilts? Aber du bleibst noch hier. Ich gehe vor und probiere erst einmal . . .«

Noch ehe ihn jemand daran hindern konnte, spazierte er auf den roten Vorhang zu und trat hindurch.

Goratschin sprang vor, griff durch die Sperre und packte Gucky am Kragen. Mit einem Ruck zog er ihn zurück und versetzte ihm eine schallende Ohrfeige – das heißt, es wäre eine Ohrfeige geworden, wenn Gucky den Druckhelm nicht getragen hätte. So wurde es lediglich ein heftiger Schlag gegen den Kopf. Gucky schlug sofort zurück und traf Iwanowitsch, der daraufhin wütend brüllte:

»Bist du verrückt geworden? Das war doch Iwan, nicht ich!«

»Soll einer wissen, wenn jemand zwei Köpfe hat«, knurrte Gucky und fügte ruhiger hinzu: »Aber besser zwei Köpfe als keiner. Entschuldigt, ich war leichtsinnig. Soll nicht wieder vorkommen. Aber trotzdem haben wir keine andere Wahl: Jemand muß da hinein!«

In ihren Gehirnen war noch immer der Befehl:

*»Tretet ein! Empfangt die Macht! Öffnet euren Geist und kommt . . .«*

Das Trugbild veränderte sich.

Mitten in der Landschaft erschien plötzlich ein leuchtender Gang, dessen hohe Wölbung so aussah, als wäre sie von lauter herrlichen Diamanten bedeckt. Es waren sehr große Diamanten, die die Funktion von Bildschirmen hatten, denn in ihnen waren supermoderne Städte zu erkennen. Und diese Städte lebten!

In den breiten, hellen Straßen flutete der Verkehr. Menschen und andere Lebewesen bewegten sich auf rollenden Bürgersteigen, und in der Luft schwebten Flugzeuge seltsamster Konstruktion. Am Rande der meisten Städte waren Raumhäfen zu erkennen. Pausenlos landeten und starteten hier Raumschiffe.

Der wunderbare Gang blieb mitten in der Landschaft. Er schien real zu sein, wenn er auch Minuten vorher noch nicht existiert hatte.

»Ich werde zurückgehen und McGee unterrichten. Wir müssen auf Rhodan warten. Nur er kann entscheiden, was zu geschehen hat.«

»Wir warten hier«, sagte Goratschin.

Um Marshall den Weg zu ersparen, teleportierte Gucky mit ihm zurück zur ersten Sperre. Sie waren erfreut, Rhodan und seine Leute bereits vorzufinden. Schnell erzählten sie, was geschehen war, und wie erwartet, verbot Rhodan das weitere Vordringen der Mutanten.

»Die Spezialroboter sind bereits unterwegs«, sagte er und nahm noch einmal Funkverbindung zum Transportkommando auf. Er gab entsprechende Anweisungen. »Sie werden gleich hier sein. Die Roboter besitzen biologisch-positronische Gehirne und reagieren somit auf die Hypnobefehle der Kristalle. Sie werden die zweite Sperre überqueren, und ihr könnt dann beobachten, was mit ihnen geschieht. Alles Weitere müssen wir der Zukunft überlassen. Ich bin aber überzeugt, daß hinter der Sperre das Geheimnis der Danger-Planeten verborgen liegt.«

Gucky sprang wieder zu Goratschin und Jumpy zurück, während Marshall vorerst bei Rhodan blieb. Als eineinhalb Stunden später die Roboter eintrafen, marschierte er mit ihnen über die erste Sperre.

Die Plasmazusätze der Roboter wurden vorübergehend von der Steuerung der Maschinen abgekoppelt und isoliert, so daß die Hypnostrahlung den Robotern nichts anhaben konnte.

Zehn Minuten später standen die Roboter vor der roten Energiewand und reaktivierten die biologischen Komponenten ihrer Steuerhirne. Die biologisch-positronische Einheit wurde wiederhergestellt. Die Maschinen wurden dadurch wieder für die Hypnostrahlung empfänglich.

Gucky meinte skeptisch:

»Ich glaube kaum, daß Roboter Sinn für paradiesische Inseln und Wasserfälle haben. Auch die Gärten und hübschen Mädchen werden sie nicht locken. Die Kristalle müßten sich eigentlich auf die Wünsche von Robotseelen einstellen. Seht ihr was in der Beziehung?«

»*Wir* sehen es nicht«, versuchte Goratschin eine Erklärung zu finden. »Aber ich wette, die Roboter sehen genau das, was sie zu sehen wünschen. Sie können ja denken, und darum haben sie auch Gefühle und Wünsche, wenn auch nur in beschränktem Maße. Vielleicht sehen sie einen Ozean aus gutem Maschinenöl.«

Sie erfuhren nie, was die Roboter sahen, aber die fünf Kolosse setzten sich plötzlich ohne jedes Kommando in Bewegung und durchschritten den rötlich schimmernden Energievorhang.

Sie gingen in den wunderbaren Korridor hinein, der immer noch in der Landschaft existierte.

Die vier Mutanten hielten den Atem an. Und was sie dann erlebten, war wie ein Alptraum.

Der Korridor begann sich zu verändern. Die Bildschirm-Städte verschwanden, aber die Riesendiamanten blieben. Der Gang begann grünlich zu leuchten und enthüllte so seine wahre Natur. Er war wirklich vorhanden und bestand aus Kristallen.

Die Wände zuckten, zogen sich zusammen wie etwas Lebendiges. Die gewölbte Decke sank nieder, näherte sich den Köpfen der Roboter, die von der Veränderung nichts zu bemerken schienen oder sie einfach ignorierten. Ihre Bewegungen waren eckiger geworden, und es war offensichtlich, daß die Kristalle Besitz von ihren halborganischen Gehirnen ergriffen hatten.

Der Gang erinnerte an einen arbeitenden Darm. Sein Anblick war erschreckend und unheimlich.

Und dann schlugen die Kristalle plötzlich zu.

Die diamantharte Kristallmasse schloß sich um die fünf Roboter, und da sie fast durchsichtig war, konnten die Mutanten genau erkennen, was weiter geschah. Es dauerte nur Sekunden, dann wurden die Roboter aus bestem Terkonitstahl von den Kristallen zusammengedrückt und zermalmt. Übrig blieb nur eine unkenntliche Metallmasse, die höchstens noch einigen Schrottwert besaß.

Einen Augenblick später war der Korridor wieder in seiner ursprünglichen Pracht vorhanden. Und die Hypnobefehle lockten und riefen . . .

»Verdammt!« sagte Iwan Goratschin mit belegter Stimme. Er dachte an Wolters und seine Leute, die in die gleiche Falle gegangen sein mußten.

»So also erginge es uns auch, wenn wir den Lockruf befolgten«, stellte Marshall fest. »Was nun? Gibt es überhaupt eine Möglichkeit, diese Barriere ohne Gefahr zu überqueren? Wenn nicht, können wir das Unternehmen gleich abblasen, und die Gefahr der Kristalle bleibt auch weiterhin bestehen.«

»Kommt überhaupt nicht in Frage«, protestierte Gucky entschlossen. »Dann haben wir in einem halben Jahr wieder den Salat. Die

Sache hier wird erledigt, und wenn es tausend Kristallschrottmaschinen gäbe. Ich mache dir einen Vorschlag zur Güte, John: Ich springe hinein, und zwar gleich so weit, daß ich den Korridor hinter mir habe. Ich komme sofort wieder zurück, ehe die Kristalle sich auf mich einstellen können. Man muß nur schneller sein als sie, und wer ist schon schneller als ein Teleporter?«

»Das kann nur Rhodan erlauben, ich nicht. Das Risiko ist zu groß.«

»Wir verlieren nur Zeit«, drängte Gucky. »Bis wir Perry alles erklärt haben, vergehen zehn Minuten. Bis dahin können hundert Leute in die gleiche Falle gerannt sein. Jumpy wird mich begleiten. Zusammen schaffen wir es, denn nun kennen wir die Gefahr.«

Es vergingen immerhin noch fünf Minuten, bis sie Marshall überzeugt hatten. Erst als auch Goratschin den Vorschlag Guckys guthieß, willigte Marshall ein.

»Aber ihr kommt sofort zurück, wenn ihr eine Gefahr bemerkt. Keine Sekunde zögern, verstanden? Jumpy, du bist doch vernünftig, nicht wahr? Wenn Papa sich zu weit vorwagt, springst du einfach mit ihm hierher zurück. Versprichst du mir das?«

»Ja, Onkel John.«

»Gut. Dann wünsche ich euch viel Glück.«

Gucky nahm Jumpys Hand.

»Auf keinen Fall loslassen, was immer auch passiert. Wenn wir zusammenbleiben, haben wir doppelte Sprungkraft. Und beim Weg zurück nur auf Goratschin und Onkel John konzentrieren, dann gibt es keinen Fehlsprung. Fertig, Söhnchen?«

»Fertig, Papa.«

Die beiden Mausbiber entmaterialisierten.

Zurück blieben John Marshall und Goratschin. Mit ehrlicher Angst in ihren Herzen starrten sie auf die paradiesische Landschaft und den wunderbaren Kristalltunnel . . .

. . . und warteten.

Gucky war es nicht schwergefallen, die Quelle der hypnosuggestiven Strahlung genau anzupeilen, nachdem Goratschin ihm die Richtung mit Hilfe der Meßinstrumente angegeben hatte. Er hatte sich exakt auf diesen Punkt konzentriert, der etwa fünfzig Kilometer von der roten Sperre entfernt war.

Als er mit Jumpy materialisierte, stand er am Rand einer riesigen Halle. Sie hatte einen Durchmesser von mehr als fünfhundert Metern. Die Decke war gewölbt und gute zweihundert Meter hoch. Alles erinnerte an eine gigantische Kuppel, deren Wände aus nacktem Fels bestanden, der von blaugrünen Kristalladern durchzogen war.

Und in der Mitte der Halle ruhte eine Kristallkugel von tiefblauer Farbe, rund fünfzig Meter durchmessend.

Sie strahlte und pulsierte – und sie lebte.

Gucky hielt sich zum Rückzug bereit, aber noch zögerte er, den seltsamen Ort so schnell wieder zu verlassen. Er ahnte, daß er kurz vor der Lösung stand, die Rhodan so fieberhaft suchte. So schnell wollte er nicht aufgeben, und im Augenblick bestand auch keine unmittelbare Gefahr für ihn und Jumpy.

Beide Mausbiber beobachteten den Kristall.

Seine Form deutete darauf hin, daß er nicht auf natürliche Weise entstanden war. Aus irgendeinem Grund hatten die Perlians diesen modulierten Kristall hier installiert. Gleichzeitig schufen sie auch Sperren, die verhinderten, daß sich die hypnosuggestive Strahlung des Kristalls ungehemmt über den gesamten Planeten ausbreiten konnte.

Der Kristall war nicht einfach nur rund. Auf seiner Oberfläche saßen Tausende stachelartiger Auswüchse, die an der Grundfläche einen Meter dick sein mochten. Sie waren bis zu zehn Meter lang und liefen an ihren Enden spitz zu. In der Halle selbst schwirrten unzählige kleine Kristallkugeln herum, die den Riesenkristall umliefen und immer wieder die zehn Meter langen Stacheln berührten.

Der Anblick war so phantastisch, daß Gucky sich nicht zu rühren wagte. Er versuchte nur herauszufinden, was das alles zu bedeuten hatte. Auch die Tatsache, daß die Kleinkristalle keine eigentlichen Satellitenbahnen hatten, brachte ihn nicht weiter. Im Gegenteil, ihn verwirrte die Tatsache, daß sie ein richtiges Eigenleben zu besitzen schienen. Immer wieder kehrten sie zu den Wänden der Halle zurück und strichen an den Kristalladern vorbei, als wollten sie sich bei ihnen neue Energien holen.

»Papa, die Kopfschmerzen werden stärker . . .«

Jumpy flüsterte die Worte nur, aber Gucky verstand sie auch so. Er verspürte ebenfalls den steigenden Druck auf sein Gehirn. Jemand versuchte, sein Bewußtsein zu übernehmen, und er wußte, daß es der große Kristall war – das Herz von Danger I, vielleicht sogar das Herz aller vorhandenen Danger-Planeten.

*»John«, dachte er und hoffte, daß der Telepath seine Gedankenimpulse empfangen konnte, »wir haben es gefunden. Gib mir Antwort, wenn du mich verstehst. Schnell!«*

Er rechnete eigentlich kaum damit, daß die Impulse bis zu Marshall drangen, daher waren sein Erstaunen und seine Erleichterung um so größer, als die Antwort schon Sekunden später eintraf:

*»Kommt zurück, wenn Gefahr droht. Wo steckt ihr?«*

*»In einer Halle, fünfzig Kilometer von euch. Ein Riesenkristall. Er beginnt schon mit der Hypnobehandlung. Wir werden es nicht lange aushalten, aber noch geht es.«*

Marshall fragte:

*»Könnt ihr den Kristall vernichten?«*

*»John, er hat einen Durchmesser von fünfzig Metern. Vielleicht könnte Goratschin es schaffen, wenn der Kristall Kalzium oder Kohlenstoff enthält.«*

Die Kopfschmerzen verstärkten sich. Es dauerte anscheinend eine gewisse Zeit, bis der Kristall reagierte. Oder er hatte niemals damit gerechnet, daß jemand so weit vordringen konnte und alle Hypnosperren überwand.

Marshall teilte mit:

*»Hole Goratschin!«*

Gucky und Jumpy konzentrierten sich auf Marshall und den Doppelmutanten, aber es begann ihnen schon schwerzufallen. Die Hypnobeeinflussung der Kristalle störte sie. Es wurde höchste Zeit, von hier zu verschwinden.

Als sie wieder materialisierten, wurden sie von John Marshall und Goratschin mit sichtbarer Erleichterung in Empfang genommen. Ausführlich schilderte Gucky, was sie entdeckt hatten.

»Mit Sicherheit ist dieser Mutterkristall das Zentralgehirn von Danger I«, vermutete Goratschin und prägte damit zugleich den Namen des Gebildes. »Wenn wir ihn zerstören, sind wir ein Stück weiter. Ob wir es schaffen?«

»Das werden wir ihn zehn Minuten wissen«, sagte Gucky trocken. »Unterrichten wir Perry?«

»Ich würde es befürworten«, schlug Marshall vor. »Gehen wir alle zurück bis zur ersten Sperre. Ihr könnt auch von dort aus teleportieren.«

»Sehr gut, dann haben wir auch gleich alle Funkverbindungen, die wir vielleicht noch benötigen.«

Sie ersparten sich den Weg und teleportierten zu Rhodan.

»Ich sehe keine andere Möglichkeit«, sagte dieser, als sie ihm alles erklärt hatten, »als eurem Plan zuzustimmen. Wer sollte sonst an den Mutterkristall herangelangen? Und wie sollten wir ihn vernichten, wenn Goratschin es nicht vermag? Aber kehrt sofort um, wenn ihr spürt, daß die Hypnoimpulse zu stark werden. Wir versuchen es dann lieber später noch einmal. Es wäre ja vielleicht auch möglich, einige Kampfroboter in die Zentrale zu teleportieren. Roboter mit rein positronischen Gehirnen, denen die Kristalle nichts anhaben können.«

Gucky und Jumpy nahmen Goratschin in ihre Mitte und ergriffen seine Hände. Als der körperliche Kontakt hergestellt war, konzentrierten sich beide Teleporter auf ihr Ziel – und verschwanden.

# 25.

Sie rematerialisierten in der Halle des Mutterkristalls.

Die beiden Mausbiber erkannten sofort, daß in der Zwischenzeit eine Veränderung mit der Kristallkugel vor sich gegangen war. Das seltsame Gebilde vibrierte, dehnte sich hektisch aus und zog sich wieder zusammen. Die Stacheln zuckten und kreisten. Die Bewegungen der kleinen Kristallsatelliten waren schneller geworden.

Goratschin starrte fasziniert auf das merkwürdige Schauspiel. Er schien vergessen zu haben, warum man ihn hierhergebracht hatte. Die beiden Mausbiber spürten, wie sich der Druck auf ihre Gehirne verstärkte.

Der Riesenkristall veränderte seine Farbe. Er schimmerte dunkelrot.

»Nun mach schon, Goratschin!« zischelte Gucky.

Aber der Doppelkopfmutant zögerte noch immer. Beide Köpfe sahen auf den Kristall, aber dort geschah nichts, das mit ihrer Tätigkeit etwas zu tun haben könnte.

»Verdammt!« knurrte Iwan, der Ältere. »Es geht nicht . . . Es geht einfach nicht. Konzentration fehlt . . . die Kopfschmerzen . . .!«

Gucky griff nach Jumpys Arm und Goratschins Arm.

»Zurückspringen!« sagte er und konzentrierte sich auf den Sprung.

Nichts geschah.

Gucky und Jumpy konnten nicht mehr teleportieren.

Gucky begriff nun, warum Goratschin seine Fähigkeiten nicht einsetzte – er konnte es einfach nicht mehr. Die hynosuggestiven Impulse beeinflußten die Gehirne der Mutanten und damit ihre Fähigkeiten.

Verzweifelt versuchte Gucky, telepathisch zu Marshall durchzudringen, und ganz schwach gelang es auch.

*»Der Mutterkristall . . . er greift an! Er muß das Kommandozentrum für den ganzen Planeten sein. Wir können nicht mehr fort . . .«*

*»Versucht ihn zu vernichten!«*

*»Goratschin kann nicht!«*

*»Dann nehmt die Strahler . . .«*

Die Gedankenimpulse des Telepathen wurden schwächer, dann blieben sie völlig aus.

Gucky wandte sich an Goratschin und sagte laut, während er den Strahler aus dem Gürtel zog:

»Bevor er uns erwischt – schießen! Los, Goratschin!«

Die drei Mutanten spürten den zwingenden Einfluß und den Druck, die sich auf ihr Bewußtsein legten. Zögernd nur konnten sie die Waffen erheben und auf den Kristall richten. Zögernd nur schalteten sie auf Impulsstrahl. Zögernd nur betätigten sie den Feuerknopf.

Das Sonnenfeuer traf den Mutterkristall, floß nach allen Seiten ab und ließ den Boden verdampfen. Erste Lachen aus glutflüssigem Gestein bildeten sich. Der Kristall konnte dem Energieansturm nicht widerstehen, aber er wehrte sich.

Plötzlich ergriff die drei Mutanten eine Welle von Haß. Es war nicht der Haß gegen den Kristall, sondern gegeneinander. Iwanowitsch riß den Strahler herum und richtete ihn auf Jumpy, der neben ihm stand – aber er schoß nicht. Seine Finger verkrampften sich, denn der Verstand Iwanowitschs wurde von zwei einander widersprechenden Befehlen gemartert. Jumpy war sein Freund – das wußte er. Aber er war auch sein Feind, den er töten mußte.

Was stimmte?

»Nicht ablenken lassen!« dröhnte Iwan, der rechte Kopf. »Auf den Kristall feuern, und an nichts anderes denken, Bruder!«

Das schien Iwanowitsch in die Wirklichkeit zurückzubringen. Langsam wanderte der Lauf seiner Waffe zu dem ursprünglichen Objekt zurück und begann, Energiebündel zu speien.

Fast die Hälfte des Mutterkristalls war nun schon verdampft. In der Halle war die Temperatur auf nahezu zweitausend Grad angestiegen, und die Kühlanlagen der Kampfkombinationen arbeiteten auf Hochtouren. Von der gewölbten Decke tropfte es herab und bildete immer größere Glutlachen. In kleinen Bächen rann das flüssige Gestein zum Rand der Halle und sammelte sich dort in Vertiefungen. Die Sicht war schlecht geworden. Nebelschwaden wogten in dem riesigen Hohlraum auf und nieder.

»Die Impulse des Kristalls werden schwächer«, keuchte Gucky. »Wir schaffen es . . . Himmel, wir schaffen es!«

Abermals veränderte sich die Farbe des Kristalls.

Er wurde dunkel, und dann wurde er blaßrot und fast durchsichtig.

Er sah aus wie ein riesiger Edelstein.

Gucky konnte nicht wissen, daß die zuerst erfolgte Verdunkelung eine eigentümliche hyperphysikalische Erscheinung war, die eine totale Strukturumwandlung des Kristalls bewirkte. Mit den Atomgruppen wandelten sich auch die entsprechenden Bindungsenergien.

Aus dem Mutterkristall war etwas anderes geworden, aber noch ahnten die drei Mutanten nicht, was.

Sie standen da und starrten ungläubig auf das Wunder. Längst hatten sie das unnötig gewordene Feuer eingestellt, denn die Haßempfindungen waren erloschen. Alles war erloschen, und auch die Kopfschmerzen waren so plötzlich verschwunden, daß Gucky es erst jetzt bemerkte.

»Kein Druck mehr«, flüsterte er erleichtert. »Wo sind die Kopfschmerzen geblieben? Die Impulse . . .? Nicht mehr da.«

»Der Kristall ist gestorben«, meinte Iwan Goratschin.

»Er sieht aus wie ein Rubin oder so«, meinte Jumpy.

Gucky betrachtete seinen Sohn erstaunt.

»Was verstehst du denn von Edelsteinen?« erkundigte er sich mißtrauisch. »Ich kann einen nicht vom anderen unterscheiden.«

»Das gehört zur Bildung eines Gentlemans«, klärte Jumpy ihn schnippisch auf.

Gucky knurrte, blieb aber friedlich.

Er versuchte, telepathischen Kontakt mit Marshall aufzunehmen, und zu seinem Erstaunen gelang das sofort. Die Impulse kamen stark und deutlich.

»Wir haben es geschafft«, sagte er laut. »Der Kristall hat sich verändert, er ist um die Hälfte kleiner geworden, und die Hypnoimpulse sind erloschen. Wie ist es bei euch?«

*»Keine Impulse mehr. Die Kristalladern in den Wänden haben sich rosa verfärbt . . .«*

»Dort auch? Rosa, sagst du? Merkwürdig!«

*»Kehrt zu uns zurück, Gucky. Vielleicht ist etwas im Gange, von dem wir noch nichts ahnen. Beeilt euch!«*

»In Ordnung.«

Sie warfen einen letzten Blick auf den Mutterkristall. Er hatte sich seit der Verwandlung nicht mehr verändert. Die Hitze in der Halle ließ allmählich nach, und das Gestein wurde wieder fest.

Und es gab keine hyperenergetischen Impulse mehr.
Gucky und Jumpy nahmen Goratschin bei den Händen und teleportierten mit ihm zu Marshall zurück.
Die Barrierre, die nach einem ähnlichen Prinzip arbeitete wie das bereits auf Modula II verwendete Anti-Modulationsfeld, war verschwunden. Dies konnte nur bedeuten, daß sich die Energiestation, die dieses Feld erzeugt hatte, in dem Moment abgeschaltet hatte, als die Befehlsimpulse des Kristalls verstummten. Dadurch wurde es den Terranern unmöglich gemacht, das betreffende Energieaggregat zu finden, denn ein desaktiviertes Aggregat hinterließ keine Spuren, denen man hätte folgen können.
»Doktor Weißmann«, sagte Rhodan gerade, »Sie können sich inzwischen schon nach einer plausiblen Erklärung umsehen. Vielleicht finden Sie eine.«
»Es gibt mehrere«, erwiderte der Wissenschaftler zu seiner Überraschung ruhig. »Eine davon wird schon richtig sein.«
Während Goratschin berichtete, gingen sie bis zu der Stelle vor, an der einstmals die paradiesischen Landschaften und der mörderische Kristalltunnel gewesen waren. Das alles war nun verschwunden, und an ihre Stelle war eine leere, nüchterne Felshalle getreten, deren Wände von unzähligen blaßroten Adern durchzogen waren.
»Die waren vorher grünblau«, bemerkte Marshall langsam. »Wie kann sich das Zeug überall verwandelt haben, nur weil dieser Mutterkristall seine Atomstruktur veränderte?«
»Und die Farbe . . .«, murmelte Rhodan. »Sie kommt mir bekannt vor.«
Major Grinnell war ein paar Meter zurückgeblieben. Jetzt holte er die Gruppe ein.
»Sir«, sagte er zu Rhodan, »die Funkverbindung nach oben klappt wieder. Einwandfrei sogar. Die Hyperfunkstation der CREST meldet, daß vor zwanzig Minuten ein sehr starker Impuls aufgefangen wurde. Er kam von Danger I und ging in alle Richtungen ungebündelt.«
Rhodan sah auf die Uhr.
»Vor zwanzig Minuten erfolgte die Umwandlung des Mutterkristalls. Was meinen Sie, Doktor Weißmann, ob da ein Zusammenhang besteht?«
»Mit Sicherheit, Sir. Der Hyperimpuls stammt von dem Mutterkristall und war eine Art Befehl. Da es sich um einen Hyperimpuls

handelt, ist weiter anzunehmen, daß der Befehl auch an die anderen Planeten ging. Meiner Meinung nach muß auch dort etwas geschehen sein – wenn der Befehl befolgt wurde.«

Rhodan nickte wortlos und kehrte mit seinen Begleitern um.

Im Augenblick gab es hier unten nichts mehr zu tun. Er mußte die Berichte der anderen Flottenteile abwarten, die auf die Danger-Planeten angesetzt worden waren. Er konnte sich nicht recht vorstellen, daß eine kleine Aktion das ungeheure Problem mit einem Schlag aus der Welt geschafft haben sollte.

Auf dem Weg zur Oberfläche passierten sie eine besonders dicke Kristallader, die ihnen blaßrot entgegenleuchtete.

Rhodan blieb stehen. Seine Augen weiteten sich plötzlich, und dann glitt Erkennen über sein Gesicht.

»Ist etwas?« erkundigte sich Marshall und betrachtete die Ader.

Rhodan nickte, als er weiterging.

»Ich beginne zu ahnen, was geschehen ist. Wenn meine Vermutung stimmt, dann hat uns der Mutterkristall ein unschätzbares Geschenk gemacht. So unschätzbar wertvoll, daß ich es nicht begreife.«

# 26.

Nachdem der Befehl des Mutterkristalls von Danger I durch das All gegangen war, erloschen auf allen anderen achtundzwanzig Kristallplaneten zur selben Zeit die hypnosuggestiven Impulse.

Es erwies sich dabei von unschätzbarem Vorteil, daß vor Beginn der »Operation Blitz« Danger I bereits »vorbereitet« worden war, denn hier mußte man nicht erst die planetaren Abwehrforts überwinden, sondern konnte unverzüglich direkt in das Planeteninnere vordringen.

Die Einheiten, die die anderen Planeten als Angriffsziel hatten, mußten hingegen diese Hürde erst überwinden, ehe sie sich dem Planeteninneren widmen konnten. Dadurch waren sie einige Stunden später dran als Rhodans Leute.

Als der Mutterkristall auf Danger I ausgeschaltet wurde, waren auf allen anderen Planeten die Einsatzkommandos gerade erst im Begriff, Zugänge zu den subplanetaren Anlagen zu suchen. Daher waren sie noch nicht in den Einflußbereich der dort befindlichen Mutterkristalle gelangt.

Die Landekommandos konnten nun plötzlich ungehindert in die Tiefe der Planeten vordringen.

Dabei machten die Männer auf diesen achtundzwanzig Planeten eine grauenhafte Entdeckung:

Im Gegensatz zu Danger I, wo die Generäle geflohen waren, als sich der Sieg der USO-Flotte abzeichnete, gab es diese Flucht auf den anderen Planeten nicht. Daraus wurde geschlossen, daß sich zum Zeitpunkt des terranischen Angriffs keine Perlians auf diesen Welten aufgehalten hatten.

Die Generäle hatten sich, als die ersten terranischen Einsatztruppen gelandet waren, in die subplanetaren Anlagen zurückgezogen. Ein gnadenloses Schicksal hatte dennoch ihr Ende besiegelt. Die Terraner fanden bei ihrem Vordringen nur tote Generäle.

Bei allen waren die Zeitaugen explodiert und hatten dadurch den Tod dieser Wesen verursacht.

Die Explosion der Zeitaugen mußte zu jenem Zeitpunkt erfolgt sein, als die Mutterkristalle sich verändert hatten. Es bestand demnach ein ursächlicher Zusammenhang zwischen dem »Ende« der Kristalle und dem Tod der Generäle. Aus einem nicht bekannten Grund hatten die Zeitaugen auf die Umwandlungsimpulse so fatal reagiert.

Wenige Stunden später lagen die Berichte der anderen achtundzwanzig Einsatzkommandanten vor. Perry Rhodan versammelte auf der CREST alle Wissenschaftler und berichtete, was auf Danger I und den anderen Kristallwelten geschehen war. Dann bat er die versammelten Spezialisten um ihre Meinung.

Dr. Weißmann, der Rhodan in die Tiefe des Planeten begleitet hatte, sagte:

»Nehmen wir zuerst einmal die uns bekannten Tatsachen, dann wird es uns leichterfallen entsprechende Schlußfolgerungen zu ziehen. Als der Mutterkristall von Danger I beschossen wurde, erkannte er, daß die hypnosuggestiven Befehlsimpulse ihre schnelle Wirkung auf die Mutanten verfehlten – und gab den Kampf auf. Um nicht völlig vernichtet zu werden, verwandelte er sich. Vorher aber sandte er einen Hyperimpuls in die Magellansche Wolke, einen Befehl an alle anderen Mutterkristalle, sich ebenfalls zu verwandeln. Nennen wir diesen Impuls einmal den Umwandlungsbefehl. Wir wissen, daß dieser Befehl befolgt wurde. In derselben Sekunde, in der er die Planeten erreichte, geschah dort die Umwandlung. Die Kristalle hörten als solche auf zu existieren. Sie starben.«

»Sie starben – ganz richtig«, stimmte ein älterer Physiker zu. »Aber sie sind noch vorhanden, wenn auch in einer anderen Form.«

In diesem Augenblick betraten Roi Danton und zwei Freihändler den Raum. Sie hatten die Erlaubnis erhalten, an Bord zu kommen und der Konferenz beizuwohnen.

Danton hatte die letzten Worte gehört.

»Die neue Form ist bekannt!« rief er aus und setzte sich direkt neben Rhodan. »Der Kristall hat sich hier und überall in reines Howalgonium verwandelt!«

Verblüfftes Schweigen beantwortete seine Behauptung.

Howalgonium – ein fünfdimensionales strahlendes Element. Das wertvollste Element überhaupt.

Rhodan nickte.
»Ich habe es mir gedacht«, sagte er einfach. »Aber die Vermutung war so phantastisch, daß ich nicht an sie glauben konnte. Wie kamen Sie darauf, Danton?«
»Na, wenn jemand Howalgonium kennt, dann wohl ich. Habe ich nicht einen Planeten von Ihnen gekauft – wenn man den Vertrag mal so bezeichnen will? Rubin in Rois System – das ist der Planet. Auf ihm wurde Howalgonium gefunden. Aber was ist das gegen Danger I, geschweige denn gegen alle Danger-Planeten zusammengenommen?«
Im Hintergrund begann jemand zu kichern. Es war Gucky, der das Gesicht derart verzog, als habe er Schmerzen.
»Was soll das alberne Gekicher?« erkundigte sich Danton wütend.
Gucky lachte Tränen.
»Sie haben Rhodan ein Ei abgehandelt, lieber Freund. Ein einziges, lächerliches und winziges Ei. Und was hat Rhodan dann gefunden? Eine Hühnerfarm, mit mehr Eiern, als er in seinem ganzen Leben verbrauchen kann. Ist das nicht zum Lachen?«
»Finde ich gar nicht! Er könnte mir zumindest einen Danger-Planeten abgeben. Als Bezahlung für die Howalflektorhelme.«
»Bleibt so gut wie in der Familie«, sagte Gucky, immer noch lachend.
Danton zuckte zusammen und betrachtete den Mausbiber forschend, aber dann wagte er doch nicht, eine Frage zu stellen. Er hatte Angst vor der Antwort. Wußte Gucky vielleicht etwas, das kaum ein Mensch sonst wußte? Immer diese Andeutungen . . .
Rhodan wandte sich wieder an Dr. Weißmann. »Und warum erfolgte diese Umwandlung? Ist eine Rückverwandlung möglich?«
»Physikalisch nicht, Sir. Völlig ausgeschlossen. Howalgonium ist sozusagen das Endprodukt der Umwandlungsreihe. Und warum es geschah? Ich nehme an, es war eine Art Selbstschutz. Die Kristalle wußten, daß ihnen die Vernichtung bevorstand, und um sich nicht vernichten zu lassen, verwandelten sie sich in Howalgonium. Wir haben nun mehr von dem fünfdimensional strahlenden Stoff, als wir es uns je erträumen durften. Und ich schätze, es gibt eine ganze Menge von Anwendungsmöglichkeiten.«
»Darüber brauchen wir uns nicht zu unterhalten«, sagte Rhodan schnell mit einem Seitenblick auf Danton. »Sonst noch Rückschlüsse?«

Dr. Weißmann zuckte die Achseln.

»Eine ganze Menge«, sagte er. »Da wäre der Umstand, daß die Impulse der Mutterkristalle auf allen Dangerplaneten durch energetische Sperren abgeschirmt waren. Daraus ist zu folgern, daß die Perlians diese Einrichtungen deshalb geschaffen haben, um die Generäle jederzeit unter Kontrolle zu halten. Ich nehme an, daß diese Barrieren, je nach der Situation, beliebig schaltbar waren, so daß sich der Aktionsradius der Barriere beliebig verändern konnte. Bei Danger I hatten die Perlians vor ihrer Flucht offensichtlich dafür gesorgt, daß die Grenzen der Barriere tief unter der Planetenoberfläche verliefen, um die Angreifer in Sicherheit zu wiegen. Sie mußten damit rechnen, daß ihre Gegner auf Danger I landeten und in das Planeteninnere vordrangen, wo sie von den Impulsen des Mutterkristalls überrascht werden würden. Sie rechneten aber offensichtlich nicht damit, daß wir inzwischen die Positionsdaten der übrigen Kristallplaneten besitzen könnten. Anderenfalls hätten sie dort ebenfalls besondere Abwehrmaßnahmen getroffen. Die Sorglosigkeit, ja Leichtsinnigkeit der Perlians mag seltsam erscheinen, aber ich gebe zu bedenken, daß wir ähnliche Phänomene bereits des öfteren beobachtet haben; daß Wesen, die im Auftrag von höhergestellten Mächten agieren, immer wieder entscheidende Fehler begehen, die uns zum Vorteil gereichen. Und die Perlians dürften, nach allem, was wir bisher über sie wissen, zweifellos im Auftrag einer uns noch unbekannten Macht handeln.«

Der Wissenschaftler machte eine kurze Pause, um seine Worte wirken zu lassen. Als er sah, daß seine Zuhörer keine Anstalten machten, ihm zu widersprechen, fuhr er fort:

»Dennoch haben wir nur einen Teilsieg errungen. Die Gefahr, die von den Kristallplaneten ausging, ist zwar beseitigt, aber noch immer gibt es eine uns unbekannte Menge von Kristallballungen, die sich irgendwo in der Großen Magellanschen Wolke befinden. Von diesen Kristallen wissen wir nicht, ob sie den Umwandlungsprozeß mitgemacht haben. Wir wissen auch nicht, wie die Perlians auf die jüngsten Ereignisse reagieren werden.«

Rhodan nickte.

»Wir werden uns um dieses Problem kümmern.«

»Ganz recht, Grandseigneur«, bemerkte Danton. »Aber ich bitte Sie, damit noch einige Tage zu warten. Ich habe nämlich veranlaßt, daß eine weitere Ladung Howalflektorhelme hierhergebracht wird.

Es handelt sich um 100.000 Helme. Damit könnten alle in Frage kommenden Einsatzgruppen ausgerüstet werden. Mit der Ankunft des Transportschiffes ist in den nächsten Tagen zu rechnen.«

Rhodan war für einen kurzen Augenblick sprachlos. Doch er verzichtete diesmal darauf, den Freihändler wieder einmal nach seiner Bezugsquelle zu fragen. Er wußte, daß er auch heute keine befriedigende Antwort erhalten würde.

»Einverstanden«, sagte er schließlich. »Ich werde veranlassen, daß die Raumschiffsverbände vorerst an ihren Positionen verbleiben und die weitere Entwicklung abwarten. Inzwischen werden wir geeignete Maßnahmen vorbereiten, um die Gefahr der Hypnokristalle endgültig zu beseitigen. Unser nächstes Ziel werden die sogenannten Programmierungswelten sein.«

*Einige Tage später.*

Für Perry Rhodan war es fast ein historischer Moment, als er den Befehl zur »Operation Sinfonie« gab.

In den vergangenen Tagen war es zu keinen Zwischenfällen gekommen, so daß die Vorbereitungen zu der bevorstehenden Aktion in Ruhe getroffen werden konnten.

Mit Hilfe der Gurrads hatte man den Standort von acht Programmierungswelten ermittelt. Welten, auf denen die gleichen Anlagen installiert waren wie auf Modula II. Welten, die ein gefährliches Potential beherbergten.

Während die Vorbereitungen zur Ausschaltung dieser Welten in die entscheidende Phase liefen, konzentrierte sich Rhodan auf eine bereits bekannte Welt: Keeg!

# 27.

Die rotgelbe Sonne, nach einem heldenhaften terranischen Prospektor Keegans Stern genannt, war für den Großadministrator des Solaren Imperiums mehr als nur ein Stützpunkt-System der Hypnokristalle.

Auf dem zweiten Planeten dieses Sterns war er zum erstenmal seit der Invasion der Kristallagenten auf eine auswertbare Spur gestoßen. Von da an hatte man die Machtzentren der unheimlichen Gegner nach und nach aufrollen können.

Vor knapp 20 Stunden war der von Roi Danton angekündigte Freihändlerfrachter im Brutstern-System angekommen und hatte 100.000 zusätzliche Howalflektorhelme mitgebracht. Diese waren mittlerweile an die Flotte verteilt worden, so daß jedes in Frage kommende Landungskommando damit ausgerüstet werden konnte. An Bord der CREST besaß man nunmehr 20.000 dieser Helme.

Noch immer wußte niemand, was aus den Kristallballungen außerhalb der Kristallwelten geworden war. Es bestand jedoch der Verdacht, daß sie dem Umwandlungsprozeß nicht unterworfen wurden. Deshalb hatte Perry Rhodan am 18.12.2435 Erdzeit eine koordinierte Flottenoperation unter der Tarnbezeichnung »Sinfonie« angeordnet.

Zu gleicher Zeit würden die zwanzigtausend Raumschiffe, die Reginald Bull zur Großen Magellanschen Wolke geführt hatte, die achthundert Schiffe der 14. Schweren Offensiv-Flotte der USO unter Admiral Con Bayth, die hundert Kampfschiffe von General Ems Kastori und die angegliederten Verbände der Gurrads die acht bekannten Programmierungswelten der Kristalle angreifen.

Obwohl Modula II mittlerweile keine Gefahr mehr bedeutete, sollte im Zuge der »Operation Sinfonie« auch diese Welt noch einmal einer genaueren Untersuchung unterzogen werden. Man mußte sich davon überzeugen, daß es dort tatsächlich keine Kristalle mehr gab, und was aus den überlebenden Perlians und Generälen geworden war.

Perry Rhodan selbst wollte sich mit seinem Schiffsverband Keegans Stern zuwenden.

Nach den Informationen, die man von den Gurrads erhalten hatte, war Keeg eine Zentralwelt der Generäle, eine gigantische technische Produktionsstätte. Die Besatzung auf Keeg bestand – so berichteten die Gurrads – ausschließlich aus Generälen – Wesen, die von den Hypnokristallen unter Kontrolle gehalten wurden. Perlians hingegen waren auf Keeg noch nie beobachtet worden.

Auf Keeg befanden sich aber auch unzählige Terraner, ehemalige Besatzungsmitglieder verschollener Explorerschiffe, die in die Gewalt der Hypnokristalle geraten waren.

Dies war der entscheidende Grund, warum sich Perry Rhodan dieser Welt zuwandte.

Gemeinsam mit der FRANCIS DRAKE und dem 500 Schiffe zählenden terranischen Verband sowie 150 Gurradschiffen, die vor kurzem zu ihnen gestoßen waren, kam die CREST etwa 100.000 Kilometer von Keeg entfernt aus dem Linearraum.

Perry Rhodan aktivierte den Interkom. Über eine Telekomschaltung wurde seine Mitteilung gleichzeitig den Besatzungen der anderen Schiffe zugänglich gemacht.

»Sie kennen das Ziel unserer heutigen Aktion«, begann er in seiner Art, der Umschweife fremd waren, »und Sie wissen inzwischen auch, daß es uns in erster Linie darum geht, die Kristallmengen auf Keeg zu vernichten, falls sie sich nicht unterdessen in Howalgonium verwandelt haben.«

Er machte eine Pause und warf Roi Danton, der gemeinsam mit seinem Leibwächter an Bord der CREST weilte und diesmal wieder seine übliche Tracht trug, einen ernsten Blick zu. Dann fuhr er fort:

»Leider fürchte ich, daß die Generäle uns Keeg nicht einfach so übergeben werden. Es wird also harte Kämpfe geben. Ich werde zwar versuchen, Kontakt mit den Generälen aufzunehmen und sie zur Kapitulation zu bewegen, aber ich glaube nicht, daß diese darauf reagieren werden. Es versteht sich wohl von selbst, daß – wann immer es möglich ist – gegen diese Wesen nur mit Paralysestrahlen vorgegangen werden darf. Ende!«

Er schaltete ab.

»Wollten Sie etwas sagen, Monsieur Danton?«

Der Freihändler lächelte maliziös und wedelte sich mit einem Ziertüchlein frische Luft zu.

»Nein, Grandseigneur. Ich stelle fest, daß Sie völlig konform mit mir gehen. Aber wenn Sie gestatten, daß ich Ihnen ein Kompliment ausspreche: Sie vergessen nie etwas, nicht wahr?«

»Ich gebe das Kompliment zurück«, erwiderte Rhodan trocken. »Ohne Sie könnten wir auf den Programmierungswelten nur Roboter einsetzen.«

Roi seufzte.

»Ja, das wäre scheußlich, Grandseigneur, Männer überlassen ihre Arbeit nicht gern seelenlosen Maschinen.«

Er zog seine edelsteinbesetzte Schnupftabaksdose hervor und genehmigte sich eine kräftige Prise. Danach nieste er.

»Wie schmeckt das Zeug eigentlich?« wollte Gucky wissen, der mit seinem Sohn Jumpy auf der gegenüberliegenden Seite des Kartentisches saß.

Roi Danton verzog indigniert das Gesicht.

»Aber, Monsieur Gucky, Sie sprechen schon wieder einmal die Sprache des gemeinen Volkes! Ein Mann von edlem Geblüt sollte . . .«

» . . . schweigend darüber hinwegsehen«, ergänzte Jumpy.

Beide Mausbiber entblößten ihre Nagezähne.

Oro Masut richtete die Mündung seiner überdimensionalen Duftspritze auf sie und sprühte kräftig drauflos.

Jumpy protestierte mit schrillem Kreischen. Aber sein Vater sagte keinen Ton. Er konzentrierte sich kurz auf Oros Sprühgerät und drehte die Mündung mit seinen telekinetischen Kräften nach oben.

Der ertrusische Leibwächter Dantons ließ die Spritze fallen und brüllte wie am Spieß. Die Parfümdusche hatte genau seine Augen getroffen.

»Weine nicht, Großer«, rief Gucky spöttisch, »genieße lieber den lieblichen Duft!«

»Mausbiber riechen vielleicht mit den Augen, Ertruser nicht!« schrie Masut.

Perry Rhodan lachte herzhaft. Selbst Roi Danton vermochte sekundenlang seine Maske nicht aufrechtzuerhalten. Er grinste über das ganze Gesicht.

»Worauf warten wir noch?« fragte Gucky. »Soll ich schon vorausspringen und die Lage sondieren, Perry?«

»Eine vorlaute Kreatur!« beschwerte sich Roi.

»Die aber schon vielen Menschen geholfen hat«, parierte der Mausbiber. »Es gab Zeiten, da wurde das dankbar anerkannt.«

Danton blickte Gucky prüfend an. Es kam ihm vor, als wollte das Pelzwesen auf irgend etwas anspielen, was zwischen ihnen beiden gewesen war. Der Freihändler vermochte sich jedoch nicht zu erinnern, daß so etwas in letzter Zeit vorgefallen wäre – und daran, daß Gucky seine Jugendzeit in Terrania meinen könnte, dachte er nicht. Dennoch blieb ein Gefühl des Unbehagens in ihm zurück.

Rhodan drückte eine Taste des Interkoms.

»Rhodan an alle Flottillenchefs: Befehl SLA-22 tritt in Kraft. Bereitstellung der Landetruppen einleiten. Erbitte Vollzugsmeldung bis 22.15 Uhr. Ende!«

Er stand auf.

»Ich gehe zur Funkzentrale und lasse die Aufforderung zur Kapitulation an die Besatzung von Keeg hinausgehen!«

Als er die Kommandozentrale verlassen hatte, lehnte sich Roi Danton in seinem Kontursessel zurück. Nachdenklich betrachtete er den Frontschirm der Panoramagalerie, auf dem die weiße Sichel des Planeten Keeg in Melonengröße zu sehen war.

»Man macht es dir nicht leicht«, murmelte er.

»Wen beliebten Sie zu meinen, Monsieur?« fragte Gucky grinsend.

Roi winkte unwirsch ab.

Im nächsten Augenblick spielte er seine Rolle als geckenhafter Freihändlerkönig weiter. Wie es in ihm aussah, ging niemanden etwas an.

Die Schiffe verstreuten sich nach Plan und kreisten in verschiedenen Orbithöhen um den Planeten.

Eine Antwort auf die terranische Kapitulationsaufforderung war nicht erfolgt.

Roi Danton wandte sich seinem Leibdiener zu.

»Wie denkst du über die Chancen, eine friedliche Übereinkunft mit den Generälen zu erzielen, Oro?«

Oro Masut kratzte sich die dichtbehaarte Brust.

»Das wird davon abhängen, ob die Kristalle auf Keeg noch aktiv sind, Majestät. Diese bedauernswerten Lebewesen sind doch nichts anderes als Kristallsklaven. Sie besitzen keinen freien Willen.«

Roi nickte.

»Hoffentlich bringen sie nicht ihre Gefangenen um, wenn sie sehen, daß sie Keeg nicht gegen uns halten können . . .«

»Sie meinen die versklavten Explorerbesatzungen . . .«

Oros Gesicht verdüsterte sich.

»Ich fürchte, den armen Teufeln kann niemand mehr helfen. Sie sind bereits zu lange unter dem hypnosuggestiven Zwang der Kristalle. Es wäre besser für sie, sie wären tot.«

Roi preßte die Lippen aufeinander, bis sie nur noch zwei blutleere Striche waren.

»So etwas sollten wir niemals wünschen, Oro! Solange jemand lebt, hat er das Recht, mit aller Hilfe zu rechnen, die wir ihm bieten können!«

Der ertrusische Riese zuckte die mächtigen Schultern.

»Ich wollte nicht andeuten, daß jede Hilfe sinnlos sei, Majestät.«

Er schnaufte.

»Nur schade, daß die Kristalle keine organisch-lebenden Wesen sind. Ich würde sie allesamt an den Beinen aufhängen!«

»Und schade, daß die Kristalle keine Beine haben, Fettwanst!« lispelte Gucky höhnisch.

Sofort fiel Roi Danton in seine Stutzerrolle zurück.

»Oh, diese gewöhnlichen Ausdrücke! Oro, befreie mich vom Anblick dieses mißratenen Pelzzwerges!«

Masut wandte sich dem Mausbiber zu und streckte die mächtigen Pranken aus.

Gucky stieß einen schrillen Pfiff aus und stemmte die Fäuste in die Hüften.

Vom Kartentisch erhob sich ein verwaister Zirkel. Doch was immer der Mausbiber damit vorhaben mochte, er kam nicht dazu, es auszuführen.

»Alle für das Landeunternehmen vorgesehenen Männer in die Boote!« erscholl Rhodans Stimme aus den Lautsprechern der Rundrufanlage.

Mit heftigem Ruck schloß Oro Masut das Oberteil seines Kampfanzuges. Roi Danton nahm seine Perücke ab und klappte den Druckhelm nach vorn. Gucky teleportierte sich in einen silberweißen Kampfanzug, der offen über eine Sessellehne gelegt worden war. Es handelte sich um die modernste Ausführung der Solaren Flotte, und selbstverständlich hatte der Mausbiber dafür gesorgt, daß für ihn zwei Exemplare auf seine Körpergröße passend angefertigt wurden, ein Einsatz- und ein Reserveanzug.

Schon wollten der Freihändler und Masut die Zentrale verlassen, da ließ sie ein Hilferuf Guckys wieder umkehren.

»Beeilen Sie sich, Monsieur Guck!« rief Danton. »Wie lange brauchen Sie denn dazu, in Ihren Kampfanzug zu steigen?«

»Ich bin verklemmt!« jammerte Gucky.

Oro Masut lachte dröhnend.

»Sieh einer an; der Zwerg sagt manchmal sogar die Wahrheit!«

Der Mausbiber ließ eine Schimpfkanonade vom Stapel, daß sogar die größten Rauhbeine unter der Zentralebesatzung vor Neid erblaßten.

Roi Danton jammerte schon wieder nach seinem Riechflakon.

»Seht ihr denn nicht, daß ich festsitze?« rief Gucky verzweifelt. »Ich bin mit beiden Beinen in ein Hosenbein teleportiert!«

»Dann teleportiere zurück«, meinte Oro trocken und verschränkte die Arme vor der Brust.

Der Mausbiber schloß die Augen und konzentrierte sich.

Plötzlich lag er vor Oros Füßen – aber immer noch in dem einen Hosenbein steckend.

»Ich habe zu engen Kontakt mit dem Apparat«, erklärte er. »Zieh mich raus, Oro. Sei ein netter, lieber Kerl! Orochen!«

Die Augen des Ertrusers quollen fast über, als er seinen neuesten Kosenamen hörte. Er schneuzte sich gerührt durch die Finger. Dann packte er zu.

»Au!« jammerte Gucky. »Du stehst auf meinem Schwanz!«

»Schwanz . . .?« echote Masut verblüfft. »Ich denke, nur deine Beine wären verklemmt?«

»Nein, alles! Ich meine, die Beine und der Schwanz!«

»Sonst noch etwas vielleicht?« fragte der Ertruser mitfühlend.

Der Mausbiber vermochte nur stumm den Kopf zu schütteln.

»Wie kann ein Mensch nicht daran denken, daß ich einen Schwanz besitze«, murmelte er vorwurfsvoll, während der Ertruser ihn endgültig aus seiner Zwangslage befreite, »wo doch der gesamte galaktische Markt von meinen Nachbildungen überschwemmt wird!«

»Letzte Aufforderung!« tönte es aus den Lautsprechern der Rundrufanlage. »Mister Danton und Masut sowie Mister Guck haben sich innerhalb der nächsten zehn Sekunden an Bord der KC-9 einzufinden. Ende!«

»Mister Guck . . .!« stieß Gucky zornig hervor.

»Schnell!« sagte Roi. »Du mußt uns teleportieren, Gucky. Zu Fuß schaffen wir es niemals!«

Sofort grinste der Mausbiber wieder.

»Ja, wenn ich nicht wäre . . .«

Er streckte die Ärmchen aus und wartete, bis die beiden Männer sich daran festhielten. Dann sprang er.

Die Oberfläche Keegs kam rasend schnell näher. Bis jetzt gab es noch keinerlei Anzeichen für eine planetarische Abwehr. Vielleicht fürchteten die Generäle die riesige Flotte, die über ihrem Planeten kreiste und nur darauf wartete, eventuelle Widerstandsnester auszuräuchern.

Perry Rhodan und Roi Danton trugen unter ihren Druckhelmen Howalflektorhelme.

Alle fünftausend Mann des ersten Landekommandos waren damit ausgerüstet. Ohne sie hätten sie es nicht wagen können, auf einer von Hypnokristallen beherrschten Welt überhaupt zu landen.

Etwas später würden ihnen weitere 15.000 Mann folgen.

Rhodan wandte sich an den Flottillenchef, der in ihrem Beiboot mitflog.

»Was schließen Sie aus der Tatsache, daß wir auf keine Abwehr gestoßen sind, Major Hohle?«

Hole Hohle blickte auf und kniff seine ohnehin kleinen Augen fast ganz zusammen.

»Taktische Gründe, Sir. Die Generäle können es wegen der Flotte nicht wagen, schon jetzt das Feuer auf uns zu eröffnen. Sie müssen uns herankommen lassen, damit unsere Schiffsgeschütze nicht mehr eingreifen können, ohne uns ebenfalls zu gefährden.«

Rhodan nickte.

»Das wäre ein logischer Grund, Major. Was können wir dagegen tun, daß den Generälen dieser Schachzug gelingt?«

»Den Gegner mit seinen eigenen Waffen schlagen, Sir«, erwiderte Major Hohle lakonisch.

Rhodan lächelte verstehend.

»Also würden Sie an meiner Stelle die Landung mitten in den wichtigsten Anlagen des Planeten empfehlen, damit auch die Generäle keine schweren Waffen einsetzen können, nicht wahr?«

»Genau, Sir!« bestätigte der Major wortkarg.

Rhodan wandte sich dem Freifahrer zu.

»Einverstanden, Monsieur?«

Roi verneigte sich leicht.

»Ich finde die Idee einfach brillant!«

Rhodan lachte.

»Nun, dann wollen wir sehen, was die Generäle dazu sagen!«

Er ging zum Telekomsender und erteilte allen Korvettenpiloten Befehl, auf dem größten nordpolaren Raumhafen des Planeten zu landen und dabei die unmittelbare Nähe wichtiger Anlagen zu suchen.

Die Korvetten beschleunigten erneut. Bald überflogen sie die Küste des Nordkontinents. Zahlreiche kleinere Raumhäfen und Werften zogen unter ihnen dahin. Sie lagen noch ebenso verlassen da, wie Rhodan und Danton sie von ihrer ersten Expedition nach Keeg im vergangenen Monat in Erinnerung hatten.

»Mich wundert, daß sich die Kristalle und ihre Sklaven so passiv verhalten haben«, sagte Danton nachdenklich. »Mit den Tausenden und aber Tausenden von Birnenraumschiffen dort unten hätten sie doch weit wirksameren Widerstand gegen unsere Operationen in der Magellanschen Wolke leisten können.«

»Vergessen Sie bitte nicht, daß die wenigsten dieser Raumschiffe noch flugfähig sind«, widersprach Rhodan. »Dennoch . . .«, sein Gesicht wurde nachdenklich, » . . . habe ich irgendwie das Gefühl, daß alles etwas zu leicht geht. Möglicherweise sind die Kristallagenten nur *eine* Waffe eines unheimlichen Gegners, den wir noch nicht kennen.«

Im Suchschirm tauchte der größte Raumhafen von Keeg auf.

Rhodan und Danton ließen die Ausschnittvergrößerung aktivieren und musterten jede Einzelheit der weiträumigen Anlage.

»Man hat nichts von den Schäden behoben, die wir damals anrichteten, Grandseigneur«, flüsterte der Freifahrer. »Ich kann deutlich noch die Beschußschäden entdecken, die die Roboter der Generäle verursachten, als sie uns verfolgten.«

Perry Rhodan nickte ernst.

Er mußte an die versklavten Explorerbesatzungen denken, denen sie nach der ersten Landung auf Keeg begegnet waren. Bedeutete die Nichtausbesserung der Zerstörungen, daß diese Menschen nicht mehr lebten?

»Landen!« befahl er über Telekom.

»So dicht wie möglich beisammenbleiben!«

Er drängte sich an Hole Hohle vorbei zum Pilotensitz und wies den jungen Leutnant an, an welcher Stelle er die KC-9 absetzen sollte.

Eine halbe Minute später landete die Korvette unmittelbar neben dem Pfortenbunker, durch den er damals mit seinen Leuten ins Innere des Planeten geflüchtet war.

Im selben Augenblick setzte die planetare Abwehr ein. Robotflugkörper kreisten über den gelandeten Raumschiffen und schossen ihre Raketenbomben ab. Explosionen erschütterten den Boden, und die Rauchpilze von Mikroatombomben stiegen in den blauen Himmel.

Den Korvetten machte der Beschuß jedoch nichts aus. Ihre Hochenergie-Überladungsschirme hielten jede Wirkung ab. Dafür aber feuerten die F-Geschützstände unablässig Raketen ab, die einen positronischen Steuerkopf mit einer speziellen Programmierung besaßen.

Die Raketen suchten und fanden die Startplätze der feindlichen Robotflugkörper und zerstörten sie, während gleichzeitig die Energiegeschütze der Korvetten die bereits gestarteten feindlichen Flugobjekte abschossen.

Erst, als der Himmel frei war, befahl Perry Rhodan das Ausschleusen der Landetruppen und der Ausrüstung.

Er und Roi Danton setzten sich an die Spitze der Männer.

Vom anderen Ende des Raumhafens erklang heftiges Geschützfeuer.

Rhodan lächelte.

Dort kämpfte eine Roboterdivision der CREST IV. Sie war bereits vor zehn Minuten von dem Ultraschlachtschiff aus abgesetzt worden. Aus taktischen Gründen hatten die Kampfroboter sich nur mit konventionellen Energiegeschützen und Handwaffen gegen die automatischen Flugmaschinen der Generäle zur Wehr gesetzt. Das sollte die Gegner in dem Glauben wiegen, sie könnten ihre Robotflugkörper mit Erfolg gegen weitere Landungstruppen verwenden – und es hatte gewirkt, wenn auch die Robotdivision zugunsten der Menschen hohe Verluste in Kauf nehmen mußte.

Die Besetzung Keegs schien reibungslos abzulaufen.

»Wo sie nur alle mit einemmal herkommen?« fragte Roi Danton verwundert.

Er lag neben Rhodan in der Deckung eines Spezialpanzers, dessen Energiegeschütz unablässig auf anstürmende Kampfroboter der Generäle schoß.

Knapp hundert Meter von ihnen entfernt befand sich das Tor zur Unterwelt des Planeten. Aber seit einer halben Stunde kamen sie keinen Schritt weiter.

»Wir haben den Gegner unterschätzt«, gab Rhodan unumwunden zu. »Und er hat sich anscheinend seit unserem ersten Besuch Keegs auf diesen Angriff vorbereitet.«

Er legte seinen Strahler auf den linken Unterarm und feuerte auf einen winzigen Schwebepanzer, der dicht über dem Boden auf sie zuraste. Das nur tellergroße Gebilde explodierte mit furchtbarer Wucht. Die Druckwelle warf Perry Rhodan auf den Rücken.

Oro Masut betätigte seine Duftspritze, um den Geruch von Staub und Rauch zu kompensieren. Dann griff er wieder zu seiner überschweren Waffe.

Praktisch handelte es sich um ein leichtes Energiegeschütz, das auch beim Abschuß entsprechenden Lärm erzeugte. Die Glutbahn strich, von einer Seite zur anderen pendelnd, über den geschwärzten Boden und löschte die mechanische Existenz eines guten Dutzends weiterer Robotscheiben aus.

Die Männer hatten ihre Druckhelme längst zurückgeklappt, denn die Atmosphäre Keegs war atembar; sie unterschied sich nur wenig von der Erdatmosphäre.

Zur Linken versuchten drei eigene Panzerwagen durchzubrechen.

Sekunden später waren sie nur noch qualmende Wracks.

Perry Rhodan spähte um das Heck des deckenden Panzers herum nach dem Pfortenbunker.

Er wies nur leichte Beschädigungen auf, reine Auswirkungen naher Explosionen, denn die Truppe hatte strikte Anweisung erhalten, ihn zu schonen. Ein anderer Weg in die unterirdischen Anlagen Keegs war nicht bekannt.

Rhodan runzelte die Stirn.

Warum sprengten die Generäle den Pfortenbunker nicht einfach in die Luft? Zeit genug hatten sie ja gehabt, nachdem der terranische Angriff festgefahren war.

Er zuckte zurück, als eine feindliche Lichtbombe in der Nähe erstrahlte und die gesamte Landschaft in gespenstisch weißes Licht hüllte.

Das Energiegeschütz des Panzers zerstörte sie bereits im nächsten Augenblick, aber einige Leute würden noch nach einer Stunde nichts sehen können.

»So geht es nicht weiter!« murmelte er.

Neben ihm stöhnte Roi Danton. Ein weißglühender Stahlsplitter hatte ihm die Wange geritzt. Oro Masut sprühte soeben Bioplasma auf die Wunde.

»Parbleu!« Der Freifahrer knirschte mit den Zähnen. »Ausgerechnet jetzt muß das passieren, wo ich meine Schminkschatulle nicht dabeihabe!«

»Hören Sie auf mit dem Unsinn!« fuhr Rhodan ihn an. »Ich muß nachdenken!«

Roi schob den Ertruser etwas zur Seite und schoß auf eine angreifende Robotscheibe. Sand und Glassplitter ergossen sich über die drei Männer. Das Gefechtsfeld war eigentlich nur noch eine riesige Müllhalde, die wieder und wieder umgewühlt wurde.

»Hier riecht es schlecht«, jammerte Roi. »Oro, die Duftspritze!«

»Sie sollen aufhören, habe ich gesagt!« schrie Perry Rhodan ihn an.

Roi nickte ernsthaft.

»Ihr Wunsch ist mir Befehl, Grandseigneur. Darf ich mich in aller Bescheidenheit erkundigen . . .«

Seine nächsten Worte erstickten in einem Gurgeln. Der Ertruser hatte ihn und Rhodan gepackt und flach auf den Boden gedrückt.

Eine furchtbare Explosion machte sie fast taub. Als sie wieder hochkamen, erstickten sie fast an dem Rauch, der um sie herum war.

Im ersten Moment dachte Perry Rhodan, ihr Panzer wäre explodiert. Aber dann öffnete sich die Heckluke, und ein Korporal streckte seinen Kopf heraus.

»Tut mir leid, Sir!« überschrie er den Kampflärm. »Aber wir mußten einen großen Robotflugkörper abschießen, der zum Sturzflug ansetzte.«

Roi Danton spie Sand aus, tupfte sich mit einem verschmierten Seidentüchlein pedantisch die Lippen und sagte:

»Ce fut pour moi un plaisir, Monsieur! – Es war mir ein Vergnügen, mein Herr!«

Der Korporal machte ein verständnisloses Gesicht.

Perry Rhodan schüttelte lachend den Kopf.

»Sie sind wirklich einzigartig, Monsieur Danton.«

Er wurde wieder ernst.

»Aber nun hören Sie mir einmal genau zu! – Dieser Pfortenbunker steht immer noch, obwohl ringsum alles von den Explosionen zermahlen wurde oder von den Strahlschüssen kocht.«

Roi nickte.

»Was mich ebenfalls wundert. Sie denken an eine Falle, nicht wahr?«

»Genau! Und zwar an eine in jeder Beziehung geschickt aufgebaute Falle. Man hat sogar terranische Mentalität dabei eingebaut. Der Widerstand hier ist gerade stark genug, uns vorübergehend aufzuhalten. Ich sage bewußt vorübergehend, denn in wenigen Minuten sollten fünfzehntausend Mann über dem Raumhafen abspringen. Dann würde es nicht mehr lange dauern, bis wir den Pfortenbunker einnehmen.«

Der Freihändler lächelte süffisant.

»Unsere Männer fiebern schon darauf. Das ist doch das psychologische Moment, das ihnen so verdächtig vorkommt?«

»Ja. Der Gegner hofft, daß der Widerstand uns derartig gereizt hat, daß wir abwarten, bis unsere Verstärkung heran ist. Außerdem bin ich sicher, man hätte uns zurückwerfen oder gar aufreiben können, wenn man gewollt hätte. Bedenken Sie, daß seit einer halben Stunde unablässig die kleinen Robotscheiben und die größeren Kettenroboter angreifen – genau dosiert, möchte ich sagen. Hätte man sie mit einemmal eingesetzt, wären wir verloren gewesen.«

»Nicht sehr schmeichelhaft für uns«, entgegnete Roi trocken, »aber Ihre Argumente leuchten mir ein. Was also schlagen Sie vor?«

»Ich sorge dafür, daß die Verstärkung noch eine Weile defensiv kämpft. In der Zwischenzeit verlassen wir unsere Stellung und begeben uns in die große Werfthalle. Dort müßten wir am ehesten auf einen anderen Zugang ins Planeteninnere stoßen. Ich kann mir nicht vorstellen, daß eine derart große Halle ihr Material aus diesem kleinen Pfortenbunker erhält.«

»Einverstanden, Grandseigneur. Ich rufe über den Helmfunk eine Einsatzgruppe zusammen. Sie steht östlich des Werfteinganges und paßt auf, daß meinem Suchtrupp nichts zustößt.«

»Suchtrupp . . .?«

»Oui, Grandseigneur! Er sucht nach dem Geheimzugang . . .«

Sie hetzten geduckt durch die Trümmer, die der Kampf hinterlassen hatte. Überall, wo auch nur etwas Deckung vorhanden war, lagen und standen Landesoldaten. Raketenbatterien auf Selbstfahrlafetten kurvten mit heulenden Turbinen durch den Schutt; sie wechselten ständig ihre Stellungen. Schweber mit dem Roten Kreuz bargen Verwundete; Medoroboter versorgten sie sofort und nahmen lebenswichtige Operationen noch während des Abtransports vor.

Wegen des starken Beschusses und der immer wieder auftauchenden feindlichen Robotflugkörper durften die Männer ihre Fluggeräte nicht einschalten. Alle paar Meter mußten sie Deckung suchen.

Perry Rhodan ließ sich jedoch von diesem Inferno nicht täuschen. Er hatte schon andere Kämpfe miterlebt und wußte, daß dieses Gefecht, gemessen an den Waffen, die beiden Seiten zur Verfügung standen, im Grunde nur eine Plänkelei darstellte.

Das bestärkte seinen Verdacht.

Noch vor dem Aufbruch aus ihrer letzten Stellung hatte er dem Kommandeur der Landetruppen, Captain José Alcara, befohlen, den Pfortenbunker auf gar keinen Fall zu besetzen.

Am rauchverhangenen Himmel schwebte die gigantische Kugel der CREST IV gleich einem silbernen Luftballon. Ab und zu blitzte es dort oben auf, aber im Grunde genommen mußten die Männer in den Geschützständen des Flottenflaggschiffs dem Bodenkampf tatenlos zusehen; ihre Waffen wirkten zu verheerend, als daß sie entscheidend hätten eingreifen können. Das schien paradox zu sein, doch schließlich waren Ultraschlachtschiffe nicht dafür gebaut worden, um unmittelbar in Bodenkämpfe einzugreifen. Die Strahlen ihrer Energiegeschütze hätten Freund und Feind gefährdet, von Transformgeschossen ganz zu schweigen; eine einzige Gigabombe würde aus dem Raumhafen einen magmaerfüllten Krater machen.

Hinter der Frontlinie erwartete sie ein offener, gepanzerter Schweber mit einem Freihändler am Steuer. Neben ihm saß Tako Kakuta, der japanische Teleporter aus Rhodans Mutantenkorps. Rhodan hatte ihn für den geplanten Einsatz aus der CREST IV angefordert, da er ebenfalls mit den Verhältnissen in den Untergrundanlagen Keegs vertraut war.

Kakuta grinste über sein breites, stets etwas kindlich wirkendes Gesicht. Wer den Teleporter nicht kannte, hätte niemals vermutet, daß er schon über vierhundertfünfzig Jahre alt war. Nur jemand mit sehr viel Menschenkenntnis und eigener Erfahrung konnte erkennen, daß Kakutas schwarze Augen schon mehr gesehen hatten, als ein Sterblicher jemals in seinem Leben zu sehen bekommen würde.

»Es ist alles bereit!« meldete er und half Rhodan in den Fond des Schwebers.

Rhodan lächelte dankbar. Es tat ihm wohl, daß Kakuta in ihm auch den Freund sah. Unter Unsterblichen konnte so etwas gar nicht ausbleiben, denn sie wanderten gemeinsam durch die Jahrhunderte, während Generationen aufwuchsen und Neues schufen – und wieder dahinsanken.

Roi Danton lächelte ebenfalls. Doch sein Lächeln war zurückhaltend, so schwer ihm das auch fiel. Tako Kakuta hatte ihn als Kind oft auf seinen Knien geschaukelt, wenn er zu privaten Besuchen in seinem Elternhaus weilte. Er hatte ihm uralte Geschichten und Sagen aus der Vergangenheit seines japanischen Volkes erzählt, hatte von gefahrvollen Abenteuern im Weltraum berichtet und manchmal den jungen Mike Rhodan auch getröstet, wenn ein kindlicher Kummer sein Herz bedrückte. Nur ungern spielte er diesem grundanständigen Mann Theater vor.

Oro Masut hob seinen Herrn in den Schweber und schwang sich hinterher. Der Fahrer fluchte, weil sein Fahrzeug plötzlich mit dem Heck auf den Boden stieß. Er glich die Hecklastigkeit durch Schwerkraftregelung aus und fuhr an, als der Freihändler ihm auffordernd zunickte.

Perry Rhodan schaltete seinen Helmkom ein.

Er rief den Kommandanten der CREST IV.

Oberst Merlin Akran meldete sich fast augenblicklich. Er schien den Anruf erwartet zu haben. Das laute Organ des Epsalers veranlaßte Rhodan, die Empfangsstärke zu drosseln.

»Erste Anzeichen einer Besatzung auf den beiden anderen Kontinenten, Sir. Zwei Aufklärer kehrten nicht zurück. Es wird angenommen, daß die Fahrzeuge durch Traktorstrahlen heruntergeholt wurden, nachdem ihre Besatzung zuvor am Absenden einer Nachricht gehindert worden war.«

»Kristallschwingungen . . .?« fragte Rhodan knapp.

»Mit großer Sicherheit, Sir. John Marshall sagt, es gäbe auf jedem der drei Kontinente einige Kristallkonzentrationen, die hypnosuggestive Befehle ausstrahlten. Er vermochte jedoch nur die Befehle an die Generäle festzustellen – und natürlich an die Landetruppen.«

Merlin Akran lachte.

»Sie sollen ihre Waffen wegwerfen und sich den Generälen ergeben.«

Perry Rhodan lachte nicht.

Ihn stimmte es bedenklich, daß die Kristalle keine Hypnobefehle an die versklavten Terraner aussandten, von denen es beim letzten Besuch auf Keeg einige Tausende gegeben hatte.

Bedeutete das, daß eine ständige Beeinflussung nach so langer Zeit nicht mehr notwendig war – oder . . . ?

Den letzten Gedanken mochte Rhodan nicht zu Ende denken. Er sprach seine Vermutung nicht aus.

»Danke, Oberst! Teilen Sie nach Plan OC die Schiffsverbände zur Landungsoperation auf den beiden anderen Kontinenten ein. Und schicken Sie mir nur eine Verstärkung von tausend Mann. Die übrigen vierzehntausend Landesoldaten sollen die Kristallkonzentration auf den beiden Kontinenten ausfindig machen und vernichten. Geben Sie ihnen je zwei Robotdivisionen zur Unterstützung! Ich melde mich wieder. Ende!«

Oberst Akran wiederholte den Befehl, dann schaltete er ab.

Unterdessen war der Schweber vor der großen Werfthalle angelangt. Eine Gruppe Männer in den Kampfanzügen der Freifahrer erwartete ihn bereits.

Einer trat an Roi heran und erstattete Meldung.

Roi Danton machte ihn mit Rhodan bekannt.

Der hünenhafte Freifahrer mit dem Raubvogelgesicht hieß Ochra Tanura und stammte von dem Planeten Xerxes im Isis-Sektor. Seine Stimme klang eigentümlich hell, übertönte den nahen Kampflärm jedoch mühelos.

»Vier Gruppen mit Detektoren befinden sich in der Halle«, erklärte er. »Bis jetzt konnten wir noch keinen Geheimgang finden, aber in etwa zweihundert Meter Tiefe liegt ein schlecht abgeschirmter Gang.«

Perry Rhodan wandte sich nach Kakuta um. Die Blicke der beiden Männer trafen sich, und ohne daß ein Wort fiel, wechselten Frage und Antwort.

»Lassen Sie drei Detektorgruppen weitersuchen, Edelmann Tanura!« befahl Roi Danton. »Zwanzig Ihrer Leute und eine Detektorgruppe kommen mit uns. Monsieur Kakuta wird uns in den entdeckten Gang absetzen!«

Perry Rhodan zog verwundert die Brauen hoch.

»Wie kommen Sie darauf, daß ich Kakuta diesen Befehl geben wollte, Monsieur Danton?« fragte er mißtrauisch. »Können Sie Gedanken lesen?«

Roi lächelte flüchtig.

»Non, Grandseigneur, aber Blicke deuten!«

»Springen Sie sofort zurück, wenn Ihnen etwas verdächtig erscheint, Tako!« befahl Rhodan.

Der Teleporter neigte lächelnd den Kopf.

Im nächsten Augenblick war der Platz leer, auf dem er eben noch gestanden hatte. Nur ein starker Luftzug deutete noch auf ihn hin, wie der Atem der Ewigkeit . . .«

Perry Rhodan blickte immer wieder nervös nach seinem Armbandchronographen, obwohl Kakuta noch gar nicht zurück sein konnte.

Die Erregung teilte sich auch Roi Danton mit.

Er überprüfte mehrmals seinen Strahler. Aus den Augenwinkeln heraus musterte er seine Leute. Die zwanzig Freihändler warteten mit unbewegten Gesichtern. Nur ihre Waffen drohten überallhin, und die Augen spähten wachsam in der Halle umher; sie gingen kein Risiko ein, wenn es um die Sicherheit ihres Königs und Perry Rhodans ging.

Drei Männer standen ein wenig abseits. Zwischen ihnen stand ein Kettenfahrzeug von der Größe einer mittleren Schildkröte auf dem Boden. Leises Summen drang aus seinem Innern. Antennen ragten fühlergleich in die Luft.

Unter anderen Umständen hätte Rhodan diesem supermodernen Robotdetektor mehr Aufmerksamkeit gewidmet. Es gab nichts Gleichwertiges im Solaren Imperium. Die Freihändler schienen den technischen Entwicklungsstand der übrigen Menschheit auf vielen Gebieten überrundet zu haben.

Von außerhalb der Halle drang plötzlich ein schrilles, markerschütterndes Pfeifen herein, das sogar die Kampfgeräusche übertönte.

Perry Rhodan hob lauschend den Kopf.

»Das ist die CREST«, bemerkte er wie beiläufig zu Danton.

Das Geräusch wurde noch lauter, so daß die Männer es nicht mehr ertragen konnten und sich die Ohren zuhielten.

Dabei arbeiteten die Triebwerke des Ultraschlachtschiffes nicht einmal. Nur das Antischwerkraftfeld war in seiner Leistung herabgesetzt worden, damit das Schiff einige tausend Meter senkrecht sinken konnte. Das Geräusch wurde lediglich von den verdrängten Luftmassen erzeugt.

Über dem Raumhafen tobte ein Wirbelsturm, der alles, was nicht niet- und nagelfest war, davonwirbelte. Die Raumschiffe in der Werfthalle vibrierten und rutschten auf ihren breiten Auflagetellern zentimeterweise zur Seite. Eine Wolke gelben Staubes fegte durch die offenen Hallentore und hüllte die Männer ein.

Allmählich ließen sowohl der Sturm als auch die Geräusche nach. Der Kampflärm drang wieder durch. Mehrere Staffeln Space-Jets und Moskito- Jäger orgelten über den Platz, schwenkten dahinter um und schwärmten aus, um die Landetruppen gegen die Bodenabwehr abzuschirmen.

Die Geräusche waren Rhodan so vertraut, daß er die Vorgänge mitverfolgte, ohne die Halle verlassen zu müssen.

Mitten in dem langsam zu Boden sinkenden Staub materialisierte plötzlich der Teleporter. Er nieste mehrmals und blickte danach Roi Danton verwundert an.

»Mit Schlitzaugen würden Sie jetzt ein perfekter Asiate sein«, bemerkte er.

Roi fuhr sich mit dem Handrücken übers Gesicht und betrachtete danach die dicke gelbe Staubschicht darauf.

»Wie schrecklich!« jammerte er. »Oro, die feuchten Tücher!«

Der Ertruser entnahm einem Plastikbeutel stark nach Parfüm duftende Tücher und wischte seinem Herrn damit das Gesicht ab.

Rhodan schüttelte den Kopf über so viel Exzentrizität und wandte sich damit Kakuta zu.

»Keine Gefahr für uns«, meldete der Teleporter. »Ich habe im Umkreis von etwa zwei Kilometern aufgeklärt. Die Maschinen arbeiten nicht mehr. Von versklavten Terranern keine Spur, aber als ich den Helm abnahm, empfing ich starke Kristallschwingungen. Dort unten muß irgendwo eine Kristallkonzentration sein, und sie ist aktiv.«

»Haben Sie erkennen können, welche Befehle die Kristalle senden?« fragte Rhodan.

Tako nickte.

»Zwei verschiedene Befehle. Der eine lautet: ›Tötet die Fremden‹ und der andere: ›Räumt die Städte‹.«

»Hm!« machte Rhodan nachdenklich. »Können Sie sich erinnern, ob auf den Radaraufnahmen irgendwelche Städte waren?«
»Nein. Das heißt, ich weiß genau, daß es auf den drei Kontinenten Keegs keine Städte gibt.«
»Jedenfalls nicht an der Oberfläche«, bemerkte Danton. »Ich denke mir, daß es Untergrundstädte gibt, von denen wir nichts wissen.«
»Durchaus möglich«, gab Rhodan zurück. »Aber wer lebt in diesen Städten? Die Generäle? Die sind zur Verteidigung eingesetzt!«
»Hypnosklaven vielleicht, Sir«, warf Ochra Tanura ein.
»Das wäre möglich – Tako, bringen Sie uns hinunter. Würden Sie immer zwei mit einemmal nehmen?«
Der Japaner nickte.
»Selbstverständlich. Bei dieser kurzen Entfernung ist das kein Problem.«
Perry Rhodan wandte sich an Roi.
»Sie bleiben bitte bis zuletzt hier oben – für den Fall, das etwas Unvorhergesehenes eintritt!«
Roi Danton wollte protestieren, sah aber dann ein, daß es sinnlos gewesen wäre. Er hatte sich und seine Leute für die Dauer dieser Aktion freiwillig Perry Rhodan unterstellt.
Rhodan und der Anführer der Freihändlergruppe machten den Anfang. Sie materialisierten zusammen mit Kakuta in einem verlassenen Maschinenraum.
»Ich habe Sie gleich ein Stück weitergebracht«, entschuldigte Tako sich mit einem höflichen Lächeln.
Rhodan nickte und erwiderte das Lächeln.
»Vielen Dank, Tako!«
Der Teleporter verbeugte sich leicht und verschwand.
Perry Rhodan machte einige Schritte in die Maschinenhalle hinein. Die Stille wirkte beklemmend. Vor etwa vierzig Tagen hatten alle diese Automaten auf Hochtouren gearbeitet und Ersatzteile für die Birnenraumer produziert, die in der Werfthalle und auf den Abstellplätzen standen.
»Sie sind Xerxes-Kolonist?« fragte er den Freihändler beiläufig.
Ochra Tanura nickte respektvoll.
»Ja. Allerdings zweite Generation.«
»Wie sieht es auf Xerxes aus?«
Der Edelmann lächelte flüchtig.

»Viele Berge, viele Steppen und viel Wind, Sir. Leider ist das Fleisch für uns ungenießbar. Es enthält Stoffe, die den menschlichen Körper allmählich vergiften. Aber wir haben terranische Rinder, Wildkaninchen und Pferde importiert. Sie breiten sich rasch aus.«

»Und sie vertragen die xerxischen Pflanzen? Enthält die Flora nicht die gleichen Giftstoffe wie die Fauna?«

»Das schon, Sir. Aber in weit geringerer Konzentration. Und terranische Tiere bilden Abwehrstoffe heraus, die das Gift neutralisieren und damit das Fleisch für Menschen genießbar machen.«

Gern hätte Perry Rhodan mehr über das Leben der Xerxes-Kolonisten gehört. Es kam in der letzten Zeit immer seltener vor, daß er sich um die jungen Kolonien kümmern konnte. Aber inzwischen hatte Kakuta die gesamte Einsatzgruppe in der Maschinenhalle abgesetzt, und die Ausschaltung der Kristalle ging allem anderen vor.

Flüsternd erteilte er dem Teleporter den Auftrag, die kleine Gruppe gegen Hinterhalte abzusichern, indem er fortwährend kurze Sprünge vor allem in Marschrichtung durchführte.

Danach setzte er sich an die Spitze der Kolonne und führte die Männer in einen Gang hinein, der von der Maschinenhalle aus gesehen fast genau südlich verlief, dorthin, wo nach John Marshalls und Guckys Peilungen eine Kristallkonzentration lagern sollte.

# 28.

»Das ist die Produktionshalle, in der wir die vier versklavten Menschen entdeckten«, stieß Roi Danton hervor.

Perry Rhodan blieb stehen, während die Freihändlersoldaten nach links und rechts ausschwärmten und mit angeschlagenen Waffen nach verborgenen Gegnern suchten.

Doch niemand ließ sich blicken.

Rhodan strich geistesabwesend mit der Hand über eine der gigantischen Maschinen. Im Programmierungsschlitz steckte noch eine Fabrikationsschablone. Jemand hatte sie hineingeworfen, um eine Änderung im Fabrikations- und Montageprogramm hervorzurufen, aber er war nicht mehr dazu gekommen, die Eingabeschaltung zu betätigen.

Rhodan zog die Schablone heraus und strich über das goldgelb schimmernde Metall mit den haarfeinen Impulsgeberlinien.

Wer mochte sie zuletzt berührt haben?

Ein Terraner?

»Captain Billy Haffgus und Leutnant Karge Elrox . . .«, murmelte er nachdenklich.

»Pardon!« sagte Roi. »Je ne comprends rien!«

»Wie bitte?« fragte Rhodan.

»Ich meinte, ich verstehe nicht, weshalb diese Namen . . . Oh!«

Der Freihändlerkönig schlug sich mit der flachen Hand gegen die Stirn.

»Hießen nicht zwei der vier Männer so, die wir hier antrafen?«

»Ja, wir konnten die Namen auf ihren Ärmelschildern erkennen«, erwiderte Perry Rhodan niedergeschlagen.

Rois Augen wurden dunkel.

»Es ist bitter, nicht helfen zu können. Wenn wir nur wüßten, warum diese Kristalle auf uns gehetzt wurden.«

»Ihre Herren machen uns für ein unbekanntes Verbrechen verantwortlich, das irgendwann einmal irgendwo in der Milchstraße geschehen sein soll. Wenn ich nur . . .«

Rhodan beendete seinen Satz nicht. Er hob warnend die Hand.

»Still! Haben Sie nichts gehört?«

Die Freifahrer erstarrten förmlich zu Statuen.

»Nein, Sir«, flüsterte Edelmann Tanura.

»Was war?« fragte Danton.

»Ein Geräusch«, wisperte Rhodan. »Es klang, als würde etwas Schweres über den Boden . . .«

Er erstarrte ebenfalls.

Diesmal hörten sie es alle.

Etwas schlich hinter der jenseitigen Hallenwand vorüber und erzeugte dabei ein Geräusch, wie wenn Drahtwolle über blankes Metall geschleift würde.

Perry Rhodan sah sich suchend um. Aber von Kakuta war nichts zu sehen. Der Teleporter befand sich auf einem Erkundungsgang.

Rhodan sprang auf das nächste Transportband und setzte von da aus nacheinander auf die anderen parallel verlaufenden Bänder über. Roi und die anderen Freifahrer folgten ihm.

Wenig später erreichten sie die gegenüberliegende Wand.

Vor der geschlossenen Tür verhielt Rhodan kurz. Er entsicherte seinen Strahler, legte die Handfläche auf die Stelle der Tür, unter der sich bekanntermaßen das Wärmeschloß befand, und wich zur Seite.

Die beiden Türhälften glitten auseinander und verschwanden in den Wänden.

Mit einem Satz sprang Ochra Tanura durch die Öffnung und wirbelte einmal um die eigene Achse.

»Nichts zu sehen!« rief er leise zurück.

Rhodan und Roi folgten ihm langsam.

Im ersten Augenblick wollte Rhodan dem Edelmann Vorwürfe wegen seines leichtsinnigen Verhaltens machen, aber dann kam ihm zu Bewußtsein, daß Tanura nur hatte verhindern wollen, daß er selbst als erster die Tür passierte. Außerdem würden Vorwürfe oder Ermahnungen kaum etwas nützen; Rhodan hatte genau gesehen, daß Tanura wie ein erfahrener Kämpfer gehandelt hatte. Ein einzelner Gegner wäre von seinem ungestümen Vorgehen völlig überrascht worden.

Er zuckte heftig zusammen, als erneut das schleifende Geräusch ertönte.

Die Freihändlersoldaten blickten wild um sich. Aber das, was das Schleifen verursachte, ließ sich nicht sehen.

Roi Danton unterbrach die im Flüsterton einsetzende Diskussion mit einer Handbewegung. Er legte sich auf den Boden und preßte das Ohr gegen das Metallplastik.

Dann nickte er.

»Das Schleifen kommt von unten.«

»Die Frage ist nur, wie wir hinunterkommen«, stellte Tanura fest.

»Kakuta!« erwiderte Roi.

Als hätte er ihn dadurch herbeigezaubert, stand der Teleporter plötzlich zwischen den Männern.

Rhodan deutete auf den Boden.

»Waren Sie schon hier unten, Tako?«

Kakutas Blick wurde vorwurfsvoll.

»Selbstverständlich. Ich kontrolliere stets alle umliegenden Räume.«

Wieder erklang das schleifende Geräusch.

»Und . . .?« fragte Perry Rhodan.

Tako Kakuta lächelte unschuldig.

»Ein Roboter. Er wollte mich betäuben, deshalb machte ich mit einem Schuß seine Positronik unbrauchbar. Er liegt dort unten und rudert hilflos mit Armen und Beinen.«

»Il est impossible!« stöhnte Roi Danton in komischer Verzweiflung. »Er ist einfach unmöglich, dieser Monsieur Kakuta!«

Der Teleporter wandte ihm sein lächelndes Gesicht zu.

»Das haben mir schon viele Leute gesagt, Monsieur, darunter sogar einige Menschen.«

»Will er damit etwa sagen, ich sei kein Mensch?« fuhr der Freifahrer auf.

»Fragen Sie den seligen Darwin«, erwiderte Kakuta höflich. »Er wird Ihnen genau sagen können, ob man einen aufrecht gehenden Affen bereits zur Spezies homo sapiens rechnen darf.«

Roi wich einige Schritte zurück und trat dabei seinem Leibwächter auf den Fuß.

»Oro!« hauchte er. »Mein Riechflakon! Dieser schmutzige Bauer hat meine zartesten Gefühle mißhandelt! Ich werde ohnmächtig!«

Er sank nach einem kurzen Blick über die Schulter direkt in Masuts starke Arme. Oro ließ sich auf die Knie nieder, bettete Rois Kopf auf seinen Schenkel und massierte Stirn und Schläfen mit der duftenden Essenz.

Der Teleporter wandte sich an Perry Rhodan.

»Soll ich ihn zu dem strampelnden Roboter teleportieren?« fragte er ernsthaft. »Der wird ihn vielleicht mit ›künstlicher Atmung‹ ins Leben zurückrufen.«

Die Freifahrersoldaten hatten sich bisher meisterhaft beherrscht. Nun aber lachten sie alle zur gleichen Zeit los.

»Bringen Sie ihn hinunter, Tako!« befahl Rhodan. »Vielleicht werden ihm dort endlich einmal seine Flausen ausgetrieben.«

Roi Danton kam mit einem Satz auf die Beine und streckte dem Teleporter abwehrend die Hände entgegen.

»Pardon, Monsieur Kakuta! Je ne voulais pas vous froisser!«

Tako blieb seufzend stehen.

»Und ich dachte, Sie wollten sich das Monstrum einmal aus der Nähe ansehen.«

Dantons Gesicht verklärte sich vor Entzücken.

»Aber natürlich, Monsieur! Herzlich gern! – Oro, wo ist mein Lorgnon?«

»Sie meinen Ihr Stielglas?« fragte der Japaner. »Es hängt um Ihren Hals.«

»Mein Gott!« ächzte Roi. »Immer diese vulgären Ausdrücke aus der Gosse!«

Affektiert fischte er sein Lorgnon an dem Kettchen heran und musterte den Teleporter durch das blitzende Glas.

»Allez-vous, Monsieur! Ich bin schon ganz feierlich gestimmt!«

Tako Kakuta faßte ihn am Oberarm, während Perry Rhodan seinerseits eine Hand auf Takos Schultern legte.

Ein rasch vergehendes Schwindelgefühl, dann standen sie in dem unteren Raum.

Roi Danton hielt das Lorgnon vor die Augen, machte den Hals lang und spähte umher.

»Nun, Monsieur Kakuta, wo ist Ihr Roboter?«

»Eben war er noch hier. – Sehen Sie, dort sind noch die Kratzer im Boden, die er durch seine unkontrollierten Bewegungen verursachte!«

Rhodan sah ihn ernst an.

»Sind Sie wirklich sicher, daß Sie die Positronik zerstört haben, Tako?«

»Ja! Die Bewegungen wurden nur von den rein motorischen Sektionen verursacht. Der Roboter konnte nicht fliehen.«

Auch Roi wurde nun ernst.

»Das bedeutet, es gibt noch mehr Roboter hier. Ich schlage vor, Kakuta, Sie springen hoch und zerstrahlen mit Ihrer Waffe ein Stück der Decke, damit meine Männer herunterkommen können.«

»Ich kann sie ja teleportieren!«

»Nein!« entschied Perry Rhodan. »Mister Danton hat recht. Teleportieren dauert zu lange. Außerdem wissen wir nicht, wie oft wir Ihre Parakräfte noch beanspruchen müssen.«

Tako verneigte sich lächelnd – und verschwand.

Rhodan und Danton gingen zur linken Seitenwand des Raumes, um Tako nicht im Weg zu sein, wenn er mit seiner Arbeit begann.

Sie lehnten sich gegen das kühle Metall – und waren im nächsten Augenblick verschwunden.

Als sie rematerialisierten, blickten sie in die Waffenmündungen von zwei Kampfrobotern fremdartiger Bauart.

Bevor sie noch an Gegenwehr denken konnten, zog ihnen ein dritter Kampfroboter von hinten die Waffen aus den Gürtelhalftern.

Einer der Roboter sagte etwas, aber da weder Roi noch Perry Rhodan ihn verstanden, winkte er ihnen mit der Hand.

Die Bewegung war so eindeutig, daß die Männer sich fast automatisch in Bewegung setzten. Der Roboter schritt durch eine Tür, die sich vor ihm öffnete. Die beiden anderen Kampfmaschinen folgten.

Rhodan und Danton verständigten sich mit Blicken.

Sie wußten beide, daß sie gegen drei Kampfroboter nicht die geringste Chance hatten. Die Maschinen reagierten weitaus schneller als jedes organische Wesen und würden eine Angriffsbewegung schon im Ansatz erkennen und dementsprechend handeln.

Schweigend folgten sie ihrem Führer in den Nebenraum und durch eine weitere Tür in die Kabine eines Pneumolifts. Zwei der Roboter blieben draußen. Als sich die Tür schloß, sahen sie sich mit einem einzigen Robot allein.

Sie spürten, daß sich der Lift mit großer Geschwindigkeit nach unten in Bewegung setzte. Nach etwa fünf Minuten hielt er an. Die Tür öffnete sich.

Man führte sie einen langen, türlosen Flur entlang. Beide Männer spürten die Kälte, die wie mit Nadeln auf sie einstach, aber sie wagten es nicht, ihre Druckhelme nach vorn zu klappen und damit die Klimaanlagen ihrer Kampfanzüge zu aktivieren.

Die Roboter hätten es falsch auslegen können.

Nach ungefähr hundert Metern öffnete sich zur Linken ein Schott. Sie kamen in einen Saal, in dem zahlreiche Roboter auf Gestellen lagen. Viele von ihnen waren teilweise demontiert, und die meisten Kampfmaschinen wiesen Beschädigungen von Thermostrahlern auf.

Zwei Roboter hantierten mit Prüfgeräten an dem freiliegenden Positrongehirn eines »Kollegen«.

Rhodan und der Freihändler erhielten jedoch keine Gelegenheit, die seltsam anmutende Szene genau zu betrachten. Ihre Bewacher schoben sie durch die nächste Tür.

Beide Männer prallten erschrocken zurück.

Mitten in dem mit zahlreichen anderen Geräten vollgestopften Raum stand ein Psychodetektor.

Rhodan und Roi kannten derartige Geräte. Sie wurden überall in der Galaxis zum Verhör der Gefangenen benutzt und waren relativ unschädlich für den Betreffenden. Aber unter ihrem Einfluß plauderte man ungewollt sämtliche Geheimnisse aus, nach denen man befragt wurde.

Gleichzeitig versuchten die beiden Männer zu fliehen. Doch die Roboter mußten es vorausgesehen haben. Sie umklammerten ihre Oberarme mit stählernen Griffen und schoben sie weiter in den Raum hinein.

Völlig unerwartet rissen sie ihnen die Helme vom Kopf.

Sie fühlten die Flut hypnosuggestiver Befehle über sich zusammenschlagen. Aber da beide immun gegen derartige Parakräfte waren, reagierten sie auf keinen der Befehle der Kristalle.

Im nächsten Augenblick erloschen die Schwingungen wieder.

Es dauerte einige Sekunden, bis Roi Danton und Rhodan merkten, daß die Roboter ihnen netzartige Gebilde über die Köpfe gestülpt hatten.

Sie waren fassungslos.

Warum nahm man ihnen die Howalflektorhelme ab, wenn man ihnen anschließend andere Schutzhelme aufsetzte?

»Sie wollen uns schützen!« rief Rhodan plötzlich. »Sie konnten überhaupt nicht wissen, daß wir durch die Helme bereits geschützt waren!«

Einer der Roboter ergriff ihn bei den Schultern und stieß ihn mit einer blitzschnellen Bewegung von sich.

Rhodan fiel rücklings in den Sessel unter der Detektorhaube.

Sofort schlossen sich Anschnallgurte um seinen Körper. Er war gefesselt.

Roi Danton bäumte sich auf, doch gegen den Griff seines Bewachers kam er nicht an.

Der andere Roboter nahm einige Einstellungen an dem Psychodetektor vor. Anschließend führte er einige Kabelstecker in winzige Buchsen an seinem Schädel.

Im Bewußtsein seiner Wehrlosigkeit schloß Perry Rhodan die Augen.

Mit einemmal vernahm er eine wispernde Stimme in seinem Gehirn. Er kannte das.

Der Detektor war auf Hirnwellenverstärkung geschaltet.

Nach einiger Zeit vermochte er das Wispern zu verstehen.

»Hören Sie mich?« fragte eine rein geistige, immaterielle Stimme.

»Ich kann Sie hören und verstehen«, antwortete er laut, damit seine Gedankenimpulse klar genug wurden.

»Gut so«, kam es zurück. »Wir sind Freunde. Niemand will Sie verhören. Wir haben Sie aus dem hypnotischen Bann der Kristalle befreit.«

Perry Rhodan versuchte, seine verwirrten Gedanken zu ordnen. Die Überraschung war zu groß gewesen. Sie mußte sich auf seinem Gesicht abgezeichnet haben, denn Roi Danton fragte, was passiert sei.

Rhodan erklärte es ihm.

Daraufhin überfiel ihn der Freihändler mit einem Wortschwall. Doch er winkte ab.

»Wer hat euch gebaut?« fragte er.

»Die Sklaven der Hypnokristalle.«

»Aber dann seid ihr Werkzeuge der Kristalle?«

»Nein, ein Wissenschaftler, der selbst immun gegen die Beeinflussung war, programmierte uns.«

»Wie hieß der Wissenschaftler?« wollte Rhodan wissen.

»Natrugh. Leider starb er zu früh. Und wir haben bisher vergeblich versucht, andere Roboter umzuprogrammieren.«

Natrugh! dachte Perry Rhodan. Der Name klang so, als hätte er einem Gurrad gehört.

»Wie sah Natrugh aus? So wie wir? Oder hatte er eine Haarmähne?«

»So ähnlich wie ihr – und mit dichtem Haar um das Gesicht.«

»Also ein Gurrad!«

»Was ist ein Gurrad?«

»Ein Wesen wie Natrugh. Die Gurrads sind unsere Verbündeten gegen die Hypnokristalle. Wir nennen uns Terraner. Ich bin Rhodan. Das ist Danton.«

Weshalb grinste der Kerl plötzlich so unverschämt? fragte sich Rhodan.

Der Roboter löste seine Fesseln.

»Sie sind frei, Rho Dan!«

»Einen Augenblick noch!« sagte Rhodan, als der Roboter den Detektor abschalten wollte.

»Was ist ein Augenblick, Rho Dan?«

»Eine kurze Zeitspanne. – Kannst du uns zu dem Aufbewahrungsort der Hypnokristalle führen?«

»Ich könnte es tun, aber es wäre tödlich für Sie. Die Kristallkonzentration wird von denen mit den drei Köpfen bewacht.«

»Mit *drei* Köpfen . . .?«

Perry Rhodan überlegte, was der Roboter für Wesen meinen könnte.

Plötzlich mußte er gegen seinen Willen lachen.

Der Roboter konnte nur die Generäle meinen, mit ihren fast quadratisch gebauten nur fünfzehn Zentimeter durchmessenden Kugelköpfen und den Glasbehältern an den Schultern, in denen ihre Symbionten lebten. Von der gelbroten Masse der Fäden und den epaulettenähnlichen Behältern hatten sie ihren Namen erhalten.

»Oh!« sagte er erleichtert. »Die mit den drei Köpfen können uns nichts anhaben. Außerdem sind wir nicht allein. Innerhalb sehr kurzer Zeit könnte ich Hilfe herbeirufen.«

Gespannt wartete er auf Antwort.

Doch statt zu antworten, sprang der Roboter zur Tür und riß dabei die Kontakte ab. Der zweite Roboter marschierte mit erhobenen Waffenarmen neben dem anderen her.

Vom Nebenraum erschollen die Entladungen einer überschweren Waffe.

»Oro!« schrie Roi. »Aufhören!«

Rhodan schüttelte seine Benommenheit ab und eilte ebenfalls zur Tür.

Im angrenzenden Raum standen sich Oro Masut und die beiden Roboter gegenüber. Die anderen zwei Roboter, die das Positronengehirn eines Artgenossen untersucht hatten, lagen zerfetzt am Boden. Zwischen den Fronten aber stand der Freifahrer und gestikulierte heftig, als wolle er einen neuen Zusammenstoß vermeiden.

Durch das zum Flur führende Schott drängten sich die Freifahrersoldaten unter Kakutas Führung.

»Was ist los?« fragte Masut verblüfft. Ganz gegen seine sonstige Gewohnheit sprach er mit normaler Lautstärke.

Perry Rhodan drängte sich zwischen den Robotern hindurch und hob die Hand.

»Ein Mißverständnis! Die Roboter entführten uns mit einem getarnten Transmitter, um uns zu helfen. Sie dachten, wir stünden unter dem hypnotischen Zwang der Kristalle.«

»Sch . . . schade!« stotterte der Ertruser. »Aber sie richteten ihre Waffen auf mich, da ging mein Strahler von selbst los.«

»So einen Strahler habe ich mir schon lange gewünscht«, sagte Rhodan sarkastisch. »Handelt es sich dabei vielleicht um eine weitere Neuentwicklung der Freibeuter?«

Roi hüstelte.

*»Freihändler,* wenn Sie gütigst erlauben, Grandseigneur. Meinetwegen auch Frei*fahrer,* aber nicht dieses häßliche Wort. Es klingt zu terranisch gefärbt, mit Verlaub.«

»Frei*schütz!«* murmelte Kakuta.

»Lassen wir das jetzt!« befahl Rhodan. »Ich will sehen, ob mich der Robot noch einmal unter den Gehirnwellendetektor läßt, damit wir erfahren, wo sich die Kristalle befinden.«

Eine halbe Stunde später ließen sie sich von dem Roboter mit dem Pneumolift wieder nach oben befördern. Sie betraten einen hohen Gang.

Vor ihnen rollte der Detektorroboter der Freihändler mit leisem Kettengeklirr. Seine Fühlerantennen suchten.

»Ihm haben wir zu verdanken, daß wir Ihren Aufenthaltsort aufspürten«, erklärte Ochra Tanura.

Perry Rhodan blickte ungläubig auf die relativ kleine Maschine.

»Wie war das möglich?«

Roi Danton grinste unterdrückt, als Edelmann Tanura antwortete:

»Eine Neuentwicklung, Sir. Der D-Rob arbeitet unter anderem mit einem Super-Infrarot-Spürgerät, ähnlich wie es die Natur den oxtornischen Okrills geschenkt hat; zwar nicht ganz so gut, aber es genügt, um die frische Spur jedes beweglichen Objekts zu verfolgen.«

»Das nehme ich Ihnen nicht ab«, widersprach Rhodan.

Tanura lächelte verstehend.

»Begreiflich, Sir. Aber die Roboter hatten die Transmitterfalle nicht desaktiviert. Sie hofften anscheinend darauf, daß ihnen jemand folgen würde.«

»Unsinn! Dann würde der D-Rob jetzt nicht mehr existieren!«

Der Freihändlerkönig mischte sich ein.

»Ich nehme an, er wurde im Empfängerraum bereits von Robotwächtern erwartet, Edelmann Tanura . . .«

»Jawohl, Majestät. Aber der sofort einsetzende Beschuß blieb wirkungslos. Der D-Rob reagierte mit einer kurzzeitigen Schirmpulsation, die die Robotwächter in Staub verwandelte.«

»Eine Neuentwicklung unserer Wissenschaftler, Grandseigneur«, beeilte sich Danton zu erläutern.

Rhodan blieb ruckartig stehen und packte den Freifahrer am Brustteil seiner Kampfkombination.

»Seit mich die Ungunst des Schicksals mit Ihnen zusammengeführt hat, klingt mir dieses Wort wie ein Fluch in den Ohren!«

»Generäle!« schrie Ochra Tanura plötzlich. Rhodan ließ den Freifahrer los.

Die Freihändlersoldaten verteilten sich wie bei einem Manöver, nur bedeutend schneller.

Sobald der Gang gegen einen eventuellen Hinterhalt abgeriegelt war, gingen sie systematisch vor. Sie schleuderten Handgranaten, die eine paralysierende Strahlung aussandten und die drei Flure leerfegten, aus denen die Generäle angegriffen hatten.

Sofort danach besetzten die Freihändler die Flure bis zur nächsten Biegung.

Bevor Perry Rhodan persönlich in den Kampf eingreifen konnte, war er schon beendet.

»Der Weg ist frei!« meldete Edelmann Tanura.

»Meine Hochachtung!« sagte Perry Rhodan. Sein Zorn war so schnell verflogen, wie er gekommen war. »Ihre Leute sind prächtige Soldaten!«

»Alte Schule, Grandseigneur«, näselte Roi. »Das gewöhnliche Volk muß nur hart genug angepackt werden, dann ist es mit viel mehr Lust und Liebe bei der Sache.«

Rhodan lachte.

»Wenn ich nicht wüßte, wie leger es bei Ihren Leuten zugeht, Monsieur Danton, dann würde ich Ihnen glauben.«

Der Freihändlerkönig hüstelte.

»Liberté, Egalité, Fraternité sind unsere Zauberworte!«

»Hm!« brummte Tako Kakuta verächtlich. »Freiheit für die Mächtigen, Gleichheit für das gemeine Volk und Brüderlichkeit in den Obdachlosenasylen!«

»Oh, wie brutal!« beklagte sich Roi Danton. »Dieser Mann scheint ein Umstürzler zu sein!«

»Mich wundert nur, daß er nicht noch ein anderes Wort mißbraucht«, murmelte der Japaner erbost.

Perry Rhodan legte ihm die Hand auf die Schulter.

»Jetzt sind Sie auf seine Wortspielereien hereingefallen, mein lieber Tako.«

»Und . . .?« Kakuta schien sich noch immer nicht beruhigt zu haben. »Er ist ein Monarch, dieser Roi . . .!«

Roi Danton seufzte betrübt.

»Es tut mir leid, wenn ich Ihre Gefühle verletzt habe, Monsieur Kakuta. Aber König ist nicht gleich König.«

»Eben!« konterte der Teleporter, und diesmal grinste er offen. »Und Sie sind ein König am Gartenzaun des Imperiums – ein Zaunkönig sozusagen!«

Der Freihändler schluckte hörbar.

»Vielen Dank für das Kompliment, Monsieur.«

»Il n'y a pas de quoi, Monsieur. – Keine Ursache, mein Herr«, flüsterte Kakuta.

Danach rückte er seinen Waffengurt zurecht und teleportierte.

Danton starrte noch minutenlang auf die Stelle, von der der Japaner verschwunden war. Dann schüttelte er den Kopf und marschierte weiter, wobei er Unverständliches vor sich hin murmelte.

Kurz darauf blieb der führende Roboter stehen.

Perry Rhodan ging zu ihm hin und sah ihn fragend an.

Der Roboter machte einen normalen Schritt, dann hielt er seine Hände mit den jeweils sieben Fingern hoch, sechsmal insgesamt.

»Noch vierundachtzig Schritte bis zu der Kristallballung«, flüsterte Rhodan dem Freifahrer zu.

Roi nickte.

»Ich bin dafür, daß wir einfach weitergehen. Hier können wir doch keine Gefechtsformation entwickeln; folglich müssen wir je nach Lage handeln.«

»Gut! Aber auf keinen Fall lassen wir uns vertreiben, klar?«

Roi Danton räusperte sich.

»Der Freifahrer, der sich vertreiben läßt, müßte erst geboren werden, Grandseigneur!«

Er gab Tanura einen Wink. Der Edelmann stieß einen leisen Pfiff aus und setzte sich an der Spitze seiner Leute in Trab. Perry Rhodan vermochte ihnen kaum zu folgen, so ungestüm drängten sie vorwärts.

Teils ärgerte er sich darüber, teils bewunderte er die Freifahrer. Ihm war völlig klar, daß sie sich nur deshalb so beeilten, damit er nicht in die Feuerlinie geriet.

Das spornte ihn zu noch größerer Leistung an.

Fast hatte er Ochra Tanura wieder eingeholt, als sich plötzlich vor ihnen eine Stahlwand herabsenkte.

Eine Luke öffnete sich, und der Lauf eines Desintegrators tauchte darin auf.

Es blieb keine Zeit mehr zum Ausweichen. Die Mündung zielte direkt auf Rhodans Brust.

Da warf sich Edelmann Tanura gegen die Luke. Grünliches Leuchten erhellte den Gang sekundenlang. Dann polterte die Desintegratorwaffe auf der anderen Seite zu Boden.

Gleichzeitig schossen zwei Soldaten mit Desintegratorstrahlen auf die Panzerwand. Zwei Löcher entstanden, durch die sie schreiend hindurchstürmten. Die anderen Freihändler folgten ihnen. Jenseits der Panzerwand entspann sich ein erbitterter Nahkampf mit Generälen.

Als Rhodans Erstarrung sich löste, ging er mit gesenktem Kopf zu der Stelle, an der Tanura lag.

Roi Danton kniete neben dem Edelmann. Behutsam drückte er ihm die Augen zu.

Perry Rhodan nahm den Helm ab.

Nach einer Weile erhob sich der Freihändlerkönig und wandte ihm das Gesicht zu. Es war vom Schmerz gezeichnet. Tränen rannen über die Wangen.

»Er war ein wunderbarer Mensch«, sagte Rhodan leise.

»Er hat meinem Vater . . .!« stieß Roi hervor.

Im letzten Augenblick besann er sich und fügte hinzu:

» . . . viel geholfen.«

Perry Rhodan wurde aufmerksam.
»Ihrem Vater . . .? Kannte er Ihren Vater? Sie sagten doch, Sie wüßten selbst nicht . . .«
Roi Danton lächelte schmerzlich.
»Er kannte ihn, Grandseigneur, nur wußte er nicht, daß es mein Vater war . . .«
Als fürchtete er, zuviel gesagt zu haben, biß er sich auf die Lippen. Mit heftiger Gebärde zog er seinen Strahler und eilte den Soldaten nach.
Perry Rhodan folgte ihm.

Nach dem Kampf gegen die Generäle sammelten sie sich vor dem Schutzschirm, der offensichtlich den Aufenthaltsort der Kristallkonzentration gegen die Umwelt abschloß.
Mehr als die Hälfte der Freihändler war ausgefallen. Aber sie hatten einen zahlenmäßig zehnfach stärkeren Gegner besiegt.
Der Rest wollte sofort zum Angriff auf den Zufluchtsort der Kristalle ansetzen, aber Roi Danton und Perry Rhodan befahlen, zuerst die Verwundeten zu versorgen.
Plötzlich erlosch der Schutzschirm.
Mißtrauisch wichen die Männer ein Stück zurück.
Das konnte eine Falle sein!
Doch dann fiel Perry Rhodan ein, daß es die Kristalle waren, die nach dem Sieg über die Generäle praktisch in der Falle saßen.
»Schnell hinein!« rief er. »Bevor die Kristalle fliehen können!«
Durch die nunmehr ungeschützten Eingänge drangen sie in einen halbkugelförmigen dunklen Raum vor. Jeden Augenblick rechnete Rhodan damit, daß die Kristallkonzentration sich auflöste. Den fliehenden Staub zu vernichten, wäre so gut wie unmöglich gewesen.
Aber als die Handscheinwerfer aufflammten, beleuchteten sie Tako Kakuta, der mit seinem Kombistrahler vor einer riesigen Metallschale stand, aus der molekulare Gase aufstiegen und das Scheinwerferlicht gespenstisch zurückwarfen.
Der Teleporter lächelte maskenhaft.
»Verzeihen Sie, daß ich eigenmächtig handelte. Aber nachdem ich feststellte, daß der Schutzschirm mich nicht aufhalten konnte, wollte ich verhindern, daß die Kristalle entkamen. Ich habe sie desintegriert.«

»Sie haben richtig gehandelt, Tako«, sagte Rhodan.

Mit den Toten und Verwundeten kehrten sie an die Oberfläche zurück.

Dort war der Kampf mittlerweile zu Ende gegangen. Die Generäle dieses Kontinents waren besiegt.

Perry Rhodan erteilte den Landungstruppen den Rückzugsbefehl. Als alle Männer wieder an Bord waren, nahm die CREST Kurs auf den zweiten Kontinent Keegs.

Vier Robotdivisionen blieben auf dem Nordkontinent zurück, um nach versklavten Terranern zu suchen. Aber niemand machte sich in dieser Richtung noch Hoffnungen.

Zehn Minuten später landete das Ultraschlachtschiff auf dem benachbarten Kontinent. Hier hatten die Landetruppen wesentlich leichteres Spiel gehabt. Der einzige besetzte Raumhafen an der Südküste war nur schwach verteidigt gewesen. Doch hier hatten die Generäle noch erbittert gekämpft, obwohl die Kristallballung bereits vernichtet worden war.

»Anscheinend standen sie doch nicht so völlig unter dem hypnotischen Zwang«, meinte Roi zu Rhodan.

»Ich nehme eher an, der Zwang wirkt noch nach«, erklärte Rhodan. »Vielleicht wäre er überhaupt nicht mehr aufzuheben gewesen, wenn wir bedenken, daß Menschen bereits nach relativ kurzer Zeit nicht mehr von ihm befreit werden konnten.«

Er blickte auf, als zwei Wachen einen Gurrad in die Kommandozentrale führten.

Roi Danton schaltete den Translator ein.

»Wir haben etwas gefunden«, meldete der Gurrad in respektvollem Ton.

Perry Rhodan spürte, wie seine Muskeln sich verkrampften.

»Was?« fragte er ahnungsvoll.

»Eine Desintegrierungsanlage – und tote Terraner, die noch nicht beseitigt worden waren.«

Rhodan hatte plötzlich einen bitteren Geschmack im Mund. Er sah alles nur noch wie durch einen Nebelschleier. Roi Danton stützte ihn unauffällig.

»Führen Sie uns hin, bitte!« bat Rhodan.

Die untergehende Sonne übergoß das Südmeer mit goldenem Schimmer. Das unablässige Rauschen der Brandung bildete die Tonkulisse dazu. Es roch nach Salzwasser und nach trocknendem Tang, der vom Meer in großen Schwaden ans Ufer gespült worden war.

»Wenn ich es nicht besser wüßte, würde ich glauben, am Ufer eines irdischen Meeres zu stehen«, murmelte Roi Danton.

Perry Rhodan antwortete nicht.

Seine Gedanken waren bei den toten Männern und Frauen der ehemaligen Explorerbesatzungen, die soeben auf dem neuangelegten Friedhof bestattet worden waren.

Menschen, die ausgezogen waren, um friedliche Forschungsaufgaben in den beiden Magellanschen Wolken zu leisten.

Die Obduktion hatte ergeben, daß die gefundenen Terraner sämtlich an physischer und psychischer Erschöpfung gestorben waren. Ihre Gehirne hatten die ständige geistige Vergewaltigung nicht ausgehalten, und die Folge war der körperliche Verfall gewesen.

»Die Schuldigen werden dafür büßen!« stieß er grimmig hervor.

Der Freihändler seufzte.

»Wer sind die Schuldigen, Grandseigneur? Die Kristalle nicht; sie waren nur Werkzeuge. Die Generäle ebenfalls nicht.

Also die Drittkonditionierten?

Sie bezeichnen sich als Polizeistreitmacht, sind also auch nur Werkzeuge. Und wenn es Wesen geben sollte, die dies alles lenkten, so können wir den Grad ihrer Schuld wiederum nur an ihren Motiven und ihrer Mentalität messen. Vielleicht stellt es sich dann heraus, daß alle Beteiligten gleichermaßen Schuld tragen.«

»So kommen wir nicht weiter«, entgegnete Rhodan. »Sollen wir denn immer nur gegen Werkzeuge und Schemen kämpfen?«

»Sind wir nicht selbst nur Werkzeuge?« fragte Roi. »Werkzeuge einer höheren Gewalt, wie immer wir sie auch nennen mögen?«

Er deutete auf die Gruppe von Gurrads, die sich in der Nähe versammelt hatte und ebenfalls aufs Meer hinausblickte.

»Man könnte diese Wesen mit den Löwenmähnen um ihre Naivität beneiden. Sie denken nicht lange nach, sondern sie kämpfen, wenn sie bedroht werden, bis die Bedrohung beseitigt ist.«

»Wir tun beides«, gab Rhodan zurück. »Wir denken und wir kämpfen. Was bleibt uns auch anderes übrig, als zu kämpfen, wenn man uns angreift?«

Er lachte bitter.

»Natürlich könnte man manches Mal behaupten, wir hätten die andere Seite herausgefordert, auch wenn die Herausforderung nur darin bestand, daß wir überhaupt existieren.«

Er stieß mit der Stiefelspitze spielerisch gegen einen losen Felsbrocken. Der kopfgroße Stein rollte den Steilhang hinab, prallte gegen einen Vorsprung und schnellte hinaus in die Brandung, wo er spurlos verschwand.

Roi Danton öffnete den Mund zu einer Bemerkung. Aber er kam nicht mehr dazu, sie auszusprechen.

Draußen am Horizont begann jählings das Meer zu kochen. Ein gigantischer Strudel schien dort zu wirbeln. Schaumkronen jagten wellenförmig von einem Ausgangsort davon.

Unwillkürlich umklammerte der Freihändler Perry Rhodans Arm.

Von der Gruppe der Gurrads kam ein vielstimmiger Schrei.

Mitten aus dem Meer stieg ein tiefrot leuchtender Kugelkörper empor. Im Schein der untergehenden Sonne strahlte er wie ein gigantischer, von Künstlerhand geschliffener Rubin.

Sekundenlang sah es so aus, als stünde die Kugel dicht über dem Sonnenball reglos in der Luft, dann beschleunigte sie plötzlich und verschwand im Himmel.

Von der CREST IV herüber ertönte das langgezogene Wimmern der Alarmsirenen, die die Besatzung zurückriefen.

Perry Rhodan erwachte aus seiner Erstarrung und schaltete den Helmkom ein.

Aber bevor er etwas sagen konnte, teilten sich die Fluten des Meeres an weiteren vier Stellen. Vier weitere Kugelkörper tauchten auf und schossen in den Himmel hinein.

Einer war höchstens einen Kilometer von Rhodans Standort entfernt. Deshalb konnte er erkennen, daß es an den Kugeln weder irgendwelche Unebenheiten noch Anzeichen für die Triebwerke gab, die sicherlich vorhanden waren.

Nun zögerte Perry Rhodan nicht länger.

Über Helmfunk gab er Befehl an die CREST IV, den Start vorzubereiten und mit dem Hypersender die Raumschiffe zu benachrichtigen, die nicht gelandet waren, sondern den Planeten Keeg gegen Überfälle aus dem Raum absicherten.

Die im Raum befindlichen Schiffe sollten sofort die Verfolgung der unbekannten Raumschiffe aufnehmen.

»Kommen Sie!« rief er danach dem Freihändlerkönig zu.

Doch Roi Danton rührte sich nicht.

Als Rhodan sich nach ihm umdrehte, sah er, wie Danton verblüfft auf die Gurrads starrte, die schreiend zum Landeplatz ihrer Birnenraumschiffe flüchteten.

»Sehen Sie doch nur!« flüsterte Roi.

Verständnislos starrte Rhodan von dem Freihändler zu den Gurrads und wieder zurück.

»Was . . .?« begann er.

Im selben Augenblick fiel es ihm wie Schuppen von den Augen.

Fasziniert blickte er auf die Kampfkombinationen der Gurrads.

Die roten Bälle, die sich auf dem Uniformbrustteil der Guerillas befanden und die symbolhaft von Pfeilen durchbohrt wurden, sie glichen den rubinrot leuchtenden Kugelkörpern, die soeben aus dem Meer Keegs gestiegen waren . . .

»Perlians!« rief Roi. »Das waren die Raumschiffe der Perlians!«

»Aber noch nie bisher sind Perlians auf Keeg in Erscheinung getreten . . .!« gab Rhodan zurück. »Das behaupten jedenfalls die Gurrads.«

»Denken Sie an den einen Befehl der Kristalle, Grandseigneur. Jemand auf dem Planeten wurde damit angewiesen, die Städte zu räumen. Wir zerbrachen uns immer den Kopf, was für Städte damit gemeint sein sollten. Jetzt wissen wir es.«

»Ja. Wir hätten viel früher darauf kommen sollen«, erwiderte Perry Rhodan. »Uns war bekannt, daß die Perlians ihre Städte in warmen Meeren zu errichten pflegen, wie beispielsweise auf Modula II.«

»Ihnen ist jedenfalls die Flucht gelungen.«

»Noch nicht!« entgegnete Rhodan hart. »Vielleicht holen wir sie noch ein!«

Leutnant George Terminow war einer der wenigen Offiziere des Flaggschiffes, die sich zur Zeit des Starts der roten Kugelkörper im Raum befanden.

Noch wußte er nichts davon, daß es diese roten Raumschiffe überhaupt gab.

Er flog in zwei Millionen Kilometern Abstand von Keeg Patrouille.

Wie üblich bei ihren gemeinsamen Einsätzen, fungierte Leutnant

Luigi Bernardo als sein Kopilot und Beobachter. Mehr Besatzungsmitglieder besaß ein Moskito-Jet nicht; selbst für die beiden Männer war der Platz relativ knapp. Der Raumjäger war im Grunde genommen nichts anderes als eine starke Triebwerkseinheit, verbunden mit den Anlagen einer Bug-Transformkanone.

Normalerweise erfolgte bei Routineflügen kein Anruf vom Mutterschiff. Deshalb zog Terminow verwundert die Brauen in die Höhe, als der Hyperkommelder summte und die blaue Lampe in kurzen Intervallen blinkte.

Er tippte auf die Schaltleiste zur Rechten.

»Leutnant Terminow, CM-44. Routineflug Patrouillensektor K4-Beta-9 Rot-32!«

»Hier spricht Major Hegmar!« erscholl es aus dem Empfänger. »Befehl von Rhodan! Start von fünf Perlianraumschiffen erfolgte Zeit Alpha minus 4 : 7 mit Kurs auf Ihren Sektor, Verlängerung Kurslinie Tiger-1. Beschleunigung achthundert Kilometer pro Sekundenquadrat. Gleichen Sie Kurs nach vorhandenen Daten an und beschleunigen Sie mit Höchstwerten. Beschränkung auf Beobachtung. Ende! Wiederholen Sie!«

Terminow zerquetschte einen Fluch zwischen den Zähnen.

Wie stellte der Zweite Offizier der CREST sich das vor? Glaubte er im Ernst, ein normaler Mensch könnte alle diese Daten im Kopf behalten?

»Ich schalte auf Speicherung!« meldete er.

Gleichzeitig riß er die Folie heraus, auf der der Spruch mitgeschrieben worden war, und reichte sie nach hinten, damit Bernardo den neuen Kurs auf der Karte markieren konnte.

»Ihr Speicher hat ein vortreffliches Gedächtnis, Leutnant«, bemerkte Major Hegmar zynisch, nachdem er sich seine eigene Stimme noch einmal angehört hatte.

George Terminow grinste.

»Dazu ist er ja da, Major!«

»Aha! Und ich hatte angenommen, die Herren Leutnants besäßen so etwas wie Köpfe . . .!«

Das war zuviel für Terminow.

»Die Köpfe sind auf der CREST, Sir – und die Armleuchter sind hier, oder umgekehrt, Sir!«

Er schaltete wütend ab.

»Streber!«

Der Zweite Offizier meldete sich nicht wieder. Aber die Leutnants waren sicher, daß er ihnen diese Bemerkung nicht vergessen würde. Es war ihnen jedoch mittlerweile gleichgültig geworden, ob Major Hegmars Galle überlief oder nicht. Wenn sie ihm keinen Grund zu seinen berüchtigten zynischen Bemerkungen gaben, erfand er einen.

»Ich habe den Kurs auf der Karte eingezeichnet«, sagte Luigi Bernardo und schob die Karte nach vorn.

George Terminow steckte sie in die Halterung und blickte einige Sekunden lang darauf. Dann nickte er und zog die Moskito-Jet scharf nach Backbord. Zugleich schob er den Beschleunigungshebel langsam bis zum Anschlag nach vorn.

Der Raumjäger machte einen Satz und schoß in Richtung auf den Rand des Keegan-Systems davon. Die Zelle vibrierte leicht unter der Belastung.

Dennoch war die Höchstgeschwindigkeit noch längst nicht erreicht, als Leutnant Bernardo fünf Objekte meldete, die sich aus Richtung Keeg mit großer Geschwindigkeit näherten.

Terminow wich einige tausend Kilometer aus und richtete den Bug des Raumjägers wieder auf den alten Kurs, dessen Verlängerung in einer Entfernung von 320 Lichtjahren durch den Eckstern des Tiger-Sektors führen würde. Von hier aus waren freilich weder der Tiger-Sektor als Sternbild noch der Eckstern Tiger-1 zu erkennen, jedenfalls letzterer nicht mit bloßem Auge. Der Name »Tiger-Sektor« stammte von den Gurrads. Die Terraner hatten ihn so übernommen.

Eine halbe Minute später zogen an Steuerbord nacheinander fünf rotleuchtende Gebilde vorbei. Sie waren nur zwanzig Kilometer von der Moskito-Jet entfernt, kümmerten sich jedoch nicht um das kleine Fahrzeug.

Der Grund für dieses Desinteresse wurde den beiden Leutnants sofort klar, als Bernardo auf dem Schirm des Hypertasters andere Objekte ortete, die sich mit geringerer Geschwindigkeit, aber mit gleichem Kurs wie die Perlian-Raumschiffe bewegten.

»Ob ich einmal bei der CREST anfrage«, meinte Bernardo bedächtig, »vielleicht erteilen sie uns Feuererlaubnis . . .«

»Sinnlos!« erwiderte George. »Der Zweite würde sich lieber die Daumen abhacken, als uns einen Erfolg gönnen, nachdem ich ihn schwer beleidigt habe. – Außerdem ist es zu spät. Hölle und Teufel! Die ziehen doch glatt einem Städtekreuzer davon!«

»Ich möchte nur wissen, mit was für Triebwerken sie arbeiten«, meinte Luigi nachdenklich. »Dieses rote Leuchten kommt doch nicht von der Schiffshülle . . .«

»Hm!« machte Terminow. »Luigi, ich setze mich im Linearflug vor die roten Kugelschiffe. Vielleicht erwischen wir sie doch noch!«

»Wir dürfen nicht das Feuer eröffnen!« protestierte Bernardo.

George Terminow lachte rauh.

Die Moskito-Jet verschwand von einer Sekunde zur anderen aus dem vierdimensionalen Raum-Zeit-Kontinuum. Um sie waren nur noch die eigentümlichen Effekte des Zwischenraums.

»Wir werden auch nicht das Feuer eröffnen«, sagte Leutnant Terminow. »Außer, wenn man uns angreift – und möglicherweise bleibt den Perlians gar nichts anderes übrig. Jeder Feuerleitoffizier wird bekanntlich nervös, wenn ein fremdes Schiff aus dem Linearraum kommt . . .! So, das müßte genügen«, sagte er eine Viertelminute später.

Luigi Bernardo brach der kalte Schweiß aus. Terminow war ihm entschieden zu tollkühn. Einfach nach Gefühl durch den Linearraum zu fliegen und sich darauf zu verlassen, daß man anschließend dicht vor einem gegnerischen Schiffsverband in den Normalraum zurückkehrt . . .!

Im selben Moment aber tauchten die Sterne und Nebel des unbekannten Universums wieder auf.

Und die Perlian-Schiffe . . .!

An Steuerbord schien ein sonnengroßer Rubin zu funkeln. Die Konturen wirkten etwas verzerrt, so, als vibriere der Rumpf des feindlichen Schiffes unablässig.

Ohne zu denken, hieb Luigi Bernardo auf den Aktivierungsschalter des Hochenergie-Überladungsschirmes. Eine grünlich leuchtende Blase übergeordneter Energie hüllte den winzigen Raumjäger ein.

Aber die Besatzung des Perlian-Schiffes reagierte überhaupt nicht.

Langsam aber sicher zog die rotleuchtende Kugel an der Moskito-Jet vorbei.

Und dann wurde der Raumjäger von einer furchtbaren Schockwelle getroffen.

Ob George Terminow instinktiv darauf reagierte oder es bereits um den Bruchteil einer Sekunde vorausgeahnt hatte, konnte er später auch nicht mehr sagen.

Jedenfalls tauchte die Jet in dem Augenblick, in dem ihr HÜ-Schirm zusammenbrach, in den Zwischenraum ein.

Nach einer Minute etwa vermochte Leutnant Bernardo wieder klar zu denken.

»Was war das?« flüsterte er. »Eine neue Waffe?«

Terminow wiegte zweifelnd den Kopf.

Er schaltete den Kalup aus. Die Jet stürzte erneut ins Einstein-Kontinuum zurück und nahm Kurs auf Keeg. Von den Perlians war nichts mehr zu sehen.

»Keine Ahnung«, murmelte er. »Vermutlich aber handelt es sich um eine unbekannte Antriebsart, die mit intermittierenden Schockwellenfeldern arbeitet; vielleicht sind die Schockwellen aber auch nur eine unwichtige Nebenerscheinung. Hoffen wir, daß unserer Jet nichts Ernsthaftes geschehen ist, sonst reißt der Zweite uns den Kopf ab.«

»Die Köpfe!« verbesserte ihn Luigi.

George Terminow zitierte ein bekanntes »Götz«-Zitat.

Eine halbe Stunde später empfingen sie einen Hyperkomspruch der CREST IV an alle terranischen Raumschiffe innerhalb der Großen Magellanschen Wolke.

». . . mit neuartigen, uns unbekannten Antriebsaggregaten«, sagte der Sprecher. »Messungen deuten auf intermittierende Impulsfelder hin, die mit fünfzig Einheiten pro Sekunde arbeiten und einen fünfdimensionalen Charakter besitzen. Beim Auftreffen auf die energetische Struktur des Normalkontinuums bewirken die ausgestoßenen Impulsfelder einen sehr starken Abstoßeffekt mit einem Wirkungsgrad, der dem Abstoß von einem physikalisch festen Körper gleichkommt.

Die Verfolgung mußte abgebrochen werden, weil die fünfdimensionalen Schockwellen, die sich mit Hypergeschwindigkeit ausbreiten, alle auf der Hyperwellenbasis arbeitenden Ortungsgeräte empfindlich stören.

Bei Lichtgeschwindigkeit tauchten die perlianischen Raumschiffe in den Hyperraum ein. Es steht nach ersten Auswertungen fest, daß diese Intelligenzwesen entweder die lineare Überlichtflugtechnik im Zwischenraum nicht beherrschen oder bewußt darauf verzichten.

Achtung! Eine Warnung an alle terranischen und verbündeten Raumschiffskommandanten! Die Perlian-Schiffe haben ihren ursprünglichen Kurs nicht geändert, bevor sie in den Hyperraum eintraten. Da der Eintritt mit einfacher LG erfolgte, ist nach den Berechnungen der CREST-Positronik auch eine weitere Kursänderung nicht wahrscheinlich, solange kein umständliches Austritts- und Wiedereintrittsmanöver stattfindet.

Alle Raumschiffe, die auf der Kurslinie Keeg – Tiger-1 und darüber hinaus stehen, müssen mit einem eventuellen Auftauchen der Perlians rechnen.

Die Kommandanten der betreffenden Schiffe erhalten volle Handlungsfreiheit. Jedoch wird vor der Bewaffnung der Perlians gewarnt, die möglicherweise auf der gleichen Basis funktioniert wie die sogenannten Intab-Triebwerke, also auf der Basis intermittierender Abstoßfelder. Es ist nicht bekannt, ob die HÜ- Schirme dieser Einwirkung standhalten.«

Einige Sekunden lang herrschte Stille, dann ertönte die Stimme des Sprechers erneut.

»Diese Meldung ist von den Funkrelaisschiffen der Imperiumsflotte und der USO eine halbe Stunde lang zu wiederholen. Ende!«

George Terminow lachte trocken.

»Die machen einen Wirbel um fünf kleine Schiffe! Du lieber Himmel! Mehr als zweihundert Meter Durchmesser können die nicht gehabt haben!«

»Zweihundertfünfzig«, erwiderte Luigi Bernardo. »Ich habe sie angemessen.«

»Na, wennschon! Jeder terranische Schwere Kreuzer wird mit den fünf Schiffen gleichzeitig fertig!«

»Da würde ich nicht so sicher sein, George.«

»Wie . . .? Luigi Bernardo als Pessimist? Das ist ja etwas ganz Neues! «

»Hm!« brummte Bernardo. »Da wäre noch etwas. Die Perlians haben Kurs auf den Eckstern Tiger-1 genommen. Wie ich von einem Bekannten aus der Funkzentrale weiß, ist aber in der Gegend der Leichte Kreuzer AKAI stationiert. Ali tut dort Dienst, Ali Abbas.«

»Ich entsinne mich. Auf der Akademie haben wir ihn immer Ali Baba genannt. Ein Aufschneider, wie er im Buche steht. – Aber was soll's? Glaubst du tatsächlich, die Perlians würden ausgerechnet bei Tiger-1 in den Normalraum zurückkehren? Bis dorthin haben sie ja nur dreihundertzwanzig Lichtjahre zu fliegen. Das ist doch keine Distanz für einen Überlichtflug!«

»Dennoch! Ich werde ein komisches Gefühl nicht los.«

Terminow winkte ab.

»Und wennschon! Dort befindet sich auch unser alter Freund Mana Maraun, ein fürchterlicher Trottel, aber ein Zauberkünstler auf der Feuerorgel. Er ist Feuerleitoffizier der AKAI. Für die Perlians wäre es besser, wenn sie recht schnell an Tiger-1 und der AKAI vorbeiflögen . . .«

# 29.

Die Doppelsonne Tiger-1 war der wichtigste Eckstern des sogenannten Tiger-Sektors und diente allen raumfahrenden Völkern der Kleingalaxis als Bezugspunkt für die kosmonautische Navigation.

Die AKAI, ein 100 Meter durchmessender Kreuzer unter dem Kommando von Major Cyclone Metax, befand sich hier auf Beobachtungsposition, um die Raumschiffsbewegungen innerhalb dieses Sektors zu registrieren und gegebenenfalls an die terranischen Einheiten weiterzumelden. Gleichzeitig diente die AKAI auch als Relaisstation für Hyperfunksendungen zwischen den terranischen Schiffen.

Major Cyclone Metax hörte sich die Meldung über die Flucht der fünf Perlian-Raumschiffe und ihren Kurs geduldig an. Dann sagte er:

»Senden Sie den Text wie befohlen, Funker.«

»Sollten wir nicht Alarm geben?« fragte der Astrogator besorgt.

Metax meinte gemütlich:

»Begeben Sie sich bitte zur Bordpositronik und errechnen Sie den Wahrscheinlichkeitsgrad dafür, daß die Perlians ausgerechnet hier auftauchen – und lassen Sie erhöhte Alarmbereitschaft herstellen, bis Sie damit fertig sind!«

Er lehnte sich zurück.

Es würde überhaupt nichts geschehen. Die Perlians befanden sich auf der Flucht, wie aus dem Funkspruch der CREST IV eindeutig hervorgegangen war; ein flüchtender Raumschiffskommandant aber versuchte normalerweise stets, eine möglichst große Entfernung zwischen sich und seine Verfolger zu bringen – und die 320 Lichtjahre zwischen Keegans System und Tiger-1 stellten sowohl vom Standpunkt der Perlians als auch ihrer Verfolger keine beachtenswerte Entfernung dar.

Aber obwohl der Kommandant wußte, daß seine Gedankengänge der Lage absolut angemessen waren, empfand er nach einiger Zeit eine unerklärliche Unruhe.

Er rief über Interkom die Feuerleitzentrale an und atmete auf, als der Bildschirm das Gesicht von Leutnant Mana Maraun zeigte. Maraun war der tüchtigste Feuerleitoffizier, den Metax kannte.

»Hier Leutnant Maraun!« drang die ungewöhnlich laute Stimme des Venusgeborenen aus dem Empfänger. »Auf Feuerleitstand alles in Ordnung!«

»Danke, Leutnant«, sagte der Kommandant. »Halten Sie die Augen offen, falls etwas geschehen sollte.«

Mana Maraun verzog das breite Gesicht. Seine helle Haut wirkte wegen des bläulichen Untertons immer etwas krankhaft, doch Metax wußte, daß es nur die Besonderheiten Marauns venusischer Heimat gewesen waren, die ihn und die anderen Kolonisten von Generation zu Generation immer mehr veränderten. Zwar betraf das nur Kleinigkeiten, aber schon ein Venusier der zweiten Generation konnte nicht mehr als Erdmensch bezeichnet werden.

»Meinen Sie, daß etwas geschehen wird, Sir?« fragte Maraun mit der üblichen Schwerfälligkeit.

»Nein. Aber nach mir richten sich die Ereignisse außerhalb des Schiffes leider nicht.«

Mana zupfte an seinem farblosen Backenbart.

»Äh . . .! Ja, das wird wohl so sein, Sir.«

Er hielt den Kopf schief und blickte seine Kontrollen an.

»Bis jetzt . . .«

Cyclone Metax sah, wie der Venusier nach Luft schnappte. Er erinnerte ihn in diesem Augenblick an einen Halbertrunkenen.

Im nächsten Augenblick aber ging eine merkbare Wandlung in dem Feuerleitoffizier vor.

Seine breiten Pranken legten sich auf die »Feuerorgel«, und ein lauerndes Funkeln trat in seine Augen.

»Unregelmäßigkeiten im Bereich der Energieortung!« erscholl die Stentorstimme Marauns mit der Lautstärke einer Fanfare. »Dreieinhalb Grad acht Minuten, vier Sekunden Grünsektor Sonnenscheibe A- Komponente!«

Bevor der Kommandant die Meldung geistig verarbeitet hatte, ergänzte er:

»Geben Sie Alarm, Sir! Das ist keine Sonneneruption!«

Zögernd senkte sich Metax' Hand auf die Alarmtaste.

Plötzlich meldete sich die Ortungszentrale.

»Fünf noch undefinierbare Fremdobjekte in Grünsektor Sonnenscheibe A-Komponente, dreieinhalb Grad Abweichung, acht Minuten, vier Sekunden!!«

Major Cyclone Metax begriff, daß seine Ahnung nicht getrogen hatte. Er schlug die Alarmtaste auf den Knopf für die Rundrufanlage.

»Alle Mann auf Gefechtsstationen!«

Johosh Wassermann, Erster Offizier der AKAI, stürmte in die Zentrale, als wären sämtliche Geister der Unterwelt hinter ihm her.

Ohne ein Wort zu verlieren, warf er sich in seinen Sessel und übernahm den Teil der Arbeit, den bisher Major Metax für ihn mit ausgeführt hatte.

»Ausweichkurs!« befahl der Kommandant knapp.

Captain Wassermann nickte.

Er schien plötzlich wieder die Ruhe selbst zu sein. In Wirklichkeit aber gehörte ein gehöriges Maß an Selbstbeherrschung dazu, trotz der vorliegenden bedrohlichen Ortungsmeldungen noch nicht mit dem befohlenen Ausweichmanöver zu beginnen.

Es war für den Captain mit seiner Erfahrung ganz einfach eine Frage der Technik. Begann er zu früh mit dem Manöver, erkannten die Gegner das zu einem Zeitpunkt, zu dem er noch nicht genügend Beschleunigungsreserven einsetzen konnte – und damit wäre alles sinnlos gewesen.

Mit maskenhaft starrem Gesicht beobachtete er die Kapazitätsanzeigen. In dem Augenblick, in dem der elektronische Leuchtbalken die gelbe Marke erreichte, schaltete er.

Die AKAI schoß nach Steuerbord, beschleunigte und versuchte unter den anfliegenden fünf roten Kugelschiffen wegzutauchen, damit die starke Transformkanone in der oberen Polkuppel eingesetzt werden konnte.

Der grüne Hochenergie-Überladungsschirm hatte sich inzwischen stabilisiert.

Johosh Wassermann sah, wie über und unter den Perlians gigantische Sonnen aufgingen. Mana Maraun hatte das Feuer eröffnet. Seine Schüsse lagen so dicht zusammen, daß die Ränder der Explosionswolken miteinander verschmolzen und ihre Wirkung dabei ungeheuerlich erhöhten. Aber die fünf Kugelschiffe befanden sich plötzlich an einer anderen Stelle des Raums. Sie schienen mit unvorstellbaren Kräften zu beschleunigen.

Dann eröffneten die Perlians das Feuer.

Die Männer in der AKAI sahen weder die Ortungsimpulse von Fernlenkraketen noch die Glutbahnen von Energiegeschützen. Sie spürten nur, wie ihr Leichter Kreuzer heftig durchgeschüttelt wurde. Die überbeanspruchte Schiffszelle gab einen Laut von sich, als würden Riesen mit Schmiedehämmern auf sie einschlagen.

»Die Druckhelme schließen!« schrie Kommandant Metax.

Da kam der zweite Feuerschlag des Gegners.

Johosh Wassermann sah mit vor Entsetzen weit aufgerissenen Augen, wie der grüne HÜ-Schirm immer näher kam.

Das war nach menschlichem Ermessen eine Unmöglichkeit, und im ersten Augenblick dachte Captain Wassermann, eine Halluzination würde ihn narren.

Doch dann prallte der Schutzschirm mit furchtbarer Gewalt gegen die Schiffshülle.

Johosh vernahm ein ohrenbetäubendes Krachen und Bersten. Sein Kontursessel setzte sich mit einemmal in Bewegung und schlitterte auf die Frontwand des Positronengehirns zu.

Mehr nahm Johosh Wassermann schon nicht mehr wahr.

Es wurde finster um ihn.

Als er wieder zu sich kam, war ihm übel. Mühsam öffnete er die Augen und versuchte, etwas zu erkennen.

Irgendwo in weiter Ferne war ein Loch in der Dunkelheit. Seltsame glitzernde Punkte zogen rasend schnell an diesem Loch vorbei, und ab und zu tauchten zwei dicht nebeneinander stehende Scheiben auf, eine große rote und eine kleinere blaßgelbe.

Die Übelkeit wurde schlimmer. Johosh Wassermann hatte das Gefühl, in einer Simulatorzentrifuge zu sitzen. Gleichzeitig fühlte er sich seltsam leicht.

Es dauerte mindestens zehn Minuten, bis er wußte, wo er sich befand und was dem gegenwärtigen Zustand vorausgegangen war.

Er war Captain Johosh Wassermann, Erster Offizier auf dem Städtekreuzer AKAI – und die AKAI war vor einiger Zeit von fünf Perlian-Raumschiffen beschossen worden.

Die Übelkeit war eine Folge zweier Wirkungen: der im Schiff herrschenden Schwerelosigkeit und einer taumelnden Drehbewegung, die ihrerseits nur durch den Ausfall der Andruckneutralisatoren spürbar geworden sein konnte. Außerdem schmerzte ihn der

Hinterkopf, als hätte ihm jemand eine Eisenstange darübergeschlagen.

Da es zudem finster war und keinerlei Geräusche aus den Maschinensektionen ertönten, mußten sämtliche Kraftwerke ausgefallen sein.

*Nein!* sagte er sich eine Minute später. *Das Loch in der Dunkelheit ist in Wirklichkeit ein Schacht, der von der Außenhülle bis in die Zentrale hereinreicht, ein Schacht, den eine Waffe ins Schiff geschlagen haben muß. Und das, was vor dem Loch umherwirbelt, sind die fernen Sterne und die beiden Komponenten der Doppelsonne Tiger-1.*

*Folglich könnte ıch selbst dann kein Maschinengeräusch hören, wenn alle Maschinen liefen!*

*Aber ich müßte die Vibrationen spüren!*

Allmählich liefen seine Denkprozesse auch wieder schneller an. Er begann zu überlegen, ob er der einzige Überlebende in diesem dahintaumelden Wrack sei, das einmal ein stolzer Hundertmeter-Kreuzer gewesen war.

Ein anderer mußte den gleichen Gedanken eine Sekunde früher gehabt haben, denn bevor Captain Wassermann sich dazu aufraffen konnte, ins Mikrophon des Helmkoms zu sprechen, erscholl eine leise Stimme und sagte:

»Warum holt uns niemand hier heraus, zum Teufel noch einmal!«

»Ja, warum nicht?« fragte eine zweite Stimme, und eine dritte Stimme wiederholte die gleiche Frage, als wäre sie das Echo der zweiten.

Unwillkürlich, und ganz und gar nicht seiner Stimmung entsprechend, mußte Johosh grinsen.

Das konnten nur die drei Sailers gewesen sein, die Sergeanten Sakin Suruw, Burno Borow und Homin Halaw. Die Sailers waren Kolonialterraner vom Planeten Borjarew. Die ungewöhnliche Erscheinungsform – große Hände und Füße, abstehende Ohren sowie die blaue Hautfärbung – war mit ein Grund, daß man sie kaum voneinander unterscheiden konnte.

Die Gewißheit, nicht allein in dieser geisterhaft dunklen und stillen Umgebung zu sein, gab ihm etwas von seiner Energie zurück.

»Das gleiche könnte ich fragen«, murmelte er. »Hier spricht Captain Wassermann. Wenn außer den drei Sailers noch jemand lebt, soll er sich über Helmfunk melden!«

Da kam Mana Marauns lautes Organ durch.

»Soviel ich erkennen kann, lebe ich noch. Aber der Feuerleitstand hat keinen Strom. Was ist los?«

»Idiot!« entfuhr es Wassermann. »Die AKAI ist ein Trümmerhaufen, falls Sie es noch nicht bemerkt haben sollten. Schnallen Sie sich gefälligst los und versuchen Sie zu helfen, wo es nötig ist. Ich versuche das gleiche hier in der Zentrale.«

Niemand antwortete ihm.

Johosh Wassermann versuchte, sich loszuschnallen. Dabei merkte er, daß er in einem Gewirr von Kabeln und winzigen Trümmerstükken steckte.

Die letzte Sekunde vor seiner Bewußtlosigkeit fiel ihm wieder ein.

Er war rückwärts auf die Positronik zugeschlittert.

Erst jetzt erkannte er, welches unwahrscheinliche Glück es war, daß er noch lebte. An der Frontwand der Positronik gab es genügend Stellen, die seinen Raumanzug hätten zerfetzen können. Er trug ja nur die leichte Ausführung, die gleichzeitig als Borduniform diente, und diese Modelle waren bei weitem nicht so strapazierfähig wie richtige Kampfkombinationen.

Mühsam schuf er so viel Raum für seine Arme, daß er zum Sammelschloß gelangen konnte. Klickend gaben die Anschnallgurte ihn frei.

Er wühlte sich durch die Trümmer.

Plötzlich schoß er an die Decke der Zentrale. Im letzten Moment konnte er den Anprall mit den Händen abfangen. Er stürzte wieder zurück, rollte sich über die Schulter ab und bekam etwas zu fassen, das ihn hielt.

Seine Hände tasteten über etwas Nachgiebiges.

Die Helmlampe fiel ihm ein.

Daß er nicht früher daran gedacht hatte!

Er schaltete sie ein. Vor ihm entstand ein heller Lichtkreis, und aus diesem Lichtkreis blickten ihn die gebrochenen Augen des Astrogators an. Reif lag hauchdünn über den Augäpfeln. Die Helmscheibe war fort, zertrümmert und davongeflogen, als die ausströmende Atmosphäre das Schiff verlassen hatte.

Johosh Wassermann schluckte krampfhaft.

Er hatte schon viele gesehen, die eines gewaltsamen Todes gestorben waren. Aber es krampfte ihm doch immer wieder das Herz zusammen, wenn ein Kamerad, der noch vor kurzem gesprochen, gelacht und gescherzt hatte, plötzlich kalt und steif vor ihm lag.

Wenigstens mußte es schnell gegangen sein.

Dabei aber fiel ihm ein, daß es bei ihm selbst bedeutend länger dauern würde. Er durfte nicht darauf hoffen, daß den Überlebenden eine Instandsetzung des Schiffes gelingen würde. Sie verbrauchten allmählich ihren Sauerstoff – dann kam der Tod.

Nein, er würde noch früher kommen – und noch grausamer!

Er selbst hatte den Kurs der AKAI auf die Sonne gerichtet, weil es der der damaligen Lage am besten angemessene Gefechtskurs war. Ganz gleich, ob das Schiff durch die Einwirkung der feindlichen Waffen aus seiner Bahn geschleudert worden war, es würde unaufhaltsam auf die Sonne zutreiben und in ihrer Atmosphäre verdampfen.

»Alles tot!« erklang die Stimme Leutnant Marauns.

»Die Besatzung des F-Standes ist gefallen, Captain!«

Die letzten Worte hatte der Venusier schrill hinausgeschrien. Er war wohl ebenfalls mit seinen Nerven am Ende.

»Beruhigen Sie sich, Maraun«, sagte der Captain mühsam. »Kommen Sie am besten in die Zentrale.«

»Ja«, erwiderte der Venusier tonlos.

Johosh richtete sich wieder auf.

Nein, wenigstens er durfte nicht versagen. Falls der Kommandant ebenfalls gefallen war, trug er die Verantwortung.

Nach wenigen Minuten vergeblichen Suchens stolperte er über einen umgekippten Kontursessel.

Eine Verwünschung ausstoßend, raffte er sich wieder auf. Er fürchtete sich davor, nach dem angeschnallten Mann darin zu sehen, aber schließlich richtete er den Lichtkreis der Helmlampe doch auf das hinter der Helmscheibe liegende Gesicht.

Es war Major Metax.

Die Spitzen des Knebelbartes zitterten, folglich lebte der Kommandant noch.

Behutsam schnallte Johosh Wassermann ihn los und drehte ihn um.

Er erhöhte die Zufuhr von reinem Sauerstoff kurzzeitig, dann legte er Cyclone Metax wieder auf den Rücken.

Nach einer Weile bedeckte sich die kupferfarbene Haut mit Schweißperlen, die bläulichen Lippen zuckten, und die Lider begannen zu zittern.

Captain Wassermann schlug mit der flachen Hand gegen die Helmwandung.

Cyclone Metax riß die Augen ganz auf, starrte seinen Ersten

Offizier etwa eine halbe Minute lang unverwandt an und sagte dann schwach:

»Danke, Captain!«

»Ich bin nicht sicher, ob Sie mir wirklich danken sollten«, murmelte Johosh. »Das Schiff ist soweit hinüber, wie es ein Raumschiff nur sein kann.«

Ächzend und mit Wassermanns Hilfe richtete Metax sich auf.

»Na, na! Sie übertreiben wohl wieder einmal, was?« fragte er mit schwacher Stimme, aber doch schon wieder mit dem spöttischen Ton, für den er bekannt war. »Wir beide leben noch, und wir haben noch festes Metallplastik unter den Füßen. Ich habe Raumschiffe gesehen, von denen überhaupt nichts übriggeblieben war.«

*Dann können Sie sich selbst gesehen haben!* wollte Wassermann erwidern. Aber angesichts ihrer Situation fand er das zu makaber; deshalb schluckte er die Erwiderung wieder hinunter.

Ein schlanker Körper flog durch den nach oben gerichteten, im Vakuum unsichtbaren Strahl von Metax' Helmlampe. Gleich danach ging eine leichte Erschütterung durch den Boden. Ein unterdrückter Schmerzenslaut ertönte.

»Leutnant Maraun zur Stelle, Sir!« krächzte jemand.

»Wie sieht es im Feuerleitstand aus?« fragte Major Metax sachlich.

Mana Maraun kroch unsicher auf sie zu.

»Alles tot, Sir. Geräte unbrauchbar. Unterwegs bin ich auf zwei Tote gestoßen.«

»Die Sailers leben noch«, warf Johosh rasch ein, um die Lage nicht gar zu schlimm erscheinen zu lassen, obwohl sie schlimm genug war.

»Jawohl, Sir!« ertönte es wie aus einem Mund.

»Kommen Sie ebenfalls in die Zentrale!« befahl Cyclone Metax. »Wir wollen gemeinsam beraten, was wir tun können.«

Plötzlich ging eine heftige Erschütterung durch das Wrack.

»Was war das?« fragte Maraun erschrocken.

Johosh Wassermann lauschte, obwohl es im Vakuum auch bei eingeschaltetem Außenmikrophon nichts zu lauschen gab – jedenfalls nicht im Sinne des Wortes.

Dennoch spürte er nach einer Weile kleinere regelmäßige Erschütterungen.

»Jemand hat angelegt, Sir«, flüsterte er. »Vielleicht hat man uns von Keegans System Hilfe geschickt.«

»Unsinn!« sagte Metax. »Sie wissen nicht, was mit uns los ist.«

Einige Minuten geschah nichts. Nur die Erschütterungen waren zu spüren. Es schien, als gingen Gespenster in dem Schiffswrack um.

Plötzlich schrie eine menschliche Stimme – und brach wieder ab.

»Hallo, die Sailers!« rief Captain Wassermann. »Melden Sie sich!«

Nichts . . .

Ein Schatten verdunkelte das Loch zu den Sternen.

Der Captain wollte nach seiner Waffe greifen, aber bevor er sie erreichte, explodierte etwas in seinem Gehirn und löschte sein Bewußtsein aus.

Captain Johosh Wassermann erwachte davon, daß ihm jemand die Nase zuhielt.

Dermaßen abrupt ins Bewußtsein zurückgerufen, fuhr er mit einem Schrei auf und starrte völlig verständnislos um sich.

Vor allem begriff er nicht, warum er das Gesicht eines Toten vor sich sah . . .

Erst als Leutnant Ali Abbas ihm zulächelte, glaubte er, daß der Zweite Offizier tatsächlich noch lebte.

»Ich hatte keine Lust mehr, allein in diesem Aquarium zu hocken und die Fische anzuglotzen«, erklärte Abbas.

»A . . . A . . .!« würgte Johosh hervor.

Ali schüttelte traurig den Kopf.

»Keine Ahnung, wo hier die Toiletten sind, Captain.«

Wassermann atmete einige Male tief durch, schloß die Augen und öffnete sie erneut.

Er wandte den Kopf – und erstarrte vor Schreck.

Im ersten Augenblick hatte er tatsächlich den Eindruck, sich in einem riesigen Aquarium zu befinden. Doch dann entdeckte er, daß sowohl das Wasser als auch die Wasserpflanzen sich hinter einer Wand aus Panzerglas befanden.

Ein grausiges Gesicht starrte aus den wogenden Zweigen einer bizarren Pflanze. Große runde Augen saßen auf einem grausilbern schimmernden Schädel von Kinderkopfgröße. Lange Fühler hingen gleich schlaffen Barthaaren aus den Winkeln eines riesigen Mauls.

Als die Zweige sich weiter zur Seite bewegten, entdeckte Johosh Wassermann den plumpen Fischleib und die Flossen.

Er atmete erleichtert auf.

»Wenigstens sind es nicht die Perlians, die uns erwischt haben!«

Ali Abbas ergriff seinen Oberarm und zwang ihn, sich der anderen Seite ihres Aufenthaltsortes zuzuwenden.

Johosh schluckte.

Ein etwa zwei Meter langes, schlankes Wesen von silbriger Färbung schwamm reglos zwischen kleinen Fischen und den grünen Fäden wogenden Tangs. Der Körper war trotz der silbrigen Schuppenhaut fast transparent. Johosh konnte einen Teil der inneren Organe sehen. Arme und Beine hingen wie leblose Anhängsel an dem Körper. Aus dem ungefähr dreißig Zentimeter durchmessenden Kugelkopf starrten zwei Facettenaugen. Die transparente Schädeldecke enthüllte eine grauweiße Gehirnmasse mit pulsierenden Arterien und Venen. In Stirnhöhe befand sich ein etwa zehn Zentimeter durchmessender Gewebeklumpen von rotleuchtender Färbung – das sogenannte Zeitauge.

»Ja, das ist einwandfrei ein Perlian«, sagte Ali Abbas leise. »Er scheint zu schlafen. Sehen Sie die Kiemen am Hals. Sie sind bedeutend größer als die Kiemen, die wir bisher bei Perlians sahen. Offenbar werden sie erst im Wasser zu ihrer wirklichen Größe entfaltet.«

Wassermann entdeckte noch sechs dieser unheimlichen Wesen mit den Zeitaugen.

Doch keiner der Perlians nahm von ihnen Notiz. Sie schliefen unter der Wasseroberfläche, nur leicht bewegt durch die Strömung, die wahrscheinlich künstlich erzeugt wurde.

»He! Was ist das?« rief jemand hinter ihnen.

Sie fuhren herum.

Major Cyclone Metax hatte sich aufgesetzt und starrte auf das Bild, das sich ihm hinter den Scheiben der Aquarien bot.

Er preßte die Hände gegen den Kopf und stöhnte.

»Ich habe ein Gefühl, als hätte ich zuviel durcheinander getrunken!«

Sein Blick fiel auf Leutnant Ali Abbas Gesicht.

»Sie . . .?« fragte er verblüfft. »Ich dachte, Sie wären tot. Wie kommen Sie denn hierher?«

Abbas setzte eine beleidigte Miene auf.

»Mir scheint, Sie freuen sich überhaupt nicht darüber, daß ich noch lebe. Soll ich mich vielleicht in eines der Aquarien stürzen, damit Sie mich los sind?«

Cyclone Metax schüttelte den Kopf. Gleich darauf stieß er einen unterdrückten Schmerzensschrei aus und faßte sich an den Kopf.

»Ach, wissen Sie, Leutnant Abbas, heute sollten Sie nicht jedes Wort auf die Goldwaage legen. Sie sehen doch, daß ich indisponiert bin. Selbstverständlich freue ich mich darüber, daß Sie lebendig vor mir stehen. Aber soll ich deswegen vielleicht einen Luftsprung vollführen, der die restlichen Preßluftbohrer in meinem Schädel aktiviert?«

Er ließ die Hände sinken.

»Haben Sie vielleicht einen Spiegel, meine Herren?«

»Spiegel . . .?« echote Wassermann verständnislos.

Abbas lächelte.

»Das nicht, Sir. Aber wenn Sie sich in einer bestimmten Entfernung vor die Glaswand stellen, sehen Sie bestimmt so etwas wie ein Spiegelbild. Übrigens habe ich eine halbe Flasche Haaröl bei mir, falls Ihnen die Bartpomade ausgegangen sein sollte.«

»Bartpomade«, fuhr Metax auf. Dann sagte er: »Geben Sie das Haaröl her, Leutnant!«

Während Johosh und Ali sich um Leutnant Maraun und die drei Sailers kümmerten, die bewußtlos am Boden lagen, behandelte Major Cyclone Metax mit pedantischer Sorgfalt seinen Knebelbart.

»So!« sagte er, als er damit fertig war. »Ich habe unterdessen Bilanz gezogen. Wir befinden uns auf einem Perlian-Schiff, was aus den schlafenden Glasköpfen hervorgeht. Die Frage ist nur, wie gut unser Aufbewahrungsort bewacht wird . . .«

»Wie bitte, Sir?« fragte Leutnant Abbas verstört. »Wollen Sie etwa ausbrechen?«

»Was dachten Sie sonst?« gab der Major zurück. »Und Sie werden sich jetzt Ihren Kopf darüber zerbrechen, wie das Ganze vonstatten gehen soll. Sie verfügen über eine außerordentlich rege Phantasie, habe ich mir sagen lassen . . .«

Ali Abbas hatte eine ganze Menge Ideen. Aber schon die erste erwies sich als unbrauchbar. Die beiden Schotte, die ihr Gefängnis hermetisch gegen die übrigen Teile des Perlian-Schiffes abschlossen, ließen sich nämlich mit den vorhandenen Mitteln nicht öffnen.

Wie nicht anders zu erwarten, hatten die Perlians den sieben Gefangenen sämtliche Waffen abgenommen – und auch fast alles andere, was man als Waffe hätte benutzen können. Mit den bloßen Fäusten allerdings ließ sich Stahlplastik nicht einmal beschädigen.

Der Zweite Offizier der AKAI kratzte sich ausgiebig das schwarze Kraushaar.

»Wenn wir Tarnprojektoren hätten, könnten wir uns als Perlians verkleiden . . .«

»Und wenn wir in die Aquarien hineinkämen, und wenn wir Kiemen besäßen! Lauter Wenns, mein Lieber. Was soll's?«

Hinter ihnen ertönte ein mehrstimmiges Grunzen.

Als sie sich umdrehten, sahen sie, wie die drei Borjarewer gleichzeitig die großen Augen aufschlugen, gleichzeitig die Oberkörper anhoben – und gleichzeitig mit einem Schmerzenslaut zurücksanken.

»Man sollte meinen, alle Borjarewer wären eineiige Drillinge«, bemerkte Major Metax dazu. »Ich glaube, wenn einer von den dreien einmal sterben sollte, sterben die übrigen beiden aus lauter Sympathie ebenfalls.«

»Was ist los?« fragten die Sailers wie aus einem Mund – und wie auf ein geheimes Kommando setzten sie sich wieder gleichzeitig auf. Leutnant Maraun war inzwischen ebenfalls erwacht.

Johosh Wassermann erläuterte ihnen die Lage.

»Ich fürchte, wir können im Augenblick nichts tun«, äußerte sich Sakin Suruw benommen.

»So gut wie nichts«, fiel Burno Borow ein.

»Absolut nichts«, brabbelte Homin Halaw.

Major Metax stöhnte unterdrückt.

»Aber Sie besitzen doch Ihren Armband-Hyperkom noch«, sagte Halaw. Ihre Helmfunkgeräte waren lediglich in der Lage, auf Normalfunkwelle zu senden und zu empfangen.

»Ja, er hat ihn noch«, echote Borow.

»Tatsächlich«, bemerkte Suruw.

»Der sendet, seit ich erwacht bin«, entgegnete der Major. »Nur hat mir bisher niemand auf den Notruf der Flotte geantwortet.«

»Zu geringe Reichweite«, erklärte Borow.

»Die anderen beiden sind bitte still!« befahl Cyclone Metax, bevor die beiden Borjarewer einstimmen konnten.

»Jawohl, Sir!« sagten Suruw und Halaw wie aus einem Mund.

»Ganz recht«, murmelte Borow.

Ein tiefes Brummen schallte plötzlich durch das Schiff. Über den Schotten begannen blutrote Leuchtplatten in kurzen Intervallen zu flackern. Das Brummen verstärkte sich.

Die Perlians in dem Aquarium wachten auf. Mit fahrigen Bewegungen ruderten sie in ihrem nassen Element umher, schossen von einer Seite ihres Behälters zur anderen – und sanken nach einigen Minuten zu Boden.

»Das ist ein Alarm!« schrie Captain Wassermann.

»Still!« sagte Cyclone Metax.

Er deutete auf eines der beiden Schotte. Die Leuchtscheibe darüber verfärbte sich und wurde gelb.

Mit lautem Zischen schossen die beiden Schotthälften auseinander.

»Los!« schrie Metax.

Die Männer rannten auf das Schott zu. Kurz bevor sie es erreicht hatten, begann es sich wieder zu schließen, aber sie kamen gerade noch hindurch. Mana Maraun blieb mit dem Fuß zwischen den beiden Hälften hängen. Aber Homin Halaw befreite ihn mit einem energischen Ruck, bevor es zu spät war.

Jammernd humpelte der Venusier hinter den anderen her.

»Das muß ein Versehen gewesen sein«, meinte Ali Abbas. »Wahrscheinlich wurden die Schotte im Schiff nach cinem bestimmten Alarmplan automatisch gesteuert.«

»Sicher«, sagte Suruw. »Absichtlich hätten die Perlians uns nicht entkommen lassen.«

»Nein, bestimmt nicht«, echote Halaw.

»Niemals«, fügte Borow hinzu.

»Wir müssen zur Zentrale!« befahl Cyclone Metax. »Die Perlians werden es früher oder später merken, daß wir nicht mehr in unserem Gefängnis sitzen. Es gilt, das Überraschungsmoment auszunutzen.«

Das Brummen war inzwischen ganz verstummt.

In den Fluren des Kugelraumschiffes war es geisterhaft still. Niemand begegnete den sieben Terranern. Dafür sahen sie mehrmals Abschnitte der Wände, die transparent waren und hinter denen Wasser hin und her schwappte. Fast überall lagen Perlians darin, außer in den Abteilungen, in die das Wasser ganz offensichtlich soeben erst eingelassen wurde.

Johosh Wassermann machte sich seine Gedanken darüber, aber er fand keine Zeit, sie zum Abschluß zu bringen.

Als sie um eine Biegung liefen, sahen sie sich unerwartet einem einzelnen Perlian gegenüber.

Das seltsame Wesen mußte ihr Kommen genau um die Zehntelsekunde früher erkannt haben.

Doch die ungestüm auf den Perlian eindringenden Terraner kompensierten diesen geringen Vorteil.

Der Perlian wirbelte herum und flüchtete. Sein transparentes, wallendes Gewand flatterte hinter ihm her.

Die drei Sailers zogen plötzlich in rasantem Spurt an Cyclone Metax vorbei, der bisher die Spitze gehalten hatte. Ihre langen Beine bewegten sich mit einer Schnelligkeit und Leichtigkeit, die man ihnen nicht zugetraut hätte.

Der Major sah, daß sie den Perlian innerhalb der nächsten Sekunden einholen würden.

»Nicht fangen!« rief er ihnen nach. »Vielleicht führt er uns zur Zentrale!«

Die Sailers mäßigten ihr Tempo und blieben wenige Meter hinter dem Fliehenden.

Metax' Argument war absolut einleuchtend gewesen, denn obwohl sie einmal um das Zentrum des Schiffes gelaufen waren, hatten sie bisher keine Spur von einer Kommandozentrale finden können. Da aber jedes größere Raumschiff einer Leitstelle bedurfte, mußte sich die der Perlians an einer anderen Seite des Schiffes befinden.

Laut keuchend rannte der Perlian auf einen Schacht zu. Offenbar brachte die kombinierte Lungen-Kiemen-Atmung auch Nachteile. Für sie konnte kein Atmungskreislauf so leistungsfähig sein wie der eines Menschen.

Die Borjarewer verfielen in eine Art Trab, der ihre Bewegungen wieder plump und unbeholfen erscheinen ließ.

Unmittelbar hinter dem Perlian sprangen sie in den Schacht.

Ein dreistimmiger Schreckensschrei ertönte.

Als Johosh hinter dem Major die Schachtöffnung erreichte, erkannte er den Grund dafür.

Wahrscheinlich war es ein normaler Antigravschacht. Nur, daß er außer Betrieb war, vielleicht wegen des Alarmzustandes. Der Perlian hatte das natürlich gewußt und hatte sich auf die gegenüberliegende Seite geschnellt, wo eine Nottreppe verlief. Die drei Sailers allerdings waren einige Meter abgerutscht, bevor ihre riesigen Hände doch noch Halt an den Metallbügeln der Nottreppe fanden.

Nun befand sich Cyclone Metax wieder an der Spitze. Captain Wassermann folgte ihm, so schnell er konnte. Die Sailers holten allerdings sehr rasch wieder auf, so daß Ali Abbas das Schlußlicht bildete.

Glücklicherweise erlahmten die Kräfte des Perlians von nun an recht schnell, so daß die Terraner ihm trotz der ungewohnten Kletterei dicht auf den Fersen blieben.

Johosh Wassermann zweifelte nicht mehr daran, daß es zur Zentrale ging. Es gab genügend raumfahrttreibende Völker, die ihre Schiffsleitstellen statt im Zentrum auf der oberen Polkuppel errichteten – und nach einer der Polkuppeln ging es zweifellos.

In einer Art Vorraum taumelte der Perlian von der Treppe und schlug lang hin.

Cyclone Metax zögerte nicht länger. Er schmetterte seine Faust gegen die transparente Schädeldecke. Der Perlian regte sich nicht mehr.

Aber falls in der Zentrale ebenfalls Perlians waren, mußte ihr Zeitauge ihnen jeden Augenblick das Nahen der Terraner ankündigen. Eile war dringend geboten.

Wieder übernahmen die drei Sailers die Spitze.

Als sie sich dicht vor einem Schott befanden, öffnete es sich automatisch.

Die zwei bewaffneten Perlians dahinter wurden einfach überrannt und von den nachfolgenden Männern bewußtlos geschlagen.

Ali Abbas kümmerte sich nicht um den erbitterten Nahkampf, der in der Zentrale zwischen Perlians und unbewaffneten Terranern tobte.

Er sprang hinüber zu dem Hauptschaltpult und begann damit, Hebel, Knöpfe und Schaltleisten willkürlich mit den Fäusten zu bearbeiten.

Welche Katastrophe er damit eingeleitet hatte, merkten sie alle wenige Sekunden später.

Die Perlians, die noch bei Bewußtsein waren, stießen plötzlich merkwürdig hohe, schrille Schreie aus.

Johosh Wassermann, der soeben noch versucht hatte, aus dem Mündungsbereich einer Waffe zu entkommen, war mit einemmal ohne Gegner.

Dafür entdeckte er etwas, das ihm fast das Herz stillstehen ließ.

Der Boden der Zentrale wurde durchsichtig.

Wassermann erkannte Räume, in die von allen Seiten starke Wasserstrahlen hineinschossen.

Ein Schott öffnete sich mit lautem Zischen.

Zu spät erkannte der Captain, daß es ein Schott der Kommandozentrale war. Und es hatte sich auch nicht nur um ein Schott gehandelt.

Von überall her schossen dampfende Fluten herein, trugen halb bewußtlose Perlians mit sich und verursachten im Endeffekt einen Sog, der Wassermann die Beine unter dem Leib wegriß und ihn aus der Zentrale hinauszerrte.

Eine warme, trübe Brühe von mehr als Körpertemperatur ergoß sich in seinen offenen Raumanzug. Er schluckte eine Menge davon, bevor es ihm gelang, den Druckhelm zu verschließen.

Ab und zu tauchten Arme und Beine vor, neben und über ihm auf. Es waren Gliedmaßen von Perlians und von Menschen, und oftmals sah es aus, als gehörten sie zu einem einzigen Wesen.

Johosh konnte jedoch für den makabren Humor der Situation kein Verständnis aufbringen. Er begriff, daß Ali Abbas so etwas wie eine Katastrophenflutung ausgelöst hatte. Wozu diese diente, war ihm im Augenblick allerdings noch unklar.

Er schlug nach einer großen Pranke, die nach ihm griff.

Ein Schmerzenslaut ertönte – ein menschlicher Schmerzenslaut.

»Wer ist das?« fragte Johosh über Helmfunk.

»Ich«, erwiderte jemand lakonisch. Der Captain erkannte den Sprecher an der Stimme. Es war einer der drei Sailers.

Er besann sich darauf, daß ihm im geschlossenen Raumanzug keine Gefahr von dem Wasser drohte. Wirklich gefährlich würden nur die Perlians werden, denn sie waren sicherlich in der Überzahl, und durch die allgemeine Flutung hatten die Terraner ihren bisherigen Vorteil wieder eingebüßt.

Da der Druck in diesen leichten Anzügen sich automatisch so einregulierte, daß die Bewegungsfreiheit des Trägers in jedem Element gleich blieb, bereitete ihm das Schwimmen keine große Mühe. Und nachdem er unter Wasser viel besser vorankam als an der Oberfläche, ließ er zusätzlich Druck ab, so daß der Auftrieb ihn nicht mehr behinderte.

Von nun an vermochte er mit sparsamsten Bewegungen relativ gut zu schwimmen.

Der Sailer und er hielten sich dicht aneinander und riefen über Helmfunk nach den Kameraden.

Bald hatten sie sich in einer großen Halle wieder versammelt.

Aber leider gab es hier bedeutend mehr Perlians als in der Kommandozentrale. Diese Drittkonditionierten, wie sie sich noch nannten, griffen sofort an.

Johosh Wassermann merkte jedoch bald, daß die Perlians sich eigenartig langsam bewegten. Es bereitete ihm keine große Mühe, die Angreifer abzuschütteln und sich allmählich an den Unterwasserkampf zu gewöhnen.

Dafür allerdings griffen plötzlich faßförmige Ungeheuer zugunsten der Perlians in den Kampf ein.

Soeben hatte der Captain sich eines angreifenden Drittkonditionierten mit einem Handkantenschlag entledigt, als ein großes, mit scharfen Zähnen besetztes Maul sich vor ihm auftat und zuschnappte.

Glücklicherweise glitten die Kiefer der Bestie an dem Druckhelm ab. Johosh riß einen Fuß hoch und stieß ihn dem Raubfisch in den Bauch. Das Tier drehte sich blitzschnell um seine Körperachse und griff erneut an.

Da tauchte von oben Cyclone Metax auf. Mit ausgebreiteten Armen schwamm er auf das Untier zu, spreizte die Finger und rammte sie dem Räuber in die Kiemen.

Betäubt legte der Raubfisch sich auf den Rücken und trieb an die Oberfläche.

Doch schon schossen drei weitere heran.

Den Terranern blieb nichts weiter übrig, als sich in Igelstellung aufzubauen und in die Defensive zu gehen.

Sie wußten alle, daß dies der Anfang vom Ende war.

Zu allem Überfluß schwangen auch noch seltsame Tonfolgen durch das Wasser. Sie muteten wie Orgelklänge an, und es wurde den sieben Verlorenen bald offenbar, daß sie Reizimpulse darstellten, durch die die halberstarrten Perlians wieder aktiv wurden.

Von allen Seiten schossen sie nun heran, und bald brodelte das Wasser in der Halle, als wimmelten Tausende von blutgierigen Piranhas um ihre Beute . . .

# 30.

Perry Rhodan beugte sich unwillkürlich nach vorn, als die CREST IV in den Normalraum zurückkehrte.

Auf dem Frontbildschirm leuchteten die beiden Sonnen des Systems Tiger-1.

In wenigen Kilometern Entfernung raste die FRANCIS DRAKE neben dem Flottenflaggschiff des Solaren Imperiums ins System des Tiger-Ecksternes. Dahinter folgten rund hundert schwere und leichte Einheiten der Flotte, die Keeg erobert hatten.

Roi Danton, der neben seinem Vater stand, räusperte sich.

»Keine Spur von Kampfhandlungen, Grandseigneur. Ich sagte Ihnen doch: Es ist äußerst unwahrscheinlich, daß die Perlians ausgerechnet hier ihren Linearflug unterbrechen.«

Rhodan antwortete nicht. Dafür meldete sich plötzlich die Ortungszentrale.

»Keine Spur von der AKAI, Sir!«

Rhodan drückte eine Taste des Interkoms. »An Funkzentrale! Wird unser Erkennungssignal beantwortet?«

»Bis jetzt noch keine Antwort, Sir«, schallte es zurück. Gleich darauf aber meldete sich der Sprecher wieder. »Sir, Flottennotruf auf Hyperwelle. Schwache Kapazität!«

»Anpeilen!« befahl Perry Rhodan.

Er wandte sich zu dem Freihändlerkönig um.

»Nun, Monsieur Danton, glauben Sie noch immer, es hätte keine Kampfhandlungen gegeben?«

Roi Danton zuckte die Schultern und blickte sich nach den Mutanten um, die auf Rhodans Befehl in der Zentrale bereitstanden.

Die Teleporter Ras Tschubai und Tako Kakuta nestelten nervös an den Verschlüssen ihrer Raumanzüge. Sie konnten nur warten.

Gucky und John Marshall jedoch standen mit geschlossenen Augen da und lauschten auf Gedankenimpulse von Menschen.

Wieder meldete sich die Ortung.

»Fünf Kugelraumschiffe neun Strich Backbord, Delta-Sektor Rot!«

»Perlians!« sagte Rhodan.

Sein Daumen senkte sich auf den Alarmknopf. In der CREST IV heulten die Sirenen in ganz bestimmten Intervallen.

*Klar Schiff zum Gefecht!*

Der Erste Offizier benachrichtigte die Kommandanten der anderen Schiffe über eine Simultanschaltung des Hyperkoms.

Der Schiffsverband reagierte wie ein einziges lebendes Wesen. Er schwenkte um und formierte sich zu einer fünf Millionen Kilometer durchmessenden Halbkugel, deren Öffnung auf die fünf georteten Schiffe der Perlians wies.

Aus dem Hintergrund der Halbkugelformation schossen die CREST IV, die FRANCIS DRAKE und zwei weitere Ultraschlachtschiffe hervor und bildeten eine Kampfspitze, die aus der Tiefe der Formation heraus genau auf den Gegner zielte.

Von der AKAI war allerdings noch immer keine Spur gefunden worden.

Rhodan drehte sich um und beobachtete Marshall und den Mausbiber. Als er sah, daß sie sich noch immer angestrengt konzentrierten, unterließ er seine Frage.

»Wir müssen bald handeln, Sir!« drängte Kommandant Merlin Akran.

»Ich weiß, Oberst!«

Perry Rhodan blickte ungeduldig auf die Meldelampe des Interkoms.

»Ich habe sie!« rief John Marshall triumphierend. »Sir, Major Metax und sechs weitere Überlebende der AKAI befinden sich auf einem der Perlianschiffe. Sie sind in größter Gefahr!«

Auf Rhodans Stirn traten Schweißperlen.

»Gucky?«

»Jetzt empfange ich die Impulse auch«, meldete der Mausbiber. »Ein gewisser Ali Abbas denkt an seinen bevorstehenden Tod.«

»Kannst du ihn anpeilen?« fragte Rhodan.

Gucky schüttelte den Kopf.

Da summte der Interkommelder.

»Sir, Kontakt hergestellt. Major Metax und sechs . . .«

»Bereits bekannt!« unterbrach Perry Rhodan schroff. »Was macht die Peilung?«

»Das zweite Schiff auf dem Hypertasterschirm von links, Sir. Es bleibt übrigens hinter den anderen zurück.«

»Danke!«

Rhodan bewies wieder einmal, daß er blitzschnell handeln konnte, wenn es darauf ankam.

»Gucky, Tschubai, Tako – in das zweite Schiff von links! Los!«

Von einem Augenblick zum anderen lösten sich die Körper der drei Teleporter auf und verschwanden in einem übergeordneten Raum, der sie ohne meßbaren Zeitverlust an ihr Ziel bringen würde.

»Bei Gefechtsdistanz Angriff auf die restlichen vier Schiffe!« befahl Rhodan.

Gucky, Tschubai und Kakuta materialisierten im Wasser.

Da sie vor der Teleportation ihre Druckhelme geschlossen hatten, gerieten sie jedoch nicht in Gefahr zu ertrinken.

Die sieben Überlebenden jedoch waren nicht auszumachen, obwohl Gucky ihre Gedankenimpulse jetzt mit schmerzhafter Klarheit empfing. Da er sich nicht in dem Perlian-Schiff auskannte, mußten sie noch einmal aufs Geratewohl springen.

Diesmal kamen sie im Maschinenraum an. Hier befand sich kein Wasser.

Zwei Perlians wurden durch Paralyseschüsse gelähmt. Danach machten sich die drei Teleporter daran, die Triebwerksschaltungen zu zerstören.

Der dritte Sprung brachte sie dann endlich zu den Männern der AKAI.

Gucky wehrte die Angriffe der Perlians und der Raubfische mit seinen telekinetischen Kräften so lange ab, bis es den beiden anderen Teleportern gelungen war, Major Cyclone Metax und seine Männer in einen trockenen Raum an Bord des Perlian-Schiffes zu bringen.

Die Drittkonditionierten gebärdeten sich wie wahnsinnig, als sie ihre Opfer auf unerklärliche Weise verschwinden sahen.

Unterdessen berannten die Perlians den Raum, in dem die erschöpften Männer der AKAI lagen. Die Lage sah böse aus. Es schien unmöglich, die Hilflosen abzutransportieren, ohne daß einige davon erneut den Drittkonditionierten in die Hände gefallen wären.

Sie riefen über ihre Helm-Hyperkoms um Hilfe.

Die Hilfe war jedoch schon unterwegs. Kampflärm erscholl aus den Tiefen des Kugelschiffes.

An der Spitze eines Enterkommandos drang Roi Danton zu ihrem Zufluchtsort vor.

Zur gleichen Zeit erschollen wieder die »Orgelklänge«, die den Überlebenden der AKAI noch in schlechter Erinnerung waren.

»Da geht eine Teufelei vor!« beschwor Ali Abbas den Freihändlerkönig. »Wir sollten schnellstens das Schiff verlassen!«

Roi Danton ließ sich berichten, wie die ersten »Orgelklänge« die Perlians aus ihrer Halberstarrung gerissen und sie aktiviert hatten.

Er befahl den sofortigen Rückzug aus dem Schiff. Nur ein Robotkommando sollte an Bord bleiben, bis die Lage endgültig geklärt war.

Aber noch bevor der Räumungsbefehl durchgeführt werden konnte, traf eine neue Nachricht ein.

Die Zeitaugen sämtlicher an Bord befindlicher Perlians waren explodiert.

Roi stieß eine halblaute Verwünschung aus.

»Wieder eine Tragödie wie bei den Generälen auf den Kristallplaneten. Nur, daß die Zeitaugen der Generäle durch die Umwandlungsimpulse der Hypnokristalle zur Explosion angeregt wurden, während es hier, bei den Perlians, andere Einflüße gewesen sein müssen. Ich frage mich, ob die Drittkonditionierten vielleicht freiwillig den Tod der Gefangenschaft vorziehen oder ob sie von einer anderen, unbekannten Macht dazu gezwungen werden, Selbstmord zu begehen, wenn ihre Lage aussichtslos ist!«

Erschüttert sahen die Männer der AKAI auf dem Weg durch das Schiff die zahlreichen Perlians, die verkrümmt in den Trockenräumen lagen oder leblos auf dem Wasser der Behälter schwammen.

So rasch es ging, wurde das Perlianschiff geräumt. Gerade noch rechtzeitig, denn kaum waren die Männer an Bord der CREST angekommen, als das Schiff in einer gigantischen Explosion verging. Offensichtlich hatte eine Automatik – wenn auch mit einiger Verzögerung – geschaltet und die Explosion veranlaßt, damit das Schiff dem Gegner nicht in die Hände fiel.

Inzwischen lieferten die anderen vier Raumer der Perlians den Terranern erbitterte Gefechte. Die Perlians verfügten über unbekannte, aber sehr wirkungsvolle Waffen, die den Verfolgern sehr zusetzten. Aber die terranische Übermacht war zu groß.

Auf dem Höhepunkt des Kampfes, als sich ein Sieg der Terraner abzeichnete, geschah das Unfaßbare.

Plötzlich begannen die Schiffe der Perlians von innen zu leuchten, und ehe die Terraner erfaßten, was da vor sich ging, explodierten sie.

Die vermutete Vernichtungsautomatik hatte verhindert, daß die Schiffe in fremde Hände fielen.

Während Rhodan seine Schiffe sammeln ließ, um diesen Raumsektor zu verlassen, erreichte die CREST die Nachricht, daß auf allen Programmierungswelten die Hypnokristalle restlos zerstört worden waren. Auf allen diesen Welten waren leuchtende Kugelraumschiffe gesichtet worden, die fluchtartig die Planeten verließen und in den Weiten des Weltraumes untertauchten.

Die Gefahr, die von den Hypnokristallen ausging, war damit endgültig beseitigt. Ausgenommen OLD MAN, auf dem sich noch immer eine noch unbekannte Menge an Kristallen befand und auf dessen Auftauchen man bange wartete.

Aber noch wußte niemand, daß durch die Ausschaltung dieser Gefahr eine unvorstellbar größere zum Leben erweckt wurde.

Eine Gefahr, die in ihrem Ausmaß die schlimmsten Befürchtungen aller Beteiligten weit in den Schatten stellen sollte.

Der unheimliche Gegner im Hintergrund schickte seine nächste Waffe – die Zweitkonditionierten in ihren lebenden Raumschiffen, den Dolans.

---



---

# Raumschiff der Perlians

Technische Daten:

Durchmesser: 250 m; Beschleunigung: max. 800 km/sec²; dimetransähnliches Hyperraumtriebwerk; Besatzung: 600-700 Perlians

1. Obere Polkuppel mit Kommando- und Steuerzentrale
2. Computerzentrale mit Hauptpositronik
3. Haupt-Antigravschächte (18 Stück)
4. Personen- und Lastenrollbänder
5. Trockenräume
6. Schiffsinterne Funk- und Ortungsanlage
7. Zwischendecks mit kleinen Wassertanks zur Flutung der Zentralen und der Trockenräume
8. Not-Energieaggregate für die obere Schiffshälfte
9. Reserve-Lebenserhaltungssysteme und Wasseraufbereitungsanlagen
10. Mehrzweckhangars (können für kleinere Beiboote und zur Aufnahme von Hypnokristallen verwendet werden)
11. Rumpfzelle des Schiffes aus roter Metallegierung (ergibt zusammen mit dem Schirmfeld einen rubinroten Leuchteffekt)
12. Gleiter für Atmosphären- und Unterwassereinsatz (Durchmesser 20 m, Höhe 5 m)
13. Versorgungssysteme und spezielle Andruckabsorber für Aquarien und Tanks, um bei Schiffsmanövern starke Wellenbewegungen zu vermeiden
14. Vibrator- und Narkosegeschütze (14 Stück)
15. Wasseraufbereitungsanlagen mit Filtern und Regeneratoren einschl. zentralem Umwälzpumpsystem
16. Wohnaquarien mit Unterwasserlandschaften

16a. Arbeitsroboter beim Säubern entleerter Aquarien

17. Umwälztanks für Wasseraufbereitung
18. Rohrleitungssystem der Umwälzpumpen
19. Großtanks für Wasser (52 Stück)
20. Tankschleusen zur Wasseraufnahme bzw. -abgabe
21. Schleusenaggregate des Beiboot-Hangars und Pumpsysteme der Großtanks
22. Generatoren für ein Prallfeld
23. Prallfeldprojektoren
24. Beiboothangar (22 Stück)
25. Raumgleiter (Länge 30 m, Höhe 7 m, Breite 10 m, nur bechränkt tauchfähig)
26. Absorberaggregate zur Neutralisation evtl. vorhandener Triebwerksemissionen aus dem Unterschiff
27. Impulsfeldmodulatoren der INTAB-Triebwerke und Verdichter der Staustrahlaggregate
28. INTAB-Triebwerke
29. Triebwerksprojektoren
30. Ansaug- und Schuböffnungen der äquatorialen Staustrahltriebwerke für Steuerzwecke
31. Konverter des dimetransähnlichen Hypertriebwerkes für Überlichtflug
32. Energiemeiler nach dem SCHWARZSCHILD-Prinzip (10 Stück)
33. Primäre Energiewandler der Meiler für Normal-D-Aggregate
34. 5-D-Impulsverstärker der Intervallkanonen
35. Intervall-Geschützprojektoren (12 Stück)
36. Sekundäre Energiewandler für 5-D-Aggregate und Schirmfeld
37. Schirmfeldgeneratoren (paratronähnlich)
38. Ringförmiger Schirmfeldprojektor
39. Antigrav-Triebwerke
40. Wandleraggregate des Hypertriebwerks
41. Maschinenzentrale mit Steuereinrichtung für sämtliche Schiffsaggregate
42. Not-Überlebenssysteme der Maschinenzentrale einschl. Traktor- und Fesselfeldgeneratoren zur Fixierung von Gütern in den darunterliegenden Laderäumen
43. Reparatur- und Notschleusen
44. Traktorstrahlprojektor zum Heben von Lasten
45. Lagerräume (können auch als zusätzliche Wassertanks verwendet werden; die Ladeschleuse befindet sich auf der abgewandten Seite des Schiffes)